デュレンマット戯曲集

第一巻

山本佳樹／葉柳和則／増本浩子／
香月恵里／木村英二 訳

鳥影社

デュレンマット戯曲集 第一巻 ＊ 目次

デュレンマット戯曲集 第一巻

Es steht geschrieben
Der Blinde
Romulus der Große
Die Ehe des Herrn Mississippi
Ein Engel kommt nach Babylon
by Friedrich Dürrenmatt

Japanese edition published by arrangement through Meike Marx Literary Agency, Japan

The publication of this work was supported by a grant from
swiss arts council
prohelvetia

聖書に曰く

戯曲

（一九四五／四六年執筆）

Es steht geschrieben

序言

私には歴史を書くつもりはなかった、と言ってもよいかもしれない。あの町で起こった出来事については、かろうじて本を数冊読んだくらいで、結局のところ記録をひもといたりはしなかったのだから。この意味では、このストーリーは私の自由な創作だといえるだろう。私の心を動かしたのは旋律であって、新しい楽器がときに古い民謡の節を受けついで伝えていくように、私はそれを採用したのである。今日の事象[一]がそこにどれほど反映されているかはさておくとしよう。だが、著者の意図によりふさわしいのは、むしろ偶然による類似性を注意深く引きだしていただくことであろう。

登場人物

三人の再洗礼派の男
修道士　マクシミリアン・ブライベガンツ
二人の道路掃除人
歩哨、のちに夜警
ヨーハン・ボッケルソン・フォン・ライデン
ベルンハルト・クニッパードリンク
ユーディット
カテリーナ
モレンヘック
一人の男
司教　フランツ・フォン・ヴァルデック
野菜売りの女
二人の市民
娘を連れた女
口上係
二人の兵士

ヤン・マティソン
ロットマン
クレヒティング
ヨーハン・フォン・ビューレン
ヘルマン・フォン・メンガーセン
見張りの男
鼓手
召使
皇帝カール五世
式部官
時計係のトルコ人
商人
ヘッセン方伯
その二人の妻
旅館の亭主
一人の女
一人の子供
傭兵
料理人
死刑執行人

（はじめに三人の再洗礼派の男が舞台にひざまずいている。彼らは痩せこけ、髭は伸び放題、髪はぼさぼさ、ぼろを身にまとい、頬はこけ、目には隈ができている。鼻をつくような玉ねぎのにおいをぷんぷんさせていることもまた、彼らの特徴である。この清貧の士たちを重視して、彼らのためにことさら舞台装置を作ったりする必要はない――とんでもない――、何もない幕の前に登場させるだけで充分である。これにかぎらず、劇全体を通して、舞台監督や俳優の方々にはおおいにご自身の思いつきを試していただきたい。というのも、ここに与えられているのは、いつの世も変わらぬ雑多な世界を表現するための、ちょっとした音符や色彩にすぎないからである）


真ん中の再洗礼派の男　神が顔を隠すと、太陽は海に消え、洋上の船は炎上した。

　鯨は陸に打ちあげられた。

　山は崩れ、森は裂け、地底からは炎が噴きだした。

　人の屍《しかばね》が川を覆い、木々の枝に引っかかった。

　ハゲタカが腹を肥やした。

　ハゲタカは豚のように太り、もはや飛べなくなった。

　永劫の罰を受けた者たちは、地球の中心まで続く洞穴《ほらあな》を脱けだした。

　彼らの体が星辰にむかってじりじりと進んでいった。

　夜中に動く竜さながらに彼らが岩から滑りおりると、そのけたたましい振動に天地が震えた。

下手側の再洗礼派の男　彼らは殺戮のために立ちあがり、再洗礼派めがけて突撃した。

一方、再洗礼派は身を清らかに保つ人々であり、主は彼らのもとに聖堂を築いていた。

初夜に着物を脱ぎ捨てる花婿のように、再洗礼派はすべての罪をわが身から振り落とした。

彼らは聖なる人々であり、主の右手にすわるべく選ばれている。

神がヨハネ(二)から洗礼を受けたように、彼らは洗礼を受けた。

彼らは万物を共有した。寒いからおまえの着物をくれと同志に言えば、着物は彼のものになった。

腹が減ったからおまえのパンをくれと同志に言えば、パンは彼のものになった。さらに、神の子を産ませたいからおまえの妻をくれと同志に言えば、妻は彼に与えられた。

しかし神は自らの僕《しもべ》を喜んで悪の手に引き渡した。剣を得ようと思うなら、鉄を火に投じなければならないからである。


上手側の再洗礼派の男　冬の夜に羊に襲いかかる狼のように、永劫の罰を受けた者たちは再洗礼派に襲いかかった。

再洗礼派の人々は、檻に押しこめられて川に沈められたり、首まで地中に埋められてネズミが二匹入ったバケツを頭にかぶせられたりした。

杭に磔《はりつけ》にされ瀝青《ピッチ》を塗られて焼け死ぬ者もあった。男たちは去勢され、女たちの腹には焼けた鉄があてられた。

目はつぶされ、手は切り落とされ、舌は抜かれた。

こうして幾千もの命が奪われた。主が彼らを試していたからである。

真ん中の再洗礼派の男　再洗礼派は神の恩寵を得た。
無神論を唱える者や神を冒瀆する者、邪教を広めて聖者と名づけた偶像を崇める者に、神の怒りが向けられた。神はそうした者たちを再洗礼派の手に引き渡した。自らの僕《しもべ》に雑草のような連中を焼き殺させようと思ったのである。

永劫の罰を受けた者たちを再洗礼派に抹殺させ、その子孫を根絶やしにさせようと思ったのだ。妊婦がいれば壁に磔《はりつけ》にして腹から子供を切りだし、切り裂いた坊主の太鼓腹にその胎児を詰めこむがよい。

地獄の娘たちからは着物をはぎとり、娼婦としてもてあそぶがよい。それから猛犬の前に突きだして、犬どもに娼婦の肉をたらふく食わせるのだ。

世界の隅々までが再洗礼派の手に落ちるであろう。神の僕《しもべ》である彼らの力は、天から落ちる雷や海に流れる大河と同じように、抗いがたいものなのだ。

下手側の再洗礼派の男　主は剣をお鍛えになり、その出来ばえに満足された。

盟約のしるしに主は自らの僕《しもべ》に町を与えられた。そこが彼らの世界支配の拠点となり、そこに新しいソロモンが誕生するようにと。

こうしてヴェストファーレンのミュンスター(三)を目指して、あらゆる土地から再洗礼派が集まってきた。

夕日を浴びてわれわれの前に横たわるこの町に幸いあれ。

黄昏《たそがれ》の陽に金色に輝くその塔や屋根に幸いあれ。

最後まで残っていた信仰なき者たちもやがてこの町から逃げだし、司教は妾や稚児を連れて偶像の寺院を去るだろう。

みじめなルター派の連中は悪党のようにこの町から逃げていくだろう。

しかしいつの日か何百万と数を増した再洗礼派がこの町を飛びだし、剣で敵を打ち負かし、海を敵の血で染めるだろう。

上手側の再洗礼派の男　そしてついに約束の日が到来し、赤く燃える雲にすわった神が万人の前に姿を現し、正しい者と正しくない者とを裁くだろう。

神が下す判決は厳格で、それは未来永劫にわたって通用するだろう。

信仰なき者や邪道を歩む者には永遠の苦悩が与えられ、暗闇へと突き落とされるだろう。

そして再洗礼派は神の目の前で恩寵を授かるだろう。新たな空と新たな大地、新たな魂と新たな肉体が生まれるだろう。

われわれはわれわれのなかに生まれ変わった神とひとつになるだろう。

いと高きところでは神の栄光がありますように！


（最後の方ではかなり興奮していたこの三人は退場。オーケストラはパロディめいた音楽を奏でて彼らを送らずにはいられない。その後、まだ閉まったままの幕の前に修道士が現れる。修道士がしゃべっているうちに幕が開き、今後の展開から推測される舞台が姿を現す）


修道士　さてさてみなさま、いましがたまでこの場所でひどくわめきちらしていたあの三人が、がさつで下品な連中だったということには、ご異存はありますまい。ですから、みなさまが再洗礼派のことを悪く考えたとしても、誰も変には思いませんし、それにそれは大筋からいって正しい見方なのです。

やつらは阿呆な連中です。哀れな阿呆どもです。

パン職人やら金細工師やら毛皮職人やら狂った説教師やらがひねりだした分派の信奉者たちでして、その愚かさがみなさまにお手数をかけるとしましても、せいぜい笑ったらよいのか泣いたらよいのかお迷いになる程度のことでございましょう。

しかしみなさまのなかでも道に通じたお方なら――そういう方が客席に何人かおいでになるとしてですが――、不思議にもこうしたかまびすしい連中によって世界史が作られていく場合があることに、ご同意いただけるに違いありません。

さて私自身について申しあげますと、

名前はマクシミリアン・ブライベガンツ

または、逃げだしてきた修道院での通称はブラザー・マクシムス、

生まれは一四九九年一二月三一日から一五〇〇年一月一日にかけてでありまして、

つまり、古い一〇〇年がありがたいことに終わりを迎え、新しい一〇〇年が残念にも始まった、あの夜中に誕生したのです。私は歴史上の人物ではなく、この世に生を受けたこともないのですが、そのことを悔やんだりしたことはありません。その反対でして、この世に生を受けてしまえば誰でも取り返しのつかないほど損をしてしまうことを、私はよく心得ているのでございます。

はたして私はこの芝居にほんのちょっと出てくるにすぎません。

おそらくは二度か三度、

いや、ことによれば、

一度も登場しなくてよいことだってありうるのでして、それはたとえば舞台監督が劇を短くするために私の場面を省略したり、役者がちょうど一人足りなかったりするような場合です。

いまだって、こうしてみなさまに話しかけてはおりますが、

私の存在はまあ気まずい沈黙の一瞬のようなものでして、と申しますのも、確かに私の後ろで幕があがり、みなさまの目は舞台にくぎづけになっておりますけれども、さてこれからどんなことが始まるのかといえば、どなたもよくわかっておられないからです。

しかし、私が少しばかり期待しておりますのは――その期待が正しければみなさまにも私どもにもおおいに助けになるのですが――、再洗礼派という名前が、私の時代とみなさまの時代とのあいだに見通しがたい壁として横たわっている数世紀を経てもなお――というのも、誰も過去には戻れないのですから――、この名前が、つまりある種の響きを保っていることでありまして、その響きはみなさまに、殺戮や戦乱や拷問場面や祝福された恋や禁じられた恋の数々を、お支払いいただいたお金の分たっぷりとご覧いただけることを、保証することでしょう。

それに請けあって申しますが、みなさまにはカール五世の姿さえも拝んでいただくことになっておりまして、皇帝がごく自然な様子で玉座に腰掛けているのをご覧いただけます。

それでは、みなさまの正面いっぱいに広がっております外壁に視線を向けていただけますでしょうか。向かって左側は角《かど》になっていて、角《かど》に沿って通りが走っております。

ここはミュンスター、ヴェストファーレンの町です。

それほど大きな町ではありません。人口は一万五千人ほど。残念ながら見えないのですが、実はこの町の教会や屋敷や通りや噴水が、われわれみんなを取り囲んでいるのです。

向かって左端の、先に触れた曲がり角のあたりに、荷車があるのにお気づきでございましょう。そのなかにライデンからきたヨーハン・ボッケルソンがおりまして、高々といびきをかいて眠っており、その着物はといえば、ゆゆしき場所にゆゆしき穴がいくつも開いています。
さて、この男はご婦人方のお気にも召すことでしょう。というのも、なかなかの美男子でありまして、
申しあげた着物の穴をいつか繕ってやりたい、とひそかに思うご婦人方も少なくはございますまい。
向かって右から、二人の道路掃除人がやってまいります。
ひどくもうろくした連中で、
その一人は猛烈にみすぼらしいなりをしています。
神よ彼の貧しさを憐れみたまえ。
芝居が始まります。
善を失わず、中庸は忘れ、悪からお学びください！（退場）
道路掃除人1　すがすがしい朝、地面には汚物と塵の山だ。
道路掃除人2　汚物と塵、ルトゥムとプルウィスだな。わしが大学で哲学を勉強したことは知っとるじゃろう。
道路掃除人1　はあ！
道路掃除人2　法律と医学も。
道路掃除人1　そうだとも！　そうだとも！
道路掃除人2　それに神学も！
道路掃除人1　苦労して掃除夫になったんだな。
道路掃除人2　ほら、頭のなかでがたがた音がする。わしも落ちぶれたな。声が聞こえるぞ。
道路掃除人1　声だって？
道路掃除人2　いつも頭に何かを感じるんじゃ。星みたいなものをな。あるいは枝と実と葉っぱをつ

けた木のようなものをな、わかるか？
道路掃除人１　木のようなもの？
道路掃除人２　それががたがた鳴っているんじゃ。
道路掃除人１　はあ！
道路掃除人２（直立不動で指を鼻にあてて）　聞こえるか？
道路掃除人１（おもしろそうに耳を澄まして）　ががた鳴ってるって？
道路掃除人２　聞こえるか？
道路掃除人１　これはいびきの音だ。（彼はあたりを見回し、眠っているボッケルソンに気づく）ほら、あの荷車のなかで誰かが眠ってるよ。

（彼らはボッケルソンの方に歩み寄り、彼を観察する）

道路掃除人１　こいつ塵に埋もれてるよ。
道路掃除人２　われわれは塵から生まれ、塵へと帰る。エクス・プルウェレ・イン・プルウェレム。わかるかな、これはラテン語じゃ。
道路掃除人１　ラテン語じゃないよ。これは焼酎のにおいさ。

（上手から顎ひげを伸ばした太った小男が現れる。腰に下げた大きなサーベルが床に引きずられ、彼の背後で大きな音をたてる）

歩哨　掟は掟だ！
道路掃除人１（深々とお辞儀をして）　いかなる場合にもそうでございます、旦那さま。
歩哨　我裁ク、故ニ我アリ。
道路掃除人１　そうですとも、旦那さま、故ニ阿呆ナリ。
歩哨　そこの荷車に寝てるやつがいるな。あいつを逮捕する。
道路掃除人１　逮捕だ。
歩哨　この男は掟の前で酔っぱらっている。再洗礼派の命令にしたがって、こいつを逮捕しなければならない。第二四条、たらふく飲み食いすることの禁止。この男の腹はふくれている。第二九条、いかがわしい場所に逗留することの禁止。堆肥運搬車はいかがわしい場所だ。
道路掃除人１　まことにいかがわしい場所でございます、旦那さま。
歩哨　揺り起こせ。
道路掃除人１　くしゃみをしました、旦那さま！
道路掃除人２　くしゃみするはステルヌイト！　わしはボローニャ、フェラーラ、セヴィリア、サレルノ、バーゼルの大学で勉強したんじゃよ。
道路掃除人１　目を覚ましました！

（ヨーハン・ボッケルソンは意味不明の言葉をつぶやき、頭を少しもたげる）

歩哨　掟の名において。おまえを逮捕する。
ヨーハン・ボッケルソン　いと高きところでは神の栄光がありますように！

道路掃除人1　はあ！
ヨーハン・ボッケルソン　はて、私はどこにいるのだろう？
歩哨　ヴェストファーレンのミュンスターだ。
ヨーハン・ボッケルソン　ヴェストファーレンのミュンスターと言ったのか？
道路掃除人1　そのとおり。エギディ通りだ。
ヨーハン・ボッケルソン（天に向かって両手を広げて）　主よ！　僕《しもべ》の私にこのようになされたことに感謝します！
道路掃除人2　ウーニオー・ミュスティカ、神秘的一致というやつじゃ。わしは神学を勉強した。クザーヌス、パラケルスス、スコトゥス、アウグスティヌス、プロティヌスを読んだもんじゃ！
歩哨　泥酔してこの荷車で寝ていたかどで、おまえを逮捕する。
ヨーハン・ボッケルソン　いったい私が誰なのか知っているのか？
歩哨（かまわず）　おまえはたらふく飲み食いして寝そべっていた！
ヨーハン・ボッケルソン　私は再洗礼派だ。
道路掃除人1　はあ、再洗礼派だって！
ヨーハン・ボッケルソン　最も偉大な預言者の一人だ。

（歩哨はばつが悪そうに踵をあわせ、敬礼する）

ヨーハン・ボッケルソン　あんたがたも同じ宗派だといいんだが。
道路掃除人1（困ったように手を振って）　あっしは道路掃除夫ですから。

道路掃除人2　わしの頭はがたがた鳴っています。
歩哨（狼狽して、きわめて慇懃に）　閣下は酩酊されておりました――この荷車で眠っておいでだったとお見受けします。私は閣下を拘留しなければなりません。（額の汗をぬぐう）掟は掟でございます、閣下！
ヨーハン・ボッケルソン（くだけた調子で）　酔っぱらってたんじゃないよ、気を失っていたのさ！
歩哨　気を失っていたですと？
道路掃除人1　はあ！
道路掃除人2　アニムス・エウム・レリークウィト、すなわち失神！　これは医学じゃ。閣下、わしは医学を勉強したのです！
歩哨（手帳と木炭を取りだして）　お名前、ご出身、ご職業をお教え願えますか？
ヨーハン・ボッケルソン　名はヨーハン・ボッケルソン、仕立屋、劇団員、遍歴説教師にして再洗礼派の預言者、恐ろしく残忍な殺され方で、一五三六年一月二二日、ヴェストファーレンのミュンスターに没す。
歩哨　一五三六年一月二二日に亡くなられたとおっしゃいましたか？
ヨーハン・ボッケルソン　そのとおり、私はあの日に死んだのだ。人々は私を拷問にかけ、私が車輪に縛りつけられて息絶えると、私がたったいま寝そべっていたこの荷車に私の亡骸を放りこんだのだ。
歩哨（こわばって）　それが一五三六年一月二二日に起こったと？
ヨーハン・ボッケルソン　一五三六年一月二二日だ。
歩哨　失礼ですが、今日は一五三三年九月二三日でございます！
ヨーハン・ボッケルソン（尊大に）　ああ、われわれ預言者は往々にして未来と過去をうっかり取り違えたりするものなのだ。

歩哨　どちらからいらっしゃいました？

ヨーハン・ボッケルソン　半時間前までは、私はオランダのライデンで暮らしていた。

歩哨（驚いて）ライデンで？　半時間前まで？

ヨーハン・ボッケルソン　そのとおり。

歩哨　ライデンといえばミュンスターから四日はかかります。

ヨーハン・ボッケルソン　それがどうしたというのだ？

歩哨　あなたはミュンスターにいらっしゃいます。

ヨーハン・ボッケルソン　間違いあるまい。

歩哨　数十分という短い時間に、オランダのライデンからヴェストファーレンのミュンスターに来られたというのでしょうか？

ヨーハン・ボッケルソン　大天使ガブリエルが私を抱えて空を飛んでくれた、というわけだ。

（皆こわばる）

道路掃除人１　空を飛んだんだって！

道路掃除人２　魔術じゃ。ファウストゥス、パラケルスス、アグリッパ(四)！

歩哨　大天使ガブリエルに抱えられて空を飛んでこられたと？

ヨーハン・ボッケルソン　ちょうど足もとにミュンスターの町が広がっているのが見えたとき、ガブリエルは日差しに目が眩んだ。彼はくしゃみをして、私をこの荷車に落とした。そこで気を失っている私をあんたたちが見つけたのだ。
道路掃除人1　はあ、大天使もくしゃみをするのですか、閣下？
ヨーハン・ボッケルソン　天使がくしゃみをすると、鐘の三和音にも似た、柔らかく心地よい音が響きわたる。このとき天使は体をリズミカルに揺らしながら、両手をのびのびと伸ばすのだ。
歩哨　天使ガブリエルは、どうしてあなたをヴェストファーレンのミュンスターまで運ぶことになったのでしょうか？
ヨーハン・ボッケルソン　私はライデンで重い肉欲の罪にまみれていた。
歩哨（メモしながら）　閣下は女好きであった。
ヨーハン・ボッケルソン　ある朝、大天使ガブリエルが私のもとに現れた。彼の怒りは恐ろしいほどだった。それで私は自殺の決心をし、ライン川に身を投げた。
道路掃除人1　はあ！
ヨーハン・ボッケルソン　全身が麻痺し手足を動かせなくなった私を、生まれながらに盲目の男が救ってくれたのだった。
歩哨　どうしてそんなことがありえたのでしょう、閣下？
ヨーハン・ボッケルソン　天に遣わされた人間にはどんなことでも起こりうるのだ。
歩哨　なるほど。
ヨーハン・ボッケルソン　その次には市役所の塔から身を投げた。
歩哨　確実な方法ですな。
ヨーハン・ボッケルソン　私はまっさかさまに落ちて、私が二〇〇グルデン(五)借金していた男にぶつかった。

歩哨　それで？
ヨーハン・ボッケルソン　その男は死んだ。
歩哨　天はよほどあなたさまのことをお気に召しているのですな。
ヨーハン・ボッケルソン　ところが今日目覚めてみると、驚いたことに、大天使の腕のなかで宙をさまよっていたというわけなのだ。
歩哨　それで閣下はこれから何をされるおつもりなのですか？
ヨーハン・ボッケルソン（手を鷹揚に動かしながら）　余はさしあたりこの世の支配者になるつもりだ。
道路掃除人1　はあ、さしあたり？
歩哨　この世の支配者に？
ヨーハン・ボッケルソン　そのとおり。
歩哨　それでは閣下はものすごい努力をしなければなりませんね！
ヨーハン・ボッケルソン　私はこの目的をばかばかしいほど簡単に達成するだろう。おしゃべりのついでに大天使がそう約束してくれたのだ。
歩哨　目下のところ殿下はまだ荷車のなかでございますな。
道路掃除人1　塵だらけのね——実をいえば、かなり汚い塵だけど。
道路掃除人2　塵と汚物、ラテン語でいえばルトーとプルウェレだらけじゃ。そしてステルクス・エクウォールム、つまり馬の糞がそうとう混じっておるな。
ヨーハン・ボッケルソン　それがどうしたというのか！　今日私はこの荷車のなかにおり、明日には私の亡骸がこの荷車のなかに入れられる。私に与えられた時間はわずかだ。私は輝く流星のように、あんたらの夜空を落ちていくのだ！

歩哨　閣下はその遠大な計画をどのようにして実現させるおつもりですか？

ヨーハン・ボッケルソン　私は人間を球技のボールのように軽々と扱うのだ。再洗礼派は私を王に選び、皇帝は自分の王冠を私に差しだし、そして教皇は——教皇猊下は、ローマからミュンスターまで裸足でやってきて、私のマントの縁をなめるだろう。

歩哨（手帳をポケットにしまい、敬礼して）　閣下を逮捕したりはいたしません。

ヨーハン・ボッケルソン　まだ朝も早いな。もう少し眠らせておいてほしいものだが。

三人（深々と身をかがめて）　閣下の命じられるがままに！

（三人はお辞儀しながら去っていく。しかし歩哨は再びボッケルソンに近づく）

歩哨（小声で）　閣下？

ヨーハン・ボッケルソン　なんだ？

歩哨　失礼ですが、あの、この町にも再洗礼派がいるのでございます。

ヨーハン・ボッケルソン　再洗礼派はどこにでもいるのだ。

歩哨　彼らは多数派を占め、権力を手に握り、政府を組織しています。

ヨーハン・ボッケルソン　神が彼らにミュンスターを引き渡したのだ。

歩哨　ヤン・マティソンが彼らの頭領でございます。

ヨーハン・ボッケルソン　ヤン・マティソンといえば、昔ハールレム(六)でまずいパンを焼いていたな。

歩哨　ありとあらゆる土地からミュンスターを目指して再洗礼派がやってきています。カトリック教徒とルター派はこの町を去らなければならない、さもないと首をはねられる、という噂です。

ヨーハン・ボッケルソン　カトリック教徒になるには頭はいらないし、プロテスタントはそもそも頭がからっぽだからな。
歩哨　昨日は司教館の窓が割られ、二人の助祭が群衆に踏みつぶされました。
ヨーハン・ボッケルソン　要するに私から何を聞きたいのだ？
歩哨　その、再洗礼派は女を共有するというのは、本当なのですか？
ヨーハン・ボッケルソン　おまえは結婚しているのか？
歩哨　私は少々性欲が強いたちでして。
ヨーハン・ボッケルソン　肉への欲は万人の宿命であり、その対象は万人に共有される。
歩哨　では、財産を共有するという話は？
ヨーハン・ボッケルソン　おまえは貧しいのか？
歩哨　何とか食いつないでいるありさまで。
ヨーハン・ボッケルソン　貧しき者は豊かに、富める者は貧しくなるだろう。
歩哨　私も洗礼してもらいに行きます！
ヨーハン・ボッケルソン　私自身があんたを仲間に加えよう。

（歩哨は立ち去ろうとする）

ヨーハン・ボッケルソン　聞きたいことがある。
歩哨　何でございましょう？
ヨーハン・ボッケルソン　ヴェストファーレンのミュンスターで一番の金持ちは誰だ？

歩哨　ベルンハルト・クニッパードリンクのことをお聞きになったことはございませんか？
ヨーハン・ボッケルソン　そう言われれば、アムステルダムでその男の倉庫を見たことがある。
歩哨　クニッパードリンクは残りのミュンスターを全部寄せ集めたよりも金持ちです。
ヨーハン・ボッケルソン　そいつは再洗礼派に好意的なのか？
歩哨　ヤン・マティソンやベルンハルト・ロットマンと並んで、再洗礼派の最有力者です。
ヨーハン・ボッケルソン　そいつは太っているのか？
歩哨　肥満体質でございます。
ヨーハン・ボッケルソン　そいつに娘はいるのか？
歩哨　とても美しい妻ととても美しい娘がおります。
ヨーハン・ボッケルソン　私はそいつの妻と結婚しよう。
歩哨　妻と？
ヨーハン・ボッケルソン　あるいはそいつの娘と。
歩哨　あるいは娘と、ですか。
ヨーハン・ボッケルソン　あるいは両方いっぺんに。
歩哨　閣下のお考えは鷹揚でございますな。
ヨーハン・ボッケルソン　私は夕方そいつのところへ行くつもりだ。日が沈み、あたりが暗くなったらな。

（この台詞とともに舞台が暗くなり、歩哨とボッケルソンの姿は下手端にぼんやりと認められるだけになる。外壁の書き割りが巻きあげられると、北ドイツ風の部屋の内部が見えてくる。上手前面の机にクニッパードリンクがすわっている。五〇歳ぐらいの男で、高価な服を身にまとい、首飾りをつけている。彼はずっしりとした聖書を読んでいる。舞台奥中央にドアがある）

ヨーハン・ボッケルソン　夕げの後のこのひととき、人通りは絶え、窓ガラスの向こうでは子供たちが腰掛けて、おやすみの前に老婆の話すおとぎ話を聞いているころ。いまごろあの男も、自分のきれいな部屋で、夕暮れの光と影に包まれて、机に向かっているだろう。きっとインゲン豆のベーコン添えでも食べたばかりなんだろう。それで聖書を読んでいるのだ。この男は柔らかく料理したインゲン豆にも似てひどく柔和で感傷的だ。なぜなら満腹だからだ。ときどき、傷ついた猪のように、印象的な深いため息をつく。そしてそれから――

歩哨　そしてそれから？

ヨーハン・ボッケルソン　そしてそれから、顔の向きを変えて話し始めるのだ。

（ボッケルソンと歩哨は完全に暗闇のなかに消える）

クニッパードリンク（顔を観客の方に向け、話し始める）　私は金持ちだ。私の財宝は家の長持や重い樫の戸棚にあふれている。私の船は世界中の海を走り、私に黄金や真珠や香油を運んできてくれる。私は上等の絹と漆黒のビロードに身を包み、異国の獣の毛皮にくるまっている。王や大公たちは私に金を借りている。

あの誇り高いカール皇帝でさえ私と食事をするのを拒めないし、皇帝お抱えの画家ティツィアーノ(七)が私の肖像を描いたが、その絵の私はまるでキリストの使徒のようだ。
私の妻は美しい。
彼女の肌は一二月に屋根に降り積もる雪のようだ。
しかし私の所有する最も清らかなものは娘だ。
その名はユーディット。
まもなくみなさんは、ここに入ってくるあの子の姿をご覧になるだろう。
みなさんはあの子の歩みの軽やかさに驚嘆し、澄んだ瞳に目が眩むだろう。
これらはすべて私のものなのだ。
しかし私の目の前の机にある一冊の書物、それが私の体のなかで炎より激しく燃えている。
そこに曰く、
持ちものを売り払い、貧しい人々に施しなさい。そうすれば、天に宝を持つようになるだろう。(八)さらに曰く、
富んでいる者が神の国に入るよりは、駱駝《らくだ》が針の穴を通る方が、まだ易しい。(九)
しゃくにさわるこの書に曰く、
富んでいるあなたがたは不幸だ。慰めを受けてしまっているからである!(一〇)
(上手端にあると想像されるドアから、彼の娘ユーディットが入ってくる。ユーディットは愛らしい娘で、幼いところと大人びたところが同居している。彼女は両手で美しいワイングラスを持っている)

ユーディット　お父さま、ワインです。
クニッパードリンク　娘よ、おまえは私が賞賛してやまないこまやかな手つきで、グラスを机に置いてくれた。そのグラスには高価な細工がされており、丁寧に扱うのがふさわしいのだ。そこについている宝石は商人がインドから運んできたものだし、金《きん》はアフリカ産だ。この金《きん》はおまえの姿を柔らかく映しだしている。
ユーディット　どなたかをお待ちですの？
クニッパードリンク　誰も待ってはいないよ。天使は別だがね。
ユーディット　お許しいただけるなら、窓辺に腰掛けますわ。お邪魔はしたくありませんの、お父さま。
クニッパードリンク　嬉しくはあっても邪魔になんかなるものか。どうかそばにいておくれ。娘が部屋にいてくれるのはすてきなことだ。
ユーディット　灯りを持ってまいりましょう。太陽は大聖堂の向こうに隠れ、夜が訪れています。
クニッパードリンク　やめなさい！　やめなさい！　おまえは私の胸に灯りをともすことができるか？　おまえにはできない。おまえの母親である私の妻は弱い女で、あいつにもそれはできない。ロットマンにもそれはできないし、預言者であるヤン・マティソンにもそれはできないのだ。
クニッパードリンク（間をおき、それから暗い調子で）　主よ、あなたは沈黙なさいますが、私は答えを必要としているのです！
ユーディット（窓辺で）　再洗礼派は敬虔な人々に違いありませんわ、だって――（父親の邪魔をしたように思い、沈黙する）
クニッパードリンク　話すがよい、娘よ。いっこうに構わんぞ。
ユーディット　だって、お父さまも再洗礼派なんですもの。

クニッパードリンク（激しく）　誰がそんなことを言ったのだ。
ユーディット　みんなが言っていますわ。
クニッパードリンク（ゆっくりと）　私は再洗礼派ではない。私は敬虔な人間ではない。私は信仰を持たず、金を持っている。
ユーディット　この町で再洗礼派に勢力を与えたのはお父さまだという噂です。
クニッパードリンク　それは私の力ではなかったし、私の金の力でもなかった。もし彼らに信仰がないとしたら、そんなものや議会での私の発言が何の役にたつだろうか？

（外から舞台中央奥にあるドアをたたく音がする。同時に声が聞こえる）

外からの声　開けろ！　開けろ！　いと高きところでは神の栄光がありますように。そして神の偉大な代理人ライデンのヨーハンに栄光がありますように。
ユーディット（おびえて）　お父さま！
クニッパードリンク　ドアを開けなさい。私の家は誰にでも開かれている。

（クニッパードリンクの妻カテリーナ登場。彼女は手に灯りを持っている）

カテリーナ　誰かがお目通りを願っています、クニッパードリンク。
外からの声　開けろ！　開けろ！　このドアをたたいているのは神の手だぞ。
ユーディット（小声で）　お父さま！

（カテリーナはためらいながらクニッパードリンクとユーディットを見つめる）

クニッパードリンク　ドアを開けなさい。誰かが私に会いたがっているのが聞こえるではないか。

（カテリーナはドアを開ける。ボッケルソンは小躍りするような足どりで、両手を広げて敷居をまたぐ）

ヨーハン・ボッケルソン　金《きん》だ！　金《きん》だ！　なんと見事に輝いていることか！　私の頭上に弧を描く柔らかなオーロラのようだ！　私はその輝きを両手でわが身に引き寄せている！　私はその輝きを肺で呼吸している！　私は太古のヒマラヤ杉でできたすべすべの床を歩いている！　おお、ラヴェンダーの香り！　おお、壁ぎわのランプの輝き！（ひざまずく）主よ！　主よ！　彼らを許したまえ、彼らは自分たちのしていることを知らないのだから！（再び身を起こす）金《きん》の首飾りをした男。（クニッパードリンクの首にかかっているネックレスをもてあそぶ）重い金《きん》でできた重い首飾り。私には目を見開いて餓死した女たちや子供たちの姿が見える！　空腹にさいなまれて！（クニッパードリンクの腹をたたく）立派な腹だ！　大きな胃袋とふくらんだ腸の太鼓腹！　汝の腹に幸いあれ、汝の食欲に幸いあれ！（女たちの方を見る）ふくよかな胸の女。そして乙女！　エルサレムの朝焼けの雲からこぼれる光のようだ！（再びクニッパードリンクの方を向く）おまえがあの裕福な男、ベルンハルト・クニッパードリンクなのか？

クニッパードリンク　いかにも。

ヨーハン・ボッケルソン　これがおまえの妻か？

クニッパードリンク　私の妻だ。
ヨーハン・ボッケルソン　これがおまえの娘か？
クニッパードリンク　私の娘だ。
ヨーハン・ボッケルソン　なるほど、おまえには美しい妻と美しい娘がいる。主はおまえに美しい女を授けたのだな。
クニッパードリンク　おまえは誰だ？
ヨーハン・ボッケルソン　私は誰でもない。私が身につけているぼろを見ろ！　私は腹ぺこで、腹ぺこの胃はからっぽ、からっぽとは何もないことだ！　そして何もないところには誰もいないのだ。
クニッパードリンク　どんな名前を名乗っているのだ？
ヨーハン・ボッケルソン　私はおまえの兄弟ではないのか？　私は哀れなラザロ（一一）ではないのか？
クニッパードリンク　私の何がほしいのだ？
ヨーハン・ボッケルソン　おまえには用はない。おまえのワインがほしい。おまえの金《きん》と装身具がほしい。ぐっすり眠れるベッドと着物がほしい。
クニッパードリンク　その代わりにおまえは私に何をくれるのだ？
ヨーハン・ボッケルソン　なぜ報いについて尋ねる？　私はおまえに永遠の至福を与えはしないだろうか？
クニッパードリンク　おまえが何者なのかわからないし、どこから来たのかもわからない。おまえは裸だから、服を着せてやろう。腹が空いているようだから、食卓につかせてやろう。のどが渇いているというなら、ワインをやろう。（自分のネックレスをボッケルソンの首にかけてやる）来い、私がじきじきにおまえの部屋に案内してやる。

カテリーナ（彼らの後を急いで追いかけながら）　ステーキを運んできますわ！　ワインとケーキも！

（ユーディットは数歩歩き、それから両手で顔を覆う）

（二人の男がミュンスターの路地で出くわす。だがこの二人の出番は幕の前で済ませてもらうのが一番だろう。つまり一方の男モレンヘックには足をオーケストラ・ボックスでぶらぶらさせ、もう一方の男には重い袋を背中に担いで上手から登場させるといった具合に）

モレンヘック（黒い髪をした腹の底の知れない人物）　はて、新教徒よ！　はて、はて？

男　はて、はて、とは、どういう意味だ？

モレンヘック　肩に担いでいる荷物の中身は何かな？

男　俺の全財産さ。

モレンヘック　どこへ行くのだ？

男　わからない。いま言えるのは、とにかくこの町の門の外に出るってことだけだ。

モレンヘック　客あしらいのいいこのミュンスターを、また間の悪いときに出ていくものだな。半時間もしないうちに雨になるぞ。

男　もし客あしらいのいいこのミュンスターを出ていかなかったら、半時間もしないうちに悪魔が俺をさらいにくるのさ。

モレンヘック　再洗礼派に対してずいぶんな言い草じゃないか。それで、おまえの奥さんや子供たちはどこにいるのだ。

男　あの連中はシャツを扱うように信仰を扱う。はじめはカトリックが流行っていた。よし、われわれはカトリックになった。それからルターが流行した。よし、われわれはルター派になった。いまでは再洗礼派が議会にすわり、妻は再洗礼派になると言う。ぼくも、と息子が言い、私も、と娘が言う。そこで俺は言ってやるのさ。俺はこのシャツが気に入っているし、ルター派のままでいる、とな。

モレンヘック　これは、これは！　おまえは信仰と頑固な性格を引きずってこの町を去るしかないわけだ。

男　あんたは鍛冶屋のモレンヘックじゃないのか？

モレンヘック　そうだが。

男　あんたはカトリックが流行していたころ、声高に司教を支持していたじゃないか。

モレンヘック　それがどうしたというのだ？

男　あんたの信仰は長続きしないってことさ。カトリックの信仰を胸にこの町を出ていかねばならなかったやつらをいっぱい見たよ、ちょうどいまの俺みたいにね。俺は脱帽したものさ。やつらの信仰は長続きするわけだからな。たとえそれがカトリックだとしても。

モレンヘック　新教徒の友よ、大砲って何だか知っているか？

男　はて、市役所に何台かそんなものがあったようだが。

モレンヘック　あのな、あれを扱えるのは俺だけなんだ。だから連中は俺に手が出せないってわけだ。

男　大砲なんて何に使うんだ？

モレンヘック　忠告しよう、新教徒の友よ。ケルンに行くんだ。あるいはオスナブリュックに。

男　そんなところに知りあいはいないよ。

モレンヘック　丈夫な足とがっしりした肩を持っているんじゃないのか？　あっちじゃ歩兵が必要なんだ。
男　フランス人と戦うのか？
モレンヘック　ミュンスターを取り囲む防壁や堀には詳しいか？
男　このズボンのポケットのなかみたいによく知ってるさ。
モレンヘック　ケルンへ行くがいい！　そういう男たちを求めているんだ。
男　わかった。
モレンヘック　わかったら口を閉ざせ。さあ行くがいい、さもないと明日には首が飛ぶぞ。
男　俺はケルンに行くことにするよ、モレンヘック。

（ミュンスター司教館の一室。車椅子に乗った司教が二人の小姓に押されて舞台に登場。舞台中央に来ると小姓たちは司教を観客の方へ向ける。司教は紫の衣装に身を包み、髪は雪のように白く、痩せぎすで、華奢な手に高価な指輪をいくつもつけている）


司教　行け！　行け！

わしをほっておいておくれ！

ボール遊びをするか、わしのシェパードたちとじゃれているがよい。

シェパードたちはおとなしいし、なかでもオーディンという犬をわしは心から愛している。

さあ、自分たちの若さにふさわしいことをしなさい。わしは、手前の広間に詰めかけて目を丸くしながらわしの方に首を伸ばしている人たちと、少し話があるのでな。

じきにクニッパードリンクも訪ねてくることじゃろう。

わしはあの男に金を借りている。

司教としてもばつが悪いそんな場面をおまえたちには見せたくないのじゃ。

さあ、子供たちよ、去るがよい！


（小姓たち退場）


司教　プログラムからお察しいただけますように――みなさんがプログラムをお持ちだとしての話ですが。それほど高いものでもありませんし――、わしはミンデン、オスナブリュック、およびヴェストファーレンのミュンスターの司教です。

その名はフランツ・フォン・ヴァルデック、
齢《よわい》は九九歳と九ヶ月と九日。

両足が麻痺しておりまして、一〇年ほど前からですが、まあこれくらいの年齢になればよく起ることでしょう。

子供たちがわしをここに運んできたこの見事な車椅子は、スルタンのスレイマンが一頭の白い象とともに贈ってくれたものです。しかし象をみなさんにお見せすることはできません。オスナブリュックにある畜舎におりますもので。わしのまわりにあるこのペンキを塗られたがらくたは、ミュンスター司教館の広間ということになっております。しかし請けあって申しますが、実際はこんなものよりはるかにすばらしかったのです。

残念ながらわしは明日の朝にはこの広間と館を出ていかなければなりません。ミュンスターの議会がわしに退去命令を出したのです。

さて、ここでみなさんに二言三言お話ししようと思いたちましたのは、気にかかることがあったからでして、
つまりみなさんのなかには、この舞台の上から聞かされることを何の役にもたたない無駄話だとお感じの方がいらっしゃるかもしれませんし、こんな昔の時代やわしらのような結局は朽ちはてることになる人間たちから教わることなどもはやほとんどない、とお感じの方がいらっしゃるかもしれません。

それが正しいのかもしれません。しかしどうか信じていただきたいのですが、この劇はみなさんに——もし注意深くご覧になって、ここで席をお立ちにならないならば——みなさんにもわしらにも有益なそれなりのことをお示しできるはずです。

わしは年寄りでして、
眠れない夜にはよく、神はわれわれ人間に理性と機知をたっぷりと与えてくれたのに、処世術はほんの少ししかお授けくださらなかった、と思ったりするものです。

これからみなさんには残酷で無意味に思われるようなことが演じられるかもしれませんが、どうかあまり驚かれませんように。

よろしいですか、世界はいかなる傷にも耐えられるものですし、人間が幸福かどうかなどということは、全体としてみればそれほど重要なことではないのです。

と申しますのも、幸福は人間には与えられなかったのだし、もし幸福な人間がいるとすれば、それは大きな恩寵というべきなのですから。

人間がこの地上をよろめき歩かなければならないのは、いかんともも変えがたいことです。

わしはこの世が悲惨に満ち、終わりなき絶望と混乱とに満ちていることを知っております。しかしそのことをこの舞台であまり深刻に扱わないとしても、それはみなさんやわしらの不幸をあざ笑うためではなく、ひとえに人間の営みを地球の重力から少しばかり切り離し、別の領域の光に照らして示したいからでありまして、そこでは線はよりはっきりと混じりけなく、かたちは背景からくっきりと浮かびあがって見えるのです。

わしらはみな、少なくともこの舞台の上では、みなさんより四〇〇年も前に生きておりまして、そのためみなさんより愚かで、鈍重で、子供じみたところもたくさんありますが、みなさんより勇敢で、正直で、たくましいところもあるのです。

たとえわしがラテン語とギリシア語を自在に操り、ホメロスやルキアノスをこよなく愛しているとしても、みなさんのところの鼻たれ小学生の知識にも及ばないところもあることは、よくよく承知しております。

さてしかし後ろで足音が聞こえました。

あれはクニッパードリンクの足音です。これから始まる会話にできるだけ注意深く耳を傾けてくださいますようお願いします。人間というもの、腹が空いているときには、どんなに乏しい食卓からでもパンくずを拾おうとするものでございます。

（クニッパードリンクが下手から司教の方に歩いてくる）

クニッパードリンク　猊下！

（司教は挨拶のしるしに片手を挙げる）

司教　議会のメンバーとして来たのか、それともクニッパードリンク個人として来たのか？

クニッパードリンク　クニッパードリンク個人としてまいりました。

司教　よかったら、あんたに椅子を持ってこさせよう。うるさい再洗礼派の連中が入ってこんようにドアのバリケードにしておったので、いまここにないのだ。

クニッパードリンク　立ったままでけっこうです。

司教　わしらはあんたに借金がある。司教にとってはみじめなご時世じゃよ、クニッパードリンク。人々はプロテスタントやもっとたちの悪いものになったりするし、教会はしみったれてしもうた。商売あがったりじゃ。

クニッパードリンク　お金はそのままお持ちください、猊下。

司教　分別のある債権者がおって本当にうれしいぞ。みんながあんたの例に倣わんことを。教会も感謝して、あんたの魂の至福のためにミサを挙げさせることじゃろう。

クニッパードリンク　そんな必要はございません。

司教　あんたは教会がすることを止められまいて。

クニッパードリンク　教会は乱暴です。

司教　教会は誰かに借りをつくったままでいるのを好まぬのじゃ。教会はあんたにもらった金を使って、再洗礼派に対抗する軍隊をつくるじゃろう。

クニッパードリンク　猊下は私にずいぶんはっきりものをおっしゃいますね。

司教　苦難の時代には明快なのが好まれるのじゃ。（間をおいて）金を返せというのでないとしたら、あんたはどうしてここに来たのじゃ。クニッパードリンクよ、わしから何を望んでおる？
クニッパードリンク　真実です。
司教　そんなものが教会の僕《しもべ》から聞けると思っておるのか？
クニッパードリンク　一〇〇歳になる人の口からそれを聞きたいと思いまして。
司教　ミュンスターの議会はわしにこの町を去るように命令しよった。
クニッパードリンク　あなたは出て行かねばなりません。私自身もその決定に加わりました。
司教　わしの傭兵たちがミュンスターを制圧するじゃろう。
クニッパードリンク　ミュンスターはあなたの傭兵たちを恐れたりはしません、猊下。
司教（暗い調子で）　あんたも車裂きの刑（二）で死ぬじゃろうて、クニッパードリンク。
クニッパードリンク　神がお助けくださるでしょう。
司教（悲しげに）　神はこの戦いではどちらも助けてくれんかもしれんぞ。
クニッパードリンク　ミュンスターの司教よ、あなたはなぜわれわれと戦うのです？
司教　単刀直入に尋ねるのがお好きのようじゃな。
クニッパードリンク　私も明快なのが好みなのですよ。あなたは聖書もご存知だし、われわれの文書もご存知だ。
司教　あれはひどい書き物じゃった。
クニッパードリンク　再洗礼派はただキリストが命じることだけを望んでいるのがおわかりでしょう。
司教　あんたらの一派のましな連中がそんなふうに望んでいることは疑わんよ。
クニッパードリンク　われわれに逆らう者は、キリストに逆らうことになるのです。
司教　そんな言葉には取りあわんことにしておる。（間をおいて）わしらはわしらの思うことを言うのじゃ。わしらにはあんたらの導き手としてそうする責任があるからのう。じゃが、わしらの方があんたらより優れておるじゃろうか？　神はわしらの胸から疑う心を消してしまわれたじゃろうか？

クニッパードリンク　私はもうあなたの教会には属しておりません。

司教　あんたは子供のとき教会に属しておったし、あんたの両親も、あんたの祖父母も教会に属しておった。あんたの家系図を夜の暗闇のなかに沈むほどさかのぼっても、やはりそうなのじゃ。それは根っこからわしらの手に委ねられておったのじゃ。

クニッパードリンク　あなたがたは腕の悪い庭師だったというわけですね。

司教　それはわしらにもわかっておるし、わしらが非難されることもあるじゃろう。じゃが、あんたらはまだわしらの手に委ねられておる。あんたらが聖者たちのことを信じないとしても、それがどうしたというのじゃ？　わしらだって信じておらんかもしれまい。じゃが、あんたらがあんたら自身のことを信じておるとしたら、クニッパードリンクよ、それはあんたらの破滅を招くじゃろうて。

クニッパードリンク　おっしゃることがわかりません。

司教　構わぬ！　あんたらは引き返すことはできぬし、そうするべきでもあるまい。あんたらはあんたらの道を最後まで突き進むしかないじゃろう。

クニッパードリンク　もっとはっきりおっしゃってください。

司教　何を言えというのじゃ！　おしゃべりなぞ何の役にもたたんわい。聖書に曰く、聞く耳を持つ者は聞くがよい（一三）、見る目を持つ者は見るがよい！　じゃが、誰が目や耳を持っておるじゃろう！　やっと目や耳が使えるようになったときには、ぽっかり口を開けた墓穴が見え、弔いの鐘が聞こえるだけなのじゃ。じゃが、それも何にもならん。墓の上は雑草が一番よく茂るのじゃ。

クニッパードリンク　猊下は何がおっしゃりたいのですか？

司教　こうやってわしは自分を元気づけたいのじゃ。よいか、わしは年寄りで、こうした話題がいかに難しいものか知っておる！　神を信じきれない臆病さがわれわれの問題なのじゃ！　たとえば、主の教えを剣でもって実現しようとしたり！　最も純粋な目的のために罪なき人々の血が流されたり！

クニッパードリンク　あなたがたはずっと以前からそうしてきたではありませんか？

司教　わしらが破滅したのは、わしらの信仰心が弱いがために、言葉によってではなく火あぶりの刑によってしか勝利を収めるすべを知らなかったからではなかろうか？（沈黙、それから陰鬱な調子で）祈るがよい、神がわしらの胸にもっと大きな信仰心を植えつけてくれるように。

クニッパードリンク　猊下、あなたはまるでルター派のようですね。

司教　あんたにルターの何がわかる！　わしはただ、ルターがわしらに致命的な一発を食らわしたことを認めとるだけじゃ！

クニッパードリンク　そのようにお考えなら、われわれの味方におつきください。

司教　破壊された寺院のなかに誤った偶像が建てられんようにするのが、わしの仕事なのじゃ。

クニッパードリンク　私たちのあいだの戦いは避けられないでしょう。

司教　けっしてな。

クニッパードリンク　それでもあなたにはわれわれを裁く資格などないのです。

司教　クニッパードリンクよ、問題なのは正義なんかじゃない。再洗礼派も司教も、どちらも神の前では正しくないのじゃから。

クニッパードリンク　われわれは神の国のために戦っています。

司教　あんたらは再洗礼派の国のために戦っておるのじゃ、クニッパードリンク！　あんたらは己自身に勝てんもんじゃから、世界を征服しようとしとるんじゃ。

クニッパードリンク　われわれが目指しているのは偉大なことであり、あなたがたが求めているのは小さなことなのです！

司教　人間には偉大なことはできん。人間にできるのは小さなことだけじゃ。そして小さなことは偉大なことよりも大事なのじゃ。謙虚でさえあれば、わしらはこの世で多くの善をなせるのじゃ。

クニッパードリンク　偉大なことを完成させるために、神がわれわれに手をお貸しになるでしょう。

司教　わしらが偉大と呼ぶものは、神の前では小さいのじゃ。

クニッパードリンク（突然司教の肩を抱きしめて）私はどうすればよいのでしょう？

司教（いくらかためらった後、暗い調子で）再洗礼派と司教にとって大切なことをするのじゃ。汝自身と同じように敵を愛せ[一四]、汝の所有するものを売り貧しき人々に与えよ[一五]、そして災いを受けいれよ[一六]。

クニッパードリンク（司教から手を離しながら）再洗礼派の文書にもそう書かれてはいませんでしたか？

司教　そう書かれている。

クニッパードリンク　同じことを言っているのであれば、再洗礼派とキリスト教徒はひとつではないでしょうか？

司教　ひとつなどではない。再洗礼派は剣であり、わしらはそれに殺される肉体じゃ。

クニッパードリンク（深淵に突き落とされたかのようにゆっくりと）どうか私がここを去る前に、祝福を与えてください。

司教　あんたは再洗礼派じゃ、クニッパードリンク。わしらはあんたに祝福を与えることはできん。

クニッパードリンク　もはや人間扱いされないほど、私は罪深いのでしょうか？

司教（長い沈黙の後）　わしは主の掟にしたがってきたじゃろうか？　わしの手の指には金《きん》の指輪がはまってはおらんじゃろうか？　敵と戦ってはおらんじゃろうか？　あんたを祝福できるほど、わしはあんたにまさっておるじゃろうか？

クニッパードリンク　主の御心が行なわれますように。

（ただちに舞台は暗転。クニッパードリンクの台詞に続いて、すぐに野菜売りの女の台詞が聞こえる。この女は強いスポットライトをあてられて上手端の前舞台《プロセニアム》にすわっており、特大の籠を自分の横に置いている）

野菜売りの女　ミュンスターのみなさん！　旦那さん、奥さん、娘さん！　このレタスを見ておくれ！この自然の驚異を見ておくれ！　まん丸で青々してるよ！　赤ちゃんのお尻のように柔らかいよ！乙女のように新鮮だよ！
旦那を愛してるんなら、このレタスを買わなくっちゃ！

（ここで舞台は再び明るくなり、ミュンスターの下層民の男女たちが舞台中央に処刑台を運んでくる。誰もが色鮮やかな絨毯のような華やかな中世風の衣装を身にまとっている）

市民１　まったくひどいご時世だ！　祭りもなけりゃ、死刑もない！　一週間前は違ってたんだがな！うちの息子は麻疹《はしか》にかかって、俺が何か話してやらないと眠らないんだ。

（舞台奥からトランペットの一吹きが聞こえる）

市民2　おい、こっちを見てみろ！　おまえの息子は今日は眠れるかもしれんぞ！

（熱狂的で厳かな行列をなして口上係、死刑執行人、死刑執行助手数名が舞台に登場し、処刑台にあがる。全員が珍妙な中世風の制服を着ている）

女（娘に）　口上係と死刑執行人が来るよ！　新しい死刑執行人だ！　前の死刑執行人はおかみさんに階段から突き飛ばされて、足を折ったんだとさ。

野菜売りの女　りんごだよ！　りんご！　楽園直送だよ！　知恵の木からもいだやつだよ！　胃につるんと滑り落ちて、はらわたをきれいにしてくれるよ！　安いよ、大まけだよ！

娘　新しい死刑執行人さん、いい男だわ！

（口上係が厳かで悲痛な表情を浮かべながら人々の前に歩みでて、長い杖で地面を三度たたく）

市民1　おいみんな、静かに！　掟がお話しになるぞ！

市民2　いまわれわれの前で地面をたたいているのは正義そのものだ。

市民1　悲しげな顔をした悲しげな正義だ。

口上係　ヴェストファーレンのミュンスターの議会よりヴェストファーレンのミュンスターの市民に告ぐ。われわれは協議の結果、脱走したのらくら修道士マクシミリアン・ブライベガンツを、市民に恐怖と警告とを与えるために、剣によって死刑に処すこととした。この男の罪は女と寝たことである。

（「市民に恐怖と警告とを与えるために、剣によって死刑に処すこととした」という部分は、よく知られた言い回しであるらしく、大勢の人が大声でいっしょに唱える）

市民2　おい、正義と美徳の化身とやら、議会はヴェストファーレンのミュンスターの市民に何が言いたいんだ？　女と寝ることは禁止されているのか？

口上係　（威厳をもって）　正規の手続きを踏まない問いあわせを受けつけたり、それに答えたりすることは、公務員には禁じられている。そのような市民に対して当局は、議会が発布した命令への問いあわせは議会にするよう要求する。（退場）

野菜売りの女　にんじんだよ！　にんじんを買う人はいないかい！　胃を通っていくものはね、哲学であり、教養であり、愛なのさ！　にんじんはどうだい！　にんじんはどうだい！

（そのあいだに処刑台の上では死刑執行人がうろうろ歩きまわり、現代のボクサーがするように筋肉を動かしてみせる。それから彼は旗振りがするように斬首刀をもてあそぶ）

市民1　あの新しい死刑執行人、すごい右腕をしてるぜ。

市民2　将来有望だな。

市民1　彼にいつでもたくさんの仕事がくることを期待するよ。実地に人間を相手にしなきゃあ、完璧な死刑執行人は育たないからな。

娘　すごい！　あの腕に脚！　ぴちぴちの肌！　それになんて胸毛なの！

（二人の兵士が修道士マクシミリアン・ブライベガンツを連れてくる）

修道士　これは不当だ！　これは不当だ！

兵士１　天が裂けるほどわめいていやがる。恥を知れ！　おまえは老いぼれた罪人で、びた一文の価値もないのだ。

修道士　これは不当だ！　宗教裁判ならわかるが、異端審問にかけられるいわれはない。

兵士１　おまえには最後の審判が一番お似合いさ！

修道士　大地が裂けようとも、私は叫ぶ。これは不当だ、と。

兵士２　さあ落ち着いて！　落ち着いて！　そうしないと女たちが感心してくれないぞ。

修道士　私の舌を引き抜くがいい、私の首を百万回でも締めつけるがいい、私の首をはねて地下何里もの深みに埋めるがいい。それでもその首は叫び続けるだろう。これは不当だ、と。

兵士２　畜生！　さっさと首をはねられちまいな。ちょっとおとなしくしていりゃ済むんだから。

修道士　私は死にたくない！

兵士１　だが俺は昼飯が食いたいのさ！　おまえにわめかせておく時間はない！

（兵士たちは修道士を舞台の処刑台の上に引っぱっていく）

市民１　見てな、あの坊主野郎これから演説を一席ぶつに違いねえ。

市民2　ああいう手合いにはさるぐつわでもはめた方がいいぜ。この前のルター派のやつなんか、首を差しだす前に二時間もしゃべりやがった。死刑執行人が眠気に襲われちまったもんだから、その後の処刑もお粗末だったしな。

（修道士は処刑台の上で少し前に歩く）

修道士　みなさん！　ヴェストファーレンのミュンスター市民のみなさん！
野菜売りの女　赤かぶだよ！　きれいな真っ赤な赤かぶだ！　赤かぶを買う人はいないかい！　安いよ！　安いよ！　みごとに赤い赤かぶだ！
修道士　そこの女よ、静かにしてくれ！　私は辞世の言葉を述べるつもりなのだ。
野菜売りの女　坊主さん、無駄口をたたかずに首をはねられておしまい！　私は一六人の子供とその子たちの一七人の父親を養わなきゃならないんだ！　赤かぶだよ！　赤かぶ！　血のように赤くて、あのときみたいにうっとりするよ！
修道士　お聞きください、みなさん！
野菜売りの女（ものすごい大声で）　玉ねぎだよ！　きれいで新鮮な玉ねぎだよ！　子孫のことを思うなら、玉ねぎをお買い！　そうすりゃ女はひとりでに妊娠して、子供が生まれて、家族ができるのさ！　玉ねぎをお食べ！　私らはやっと世界史のなかほどに来たばかり！　暗黒の中世とやらが終わりを告げたところ！　これからまだどんなに厄介なことが待ち受けているか、考えてみるがいいさ！　私らの前にある霧のたちこめた未来に広がっているものといや、まずはずしりと長い三十年戦争、それから王位継承戦争、七年戦争、フランス革命、ナポレオン、普仏戦争、第一次世界大戦、ヒトラー、第二次世界大戦、原子爆弾、第三次、第四次、第五次、第六次、第七次、第八次、第九次、第一〇次、第一一次、第一二次世界大戦！　それで子供が必要になるのさ、いいかい、死体が必要になるのさ！　そういうわけで、進歩を愛するならば、玉ねぎをお食べ。玉ねぎは世界史の助けになるからね！　玉ねぎをお食べ！　将来のことを考えてみな！　そうすりゃちょっとしたにおいなんか気にならないはずだよ！

（この先見の明に満ちた話のあいだに、処刑台の上では修道士が取り押さえられる。彼は耳をふさぎ、服従してひざまずく）

修道士　すべての聖者にかけて言う！　一気に殺してくれ！　こんなことには耐えられない！

（死刑執行助手たちが最後の準備をする）

女　痩せこけた男だこと！

市民1　あいつの首は細長いぞ。こいつはいい。死刑執行人がすぱっとやってくれるかもな。

市民2　あの死刑執行人の腕前がもうじきわかるってもんさ。

（死刑執行人が修道士に歩み寄る。死刑執行助手たちは脇へよける）

市民1　あの死刑執行人のつっ立ちかたはなんだい！　ありゃあルール違反だぜ。

市民2　あれがスペイン流の新しいスタイルなのさ！　いま一番新しいやつだぜ！　まあ見てな、きっと気に入るから。
娘　死刑執行人さんまるで神さまみたいだわ！
（死刑執行人が首をはねようとしたちょうどそのとき、クニッパードリンクが舞台に飛びこんでくる。頭に灰をかぶり、まるで贖罪者のようないでたちである。肩には大きな袋を担いでいる）
クニッパードリンク　贖罪だ、贖罪だ、贖罪だ！　おお、おお、おお！　贖罪し回心して、天なる神の復讐を自らの身に招かぬようにしなさい！（袋から金貨を取りだし、人々のあいだに投げる）とるがよい！　とるがよい！　ほらほらそこだ！　金貨だ！　ころころと転がり、ちゃりちゃりと音をたて、ひらひらと舞い、石を飛び越え、小さな太陽のように地面で輝いている！　どこかへ持っていってくれ！　こんなもの見たくもない！
（見物の人々、死刑執行人、兵士、死刑執行助手は、金貨に飛びつく）
クニッパードリンク　金貨よ！　まばゆい黄金よ！　腐るほど貯まったおまえ！　おまえはどうして私が永遠の至福を得るのを妨げようとするのか？（走り去る）
市民1　あいつの袋のなかにはもっとあったぞ！　まだまだあったぞ！
（ひどく入り乱れ、重なりあうようになりながら、みんながクニッパードリンクの後を追いかけていく。死刑執行人もそこに紛れこんでいる。処刑台にすわりこんだ修道士と野菜売りの女だけを残して、舞台はからっぽになる。豪華な衣装を身にまとったカテリーナ・クニッパードリンクが登場)

カテリーナ　クニッパードリンク！　クニッパードリンク！（クニッパードリンクが姿を消した方向を目指して急いで立ち去る）

修道士　あなたは金貨はいらないのかね？

野菜売りの女　あたしは施しは受けない主義なのさ。階級意識を持ったプロレタリアなんでね。

修道士　ほらご覧、グルデン金貨だ！　それにほら、聖者たちと聖母マリアさまが守ってくださったおかげで、私の首はさっきまでと同じように肩に載っかっている！　私の懐に転がりこんできたこのグルデン金貨で、さて何を売ってもらえるかな？

野菜売りの女　おまえさんの首があたしの懐に転がってくる方がよかったんだがね。あの新しい死刑執行人は不作法者だよ。あれがスペイン流だっていうのかい？　昔の死刑執行人だったら、死刑のたびごとにあたしの懐に首が転がってきたよ。そいつをキャベツの山に混ぜておく、これがドイツ流だったのに。金をよこしな、玉ねぎをあげるから。

修道士　なんとしてもこの町から出ていくぞ。

(大きくて幅の広い天蓋つきベッドが下手奥に見える。ベッドにはカーテンがかかっており、観客がなかの様子を覗きたくてもできないようになっている。上手にはボッケルソンがすわり心地のよさそうな椅子にふんぞりかえっている)

(二人の侍女が彼の左足を洗い——ボッケルソンはバスローブを身につけただけの格好である——、もう一人

が彼の右足を洗っている。別の二人の侍女はそれぞれ彼の左右の手の手入れをしており、五人目の侍女は櫛で彼の髪を整えている)

(下手端にユーディット。顔を膝にうずめている)

ヨーハン・ボッケルソン　いいぞ、女たち、その調子だ! 巻き毛には香油を塗るのだ。手にはオーデコロンをすりこみ、爪にはやさしくやすりをかけるのだ。短すぎず、上品にとがっているのが私の好みだから。足には湯をかけ、それから冷たい水をかけてくれ。かわるがわるそうやってもらうのが私は好きだからな。

それから、左足の指を一本一本柔らかな布で拭いてくれているおまえ、もっと私の方に服をはだけてくれないか。そしたらおまえの胸がもっと奥まで覗けるから。

それに鼻の穴からちょっぴり顔を出している私の鼻毛ちゃんを、そのかわいい白い指で抜いてもらうのもいいな。

こうしたことが私は大好きで、柔らかなバスローブのなかで心地よく体をくねらせるのさ。

あのベッドにまた入るのも楽しみだ。クニッパードリンクの柔らかなベッド。あの金持ちはいままでは溝《どぶ》で眠り、娼婦まで再洗礼派に改宗させようとしているんだが、娼婦の方ではあいつの話を聞くと退屈してあくびが止まらない始末。だがあいつの妻の体は最高だ。

おまえたちの前に大聖堂のようにそびえ立っている大きなベッドのカーテンの向こうで、彼女は私を待っている。

クニッパードリンクの集めた見事な品々に身を委ねるのはすばらしいことだ。

たとえあいつがぴかぴかの金貨を袋に詰めて通りの連中に何度かばらまいたとしても、

あいつの財産の九割は私があいつの妻の名義に書き換えさせておいたのさ。

預言者だって弁護士並みの高度で巧妙な技術に精通しておかなくっちゃ。

不信心者が流す血やら、最後の審判やら、切り刻まれた肉体やらについて話すしか能のないほかの預言者どもとは、私は違うんだ。

たとえばあのけちなパン屋の親方ヤン・マティソンみたいな連中とはね。

そりゃあそんな話もたまには刺激的だろうし、私だってそういった空想にふけることもある。

だが私は何より、取り巻きの連中に、
もし私が再洗礼派の王になったらどんなに楽しいことが待ち受けているかってことを、吹きこむようにしてるんだ。

私はソロモンのような王になって、浜辺の砂ほどの数の女を持つだろう。

すでに私は片方の目をマティソンの妻、あの美しいディヴァラに向けた。

もう一方の目はカテリーナ・クニッパードリンクに情け深く注いだままで。

この件についても天が私の味方だってことはよくわかっているんだ。

私はクニッパードリンクの妻をシナイ(一七)の大公にしてやり、マティソンの妻をカルメルの領主にしてやろう。そして二人とも私の正妻となるのだ。

おおディヴァラ、おまえが好きだ。

カモシカのようにしなやかなおまえが！

おまえのためにカモシカを讃える詩を何十万と捧げよう。

しかし大公や領主は彼女たちだけにはとどまるまい。

なぜって聖なる国には数知れぬ山や谷や川や町があって、それぞれに称号をひねりだしてやらないといけなくなるだろうから。

だがさしあたり私の念頭にあるのは、再洗礼派の王にのしあがることだ。まだ私はパン屋の親方ヤン・マティソンの陰に隠れているが、だからといってあんまりがんばりすぎないようにするつもりさ。絶好の機会を辛抱強く待つのが私の流儀だからな。うるさくせがまない方が、天の恵みも多かろうってもんさ。

さてと、女たち、私はもう起きあがろう。

そっと歩いていっておまえたちの部屋の閂《かんぬき》を私のために開けておくのだ。

夜は長いからな。


（ボッケルソンと侍女たちは暗闇に消える。照明があてられているのはベッドとユーディットだけになる。カテリーナ・クニッパードリンクが天蓋つきベッドのカーテンから顔を出す）


カテリーナ　みなさんに理解していただけないことはわかっています。いまでは私は夫とは別の男と共寝をし、ライデンのヨーハン・ボッケルソンという男が、これまで裕福なベルンハルト・クニッパードリンクのものであった権利を手にしているのですから。

私は弱い女にすぎませんし、私たちは血に抗うことができるでしょうか？

男と女とは何でしょうか？

男と女は互いにわかりあえたり、相手の目の背後にあるものを見抜いたりできるでしょうか？

この家にある日よそ者がやってきました。

彼の服はぼろぼろに破れており、半ば裸のような格好で、私は彼の体を、その筋肉を覆う肌を見たのです。

クニッパードリンクは彼に金《きん》の首飾りを与えました。

夫は彼に宝石や金銀細工であふれる長持を譲り、それから自分が建てたこの家を出ていってしまったのです。妻と娘を置き去りにして。

娘はからっぽになった広間をうろうろして涙を流すばかり。

ところが私はこの見知らぬ男の女になってしまいました。どうしてそうなったかもわからないままに。

彼は私の膝に身を沈め、彼の体と私の体が重なります。彼の手は私の胸に置かれ、彼の指は私の髪をもてあそぶのです。

私にこうしたことを変える力があるでしょうか?

ここで私は幾多の鐘楼が時を打ち鳴らす音を聞き、下の通りを行きかう人々のざわめきを聞いています。

彼は私をわがものとし、私は彼のことしか考えられません。

ただ夜になって、彼が大きな手足を伸ばし、笑ったように口をゆがめて私の隣に裸で寝ているときに、私はしばしば起きあがって部屋に目を凝らし、夜がそのうつろな顔を覗かせている目の前の窓枠を見つめては、はらはらと泣くのです。

それというのも、やがては不幸と涙が押し寄せ、あらゆる快楽の代償として絶望が待ち受けていることを、私は知っているからです。

私たちが愛しているあの男の体は車裂きの刑によって砕かれ、いまは門の前で楽しそうに遊んでいる犬たちがその血をなめることでしょう。

（カテリーナは再びカーテンの背後に引っこみ、ベッドも暗闇のなかに姿を消す。ユーディット一人になる）


ユーディット　父は家を出ていってしまいました。

財産を捨て、月の光に静まる路地へと飛びだしました。

父は貧しくなり、身につけるものとてなく、最後のパンを道ばたの犬と分けあっています。

父を見た人々は、指をさして笑います。

私の母も父を見捨て、ほかの男と寝るありさま。

でも私は父とともにあります。たとえ父のしていることが理解できなくても。

質問することは私のすべきことではありません。私は父に仕えるためにいるのです。だから私はこの家を出ていかなければなりません。父が廊下を歩くことはもうありませんし、侍女たちはよそ者の言うことを聞いているのですから。私は父のもとへ行き、父と苦労をともにし、父と同じようにぼろをまとい、顔を覆って生きるつもりです。


（幕がおりるあいだに、舞台中央奥に預言者ヤン・マティソンが亡霊のように床から浮かびあがってくる。彼自身の姿もある程度は亡霊じみて見えなければならない。できるならば、非常に痩せた長身の俳優がこの役にふさわしい。顎にはものすごいひげを貼りつけ、ニクラウス・フォン・デア・フリューエ（二八）の比較的新しい肖像画を思い起こさせるような風貌。自分の背丈ほどもある剣を両手で持っている）

ヤン・マティソン　私ことヤン・マティソンは、意味深い仕掛けに押しあげられて、舞台の床から立ちのぼってまいりました。手には正義の剣を持ち、口もとには叡智の言葉を浮かべております。

私は聖なる事柄を弁護しようと思いたちまして、というのもこの舞台では——怒りをこめた面持ちで申しあげますが——それが卑劣にも辱められ、公衆の嘲笑の種にされているからであります。

たとえば、

まずここで描かれておりますの再洗礼派の人間といえば、相当の愚か者であるか、われわれにとってひどく不愉快なボッケルソンのような大ぼら吹きばかりでございます。

あるいはまた、

冒頭に登場した三人のように、視野が狭いとはいえ深みがなくもない人物たちが、滑稽で頑迷な道化としてさらし者にされておりまして、

演出家の悪意に満ちた思いつきがそれに拍車をかけているのです。

ともかくこうした困った状態を根絶やしにするために、私どもは次のことを指摘しておく義務があると考えたしだいです。すなわち再洗礼派を扱った、このいかがわしく歴史的に見て厚顔無恥としかいいようのないパロディの書き手は、

最も広い意味での根無し草的プロテスタントにほかならず、腫れもののように疑いにとりつかれ、自分がなくしたがゆえにまた賛嘆もしている信仰というものに対して不審を抱いているのです。

悲しげな決まり文句と下品なことに対する奇矯な喜びとをごった煮にしたような性格の男で、

宗教の不倶戴天の敵である教皇にさえ平気で屈服しますが、それはただそうやって私どもに新たに手痛い攻撃を加えるためなのです。

これについてはおそらく——私の言葉に説得力をもたせるためには——あの司教のことを思いだしていただければ充分でしょう。みなさまの前でこの舞台の床を汚した、あのサンタクロースのような気の抜けたおやじです。

実際あの男は、これまでこの地上に現れたなかでも最も干からびた道楽者の一人でした。妾を囲っておりまして、
その妾の名はアンナ・ペールマン。

司教は信条の点ではプロテスタントに近いところもありますが、その野心の点ではまさにカトリックというべきで、
預言者であるこの私と戦うために軍を組織し、その軍を率いていまやこの町の門にまで攻めいろうとしています。

私は――

みなさまが私という人物に対して抱いておられる好奇心をそろそろ満足させるために申しあげますと――五〇歳になるまでハールレムでパンとケーキを焼いておりました。

すると星の輝くある夏の夜に、主が雷鳴の轟きとともに私に語りかけたのです。私は耳が遠いので、やさしいささやき声だと聞き逃すと思われたのでございましょう。

こうしてパン屋の親方ヤン・マティソンは主の預言者となったのです。

いまみなさまの前に立っております私は、これから再洗礼派の議会に出向くところでありまして、
見目麗しいディヴァラの腕を後にしてきたばかりです。

彼女はハールレムでうちの喫茶店のウェイトレスをしていました。

プリンツィパルマルクト通りを歩く私の姿ときたら、さぞかしほれぼれするものだったでございましょう。こんな具合でございました。

左からも右からも、前からも後ろからも、人々は私に挨拶し、つば広の帽子を振り、私の黒いコートの縁にも口づけするような勢いでした。

私は三歳から小児麻痺にかかっていた二〇歳の女の腰に手を触れました。するとどうでしょう、女は歩けるようになりました。そして人々は、いと高きところでは神の栄光がありますように、と歌いだしたのです。
これは間違いなく最も心を打つ場面のひとつになったことでしょうが、あのプロテスタントの書き手に黙殺されました。彼は奇蹟などにかかわるつもりはないからです。
こうして歴史の最も崇高な瞬間のひとつが、このうえなく殺伐とした合理主義の犠牲となったのです。

（幕があがる。どっしりした椅子が五つ、大きな半円状に並んでいるのが見える。真ん中の席と観客から見て左端の席は空いている。真ん中の左隣の席にロットマン、右隣の席にクレヒティング、右端の席にはボッケルソンがすわっており、ボッケルソンは観客の方に顔を向けている。マティソンは観客にくるりと背を向けて、中央の華美な椅子に歩み寄る。この椅子はまたほかの椅子よりも少しばかり高くなっている）

ヤン・マティソン（席について）　私の左右の正義と復讐の席に着かれた再洗礼派の長老たちよ！
ロットマン（小柄で機敏そうな男）　申し訳ないことに、われわれは全員そろってはおりません！
ヤン・マティソン　同志クニッパードリンクの席が空いているな。
ロットマン　これで四度目です、同志マティソン。
ヤン・マティソン　同志ボッケルソンは同志クニッパードリンクについての詳細を知りはせんか？

（ボッケルソンはぞんざいに首を横に振る）

ロットマン　われらが同志クニッパードリンクは娘とともに野宿し、昼間にはありとあらゆる家をまわっては軒先で説教をしています。

ヤン・マティソン　同志クニッパードリンクの教えは再洗礼派の教えに背くものなのか？

ヨーハン・ボッケルソン（振り向きもせず）　あんたがたの教え同様、ちっとも背いてなんかないさ。

ヤン・マティソン　どうやら同志クニッパードリンクは職務に関心がないようだ。同志クニッパードリンクの後釜として、私は金細工師の同志ドゥーゼンチュールを最高幹部のメンバーに任命しようと思う。

ロットマン（すかさず）　私は同志マティソンの決定に賛成します。

ヨーハン・ボッケルソン（ゆっくりと、しかし静かに迫力をこめて）　同志クニッパードリンクにはわれわれはずいぶんとおかげを被っている。本人の同意なしにやつを長老議会からはずすことはできないんじゃないかな。やつが議会に出る気がないのなら、われわれ四人で決めればいいんだ。

クレヒティング（重々しく口数の少ない人物。ボッケルソンの方をちらりと見て）　同志クニッパードリンクの名誉を傷つけてはなるまい。彼は民衆に絶大な信奉を得ているから。ひとつ彼と話してみてはどうだろうか。自分の方から辞職を願いでるかもしれないし。

ヤン・マティソン（いらいらしながらロットマンに向かって）　そなたは私の決定に賛成だったな、同志ロットマン？

ロットマン（慎重に）　同志クレヒティングの見解の方に分がありそうに思われますが。

ヤン・マティソン（窺うような目つきで）　私は多数決の原理に逆らってでも自分の決定を実行することができるのだぞ。

ヨーハン・ボッケルソン　私は同志マティソンの決定には反対だ。

クレヒティング　私の提案は譲れません。
ヤン・マティソン（腹の底の知れない声で）　その提案を受けいれるとしよう。同志クレヒティングが同志クニッパードリンクと話すがよい。（間をおいて）町の外にいる同志たちからはどのような報告が来ておるかな？
ロットマン　やはり司教が軍隊を組織している模様です。ケルンとオスナブリュックに傭兵が集められました。ドルトムントでも似たような動きがあります。司教がわれわれと戦うために準備している軍勢は八千人にのぼると言われています。
ヤン・マティソン　同志クレヒティングならどうするかな？
クレヒティング　市壁の改修工事を行ない、市民を招集する必要があります。四千人の軍隊が作れるでしょう。
ヤン・マティソン　同志クレヒティングよ、野に咲く百合、屋根に憩う鳩を見るがよい。
クレヒティング　同志マティソン、それはどういう意味でしょうか？
ヤン・マティソン（不敵に）　市壁の修繕はしないし、市民の招集もしないということだ。

（この発言に驚いて、みんな沈黙する）

ロットマン（ためらいながら慎重に）　同志マティソンは司教との交渉に応じて、彼の要求を呑むおつもりですか？
ヤン・マティソン　同志ロットマンは私が司教のあらゆる要求を即座にはねつけてきたのをご存知のはずだが。

ヨーハン・ボッケルソン（きっぱりと）　私は同志クレヒティングの提案に賛成する。
ヤン・マティソン（断固として）　同志クレヒティングの提案は却下する。この町の防衛はそれをなすべきお方に委ねようではないか。
クレヒティング　同志マティソンは誰がそれをなすべきだと考えておられるのですか？
ヤン・マティソン　それは神のなさるべきことなのだ。

（気まずい沈黙が生じる）

ロットマン　アーメン。
クレヒティング　同志マティソンが責任をおとりになるのですぞ。
ヨーハン・ボッケルソン（投げやりに）　老いぼれた神さまがわざわざ骨折りしてくれるなんてことを、同志マティソンが信じていればのことだがね――
ヤン・マティソン（立ちあがる）　この町を敵の手から守ろうという意図をもって行動する者がいれば、この剣によって倒れることになるだろう。

（彼はゆっくりと下手に進む。ロットマンがそれにしたがう）

ロットマン　いと高きところでは神の栄光がありますように！

（マティソンは、椅子にすわったままのクレヒティングとボッケルソンの方を向く）

ヤン・マティソン　この剣によって殺されることになるだろう、それがそなたたちの一人だとしても。

（彼は退場する。ロットマンもそれを追うが、退場する前にクレヒティングとボッケルソンにとまどったような丁寧なお辞儀をしていく）

ヨーハン・ボッケルソン　馬鹿どもめ！

クレヒティング（固くて重々しい口調で）　ロットマンはわれわれに同意していたのかもしれないが、マティソンに逆らう勇気がなかったのだ。

ヨーハン・ボッケルソン（観客の方からクレヒティングの方へと向きを変えて）　ロットマンは誰にでも同意するのさ。あいつはミュンスターの魂をくわえて再洗礼派の教会に引きずってくる犬なんだ。

クレヒティング　ドゥーゼンチュールを議会に入れてはならぬ。

ヨーハン・ボッケルソン　ドゥーゼンチュールなんて、マティソンが失敗を取り繕おうとして引っぱりだしてきた道具以上のものではないさ。

クレヒティング　ミュンスターを守らなくては！

ヨーハン・ボッケルソン　マティソンの阿呆のおかげで司教との戦争がいまにも始まりそうだ。もっと軍勢を集めておかなくてはならなかったのに。とんまなやつを交渉役にしたもんだ……

クレヒティング　どうしたらよいだろう。市壁の改修は必要だ。

ヨーハン・ボッケルソン　マティソンの妻の、あの美しいディヴァラのことは知っているか？

クレヒティング　あの女が市壁の傷みとどんな関係があるというんだ。

ヨーハン・ボッケルソン　一人は夜ごとにあいつの妻の胸を拝み、もう一人は市壁の穴を塞いでいくっていうわけさ。
クレヒティング　そんなことでもやってみるしかないだろうな。
ヨーハン・ボッケルソン　美しいディヴァラを頼みにするとしようぜ、同志クレヒティング。

（動かずすわっているこの二人の再洗礼派の手前に、傭兵の野営地を描いた包装紙が天井から垂れさがってくる。野営地の上空はダークブルーで、十三夜の黄色い月、星を表すさまざまな色の斑点、中規模でさほど珍しくない彗星が描きこまれている。土星とその輪も見えるし、火星にはいくつもの運河があり、帆船が走っている。この包装紙の前に、きわめて壮麗な戦闘服を着た二人の男が歩いてくる。兜や鎧、その他の装備に身を包んでおり、もちろんブーツも忘れてはならない。彼らの一人は司令杖を手にしている。彼らの兜の面貌は閉まっているが、発言するたびに必ず持ちあげること。それが済むとまた下に落ちてきて顔を覆い隠す。すなわち顔は発言のときだけ見えることになる）


ヨーハン・フォン・ビューレン　明日、日の出とともに、われわれはこのケルンの野営を出発し、軍と合流してミュンスターへと向かう。

騎士フォン・メンガーセンよ、司教がおぬしを俺の部隊の副司令官に配属したこと[一九]を伝えておこう。

ヘルマン・フォン・メンガーセン　九年も前のことになるが、われわれがパヴィア郊外に集まった軍隊の前で行なった決闘のことは水に流そう。

ヨーハン・フォン・ビューレン　おぬしは右耳を失った。

ヘルマン・フォン・メンガーセン　おぬしは左手の三本の指を。

ヨーハン・フォン・ビューレン　次にはおぬしを徹底的にぶちのめそうと誓ったものだ。

ヘルマン・フォン・メンガーセン　おぬしはプロテスタントで、俺はカトリック。あのころ俺はフランスの王様に仕えていたし、いまおぬしは司教に仕えている。

ヨーハン・フォン・ビューレン　誰に仕えるかなんて問題じゃなく、大事なのは稼ぎだ。おぬしのフランス奉公は実入りが悪かったんじゃないかい。

ヘルマン・フォン・メンガーセン　二〇ドゥカーテン（二〇）さ、司令官殿。

ヨーハン・フォン・ビューレン　少ない、少ない！

ヘルマン・フォン・メンガーセン　しかも国には九人の子供がいるんだ、騎士フォン・ビューレンよ。

ヨーハン・フォン・ビューレン　イタリアじゃあ山ほど略奪品にありつけたぜ。だがあの土地の空にぎらぎらと燃える太陽は強烈で、人間をいかれさせちまう。俺なんかパドゥア（二一）の女の腕のなかにいちころさ。

ヘルマン・フォン・メンガーセン　イタリア女は高くつくと聞いたが。

ヨーハン・フォン・ビューレン　それで俺の財布がすっからかんになったことを思いださせないでくれ。

ヘルマン・フォン・メンガーセン　ミュンスターには黄金がどっさりあるというやつもいれば、多くの獲物は望めないというやつもいるな。

ヨーハン・フォン・ビューレン　この仕事を引き受けるかどうか、俺はずいぶん迷ったものさ。カール皇帝のチュニス（二二）遠征のことを考えてみろ！　この懸念が現実のものにならないことを望みたいよ。

ヘルマン・フォン・メンガーセン　オスナブリュックとドルトムントの分も含めて、味方の軍勢はどれくらいになりそうなんだい。

ヨーハン・フォン・ビューレン　七千人ぐらいかな。敵は三千人ぐらい用意してくるかもしれない。

女は別にしてだ。いざ防衛となりゃあ女も使ってくるだろうが。

ヘルマン・フォン・メンガーセン　守備隊が襲撃してくることも見こんでおかないとな。

ヨーハン・フォン・ビューレン　あの町を守る城塞は強力だ。だが傷んでいるという噂もある。

ヘルマン・フォン・メンガーセン（大きな身ぶりで）　そんなもの俺の大砲でぶっ飛ばしてやるぜ。

ヨーハン・フォン・ビューレン　包囲が長引く覚悟もしておかなくては。あの町は兵糧攻めにするしか手がないかもしれないしな。

ヘルマン・フォン・メンガーセン　神よわれらを憐れみたまえ！

ヨーハン・フォン・ビューレン　傭兵たちの検査は済ませたか？

ヘルマン・フォン・メンガーセン　もちろんだとも、騎士フォン・ビューレン。

ヨーハン・フォン・ビューレン　騎士フォン・メンガーセン、それでどう感じた？

ヘルマン・フォン・メンガーセン　傭兵たちは弱っているようだ。

ヨーハン・フォン・ビューレン　梅毒持ちが多いのさ。

ヘルマン・フォン・メンガーセン　至上の快楽にあんなみじめな病気がとりついているなんて、天もとんだ失策をやらかしたもんだ！

ヨーハン・フォン・ビューレン　錆びついた剣での戦いを強いられそうだな！

ヘルマン・フォン・メンガーセン　死ぬまでおぬしと一緒に戦おう、俺たちのよき目的のために！

ヨーハン・フォン・ビューレン　だがもう行こう。木星が空高くのぼったし、俺のテントではおぬしの好きなワインが待っている。

（ミュンスターのエギディ門と市壁が見える。市壁の上には一人の市民が立ち、緊張して外を見張っている。

かがんでいるので、観客にはお尻を突きだす格好になっている。上手からボッケルソンが舞台に登場）

ヨーハン・ボッケルソン　三方から傭兵の軍隊がミュンスターに向かっている。

ケルンを出発した四千人の兵は、ライン川に沿ってリッペ川まで行軍し、ハルターン（二三）経由でこの町の門を目指している。

じりじりと照りつける夏の太陽の下、
重い足どりで前進中だ。

ドルトムントを出発した五〇〇人の騎兵は、ハム（二四）を通る街道を使って、南側からわが町に近づいている。オスナブリュックからは騎士フォン・シュテーディングに率いられた千人の傭兵が急接近している。彼らは数分のうちにも北東部のアー川に到達し、
ほどなくわれわれの見張りが塁壁の上からその声を耳にし、傾き始めた日差しにぎらぎらと光る前衛兵の兜を目にすることになるだろう。

預言者ヤン・マティソンはあいかわらず敵との戦いをいっさい禁じたままだが、
われわれは密かに賢く立ちまわって、あいつの地位を掘り崩した。

民衆はすでにこの預言者を疑い始めている。

種が土から芽を吹きだし、実が大地にたわむという、大天使が私に約束してくれたあの日が、とうとうやってきたのだ。

しるしや奇蹟が町で起こっている。

ある娘が激しく叫びながら立ちあがった。二、三日前まではまだ処女で、私がその美しさを味わった仕立屋の娘だ。

こいつが、自分は幻を見た、そこでこの私がソロモンの玉座にすわっていた、と言ったのだ。
つまり人々は新しい預言者を受けいれる用意ができてるってわけだ。
マティソンよ、おまえの方は夜の闇に沈む運命さ。
おまえはあまりに長くこの町の太陽だったが、いまや月が輝こうとしているのだ！
おまえの灼熱の下で生命は枯れはてたが、私の輝きの下では柔らかな夜の魔法が人々の居場所に広がり、
私の手もとではあらゆる物が聖なる黄金やきらめく銀に変わるのだ。
さて観客のみなさんには、
私の前の広間でくつろいだままで、
これから古い預言者マティソンの死をご覧いただくとしよう。太陽が永遠の海へと沈んでいくさまを！
壁の上へと目をあげていただきたい。
そこには見張りがいて、手を口の両端にあてながら、
みなさんの方を振り向き、
いまにも大きな声で
叫びだすところだ。
見張りの男　さあ集まれ、男も女も、ヴェストファーレンのミュンスターの市民なら！　集まれ！　集まれ！
この塁壁を目指して急流のように押しかけろ！　堅固な壁でおまえたちをしっかりと取り囲んでくれているこの町を守るんだ。

敵はもう姿を現し、アー川の向こう岸に大股で立っている！　すでに司教の旗は広げられ、意地悪くこちらに吹き寄せる風に、鉄兜の羽根が舞っている。

聞くがよい、市壁に反響する傭兵たちの叫びを。

物資を運ぶ輜重《しちょう》隊が絶え間なく平野に現れ、騎士たちは尊大な態度で馬を駆りたてている。

見るがよい、空には暗雲がかかり、無数の敵が黒い雪のように大地を覆っている！

武器をとれ、ヴェストファーレンのミュンスターの市民よ、危機に瀕したこの町を急いで助けに来い！

集まれ！　集まれ！

敵は強大だから、激しい戦いとなるだろう！　しかし敵の熱い血潮を飲むのはすばらしいことだ！

そしてこの町は勝利を収め、
青白い死の絨毯のように大地に無言で横たわる敵の屍《しかばね》に、その壮麗な姿を映すだろう。


（武器になりそうなものやおよそ武器になりそうもないものを手にして、市民たちがやってくる。先頭に立っているのは野菜売りの女である）

野菜売りの女　敵！　敵！　敵はどこだい！　あたしが絞め殺してやるよ！　お陀仏にしてやるよ！　刺し殺してやるよ！　あたしの体に押しつけて、つぶしてやるよ！
市民１（彼らが壁にのぼるあいだに）　きっと神さまは俺たちにこの女というすさまじい武器を授けてくれたんだ！
市民２　いわばこの女は諸刃の剣ってとこだ。壁の内側だろうが外側だろうが、恐ろしい勢いで猛り狂うからな。

（彼らは壁の上に立つ）

市民１　敵軍がまるで海の砂みたいに俺たちの足もとに広がっているぞ！
市民２　南からは騎士たちが、雷をはらんだ黒い雲のようにやってくる。
市民１（壁をたたいて）へ！　へ！　こいつは頑丈だ！　連中の頭蓋骨なんか砕けちゃうぜ！
市民２　ほ！　ほ！　太陽は赤いバラに照りつけ、月は黄色い骨の上で安らうのさ！
野菜売りの女　ひ！　ひ！　男がいっぱいだ！　白や青のズボンをはいてる！　なんてぴっちりだこと！　たくましい足、たくましい筋肉！
市民１　門に釘を打ちつけろ！　さもないとこの諸刃の剣のような女は飛びだしていってしまうぞ！
市民２　この女は敵の軍を一人残らず手にかけるのが待ちきれないのさ。
市民１　敵のまっただなかに飛びだしたくてたまらないんだ。アキレスのような男を投げ飛ばしたいんだろう。

（ヤン・マティソン、ロットマン、クレヒティングが舞台に登場。ロットマンはマティソンの剣を持ち、マティソンは黒いマントにくるまっている）

ヤン・マティソン（威嚇的に）武器を捨てよ！

（市民たちは驚いて武器をおろし、マティソンを見つめる）

ヤン・マティソン　塁壁の上で何をしているのだ？
市民2　敵でさあ、ヤン・マティソンさま、敵が兵を挙げてすぐそこで俺たちを包囲しているんでさあ。
ヤン・マティソン　おまえの職業は何だ？
市民2　焼き物職人でございます。
ヤン・マティソン　焼き物に戻れ！　みんな自分の家に帰るのだ！　おまえたちには仕事がある。自分の義務を果たせ。敵のことはおまえたちがどうこうする問題ではない。そんなことに手を出すことは許さぬ。

（市民たちは舞台を去る。マティソン、ボッケルソン、クレヒティング、ロットマンだけが残っている）

ヤン・マティソン　遠方からながらはっきりとわれわれの耳に達した見張りの叫び声によって、われわれは反逆的な異教徒の軍勢がシオン(一五)の門に到着したことを知った。敵は宝石のごときこの聖なる町を戦乱で覆い、神の寺院を破壊しようとしている。預言者である私は、ただちに臥所《ふしど》から身を起こし、再洗礼派の長老たちとともにこのエギディ門の前に立って、主の力を自らの姿において示現《じげん》させよう。
ロットマン　同志マティソンよ、どうされるおつもりですか？
ヤン・マティソン　同志ボッケルソン、そなたは力持ちだともてはやされておるな。この門を開けてほしい。

（ボッケルソンは門に歩み寄り、閂《かんぬき》の横木を押しのける。それから巨大な両開きの扉を開ける）

ヤン・マティソン　わが剣を、同志ロットマン！

（ロットマンはマティソンに剣を渡す）

ヤン・マティソン　神がわれわれに恩寵を示される日がやってきた。父なる神よ、私はこの剣を手に、
一人で敵に立ち向かい、敵をうち負かします！

（彼はマントを脱ぎ捨て、黒い鎧の姿になる。そのあいだに、誰にも気づかれないまま、野菜売りの女が舞台を這って進み、開けられた門のアーチから町の外に出る）

ヤン・マティソン　主よ！　主よ！　あなたにお仕えする僕《しもべ》をご覧ください！
あなたの前に立つこの私はあなたの敵を目の前にしています！
あなたはサムソンに驢馬《ろば》の顎骨で千人をも打ち殺させ、(二六)シモン・ペトロに海の上を歩かせました！(二七)
主よ！　主よ！　あなたを信じる者を助けてこられたのではなかったですか？　信じているとおりのことが身に起こるのだと、(二八)盲目の人々におっしゃったのではなかったですか？
主よ、あの辛子の種(二九)をお与えください。それで私は山を動かし、敵の上に積みあげ、敵を埋めてしまいましょう。

主よ、お願いです！　あなたの手で私に勝利をお授けください。この剣に敵の血を飲ませてやってください！　聖なるシオンを私の力で解放させ、あなたの力が地上に広がるようにしてください！

（剣を十字架のように体の前に掲げながら門から出ていき、舞台奥に姿を消す）

ロットマン　厳かな瞬間だ。同志マティソンが死に向かって歩んでいくのが見える。彼の魂のために祈ろう。

クレヒティング　同志ボッケルソン、どうするおつもりか？

ヨーハン・ボッケルソン（門に歩み寄り、門を閉め直す）　人々を呼び集め、預言者マティソンは勇敢に戦った末に敵に敗れたと伝えるんだ。

（幕が閉まり、どこかで太鼓が鳴り始める。幕があがると、舞台奥深くに、暗闇のなかにまばゆい光をあてられて、敵軍の前線が現れる。手前にいるのは騎士ヨーハン・フォン・ビューレンである〈傭兵を伴わず、彼一人だけを立たせてもよい〉）

ヨーハン・フォン・ビューレン　われわれの目の前に、暗い魔法の山のように、ヴェストファーレンの町ミュンスターの塁壁や塔がそびえている。われわれの武器とそれを隔てるのは、ただアー川の流れのみ。

だが運命の女神フォルトゥナはわが軍に微笑みかけてくれたようだ。

それというのも、ついいましがた——まだ一時間とたたぬ前——わが軍の先鋒がまだ堀にたどりつかないうちに、

夕闇にわれわれの前に浮かびあがった門から、

男が剣を持ってたった一人で歩いてきたのだ。
この男は傭兵に殺され、体は剣でずたずたにされた。
もっともそうなる前に、この猛り狂った男はわが軍の四人の兵を斬り倒したのだが。
この男の首はそれでもかたちをとどめていて、われわれはすぐにそれが偽預言者ヤン・マティソンの顔だとわかった。学識あるメランヒトン（三〇）がやつを攻撃した公開状のなかに、やつの顔が正確に模写されていたからだ。ばらばらになったやつの体は指示どおりに燃やし、灰は四方にまきちらした。
こうして、
最後の審判の日にやつがその永劫の罪のために神の玉座に現れたとき、
千々に引き裂かれたやつの肉体が永遠の苦しみを背負わねばならないようにしたのだ。
やつの首だけは、軍医に細心の注意を払って標本にさせ、
われわれの勝利のしるしとして、司教に進呈しよう。
だがいま、あの町から恐怖と絶望の叫びが聞こえてくるこのとき、
俺はこの軍の司令官として、
おのれの叡智にもとづき、戦術の定石にのっとって、
ただちに塁壁と町への突撃を決行するよう、
命令を下す。
折よく味方のほかの部隊もわれわれに合流したところだ。
さておまえたち、
フランスの王を捕え、スイス人を見るも無惨に打ち倒し、誇り高いローマをすら制圧し、トルコの異教徒たちにも勝利を収めた強者どもよ、

宇宙のできもののようなこの極悪非道の町を前にして、俺はおまえたちに要求する。

プロテスタントの信仰に刃向かうこの町の連中の息の根を止めろ――連中はカトリックにとっても恐怖の的なのだ――。豹のようにやつらに飛びかかり、やつらの町の壁をガラスのように粉々にしろ。

そしてイタリアの売春宿に飛びこむような猛烈さでやつらの家を襲うのだ。

おまえたちの司令官であるこの俺は、鎧に覆われた右手を天に向けて振りまわし、巨人となって火星をつかもう。この反抗的な町を風に舞う塵とするために！


(幕はおりず、フォン・ビューレンはそのまま舞台に残っている。ボッケルソンがオーケストラ・ボックスから飛びだして、指揮者が立ちそうな場所に行く。よく見えるように観客の方にすっくと身を乗りだし、観客に囲まれるような具合になる。剣はフォン・ビューレンの方に、顔は観客の方に向けている)


ヨーハン・ボッケルソン　敵だ、再洗礼派の仲間よ、敵が激しく飛びかかろうと虎のように身をかがめている！

やつらの炎のような鼻息はもうわれわれに噴きかかり、夕日の血のような光さえ色あせて見えるほどの激しさだ！

やつらの赤い体は、地獄の矢のように、いまにもわれわれに襲いかかってくるだろう！

一方、神に選ばれたおまえたちの方は、預言者マティソンが死んだといって絶望の淵に沈んでいる。

あの男は神の祝福を受けていたが、最後の日になって神に見捨てられた。自分と自分の力を頼みにしたからだ。

いまこの苦しみのときに、キリストの敵に抗うため、主はこの私をおまえたちの王に引きあげた。

輝くばかりの鎧を身につけ、三人の大天使とケルビムに囲まれて、この新しいシオンの町の壁に立つ私の姿を見よ。太陽は自らの重みに引っぱられ、地平線に赤く消えていくが、しかし東には、沈みゆく太陽と向きあうように、月がのぼっていく。月のしるしのもとに私に勝利が与えられんことを！　あの月に私とおまえたちの運命を託そう。絶望を捨て去り、私の顔を見よ！　男も女も武器をとれ。この聖なる戦いを戦い抜くことがおまえたちの使命なのだ。

大聖堂の腰掛けや色とりどりの聖人像を取りはずして、塁壁の上に引っぱってこい！　ずっと役たたずだったあのがらくたを放り投げて、それを信じている連中をぶちのめすのだ！　見よ、敵は勝利を期待し、子供たちの血と女たちの体を求めている。

立ちあがるのだ、怒りを託された主の復讐者たちよ！

見よ、天が裂け、神自身が憤りに燃えた顔で敵を見おろしている。激怒して足もとの星や世界を押しのけ、いまにも雷を落とすところだ！

だが神はおまえたちを祝福した。神の姿を目に焼きつけ、恐ろしい勢いで塁壁に飛びかかってくる獣を滅ぼすのだ！

（すべてがぼんやりした闇に包まれる。オーケストラだけが戦闘風の音楽を奏でている。役者たちに棒きれや段ボールの剣を持たせて立ちまわりをさせるような場面を著者が指示するよりも、結局はこちらの方が効果的であろう。戦闘の音楽は、引き続き激しい調子の音楽に変わる。すると見るからに消耗した傭兵たちが、ひどく壊れた突撃梯子を抱えて、舞台を横切っていく。最後に騎士フォン・ビューレンが数名の傭兵によって舞台に運ばれてくる。鼓手がそれについてくる）

ヨーハン・フォン・ビューレン　俺たちはたたきのめされた！　刺しまくられた！　無惨なまでにずたずたにされた！

鼓手　ひどい負け戦でございます、司令官殿！

ヨーハン・フォン・ビューレン　シュテーディングも死んだ、ヴェスターホルトも死んだ、みんな死んじまった！

鼓手　そして私の太鼓もまっぷたつ！

ヨーハン・フォン・ビューレン　野営に続くこの埃っぽい道を一歩進むごとに、酷使された俺の哀れな肉体に痛みが走る。

鼓手　司令官殿の片足はぐしゃぐしゃに砕けています！

ヨーハン・フォン・ビューレン（うめきながら）　急ごう！　軍医が切断してくれるだろう！

鼓手　ばしん！　ばしん！　司令官殿の足はもうお終い、司令官殿の部隊ももうお終い、私の太鼓ももうお終い！

ヨーハン・フォン・ビューレン　メンガーセンを呼べ！

鼓手　メンガーセンももうだめです！　市壁から聖アウグスティヌスの像が音をたてて彼の兜の上に落ちてきたのです。彼はそれもろとも梯子から地面に激しくたたきつけられました。

ヨーハン・フォン・ビューレン　死んだのか！

鼓手　彼は言いました。「神が俺に恩寵を与えんことを！　俺はひとかどの男で、女たちを愛した」と。ばしん！　ばしん！　彼は私の腕のなかで死んだのです。

ヨーハン・フォン・ビューレン　いいか傭兵たち、俺のこの手でミュンスターを中身をくり抜かれた胡桃のように廃墟にしてやるからな！
鼓手　ばしん！　ばしん！　中身をくり抜かれた胡桃のように！
ヨーハン・フォン・ビューレン　俺のかわいそうな足よ！　春に野原から消えていく雪のように、おまえは俺の体からなくなってしまうのだ。
鼓手　兵隊と馬と車で主はわれわれを打ちのめされた！　ばしん！　ばしん！　ばしん！

（彼らは退場。司教が明るいスポットライトを浴びて安楽椅子にすわっている。上手に小さな机がある）

司教　わしの運命もほかの人々の運命と一緒じゃった。わしらは望みを抱き、そしてその望みは打ち砕かれる。
傭兵の三分の一は倒れ、残りはこの町の門の前をぶらつくばかり。
しかし年老いた物乞いであるこのわしは、宮廷から宮廷へ、諸侯から諸侯へと休みなく足を運んで、この戦争の仕上げをするとしよう。担うことを定められた十字架のように、この戦争はわしの肩にのしかかっておるのじゃ。

（覆いをかけられたものを持って召使が登場）

召使　ミュンスターから司教さまに送られてきました。
司教　これはいったい何じゃ？
召使　偽預言者ヤン・マティソンの首でございます。見事に標本にされております。

司教　そこの机に置け。

召使　覆いをおとりしましょうか？

司教　とれ。

召使　かしこまりました。（覆いをとる）

司教　行ってよい。（ヤン・マティソンの首に向かって）おまえか、ヤン・マティソン。実はおまえがおよそこんな顔をしとるじゃろうと想像しとったんじゃ。

これがおまえの目、これがおまえの白いひげ。ひげはわしのよりさらに長いが、手入れはわしほどしておらんな。

おまえがわしを憎んでいたことは知っておる。だがわしはおまえに対してもっとひどい不正を働いた。おまえを軽蔑していたのじゃ。

ヤン・マティソンよ、いまやおまえは死んだ。どうかこのわしの罪を許してほしい。

おまえの死の知らせを聞いて、わしは主なる神がおまえを祝福したことを知った。死の瞬間におまえは神を見たはずだからじゃ。おまえは神にそっくり身を委ね、神はおまえを死に導かれた。するとどうだ、おまえの目はこうして開かれたのじゃ。

ヤン・マティソンよ、わしらの人生とは何じゃろうか？　過ちに過ちを重ね、失敗にまた失敗を重ねる。

じゃがそれを悲観することはない。

頭が混乱していてそれとは気づかんとしても、誰もがなんとか自分のすべきことを学び、自分の目的に到達するものじゃ。

というのも神は公正であって、誰にもそれぞれふさわしいものを与えるからじゃ。それ以上のものでもなく、それ以下のものでもない。

ヤン・マティソンよ、おまえもおまえの目的を見出した。おまえの意味をな。

傭兵たちの剣がおまえの体を切り裂いたとき、おまえはおまえの目的を見出したのじゃ。

じゃが、こんなことについてわしがおまえに言うことがあろうか。わしが言わずとも、おまえの方がよくわかっているはずじゃ。おまえは神の名において出陣し、神の名において敗れた。

こうして神はおまえに最大の勝利を勝ちとらせたのじゃ。おまえ自身に対する勝利を。

真の勝利は敗れた者だけに与えられるのじゃから。

かぎりあるこの世で不可能なことを求めてきたおまえは、いまや永遠を手に入れ、そこではすべてが可能なのじゃ。

人々よ、彼を笑ってはならない！

彼は子供のように死んだが、聖書に曰く、われわれは子供のようでいなければならない(三二)。

確かに彼は粗暴な男ではあった。じゃが彼の粗暴さを裁くのは、わしらの仕事ではない。

彼の死はお笑いぐさには違いないが、神の前では、わしらが腹を立てたり笑いとばしたりするものだけが残り続けるのじゃ。


（舞台奥深くの高い位置、比較的明るい夜空の手前に暗黒の平面のような市壁が押されてくる。その上にモレンヘックが、裸で血みどろの姿で、杭に縛りつけられている。上手から王冠と王のマントを身につけたボッケルソンが登場。二人とも暗闇のなかで影のように見えるだけである。すべてのものにおぼろげな光が注がれ、駆けめぐる雲がときおり人物や塁壁に黒い影を投げかける）

ヨーハン・ボッケルソン　夜だ！　夜だ！　冷たい無限の夜だ！　吹き荒れる嵐、流れる星、駆けめぐる雲！　私の額は明るく、私の魂は若葉の上の朝露に吹きかけるそよ風のように軽やかだ！

（モレンヘックがうめく）

ヨーハン・ボッケルソン　うめいているのは誰だ？
モレンヘック　死刑の判決を受けた男だ。
ヨーハン・ボッケルソン　私はボッケルソン王だ。私は今日ヴェストファーレンのミュンスターでこの地位に任命された。
モレンヘック　俺は鍛冶屋のモレンヘックだ。俺は今日ヴェストファーレンのミュンスターでこの杭に縛りつけられた。
ヨーハン・ボッケルソン　おまえは敵のためにこっそりランペルティ門を開けようとしただろう。
モレンヘック　いつかはされることをしようとしただけだ。
ヨーハン・ボッケルソン　朝になったらおまえの首を吊らせるつもりだ。
モレンヘック　いまは夜中だ。
ヨーハン・ボッケルソン　恐いのか？
モレンヘック　死の恐怖から逃れられるだろうか？
ヨーハン・ボッケルソン　空を見ろ！
モレンヘック　何もない。
ヨーハン・ボッケルソン　私はあれを信じている。

モレンヘック　ボッケルソン王よ、何を信じているというのだ？
ヨーハン・ボッケルソン　何もない空を、この壁を、脚や腕を、顔や手を、万物の下に女の体のように身を横たえているこの大地を！　ほかには何も存在しないのだ！（モレンヘックを抱く）感じるか？　時が近づいては去っていくのを。太古の星が遙かな海に消えていくのを。血潮が心臓に流れこみ、肺がふくらむのを。
モレンヘック　感じるか？　俺の体に押しつけられている杭を、俺の首を絞める縄を。
ヨーハン・ボッケルソン　月が雲から顔を出したぞ。
モレンヘック　いいぞ、俺は月が好きなんだ！
ヨーハン・ボッケルソン　ほっそりした刈り鎌、私の頭に載せる王冠のよう。
モレンヘック　俺の心臓を突き刺す剣のよう。
ヨーハン・ボッケルソン　赤い月に照らされた古い国々よ！　野や丘に実ったとうもろこしのようにまきちらされた多種多様な民族よ！　塔と塁壁に囲まれた町よ、広い平野よ、暗い森よ、遠い道に立つ菩提樹の一本一本よ、私はおまえたちをこの手につかもう！
モレンヘック　そいつらは水のようにその手からこぼれ落ちるのさ！
ヨーハン・ボッケルソン（力強い声で）私は地と天を支配するのだ！
モレンヘック　処刑の車輪に縛られ、あんたは天のものでも地のものでもなくなるだろう。
ヨーハン・ボッケルソン　希望をもたないがために私は落下し、底なしに落ちていくがためにその勢いは増す。私が転落すれば大地は砕け散るだろう。
モレンヘック　海に消える星のようにあんたは没落するだろう。
ヨーハン・ボッケルソン　明日おまえは風のなかに吊され、カラスがおまえの首のまわりを飛ぶだろう……

モレンヘック　これまで俺が人生で求めてきたものを、絞首台で見つけなくっちゃ。

ヨーハン・ボッケルソン　どうしておまえは私に身を委ねようとせず、私の力に屈しようとしない！

（剣を抜く）私にはおまえを殺すこともできるし、この杭から救いだすこともできるんだぞ。

モレンヘック　俺に恵みをかけてくれるのか？

ヨーハン・ボッケルソン　そら死ね！（剣で刺す）

モレンヘック（致命的な一撃を食らって）　ああ、慈悲の住まう手の力よ！

（安楽椅子に腰掛けている皇帝カール五世の姿が見える。息苦しいほど片づいた部屋）

皇帝　わしは皇帝カール五世だ。

この髭と、スペイン風のかぶり物と、身につけた純白の襟とで、きっとそれとわかっていただけたことと思う。

壮麗な黒のマントや、

わしがすわっている肘掛け椅子の下に広がる赤い絨毯に見事に映えている黒い靴下も、目印となったであろう。

わしはいつもちょっと、まるで墓から出てきたかのように見えるのだ。

劇場のメイク係がわしを、並々ならぬ器用な腕前で、ミュンヘンのアルテ・ピナコテークに展示されているティツィアーノが描いたわしの絵とそっくりにしてくれた。

わしが手袋を右手にいとも物柔らかくしかも堂々とつけている姿を、どうかご覧あれ。巧みに計算されたこのポーズからだけでも、わしがきわめて広大な領土を治めていることをお察しいただけよう。わしの国では太陽は沈むことはない、と言ってもよかろう。わしの領土の数はあまりにも膨大で、自分でもそらで全部は唱えられんほどだ。もっともあんたがたは学校の生徒にそんなことを覚えさせとるようだが。わしは支配に明け暮れているが、本当は単調さを愛している。このマントの奥で鼓動しているわしの心には単調さだけがふさわしいのだ。誰もわしの心は読めないし、そんなものがあることとさえ知らぬ。なぜなら神の叡智はわしと人々や世界とのあいだに壁をお造りになったからだ。わしの悩みの種として、またわしが空しく抵抗するしかない棘として、世界はわしの手に引き渡された。神は自らの姿に似せて人間をお創りになった。だから神の善意が表れているような人間もたくさんいれば、神の正義や怒りを示すような人間もいる。

だが主なる神はわしには、遠くにいて姿を現さないという、ご自身の特性を授けられたのだ。わしは無計画な偶然の戯れは好まない。わしが賛嘆するのは規則正しい天体の軌道だ。わしの望みは、そのうちドン・フィリップが大きくなったら、修道院に入ることだ。それは人里離れた禿山にある修道院でなければならない。中央にはまん丸い中庭があり、その中庭は、後期古典様式の柱からなる回廊に囲まれ、紺碧の空の丸天井に覆われている。さらに中庭の真ん中には正義の像が立っていなければならない。目隠しをし、天秤と剣を持って。どこにでもある、いろいろな色で塗られた、裁判所の裁判官席の上にあるような、たいした出来ばえでもない正義の女神だ。

それはありふれた正義の女神でなければならない。

そのまわりをわしは回廊を通って一日に一〇時間ぐるぐると歩くつもりだ。太陽のまわりを回る惑星のように一定の距離をおいて。何年でも。これよりほかにすることといえば、ときおり夕暮れどきに下っ端の坊主と静かに話をするくらいだ。おそらくは少しぼけた坊主で、こいつを相手に昔の神学者や伝説の話をするのだ。そうすればわしの人生の晩年はそよ風の戯れのように軽やかなものとなり、そのうち暖かい夏の夜ふけに死が客人のように訪れるだろう。だがいまはまだむっとするような昼間で、わたしはまだ万物がそのまわりを回る太陽なのだ。

（下手奥のドアから式部官が入ってきて、深々とお辞儀をする）

式部官　（非常に厳かに）　皇帝陛下！

皇帝　これがわしの式部官だ。滑稽に見えるかもしれんが、わしはこの男を尊敬している。この男はわしが恐れる唯一の人物だからだ。

式部官　（首が折れるほどのお辞儀の姿勢をとり続けた後で、身を起こしつつ）　皇帝陛下！

皇帝　休憩のためにこの広間にやってきたが、窓から斜めに差しこむ日差しの弱さからすると、もう夕方が近いようだな。

式部官　（再びものすごいお辞儀をした後で）　皇帝陛下はドイツにいらっしゃるのでございます！

皇帝　ドイツだと？　忘れておった、忘れておった。マドリードの宮殿にいるとばかり思っていたぞ。ということはまだ昼を過ぎておらんのだな。

式部官　皇帝陛下はヴォルムスにおいでなのです。

皇帝　ヴォルムスか。まったくわしらの記憶力といったら！　人間というのは頼りない生き物だ。それでヴォルムスで何をするのだったかな？

式部官　帝国議会でございます、皇帝陛下！　帝国議会が召集されたのです！
皇帝　帝国議会だと、いまいましい！　このドイツの一件はどうも好かん。わかりにくい。
式部官（こだまのように）　わかりにくいです、皇帝陛下！
皇帝　のどが渇いた。
式部官（これまでのどのお辞儀よりも深々と頭を下げて）　皇帝陛下、アラビア人の医者がお食事の前に飲み物をお召しになるのを禁じたことを、思いだしていただけますでしょうか？
皇帝　医者？　おまえの言うとおりだ、医者がそう言ったな！　のどなど渇いておらぬ。
式部官　昨日皇帝陛下はミンデン、オスナブリュック、およびヴェストファーレンのミュンスターの司教に対して、本日午後一時一五分に謁見の許可をお与えになりました。
皇帝　どんな件だったかな？
式部官　再洗礼派の件でございます、皇帝陛下。
皇帝　考えるだけでもおぞましいことについて話をせねばならんとは、不愉快なことだ。いまは何時かな？
式部官　皇帝陛下が戦争で異教徒からお奪いになったトルコの時計をみてみましょう。
（式部官は棺に似た、装飾豊かな、直立した箱を開ける。そこには杖を持ったトルコ人が立っており、この哀れな男は規則的な間隔をあけて杖で箱の床をたたかなければならない）
時計係のトルコ人　ぜいたくな装飾を施されたこの杖が、一三時一四分一〇秒をお知らせします。
皇帝　司教を連れてこい。

式部官　（時計係のトルコ人を再び箱のなかに閉じこめて）　皇帝陛下、失礼いたします！

（式部官はずっと小脇に抱えていた羽根ぼうきのようなものを手にとり、まるで骨董商が高価な家具の埃を払うような調子で、皇帝陛下の埃を軽く払う。それから皇帝の縁なし帽の向きを直す）

式部官　（見事なまでのお辞儀をして）　皇帝陛下、ただいま連れてまいります！

（式部官は下手のドアのところに行ってドアを開け、羽根ぼうきで床を三度たたく。そのあいだ皇帝は彫像のように玉座にじっとすわっている。二人の小姓が司教の車椅子を押してくる）

式部官　オスナブリュック、ミンデン、およびヴェストファーレンのミュンスターの司教殿でございます！

（司教は右手で十字を切る。小姓たちはひざまずく）

司教　陛下！

皇帝　猊下！

（長い間があく）

皇帝　猊下を迎えたのは、昨日朝食のときに慎重かつ遠回しに行なった会話を、よりはっきりと明確なかたちで続けようと思ったからだ。

司教　再洗礼派がわれわれの聖なる宗教にとって脅威になったことをお話しするうちに、一致団結して行動する可能性に触れさせていただいたのでした。

皇帝　わしに助けを請うたのか？

司教　そのつもりでございました、陛下。

皇帝　わしはドイツ人の混乱にかかわる気はない。蜂の巣に首を突っこみたくはないからな。

司教　平和を乱す者を撲滅するのは、皇帝の仕事でございましょう。

皇帝　この国のことを知っておるだろう。それは諸侯の仕事だ。

司教　陛下は諸侯のことをご存知でしょう。連中は互いに様子を探りあっています。連中は軍隊を出すと約束しますが、言ったことを守りません。互いにほかの者より勢力が弱まることを恐れているのです。

皇帝　無秩序から秩序を、多様性から統一を作りだすというような、やぶれかぶれの試みをわれわれがするには、まだ時期が早すぎよう。

司教　われわれがいる土台そのものが脅かされているのです、陛下。

皇帝　わしだって邪教はすべて滅ぼしたいが、あいにく両手が縛られているのだ。(三二)ネズミを退治する前に、まず建物の基礎を確実にせねばならん。ローマ教皇殿がその忠実な僕《しもべ》であるわしに対して果たすことを認められたあの不幸な役回り(三三)については、猊下も忘れてはおるまい。

司教　そうした最高水準の政治的事項について意見を申しあげるつもりはございません。われわれがなすべきは、危険が迫っていることを陛下にお知らせすることだけです。約束することは誰よりも多く、その約束を守ることは誰よりも少ない者どもの方に、多くの人々がなびいています。農民の蜂起と再洗礼派が説く邪教とはどちらも同じく地下に燃える炎であって、われわれにできるのはせいぜいそれを堰きとめることだけです。

皇帝　そうした事情はわしにもわかっているが、それに介入することは不可能だ。わしら自身が歴史を動かしているのではなく、歴史の方がわしらを引きずって時代を駆け抜けていくのだから。わしらは少しばかり先を読んでみては、予見できたと思いこんだものにしがみつこうとする。だがこうした行ないは混乱を増長するだけなのだ。わしらは頭を良くすることはできないし、足もとにかろうじて踏みしめているわずかばかりの確かな大地を失いたくなければ、実験にふけっていてはならぬのだ。

司教　皇帝陛下が抱いておられるご憂慮はよくわかります。しかし世界はいまや陛下の手のなかにあるのです。教会は土台を揺さぶられ、その権力は地に落ちたのですから。皇帝陛下もお忘れになりませんように。時は差し迫っております。再洗礼派はまとまりをみせています。彼らの暴動はこれまで貧弱で無秩序でしたが、いまや彼らは団結し、しっかりとした計画にしたがって行動しています。敗北によって弱体化し、物資不足によって士気の下がったうちの小さな軍隊には、この町を封鎖することはできません。彼らの勢力は増大し、われわれの勢力は衰弱しています。彼らはミュンスターを勝ちとりましたし、彼らが送りこんだ使者はもうありとあらゆる国に新たな災いを引き起こしています。

皇帝　わしは軽蔑するというやり方で、あの連中と戦おう。

司教　ライデンのヨーハン・ボッケルソンは、公衆の面前で皇帝陛下とローマ教皇殿の肖像画を焼かせました。

皇帝　その名前は確かずいぶん腹を立てて不愉快な思いで耳にしたような記憶があるぞ、式部官！

式部官　あの手紙のことでございましょう、皇帝陛下。

皇帝　どの手紙だ？

式部官（非常に困惑した様子で咳払いをし、何度も何度もお辞儀をしながら）　そのライデンのヨーハン・ボッケルソンとかいう男が皇帝陛下によこした手紙でございます。その手紙は（ささやくように）皇帝陛下に兄弟と呼びかけ、不作法きわまりないことを書いておりました。

皇帝（長い間の後、このうえなく威厳をこめて）　軽蔑の気持ちとともにその人物のことを思いだしたぞ。わが神聖な宗教の異端者で、かつては仕立屋だった男だな。（再び間をおいて）司教殿よ、わしは猊下があの男の主君として、皇帝に楯突くあの犯罪者を法廷に立たせ、法の要求するところにしたがって、ありとあらゆる拷問をしたうえで、あの極悪人を車裂きの刑にしてくれることを期待する。それからこの男の遺体は、鉄の檻に押しこめて、ミュンスターの大聖堂のてっぺんに吊るすがよい(三四)。

（舞台の背後で子供がすさまじい激しさで泣き始め、舞台上で話されている言葉はまったく聞こえなくなる。それからまた急に静かになる）

皇帝　おお、隣の部屋で黄金の揺りかごに寝ている、ようやく生後二ヶ月になったばかりのドン・フィリップよ。あの子はいったいどうしたのだろう？

式部官　皇帝陛下、ドン・フィリップさまは、吊るすとか車裂きとかなにか死刑の話になりますと、いつもきまってお泣きになるのでございます。

皇帝（再び司教に向かって）　反逆者をたたくというわしの意志を猊下が充分に実現できるように、猊下に一〇〇人の傭兵を譲り渡そうと思う。
司教（力なく手を動かして）　死ぬほどのどが渇いている人間は、役だちそうにないからといって拒む気力さえ失せ、一滴の水にも感謝するものです。
皇帝　それと引き替えに教会からは、ドン・フィリップの教育役として一三人の枢機卿をお願いしたい。
司教　皇帝陛下は教会からお好きなだけの数の枢機卿をお受けとりになれます。
皇帝　それからわしの哀れな魂のためにミサを一〇〇回やってくれ。
司教　皇帝陛下はオスナブリュックのわが畜舎にいる白い象にご興味はございませんか？
皇帝　ドン・フィリップがそうしたものを喜ぶかもしれん。その動物をいただく代わりに、傭兵を五〇人追加しよう。ただしミサの回数も五〇回増やしてもらわねば。
司教　皇帝陛下におおいに感謝申しあげます。
皇帝　猊下よ、下がってよろしい！

（司教は十字を切る。小姓たちが司教の乗った車椅子を押していく）

皇帝　式部官！
式部官　はい、皇帝陛下！
皇帝　傭兵を一五〇人見繕わせるのだ。ひどい病気や瘤《こぶ》や障害にとりつかれて悪臭をぷんぷん放つ、いつ手足がもげてもおかしくないような、体や精神が不自由な者たちをな。そいつらをミュンスターに送りこめ。そいつらはあの馬鹿げた町を破壊するだろう。たとえあの町が天につながれているとしても！

（すぐさま暗転し、皇帝の姿はまるで存在しなかったかのように消えてしまう。すると舞台中央かなり前面にはもう夜警が立っている。兜をかぶり、矛槍（三五）を手に持ち、腹の前にランタンをぶらさげた夜警は、見るからにひどく酔っぱらっている。劇の前半でヤン・マティソンにそうしたように、この夜警を床からせりあがらせてもよいだろう）


夜警　俺は酔っぱらっている。ぐでんぐでんに、どろどろに、はらわたじゅう酔っぱらっている。

出っぱったところにも引っこんだところにも、俺の体の隅々に、まるで竜のように酒が居すわっている。

足がぐらぐら、耳がぐらぐら、髪の毛がぐらぐら、歯がぐらぐら。ご覧のとおり、俺の体じゅうがぐらぐらしている！

俺がいるのは聖なるシオン、ミュンスターの中心部だ。

ひっく！

この町を囲む壁には俺は近づかない。

この聖なるシオンを包囲している敵が撃った弾が頭に命中しないとはかぎらないし、
そんな弾にあたった男が重い鎧ごと壁からがらがらと落ちてこないという保証もないからな。

そういうわけで俺は用心して、
けなげな夜警の一人として、
大聖堂の前のこの場所でじっとしているのだ。塔の陰では、

――向かって右のどこかそのあたりに塔があると思っていただきたい――緑のペンキを塗られたべ

ンチが俺を待っている。
おお、月よ、空にかかる半月のそのまた半分は俺が千鳥足で出てきた飲み屋の屋根に隠れてはいるが、
どうか俺を憐れんでくれ！（傍白）〈まさかおまえが太陽だったりしないのなら。〉
睡魔は手強い異教徒なのだから！
睡魔には王も皇帝もかなわないし、ましてや頭に兜をかぶり、手に槍を持ち、腹にランタンを下げた、
取るに足らない酔っぱらいの夜警が太刀（三六）打ちできるはずもない！（上手のベンチに腰をおろす）知っ
ておいていただきたいが、俺はゲヒノムの子爵だ。エルサレム近くの死体のにおいがぷんぷんする
あの地獄のような谷の子爵だ。
数日前まで俺はゲネツァレト湖のほとりのベトサイダの大公だった。
ところがかっとなって、
カペルナウムとナインの監督に平手打ちを食らわしてしまった。
それというのも俺の妻であるエンドール男爵令嬢が法的にあいつの妻でもあることを忘れていたか
らだが――シオンは女性共有制になったもんで――、
それで俺はゲヒノムの子爵に格下げされ、こうしてこの町の夜警の仕事をしているというわけだ。
おお、町よ、アーチのある家並みよ、壁の窓よ、色のついた窓ガラスよ！
おお、ふかふかの客席に腰掛けて俺を取り囲み、
たいていは美味しい夕食を胃袋に入れておいでの方々よ！
おお、すばらしき再洗礼派の時代よ！
おお、俺を見おろす夜空よ！
俺の体のなかのマルヴァジアワインとビールよ！

おお、いまごろは家でシケムの男爵と寝ている俺の妻よ！
おお、獅子のように俺に襲いかかる睡魔よ！（眠りこむ）

（シャツ一枚の姿のクニッパードリンク、それからユーディットが登場。クニッパードリンクは両手に大きな剣を抱えている）

クニッパードリンク　娘よ！
ユーディット　何でしょう、お父さま？
クニッパードリンク　娘よ、私はちょっと滑稽な様子だろう。シャツ一枚だけで夜中すぎに大聖堂の前に立っているとは。陛下にいただいたこの剣を両手に抱えて。あれは陛下の戴冠式の日で、私は全国民の前でシオンの代官とガリラヤの領主に任じられたのだった。娘よ、おまえもあのときにギルガルの伯爵の位を授けられたな。
ユーディット　お父さまは少しも滑稽な様子ではございません。
クニッパードリンク　いや、ギルガルの伯爵よ、私は滑稽だ。シャツ一枚の男はいつでも滑稽な存在だ。いいか娘よ、ガリラヤの領主であるこの私は、貧乏の稽古をしているのだ！　おお、娘よ、貧乏というものは偉大ですばらしい技《わざ》ではないだろうか？
ユーディット　そのとおりでございます、お父さま。
クニッパードリンク　ギルガルの伯爵よ、貧乏とは私の魂が飛びこんだ無限の海なのだ！　この海と一体になるまで、それを飲みつくしたい。どんな人間もいつか私と同じように貧乏になって、シャツ一枚で寝起きしてみなくてはならない。

ユーディット　その人たちはお父さまと同じように豊かになるでしょう。
クニッパードリンク　穴としみだらけのこのシャツを着て、私は葬られるだろう。そうではないかな、伯爵？
ユーディット　そうでございます、お父さま。
クニッパードリンク　それにこの剣を両手に抱えてな。この剣はどういう剣だったかな？
ユーディット　正義の剣でございます。
クニッパードリンク　正義の剣か！　剣よ、おまえに口づけしよう！　正義よ、おまえに口づけしよう！　これは神聖な剣ではないかな、娘よ？
ユーディット　そうでございます、お父さま。
クニッパードリンク　この剣はどうやって私の手にはいったのかな、ギルガルの伯爵？
ユーディット　王がお父さまに与えられたのです。裁判官のしるしとして。
クニッパードリンク　そのとおり！　まったくそのとおりだ！　私はこの正義の剣を人々に向けろと言われた！　だが伯爵よ、正義とは何だろうか、この丸い地球上で誰が正しくいられるだろうか？
ユーディット　正義は人間の領分ではございません。
クニッパードリンク　賢明だ！　すばらしく賢明だ！　人々よ、聞くがよい、私の娘、ギルガルの伯爵が言うことを。正義はおまえたちの領分ではないとさ！　不正と過ちこそがおまえたちの定めなのだ！

（夜警が目を覚ます）

夜警　こら！　そんなにわめくな！　夜警が眠るじゃまをするな！　人さまが寝ているときにわめくもんじゃない！（よろよろと近づいてくる）ひっく！　どんなやつだ？　ひっく！　どんな顔をしてる？（クニッパードリンクの方にランタンを掲げ、ひざまずく）代官さま！　お許しください、どうかお許しください、ガリラヤの領主さま！

クニッパードリンク　おまえは私がつい四八時間前にゲヒノムの子爵に格下げしたばかりの、ゲネツァレト湖のほとりのベトサイダの大公ではないかな？

夜警　そのとおりです、おお、正義の太陽、恩寵の月、復讐の稲妻である領主さま！

クニッパードリンク　そのふらついた足どりと、吐く息の鼻を刺すようなにおいが、おまえの堕落した性質を表している！

夜警　ガリラヤの領主さま！　私に罪の償いをさせないでください！　お許しを！　お許しを！　主の怒りのように私の前にそびえ立っているその剣に、手をかけないでください！　お好きなだけ格下げしていただいてけっこうです、私はそれで満足しますから。

クニッパードリンク　子爵よ、私はこれ以上おまえを格下げすることはできない！　生まれながらの尊厳をおまえの体から奪うことはできない。

夜警　私を便所の侯爵に任命してください。肥しの騎士でもいい。ただ剣だけはおやめください、正義の太陽である領主さま。

クニッパードリンク　子爵よ、おまえは品位の梯子をどん底まで滑り落ち、再洗礼派のなかで最もあさましい人間になりさがった。

夜警　わかっております、領主さま。

クニッパードリンク　聖書に曰く、最初の者は最後になり、最後の者は最初になるであろう！(三七)　そら、この剣をとるがよい！　私にはもう剣はいらぬ。シャツ一枚で充分だ。貧しさと娘、つまりギルガルの伯爵があればな。ゲヒノムの子爵よ、私はおまえをガリラヤの領主、および再洗礼派の最高裁判官に任命する。

夜警（茫然として）　死体のにおいがぷんぷんするあの谷の子爵である、虱《しらみ》にたかられたこの俺を、最高裁判官に任命するですって？　酒を飲んでいたことや、鼻を赤くしていたことや、吐く息が鼻を刺すようだったことや、千鳥足で歩いていたことを思いだしておくんなさい！

クニッパードリンク　誰が正しくいられるだろうか？　最初の者と最後の者、すなわち神かおまえかだ！（夜警の額に口づけする）王に頼んで、私をおまえの地位に格下げし、ゲヒノムの子爵にしてもらうとしよう。（ユーディットに手を差しだす）おいで、ギルガルの伯爵よ！

（舞台奥がしだいに明るくなっていき、ついにはまばゆいばかりになる。ヨーハン・ボッケルソンが玉座にすわっているが、その舞台上の位置は、さきほどカール皇帝がすわっていたところとまったく同じである。ヨーハン・ボッケルソンは王のマントを羽織り、だらしなくすわって、半分飲んだビールのジョッキを手にしている）

ヨーハン・ボッケルソン　すばらしい食事だった。

困難な時勢にふさわしく控えめな料理ではあったが、
それでも神のご加護のおかげで満腹になり、心地よい感覚が体の隅々に広がっていく。
トラウツボのスープのことを思いだすと満足感でいっぱいになる。
最初に出された、ヤドカリと新鮮な巻き貝の入ったスープだ。

あれはうまかった！

巨大なカワカマスも、遠くにいる恋人のように、私の記憶にやさしく残っている。当地の赤ワインで煮こみ、なかにニジマス、アルプスイワナ、コクチマス、オリーヴのピクルス、酢漬けきのこ、プチオニオン、きゅうりを詰めていた。これらはみな女の手のように私の胃をくすぐった。

王である私の銀の皿に盛られた、
蛙の足や、ヴァリス州(三八)のアシナガトカゲや、半熟のツバメの卵を添えたブルゴーニュのエスカルゴに、
私はむさぼるようにかぶりついた。

自然の暗いふところからこのような奇蹟を引きだした主の好意に誉れあれ！

主が実らせた見事なぶどうからできたワインを私は味わった。ナックトアルシュとリープフラウミルヒに誉れあれ！

豚の腹肉入りのアスペックとキャビア、牡蠣とシャンパン、ストラスブール産の小さなソーセージとヒバリの丸焼きと仔牛の未熟児の膵《すい》とを詰めた仔牛の槍焼きとフルボディのブルゴーニュワイン、ツグミと美味しいキジとを盛りあわせたチシャと芽キャベツ、このうえないポマールワイン、レバー団子入りのビールスープ、それにあわせて飲んだ一杯のミネラルウォーター、
チョコレートクリーム、血の入ったニーダーザクセンのソーセージ、ポテトサラダ、白豆のベーコン添え、できたてのワイン、シャンピニオンとトリュフとモリーユ(三九)とオロンジュ(四〇)のテリーヌ、ライス、ケーパーのマデイラソース添え、高価なクリスタルグラスに注《つ》がれたツィツェルス(四一)のワイン、みんなまとめて誉れあれ！

いま私が食べたものに祝福あれ！

おお、ツナ入りのロシア風サラダよ！

おお、ジンよ、ザウアークラウトよ！

おお、ゆで玉ねぎを添えた新鮮なレタスよ！

黒パンを添えた馬のミルクよ！

いとおしい時間を思いだすように、おまえたちのことを思いだしてはいけないというのか？

シャンベルタンワイン、アルプスカモシカの背肉、詰め物をしたウサギの肉、ノロジカの腿肉を軽蔑しろというのか？

私の口はこうしたものが嫌いだろうか？

ベーコンとともに美味しく炒めたホウキタケよ、ウォッカのつまみのサヤインゲンよ、アスパラガスの先を添えた酸っぱいプラムよ、カラスムギ粥と菩提樹の花のお茶よ、エメンターラーチーズよ、ランブレスコワインよ、ラム酒につけた赤いサクランボよ、私はおまえたちを賞賛する！　おまえたちは私を元気づけてくれる。王であるこの私を。私はおまえたちを賞賛する！

シベリア産の天然蜂蜜を垂らしたシリアのイナゴよ、私の挨拶を、私の感激の挨拶を受けとってくれ！　私はヨハネの栄誉を讃えておまえたちを味わう。私の高貴な先輩である洗礼者ヨハネの栄誉を讃えて！

いちごの味は、女の口づけのように、私の唇に残ってはいないだろうか？

いちごは赤く熟していて、花梨のソースと生クリームがかけてあった。それにキルシュヴァッサー、マール酒(四二)、プラムブランデー。おお、喜びのあまり涙が出る！

チェリーブランデー味のクリスティーナパフェの思い出に浸りながら泣かせてくれ！

私を泣かせてくれ。バルチスタン製の絨毯に転がり落ちていくのは、王の涙だ。

さてしかし、

こうした食事によって寛大な気持ちになり、
食後のビールを何リットルも飲み干して、
たったいま最後の一杯も終わったことだし、
女たちでももてなすとしようか。私は食べるときは一人が好きだから。
せいぜいのところ、馬丁を連れてこさせて、広間の隅から冗談を言わせて楽しむくらいのものだ。

（彼は手をたたく。三人の黒人が現れる。一人目は王冠を、二人目は王笏を、三人目は帝国宝珠を持って入ってくる。こみいった儀式と滑稽なほどの重々しさのうちに、王冠がボッケルソンの頭にかぶせられ〈王冠は彼には少し大きすぎる〉、王笏と帝国宝珠が彼に手渡される。それから三人は非常にややこしいお辞儀をしながら広間を去る）

ヨーハン・ボッケルソン　私がこれからもう一度手をたたくと、私の妻たちがみなさんの前に現れる。私には一五人の妻がいて、どれも選りぬきの逸品だ。妻たちは好奇心が強く、私が国政を執るのをそばで見ているのが好きなんだ。

（彼はもう一度手をたたく。女たちが一列になって入ってくる。先頭にカテリーナ、次にディヴァラ、それからほかの女たち。みんな玉座の前でお辞儀をし、ひざまずくか、あるいは演出家の適宜の判断でそれに類したことをする）

ヨーハン・ボッケルソン　やあ、私の小鳩ちゃんたち！

みんな風呂あがりで、私の好みどおり体からいい香りがしている。それにどうやら、みんなで使っている夫婦のベッドでついさっきまでお休みだったようだ。

襟ぐりは深く大きく開いていて、まぶしい白い胸が拝めるぜ。

歩きまわるたびにぱたぱた鳴るスリッパの音もとても愛らしい。

次々に私の前にひざまずいてくれるおまえたち。私はこっちで顎を撫で、あっちでむっちりした腕をさすり、あの子やこの子のほっぺたをつまんでみたり。

さあ、私の天使たちよ、おまえたちにふさわしく、私の後ろの壁沿いに並べてある、曲線が美しい安楽椅子にすわるのだ。

だが本妻の二人には私の右側と左側にいてほしい。

ほかの女たちから離れてな。

それはシナイの大公カテリーナと、カルメルの領主ディヴァラだ。

さて、儀式の秩序にしたがって、宰相兼元帥であるイエリコとヨッペの侯爵と、大公であるカペルナウムとナインの監督とが、この広間に入ってきたぞ。

大公は銀の十字架がついたゆったりした赤い衣装を身につけ、宰相兼元帥は黒い鎧を身につけて。

おまえたちは、この二人が再洗礼派のクレヒティングとロットマンだと、すぐには気づかないかもしれない。

愛しい女たち、よく聞いておけ。内閣の重要な会議がこれから始まるのだ。

主が私に知恵を授けてくださるよう、祈っておいておくれ。

(クレヒティングとロットマンはひざまずくが、ボッケルソンが鷹揚に手招きする。二人は玉座に歩み寄り、差しだされたボッケルソンの手に口づけする。それから二人は下手前面に置かれた二つの椅子に腰掛ける。舞台奥は兵士たちと高官たちでいっぱいになる)

ヨーハン・ボッケルソン　余、ライデンのヨーハン・ボッケルソン王は、
天の恩寵を受け、精霊の稲妻に照らされて、
神が啓示した
われらの勝利の予言を思いだしている。
あの予言は、燃えたぎる棘のように最初の再洗礼派たちの心臓に突き刺さり、世代から世代へと生きのびて、余のもとでいまこうして見事に花開いたのだ。
その職務と生まれによって――さしあたり大天使ガブリエルとの関係をほのめかすにとどめるが――この町の支配権を委ねられた余は、親愛なる臣下であるおまえたちを法律で手厚く護り、流布している古い偏見を打倒し（傍白）〈こうした偏見は灰のようにかぶさって信心深い人々の真の共同体を窒息させるのだ〉、おまえたちひとりひとりの地位の権利を充分に保証してやった。
だがいまや再洗礼派の支配を拡大するべきときだ。
輝かしい神の国を地上に建立し、歴史の進行を完成させるのだ。約束の日に神が現れたときに、われらの手から神に権力を返せるように。この権力は、地球の創造主であり、惑星や彗星や恒星の創造主でもある神に帰すべきものなのだ。
神が流星をお創りになったことも忘れてはならない。流星は夜の牡山羊たちのようにわれらの目を楽しませてくれる。

（彼が手をたたくと、三人の黒人が巨大な巻物を持って現れ、それを彼の足もとに広げる）

ヨーハン・ボッケルソン　親愛なる臣下たちよ、余の足もとに広げられたこの羊皮紙には、新しい世界と古い世界が美しく描かれている。

真ん中にはヨーロッパの国々と島々があり――向こうのどこかで不格好なロシアで終わっているが――、そこのライン川を表す幅広い線からさほど遠くないところに、余自身が赤インクで目印をつけておいたのが、ヴェストファーレンのミュンスターだ。

そこには、玉座についた余が女たちや臣下たちにかしずかれている絵が、巧みな腕前で描きこまれているのが見えるだろう。

あたかもいまこの瞬間の様子を一〇分の一に縮小したかのように。

東には古いアジアがあり、アフリカは南の青く塗られた海の向こうにある。だが西、すなわちこの羊皮紙の左端には、数頭の鯨と転覆した船が見えるだけのどこまでも広がる大洋の彼方に、新世界が横たわっている。ようやく発見されたばかりの未開の地で、住んでいるのは大きな野牛や人食い人種だ。

さてイエリコとヨッペの侯爵よ、おまえにはアジアをやろう。

それからカペルナウムとナインの監督よ、おまえにはアフリカをやろう。偶像に毒され、吠えたてる象の群れに大地が震える、あの聖なるアフリカを。

そして未来の国であるアメリカは、余の息子のものとしよう。残念ながらまだ生まれていないが、ディヴァラの腹のなかに安らっているはずのわが息子に。

だがヨーロッパは、ガリラヤの領主の手に渡すことにした。

（深い沈黙が生じる）

ロットマン（お辞儀をして）　ガリラヤの領主はひどくご不興を買っていたはずでございますが。

ヨーハン・ボッケルソン　やつの罪深さと不遜な悪行については余も知っている。だが余は、余の信頼と好意をあつかましくも裏切ったあの男を、側近のおまえたちの前で戒めてやりたいのだ。そうしてやつが自分の堕落に気づいたら、余が慈悲深くもわけ与えることにしたあの地位にやつを戻してやるのだ。（合図をする）

兵士（舞台奥で）　ガリラヤの領主殿！

（兵士たちがクニッパードリンクを連れてくる。その姿は前よりも一段と悲惨でぼろぼろになっている。クニッパードリンクは深々とお辞儀をする）

ヨーハン・ボッケルソン（ゆっくりと）　驚いたぞ、ガリラヤの領主、そんな姿のおまえを目にすることになるとは。余は全国民の前でおまえをシオンの代官に任命した。それなのにおまえは恥知らずの滑稽なふるまいにますます深く溺れているので、余はおまえを玉座から遠ざけざるをえなかった。

クニッパードリンク　陛下よ、私は貧しさと平和に憧れているのです。

ヨーハン・ボッケルソン　領主よ、おまえは髪もとかさず、体も洗っていない。シャツ一枚の格好で余の前に立っている。

クニッパードリンク　私のシャツは私の貧しさを示す旗なのです。

ヨーハン・ボッケルソン　その旗は分別のない考えをそそり、再洗礼派の明晰な意識を曇らせるものだ。混乱を引き起こすものに災いあれ！

クニッパードリンク　キリストがそうだったように、貧しさは私の運命なのです。

ヨーハン・ボッケルソン　主の最初の信奉者たちは貧しかった。しかしいまでは主の恩寵によって選ばれた者となり、地上を支配し、主の敵を剣で屈服させるのだ。

クニッパードリンク　聖書に曰く、剣を手にとる者は、剣によって滅びる（四三）。

ヨーハン・ボッケルソン（不機嫌に）　おまえは再洗礼派に、自分たちの家に火をつけ、すべての財産を人に恵み、着の身着のままで司教の足もとに身を投げだすようにと、説いてまわったな。

クニッパードリンク（嬉々として）　私たちがそのようにふるまえば、司教はその軍隊もろとも私たちの方に改宗するでしょう。

ヨーハン・ボッケルソン　おまえの目論見のおめでたさは問題外だし、正気の沙汰とは思えないおまえのやり方は許しがたい！　余は父親のようにおまえを諭そうと努めた。だがガリラヤの領主、おまえは聞く耳を持たんようだな！

クニッパードリンク　私を貧しいままにして、この貧しい町の路地で寝させておいてください。私が望むことはひとつだけです！（晴れやかな顔で沈黙する）

ヨーハン・ボッケルソン　余はその望みをかなえてやるつもりだ。おまえが再洗礼派のためにしてきたことを、余は忘れてはいないからな。

クニッパードリンク（感激して）　私をゲヒノムの子爵に任命してください！

（氷のような沈黙がすべてを覆う）

ヨーハン・ボッケルソン（冷たく） おまえがあの夜に試みた冒瀆的な企てのことは聞いているぞ。王権へのあのような侮辱に対して復讐しなかったのは、余がとてつもなく寛大だったからにすぎない。おまえ自身が自分の裁き手に任命し、いまではおまえがその名を名乗っている、あのゲヒノムの子爵におまえの罪を決めてもらうがよい。

廷臣一同（声をそろえて） ソロモンのような名判決でございます！

ヨーハン・ボッケルソン（兵士たちに） 大地の奥深くにこの男を閉じこめろ。墓穴のような場所に。こいつのうめき声が聞こえないように、余の耳から遠ざけるのだ。日の光も月明かりも届かぬところに。

（みんなが一斉にクニッパードリンクに背を向ける。ただカテリーナだけが、立ちあがって、彼の方を凝視している）

ヨーハン・ボッケルソン さて親愛なる臣下たちよ、われわれは大広間に行ってダンスでもしようじゃないか！（クニッパードリンクにはもはや一瞥もくれずに身を起こす）さあ、小鳩ちゃんたち、行くぞ！

（ボッケルソンはお供を引き連れ、下手奥に向かって広間を去る。兵士たちが舞台奥に控えるなか、ひとりカテリーナのみ身動きもせずその場に立ちつくしている）

クニッパードリンク　この哀れなラザロを連れだすがいい！

〈この言葉とともに、ミュンスターの前に陣取った攻囲軍の野営地を描いた包装紙が、前のときと同じように、天井から垂れさがってくる。ただ今回はテントが見るも無惨にくずれている。空にはゆがんだかたちの黄色い太陽がかかり、不機嫌な顔で冴えなく光っている。この野営地の絵の前に、小さな車輪のついた非常に低い移動舞台のようなものが押されてくる。この移動舞台の上にはテーブルがひとつあり、そのテーブルを囲んで、下手から上手に向かって、騎士ヨーハン・フォン・ビューレン、修道士、鼓手の順にすわっている。〈フォン・ビューレンはいまでは片足が木の義足になっている。〉彼らはサイコロ博打をしている〉

ヨーハン・フォン・ビューレン（鎧を脱ぎながら、修道士に向かって）受けとれ、受けとれ！　おまえの勝ちだ！　俺はこの鎧を賭けたんだから、こいつはおまえのものだ。俺はこれからシャツ姿で戦おう。

鼓手（左の長靴を脱ぎながら）それからこれが私の左の長靴です。右側はもう持っていますよね。

修道士　聖者たちは私に情け深いようだな、司令官。

ヨーハン・フォン・ビューレン　おまえの聖者たちなど悪魔にさらわれてしまえ。

修道士　救いを得られる唯一の教会に改宗するがいい。そうすればサイコロ遊びの運もつくだろう。

ヨーハン・フォン・ビューレン　いやなこった！　ミュンスターという町は意地悪なあまり男に身をまかせようとしない娘っ子みたいなもんだ。

鼓手　司教に抵抗した最初の女ってとこです。

修道士（うつろに）私はこの二日というもの温かいものを何も食べていない。

ヨーハン・フォン・ビューレン　俺を見ろ！　この木の義足を！　これからどこに雇ってもらえるだろう？　こんな死体のような人間には、誰もびた一文払いはすまい。よれよれの老兵ばかりのこのマクシミリアン皇帝軍の先頭に立たせてもらう栄誉に浴していることを、神に感謝するしかないな！

（立派な身なりをした恰幅のよい商人が上手から舞台に登場）


商人（怒って）　けしからんことだ！

ヨーハン・フォン・ビューレン　まったくあんたの言うとおりだ！

商人　おまえの手下どもが、わしの車の行く手を阻んでおる。

ヨーハン・フォン・ビューレン　いったいどこへ行くつもりなんだ？

商人　車一〇台分の小麦をミュンスターの町に運ぶのだ。

ヨーハン・フォン・ビューレン　なんてことを！　俺たちがミュンスターを兵糧攻めにしているのは知っているだろう？

商人　それはおまえの仕事、小麦はわしの仕事だ。おまえは牛四〇頭分の金をまだ払っていないし、このテントのための手形もよこしていない。文句を言うなら、テントをたたませるぞ。

ヨーハン・フォン・ビューレン　俺が屋根なしで寝たいと思うかい？　畜生め、あんたの小麦を通せと傭兵たちに言うがいい！


（商人は退場する）

鼓手　傭兵たちは温かいスープほしさにミュンスター側に逃げていくでしょうね。
修道士　司教はヘッセン方伯から六千人の兵を手に入れようとしているという噂だ。
ヨーハン・フォン・ビューレン　大方はどこかの墓で掘りだされた上等な骸骨みたいな連中かもしれないぜ。皇帝が送ってきたのと同じようかな。俺たちは最後の審判の日までここにすわっているぞ。

（移動酒保の女将——野菜売りの女と同一人物である——が舞台を横切ろうとする）

ヨーハン・フォン・ビューレン　おい女、ビールをくれ！
移動酒保の女将　あんたは私に二〇ドゥカーテン借りがあるよ。
ヨーハン・フォン・ビューレン（威厳をもって）　俺は司令官だぞ！
移動酒保の女将　司令官なんて犬に食われちまえ！　私は私の二〇ドゥカーテンがほしいんだ！　それまでは水一杯もやりゃあしないよ！（退場）
鼓手　司令官殿、私たちはみじめにも貧乏のどん底にいるみたいですね！
修道士（女の方を目で追いながら）　あの女は見たことがあるような気がする。
ヨーハン・フォン・ビューレン　あれは、俺たちが初めてミュンスターの塔を目にしたあのいまいましい日に、町から飛びだしてきた女だ。
鼓手　さあ、サイコロをしましょう。
ヨーハン・フォン・ビューレン　俺はこの木の義足を賭ける。
鼓手　私はズボンです。
修道士　私はさっきの戦利品を賭けよう。聖者たちよ、私の味方をしてください！

（彼らはサイコロを振る）

修道士（喜んで）　私の勝ちだ！

ヨーハン・フォン・ビューレン（木の義足を取りはずしてテーブルの上に置きながら）　この足はおまえのものだ！　こいつを俺に売りつけた悪党が言うには、使徒ペトロの十字架を削って作ったものらしい。

修道士　アーメン！　それから鼓手よ、ズボンをよこすんだ！

（テーブルと三人を載せた移動舞台が押しのけられ、野営地を描いた包装紙が巻きあげられると同時に、ボッケルソンが舞台を横切り、彼に向かってユーディット・クニッパードリンクが歩いてくる。ユーディットはボッケルソンの前でひざまずく。二人はスポットライトの丸い光にくっきりと照らされている）

ヨーハン・ボッケルソン　ギルガルの伯爵よ、こんな月明かりのなか、この庭で何をご所望かな？

ユーディット（小声で）　父の命を。

（ヨーハン・ボッケルソンが彼女に手を差しだすと、彼女はすっと立ちあがる）

ヨーハン・ボッケルソン　父上を自由の身にしよう。

（彼女は手を彼の手に預けたまま、身じろぎもせずに立っている）

ヨーハン・ボッケルソン　月の光がこの庭に宮殿へと続く銀の帯を張りわたしている。伯爵よ、神自身がわれわれに道を示してくださっているのだ。（ユーディットを連れて退場）

（舞台奥にフィリップ・フォン・ヘッセン方伯が椅子に腰掛け、その後ろの左右に彼の二人の妻クリスティーネとマルガレータがいるのが見える。彼らのまわりには、みすぼらしい旅館の部屋を暗示するための、必要最小限の小道具が置かれている。とくに目立つのは三つのドアで、上手と下手と方伯の背後とにあり、ドア枠に入ってはいるが、まわりの壁は見あたらない。それから――手持ちの機材にしたがって――適当な頻度で稲光を光らせたり、雷鳴を轟かせたりするのもよい。舞台の一番前面で、太った旅館の亭主がほうきで床を掃いている。ノックの音）

ヘッセン方伯　ほら、ノックの音がするぞ。

旅館の亭主　雷ですぜ、旦那、ありゃあ雷です。

ヘッセン方伯　ノックの音だと言ってるだろう。

クリスティーネ　主人がはっきり言っただろう、ノックの音だって！

マルガレータ　はっきり主人が言っただろう、ノックの音だって！

（この場面のあいだじゅう、この二人の女は順番にしゃべるのを承知せず、常に同時に口を開く）

旅館の亭主　えい、そうおっしゃるならそれでもいいや！　ノックさせておきましょう、悪魔かもしれないし。方伯さま、外はひどい雷でございます。

（またノックの音がする）

ヘッセン方伯　人を待たせてはいかん。行ってドアを開けろ。それがキリスト教徒としてのおまえの義務だ。

旅館の亭主　ではそうしますが、私が自分の救いを台無しにするようなふるまいをしているかどうか、おわかりになりましょう。

（彼は後ろのドアを開ける。二人の小姓が司教の車椅子をなかに押し入れる。みんなびしょ濡れになっている）

司教　ありがとう。ご覧のとおり、わしらは災難にあってな。

（小姓たちは司教の車椅子を前に押していき、それから床にくずおれる）

司教　あっぱれじゃ、子供たちよ！　よく働いてくれたうえに、これはまた見事な倒れっぷりじゃ！

旅館の亭主（ドアを閉める前にドアの外を見やって）　畜生め、いったいどこから来やがったんだ？

司教　方伯の城までは遠いのか？　馬車が壊れてしまったのじゃ。

旅館の亭主　あんたはカトリックかい？

司教　見てのとおり。

旅館の亭主　ここはプロテスタントの土地だ。
司教　わしをヘッセン方伯の城まで案内してはくれんか？
旅館の亭主　だめだ！
ヘッセン方伯　亭主よ、おまえは不作法なやつだ！　聖書を読んだことはないのか。老人を敬えと書かれているではないか！　この牛のような連中にわれわれは教えを餌のようにかみ砕いて与えているのに、怠け者のこいつらはそれを食おうともせんのだ！
旅館の亭主　方伯さま――
ヘッセン方伯　向こうへ行け。
（方伯はいらだった手ぶりをする。旅館の亭主は何度もお辞儀をしながらその場を去る）
ヘッセン方伯　このあたりの人間は粗野なのです。厳しくふるまい、父親のように鞭をとらなければなりません。
司教　こんなに落ちぶれた司教を助けおこしてくれたことに礼を言うぞ。
ヘッセン方伯　猊下はフィリップ・フォン・ヘッセンのところへ行こうとなさっているのですか？
司教　方伯のことを知っておるのか？
ヘッセン方伯　オスナブリュック、ミンデン、およびヴェストファーレンのミュンスターの司教さまが、その姿を思いだしていただけましたら。
司教　あんたが方伯本人なのか？
ヘッセン方伯　雷雨のために、狩りの途中でこんなひどいところで雨宿りする羽目になったのです。

司教　あんたはずいぶん変わったな！
ヘッセン方伯（ため息をつきながら）　私は二人の妻と結婚したのです！（後ろにいる二人の妻を指さす）
司教　はじめまして！
クリスティーネ　うれしいですわ、お知りあいになれて！
マルガレータ　お知りあいになれて、うれしいですわ！
司教（方伯に向かって）　あんたはわしが最もかわいがった弟子の一人じゃった。
ヘッセン方伯　いまでは私はあなたが最も癇にさわる敵でございます。
司教　あんたはルターの方に寝返った。
ヘッセン方伯　エアフルトであなたに教えを受けていたのは、ずいぶん昔のことになりました。
司教（ため息をつきながら）　幸せな時代じゃったな。
ヘッセン方伯（同様にため息をつきながら）　時代はすっかり変わってしまいました。
クリスティーネ　それっていったいどういう意味かしら？
マルガレータ　いったいそれってどういう意味かしら？
ヘッセン方伯　私が言いたいのは、青年の大はしゃぎの嵐が壮年の落ち着いた幸福に変わったということだ。
司教　わしをあんたのよき理解者だと思ってもらってよいぞ。
ヘッセン方伯（愛想よく）　何をお望みなのでしょうか？
司教　六千人の兵隊じゃ。
ヘッセン方伯　ミュンスターを攻める軍隊を出せとおっしゃるのですか？
司教　あんたが最後の頼みの綱じゃ。

ヘッセン方伯　私が耳にしたところでは、再洗礼派の王には妻がたくさんいるとか？
司教　確かにあの男は一五人の女と結婚しておるな。
ヘッセン方伯　途方もない数だ。
司教　まあちょっと多いな。
ヘッセン方伯（暗い調子で）　その不幸な馬鹿者をこの手で八つ裂きにしてやりたい。
司教　ミュンスターの包囲に加勢してもらえるかのう？
ヘッセン方伯　一週間後にあの町の塁壁の前に八千人の兵隊を送りこみましょう。
司教　恩にきるぞ。
ヘッセン方伯　あなたの味方をするように、ルターが手紙をよこしてきたのです。あの並はずれた男は二つ目の結婚指輪をすることを認めてくれたので、彼にはおおいに恩義を感じているのです。
クリスティーネ　主人は私のそばを離れるつもりかしら？
マルガレータ　私のそばを主人は離れるつもりかしら？
ヘッセン方伯　私自身がどうやらミュンスターに出陣せざるをえないようですね。
司教　どうやらあんた自身がミュンスターに出陣せざるをえないようじゃ。

（方伯の二人の妻は同時に立ちあがる）

クリスティーネ　あなたは本当にひどい人だわ、ヘッセン方伯！
マルガレータ　本当にひどい人だわあなたは、ヘッセン方伯！

（一人は下手、もう一人は上手のドアから出ていき、それぞれドアをばしんと閉める。しかし壁がないので、ドアの向こうで彼女たちがそっくり同じ動作で歩きまわっているのが見える）

ヘッセン方伯　包囲は長くかかると思われますか？
司教（悲しげに）　奥さんたちにはしばらく会えまい。
ヘッセン方伯　私はどんな犠牲の前にもひるみません。

（クリスティーネとマルガレータは同時にドアを開けて、部屋に首を伸ばす）

クリスティーネ　あの人とのベッドを分けあわなければならないこの女がひどく気にさわりはするけれど、
マルガレータ　ひどくあの人とのベッドを分けあわなければならないこの女が気にさわりはするけれど、
クリスティーネ　戦争の苛酷な不自由をわが身に堪え忍んで、あの人についてけなげにミュンスターの野営地へまいりましょう！
マルガレータ　わが身に戦争の苛酷な不自由を堪え忍んで、ミュンスターの野営地へあの人についてけなげにまいりましょう！

（二人は再びドアをばしんと閉める）

ヘッセン方伯　（ひどく陰気に）　いまいましい色情どもめ！

（このうえなく深い絶望から発せられたこの崇高な言葉の後、舞台は再び前面に移る。閉じられた幕の前で、美しい中世風の衣装を着たユーディットが上手から舞台に入ってくる）

ユーディット　お父さま！
クニッパードリンクの声　（下手から）　娘なのか？
ユーディット　（か細い声で）　お父さま！

（弱い光をあてられ、クニッパードリンクが下手の床にうずくまっているのが見える）

クニッパードリンク　静かに、静かに！　哀れなラザロにお客さんだ！　隅っこに行っておくれ！
ユーディット　誰とお話しなさっているのですか、お父さま？
クニッパードリンク　ネズミたちとだ、娘よ！
ユーディット　おぞましい動物ではありませんか！
クニッパードリンク　私の友人たちについてどうしてそんな口が利けるのだ！　私の友人は自分の友人だと、おまえは言っていたのではなかったかな？
ユーディット　お父さま！
クニッパードリンク　この友人たちは、私の言うことをよく聞いてくれる。天のもとでは万事がうまくできているのだ。娘よ、おまえがここに来るのを許したのは誰だ？

ユーディット　お父さま、あなたは自由の身でございます！
クニッパードリンク　おや、何を言っているのだ！　哀れなラザロはいつでも自由なのだ。私のネズミたちや私の神とともに、私はここにとどまるつもりだ。

（ユーディットは近寄ろうとする）

クニッパードリンク　やめなさい、娘よ、やめなさい！　この地下は暗くて、私にはおまえの姿は見えないだろう。

（ユーディットは顔を覆って泣く）

クニッパードリンク　私が幸福なのに、どうしておまえは不幸で泣いているのだ？
ユーディット　私はあの男を愛しています。
クニッパードリンク　落ちつくのだ。そうなるべくしてそうなったのだ。おまえは弱い女で、それよりほかになす術を知らない。おまえもすべての生き物と同じなのだ。花々や、私の足もとで遊んでいるこのネズミたちとな。
ユーディット　私はあの男の妻になりました。
クニッパードリンク　おまえにはおまえの母親の血が流れているのではないのか？　泣くでない、おまえの罪はすべて許されよう。
ユーディット　お父さまのそばにいさせてください！

クニッパードリンク　ここはおまえには似合わない、このような暗闇は。おまえには太陽がふさわしい。立ち去るのだ、わが娘よ！

（再び幕が開くと、市壁がそびえており、その上に夕日に照らされたクレヒティングと兵士のシルエットが見える。この場面は、前のときと同じように、舞台最奥の上方で演じられ、おぼろげにしか見えない。声だけがちらつく光のように観客の方に流れてくる）

クレヒティング　何が見える？
兵士　町のまわりをぐるりと、われわれの首を締めつける輪のように、敵が陣取っています。司令官殿、われわれは包囲されました。
クレヒティング　援軍を求めるために再洗礼派を外に派遣することはできそうか？
兵士　ネズミ一匹通れやしません！
クレヒティング　軍勢は多く、それがさらに増えているのか？
兵士　四方八方から海のようにこちらへ押し寄せてきます。司令官殿、もうどうしようもありません！
クレヒティング　司教がヘッセン方伯をうまく口説いたのだな。
兵士　近くに新しい傭兵が何人か見えました。連中が町に入ってくれば、ここの女たちは大喜びをして、われわれにがみがみ言うのをやめるでしょう。
クレヒティング　おまえの言うことを信じるしかない。目が見えなくなってから、俺はおまえの言うことを信じるしかないのだ。
兵士　司令官殿の目を見えなくしたのは、呪わしい一本の矢でした。

クレヒティング（腰をおろして）　目を失った老人が先が見えている唯一の人間だということを知るのは恐ろしいことだ。俺の横にすわれ！　おまえの体を俺の体にぐっと近づけろ。

（兵士は彼の横に腰をおろす）

クレヒティング　なあ、俺は誰だろう？
兵士　はあ、司令官殿でございますが。
クレヒティング　俺の名前は？
兵士　新しい名前は誰にも覚えられません。イエリコの大公とか、そんなところでした。
クレヒティング　俺はギルド会館の説教師クレヒティングではないのか？
兵士　もちろんその人でございます。
クレヒティング　おまえは何日食っておらん？
兵士　二日になります。
クレヒティング　それでおまえの子供はどうした、子供は？
兵士　飢え死にしました。
クレヒティング　ソロモンよ、あなたのテーブルは豪勢な料理の重みでたわみ、あなたの女たちはあなたがしたがえるお歴々の目の前で裸になって踊っている！
兵士　誰のことを言っておられるのですか、司令官殿？
クレヒティング　俺の話はわかりにくかったかな？　俺たちの苦悩のもとであるあの名前をこの暗闇に向かって叫べとでもいうのか？

兵士　司令官殿、それではこれが答えです！（クレヒティングを刺し殺す）この町で誰が後戻りできるだろうか？（両手を広げてすっくと立ちあがり）誰が後戻りできるだろうか？　誰が？

（壁全体が照らされ、舞台中央奥にエギディ門が見える。閉められた門の前には監視兵がいる。下手には女たちや子供たちの暗いかたまりが見える）

女　腹が減ったよ！
兵士　同じことばかり言うな。気を紛らすんだ、気を。
女　腹が減ったよ！
兵士　われわれは勝つ、と言え！
女　腹が減ったよ！
兵士　売女め！　俺も腹ぺこなのを思いださせやがる。
一人の子供　お腹空いたよ！

（ボッケルソンが上手から数人の兵士を引き連れて現れる）

ヨーハン・ボッケルソン　なにをうろついているんだ？
女　腹が減ったよ！
ヨーハン・ボッケルソン　空腹を腹にねじこんで、口を閉ざせ、イスラエルの女よ！
女　腹が減ったよ！

ヨーハン・ボッケルソン　クロイツ門へ行け。あそこからならこの町を出られるぞ。

（女たちは黙って立ちあがり、姿を消す）

ヨーハン・ボッケルソン　あいつらの後を追え！　皆殺しだ！　おまえたちの剣の方が敵の恩寵よりましだ。

（兵士たち退場。監視兵だけが身じろぎもせず、門の前に立っている。ボッケルソンは彼の方に近づいていく。ボッケルソンは監視兵を上から下までじろじろ見て、そのまわりを歩く。ボッケルソンは監視兵の腹を軽くたたく）

ヨーハン・ボッケルソン　何歳だ？

兵士　二二歳であります！

ヨーハン・ボッケルソン　おまえはいい腹をしているな。頑丈な二二歳の腹だ。腹は空いているか？

兵士（慎重に）いいえ。

ヨーハン・ボッケルソン　答えをためらったな。

兵士　はい、陛下！

ヨーハン・ボッケルソン（兵士に近寄り）どうしてだ？

兵士（困った様子で）ヴァルヴァラのことで、陛下。

ヨーハン・ボッケルソン　いまおまえが言ったのは変わった名前だな。だが私のところの料理女の一人が確かそんな名前だったぞ。
兵士　はい、陛下。
ヨーハン・ボッケルソン　その娘は左の胸の下に剣のかたちのほくろがあるな?
兵士　ええ。
ヨーハン・ボッケルソン　右の太腿の内側には赤い縦長の傷跡があるな?
兵士（狼狽して）　はい。
ヨーハン・ボッケルソン　おまえの槍を貸せ。（兵士の手から槍を取りあげ、その先で地面に線を描く）あの娘の乳房はだいたいこんなかたちだな?
兵士（さらに狼狽して）　どうして陛下がそんなことをご存知なのですか?
ヨーハン・ボッケルソン　陛下は何でも知っているのだ。

（ヨーハン・ボッケルソンは思案しながら何歩かぶらぶらし、それからまた監視兵のところに戻ってくる）

ヨーハン・ボッケルソン　今夜は寒いな。
兵士　とても寒いです、陛下。
ヨーハン・ボッケルソン　おまえのマントを貸せ。おまえの場所に立たせてくれ。武器も貸すんだ。

（ボッケルソンは兵士のマントを着て門の前に立つ。兵士は困惑してその前に立ち、ボッケルソンの顔をじっと見つめる）

ヨーハン・ボッケルソン　どうした？
兵士　陛下、どういうおつもりでしょう？
ヨーハン・ボッケルソン　凍えるか？
兵士　はい、陛下。
ヨーハン・ボッケルソン　腹は減っているか？
兵士　突然減ってまいりました、陛下。
ヨーハン・ボッケルソン　かわいいヴァルヴァラと寝たくはないのか？
兵士　わかりません、陛下。
ヨーハン・ボッケルソン　私があの娘のベッドのことまで教えてやらないといけないのか？
兵士（狼狽して）　陛下！
ヨーハン・ボッケルソン（力強く）　私がここで見張りをする。おまえの代わりにな！　だからおまえはヴァルヴァラのところへ行け。
兵士　かしこまりました、陛下！（走り去る）
ヨーハン・ボッケルソン　私は身動きひとつせず立っている。天は弧を描き、王のマントのように私を包みこんでいる。天よ、私はおまえを身にまとっている。私はしっかりと大地を踏みしめている。古い大地よ、私はあんたの息子だ。あんたは私の母親で、夜になると私にはあんたが呼ぶ声が聞こえてくる。だが私はあんたの呼び声にはしたがわない。なぜなら私は天を求めているからだ。母なる大地よ、私は天をこの手で引きずりおろしたい！　天に燃える炎と星とで、あんたに絨毯を作ってやりたいのだ。（地面に横になる）あんたの心臓が鼓動する音や、肺が呼吸する音が聞こえてくる。聖なる母よ、あんたの血が太古の深みを流れる音が聞こえてくる。私の口づけを受けてくれ！

（上手からカテリーナが横になっているボッケルソンに近づいてくる）

カテリーナ　兵士さん、どうしてそんなところに寝そべっているの？

ヨーハン・ボッケルソン　大地に口づけをしたところなのです、奥さま！

（彼は立ちあがるが、顔は影に隠れたままである）

カテリーナ　おまえは見張りなの？

ヨーハン・ボッケルソン　あなたは王の奥方の一人ですね？

カテリーナ　私を知っているの？

ヨーハン・ボッケルソン　あなたのドアの前で見張りをしたことがございます。

カテリーナ　おまえの声には聞きおぼえがあるわ。ほらご覧なさい！（アクセサリーを彼の目の前にかざす）

ヨーハン・ボッケルソン（冷たく）　金《きん》と銀のアクセサリーでございます。

カテリーナ　私を門の外に出しておくれ、そうしたらこれはおまえのものよ。

ヨーハン・ボッケルソン　それならもっとほかのものでないと困ります。

カテリーナ　何がほしいの？

ヨーハン・ボッケルソン　両腕で私を抱きしめ、体を私の体に押しつけ、唇を私の唇に押しあてていただかなくてはなりません。

カテリーナ　そうしましょう。（ボッケルソンを抱擁する。ボッケルソンは彼女の背中に短剣を突き刺す。彼女は地面にくずおれる）

ヨーハン・ボッケルソン　いったいおまえは何のために生きていたんだ？

（ボッケルソンと亡骸がゆっくりと暗闇に沈むと、舞台はまるで巨大な虚無に捉えられたかのような印象を与える。そのために、下手端前面にゆっくりと姿を現したユーディットの声も、無限の宇宙に消えていくように思われる）


ユーディット　冬が過ぎ、春が過ぎ、夏になりました。

でも苦しみは過ぎ去らず、飢えはこの町からなくなりません。

人々は広場で死に、その死体は塁壁の向こうに放り投げられています。

私の母は死にました。父は暗闇のなかで暮らしています。私には涙だけが残されました。

私の体は砕け、私の心の灯りは消え、私の手はからっぽで、私のいるところには影があるだけです。

私は私と同じ名をもつユーディットという女の話(四五)を聖書で読みました。この女はユダヤ人を解放するために町を出ていきます。

というのも、ネブカドネザル王の部隊の大将ホロフェルネスがベトリアを包囲していて、その町の苦しみはいまのわたしたちの苦しみと同じだったからです。

ユーディットは夜にホロフェルネスのところへ行って、彼の首を打ち落とします。

だから私は、ミュンスターを取り囲んで恐怖に陥れている司教のところへ出かけていって、彼を殺すつもりです。

（ユーディットが姿を消すと、テントの内部が現れ、舞台中央前面の安楽椅子に司教が一人ですわっているのが見える。彼の前にはろうそくを点したテーブルが置かれている）

司教　わしはこのとおりミュンスターを攻める野営地のなかにおる。六月も半ばになり、暖かくなった。夜にはときにまだひんやりすることもあるが。いましがたわしは外に出て天の川に見入っておった。この戦争になってから、金星をあれほどはっきりと見たのは初めてじゃ。金星は西の空低くにあったが、その輝きはわしの心を和らげてくれた。ついさっきまでひどい悪態をついていた傭兵が、わしから遠くないところにひざまずいて祈っておった。万事が好転するように、とな。あの町は絶望的な状態だ、という確かな知らせをわしは受けとっておる。愚か者どもめ！　連中はどうしてわしらの判決を恐れるのか。わしら哀れな人間がひょっとするとこの数日のうちにも行なわなければならない、公正であろうとするあのみじめな試みを。主よ、わしらを照らしてくだされ！　隣人の顔を照らすために、あなたの明るさのほんのわずかでもわしらに分け与えてくだされ。だがわしらは盲目なのじゃ。わしは多くの人間を殺すことになるじゃろう。なぜならわしは人間であって、人間の限界を越えられないし、やつらはやつらで人間の世界で死に値することをしでかしたからじゃ。それは罰じゃろうか？　それは罪じゃろうか？　そのことを知っているのは神だけじゃが、神はわしらに何も答えてはくれん。
主よ、わしらに知恵を授けてくだされ。税取り役人のことを見たパリサイ人（四六）のように、後からわが胸をたたかなくて済むように。やつらを痛めつけるとき、わしらはわしら自身を打つことになるのじゃから。やつらに罰を下すとき、わしらはわしら自身を裁くことになるのじゃから。というのも、堕落した者はあなたに試されたのであって、ひどく堕落した者はあなたにそれだけ厳しく試されたことになるからじゃ。
主よ、わしらを助けてくだされ。あなたに屈した人々に対してわしらが罪を犯すことのないように。というのも、「やつらにはそれが当然の報いだ」と言う者は自らが裁きを受け、「自分には関係がない」と言う者は自らが神に見放されるからじゃ。

召使　（舞台に現れて）ご主人さま！

司教　どうした？　何かあったのか？

召使　ご婦人が一人まいりました。

司教　それで？

召使　ご主人さまと話をしたいと言っております。ミュンスターの町から来たとのことで。

司教　ご婦人か。美しいのか？　若いのか？

召使　はい、ご主人さま。

司教　そのご婦人を連れてきたのは誰だ？

召使　傭兵でございます。

司教　二人とも入らせろ。それから新しいろうそくを持ってくるのじゃ。これでは話をするには暗すぎる。互いの目が見えなくてはならんからな。それからそのご婦人に何か持ってきてやれ。お菓子と甘いワインでも。

（召使は出ていく。傭兵がユーディットを連れて登場）

司教　おまえは誰を連れてきたのかな？
傭兵　わかりません、猊下。このご婦人は猊下に会いたがっております。
司教　どこでこのご婦人に会ったのじゃ？
傭兵　塁壁のそばででございます、猊下。
司教　わかった。下がってよろしい。

（傭兵は退場、召使がろうそくを持ってくる）

司教　二つのろうそくをテーブルの上にきれいに並べてくれ。新しい方を右側にしてな。わしは秩序を重んじておるからのう。もう行ってよいぞ。
召使　失礼ながら、甘いワインとお菓子がございますが。
司教　そうじゃった。テーブルに置いてくれればよい。やや右のろうそく寄りにな。それでよろしい。

（召使は出ていく）

司教（ユーディットに向かって）　もっと近寄りなさい。おまえの顔が見えん。

（ユーディットは歩み寄ってろうそくの光に照らされる）

司教　ユーディット・クニッパードリンクではないか。おまえの父親は、わしがあの町で話した最後の人間じゃった。

（ユーディットは身じろぎもせずに立っている）

司教　こんな年老いた司教に何の用かな？
ユーディット　わかりません。
司教　わしの横に腰掛けなさい、ユーディット。お菓子はいらんか？
ユーディット　司教さま、私はすわることはできません。
司教　おまえは女になったのだな、ユーディット。
ユーディット　司教さま、私は女になりました。
司教　おまえは美しい女になったな。それでユーディット、夫は誰じゃ？

（ユーディットはまず沈黙するが、それから司教の前にくずおれ、テーブルに顔を伏せて泣く）

司教　落ちついて話すがよい。ボッケルソンなのか？
ユーディット　はい。

司教　おまえの母親の夫だな？
ユーディット　はい。
司教　哀れなやつじゃ！　おまえがしでかしたのは大罪じゃぞ。
ユーディット　わかっております、司教さま。
司教　それでおまえはどうしてわしのところへやってきたのじゃ、ユーディット？

（ユーディットは沈黙する）

司教　口をつぐむのか？　わしに言わないつもりか？（微笑する）おまえは懺悔をするために来たのではないな。

（ユーディットは首を横に振る）

司教　おまえはきれいな服を着ておるな、ユーディット。少し流行遅れじゃが、おまえによく似合っておる。じゃがおまえという娘は――わしの方を見るのじゃ！（彼女の顎に手をかける）おまえは聖書をたくさん読んだじゃろう、ユーディット。さてはユーディットと悪漢ホロフェルネスの話も読んだな？
ユーディット　あなたはすべてお見通しです、司教さま。
司教　おまえは嘘はつけんな、ユーディット、おまえのそんなところがわしはとりわけ好きなのじゃが。（ユーディットの額に口づけする）出ていくのじゃ！

ユーディット　私はあの町には戻りません。
司教　おまえを処刑させることになるぞ、ユーディット。
ユーディット　私はここにとどまります、司教さま。
司教　それではこれを受けとるがよい！（自分の首から十字架のネックレスを外す）赤い服の男《(四七)》が剣でおまえを殺しに来たら、この十字架を握りしめるのじゃぞ。（呼び鈴を鳴らす）

（召使が現れる）

司教　最上の客人のためのテントにこのご婦人を案内せよ。彼女は明日には死ぬじゃろう。
召使　このご婦人を厳しく見張るよう指示いたします。
司教　おまえは人間のことをわかっておらんな！　といって犬好きというわけでもないし！　もし人間のことがわかっておれば、仕事や見張りをずいぶん節約できるのじゃが。（少し考えて）じゃがこうしたことがわかるには、おまえはまだ若すぎるのじゃろう。

（司教の言葉が響きやむと、舞台は見通しがたい暗闇のなかに沈み、その暗闇は観客をも包みこむ。その暗闇のなかから、捉えどころなく、クニッパードリンクの声が立ちのぼってくる）

クニッパードリンクの声　ライデンのヨーハン・ボッケルソンよ、哀れな町ミュンスターの王よ。この町は月明かりに青白く照らされてヴェストファーレンのみすぼらしい一角を覆い、その市壁は、死んだわが子を腕に抱く母親のように、静かに恐怖を抱きしめている。

ボッケルソンの声　私を呼ぶのは誰だ?
クニッパードリンクの声　おまえを呼んでいるのは、哀れなラザロの体に重い皮膚病のようにまとわりついている貧困と悲惨だ。
ボッケルソンの声　ラザロよ、私に何の用なのだ?
クニッパードリンクの声　私は飢えている。
ボッケルソンの声　おあいにくさまだが、たったいま豆と焼きソーセージを残らず平らげたところだ。
クニッパードリンクの声　私が飢えんばかりに求めているのは神の国なのだ。
ボッケルソンの声　神の国というやつは難しい問題だ。死を免れぬわれわれの肉体がどうしても食べ物を必要とするだけになおさらな。
クニッパードリンクの声　ぼろぼろのシャツの姿で私は、おまえの宮殿の立派な玄関の前にある階段に腰をおろしている。飢えて死んだ女たちや子供たちが銀の冠のように私を取り囲んでいる。
(次にボッケルソンの声が響いてくると、しだいに照明が明るくなっていき、彼自身の言葉によって描写されるとおりの状況にいるボッケルソンの姿が見える)
ヨーハン・ボッケルソン　私は宮殿の大広間にある玉座へと続く階段に腰をおろしている。ラザロよ、おまえがすわっているのはその宮殿の正面玄関の前だ。
私の緋色のマントは鐘のように私を包みこみ、よく整えられた髪の上には王冠が高々と載っている。
一二のぎざぎざの飾りのついた王冠が。この一二の飾りは、私がその遺産を相続したイスラエルの一二の部族を意味しており、それはまた全能の王がすわっている玉座の一二本の足によっても表されている。

玉座を支えるこの足は揺るぎなく、それは私の頭に載っている王冠の飾りが揺るぎなくそびえているのと同様だ。

いまこの瞬間には私の頭はぐらぐらと揺れてはいるが。

それというのも私はワインを飲みすぎて、おそらくは多少ろれつの回らぬ状態で、この金《きん》の杯を口に持ってこようとしているところだからだ。宮廷の男たちや女たちが私のまわりに横たわっている。

なにしろわれわれの宴《うたげ》は三日も続いたのだから。

いまではみんな眠ってしまい、ちょっといびきをかいている者もいる。

カペルナウムとナインの監督、「岩山《いわやま》」という異名を持つ、同志ロットマンときては、窮屈そうにテーブルの下に寝そべり、美しいディヴァラの足からはぎ取ったかわいらしいスリッパに唇を押しつけたままだ。

さてみなさん、銀色に輝く夜を過ごす広間を覗いてご覧なさい。金《きん》の壁や色鮮やかにきらめく衣装で目が眩むでしょう。

床に倒れている連中の上に血のように滴っている、
ワインの暗い炎に目が眩むでしょう。

千の松明に照らされて酔っぱらって踊る私をご覧あれ！

そして万事に片がつき、満月のほのかな光を浴びて私が没落するさまをご覧あれ！

（太った料理人が四つん這いで下手から広間に現れ、這ったままボッケルソンに近づいてくる。料理人は頭に高いコック帽を載せ、エプロンを身につけ、赤い鼻をしている）

料理人　ハイル、ボッケルソン王、ハイル！(四八)

数あるソーセージのなかの王様はブラッドソーセージだ、

諸侯のなかの王様はあなただ！

ヨーハン・ボッケルソン　ギルボア伯よ、おまえのいるべき場所は台所だ。ここにはおまえが探すようなものは何もないぞ。

料理人　ハムや新鮮なパンや卵やベーコンや美味しいワインを、ほかのどこで探せっておっしゃるんですかい？　陛下の胃袋が何もかも飲みこんじまいましたぜ。（床に腹這いになる）

ヨーハン・ボッケルソン　床で何をしてるんだ、ギルボア伯？

料理人　床に用はございません。ただ私の低い地位を表現しようとしているだけでして。

ヨーハン・ボッケルソン　食料はあとどれくらいもつだろうか？

料理人　そいつがはっきりしない点です。われわれの胃袋は共同墓地になったんでさあ。なにしろ食べ物が大量になくなりましたからね。ひどい梅毒にかかったみたいに。

ヨーハン・ボッケルソン（もったいぶった身ぶりで）　神がイスラエルの民に与えたというマナという食べ物(四九)を、私が空から降らせてみせよう！

（クニッパードリンクが開いた窓によじのぼって広間に入ってくる。彼は髪や髭をぼうぼうに伸ばし、大きな穴の空いたシャツ一枚の姿である）

クニッパードリンク　やっほー！

料理人　ここにまた道化の特上の見本がきた！　ほんとに敬意を感じるほどだ。
ヨーハン・ボッケルソン　今夜はいろんなやつが集まってくるな。
クニッパードリンク　私はボッケルソン王の道化だ！　私はボッケルソン王の過去であり、ボッケルソン王の未来なのだ。
料理人　これはまた悲惨な過去だな。
ヨーハン・ボッケルソン　それに哀れな未来だ。
料理人　シャツ一枚でうろついているこの男は、虱《しらみ》のわいた運命そのものだ。
クニッパードリンク（玉座に腰を掛け）ボッケルソン王よ、なんと悲しげな顔をしているのだ？
ヨーハン・ボッケルソン　ジョッキは空《から》になり、皿は割られた。昼は過ぎ、夜は長い。だがおまえは私の玉座にすわって何をしているのだ？
クニッパードリンク　私はヴェストファーレンのミュンスターの王だ。
ヨーハン・ボッケルソン　ギルボア伯よ、この虱《しらみ》のたかった運命とやらをどうしてやったらいいかな？
料理人　このみすぼらしい運命は、とにかく自分の言ったことを証明しなくちゃなりません。
ヨーハン・ボッケルソン（クニッパードリンクに向かって）聞いたか？　おまえは自分の言葉を証明しなきゃならん。
クニッパードリンク　おまえを王にしたのは何者だ？
ヨーハン・ボッケルソン　おまえの金だ。
クニッパードリンク　私の金は誰のものだ？
ヨーハン・ボッケルソン　おまえのものだ。
クニッパードリンク　だから私がヴェストファーレンのミュンスターの王なのだ。

ヨーハン・ボッケルソン　やつは証明したぞ、伯爵。
料理人　運命に屈するのは、死を免れぬ人間の定めです。
ヨーハン・ボッケルソン　私は退位しなけりゃならなくなるな。
料理人　陛下は威厳をもって不幸に耐えておいでです。
ヨーハン・ボッケルソン　おまえのところでコックの見習いでもするよ、伯爵。
料理人　明日の献立は空気と雨水だけにして、とにかく食べ物を消化することに専念しましょうや。
クニッパードリンク　私はおまえの弁明を求めてやってきたのだ、ボッケルソン王よ。
料理人　これは一大事ですぞ、陛下。
クニッパードリンク　ボッケルソン王よ、私の妻カテリーナはどこにいる、私のかわいい娘ユーディットはどこにいる？
ヨーハン・ボッケルソン　それは悲しい話だ。二人とも死んでしまった。
クニッパードリンク　死んだ？
ヨーハン・ボッケルソン　ああ、死んだ。
料理人　完全に死んじまった。
クニッパードリンク（すっくと身を起こして）　ダンスをしよう。
ヨーハン・ボッケルソン　月の光を浴びてダンスをしよう。
料理人　眠りましょうや。
クニッパードリンク　屋根の上でダンスだ！
（クニッパードリンクは窓の方に跳びはねていき、舞台は暗くなる）

ヨーハン・ボッケルソン（闇のなかで姿の見えないまま）　月の光を浴びながら屋根の上でダンスをしよう！

（クニッパードリンクだけが見える。窓の下枠に立つ彼の姿が、暗く浮かびあがっている）

クニッパードリンク　月よ！　天にかかる月よ！
どうしておまえは丸くて明るくて澄んでいるのか？
おまえの光は屋根や塁壁の上に冷たく青く注がれている！
おお、私の足もとの屋根よ。おまえは天へと伸びようとする柳のようだ！
おお、ダンスの揺れる足どりで屋根の上をさまようのはなんとすばらしいことか！

（この台詞のあいだに、背後では壁を描いた書き割りが巻きあげられ、クレーターや月の海がはっきりと見えるほどの、巨大な満月が現れる。満月は、紺色で星のない無限の空にかかっている。満月の下には屋根の棟《むね》が伸びており、窓に接したところから始まって舞台全体に水平に広がっている。ここでは大がかりなセットを使わなくても、大きな効果を得ることができよう。人間はいつまでも子供であって、わずかなもののなかにこそいっそう容易にすべてを見てとることができるものだ。そういうわけで、屋根の上のダンスの場面が続く）

クニッパードリンク（窓の下枠から屋根の棟《むね》に馬乗りになるように跳びうつって）　太腿にはさまれた屋根の棟《むね》よ！

私の手はおまえを愛撫している。

おまえは私の馬、私の仔鹿、私の猛牛だ！

私はおまえにまたがって天を駆ける騎士であり、雲の影は私の波打つ髪なのだ！


（ボッケルソンが窓枠のところに現れる）


ヨーハン・ボッケルソン　おまえに続こう！　おまえに続こう！

おまえは私の道化だ！　私の影だ！　私の秘蔵っ子だ！　私はおまえといっしょにこの屋根を猫のようにぶらつこう！　猫のように軽やかに、猫のようにすばやく、猫のように熱く。

月にいると言われる子供のようにダンスをしよう！


（ボッケルソンも窓から屋根に跳びうつる。二人はダンスを始める。クニッパードリンクはひどくぼろぼろの服を着て。ボッケルソンは王のマントと王冠を身につけて。彼らの背後にはとてつもなく大きな月がある）


クニッパードリンク　おお、月よ！　おまえはまるで車輪のようにわれわれの頭上に広がっている！

そこにわれわれが吊されて、体を砕かれることになる処刑の車輪のように。

おまえの光のなかでステップを踏み、おまえの音楽にあわせて手をたたこう！

おまえの豊満な体をやさしく愛撫し、おまえの山に口づけをしよう！

ヨーハン・ボッケルソン　私は自分がどこから来たのかわからない。どこへ行くかもわからない。自分の父親の名前も知らない！

大きな丸い月よ！

石でできた海がある太古の衛星よ、私の父親になってくれ！　氷でできた椰子の森があり、ガラスでできた皮脂腺があるおまえ！

私の姉になってくれ、私の兄になってくれ、私の伯父になってくれ。

おまえの前で私はくるくる回り、
おまえの前で片足でぴょんぴょん跳びはねる。

無限から無限へと張りわたされた、屋根の細い棟《むね》の上で！

クニッパードリンク　最後までダンスを続けよう！

われわれの人生というダンスを最後まで踊り抜こう！

おまえの青い炎に照らしだされた流れる雲のなかでダンスをしよう！

すべてがフルートの調べのようで、すべてが軽やかだ！

私はおまえを愛している。

月よ！　月よ！

おまえは世界の微笑み、天にかかる黄色いハニーケーキだ。

ヨーハン・ボッケルソン　王冠をかぶり王の杖を持って踊る私を見てくれ！

クニッパードリンク　ぼろぼろのシャツで踊る私を見てくれ！

ヨーハン・ボッケルソン　私の力を祝福してくれ！　私の地球を、私の重みを、踊っている私の重みを祝福してくれ！

クニッパードリンク　私の貧しさを祝福してくれ、裸同然の私を祝福してくれ、私の愚かさを、私の聖なる愚かさを祝福してくれ！

そうだ、そうだ！　月よ、月よ！

聖なるわれわれの愚かさを、われわれの酔っぱらったような愚かさを祝福してくれ！

おまえの光でわれわれを輝かせてくれ。

われわれに軽やかなダンスと澄みきった晴れやかさを与えてくれ、
晴れやかさを、おまえの青い光に照らされた晴れやかさを！

クニッパードリンク　月よ、月よ！

夕日のように大きなお前は、シャツの破れた隙間越しに私の臍《へそ》を見つめている！

私の足の指を見るがよい！

私の体がおまえに迫っているのを見るがよい。

私は熱烈におまえを求めている、
斑《ぶち》の牡牛のように熱烈に！

おまえを抱きしめ、
私のところまで引きずりおろし、
おまえの氷河にある永遠の氷のなかに私自身を埋葬しよう！

ヨーハン・ボッケルソン　おまえの谷にいる石の山羊たちがメーメーと鳴くのが聞こえる。おまえの
アルプスにいる牛がモーモーと鳴くのが聞こえる！

私は腹をゆすり、尻を振り、腕をぶらぶらさせるのだ。

（彼らは互いに腕を貸す）

クニッパードリンク　おい、兄弟！
頭に王冠を載せ、顎ひげを生やした、おまえの顔が見えるぞ。
おまえの目には月があふれ、おまえの唇は月の口づけで濡れている。
ヨーハン・ボッケルソン　ずたずたに裂けたシャツの下のおまえの体を感じる。
おまえと踊ろう、私の道化であるおまえと。おまえと踊ろう、私の影であるおまえと。
ぐるぐると回りながら踊ろう、狭い屋根の上でぐるぐると。

（彼らの背後でゆっくりと月が消えていく。舞台は真っ暗になり、踊っている二人の姿が見えるだけになる。
二人が舞台前面に向かって動いてくるためである）

クニッパードリンク　屋根からおりて踊ろう、腕を組んだまま。
ヨーハン・ボッケルソン　王と乞食が腕を組み、金持ちとラザロが腕を組み、道化と道化が腕を組んで！　踊りながら天窓をくぐり抜け、屋根裏部屋に入って暖炉のまわりで踊るんだ！
クニッパードリンク　それから螺旋階段をおりていこう、ぐるぐると回りながらおりていこう、輪をだんだん大きくしながら。
ヨーハン・ボッケルソン　足を右や左にぶらぶらさせながら！
クニッパードリンク　踊りながら建物を出て正面玄関に向かうぞ！
ヨーハン・ボッケルソン　酔っぱらった門番たちの横を通りすぎ、酔いどれたちの横を通りすぎ、鉄格子の横を通りすぎた！
クニッパードリンク　家々が立ち並び、噴水が回って見える、くねくねした路地を通り抜けた！

ヨーハン・ボッケルソン　広場を通りすぎ、木立を通りすぎ、大聖堂を通りすぎ、塔を通りすぎた！

（背景に暗闇からエギディ門が巨大な姿を現す）


クニッパードリンク　おお、聖なる月の光に照らされた町よ！

おお、われわれの前にそびえる夜の炎に照らされた塁壁よ！

ヨーハン・ボッケルソン　陽気に旋回しながらあそこまで踊っていこう！

クニッパードリンク　足どりも軽やかにひらりと輪を描いて！

ヨーハン・ボッケルソン　永遠の月よ、私を踊らせてくれ、踊ったままあの連中のところまで行かせてくれ！

緋色のマントを身にまとい、金《きん》の王冠をかぶったまま！

ダンスをさせてくれ、
敵のところまでダンスをさせてくれ！

私の輝きの前にやつらはくずおれ、
その体の上を私の足が軽やかにさまようのだ、
どこまでも平野を覆うやつらの倒れた体の上を！

クニッパードリンク　地球の夜の兄弟よ、私を踊らせてくれ、踊ったままあの連中のところに行かせてくれ！

やつらは妻を失い、娘を失う宿命なのだ。私と同じように貧しく、私と同じように罪深く、私と同じように幸福で、私と同じように腫れものや瘤《こぶ》にさいなまれる運命を背負うのだ！

（二人は門を目指して踊っていく）
ヨーハン・ボッケルソン　おお、天にかかる月よ、おお、その下にある無限の門よ、時代を超えて永遠に転がり続ける地球に、杭のように突き刺さっている門よ！
クニッパードリンク　門の扉にこの手を滑らせ、その木を愛撫し、冷たい鉄に頰を押しつけよう！
ヨーハン・ボッケルソン　黄色い顎ひげをはやした月よ、私にこの門を開けさせてくれ！
クニッパードリンク　ダンスをしたまま、椰子の木やシロクマで満ちあふれた世界へと連れていってくれ、
ヨーハン・ボッケルソン　この鍵を回させてくれ、月よ、蔦と卑猥な歌とで身を飾った盗賊の一味よ！
絞首台で歌う人殺したちや、丘に安らう花々で満ちあふれた世界へと！
クニッパードリンク　ぎざぎざの冠をかぶったわが王よ、かかれ！
ヨーハン・ボッケルソン　穴だらけのシャツを着たわが道化よ、やれ！
クニッパードリンク　今度はこの大きな横木だ、この横木だ！
ヨーハン・ボッケルソン　ねじのところで簡単に回せるぞ！
クニッパードリンク　閂《かんぬき》よ、おまえを押してみよう！
ヨーハン・ボッケルソン　まるで生きた魚みたいに閂《かんぬき》はおまえの手に滑り落ちたぞ！
クニッパードリンク　では門よ、おまえを開けてみよう！

ヨーハン・ボッケルソン　花びらのように開くのだ！　甘美な死の花のように！
クニッパードリンク　おお、無限の門よ！　どうしておまえの腕は翼のような扉になったのか！
ヨーハン・ボッケルソン　翼のようなその腕はわれわれを暗闇に運び、壁に押しつけるのだ！
クニッパードリンク　そして黙って見守る月の前で、われわれの叫びは彼方に消えていく。
　月はいま、
　沈みゆきながら、
　その銀色の光のなかにわれわれを葬ろうとしている！

（門はものすごい勢いで内側からも外側からも同時に開けようとされ、その結果、ダンスをしていた二人は門の扉によって壁に押しつけられる。開いた門からは、突然始まった太鼓の連打の大きな音とともに、傭兵たちがなだれこんでくる。先頭にいるのはヨーハン・フォン・ビューレンで、木の義足をつけた彼は、足を引きずりながらではあるが、不気味なほどの速さで観客の方に近づいていく）


ヨーハン・フォン・ビューレン（彼の背後ですべてが闇に沈んでいく一方で、舞台の一番前面で強くまぶしい光をあてられて）町よ！　町よ！

俺はおまえを呪っている！

おまえを囲む壁は倒れ、おまえの塔は崩れ落ちた！

血なまぐさい夜よ！　血なまぐさい月よ！　恐ろしい勝利の松明よ！

炎が町に広がって、煙が霞のように天を覆っていくのを見よ。

狩りの時間だ、人間狩りの時間だ、聖なる死の夜だ！

処刑の車輪では白い死体が硬直し、絞首台のまわりではカラスが羽ばたき、はるか上空からはハゲタカが襲いかかってくる。

死よ！　死よ！

腐敗と殺戮に満ちた青白いその顔！

おお、ちゅうちゅうと鳴くネズミの群れよ！

おお、死体のようにぐったりと虚空に伸びた、もの言わぬ大聖堂よ！　永遠の苦悩よ、どうして何もかもがおまえの手に帰さないことがあろうか、無限の深淵よ、どうして何もかもがおまえの虜にならないことがあろうか！


（太鼓の連打とオーケストラの響きがあわさって、とてつもなく大きなひとつの叫びとなる。それから深い静寂が訪れる。その静寂のなかから新しく聴き慣れない暗いメロディがきわめて控えめに鳴りだして、無限の悲哀のなかを漂う。それから再び幕が開くと、ボッケルソンとクニッパードリンクが手足を広げて二つの巨大な処刑の車輪に縛りつけられているのが見える。この車輪は傾いた壁の面に載せられているので、二人は天井を見あげる格好になっている。彼らが身につけているのはぼろ切れだけである。彼らの足もとには数字の書かれた板が置かれている。下手側がボッケルソン、上手側がクニッパードリンク。彼らの前には死刑執行人と、劇の冒頭に登場した歩哨とが立っている）

死刑執行人　旦那さま、──最後の幕があがりましたが──
ご覧のとおりここに二人おります。実に哀れな連中で、この石の壁の面に載せられて、夜に咲く神秘的なアネモネの萼《がく》のように、天を仰いでいます。

（傍白）〈こうした表現を許していただければですが。　私は夕暮れどきにはときおり詩を作りますもので、エヘン、エヘン。〉
二人とも身につけているものはわずかばかりで、たいそうきちんと処刑の車輪に縛りつけられています。
歩哨　ああ、たいそうきちんとな。こちらの男は死んでいるぞ。
死刑執行人　本当ですね。死はすばやく人間に襲いかかると、かの詩人（五〇）は言っております。
歩哨　何番だ？
死刑執行人　五二四番です。

（歩哨は鞄から分厚い目録を取りだし、ページをめくって探す）

歩哨　五二四番、ライデン出身のヨーハン・ボッケルソン。実に傷みの少ない死体だ。死亡日はと——今日は何日だったかな？
死刑執行人　一月二二日です。
歩哨（ペンで目録に書きこみながら）　死亡日は一五三六年一月二二日。この死体は取りはずしてもいいな。隣のは——
死刑執行人　五二三番です。
歩哨　ベルンハルト・クニッパードリンクか。さっきうめき声をあげたようだな。このままほっておこう。お次はどこだ？
死刑執行人　前へお進みください！

（下手から二人の道路掃除人が荷車を引いて登場）

死刑執行人　お願いいたします。

歩哨　いいとも。あと三〇〇は見なくちゃならんのだ。正義とはきびしいものだな。

死刑執行人　最も大切なものは命ではないが、
最も邪悪なものは罪であると、かの詩人（五二）は言っております。

（二人は退場する）

道路掃除人１　あっちが五二三番。こっちがその次だ。

道路掃除人２　つまり、クウィーンゲンティー・ウィーギンティー・クワットゥオルじゃな。

道路掃除人１　（ボッケルソンの死体をじろじろ見つめて）ほお、これは立派な死体だな。

道路掃除人２　興味深い筋肉じゃ！　わしが医学を修めたことは知っとるじゃろう。

道路掃除人１　知ってる、知ってる。

道路掃除人２　それに神学もな！

道路掃除人１　死んだものは死んだのさ。もう神学はいらないよ。

（ボッケルソンは荷車に載せられる）

道路掃除人1　こいつは生きていたとき何者だったのかな?
道路掃除人2　頭ががたがた鳴っていたんじゃろう。
道路掃除人1　さあこいつを片づけてしまおう。死ねばどれも同じさ。

(彼はボッケルソンの載った荷車を押していく。道路掃除人2がその後からついていく)

道路掃除人2　この男は頭ががたがた鳴っていたんじゃ!

(彼らは下手に消え、反対側から車椅子に乗った司教が手で車輪を回しながら登場する。すでに暗くなっている。司教はクニッパードリンクの前で止まる)

司教　おまえは処刑の車輪に縛られ、わしは車椅子に乗っている。

(クニッパードリンクは低くうなり、体を動かす)

司教　おまえはおまえの道を歩み、わしはわしの道を歩んだ。
クニッパードリンク　もう夕方ですか、司教さま?
司教　暗くなってきたな。
クニッパードリンク　朝が来る前に私が死んでしまわないようにお祈りください。わが神とわが処刑の車輪とともに、もう一晩生きさせてください。

司教　神はおまえの望みをかなえてくれるじゃろう。
クニッパードリンク　あなたの勝ちです、ミュンスターの司教さま。（気を失って再びだらんとなる）
司教　この戦いに勝者はおらぬ。わしはおまえに慰めを与えようとしたが、慰めを受けたのはわしの方じゃった。わしはおまえに施しをしようとしたが、わし自身が乞食じゃった。わしはおまえを否定しようとしたが、おまえは世界を否定した。

（上手から豪華な衣装を着たヘッセン方伯が登場する）

ヘッセン方伯　処刑の車輪が立ちならび、苦悩が連なっている。猊下、連中は罪を償ったようですね。
司教　ヘッセン方伯よ、なぜ罪や償いといったことを口にするのか。このような大きな悲惨を目のあたりにしてみると、何とちっぽけな言葉じゃろう！　人間にあってはすべてがひとつなのじゃ。その行ないも、神によって縛りつけられる処刑の車輪もな。
ヘッセン方伯　あの連中は馬鹿でした！　人間は飛べるようになる前に、まず歩くことを学ばなければならないのに。
司教（悲しげに）　ルター博士が人間に歩き方を教えようとしたとき、人間はそもそも立つことができていたのかのう？
ヘッセン方伯　わかりません。
司教　自分たちを慰めよう。最後にはわしらはみんな死んで横たわるのじゃ。
ヘッセン方伯（クニッパードリンクの方を指して）　やつらに残ったものは何でしょうか？
司教　ずたずたに裂けた体、膿と銀蝿にまみれた腫れもの、街角で餓死した子供たち、それに路地に立つ娼婦たちじゃ。
ヘッセン方伯　無意味な人生だ！　誰からも軽蔑されて！
司教　彼らの苦悩のなかに意味があるのじゃ、ヘッセン方伯よ。
ヘッセン方伯（ゆっくりと退場しながら）　やつらに災いあれ、やつらは神を見失ったのだ。
司教　処刑の車輪で神と再会する者に幸いあれ。

（こう言うと司教も舞台を去る。舞台は真っ暗になり、処刑の車輪に磔《はりつけ》にされたクニッパードリンクだけがまぶしい光で照らされる）


クニッパードリンク　主よ！　主よ！

この車輪に体を広げて縛られている私をご覧ください！

砕かれた私の体を、この木に磔《はりつけ》にされた私の手足をご覧ください。

この木は、私が自分自身を認識できるようにと、
あなたが私にお定めになった領分として、私を取り囲んでいます！

まるで熱い火を手にしたかのように、私は自分の持っていたものをすべて投げうちました。そして
あなたは私の捧げものをひとつも拒まれませんでした。

主よ！　主よ！

いまあなたの沈黙が私の頭上に広がり、あなたの夜空の冷たさが剣のように私の心臓に突き刺さっています。

私の絶望があなたのもとへとまっすぐにのぼっていきます。それは燃えあがる炎であり、

私をさいなむ苦痛であり、
私の口からあなたに向けて投げつけられる叫びなのです。そしてこの叫びはやがてあなたを讃える言葉となるのです。
なぜならば主よ、すべての出来事はあなたが無限であることを示しているのですから！
私の絶望の深さはあなたの正しさの比喩にすぎず、
そして私の体が横たわっているこの車輪は、
あなたがなみなみと恩寵を注ぐための皿なのです！

盲人

戯曲

（一九四七／四八年執筆）

Der Blinde

登場人物

大公
パラメデス（一）　その息子
オクタヴィア　その娘
ネグロ・ダ・ポンテ（二）　イタリアの貴族
宮廷詩人　グナーデンブロート・ズッペ（三）
俳優
歩兵　シュヴェーフェル
貴族　ルキアヌス
黒人
娼婦
死刑執行人
ならず者たち、浮浪者たち

（大公。パラメデス）

パラメデス　父上、ご機嫌はいかがでしょう。

大公　わしは落日の輝きを浴びて、わが国のただ中にすわっておる。病の苦しみはわが身から消え去った。この歳になってわしは二度目の人生を贈られたのじゃ。わしをとり囲んでいるのは沈黙の世界、大いなる敬虔に満たされた世界じゃ。わしは心を重くさせるものは拭い捨てておる。じゃが二重の苦しみがわしに取りついて離れぬ。それは、愁いに沈んだそなたのこと、そして娘オクタヴィアのこと、そう、わしのもとを去っていった娘、わが愛娘のことじゃ。

パラメデス　そういう時代なのです、父上。息子たちは愁いに沈み、娘たちは去ってしまうのです。

大公　そなたの報告じゃと、本隊から離脱した皇帝軍とスウェーデン軍がわれらの領土で戦っておるのじゃったな。

パラメデス　軍隊は追い払いました、父上。

大公　わしは、城の前に腰を下ろして、神の恩寵を味わいたい。わが国の平和とわが魂の平穏をじっくりと味わいたいのじゃ。

パラメデス　では、おいとまいたします、父上。

大公　行け、息子よ。

（パラメデスは上手に退場する）

（大公。ネグロ・ダ・ポンテ）

ネグロ・ダ・ポンテ（下手から抜き身の剣を手に登場しながら）　失礼いたします。
大公　しゃべっているのは誰じゃ？
ネグロ・ダ・ポンテ　スウェーデン軍の者にございます。ここはどこなのでしょうか？
大公　幸せ者と呼ばれておる大公の城の前じゃ。
ネグロ・ダ・ポンテ（瓦礫の山の中で関心なさげにあたりを一瞥する）　幸せ者と呼ばれている大公の城の前ってわけか。（先へと歩を進める）
大公　わしの前を通り過ぎようというのじゃな？
ネグロ・ダ・ポンテ（立ち止まる）　何かご用でしょうか？
大公　わしの前を通り過ぎようとしておるではないか。
ネグロ・ダ・ポンテ　先へまいらせていただきます。（上手に退場しようとする）
大公　わが城の前を通り過ぎようとしておるのじゃぞ。夕映えの中で黄金の屋根と白堊の塔を煌めかせてそなたの前にそびえておるというに。
ネグロ・ダ・ポンテ（いぶかしげに）　私がお城の前を通り過ぎているとおっしゃるのでしょうか？
大公　豪壮な姿でそなたの前にそびえておるわ。
ネグロ・ダ・ポンテ　あなたはどなた様なのでしょうか？
大公　わしは、幸せ者と呼ばれておる大公じゃ。そなたのまわりで目に入ってくるものは、みなわしのものじゃ。そびえ立つこの城、そなたの足もとに拡がっている国土、見渡す限りの村も森も丘もみなそうじゃ。
ネグロ・ダ・ポンテ　大公様は目がお見えにならないのですね。
大公　さよう、わしは目が見えぬ。病は癒えたのじゃが、そのせいで目が見えぬようになってしもうたのじゃ。
ネグロ・ダ・ポンテ　大公様は幸せ者と呼ばれていらっしゃるのでしょう?
大公　さよう、わしは幸せじゃ。
ネグロ・ダ・ポンテ　つつしんでお喜び申しあげます。大公様に、ならびにそのお城と幸福に対して!
大公　礼を言うぞ。
ネグロ・ダ・ポンテ　私はイタリアの貴族で、ネグロ・ダ・ポンテと申します。
大公　ようおいでなさった、ネグロ・ダ・ポンテ殿。長きにわたった病の後、わしはようやく今宵再び、わが城の西門の前に腰を下ろしておるのじゃ。美しい門であろう?
ネグロ・ダ・ポンテ　夢のようなご門でございます、大公様!
大公（虚空を指さして）　おわかりじゃろうが、由緒あるものじゃ。アーチにはヨブの物語(四)が刻まれておる。丸天井の左上には、老人ヨブがウル国にある自分の家の前に腰を下ろしているのがお見えじゃろう。でもって老人の前には、まったくの偶然に通りかかった誘惑者が立っておる。
ネグロ・ダ・ポンテ　ええ、見えます。
大公　誘惑者は剣を手にしておる。
ネグロ・ダ・ポンテ　剣ですって?
大公　石工は、誘惑者が剣を手にしていると考えたのじゃ。

（ネグロ・ダ・ポンテは剣をさやに収める）

大公　その先には、話のすべてが刻まれているのがお見えじゃろう。ヨブの貧困、重い皮膚病、神が彼と話す様子、彼が失ったもののすべてが最後に再び戻される様子が。

ネグロ・ダ・ポンテ　かくも美しき彫像に取り巻かれたすばらしきご門だと存じます。

大公　オットー皇帝(五)はこの門を騎馬でくぐり抜けていった。じゃがイタリアの貴族殿はその前をただ通り過ぎるつもりなのじゃな。

ネグロ・ダ・ポンテ　大公様、私はこのお城とご門が目に入らなかったのです。ひどく疲れているものですから。

大公　そなたは、わしの領土で皇帝の兵隊たちと戦ったスウェーデン軍の者なのじゃな?

ネグロ・ダ・ポンテ　その一人にございます。

大公　わしの城は旅人のための道しるべとなっておる。丘の方から村をいくつか通り抜けてくるあいだ、そなたの歩く方向にこの城がずっと見えていたはずじゃ。

ネグロ・ダ・ポンテ　大公様、戦いはひどいものでございました。いかにすれば皇帝軍から逃れられるかに注意を向けなければならなかったのです。そういうわけで大公様のお城を見落としてしまいました。しかし、今ははっきりとこの目に映っております。

大公　美しい城じゃろう。

ネグロ・ダ・ポンテ　とてつもなく風通しのいいお城でございますね。

大公　何が言いたいのじゃ。

ネグロ・ダ・ポンテ　虚空にそそり立っていると申しておるのです。
大公　天空高くそびえ立っておるのじゃ。そのうえ美しい国土もある。ドイツには、破壊されていない国土などわずかしか残っとらん。じゃから、わしの国はそなたの目をそれだけいっそう楽しませることになるのじゃ。
ネグロ・ダ・ポンテ　ヴァレンシュタイン大公[六]の魔の手を逃れた領土がここドイツにあることを目にしてうれしゅうございます。
大公　わしの城は、落成の日と同じ姿で立っておる。
ネグロ・ダ・ポンテ　大公様が、お城の美しさに目を開かせてくださったことに感謝申しあげます。
（背を向けて立ち去ろうとする）
大公　行ってしまわれるのか？
ネグロ・ダ・ポンテ　大公様のもとを後にせねばなりません。
大公　戦いに戻られるのか？
ネグロ・ダ・ポンテ　はい、戻ります。（大公の方に向き直って）ご自分はお幸せだとおっしゃいましたね。
大公　わが身を包み込むすばらしき恩寵がわしを幸せにしておる。わが国の平和とわが魂の平穏こそが恩寵なのじゃ。
ネグロ・ダ・ポンテ　大公様、目の見える者には恩寵などありはいたしません。
大公　だとしたら、そなたは不幸じゃろう。
ネグロ・ダ・ポンテ　あるいはそうかもしれません。大公様は、ご自分のお城の西門前にすわっていらっしゃいますが、目がお見えにならない。それゆえ、お城が黄金《こがね》色の屋根と白堊の塔を煌めかせてそびえ立っている様子を目にすることがおできにならない。けれども幸せでいらっしゃいます。一方ドイツで従軍し、大公様の前を通り過ぎようとしているイタリアの貴族は、お城を目にすることはできます。けれども不幸なのです。

大公　わしの城ではいかなる者も歓迎されるのじゃ。

ネグロ・ダ・ポンテ　不幸な者でもでしょうか？

大公　不幸な者でもじゃ。

ネグロ・ダ・ポンテ　大公様、されどこの地にはもはやご用はございません。私は異郷の者でございますし、先へまいらせていただきます。

大公　そなたに、わしのもとにとどまってもらいたいのじゃ。

ネグロ・ダ・ポンテ　いったい私に何のご用なのでしょうか？

大公　そなたに与えたいものがあるのじゃ。

ネグロ・ダ・ポンテ　目の見えぬ者が見える者に何を与えることができるとおっしゃるのでしょうか？

大公　目の見えぬ者が所有しているものすべてじゃ。

ネグロ・ダ・ポンテ　大公様、それは過分ないただき物にございます。大公様は広大な領地の所有者なのですから。

大公　わしはそなたの両肩に大きな重荷を負わせる。わしが支配している国、わしの城、村々、そなたを取り巻く世界、そしてわしに与えられた天の恩寵を負わせるのじゃ。

ネグロ・ダ・ポンテ　大公様は、天の恩寵を気前よく手放しておしまいになるのですか？

大公　うむ、そなたをわしの太守に任命しよう。

ネグロ・ダ・ポンテ　大公様は、一度たりとも目にしたことのない者、たまたま御前《おんまえ》を通りかかり、次から次へと戦いを渡り歩く者を、お国の太守にご任命なさるのでしょうか？
大公　わしはそなたを選ぶことに決めたのじゃ。
ネグロ・ダ・ポンテ　大公様は私のことをご存じないではありませんか。
大公　そなたは貴族じゃ。
ネグロ・ダ・ポンテ　それだけで十分だとおっしゃるのでしょうか？
大公　わしは目が見えぬ。見ようとすれば人間を信用せねばならんのじゃ。
ネグロ・ダ・ポンテ　目がお見えにならないのに、どうして見ることができるのでしょうか？
大公　目が見えぬことを受け入れることによってじゃ。
ネグロ・ダ・ポンテ　見えないことを受け入れるとはどういうことなのでしょうか？
大公　それは信じるということじゃ。
ネグロ・ダ・ポンテ　それだけということはございませんでしょう？
大公　そなたに一人の盲人が話さねばならぬことはそれですべてじゃ。
ネグロ・ダ・ポンテ（しばらく沈黙したあとで）　大公様、私はとどまります。大公様のもとに、大公様のお城のもとにとどまらせていただきます。
大公　これでそなたはわしの太守となった。
ネグロ・ダ・ポンテ　盲目なる大公様の目として、太守の役を務めさせていただきます。
大公　宮廷詩人出《いで》よ！

（前場の人々。ズッペ）

ズッペ（ぼろをまとった詩的風貌の人物が下手からやってくる）　大公様いかなるご用でございましょうか？

大公　そなたはスウェーデン軍の旗の下にあるイタリア貴族ネグロ・ダ・ポンテ殿の前に立っておる。わしはこのお方をわが国の太守に任命したのじゃ。

ズッペ　大公様、喝采を贈らせていただきます。パラメデス王子の愁いは憂慮せざるをえないところまで来ておりました。太守様がおいでになれば王子様の荷も軽くなることでしょう。（ネグロ・ダ・ポンテの方を向く）太守様、私は宮廷詩人ズッペ、名をグナーデンブロートと申します。フルネームで言えばグナーデンブロート・ズッペ。ラテン語で言えばスピウス、恋する詩人と呼ばれております。

ネグロ・ダ・ポンテ　私は詩人を敬愛いたしております。

ズッペ　私はネストール（七）の死について詩を書いたことがございます。アスクレピアデス詩節のコーラス付きのアレクサンダー詩格の悲劇（八）です。場所と時間と筋の一致は几帳面すぎるほどに守られております。

ネグロ・ダ・ポンテ　文学にとって、老いた男の没落を描くこと以上に偉大なテーマなどありはしません。

大公　宮廷詩人よ、居間に連れていってくれ。

ズッペ　御意のままに。

大公（立ち上がる）　ネグロ・ダ・ポンテ殿、そなたに、わしの所有するものすべてに対する支配権を与えよう。

つまり、わしは、たまたまどこからかやってきたよそ者に己の権力を贈ったのじゃ。

夕映えの中で、そなたの手に一つの国が転がり込んだ。そなたに委ねられた土地は実に広大じゃ。
あたりに目をやるがよい。四方にその身を向けて、わしが与えたものをよく見るがよい。
大公国の中心であるこの城、そのまわりの領土、たくさんの村と町、言うなれば一つの壮麗な庭を
よく見るがよい。それが今そなたの手の中にあるのじゃ。
恩寵を繰り返し天から受け取った者の手から、恩寵を受け取るのじゃ。無傷の大地の大いなる平和
を受け取るのじゃ。わしがそなたに与えるものよりも、わしと国民たちに与えられたものの方が途
方もなく大きいのじゃから。
太守よ、わしの国にしてそなたの国にようおいでなさった！
わしは、自分の城の中へと心安らかに歩んでいくとしよう。（ズッペとともに上手の背景側に退場する）

（ネグロ・ダ・ポンテ。パラメデス）

パラメデス（下手から登場）もし。
ネグロ・ダ・ポンテ（彼の方を振り向いて）どなたですかな？
パラメデス　貴公は通り過ぎるだけのお方なのですか？
ネグロ・ダ・ポンテ　通り過ぎるだけです。
パラメデス　イタリアの貴族様と知り合いになれて誇りに思います。
ネグロ・ダ・ポンテ　盗み聞きされておられたのですか？
パラメデス　これは私の義務なのです。苦々しい義務なのです。
ネグロ・ダ・ポンテ　さて、あなたはどなた様ですか？

パラメデス　わが父にとっての神です。
ネグロ・ダ・ポンテ　神様とお近づきになれて光栄です。
パラメデス　当家の城はお気に召しましたか？
ネグロ・ダ・ポンテ　見落とさないよう苦労しております。
パラメデス　屍の香りが調和のとれたシンフォニーを奏でているでしょう。ところでヴァレンシュタイン公をご存じでしょうか？
ネグロ・ダ・ポンテ　私はそのお方をお支えする将軍の一人です。
パラメデス　例の盲人には、スウェーデン軍の者だとおっしゃっていましたね。
ネグロ・ダ・ポンテ　慎重であるに越したことはないですから。
パラメデス　それでは貴公に子供はできないでしょう。あ、私たちは今ヴァレンシュタイン公のことを話していたのでした。私は彼を買っております。いろんな横顔を持った人間ですから。まずもって、腕のいい理髪師です。この国を丸坊主にしてしまいましたから。それからやり手のぽん引きです。ネズミたちをあっという間にベッドに連れ込んでしまいましたから。その上、立派な伝道師でもあります。国中をあの世に変えてしまいましたから。
ネグロ・ダ・ポンテ　私に何をお望みなのでしょうか。
パラメデス　つつがなく旅をお続けになることを。
ネグロ・ダ・ポンテ　まだお名前を名乗ってくださっておりませんね。
パラメデス　パラメデス王子です。心痛む話をすれば一流で、いつも千々の想いに耽っております。
ネグロ・ダ・ポンテ　父君は盲目でいらっしゃるのですね。
パラメデス　閣下、貴公は盲目ではありませんね？

ネグロ・ダ・ポンテ　盲目ではありません。
パラメデス　見えるのですね？
ネグロ・ダ・ポンテ　見えます。
パラメデス　二たす二はいくつですか？
ネグロ・ダ・ポンテ　四です。
パラメデス　わが父は五だと言います。
ネグロ・ダ・ポンテ　六です。この技によって多くのことが可能になるのです。
パラメデス　では、あなた様は？
ネグロ・ダ・ポンテ　どんな技なのでしょうか？
パラメデス　この技はわが父上の見る夢を実現可能なものにします。父上のお国の平和とその魂の平穏を創り出すのです。
ネグロ・ダ・ポンテ　あなた様の技を称賛いたします。
パラメデス　すると、貴公は無から作りうるものを称賛なさるわけですね。つまりは、すべてのものを。わが主、城、森、町、村、慈悲深い神様、そして一人の人間の幸せを。幸せとは、偉大なる技であり、無とは崇高な素材なのです！
ネグロ・ダ・ポンテ　あなた様は父君の頭に色々なことを吹き込みなさいましたね。
パラメデス　わが父の頭から何も消し去らなかったというだけのことです。国が攻められたときには、父上は病気でした。国が荒れ果てたときには、意識不明でした。そして父上が目覚めたとき、病とヴァレンシュタイン公が同時に仕事を完成させていました。国は滅び、大公は盲目となってしまっていたのです。天は父上の両目を覆ってしまったのです。

ネグロ・ダ・ポンテ　あなた様は同じことをなさっておられる。
パラメデス　徳に関して天を凌ぐことは許されません。私はともに演じているだけです。それは孤独な芝居、この時代の最後の黄昏時に瓦礫の巷で花開く孤独な芝居です。
ネグロ・ダ・ポンテ　魅惑的な芝居ですね。
パラメデス　いえ、骨の折れる芝居です。歴史の車輪を逆方向に回すのは私とわれらが宮廷詩人にとって大変な仕事なのです。
ネグロ・ダ・ポンテ　大公様はあなた様のおっしゃることをすべて信じておられるのですか？
パラメデス　父上はすべてのことをすっかり信じておられます。
ネグロ・ダ・ポンテ　どうして父君に真実をお話にならないのでしょうか？
パラメデス　どうして私が慈悲深いのかお訊ねにならないでください。
ネグロ・ダ・ポンテ　愛ゆえにですか？
パラメデス　愛などありはしません。私の技を理解するためには、世界とは虚無なのだということを理解する必要があります。ともあれ、父上にはかまわないでください。願わくは、ものの見事に破壊されている柱を左に廻り、立ち去っていただきたい。そうすれば平野にたどりつくことができます。あなたは先へ進んで行くことができますが、私はとどまらなくてはならないのです。
ネグロ・ダ・ポンテ　先へ進んで行こうと思えばの話です。
パラメデス（お辞儀をする）　お別れを申しあげます、虚無の太守殿。ここにはあなたが探し求めるものはもはや何もございません。
ネグロ・ダ・ポンテ　私は自分が探し求めていたものを見出しました。もはやそれ以外何も探したりいたしません。（拳の一撃でパラメデスを叩きのめす）

(前場の人々。俳優)

(俳優が下手からやってくる。その衣装は、かつてはフランス風の流行が有する極めて高度な優美さを備えていたに違いないが、今では、当時のドイツと同程度にぼろぼろである。彼は手に剣を持っている)

俳優　閣下。
ネグロ・ダ・ポンテ　わが友よ、どうした?
俳優　閣下に、スウェーデンに対する勝利がまた一つ転がり込みました。閣下はこの勝利を、美しい婦人を抱くようにして、胸に抱いておられます。勝ち戦おめでとうございます!
ネグロ・ダ・ポンテ　おれはいつだって勝利するのだ。
俳優　しかも、兵の一人一人にそれぞれ一万匹の蚤《のみ》がたかるほどに小さな軍勢で勝利されるのですから。

(体を掻く)

ネグロ・ダ・ポンテ　おまえはこの国を通り抜けてきたな。誰かに出会ったか?
俳優　誰にも出会いませんでした、閣下。とっくの昔に破壊されてしまった退屈な大公領です。
ネグロ・ダ・ポンテ　おれの部下どもをこの廃墟に連れてまいれ。
俳優　この汚らしい隠れ家にでしょうか。
ネグロ・ダ・ポンテ　安全な隠れ家だ。
俳優　なるほど、好都合な隠れ家というわけですね。スウェーデン軍が置き去りにしていったものを相手にする暇ができるのですから。フランスの女たち、オランダのビール、デンマークの牛、それに例によってスイスからやってくる牧師を相手にする暇が。
俳優　空気を読むこととおおぼらを吹くことの名人です。かつてはリシュリュー枢機卿(九)猊下の一座におりましたが、流れ流れて閣下の軍勢に合流いたしました。
ネグロ・ダ・ポンテ　おれは俳優を敬愛しているのだ。
俳優　芝居以上に大きな楽しみなどございません。
ネグロ・ダ・ポンテ　道化者もいるか？
俳優　軍勢全体が、人間的な正義に反する道化者からなっております。
ネグロ・ダ・ポンテ　即興を心得ているか？
俳優　もちろんでございます。
ネグロ・ダ・ポンテ　では、おまえは即興でフランスの騎士を演じよ。皇帝軍に囚われていたのだが逃走し、この国で大公に庇護を求めている、という設定でな。
俳優　そのためには何人か宮廷役人が必要ですね。
ネグロ・ダ・ポンテ　おまえの想像力によって、ここにある瓦礫からドイツの輝かしい宮廷を創り出すのだ。
俳優　この廃墟を見て、風変わりな破滅の仕方をした大公を思い浮かべてみます。
ネグロ・ダ・ポンテ　いや、おれはその大公をもう見出しているのだ。
俳優　破滅した大公をですか？
ネグロ・ダ・ポンテ　それだけじゃない。目が見えないのだ。
俳優　とことん破滅した大公ですな。

ネグロ・ダ・ポンテ　猊下一座のメンバーにうってつけだ。おまえは、やつの前で何でも好きなように演じてみせることができるだろうし、やつはそのすべてを信じるだろうよ。
俳優　愉快な喜劇になるでしょうな。
ネグロ・ダ・ポンテ　では、おれの部下どもをここへ連れてまいれ。

（俳優は下手に去る。ネグロ・ダ・ポンテはパラメデスのわきにしゃがんで、様子を確かめる）

（前場の人々。オクタヴィア）

オクタヴィア（引き裂かれた男物の服を着て上手から登場。ピストルを手にして、ネグロ・ダ・ポンテに狙いを付けている）　あなた様とお近づきになれて、うれしゅうございます。
ネグロ・ダ・ポンテ（目を上げて）　どなたでございますかな？
オクタヴィア　私の兄をどうされようというのでしょうか？
ネグロ・ダ・ポンテ　叩きのめしてしまいました。
オクタヴィア　あなたはすべてを叩きのめすお方なのですね。
ネグロ・ダ・ポンテ　言いえて妙です。それはそうと、私を撃とうとされていますね。
オクタヴィア（彼の方にピストルを放り投げる）　弾は入っていませんわ。あなたはどなたですの？
ネグロ・ダ・ポンテ　私は、ネグロ・ダ・ポンテと申すイタリアの貴族でございます。
オクタヴィア　私はオクタヴィア、ある盲人の娘です。
ネグロ・ダ・ポンテ　お目にかかれて光栄です。

オクタヴィア　イタリアの貴族様、ドイツで何をなさっているのですか？
ネグロ・ダ・ポンテ　戦争をやっております。
オクタヴィア　お仕事は人を殺《あや》めることですの？
ネグロ・ダ・ポンテ　今日ではそれが習わしというものなのです。
オクタヴィア　どなたにお味方されていらっしゃるの？
ネグロ・ダ・ポンテ　ヴァレンシュタイン軍の将軍を務めております。
オクタヴィア　じゃあ、あなたは私の敵なのですのね。
ネグロ・ダ・ポンテ　二人の人間がいるということは、二人の敵がいるということですから。（ピストルを調べる）弾が入っているじゃないですか。私があなたの敵なのなら、どうして殺さなかったのです？
オクタヴィア　死んだ人間ほど退屈なものはございません。何もしゃべりませんもの。（あいだを置いて）イタリアは美しい国だそうですね。
ネグロ・ダ・ポンテ　イタリアよりも美しい国を見たことはありません。
オクタヴィア　たくさんの国を知ってらっしゃるのですか？
ネグロ・ダ・ポンテ　フランス、オランダ、スペイン、アフリカ、アメリカ。
オクタヴィア　どの国もみな美しいのですか？
ネグロ・ダ・ポンテ　みな美しいです。しかし、最も美しいのはイタリアです。
オクタヴィア　私の生まれたこの国は美しくありませんわ。醜くて不潔ですもの。
ネグロ・ダ・ポンテ　かつてはこの国も美しかったのですが。
オクタヴィア　思い出したくもないですわ。私の心はもはやこの国にはございませんから。でも、そんなに美しい国なのなら、どうしてイタリアを後にされたのです？
ネグロ・ダ・ポンテ　私にはその美しさがわからなかったからです。美というものはまずもって習いおぼえなくてはならないものですから。
オクタヴィア　今では美とは何か、醜とは何かをご存じですの？
ネグロ・ダ・ポンテ　ひょっとすると、それは人間が知ることのできるたった一つのことかもしれません。
オクタヴィア　私は美しいでしょうか？
ネグロ・ダ・ポンテ　あなたはイタリアと同じくらいお美しいです。
オクタヴィア　私の母はイタリア出身でした。（あいだを置いて）では、イタリアが最も美しい国だということがおわかりになった今、お戻りになるのですか？
ネグロ・ダ・ポンテ　二度と戻りません。私は常に先へと進んで行くのです。
オクタヴィア　どちらへ行かれますの？
ネグロ・ダ・ポンテ　無限の彼方へ。
オクタヴィア　一度先へとお進みになられたら、二度とこちらへお戻りになることもないのですね？
ネグロ・ダ・ポンテ　こちらへも二度と戻ることはございません。

（オクタヴィアはつま先でパラメデスに触れる）

オクタヴィア　殺してしまったのですか？
ネグロ・ダ・ポンテ　兄上のことをお気にかけていらっしゃらないようにお見受けします。

オクタヴィア　私は誰のことも気にかけたりいたしません。
ネグロ・ダ・ポンテ　お父上のことも、兄上のこともですか？
オクタヴィア　父上のことも、兄上のことも忘れてしまいましたわ。
ネグロ・ダ・ポンテ　この国でどのようにお暮らしなのですか？
オクタヴィア　獣のように。でも、ちゃんと生きてますわ！　（あいだを置いて）どのようにして私のところにおいでになったのですか？
ネグロ・ダ・ポンテ　偶然に導かれてです。
オクタヴィア　どのくらいご滞在になられますの？
ネグロ・ダ・ポンテ　わかりません。
オクタヴィア　私をあなたの愛人にしてくださいませんか？
ネグロ・ダ・ポンテ　どうしてそのようなことをお考えになるのです？
オクタヴィア　はっきりとした人間関係を持つのが好きだからです。私は父上を憎んでおり、兄上を軽蔑しています。あなたが私をどのようにお扱いになるのか簡単に見当がつきます――私をお愛しになるか、さもなくばお憎みになるのでしょう。兄上にそうなさったように、私をお打ち倒しになることもできるでしょう。
ネグロ・ダ・ポンテ　イタリアの貴族たる者、女を打ち倒したりはいたしません。
オクタヴィア　どうして先へとお進みにならなかったのですか？　この廃墟の中に何を求めていらっしゃるのですか？
ネグロ・ダ・ポンテ　とどまろうと思いついたのです。
オクタヴィア　ご自身の思いつきに負けてしまうのがお好きなのですか？

ネグロ・ダ・ポンテ　自分の思いつきを追いかけるというだけのことです。
オクタヴィア　では、私を殺すという思いつきをお持ちになることもあるのですね。
ネグロ・ダ・ポンテ　女は殺しません。
オクタヴィア　でも、獣はお殺しなるんでしょう。
ネグロ・ダ・ポンテ　私はとりわけ獣たちの命を大切にします。
オクタヴィア　一頭の獣があなたに与えることのできるものとは何ですの？　風の唸り声以外何も知らないのですよ。
ネグロ・ダ・ポンテ　その獣は私の持っていないものをたくさんお持ちです。兄上をお持ちで、その兄上を軽蔑なさっています。
オクタヴィア　その獣はあなたに自分の兄をくれてやりますわ。
ネグロ・ダ・ポンテ　その獣は父上をお持ちで、自分の父上を憎んでおられます。
オクタヴィア　その獣はあなたに自分の父をくれてやりますわ。あなたは一頭の獣に、兄の代わりに、そして父の代わりに、何をくださいますの？
ネグロ・ダ・ポンテ　その獣を一人の人間に変えて見せましょう。
オクタヴィア　どのような人間に？　その獣は人間を軽蔑しているのですよ。
ネグロ・ダ・ポンテ　私のような人間に。
オクタヴィア　あなたは一頭の獣以外に何をお持ちなのですか？
ネグロ・ダ・ポンテ　この世の栄光と絶望を持っております。
オクタヴィア　一頭の獣が持っているよりも多いとも少ないとも言えるし、言えますわね。
ネグロ・ダ・ポンテ　私はあなたからすべてを奪い、その上ですべてをお贈りします。

オクタヴィア　私からすべてを奪い、その上で私にすべてをお与えになったら、何がどうなるというのでしょう?
ネグロ・ダ・ポンテ　そのとき私はあなたのもとを立ち去ります。
オクタヴィア　この黒々とした瓦礫の巷とそこに巣くう私のもとを立ち去ることはもはやできませんわ。この廃墟にひとたび足を踏み入れた者は、その虜《とりこ》となってしまうのですから。たとえあなたが世界の果てまで行かれようと、たとえ私をお殺めになろうと。でも、私はあなたのもとを立ち去ることでしょう。
ネグロ・ダ・ポンテ　それは同じことではないのですか?
オクタヴィア　同じことではありません。そうなったとき、あなたのもとに何が残るかをご覧になるといいわ。私はイタリアの国のように美しいのですから。

（前場の人々。ズッペ。あとでイタリアのならず者たち）

ズッペ（背景から）王女様、太守様！（横たわっているパラメデスを見つける）おお！　パラメデス王子ではありませんか！
ネグロ・ダ・ポンテ　何の用だ?
ズッペ　大公様が今晩、国民に向けて大演説をなさりたいとご所望です。
ネグロ・ダ・ポンテ　宮廷詩人よ、それはおもしろいな。
ズッペ　難しいと思われるのは、国民の群れを演じるところです。王女様も万歳と叫んでくださるとありがたいのですが。「人間であるということは、不可能に見えることを敢然となし遂げるということである」とネストールは言っています。私の書いた悲劇の冒頭で突然よろめいたときにです。というのも彼は最後には心臓麻痺で死ぬのですから。

ネグロ・ダ・ポンテ　大公は誰に向かって話すつもりなのだ？

ズッペ　気高く高貴な国民、大公国の誇り高き血筋の者たちにです。ですが、みな吊し首になって地面の下に眠っています。「国民の血筋は紅葉のように梢から飛び散っていく。」これはネストールの妻が、夫を床に横たえながら口にする台詞です。

ネグロ・ダ・ポンテ　宮廷詩人よ、謁見の間はどんな様子なのだ？

ズッペ　「玉座がそびえる広間は庭園のごとし。静謐にてあまねく礼法に適う」と産まれ出ざる子供が母胎の中で歌います。第一〇合唱曲、第四詩節です。それは巨大な広間でございました。しかし、残念ながら跡形も残ってはいません。というのは、ご覧のように、より正確に言えば、ご覧になっておられませんように、広間はここにあったのですから。すべては消え去り、詩だけが残るのです。玉座は七段の大理石の階《きざはし》の上にそそり立っておりましたし、背後には正義と知恵と徳の像がそびえておりました。

ネグロ・ダ・ポンテ　国民が玉座の間に集合していると大公に伝えよ。

（ズッペ退場）

ネグロ・ダ・ポンテ　私は没落と屍臭のただ中で、一人の盲人を、続いてその息子を見出しました。それはまるで、小さな珍しい動物を見出し、手のひらに載せて眺めるようでした。それから、私はあなたを見出しました。廃墟の巷を囚われ人のように徘徊する動物を見出したのです。

私たちは黄昏の中で青白い顔をして向き合い、互いを見つめています。

私たちは生と死の狭間で、昼と夜の境の上で出会いました。

私たちはお互い、相手をどう扱えばいいのか、わからぬままです。あなたの身のこなしは、私には開こうとしている奇妙な花のように思われます。

あなたは私にとってそのようなものなのです。

あなたがどんな言葉を発しても、それが何を意味しているのか私にはわかりません。

お互いの声が聞こえはしますが、私たちが理解し合うことはありません。だからといって私は、自分が今からなすことをあなたに隠したりはいたしません。

あなたは、私が企てることすべての証人なのですから。今からこの場所に、戦争が私の手の中へと押し流してきた動物たちを解き放ちます。

火災と殺人によって空っぽになってしまったこの地方という容れものを、地上のすべての国々から、北から、南から、西から、そして東からこの中心へと流れてきた汚水で再びいっぱいにいたします。


(四方からぼろをまとったネグロ・ダ・ポンテの軍勢がなだれ込んでくる。舞台はしだいに暗くなる)

ネグロ・ダ・ポンテ　私が、一人の盲人とその落ちぶれた国にもたらすものはこやつらなのです。夜の闇に住まう獣、恐怖の奥底でとぐろを巻いている蛇どもです。私の言葉に、私の眉のかすかな動きにも従う者どもが、四方八方からやってきます。
やつらは私をとり囲む黒雲の群れです。というのも、私は荒れ果てた戦場を転がっていく太陽ですから。

私は呼び声を発し、夜の闇がそれに答えます。

夜の闇は自らの陰部を開き、赤い傷口から、産み落とされるものが迸《ほとばし》り出てきます。

私の動物たちは、暗闇の中では毒きのこのように見える重い体を引きずって、こちらへとよろめきやってきます。

濃い霧がアジアとアフリカの沼から立ち昇り、流れてきます。

そのようにして新しい国民、新たな呪いをたくらむ化け物が生まれ出ずるのです。

殺人者、魔術師、贋金造り、それに娼婦がこの惨めな地に降り立ち、コウモリのように羽を広げるのです。

ご覧ください。一人の盲人を拷問台の上で磔《はりつけ》にしようとやつらがやってきました。尖った牙をその肉に食い込ませようとうずうずしています。

ご覧ください。やってきたのです。私の子ネズミたち、私の毒蛇たち、私の貪欲なネズミと物欲しげな山猫たちが。

わが軍勢よ、私のまわりに集まれ。わが勝利の同志たちよ！　おまえたちには血をたっぷりと啜らせてやったが、今度は芝居を見せてやろう。

一人の盲人を披露しよう。

そやつは、おのれの国民が没落してしまっていることを知らぬ。自分の家が廃墟になっていることがわかっておらぬ。なので、そやつのために、そやつ自身の没落を演じてやれ。なぜにというに、私は一人の盲人を誘惑するためにここにいるのだから。そやつの絶望の中に私は自分の輪郭を見出し、そやつの苦しみの中にそやつの顔を見出すのだ。それゆえに私は、この男の両肩に呪いのかかったマントを掛けてやり、額に重い皮膚病の王冠をかぶせるのだ。われらを取り巻く夜の闇は、そやつを取り巻く夜の闇と同じ色をしている。というのも、苦悩というものはどれもよく似ているからだ。けれども、オクタヴィア様、あなたには私の手をさしのべさせていただきます。それは一人の異郷の男が一人の異郷の女へと架け渡す橋なのです。私の軍幕がお父上の城のまわりに張り廻らされている様子をご覧ください。それは大きく拡がった丸天井なのです。
かくして私は、あなたとともに己の精神が今から創り出していく帝国の中へと歩を進めたく思います。そのあいだ、私たちの頭上に拡がる恩寵なき天空で一個のほうき星がその軌道を動いていきます。それは、私の頭《こうべ》を飾る孤独な冠、私のこめかみで幽かな音を立てて震えている夜の木蔦《きづた》(一〇)なのです。

(俳優。ルキアヌス。シュヴェーフェル。黒人。娼婦。そしてならず者たち。パラメデス)
(空中に浮遊する蒼い光)

シュヴェーフェル　やつは蒼い鼻をつままれて、ずるずると地面の下に引きずり込まれている。やつが現れるとペストが大流行するんだ。
ルキアヌス　やつが何を意味しているかは、やつの気分次第さ。
シュヴェーフェル　戦争が始まってから一五年が過ぎたが、ほうき星はやってこなかった。で、今、一個のほうき星がおれたちの頭上に現れて、空を斜めに横切ってふらふらと動いてる。やつが現れるとペストが流行って、あげくに世界が滅んじまうんだ。
ルキアヌス　世界はもう滅んじまってるじゃないか。
俳優（蓋付きジョッキを持ち上げて）　世界最後の人間に乾杯。

ルキアヌス　そのあとに来るものに乾杯。
俳優　おれたちは、でかいワインの樽をスウェーデン軍からかっぱらった。一つ一つの樽に尼寺を浮かべられるほどでかいやつをな。
シュヴェーフェル　おれたちは一ヶ月のあいだ、イゾラーニ伯爵(一一)のように暮らすことができるんだ。あのお方は、リュッツェンの戦い(一二)の日の朝、豚を丸ごと一匹喰っちまったんだぜ。
俳優　一ヶ月もしたらおれたちは死んじまってるさ。勇敢な英雄ども、豚ども、そしてワインにやられてな。
ルキアヌス　死ぬときは死ぬのさ。
シュヴェーフェル　穴だらけのズボンをはいた連中がたむろしている場所を照らし出すなんて、下品なほうき星だな。
ルキアヌス　牡山羊(一三)の星なのさ。
俳優　やつはぶらぶらしたもの(一四)の付いた蒼くて華麗な衣装をまとってる。そんな上着をおれもパリで着てたもんさ。おれ、ムッシュー・モーリス、俳優、有名な俳優、圧巻の演技力の俳優様にぴったりの衣装だったさ。ルーベンスは若い頃のおれをモデルにして絵を描いたんだぜ。おれがガニメデスの姿で鷲の爪につかまれて宙に浮かんでいる様子をな。そのあと、皇后様が、つまりフランスの女王様が、右目でおれにウインクを送ったもんさ。パリに乾杯、このほうき星のような街、メルヘンのような街に乾杯。
ルキアヌス　あんたはリシュリュー枢機卿の愛人のベッドで寝たりしなきゃよかったんだ。そうすりゃ今でもパリにいられたのに。
俳優　あんたはあんなにたくさんカルディナール(一五)を飲まなきゃよかったんだ。そうすりゃまだオランダの自分の城にいられたのに。
ルキアヌス　すごくうまいカルディナールだったんだ！
俳優　とってもきれいな愛人だったんだ。
ルキアヌス　あれは高貴なほうき星だ。
シュヴェーフェル　平和ってものがあることを意味してるんだ。
全員（死ぬほど驚いて）　平和だって？
シュヴェーフェル　ほうき星ってものは悪いものを意味してる。でもって、あれはでかいほうき星だ。だから最悪のものを意味してるってことになる。戦争は、永久の平和というまがまがしいものへと変わっていくだろうよ！
ルキアヌス　人間どもがいなくなってしまえば、そうなるだろうな。
俳優　ドイツにはもう、そうたくさんの人間は残ってないぜ。
黒人　ドイツ壊れた。
シュヴェーフェル　もう尻尾しか見えなくなっちまった。
俳優　大地の首に巻きついたはではでしいベールみたいだ。
黒人　おお、天の剣。白人壊れた。
ルキアヌス　キリスト教徒はおしまいだなあ。
俳優　キリスト教徒がおしまいだからって、悪党たちもおしまいってことにはならねえだろ。おれたちにとっちゃ、この世に居場所がまだあるってことさ。
黒人　大地壊れた。
シュヴェーフェル　もう尻尾まで消えちまった。

ルキアヌス　時代が歳を取るってことさ。
黒人　ほうき星壊れた。世界壊れた。
シュヴェーフェル　何も残っちゃいねえ。ほうき星も、焼酎も、人間も。
俳優（パラメデスのそばにしゃがんで）　誰か地面に転がってるぜ。
シュヴェーフェル　屍体だけが残ったってことさ。

（俳優はパラメデスの体を起こす。パラメデスは意識を取り戻し、ぎょっとしてあたりを見回す）

パラメデス　みなさんこんばんは！
ルキアヌス　さすが王子様、礼儀ってものをわきまえてますな。
俳優　王子様、ようこそ冥界へ。(一六)ようこそ死後の生へ。ようこそ穴だらけになったわれらが勝利の宮殿へ。ようこそ風の吹き抜けるわれらが名声の広間へ。
パラメデス　みなさんはどなたですか？
ルキアヌス　赤っ鼻の騎士、私生児の男爵、大火事の伯爵、屍体冒瀆者の大公、それに略奪と殺人の王様です。
パラメデス　高貴な称号ですね。そうした称号をどなたがみなさんにお与えになったのですか？
シュヴェーフェル　虱《しらみ》たちです。
パラメデス　何をお望みなのですか？
俳優　私たちは悲劇的喜劇ないしは喜劇的悲劇を演じております。
パラメデス　みなさんの役は？

俳優　いい役でございます。大公、将軍、王子、修道女、飢餓芸人、そしてたくさんの哀れな国民です。太ったヴァレンシュタイン公と自然児(一七)も登場します。

パラメデス　飢餓芸人というのを私に見せてくれませんか？

（シュヴェーフェル登場）

俳優　堂々たる体をした飢餓芸人です。ファラオの七匹の太った牝牛をまとめたくらいに太っています。芸術的な太りっぷりですね。

パラメデス　今度は修道女を見せてください。

（背景から娼婦がやってくる）

俳優　ただの修道女ではありません。女子修道院長です。徳の極み、隣人愛の極みなのです。そばにいる者をただもう手当たり次第に愛するのです。純潔さをたっぷり所有しておりまして、なんのためらいもなく純潔の大地主とお呼びすることができます。初年兵大隊の全員がこのお方に純潔を捧げたほどですから。われらが皇帝の軍隊に純潔の制服を着せることだってできるお方なのです。

パラメデス　さて、ヴァレンシュタイン公。音に聞く将軍とお近づきになることができてうれしく思います。

（黒人登場）

俳優　われらの技に不可能はありません。こやつは黒い魂を裡に秘めている国王軍司令官です。おわかりかと存じますが、俳優たちは演劇術の最新の知見にもとづいて選り抜かれております。
パラメデス　では、自然児を見せてください。

（ルキアヌス登場）

俳優　格別に自然な振る舞いをするやつです。やつにとって、若い男たちを愛することは何より自然なことなのです。
パラメデス　で、この地上のどの場所でこの喜劇は演じられるのです？
俳優　お父上の玉座の間です。
パラメデス　つまり、最も暗澹たる場所、墓地の中で演じられるのですね。では、玉座を見せてください。

（何人かのならず者が半ば破壊された玉座を運んでくる）

俳優　ぼろぼろになってしまった玉座です。
パラメデス　これはいい。人間の権力のパロディですね。夜の闇の中ですべてが演じられることで、暗闇の時代がやってきたことを表すのですね。
俳優　松明をこっちへ！　暗闇の時代は明かりを必要としているのだ！

（集団は退く。そしてパラメデスだけが下手の前景に残る。舞台は明るくなるが、上手の背景だけは暗いままである）

（ネグロ・ダ・ポンテ。前場の人々。あとで大公とズッペ）

ネグロ・ダ・ポンテ（背景に設置された階段の上で）　王子様、ようこそいらっしゃいました。わが軍勢のただ中へ。

パラメデス　あなたは先へと進んで行かれたのではなかったのですか？　絶えず先へと進まないといけないのでしょう。

ネグロ・ダ・ポンテ　私は王子様の技の力を拝見いたしました。今度は、私の技をご覧になっていただく番です。

パラメデス　あなたは私の弱点を衝く術《すべ》をよくわかってらっしゃいますね。

ネグロ・ダ・ポンテ　怖くはないですか？

パラメデス　さあ、お始めください！　イタリアから来られた客人よ。自分こそがおまえたちの生きる時代だとうそぶいている皺だらけのばあさんのひからびた子宮には、もはや新しい恐怖を産む力はないのですから。

ネグロ・ダ・ポンテ　大公様をお連れしろ。

（背景の上手奥に大公の姿が見えてくる。隣にはズッペ。俳優は大公に歩み寄る）

俳優　なにとぞ大公様をご案内させてくださいませ。
大公　わしは目が見えぬ。
俳優　フランスの騎士が大公様をお助けいたしたく馳せ参じました。
大公　わしは目が見えぬ。
俳優　大公様にはお助けが必要です。
大公　そなたがそのフランスの騎士か？
俳優　はい、フランスの騎士でございます。皇帝軍に囚われておりましたが脱出し、ここに大公様のご命令を待ち受けております。
大公　この広間でわしを待ち受けておる国の重臣たちのあいだを通り抜け、大理石の白い通路を歩き、玉座へと導いてくだされ。
俳優　ご案内させていただきます。

（俳優は、ならず者たちのあいだを通って大公を玉座へと導く。ズッペは上手の前景に移動し、そこに立ち尽くす）

俳優　大公様の玉座に到着いたしました。
大公　手助けをしてくれなくては困るぞ。わしは老人じゃ。目が見えぬようになって、なにかにつけおぼつかないのじゃ。

（俳優は、大公が腰掛けるのを手伝う）

大公　ガウンを整えてくれ。

（俳優は大公のぼろぼろのガウンをきちんと整える）

俳優　大公様のガウンはフランスの儀式に従ってきちんと整えられました。襞は左右対称で、左足の先は覆われております。

大公　白い大理石でできた七段の階《きざはし》は、広間にそびえる玉座に続いておるな。

俳優　七段の階《きざはし》は大公様の御前《おんまえ》にございます。広間は改築されました。なので、おつまづきになることなく、扉のところから玉座へとお着きになれるようになりました。大公様はお目が見えぬものですから、どうしても必要だったのでございます。

大公　わしの目が見えぬからか？

俳優　大公様がこの広間をご覧になられたとしても、もはやそれだとおわかりにはならないでしょう。この度の改築によって、この広間はそれほどまでに様変わりしてしまったのです。

大公　世界は変わる。そして、この広間のような命なきものでさえも別の形をとる。盲人の世界だけが変わらないのじゃ。

俳優　大公様、すべてのものは変わりうるのです。

大公　騎士よ、では、わしに貴殿の目を与えよ。

俳優　大公様のおそばを離れるようなことはいたしません。

（玉座の背後にシュヴェーフェル、黒人、そして娼婦が整列する）

大公　では、貴殿の目に見えるものを話して聞かせよ。

俳優　大公様、広間の眺めはものすごく華やかです。大公様は七段の階《きざはし》の上にて、この広間を睥睨《へいげい》していらっしゃいます。燭台の光をいっぱいに浴びて黄金色に輝いておられます。大公様の背後には知の像と徳の像が立っており、正義の像の両わきを固めています。正義の像は、目隠しをして、天秤を持ち、剣を携えております。大公様の前には、部屋の奥に至るまで大理石の床が果てしなく拡がっており、その上に大公国の貴族たちがひざまずき、永遠の忠誠を誓うために控えております。男たちは畏怖の念から沈黙し、母親たちは、果物を捧げるようにして、両腕で子供たちをさし上げております。崇高な光景です、大公様。地球が太陽のまわりを永遠に回り続けることを一瞬中断してしまったかのようです。大公様が、長きにわたったお患いの後、再び国民の前に姿をお見せになったのですから。

（お辞儀をする。ならず者たちは音を立てずに拍手をする）

大公　神の御心にかなうよう努力するべく、余の生に与えられた時間。その半ばがとうに過ぎ去り、余が、いつの日かつつがなく大地の下で安らうことができると、すでに信じきっていたとき、病魔が余を襲い、両目から光を奪い、墓穴へと下っていく前に、はや墓穴の暗闇が余を取り巻くことになった。われらには大いなる恩寵が与えられ、それは重荷として余にのしかかっている。余が犯した略奪のように、余にはふさわしくない黄金のように。

余は多くの富と権力を手にしている。

余の領土は計り知れぬ。

それは、あまたの町と村が連なる平野の彼方へと拡がっている。

戦争は余を避けて通り過ぎていった。

燃え上がる村々を、夜の静けさの中のかすかな明かりとして、いくつもの丘の彼方に望み見ることができるにすぎぬ。

戦場の上空で大きな円を描いて旋回し、黒々とした列をなす鳥たちは、余の国を避けて飛ぶ。われらみなをとり囲むこの宮殿、落成に何世紀も要したこの宮殿は、高々とそびえ、無傷である。

だが人間には良きものと悪しきもの、両方がもたらされた。すなわち、恩寵と呪いが。

余の息子、パラメデスは堕落し、消え去ることのない苦悩の中に沈んでしまっている。

わしは、愛するわが子オクタヴィアにとって、よそよそしい存在になってしもうた。今となってはもう、わしの手があの子に届くことはなくなってしもうたが、それでもわしの心の中ではあの子はもっと近くにおるのじゃ。

続いて余は、己の病までもつつしんで受け入れねばならなかった。

余は目が見えぬ。強靱だった肉体もいまや寄る辺なきものになってしもうた。こうしてすべては報いを受けたのじゃ。

こうなってしまえば、老いというのも楽しきものである。

自分の晩年に与えられたもののすべてをわしは受け入れ、味わっておる。

余の国の平和、余の魂の平穏、父親を慕うようにして、余を取り巻いているそなたたちの愛を。

余はネグロ・ダ・ポンテ殿をこの大公国の太守に据えた。

太守はそなたたちの歩みを導き、この国の運命を守護してくださる。

太守にはあらゆるものに対する智と愛が与えられている。にもかかわらず余が、戴冠してはいるが老いてしもうた余が、そなたたちみなの前にそびえる玉座に鎮座し、そなたたちとその振る舞いに判決を下しておる。余の背後にそびえる目隠しをした正義の像のように、恐ろしい盲目に冒されておるというのに。

今、余はそなたたちみなの眼前で神に、
そなたたちと余に対する審判者に祈る。

余を取り巻いている夜の闇が剣を振り下ろしたかのように切り裂かれ、その刃《やいば》の閃きの中で善が悪から切り離されるという確信が余に与えられるようにと。訴えを持っている者は歩み出よ。余の王冠の庇護を必要としている者は、話しはじめるがよい。


（娼婦が歩み出る）

娼婦（胸元の大きく開いた衣装を着て）　胸を振るわせながら大公様の前にまかりこしましたのは、わたくしこと、フロイデンベルク（一八）伯爵夫人でございます。わが身を守るものは何もまとわぬままに、大公様のお手に口づけをし、ひざまずいております。
大公　伯爵夫人よ、ひざまずく必要はないぞ。
娼婦　大公様のお力でお守りくださいますようお願い申しあげます。

大公　話してみよ。
娼婦　私はとある女子修道院の院長でございました。
大公　その聖なる館はどこにあったのじゃ。
娼婦　バイエルンのミュンヘンでございます。私どもは愛の奉仕に身も心も捧げておりました。気の進まなかったことなど一度たりともございません。私たちはいかなるときも、私どもを必要としている人々に身を捧げる用意ができておりました。癒されることなく私たちのもとを去る者などおりませんでした。私どもは、愛によって多くの人たちを幸せにしたのです。
大公　では、そなたは愛に身を捧げたのじゃな。
娼婦　私は夜も昼も献身的に働きました。
大公　伯爵夫人よ、愛だけは必ず報われるものじゃ。
娼婦　ええ、私どもは愛したからには、いただくべきものは必ずいただいております。
大公　では、どうしてそなたは修道院を後にしたのじゃ？
娼婦　襲われたのでございます。
大公　では、今は逃亡の身なのか？
娼婦　私の身は軍のお偉い方の手からお偉い方の手へと流れ続けております。
大公　わしの国から一歩外に出ると、ひどい時代じゃの。
娼婦　兵隊たちによって、のべつまくなしに踏みにじられております。
大公　わしの国にやってきた者は、もはや怖れることはない。わしのものは、そなたのものでもあるのじゃ。この地で、そなたの愛をまわりの者たちに贈るがよかろう。
娼婦　私の愛でみなを幸せにしてさしあげようと思います。

大公　そなたには目をかけてやろう。下がってよい。

（娼婦は退場し、ネグロ・ダ・ポンテがやってくる）

ネグロ・ダ・ポンテ　大公様に太守からごあいさつ申しあげます。

大公　玉座の前にやって来られたのか。待っておったぞ。

ネグロ・ダ・ポンテ　不幸な者である私が、不幸をお持ちいたしました。

大公　何を知らせたいのじゃ？

ネグロ・ダ・ポンテ　大公様のお目が見えないことよりも大きな不幸です。フリートラントの大公（一九）が六万の軍勢を率いて、不意に北側から大公様のお国に侵入し、大公様の軍勢を殲滅した後、この城に向かって進軍しております。

パラメデス（下手から飛び出してくる）　父上。

大公　おお、わが息子か？

ネグロ・ダ・ポンテ　パラメデス王子は怯えていらっしゃるようです。

（パラメデスとネグロ・ダ・ポンテはをじっとにらみ合う）

大公　怯えるでない、わが息子よ。われらはこの不幸に耐えねばならんのじゃ。

パラメデス　父上、お許しください。叫び声を上げて、父上の没落の邪魔をするようなことはもういたしませんから。（再び下手に出ていく）

大公　太守よ、わしの軍団長たちを呼び寄せるのじゃ。
ネグロ・ダ・ポンテ　大公様の軍団長はみな戦死いたしました。
大公　わしの国を守る軍勢はないのか？
ネグロ・ダ・ポンテ　大公様は、乞食たちの群れに対して国を守る術《すべ》すらもお持ちではありません。
大公　山に逃げ込むくらいしか手がないということか。
ネグロ・ダ・ポンテ　厳しいご決断ですが、いたしかたございません。
大公　冠を受けとれ。今はそなたに委ねよう。しっかりと護ってくれ。わが太守よ、国を失った者は、もはやそれを被るに値しないのじゃ。

（彼はネグロ・ダ・ポンテに冠を手渡す。ネグロ・ダ・ポンテはそれをルキアヌスに投げてよこす）

ネグロ・ダ・ポンテ　しかと護らせていただきます。
大公　別々に逃げ、東の国境の谷で落ち合うことにいたそう。谷間の荒野なら荒くれ者たちの狼藉から逃れることもできるじゃろう。わしは騎士とともに第一部隊を率い、そなたは、わしの娘がおる第二部隊を率いるのじゃ。パラメデス王子は単独で切り抜けてくるじゃろう。宮廷詩人は王子とともにとどまればよかろう。フロイデンベルク伯爵夫人を玉座の前にお連れせよ。

（娼婦がやってくる）

娼婦　大公様、お呼びでしょうか？

大公　伯爵夫人、わしの娘もまた、そなたとともに大きな不幸を身に負わねばならぬ。娘のそばから離れぬよう、祈りによって娘を支えてくださるよう、お願いしたいのじゃ。娘がそなたのような人間になれることを願っておる。

娼婦　姫様は私と同じような人間におなりになることでしょう。（大公の手に口づけをして、退場する）

大公　かくして、降り積もる雪のように降りかかってきた新たな不幸によって、余の頭《こうべ》はまたしても覆われてしまう。

余が口にする話は空虚な言葉、気の触れた笑いになってしもうた。余が約束したものは、小径《こみち》の中に消え去る風であり、石のあいだにしみ込む水なのじゃ。

余は、自らを脅かすものを追い払うことができぬのじゃから。

両手は寄る辺なく、足はどこに向かえばよいのかわからぬ。

余は歳を取ったというのに、おさなごになってしもうた。

夜の闇が過ぎ去る前に、この玉座は破壊されてしまうじゃろう。この広間もじゃ。わしの栄光を映し出してきた鏡、じゃが、いまや砕けつつある鏡のように。

その時が来たのじゃ。

目が見えていたとき、わしには何も見えていなかった。そして今度は本当に目が見えぬようになってしもうた。じゃが、そうなった今じゃからこそ、わしには人間とは愚か者じゃということがしかとわかる。

わしがそんなことを口にするもんじゃから娼婦どもが大笑いするほどじゃ。

なぜなら娼婦どもだけが、自分たちがしていることの意味を知っているからじゃ。

さあ、盲目であることから逃れているただ一人の者にわしが打ち据えられる様を見よ。

その者は、痴れ者を叩き出すようにして、わしを追放する。逮捕された盗人のように、あるいは、招かれざる食卓に座している贅沢好きのろくでなしを追い立てるように、わしを夜の闇の中へと駆りたてるのじゃ。

俳優　大公様いかがなさいますか？

大公　（立ち上がる）騎士よ、わしを城の外へと導いてくれ。

（俳優は大公に手をさし出す）

大公　（ゆっくりとうつろに）わしは目が見えぬ。

（俳優は大公を外へと導く）

大公　（背景へと姿を消す前に、激しく絶望して）わしは目が見えぬ。

ネグロ・ダ・ポンテ　パラメデス王子、この盲人の叫びとともに私の芝居が始まるのです。くだらぬ芝居です。というのも本当のものはいつだってくだらぬからです。

幕が上がります。そしてあなたにはもう、私の芝居の内容とも言える一人の人間以外、何も目に入らなくなります。

そう、私は、美しい詩歌を耳にしたがる諸侯たちや、頭までも満腹にしようと食後に悲劇を観たがる連中にこの芝居を見せてやるのではありません。

そうではなく、私は自分の芝居を、くだらぬものしか理解できない者たちに、観ている途中でげろを吐く酔っぱらいの兵隊たちに、観ている途中ではや隣の男に自分を高値で売りつけている娼婦たちに見せてやるのです。こやつらは一人の人間を見て笑います。そやつの目が見えぬことに気づいて腹を抱えて笑うのです。

やつらは同情の気持ちを抱いたりしないだけの勇気を持っております。

やつらはそやつに目をやり、歩く様子を、足がよろめき躓《つまず》く様子を、両腕が大きく振り回される様子を見据えるのです。

そうすれば、やつらにとって、この盲人ほどに愚かしい存在はいなくなります。

そやつがなすことはみな妄想であり、信じていることもまたすべて妄想なのですから。

そやつは廃墟の真ん中にすわっていました。にもかかわらず、幸せでした。

けれども、私が一言発するだけで、ほんの一息で、幸せはそやつから奪われたのです。

これこそが、一人の人間がもう一人の人間に対して振いうる権力というものです。

人間以外には何も存在していないということの証《あかし》であり、すべてのことが、つまりは幸せも不幸もみな、人間によって生み出されるということの証《あかし》なのです。

そやつの身に起きることはみな私によって生みだされたものです。

私の考えることが、そやつの身に起きるのですから。

私が指し示す道をそやつは歩んで行かねばなりません。

かくして、そやつの苦しみの上に苦しみを、地獄の上に地獄を積み上げてやるのだ。おまえたちならず者に、そやつを投げ与えてやろう。骨を犬の鼻面に投げ与えるようにな。

そやつをこの世界の偉大さゆえに滅びさせつもりなどおれにはない。やつのばかばかしさと同じようにばかばかしい世界のゆえに滅びさせてやるのだ。

この盲人にあらゆる苦難を浴びせかけよ。そやつから眠りを奪い取れ。

そやつの城の廃墟の上で、倦むことなく、早足にぐるぐると引きずり回せ。

果てしなき逃走を続けているのだとやつに思わせろ。

やつに空腹を味わわせよ。骨の髄まで焼けるような喉の渇きを覚えさせよ。

やつの足を休ませてはならぬ。そうして、やつが倒れてしまったら、不安の中に沈めてやればいい。

そうすればおまえたちにはわかるだろう、人間とは何であるかということが。

それは叫び声を上げる一つの口であり、
もはや何も映さない二つの盲《めし》いた目なのだ！


（昼）

（パラメデス、ズッペ）

ズッペ　王子様、あなた様は自由の身なのですね！
パラメデス　宮廷詩人よ、どうして両腕を広げているのだ？
ズッペ　あなた様が自由の身であるのを目の当たりにして喜んでいるのです。
パラメデス　自由万歳！
ズッペ　自由万歳！
パラメデス　腕を下ろすでない、宮廷詩人よ。掲げた自由を下ろすでない。どんなときでもその旗の下で万歳を叫ぶべきなのだから。

（ズッペは両腕を上げたまま立っている）

パラメデス　父上に何が起きたのだ？

ズッペ　王子様、悪しきことが起きました。信じられないことが起きてしまったのです。後に悲劇の題材となることでしょう。何週間も続いた過酷な仕事が無駄になってしまいました。われらの精神が作り出したものは吹き飛ばされてしまったのです。もみがらのように、埃のように、木の葉のように。

パラメデス　素性もしれぬイタリア人がわれらに災いをもたらしたのだ。

ズッペ　私の心の裡にある詩人は、あのペテン師の言うことを真に受けることを拒んでおります。

パラメデス　腕を下ろした方がいいようだな。そなたは自由を抱くのにふさわしくないし、私は文学を自らの胸で暖めるのに似つかわしくないのだ。

ズッペ　われらは大公様にすべてを告白し、あのイタリア人の暴力からお救いせねばなりません。

パラメデス　息子たちの使命とは何だ？　父親を幸せにすることか、それとも不幸にすることか？

ズッペ　幸せにすることです、王子様。

パラメデス　私は自分の義務を果たし、父上を幸せにした。神を信じているからではなく、ごくわずかの愛と、それだけいっそう大きな哀しみでもってそうしたのだ。しかしいまや、この幸せが父上を襲っている災いの原因となっている。父上が、私によって買い与えられたものの代金をお支払いになるのは当然だ。そうはいっても、父上がわれらの愛についてお知りになれば、この上なく幸せなお気持ちになることだろう。ご自分の愚かしさの原因を目の当たりにされるわけだから。けれども、われらの両手は縛られてしまっていて、どうにもならない。そなたは己の自由とともに生きていけ。自由、それは美しい名前だ。しかしその本質からして、一人の女だ。頬を赤らめることなしにその名を口にすることができない、そんな類の女なのだ。
ズッペ　手厳しゅうございますな、王子様。
パラメデス　世間とは厳しいものであると言いたいのだな。それは人口に膾炙《かいしゃ》したものの見方だ。そなた、なぞなぞは好きか？
ズッペ　大好きでございます、王子様。
パラメデス　神に義はあるのかそれともないのか？
ズッペ　義はございません、王子様。
パラメデス　宮廷詩人よ、神に義はあるのだ。さもなくばこの世が地獄であったりするはずはなかろう。

（前場の人々。俳優に支えられて、大公。ルキアヌス）

パラメデス（ズッペの上着の前をつかんで）そこに連れてこられたのはわが父上ではないか？
ズッペ　やつらはお父上をこの城の廃墟の上で引きずり回しているのです。いつもいつも同じところをぐるぐると。そんなことをされては目が回ってしまいます。
パラメデス　どうしてそんな面倒で退屈なことをしているのだ？
ズッペ　逃亡し続けているのだと大公様に信じさせるためです。
パラメデス　信じることは、人をこの上なく幸せにするものだからな。
ズッペ　このお芝居を信じることはしかし、あなた様の父上をこの上なく不幸にいたします。

パラメデス　そなたは感動するということが、どういうことなのかまったくわかっておらんな。そなたの書く悲劇はつまらぬ。というのは愚か者というものがわかっていないからだ。父上のような愚か者たちを不幸にすることはできるだろう。しかし、やつらはいつでもこの上ない幸せを与えられてもいるのだ。愚か者というものがわかっているなら、このことも承知しているはずだろうに。

ズッペ　特別な種類の愚か者がいるのでしょうか？

パラメデス　二種類の愚か者がいるのだ。わが父上は神を信ずるがゆえに愚か者なのであり、私は自分が愚か者であるがゆえに神を想い描くのだ。

ズッペ　違いはどこにあるのでしょうか？

パラメデス　私は父上よりもいっそう不幸であるというところにだ。父上は移りゆく時の中で不幸なのだが、私は永遠の中で不幸なのだ。

ズッペ　王子様、近づいてきます。われらの方にやってきます！

パラメデス　そなたは宮廷詩人だろう。だからこう詠うべきではないのか。「墓に飲み込まれた方がなお救いがあるほどに痛ましい男の姿を見よ！」と。

大公　騎士よ、わしたちは、国境へとつながる道を三日にわたって歩いてきた。

わしは、そなたの肩にしっかりとつかまっておった。

そなたの身体《からだ》はわしがしがみつく岩であり、わしをとり囲む暗黒の海の中にある唯一の支えじゃ。

わしは、手で触れるのと同じようにして、自分の足の裏で大地に触れておる。

大地はわれらの上にたなびく雲と同じように変化しておる。それなのに、閉ざされた牢獄の壁を手探りしておるかのように、ずっと変わらないままじゃ。

そんな風にしてわしは歩いておるが、またしかし立ち止まっているようにも思われる。

わしの逃亡の道行きの退屈さはどうしたことなのじゃ。どのようにしてわしという存在の中に永遠が入り込んできたのじゃ。どういうわけでいまやすべてが有限であり同時に無限になってしまったのじゃ？

ルキアヌス　さあ、止まれ。

俳優　おいおい、何て叫び方だ。

ルキアヌス　しばらく休憩いたしましょう。ああ、足が！

（三人は地面に腰を下ろす）

大公　騎士よ、誰と話しておったのじゃ？

俳優　新しい案内人とです。このあたり出身の自然児です。もしかすると飾らなすぎかもしれませんが、この上なく忠実です。大公様、この上なく忠実なのです。

大公　忠実な人間がもう一人わがそばに侍《はべ》ることになって、うれしゅう思うぞ。ところで、わしは今どこにいるのじゃ。

俳優　人目に付かない小さな丘の上です。大公様もご自身のおみ足でお確かめになったように、非常に険しい坂道です。人里離れた城の廃墟に似ていると言ってもいいかもしれません。ほとんど手の届かんばかりに国中を見渡すことができます。そしてわれらの上には、樫の木がアーチを描いています。燃え上がる城の光が遠くから目に飛び込んできます。

大公　わしの先祖たちの城が燃えているのじゃ。

俳優　大公様のご先祖のお城に降りかかった大いなる災いでございます。

ルキアヌス　みなさん、すべてが燃えています。火の粉が飛び散り、このあたりまで炎の臭いがします！

ズッペ（金切り声で）

幸せよ、幸せよ！

粉々になるがよい！

痛みよ、痛みよ！

心を引き裂くがよい！

第四一番合唱歌、第二二詩節、第三対歌。ああ哀れな、おいたわしい大公様。

大公　自作の悲劇を引用しているのはわしの宮廷詩人ではないのか？

ズッペ　大公様、第二部からの引用です。ネストールの病床に呼ばれた医者が死んだという知らせが到着した箇所からです。

俳優　このような人里離れたところで宮廷詩人の声を聞くとは、私も驚いております。

パラメデス　皇太子パラメデスに場所を空けよ！

大公　わが息子よ！

パラメデス　静かな谷底に生えている梨の木の下におわします父上にごあいさつ申しあげます。

俳優　樫の木の下です、たしかに梨の木に少し似たところはありますが。静かな谷底にある山の上に生えております。

大公　わが息子よ、よもや絶望の地で出会おうとはな。

パラメデス　父上、おっしゃるとおりでございます。私は絶望しております。

大公　われらの城が燃えておるからじゃろう。

パラメデス　父上、私は震えております。

大公　哀しんでおるのじゃろう。自分自身のことで苦しんでおるのじゃろう。

パラメデス　私の哀しみは、父上の国を荒廃させる炎のようなものです。けれどもその哀しみはそれだけではなく私自身をも荒《すさ》ませているのです。

大公　そなたが不幸なのはわかった。じゃがわしはそなた助けることはできぬ。そなたは自分の苦しみの深さについて、わしにまだ一度たりとも打ちあけておらぬではないか。

パラメデス　私の苦しみに深さなどございません。深さも何もないのです。父上は目がお見えになりません。そして、目が見えなければ幸せでいることは簡単なのです。

大公　この没落の時代に幸せな者などおらぬ。

パラメデス　この時代は父上のそばを通り過ぎて行くでしょう。けれども私には通り過ぎてくれる時間などないのです。

大公　わしはそなたの哀しみのゆえに二重に苦しんでおる。いまや炎が、わしの目の前に道を照らしだすのではなく、わしの国を荒廃させておるのじゃからな。

パラメデス　私の言葉が父上を不幸にしてしまうのはもちろん哀しいことです。しかし父上は、私が口にすることを気にされる必要はないでしょう。それは風に向かって発せられたのですから。

大公　そなたは、わしに残された希望なのじゃ。そなたの命の中でわしは生き続けるのじゃ。

パラメデス　ご希望をお諦めなさいませ。

大公　わしはすべてを諦めねばならんのか？

パラメデス　そうです、父上、すべてをです。そうすれば私という人間をご理解いただけることでしょう。

大公　ならば安んじて行け、わが息子よ。
パラメデス　私にとって安んじるとは死ぬということです。私が死ぬことをお望みになるとは、父上、お厳しいですね。
ルキアヌス　申し訳ございません、われらは大公様とともに先へと進まねばなりませぬ。
俳優　そこかしこに皇帝軍の騎馬隊が姿を現しております。
パラメデス　父上はそこかしこで悪漢どもにとり囲まれております。父上はこのポプラの木の下から立ち去らねばならないようです。

（大公は連れていかれる）

パラメデス　父上、お別れでございます。父上は敵からお逃れになり、私は父上の盲目から逃れることにいたしましょう。
大公（姿を消しながら）　わが息子パラメデス！　哀れなわが息子パラメデス！
ズッペ（悲嘆に暮れた声で）
この世では、この世では
われらに授けられしは、憎しみのみ
だが天上では、だが天上では
われらは天使を讃えるのだ！
第八一番合唱歌、第一詩節、夫が死を逃れる術を持たぬことに苦しんだネストールの妻が寝台で自殺した箇所。その場面で、死せる母胎の中の生まれ出《いで》ざる子どもが三重の嘆きの歌を歌いだす。第一に母の死について、第二に間近に迫っている父の死について、第三に間近に迫っている自らの死について。（焼酎の瓶を取り出して飲む）この痛ましい場面を朗唱したことによって、私は、われらはお父上のお目を開いてさし上げなくてはならないと固く信ずるに至りました。お父上の幸せが問題なのではありません、問題なのはお父上の尊厳なのです。私たちはお父上に偽りなき真実をお教えせねばなりません、疑いの余地も偽りもなき真実を。

パラメデス　おまえが開いてさし上げることのできるような目など父上はお持ちではないし、真実はおまえの焼酎瓶に詰めることなどできはしないのだ。

ズッペ　いえ、お父上は真実をお耳にされるでしょう。

パラメデス　真実は叫ぶ口を持っていないし、父上は聞く耳をお持ちではないのだ。

ズッペ　ともあれ、私が自ら大公様のところにまいりましょう。

パラメデス　ならば父上の見えない目の中に手を突っ込んだつもりが、獅子の眠る穴の中に手を突っ込むようなことにならないよう気をつけるがよい。

ズッペ　（空の焼酎瓶を振って）すべての不幸がわれらに降りかかってきました！

パラメデス　われらはみな落ちぶれてしまった。わが父は落ちぶれた愚か者であり、そなたは落ちぶれた宮廷詩人、私は落ちぶれた王子、あのイタリア人は落ちぶれた神だ。

ズッペ　では、妹君は？

パラメデス　妹は這い上がってきた。あの魔女は地獄を後にして、私たちのところまで這い上がってきたのだ。

（前場の人々。オクタヴィア）

（オクタヴィアが下手から派手なドレスをまとって現れる）

ズッペ　ご覧ください、女がやってきました。
パラメデス　ご覧、ドレスがやってきた。
ズッペ　いとやんごとなき妹君ですぞ、王子様。
パラメデス　妹よ、そなたについて話をしていたところなのだ。するとおまえがやってきたというわけだ。
オクタヴィア　何をお話しでしたの？
パラメデス　しかめっ面ばかりのわが臣下たちを前に王として話していたのだ。
オクタヴィア　どなたが兄上の臣下なのですか？
パラメデス　悲嘆に暮れている人間すべてだ。
オクタヴィア　領地はどこですの？
パラメデス　誓って言うが、果てしなく広いぞ！　私の領地は日が昇ることのないほどに広く、私の涙の海を船が横切るのに何週間もかかるのだ。
オクタヴィア　何を哀しんでいらっしゃるの？
パラメデス　時代のゆゆしき変化と、そなたの哀しみをだ。
オクタヴィア　私は哀しんでなんかいないわ。
パラメデス　妹よ、それは喪服じゃないのか？　そなたに慈悲の心があるから、悲嘆に暮れることになったのではないのか。

オクタヴィア　私は慈悲深くなんかないわ。
パラメデス　妹よ、そなたは慈悲深いではないか。自分が持っているものすべてをみなとともにしているではないか。私と父親をともにし、素性の知れぬふしだらな娼婦と生業《なりわい》をともにし、あのイタリア人と寝床をともにしているではないか。
オクタヴィア　ずいぶん自堕落な話し方をなさるのね。
パラメデス　そなたこそ自堕落ではないか。
オクタヴィア　私は、あるがままに振る舞っているだけです。
パラメデス　だったらそなたは化け物だ。
オクタヴィア　けれど私はイタリアのように美しいわ。
パラメデス　はは、バビロニアのように貞淑で、ユートピア国のように本物だな。
オクタヴィア　私、兄上のお話に耳を傾けるつもりはございません。
パラメデス　そなたは、あのイタリア人に結婚を申し込むつもりなんだろう。今すぐにでもやつのもとに行きたいんだろう。
オクタヴィア　私は、自分の気に入ることをしているだけですわ。
パラメデス　だが、そなたのすることは私の気に入らないのだ。
オクタヴィア　兄上は私の裁判官ではございませんわ。
パラメデス　だが、そなたの死刑執行人ではあるのだ。そなたに心というものがあるなら、兄の言葉を耳にして命を失ってしまうはずだから。
オクタヴィア　ご覧のように、命はございます。
パラメデス　それなら、そなたには心がないということだ。

オクタヴィア　私にないのは兄という存在です。

私たちは通じ合うものを何も持っていません。兄上のことなど何もわかりません。

私は誰にとってもよそ者なのですから。

兄上は私に視線を向けていらっしゃいますが、見ているものが何なのかおわかりになっておりません。

私の美しさを目にされていながら、どうして私が美しいのかおわかりになってないのです。

私は、この国が落ちぶれていったその時に生まれました。没落の波の中から女神のように立ち昇ったのです。

そうですとも。私は破壊された城壁のあいだをさまよい歩き、素足は瓦礫に触れ、両手はかつては存在したものの上を伝ったのですから。

そうして私の口が叫び声を上げたのです。「私は紅き黄昏を生きるオオカミだ」と。

私は柱にからみついていた死者の引き裂かれた衣服を身にまといました。

大地の奥深くへ這いずり込みました。

獣のようにぼんやりしていました。

父を嘲り兄を打ちのめす男に身を委ねました。

なぜなら、その男は、生きていくために私が投げ捨てなくてはならなかったものを打ちのめし、私の牢獄だったものを嘲っているからです。

私の肉体は、事物を本来そうであるものへと変えてくれる男を抱いたのです。死者を死者へと、生者を生者へと変えてくれる男を。

あの男は、兄上と父上を死者に変え、私を女にしてくれたのです。

私は人間になったのです。

私はこの国とは縁を切ります。死者などとはなんの関係もありませんから。

私は私だけのものであって、誰のものでもありません。

私は自由なのです。

それはそうと、私は兄上のことをずっと軽蔑していました。

すべてを否定なさるくせに、生きようとなさるのですから。

兄上のことを最もわかっていらっしゃらないのは、兄上ご自身なのです。

兄上は墓のあいだに沈み込んでいく腐った屍体にもまして誰なのかわからない存在です。

かくして恥辱はいつも廃墟の中に身を潜めているのです。

世界は私と兄上とに分かたれてしまいました。

ご自分が私の兄で、私があなたの妹だなどと、いまさらどうしておっしゃることができるでしょう？

あら、反論しようにも、小さなうめき声を出すのがせいぜいなのですね。（彼女は上手に退場する）

ズッペ　王子様、妹君は私たちのもとを去ってしまわれました。

パラメデス　やつはすべての人間のたどる道をたどるのだ（二〇）。

ズッペ　え、妹君はお墓に入られるのですか？

パラメデス　あのイタリア人こそが墓なのだ。

（パラメデス。ズッペ。ネグロ・ダ・ポンテ）

（ネグロ・ダ・ポンテが下手からやってくる）

パラメデス　（剣を抜く）　わが妹を探しているのか？
ネグロ・ダ・ポンテ　王子様、お目にかかれて光栄です。
パラメデス　私の心を深く傷つけておいて何が光栄だ。わが妹を娼婦にしてしまったのはそなただろう。
ネグロ・ダ・ポンテ　（剣を抜く）　私があなたと闘うのは、しごくもっともというわけですね。
パラメデス　そのとおり。しかるべき武器を手に私と戦うのだ。一人の女でもって私を傷つけたのだからな。
ネグロ・ダ・ポンテ　冗談がお好きなのですね。
パラメデス　私が好きなのはきつい落ちだ。
ネグロ・ダ・ポンテ　その落ちに剣を突っ込んで、あなたの身体ごと貫いてご覧にいれましょう。
パラメデス　ならばこの洒落に落ちを付けてみよ！（ネグロ・ダ・ポンテの足もとに剣を投げる）
ネグロ・ダ・ポンテ　闘うおつもりがないのですか？
パラメデス　私は父上と同じだ。屠殺される獣なのだ。
ネグロ・ダ・ポンテ　私は武器を手にしていない者とは戦わない主義です。
パラメデス　だが、父上は武器を手にしていないではないか。
ネグロ・ダ・ポンテ　お父上は信じるものを持っていらっしゃいます。
パラメデス　私だって信じるものくらい持っている。地獄の存在を信じているんだから。それにしても、そなたはいったい誰と手を組んでいるのだ？
ネグロ・ダ・ポンテ　私は誰とも手など組んでおりません。
パラメデス　では、名誉とも組んではいないのだな。よし、突くがよい、ごろつきよ！
ネグロ・ダ・ポンテ　そのようなことをいたさずとも、あなたの絶望が、私があなたに突き立てる刃

となり、あなた自身が、ご自分のはらわたを抉る剣となることでしょう。（上手に退場する）

ズッペ　王子様。

パラメデス　悲劇作者か？

ズッペ　あの男はあなた様を殺してしまうでしょう。

パラメデス　ああ、「今われらをとり囲んでいるこの廃墟は、詩人が冥界へと降りていく喪服に過ぎない」と言ってしまうことができればなあ。

（夜。月明かり）

（大公。俳優。ルキアヌス）

俳優　大公様、闇夜を練り歩く葬列のようにさまよい歩いた末に、とうとう東の国境にたどり着きました。

大公　いざ進め、わが不撓不屈の者たちよ、いざ！

ルキアヌス　いざ進め、いざ！

俳優　われらは、谷に入り、そこで太守様とパラメデス王子を待つ手はずになっております。

大公　それと、オクタヴィア、わが娘をな。

俳優　岩がそびえております。神に見捨てられた聖堂の壁のようです。

大公　下れ、下っていくのじゃ！

ルキアヌス　私たちの上には、月が青い石のように輝いております。

大公　水はどこだ！　水は！　せせらぎの音が聞こえぬではないか！
俳優　水は枯れ果ててしまいました。
大公　声が聞こえるのは、どうしてじゃ？。
俳優　大公様につきしたがって逃亡している国民たちです。
ルキアヌス　大公様につきしたがって移動しているカラスたちです。
俳優　骸骨、骸骨ばかりです。
ルキアヌス　亡霊、亡霊ばかりです。

（前場の人々。シュヴェーフェルとならず者たち）

シュヴェーフェル（数名に担がれて、ジョッキと大きな肉片を手に登場）　者ども、どいたどいた。汚らしい制服ども、どいたどいた。ほら見ろ、大公様がもう一人の大公を訪問する様子をな！　幸福の大公さん、こんばんは！（酔っぱらって大公の方によろめいていき、その手に口づけをする）
大公　誰じゃ、わしの手に口づけするのは？
シュヴェーフェル　大公さんの兄弟だ。腹を空かせた連中の大公様だ。兄弟よ、あんたは元首の公式訪問を受けてるんだ。
俳優　百姓のように見えますね。
ルキアヌス　狂ってますね。
大公　何が望みなのじゃ、農民よ？
俳優　大公様、やつは狂っているのですから、違った呼びかたをせねばならぬのではないでしょうか。

「何が望みなのじゃ、腹を空かせた者たちの大公よ」と。
大公　兄弟よ、話すがよい。
ルキアヌス　大公様、お話しくださいませ。
シュヴェーフェル　共同墓地の大公さん、どうだい景気は。
俳優　やつは、王侯貴族になった気分でのぼせてしまい、きちんと話せないのです。

（シュヴェーフェルは左右によろめく）


ルキアヌス　やつの足元は危うすぎますな。

シュヴェーフェル　おれは腹を空かせた連中の大公だ。じきにくたばっちまう者たちのおやじなんだ。

おれはとてつもない空きっ腹のとてつもない歌を歌うためにここにいる。

果てしもなくフレーズが続く永遠の歌。歌詞は忘れちまった。もう歌うことのできなくなった連中だけが歌う歌さ。もう聴くことのできなくなった連中だけが聴く歌さ。というのはやつらはもう食べることも飲むこともできねえからな。

（飲む）

おれは千頭の馬と千頭の牛と千頭の羊と千頭の豚を飼っていた。

おれは農耕のネロで、畜産のソロモンだった。

だが、負けた国ってのはみじめなもんだ。勝った方は自分の足もとなんか注意しやしないからな。

負けたやつを踏みつぶすのさ。

（喰らう）

負けたやつのことなんか誰も見ちゃいない。

負けたやつは、追い詰められる。追い詰められると殺すようになる。

そうすると勝ったやつにとっても、負けたやつにとっても困ったことになる。

それなのにどうやったら世界が良くなるってんだ？

（飲む）

おれの村は破壊された。すっかりぺしゃんこにされちまった。

じゃなかった。おれたちの国ではぜんぶがぺしゃんこにされちまったんだった。町、城、村、ぜんぶ。

だが、なによりもぺしゃんこにされちまったのは人間たちだ。悲惨、死、そして絶望はでかい。だがもっとどでかいのは空きっ腹だ。

空きっ腹がいつでも一番どでかいんだ！

（喰らう）

女房、子供、下男下女たちがヴァレンシュタインの兵隊にさんざんいたぶられ、あげくに殺されちまった。

残酷なやり方でな。兵隊ってのは殺すとき、いつだって残酷なもんだからな。

いつだってそうだったさ。ドイツ人も、ロシア人も、ホッテントット族も、中国人だって。

乾杯！

（飲む）

おれの村ではたくさん殺された。

数を言うことだってできる。二五人さ。

だが、そのあとで飢え死にした者の数は言いたくたって言えねえ。

数えきれないからな。

（喰らう）

死ぬはたった二文字の言葉だ。死ぬときはたいていあっけないもんだからな。

だが、「飢え死にする」って言葉が何文字なのか誰にもわかりゃしねえ。

たいていはなかなか死なないんだが、それがもう地獄の苦しみってわけさ！

（飲む）

死がうろつき回り、笑い声を上げる。

兵隊たちもうろつき回り、笑い、喰らい、腹つづみを打つ。

だが、一番たくさんうろついているのは空きっ腹だ。

やつは一番たくさん喰らい、一番たくさん笑う。

（喰らう）

おれたちが痩せているときにはやつは太り、おれたちが弱っているときやつは強くなる。

やつはおれたちの上に青白い月のように懸かっている。

神様よわれらを憐れんでくれ。

だが、神様だって腹を空かせてる。人間がお互いに憐れみの気持ちを持つことに飢えていらっしゃるんだ。

（飲む）

今じゃネズミやハゲタカまで飢えてるって噂だ。

ひよっとすると、この時代の終わりには地上のどこかで、やっとこさ二匹のオオカミが吠えているだけかもな。

だが、やつらも、じきにおとなしくなるだろうさ。だってこの先何を喰らえばいいってんだ？
ああ、腹が減った。

（肉片を投げ捨てる）

大公　農民よ、そなたを助けてやることはできぬ。
俳優　大公様、やつが狂人だということをお忘れなきよう。
大公　大公の兄弟よ、そなたを助けてやることはできぬ。おわかりじゃろう、わしは大公じゃが、力を失ってしまい、わしの国と言えるのはこの暗い谷だけなのじゃ。
俳優　大公様、とてもすばらしい口調です。ただ称号を付けて呼ぶことだけはお忘れなきようお願い申し上げます。さすればあの馬鹿者は安心いたしますので。
シュヴェーフェル　腹が減ってんだ。
俳優　やつがまた話し始めました。
シュヴェーフェル　喉が渇いてんだ。
俳優　そなたはご自分の苦悩の盃をすっかり空にしてしまわれたのですな！
シュヴェーフェル　奴隷よ、すっかりな。（大ジョッキを空ける）おれは食いたいんだ。豚、仔牛、ウサギ、ニジマス！
俳優　大公様はお手もとにあった最後のパンをお分かちになられました。
ルキアヌス　最後の最後のパンだったのです。ですから大公様ご自身も空腹でいらっしゃいます。国民の一人である私などはいよいよもってそうです。国民と同じように空きっ腹を抱え、国民と同じように胃袋を持ち、そしてその他もろもろを国民と同じように持っております。ああ、私たちは何も持たぬのです。いや、何も持たぬよりもひどいです。なにせ、もはや無の痕跡すら持たぬのですから。

シュヴェーフェル　奴隷よ、食い物が足りねえ。足りねえんだ！　おれが誰だか言ってみろ、高貴なお方の奴隷よ！

俳優　腹を空かせた者たちの大公です。

ルキアヌス　胃痙攣に苦しむ大公殿下です。

大公　余の哀れな貧しき兄弟じゃ。

シュヴェーフェル　的はずれだな。おれはシュヴェーフェルと名乗ることもできるんだぜ。たくさんの人間を殺した歩兵だと名乗ることだってできる。だがほんとうは、おれは調達係なんだ、ただの調達係なんだ。

ルキアヌス　大公様、やつの口調が変わりました。大公だったはずが調達係になってしまいました。

俳優　やつが何を調達するのか見たいもんだ。

大公　調達係よ。

シュヴェーフェル　なんでございましょう、ご主人様？

大公　調達係よ、そなたはどのような品を納入しておるのじゃ？　このような時代にそなたの仕事はさぞかし大変であろう。

シュヴェーフェル　ご主人様、手前がやっておりますのは堅気の商売でして、珍しい品を調達するのが仕事でございます。

大公　調達係よ、調達した品とひき替えに何をさし出すのじゃ？

シュヴェーフェル　上物です、やんごとなきご主人様。本物ですし、品も上々でございます。まっとうなやりかたで手に入れたもので、盗んだ品などではございません。
大公　調達係よ、ここに見せてみよ。
シュヴェーフェル　慈悲深いご主人様、それは途方もない財産、莫大な財産でございます。あらゆる悲惨を途方もない高さまで積み上げたものでして、お望みになるだけの戦争、お求めになられているだけの空きっ腹、ご入用なだけの死者たち、選り取りみどりの兵隊たちの山でございます。
大公　調達係よ、それほどの財産とひき替えに何を求めておるのじゃ？
シュヴェーフェル　高貴なるご主人様、手前がひき替えに所望しておりますのは、ちょっとしたお言葉でございます。即効性のある慰めの言葉をたった一ついただければと思っております。「おまえはもう飢えを感じることはない。死者たちは生き返り、酔っぱらいの兵隊たちが善をなしている」というお言葉でございます。高貴なるお生まれのご主人様、さあお決めなさってくださいませ、手前は正直な調達係ですので。
大公　その言葉をそなたに与えることは、わしにはできん。そのようなことのできる者などおらんのじゃ。
シュヴェーフェル　手前を慰めてくださるわけにはいかないのでしょうか？
大公　わしにはそなたを慰めることなどできん。
シュヴェーフェル　手前は慎ましい調達係です。ご主人様は、「これが最後の戦争だ、飢えるのはこれが最後だ」とおっしゃってくださりさえすればよろしいのです、そうすれば手前が持っているものを手に入れることができるのでございますよ。
大公　調達係よ、その言葉を口にすることはできん。

シュヴェーフェル　何度も戦争が起きるということでございましょうか？
大公　何度も何度もじゃ。
シュヴェーフェル　何度も空きっ腹に襲われるということでございましょうか？
大公　何度も何度もじゃ。
シュヴェーフェル　人間に救いは訪れないのでしょうか？
大公　人間に救いが訪れることなどない。
シュヴェーフェル　では、人間は何も持っていないということなのでございますね、賢明なるご主人様？
大公　調達係よ、見えぬ眼《まなこ》というのも人間の持ち物じゃ。
シュヴェーフェル　それでは少なすぎます。
大公　それがすべてじゃ。
シュヴェーフェル　それでは手前は、とびきり美しい戦争を、えり抜かれた飢えを、貴重な死者たちを、ことのほか選り抜かれたビールで酔っぱらった兵隊たちを、ただで、慰めも希望もいただけないままに、ご主人様にさし上げなくてはならないのでしょうか？
大公　慰めも希望もなしにじゃ。
シュヴェーフェル　見えない安物の目玉とひき替えにでございますか？
大公　そう、それとひき替えにじゃ。
シュヴェーフェル　いただいた何も見えない真っ黒な目玉で、手前にいかがしろとおぼしめしなのでしょうか、教養あるご主人様。
大公　そなたが手にするのはすばらしい大地じゃ。その大地に一粒の麦を植えるようにして一粒の信仰を植えつけるのじゃ。
シュヴェーフェル　おお、それはすばらしい。手前はライ麦が好きでございます。
大公　さすればそなたは、探しておったものを見出すことができるじゃろう。希望と慰めをな。
シュヴェーフェル　ざっと四〇〇ツェントナー分の慰めと希望に見合う最高品質の信仰の麦を二ポンド分くださいませ。手前はご主人様に三年半続く猛烈な戦争、正味八〇〇人の死者、オランダ人の中隊二つ、スイス人の大隊一つさし上げます。内戦二つ、宮廷クーデター一つ、おまけに、プラハ城で弁務官が窓から放り出されたあの事件(二)もお付けいたします。
大公　それでも、そなたに信ずる心を与えることはできん。
シュヴェーフェル　信ずる心をお持ちではないのでしょうか?
大公　わし自身の信ずる心を与えることはできんのじゃ。
シュヴェーフェル　では、負傷者用の病院一つと最高の保存状態の餓死者を二千人もおまけにお付けいたしましょう。
大公　調達係よ、人間とは弱くて哀れなものじゃ。自分の兄弟が必要としているものを与えることができないのじゃからな。
シュヴェーフェル　奴隷よ、だったらおれは変身したい!
俳優　腹を空かせた者たちの大公よ、何に変身したいのだ?
ルキアヌス　調達係よ、自分を何に変えたいのだ?
シュヴェーフェル　酔っぱらいの兵隊に変えたい。粉屋のロバが背負うよりもたくさん罪を背負ったのがいい。
そやつが犯した罪は、焼酎の臭いと争うようにして、天にまで届いている。

もう二本足で立つこともできず、
だから、いろんな女たちに支えてもらってるでぶっちょの歩兵に変わりたいんだ！

荒鷲のように勝利し続ける連中の仲間になりたいんだ。

おれはやつらと一緒の席に着いて腹いっぱい喰いたいんだ。なんせ勝者の食卓には料理が山と積まれているからな。

おまけに正義はいつもそいつらの側にあるんだから。

正義万歳！

そこに自分の居場所を見つけられなかった者は愚か者で、戦いに敗れた者は与太者ってことなんだ。

兵隊生活、万歳！

おいで、売女ちゃんたち、熱くて白い勝利の小鳩ちゃんたち！

おまえたちに支えてもらいたいんだ。腕をおまえたちの肩に回したいんだ。

そうやっておれたちは、ぶどう絞り機の中に放り込まれたみたいに倒れている敗者たちの上を裸足で踏みしめてくんだ！


（二人の娼婦に支えられて群衆の中にふらふらと戻っていく）

（前場の人々。ネグロ・ダ・ポンテ。あとでパラメデス）

ネグロ・ダ・ポンテ　大公様！
俳優　大公様、太守様がおいでになりました。

大公　太守よ、わしの国民たちが飢えておる。
ネグロ・ダ・ポンテ　国民はいかなるときでも飢えているものです。
大公　国民たちが悲嘆の叫びを上げながら死んでいっておるのじゃぞ。
ネグロ・ダ・ポンテ　国民はいつの時代でも悲嘆の声を上げながら死んでいくものです。
大公　そなたにも国民たちの悲惨な姿が見えるじゃろう。なのに助けようとしないのじゃな。
ネグロ・ダ・ポンテ　助けることなどいたしません。
大公　無慈悲な太守じゃな。
ネグロ・ダ・ポンテ　ならば大公様は無慈悲な君主でございます。大公様は夕日に照らされたお城の前で一人の無力な男にご自分の国をお任せになられました。その者に委ねられた大公様の富がいまや一つまた一つと奪われているのですから。
大公　それは神のご意志じゃ。
ネグロ・ダ・ポンテ　一人の人間の意思です。大公様はヴァレンシュタイン公の手の中に落ちてしまわれました。やつの歩兵たちが、大公様がお入りになられた谷の出口を占領しています。
大公　では、わが子オクタヴィアはどうなったのじゃ？
ネグロ・ダ・ポンテ　大公様のお嬢様、オクタヴィア様は、囚われの身でございます。皇帝の軍団長がお嬢様を自分のテントに運ばせ、妾にしてしまったのです。

（沈黙）

大公（身じろぎせず）　太守よ、続けよ。

ネグロ・ダ・ポンテ　その代わり、フロイデンベルク伯爵夫人が大公様のおそばに残っておられます。
大公　夫人をわしのもとへ連れてまいれ。

（娼婦がやってくる）

娼婦　大公様、お呼びでしょうか？
大公　尊敬すべき母よ、そなたはわれらみなよりも多くの苦悩を経験なされた。バイエルンにあるそなたの修道院は破壊され、修道女たちは辱められてしもうた。いまやわしの大公国も破壊され、わしの娘さえもいまや辱められてしもうた。どうか、わしのそばに残ってくだされ。さすれば愛がわしのもとを去ることは決してないじゃろうから。

（娼婦は大公の横にすわる）

大公　われらは牢獄に逃げ込んでしもうた。敵がわが娘を奪い、われらの最後の避難場所を包囲しておる。どうしてやつらにこんなことができたのじゃ？
ネグロ・ダ・ポンテ　われらは裏切られたのです。

（ネグロ・ダ・ポンテの合図で、パラメデスが大公の前に連れてこられる）

大公　裏切り者は誰じゃ？

ネグロ・ダ・ポンテ　大公様の前に立っておられます。
大公　その者の名は？
ネグロ・ダ・ポンテ　パラメデス、大公様のご子息です。

（深い沈黙）

大公　わが息子よ。
パラメデス　父上。
大公　わが娘を、オクタヴィアを返してくれんか。
パラメデス　わが妹を、オクタヴィアをお返しすることはできません。あの娘はとある悪党に囲われた娼婦になってしまいました。
大公　ネグロ・ダ・ポンテが申し立てるそなたに向けた訴えを聞くがよい。
パラメデス　うかがいましょう。
ネグロ・ダ・ポンテ　パラメデス様はご自分の父君をお裏切りになりました。敵の大尉にこの谷のことを知らせ、皇帝軍を谷の出口の前へと手引きいたしました。われらの軍勢に対して攻撃をお企てになり、その際、妹オクタヴィア様は敵の囚われになりましたが、自身は皇帝軍の作戦の指揮者としてわれらの手に落ちてしまわれたのです。
大公　そなたはいかなる罪を求めておるのか？
ネグロ・ダ・ポンテ　死罪です。
大公　パラメデス、この言葉に対してそなたが言うべきことはなんじゃ？

パラメデス　言葉は言葉に過ぎません。
大公　自己弁護するつもりはないのか？
パラメデス　父上、あなたは真っ暗な世界の底に、碾臼《ひき》のように横たわっていらっしゃる。その暗い世界を天の稲妻のように照らしだす言葉を口にすることもできないわけではないのですよ。
ネグロ・ダ・ポンテ　その言葉をおっしゃってください、パラメデス様。
大公　わが息子よ、話してみよ。
パラメデス　いいえ、お話しするつもりはありません。
大公　わが息子よ、わしは目が見えぬ。
パラメデス　私の目は見えます。
大公　わしをとり囲む夜の闇に存在するのは真実だけじゃ。
パラメデス　というより嘘ばかりです。
大公　そなたの命がかかっておるのじゃぞ。そなたの死がかかっておるのじゃぞ。
パラメデス　いいえ、正義がかかっているのです、父上。
大公　そなたは血肉を分けたわしの息子じゃ。じゃから、わしから受け継いだ重荷をその身に担うことになるじゃろう。かつて一人の人間に負わされた中で最も重い荷をな。
パラメデス　私は父上に囚われているわけですから。
大公　善と悪を分かつ光はそなたのものであり、信ずる心だけが存在している夜の闇はわしのものじゃ。
パラメデス　正義はどんなときでも盲目です。
大公　そなたに判決を下すのはわしの役目ではないぞ。
パラメデス　父上、では何があなたにふさわしい役目なのです？

大公　判決を信ずることじゃ。
パラメデス　父上、どうすれば判決など信じることができるのでしょう？
大公　執行させることによってじゃ。それが、信ずる心を持つことでわしになしうるたった一つのことじゃ。
パラメデス　何を信じていらっしゃるのです？
大公　神とその正義をじゃ。
パラメデス　私は訴えられているのですよ。
大公　さよう、そなたは己の父を裏切ったかどで訴えられておる。
パラメデス　誰かが私の裁き手にならねばなりません。
大公　パラメデスよ、そなた自身が自らの裁き手にならねばならぬのじゃ。それこそが父がそなたに負わせる重荷なのじゃ。
パラメデス　父上は、私が自分自身に下す判決などお信じになるのでしょうか？
大公　わしはその判決を信じるじゃろう。
パラメデス　もし私が、「自分は無実である」と申せば、父上は私の無実をお信じになるのですか？
大公　わしはそなたの無実を信じるじゃろう。
パラメデス　とすれば父上はネグロ・ダ・ポンテの言葉をお疑いになるのですか？
大公　わしは人間の言葉を疑うことは決してせぬ。
パラメデス　とすれば父上は両方をお信じになるのですか？
大公　わしは両方を信じ、そなたは自由の身となるじゃろう。
パラメデス　そんなことはありえません。私が、「自分は無実である」と申しあげたなら、私たちのどちらかが嘘をついているのです。
大公　そのときは、「盲人というものは世界を必ずしも理解できるわけではない」と考えるじゃろう。
パラメデス　父上はご自分の理性を信じていらっしゃらないので、「こやつとあやつのどちらかが嘘をついている」と口にされる勇気をお持ちになれないのではないでしょうか？
大公　そのようなことを口にしなくともよいほどに、わしは自分の信ずる心を信頼しておる。
パラメデス　父上はそんなにも人間を信じていらっしゃるのですか？
大公　うむ、わしは人間を信じておる。
パラメデス　そんなものを信じるなんて、愚かなことです。人間とは浅ましい生き物なのですから。
大公　わが息子よ、愛するとは愚かなことなのか？
パラメデス　父上、私を愛していらっしゃいますか？
大公　そなたはわが愛する息子じゃ。
パラメデス　だとすれば父上の愛は愚かです。父上の愚かさをみなの見ている前で証明してさしあげます。
大公　話してみよ。
ネグロ・ダ・ポンテ　続けてください、わが王子、おうかがいたしましょう。
パラメデス（嘲るように）　太守どの、あなたが司っていらっしゃる世界は、私の言葉によってひっくり返されてしまうでしょう。
ネグロ・ダ・ポンテ　そのように私を睨みつけなくてもよろしいのでは。
パラメデス　父上、私の申しあげる真実は、父上を石像のように硬直させてしまうでしょう。
大公　わが息子よ、そなたの絶望は大きいのう。

パラメデス　私の絶望は父上の盲目と同じように底なしです。父上はご自身の夜の闇にその身をすっかり投げ出してしまいました。父上の信ずる心はご自身を盲目にしてしまい、その息子を絶望させてしまったのです。私は自分の絶望にわが身をすっかり投げ出しておしまいになり、私は外側から目の当たりにするのですから。なぜなら父上が内側から目にされるものを、
それゆえ私の悲哀の原因は父上にあるのです。

父上を目にすること以上に大きな悲惨などないのですから。

それに、何と言おうとも、私たちは父と息子なのですから。

ですが、お別れするときがやってまいりました。

もう父上のお相手はいたしません。

父上はこれから、ご自身の盲目の中に沈んでいかねばならないでしょう。けれども私は、もはや父上を支えるために手をさしのべることはいたしません。

これから私は、自分をとり囲む者たち、夜の闇の中から私の顔に唾を吐きかけた者たちと向かい合うことにいたします。

(ならず者たちの方に向かう)

私はおまえたちに囲まれて立っている。呪われた者たちのただ中に呪われた者が立っているのだ。

私とともに破滅した者たちすべてと握手をしたい。

そうすれば、おまえたちの衣服の切れ端が集まって一枚の絨毯になり、私はその上を処刑台に向かって歩いていくことができる。

さあ、私が自らに申し渡す判決を聞くがよい。これは、私自身に対する裁きを通して、私がわが父に下す判決でもあるのだ。

なぜなら、そうすることで、わが父が何者であるかが明らかになるからだ。

私が自らに下す判決を通して、おまえたちにもこの盲人のことがわかるだろう。

かくして神が六日目に創造した私たち人間という存在は、神を辱める永遠の記念碑となるのだ。

私の判決を通して、おまえたちは人間の抱く信ずる心なるものが何であるかわかるだろう。

それは、被造物たる人間が絶望を免れようとすれば、心の裡に抱かざるをえない妄想なのだ。

この人間は自らを殺める者に身を委ね、今度は同じように、自らを愛する者を滅ぼすのだ。

この者のなすすべてが愚行であり、その息子は死を前にして父親を嘲っている。

これこそが、私の食した果実であり、私の味わったぶどう酒なのだ。

私たちが受け取るものすべてが毒されているのだ。

かくして私は再び自分の父と対峙し、父たるこの盲人に向かって罵りの言葉を口にする。

この盲人は、自分に加えられるいかなる打撃をも犬のように甘受する。聞かされることのすべてを
痴呆のように信じるのだ、
私が、とはつまり、おのが息子が自分を裏切ったのだと。

大公（落ち着いて）　では、そなたはわしを裏切ったのだな、わが息子よ。

パラメデス（ギクリとして、それから内に沈んだ様子で）　そうです、父上、私は父上を裏切ったのです。

大公　ならばそなたは死ぬよりほかないではないか。

パラメデス　ならば正義がそれを求めているのです。

大公　そなたは自分自身に判決を下したのじゃ。

パラメデス　父上、私は自分自身を破滅させたのです。

大公　じゃがわしは、自分の身をフリートラントの大公の手に委ねるつもりじゃ。

ネグロ・ダ・ポンテ　そのヴァレンシュタイン公が大公様に、城に戻るよう命じておられます。

大公　ならばわれらは別れねばならぬ、わが息子よ。われらに下された命令に従ってな。

朝が来れば、そなたは死なねばならぬ。

わしはそなたに死以外の祝福を与えることはできぬ。

この祝福をわしの手から受け取るがよい。

わしはそなたのために、おのが手で暗闇への扉を開けてやろう。

おまえの目の前でその扉を開け放ってやろう。

心安らかに敷居を越えていけ。

さすればそなたの罪が、マントのようにそなたの肩からすべり落ちるじゃろう。

父がその息子に対して抱く愛が、われらのあいだにまだわずかでも残っていることをわしは願って
おる。

己の死を通して、そなたは再びわが息子となるのじゃ。

じゃがわしは、今はもう破壊されてしもうた自分の城に戻る。

息子へとわしを導いてきた道をもう一度たどり直し、わが城へと戻っていくのじゃ。

では、たっしゃでな、わが息子よ。

わしは己の盲目の中ですべてをもう一度見出すじゃろう。そなたが己の死の中ですべてをもう一度
見出すようにな。

かくしてわれら二人はおのが存在の源へと戻っていくのじゃ。

（娼婦が彼を外へと導く。他の者とならず者たちが後に続く）

（パラメデス、ネグロ・ダ・ポンテ。あとで死刑執行人。さらにあとでオクタヴィア）

パラメデス　イタリアから来たお方。

ネグロ・ダ・ポンテ　わが王子様。

パラメデス　あなたは大胆な動きをなさいましたね。あなたの演技の裏をかくことができると思っていたのですが。

ネグロ・ダ・ポンテ　私の方ではあなたの悲哀を計算に入れておりました。

パラメデス　そこまで計算していましたか。あなたは私を一手一手詰めていったわけですね。

ネグロ・ダ・ポンテ　あなたは自らご自身をお詰めになったのです。

パラメデス　あなたの腕前がそれだけ勝っていたわけですね。私は父上の盲目を嘲りたかったので、その信ずる心をことさらに賛美してみたのです。同じ轍を踏まないようにせいぜいご用心なさるがよい。あなたの戦っている敵は危険な存在です。父上がお信じになっているものは、みなすべて真実に変わってしまうのですから。

ネグロ・ダ・ポンテ　私は危険な敵が好きなのです。

パラメデス　私は与しやすい敵だったということですね。あなたは私を、もはやこれ以上進めないところまで追い込んでしまいました。絶望の壁の際まで。

ネグロ・ダ・ポンテ　あなたはお父上をお救いすることもできたのですが、いまやお父上は私の手の内にあります。

パラメデス　あなたの手を見せてください。指は五本ありますか？　あなたはどのようにしてわが父の盲目を五本の指の内に収めようというのでしょうか？　空《くう》をつかむようなものですよ。

ネグロ・ダ・ポンテ　あなたは死ぬよりほかなさそうです。

パラメデス　私に残されているのはそれだけ、死ぬことだけなのです。

ネグロ・ダ・ポンテ（両腕で彼を抱く）　かくして私はあなたを抱きしめています。わがものとなったあなたを己の血肉といたします。自分の手に落ちたものを包み込み、殺めた肉体をわが肉体に押しあてているのです。

かくして私たちは兄弟になったのです。

私はあなたの肩に手を回し、あなたの肉に爪を食い込ませています。

私はあなたを征服した敵であり、あなたを呑み下す喉なのです。

世界を奥深く引きずり込んでいく深淵なのです。

かくして私はあなたの喉に吸いつき、あなたの血で腹を満たしています。私たちはすべてを共有するのです。

あなたが所有されているものは、私の所有物でもあります。あなたが持っていらっしゃらないものは、私も持っていないということです。

もはや後戻りすることはできません。

私たちは二匹のオオカミのように、互いの身体に喰らいついたのです。あなたは死ぬよりほかなさそうです。しかし、私は自分が始めたことを完成させねばなりません。なので、もうあなたの父上のおそばを離れるようなことはいたしません。

私はハゲタカのように、お父上の肉体から信ずる心を奪い取ってさしあげます。

お父上が私のような人間になってしまうまで、立ち去るようなことはいたしません。

なぜかというに、事を最もわかっている者たちの苦しみが最も大きく、愚か者だけが絶望を免れているなどということがあっていいはずはないでしょう？
ご覧ください、陽が昇ります、石の海原が拡がっています！
昇る太陽の光の中で肉体と影は二つに分かたれるのです。
さあ、ご自分の死の中へと赴きください。
あなたが待ち受けている者、あなたの胸にその手を突き刺す者がやってまいりました。

（背後から仮面をかぶった死刑執行人がやってきて、自分のマントでパラメデスをくるむ）

ネグロ・ダ・ポンテ　その者のマントが骨壺のようにあなたを包み込んでいます。まもなくあなたは、私の頭上に漂う銀色の断末魔の叫び以外の何ものでもなくなってしまうのです。
深淵の上に掛かった
柔らかな橋になってしまうのです。

（ネグロ・ダ・ポンテは上手の闇に消える、下手からオクタヴィアがやってくる）

オクタヴィア　あら兄上、またお目にかかれましたわね。
パラメデス　妹よ、そなたが目にしているのは死刑執行人の腕に抱かれた兄だ。そなたがあのイタリア人の腕の中に生を探し求めているように、私はこの腕の中に死を探し求めているのだ。
オクタヴィア　死のことなど忘れてしまうことはできませんの？

パラメデス　私はすべてを忘れようとしているのだ。
オクタヴィア　兄上はご自分の死をお望みになったのですね。
パラメデス　では、そなたは生を望んだわけだ。そなたは自分の生にいったい何を期待しているのだ？
オクタヴィア　どんな希望もみな投げ捨ててしまいましたわ。
パラメデス　だがそなたには愛があるではないか。それは淫らな愛であり、そんなものに何の価値もないと私には思える。だがそれでも愛であることに違いはないではないか。
オクタヴィア　愛すらも投げ捨ててしまいましたわ。
パラメデス　妹よ、投げてみよ、投げてみよ！　私の頭《こうべ》めがけて石つぶてを。だがそれでも、そなたは信ずる心をすべて投げ捨ててしまったわけではないのだろう。そなたの信じるものを見せてみよ。
オクタヴィア　私は何も信じていません。
パラメデス　なのに生きるというのか？　私とて何も信じてはいない。だが私は死にゆく身だ。私とて望みなど持ってはいない。だが私は破滅してゆく身だ。私はもはや何者も愛してはいない。だが私はすべてを失った身だ。妹よ、さあ立ち去れ。怖がっているのか？
オクタヴィア　怖くなどありません。
パラメデス　そなたの人生にいったい何が残っているというのだ？
オクタヴィア　憎しみだけです。
パラメデス　妹よ、では、私とともにまいれ。生きるより死ぬ方がましだ。
オクタヴィア　パラメデス兄様、私は再びおそばにやってまいりました。兄上の目には再び私の美しさが映っております。
目の前に、兄上を軽蔑し、兄上と同じように父上を裏切った女が再び立っているのです。

兄上が死への静かな道を降りていかれる前に、私はもう一度、自分がどんな人間なのかお見せいたしましょう。

最後にもう一度、白日の下に晒された現実をご覧になってください。

私は自由を選ぶこと以外何もいたしませんでした。ところが兄上はお墓をお選びになってしまいました。

兄上と同じように、私はこれから孤独な道を歩いていきます。

それは急な上り坂です。

兄上は夜の闇を見つめていらっしゃいますが、私は太陽を見つめているのです。目をそらしたりいたしません。

私が目にしているものを見ることのできる者などおりましょうか。私の後をついてくることのできる者などおりましょうか？

私は自分という存在をまっとうするのです。

私は自分の中に天国と地獄を沈め、胸の裡に納めています。

生きようと望む者は、途方もないことをせねばなりません。死ぬことだけが犯罪なのではないのです。

私は罪をわが身に引き受けており、恩寵など望んではいません。

私は祝福を拒絶し、呪いをつかもうとするのです。

父上の愛に対して私は呪いを楯のように突き出します。

そのようにして私は生きているのです。

私は自分自身以外の何者も認めるつもりはありません。

自分自身以外の何者も愛するつもりはないのです。

私はこの国を立ち去ります。

自分自身の源に別れを告げます。

燃え上がる焔《ほむら》のように無限の中へと舞い上がるのです。自分に触れるものを燃やしつくし、立ちはだかるものを破壊するのです。

自分の足がどこへ向かおうとしているのか、問うたりいたしません。もはや問いなど持っていないのですから。

私は自分を運んでいく波に身を委ねました。

ああ、私を待ち受けている岸辺、私が投げ出される岩、私の故郷となる浜辺のことを思うと胸が高鳴るわ。

けれど兄上は、傷ついた獣で、死ぬよりほかないのですね。こうしてみなが自分の道を行けばいいのよ。兄上は夜の闇の中へ、私は未知の陽の光の中へ。

パラメデス　妹よ、父上がそなたを祝福しているというのに、どうして呪われていることができようか？　父上がそなたに無罪を言い渡しているのに、どうして有罪でいられようか？

オクタヴィア　私はもう兄上がおっしゃることを気にかけたりはいたしません。

パラメデス　だが妹よ、そなたは父上と縁を切ってはいないではないか。

父上を否定することはできるだろうが、それでもそなたは父上のものなのだ。

そなたが父上を呪えば呪うほど、それだけいっそう父上の虜になってしまうのだ。

なぜなら、そなたの父はそなたの父でありつづけるからだ。

そなたは父上を探し求めてはいない。だが父上は探し求めたりしなくとも、そなたを見出すのだ。

そなたは父上を愛していない。だが父上はそなたを愛することをやめないだろう。

そなたは父上から、泥棒猫のようにして、あらゆる自由を手に入れてきたが、
それにもかかわらず、今そなたの手の中にはたった一つのものしか残っていない。

そう、憎しみだけしか。

その憎しみはそなただけのものであり、自ら担わなねばならないものだ。

それはそなたが担う果てしなき苦しみであり、そなたを呪縛する輪であり、そなたを繰り返し深みへと転落させる石つぶてなのだ。

そなたは呪う。なのにそなたは祝福される。

探し求めているものを、そなたが見出すことなどありはしない。そなたが見出すのは、探すつもりなどなかったものだ。

そなたと向かい合っているのは、そなた以外の何者でもない。

人を殺めるとき、そなたは自分自身を殺めている。罰を下すとき、そなたは自分自身に罰を下しているのだ。

これが私がそなたに贈る言葉だ。

私はこの言葉をそなたの胸の真ん中に突き刺してやろう。

斧で切り倒すようにして、そなたを倒すのだ。

これから先、そなたは生きていくために嘘をつかなくてはならないだろう。

そなたは私のような存在になってしまったのだ。

笑っているな。

自分は変わってしまったということ、自分の両手が震えているということ、自分の唇が青ざめているということが、まだそなたには見えていない。

私の絶望はいまやそなたの絶望なのだ。それはすべての人間の絶望なのだから。

どうやったらこの絶望から逃れられるのか心しておくがよい。その力は私にはなかったけれども。

何も見ないで済むように、太陽を見つめたからといって何になろうか。いつかは太陽も沈むのだから。

そのときそなたは両手で顔を覆うだろう。

しかし、いつかはそなたの両手も疲れるのだ。

私は自らの絶望とともにここにいて、待っている、
誰かが私を乗り越えるのを。

私がうち負かされる日がやってきてほしいものだ。

ああ、大いなる戦いに私自身は敗れたけれども、わが絶望は勝利を収めてしまったのだ！

盲目であることをもってしても、もはやわが父上をお守りすることはできないのだから。

私は、父上を、信ずる心が生み出す甘い妄想の中にそっとしておいてさし上げたかった。

なぜなら、いつも目覚めている者は、眠りを愛し、真実を知っている者は、妄想を愛するからだ。

貴重なのはこの二つだけだ。

弱き者のみが勝利し、盲人のみが見えるという素晴らしき希望よ、我は汝を讃える。

では、お別れしよう、わが妹よ。

私に残された時間はほんの数刻になり、私の罪の重さも、私の苦しみの大きさも定まった。

私の時間は、断ち切られた首飾りからこぼれ落ちる真珠ように無限の中へと落ちていく。

私は二度とそなたの名を呼ぶことはない。そなたは私の名を呼ぶだろうが、私が返事をすることはもはやないのだ。

（彼らは別れる）

（娼婦と俳優に導かれて大公。ルキアヌス。その周囲にならず者たち。あとで黒人）

大公　ヴァレンシュタイン公の命に従って、われらは城に戻る。皇帝の兵隊たちのただ中を歩いていくのじゃ。
俳優　われらに嘲りの言葉をあびせるやつらですぞ。
ルキアヌス　そのうえ石つぶてを。
大公　さよう、われらの国を破壊し、われらを打ちのめし、われらの富で美食に溺れ、われらに呪いの言葉を浴びせるやつらじゃ。
ルキアヌス　大公様、皇帝の陣営の前に到着いたしました。
俳優　最高司令官殿が大公様をお待ちです。
ルキアヌス　最高司令官殿の隊列が近づいております。
俳優　とてつもなく見応えのある光景です。
ルキアヌス　華々しいデモンストレーションです。
大公　忠実なる者たちよ、わしのまわりに集まれ。彼の大公を待とうではないか。

（彼らはすわる）

俳優　征服された国の大公様、打ち倒された国民の父、飢餓と貧困と病の領主様！　今、御前《おんまえ》に姿を現しますのは、大公様を打ち負かした者、大公様に対する偉大な勝利者、巨大な力で大公様を破滅させた男、賢明な政治家、卓越した戦略家、輝ける将軍、光り輝く大元帥、脚光を浴びたアルプレヒト、羨望される若者、平和の守護者、フリートラントとメクレンブルクの大公、ドイツの正当な君主、ヨーロッパの厳格な王様、未来のアメリカ皇帝、アジアのハーン、アフリカの酋長、アラビアのカリフ、法王の中の法王、ルター主義者の中のスーパールター、まじない師の中のまじない師、地上を統べるチンギス・ハーンこと、全能の神にも似たるオイセビウス・フォン・ヴァレンシュタイン大公でございます！

黒人　（まだならず者たちに隠されたままで）ティムブクツ　ウバンギ　サムベシ　オモトカ　クイプンゴ。

大公　騎士よ、そこで大声で叫んでおるのは誰じゃ？

俳優　大公様、ヴァレンシュタイン大公でございます。荒ぶる総司令官ヴァレンシュタイン大公でございます。

黒人　（突然現れて）コルル　カマカマ　タンガニカ　オモトズ！

大公　何を言っておるのか、皆目わからぬ。

俳優　ちんぷんかんぷん語（二二）で話しているのです、大公様。ヴァレンシュタイン大公はちんぷんかんぷん国の村でお生まれになったのです。

黒人　壊れた。

俳優　ドイツ語を話し始められました。

黒人　大公領壊れた。

俳優　フリートラントの崇高なる大公様が、暗黒色をした戦いの神のような姿で、大公様の前に姿を現しました。
黒人　チュビティ。
ルキアヌス　チュビティ、荒々しき総司令官殿、チュビティ！
大公　若者よ、そなたはちんぷんかんぷん語を解するのか？
ルキアヌス　ちんぷんかんぷん国の村育ちですから、私もちんぷんかんぷん語を解します。チュビティ、とはつまり、ようこそいらっしゃいました、チュビティ、衷心より伏してごあいさつ申しあげます。チュビティ、瞠目すべき将軍様、チュビティ！
大公　ヴァレンシュタイン公に歓迎の意を表したい。
黒人　この男誰か？
俳優　皇帝の最高司令官殿の目の前にいらっしゃるのはこの国の大公様でございます。
黒人　壊れた。
俳優　おっしゃるとおりでございます、閣下、ひどく壊れております。
大公　わしは目が見えぬ。
黒人　目見えない？
俳優　目がお見えにならないのです、途方もなく偉大な軍団長様。目がお見えにならないのです。両目が壊れているのです。
黒人　盲人、おれおまえの国喰らった。
大公　わしの国から富を奪ったのは貴殿なのじゃな。
黒人　ぜんぶおれのもの。

大公　地上の多くの国が貴殿の支配下に入れられてしもうた。

黒人　おまえの娘おれの女。

大公　あの娘は貴殿の手に落ちてしもうた。

黒人　お腹おれのもの。おれが喰らって、腹の中に収める大地おれのもの。

おれ人々の上荒れ狂い、町や、村や、城根こそぎ、丘駆け下り、山駆け下り、暗い青い海飛び込む、パチャパチャ！

おれ島から島、陸から陸、あっという間ひとまたぎ。

おれ振るお尻、お菓子みたい。頭揺らす、旗みたい！

おれ踊る。そっくりかえった大きなサーベル振り回す！

頭ちょん切る。

おれ踊る、太陽背にした雲みたい。踊る、トランペットくわえ月背にした塔みたい。

吹き鳴らし、吹き鳴らす！

おれ兵隊、戦士、奴隷、死刑執行人、大臣、おれの大きな太った大臣たちトランペット吹く呼び寄せる。

やつら谷に溢れ、国に溢れ、見渡す限り溢れてる。

槍の林、大砲と大きな銃ジャングル、かみなりの音と光キリマンジャロ。

やってくる、やってくる、おれの軍隊、おれの軍勢、おれの軍団。

おれ吹き鳴らし、吹き鳴らす！

城壁壊れた、城壊れた、町壊れた！

のし歩き、吠え、跳ね、うめき、笑い、すすり泣く！

おれの軍隊突っ込む。千人の兵隊、十万、百万、百万の百万倍、百京の兵隊！

おれ人類おぼれ死にさせる。

殺す、殺す！

髭の男殺し、腹に子供いる女殺し、娘殺し、しもべ殺し、牧師殺し、書記殺し、商人殺し、奴隷殺し、鎧着た兵隊殺す。

血の海歩き、ほっぺたに赤い染み塗りつけ、臍《へそ》のまわり赤いわっか塗りつける。

腸の鎖首にかけ、胃頭にかぶせる。

ドクロの山築き、肺の山築き、赤い血の海、黒い脳の海作る。

世界征服し、ほうき星征服し、天の流星征服し、月も、星雲も征服する。全部おれに降参する。

おれ建築士、大建築士、巨大建築士、一番大きい建築士なる。

国民ども鞭打ち、岩引きずらせ、石運ばせ、全部埃の砂漠に、砂の赤い海に積み上げさせる。

尖ったピラミッド、黒いピラミッド、大きなピラミッド建てる。高い、何十万キロの高さ。

まわりに蛇みたいな長い列、まわりに屍体、まわりに兵隊、奴隷、死刑執行人、国民ども、それに太った大臣の墓、まわりに死んだ人間の墓。

まわりぜんぶ静か。

おれだけ一番高いピラミッドの上、一番高いピラミッド先っぽすわる。

笑い、腹鼓打ち、胸鼓打ち、神の髭引っ張り、ぴしぴしゃ叩いて、でもって椰子の緑の葉っぱにくるまって眠る。

大公　フリートラントの大公殿、貴殿は、われらの降伏を受諾しに来たのじゃろう。

黒人　ひざまずくよい。

大公　では、貴殿の前にひざまずこう。
黒人　おれの手キスするよい。
大公　では、貴殿の手に口づけしよう。
黒人　体地面に投げ出すよい。
大公　では、貴殿の前の地面に体を投げ出そう。（地面に身を横たえる）
黒人　おまえおれにひざまずく。おれの手キスする。大地に体投げ出す。
大公　（立ち上がる）　わしは貴殿に降伏したのじゃ。
黒人　おれ勝った。
大公　貴殿はわしに勝利したのじゃ。
黒人　おまえもう栄光ない。
大公　貴殿はわしからすべてを奪ったのじゃ。
黒人　おまえ一番つまらんやつ。
大公　わしは人間の中で最も取るに足らない人間であり、貴殿は最も権力のある人間なのじゃ。
黒人　おまえおれにもう何も与えれない。
大公　貴殿は、わしが所有していたものを奪った。わしの国、わしの国民、わしの息子、わしの娘、わしの富を。
そしてわしは、最も取るに足らない人間が最も権力のある人間に与えうる限りのものを貴殿に与えたのじゃ。貴殿の前にひざまずき、貴殿の手に口づけし、貴殿の足下に身を横たえたのじゃから。フリートラントの大公よ、わしはもはや貴殿に何も与えることはできぬ。わしの両手は何もにぎっておらぬのじゃ。

わしがなお何かを与えることのできる者がいるとすれば、それはわしと同じように貧しき者、国を持たず、息子を持たず、娘をも持たぬ者だけじゃ。

その者になら、わしの祝福を、わしの涙を、そして最も取るに足らない人間のあいだにのみ存在する平和を与えることができる。

わしと貴殿のあいだには、貴殿には突破することのできぬ城壁が築かれておる。

考えてもみなされ、権力が自分自身に対して引く境界を踏み越えることのできる者などおるじゃろうか？　窮乏という聖なる道に足を踏み入れた男を負かすことのできる者などおるじゃろうか？

わしが貴殿の前の地面に身を横たえたとき、わしは貴殿の足に止まるよう命令を発する敷居となったのじゃ。その足に一片の権力でもくっついている限りは。

では、貴殿にふさわしいものを受け取りなされ。人間たちの肉体、その者たちの小屋と町、その者たちの衣装を飾る金銀、世界中の計り知れない富をな。

これらすべてが貴殿の手に与えられたのじゃ。

およそ人間が所有するものはみな貴殿のもとに転がり込んだ。じゃが貴殿が置き去りにするものは、もはや誰のものでもないのじゃ。

わしはこの丘にすわって、誰かがわしを見出すのを待つことにする。

わしはこの大地の最も強き者に身を投げ出し、己自身を消し去ったのじゃから。

かくしてわしは種として播かれ、自分が実を結ぶのを待っておる。

かくしてわしは目の見えぬままに、一つの手が両目の上に置かれるのを待っておるのじゃ。

黒人　じゃあ、おれ、おまえの国民、おまえの国、おまえの富、おまえの息子、おまえの娘でおれの女いっしょに行く。

ぜんぶ腹に呑み込んで、腹に入れてぜんぶ運んでく、なんでもかんでも。

ぜんぶぐちゃぐちゃにして、ぜんぶ積み重ねて、ぜんぶ下に押し込んで、ぜんぶねじまげて、ぜんぶ殺して、残してく。

ネズミ、ハツカネズミ、南京虫、芋虫、ウジでいっぱいの国の真ん中、廃墟の宇宙の中、おまえなんにも持ってないで丘の上すわってる。

おまえ、おれのブーツの土のかたまり、
おれのおなら、おれ鼻かむとき投げ捨てる塵。

鳥、足くちばしにくわえ、おまえの上ざわめき、笑う。

月、おまえの顔照らし、笑う。

太陽、おまえの冠に火花散らし、笑う。

神様、金の星の上すわり、笑う。大将軍、白目むき、笑う。

ぜんぶ笑う。

ヴァレンシュタイン手を叩く。ヴァレンシュタイン自分の馬合図する。ヴァレンシュタイン兵隊と、奴隷と、死刑執行人と、太った大臣一緒に馬またがっていく。

ヴァレンシュタイン夕立みたいに姿消し、地震みたいに静かになる。海の波みたいに引いて、意地悪な口笛みたいに何もないとこへ消えてく。

ルキアヌス　フリートラントの大公様がお発ちになります。

黒人（立ち去りながら）　壊れた！

俳優　かくして皇帝の最高司令官殿は、破壊されたお国の計り知れぬ深みの中へと姿を消していきます。

（沈黙）

大公　わしのもとを立ち去るのじゃ、忠実なる者たちよ。

俳優　われらはみな大公様のもとを退去させていただきます。

（全員が外に出る）

（大公。ズッペ。あとでネグロ・ダ・ポンテ）

（舞台は暗くなる。大公だけに照明が当たっている。下手からズッペがやってくる）

ズッペ　大公様！

大公　呼んでいるのは誰じゃ？

ズッペ　文学が大公様に声をおかけしております！

明晰さのみが
真実を、
無の崇高を、
詩の美を秘めているのだ！
最終合唱歌、最終詩節、生まれ出ざる子どもが死に、妻が死に、ネストールが死に、すべての者が死んだのです。この悲劇は終わったのです。

大公　わしの命に従って、すべての者がわしのもとを立ち去った。そなたも去るがよかろう。
ズッペ　大公様、私はあるものを持ってまいりました。
大公　詩人よ、わしに何を持ってくることができるというのじゃ？
ズッペ　真実でございます。
大公　詩人よ、真実より偉大なものなど何もないのじゃぞ。
ズッペ　真実はすべての上に位置するものですから。
大公　詩人よ、そなたは他の人間よりも豊かだということになる。そなたが真実を手にしておるのなららな。
ズッペ　私は真実を手にしております。見ることができますから。
大公　そなたは真実を手にしておるからこそ、見ることができるのじゃ。
ズッペ　逆でございます、大公様。見ることができるからこそ、私は真実を手にしておるのです。大公様にすべてを、真実のすべてをお話しさせてください。
（背景からネグロ・ダ・ポンテが、ズッペに見つからないように、姿を見せている。剣を抜き宮廷詩人の背後に立つ）
大公　寄れ、見ることのできる者よ。わしの前、目の見えぬ者の前にひざまずくがよい。
（ズッペは大公の前にひざまずく）

大公　わしは今、両手をそなたの両肩に置く。

わしはそなたの前にすわっており、そなたの両目は光を失ったわしの顔を見つめておる。

わしたちのまわりは夜の静けさと暗闇の孤独に支配されておる。

わしたちは二人きりじゃ。

そなたは、人間が作り出した真実をわしにもたらすためにやってきた。

毒の盃《さかずき》を盲人の唇に当てるためにやってきたのじゃ。

そなたは、わしに真実を示し、そうすることで絶望を与えようとしておる。

というのも、すべての人間を信じるわけにはいかないということになると、盲人にはすべてのことを疑うよりほかなくなってしまうからじゃ。

かくしてそなたは、わしの盲目の世界に夜の闇を、無限の夜の闇をさし出すことになるのじゃ。

世間知らずの詩人よ。そなたの肉体を両腕に抱きながら聞かせてもらってもよいか。そなたがもたらしてくれる真実とは何なのじゃ？

それは水よりも蒸発しやすく、風よりも移ろいやすく、酔っぱらいの歌よりも中身がないものじゃろう。

どうして、そなたがやってきた世界のことをわしに気にかけて欲しいと思ったりするのじゃ？

二つの目を持っているからというて、光に照らされた世界のことがわかっているなどと、どうして信じることができるのじゃ？

愚か者よ、見ることができるのは盲人だけなのじゃ。

わしの両手は、祈るがごとくにそなたの首を抱きかかえている。

そなたは後ろにくずおれていく。そなたの肉体は、命を失って倒れていく。

そなたはわしに、見える者の真実をもたらそうとして、見えぬ者の真実を手にしたのじゃ。

かくしてわしは、そなたに背を向け、立ち去っていく。

いまここに、人を殺すことのないただ一つの真実、人間の手が生み出したのではないただ一つ真実を受け取るのじゃ。

おお、わしの導きとなる信ずる心よ。

おお、終末へと向かっていく道よ。

おお、聖なる盲目よ、わしが渡っていく水よ、わしが歩んでいく海よ。


（手探りをしながら、後方に歩いていく）

（ネグロ・ダ・ポンテ。俳優）

俳優　閣下の前にあるのは何です？
ネグロ・ダ・ポンテ　哀れな詩人だ。
俳優（遺体を調べて）　閣下がこやつを絞め殺されたのですか？
ネグロ・ダ・ポンテ　あの盲人がこやつを絞め殺したのだ。
俳優（いぶかしんだ様子で）　何のためにです？
ネグロ・ダ・ポンテ　わが友よ、真実を聞かずに済むようにだ。だがそんなことをしても何の役にも立ちはしない。やつは真実から逃れることはできないのだ。
俳優　どうしてです？　やつはそれを見ることもできないし、聞こうともしないのですよ。われらの演技に非の打ち所がありませんが、結末にたどり着きそうにないではありませんか。

ネグロ・ダ・ポンテ　この詩人を悲劇俳優に仕立て上げよ。そうすればあの盲人も真実を感じ取るだろう。

俳優　この惨めな屍体に何を演じさせようというのですか?

ネグロ・ダ・ポンテ　女をだ。

俳優　声を持たない啞の俳優なのですよ。

ネグロ・ダ・ポンテ　おれが考えているのは、もはや声を必要としない啞の女だ。

俳優　閣下がおっしゃっているのは、啞のように凍りついて声を失った女、死んだ者たちの世界では尊敬される地位にある女のことでしょうか?

ネグロ・ダ・ポンテ　そう、墓のように沈黙する術を知っている女だ。

俳優　わが将軍、その女の名はなんというのでしょうか?

ネグロ・ダ・ポンテ　最も美しき名前、そう、オクタヴィアだ。

俳優　この屍体は最高にすばらしい女を演じてくれるでしょう。私はこの女をあなたの軍隊にある最もみすぼらしいマントで覆うことにいたしましょう。

ネグロ・ダ・ポンテ　そうしてから、この息絶えた詩人を息絶えたオクタヴィアとして厳かな葬列に仕立て、あの盲人の前に運んでまいれ。

（俳優は二人の取り巻きに合図をして、ズッペを運び出させる）

俳優　このお芝居にご満足なさることでしょう、閣下。（俳優は上手に退場）

（ネグロ・ダ・ポンテ。オクタヴィア）

（オクタヴィアが上手から登場）

ネグロ・ダ・ポンテ　オクタヴィア、すべてが決せられる今宵、顔を合わすことができてうれしく思うぞ。

オクタヴィア　けれど今宵、私はあなたとお別れいたします。

ネグロ・ダ・ポンテ　どこへ行くつもりなのだ？

オクタヴィア　獣は自分の巣穴を持ち、父上はご自分の神を持ち、兄上は自らの絶望の中へと降りていきます。けれども、私はあなたによって創られた存在です。私はこれからどこへ向かえばいいのでしょう、イタリアの貴族様？

ネグロ・ダ・ポンテ　無限の中に赴くことを覚え、虚空を見据えることを覚えるがよかろう。

オクタヴィア　そこへと赴く道をお教えください。

ネグロ・ダ・ポンテ　それはそなたが耐えねばならぬ苦悩に他ならないのだぞ。

オクタヴィア　イタリアの貴族様、その道の途上であなたは私に何を与えてくださるのでしょうか？

ネグロ・ダ・ポンテ　私は、自分が持っていたものは、みなそなたに与えてしまった。そなたに与えることのできるものはもはや何も持っていない。

オクタヴィア　私はあなたに、盲目の父を、絶望した兄を、破壊された国を、そして一匹の獣に過ぎない私自身を捧げました。あなたはその代わりに何をくださったのです？

ネグロ・ダ・ポンテ　自由を与えた。

オクタヴィア　そう、私は自由になりました。

ネグロ・ダ・ポンテ　おまえを女にした。

オクタヴィア　そう、私は女になりました。

ネグロ・ダ・ポンテ　世界のすばらしさをおまえの手に握らせた。

オクタヴィア　そう、私はあなたがくださったものはすべて自分のものにして、あなたからの贈り物は何一つ拒絶しはしませんでした。

私の両手はこの世の宝物をなで、
私の肉体はこの世の快楽を知りました。私は幾千もの姿に変身し、自分の顔を色とりどりのマスクで覆い、夜の闇を遍歴し、月明かりの中を歩き、太陽からも身を隠したりいたしませんでした。

人生の果実を集めていったのです。

私は思考の領域につながる秘密の扉を開き、
そこへと降りていきました。

あなたは私に苦悩を、そして、それに耐える強き者の誇りをくださいました。

私はあなたに自分の肉体を捧げましたが、愛を捧げたりはいたしませんでした。なぜなら人間のあいだに愛のような移ろい易きものなどあってはならず、孤独こそがあるべきだからです。

私は天に拳を突き上げ、笑いました。

稲妻が私を貫きましたが、私を殺すことはできませんでした。

雷鳴が私の上にとどろきましたが、私の声はそれを嘲ることを止めませんでした。

私は犯罪に犯罪を重ね、大罪に大罪を重ねましたが、何ものも私の美しさを侵すことはできませんでした。

私はあなたのような存在になったのです。そう、あなたの精神の被造物に、あなたの思考をわが身をもって表現する存在になったのです。

虚空の中で消えていくまっすぐな炎、響きを失っていく孤独な叫びになったのです。

私はあなたが示してくださった道を歩いていきます。

無限の中に赴き、虚空を見つめます。

氷の顔を、ガラスの壁を目にします。

心の動きは凍りつき、銀の霜が私の肉体を覆います。

まわりを十重二十重に沈黙の冷気が取り巻きます。

ああ、兄上パラメデス王子、血みどろの屍体となってしまった兄上は、私と父上のあいだに架けられた橋を粉々にしてしまいました。

私は恩寵も、希望も、信じるものもすべてなくしてしまいました！

私は今、途方に暮れ、誰からも見放されてしまいました！

私が兄上の方を向いても、頭《こうべ》を垂れたままなのですね。私が呼んでも、沈黙し、訊ねても、答えてはくださらないのね！

ネグロ・ダ・ポンテ　死者たちは答えたりしないぞ。

オクタヴィア　けれど今ではもう死んだ者たちだけが私に答えをくれるのです。

ネグロ・ダ・ポンテ　答えなどありはしない。

オクタヴィア　ならば私は沈黙いたしましょう。私はあなたにもう一度だけお目にかかるためにやってまいりました。あなたの精神の被造物はあなたに背を向け、去っていくのです。

私はあなたがくださったものを投げ返します。それはもはや、かつて私のものであったにすぎません。つまり、それは一匹の獣の命です。

あなたは私にすべてのものをくださいましたが、私は何ものも手もとにとどめておきはしませんでした。

あなたは人間という存在が所有しうるものすべてを私にさし出してくださいました。けれど、あなたの両手は空っぽでした。

かくして私は帰っていくのです。

父上、兄上、私はお二人のもとを去ってしまいましたが、お二人は私と再び相まみえるでしょう。もはや私のところにいらっしゃることができなくとも、私の方から赴くことにいたします。

お会いしとうございました、兄上!

お会いしとうございました、父上! 私には理解することのできなかった父上、天体の軌道以上に理解不能だった父上。

私は父上の掟を破り、父上の名を呪い、父上を裏切りました。

今、私は父上の掟に従って、呪われていたいと願っています。そうすれば、私の手から滑り落ちるでしょう。引き裂かれた戦いの旗が、憎しみが。

(オクタヴィアは背景の方に行こうとする、そこで手探りする大公が彼女に出くわす、大公は一瞬おぼつかなげに立ち止まる)

(前場の人々。大公。あとでならず者たち。それから俳優)

大公　女子修道院長様。

（オクタヴィアはゆっくりと大公の方に歩み寄り、彼の伸ばした手を握る）

大公　わしの宮殿に導いてくだされ、没落の途方もなき深みへと、永遠に沈黙するわしの廃墟へと。

（オクタヴィアは瓦礫を通り抜けて大公を前景へと導く。大公は城壁の残骸の上に腰を下ろす）

大公　伯爵夫人、感謝しますぞ。

（オクタヴィアはゆっくりと下手に退場する）

ネグロ・ダ・ポンテ　大公様。

大公　ヴァレンシュタイン公の命令どおり、わしは自分の城に戻ってきた。出発したところに到着し、円環は閉じられたのじゃ。

ネグロ・ダ・ポンテ　暗がりの中から月の光の中へとまかりこし、大公様と同じ光の輪の中にてごあいさつ申しあげします。

大公　この帰還の時に、わしに何を持ってまいったのじゃ？

ネグロ・ダ・ポンテ　大公様、御身になお残っているものでございます。お嬢様、大公様の敵に身をおまかせになったオクタヴィア様でございます。
大公　娘をわしのもとに連れてまいれ。父が自らを貶めたように、娘もまた自らを貶めた。わしたちは自らを敵に与え、一つのものとなった。高みにあったとき、わしは娘を失った。今わしは不幸のどん底で娘と再会するのじゃ。
ネグロ・ダ・ポンテ　騎士がお嬢様を大公様の御前《おんまえ》に連れてまいります。
大公　わが国民を、わしの不幸を分かち担う忠実なる者たちを呼び寄せよ。
ネグロ・ダ・ポンテ　すでにまわりを国民たちがとり囲んでおります。

（ならず者たちがなだれ込んでくる）

大公　太守よ、わしはそなたに王国の王冠を委ねた。
ネグロ・ダ・ポンテ　つつがなくお守り申しあげております。
大公　わしを戴冠させるために伯爵夫人においでいただくのじゃ。

（娼婦がみすぼらしい王冠を持ってやってくる）

娼婦　高貴なる大公様、いかがなさいました？
大公　女子修道院長様、あなただけが、わしの頭《こうべ》に王冠をかぶせるのにふさわしいお方じゃ。

（娼婦は大公に冠をかぶせる）

大公　感謝申しあげる。これで愛する娘を両腕に抱く準備はできた。娘をわしの前に連れてまいれ。

（四人のぼろを着た人物が、ぼろぼろのマントにくるまれた屍体を担いで入場。その先頭を俳優が歩く）

俳優　フランスの貴族が大公様にごあいさつ申しあげます。

大公　騎士よ、そなたがオクタヴィアをわしのもとに連れてまいるのか？

俳優　大公様、お嬢様は大公様の前にいらっしゃいます。お嬢様の置かれている境遇にふさわしい着物を身にまとっていらっしゃいます。

（四人は屍体を大公の前に下ろす）

大公　わが娘よ、そなたを待っておった。わしの心はいつもそなたのそばにあったのじゃ。今やっとわしのところやってきたんじゃのう。

俳優　大公様、お嬢様は口をお利きになれません。大公様にごあいさつ申しあげることもできないでしょうし、ご質問なされても、お返事をさし上げることもできないでしょう。大公様がお手をおさしのべになられても、お手をにぎられることもないでしょう。

大公　騎士よ、では、そなたはわしのところに死せる者を運んでまいったのじゃな。

俳優　お嬢様は御自らの手でお亡くなりになりました。かくしてお嬢様は一箇の屍体として大公様の前にまかりこしたのでございます。

大公　そうか。待っておったぞ、死せる娘よ、わしを切り裂く剣、わしが被る傷よ！

わしはそなたを迎え入れる。父がその子を迎え入れるのじゃ。

そなたは、どの道をいけばいいのか、もはやわからなくなったのじゃな。今度はわしがそなたの罪の償いをする番じゃ。

そなたは身まかった。今度はわしがそなたのために生きる番じゃ。

そなたの絶望をわしの祈りの中に収めてやろう。

そなたはわしが背負う荷となったのじゃ。わしが担う罪、わしが受ける罰、わしの身に降りかかる正義、そしてわしを決して見捨てることのない恩寵へと向けられた希望になったのじゃ。

ネグロ・ダ・ポンテ　そなたは自分の国の没落と、自ら裁いた息子の死に耐えた。

そなたの信ずる心がそなたを救ったのだ。

そなたは敵の前にひれ伏した。そなたは娘の骸《むくろ》を領主が贈り物を受け取るかのように受け取っている。

さあ見るがよい。そなたがどうやって私の言葉に耐えようとするのか、どうやって信ずる心でもって私に論駁するのか見るがよい。私の言葉から逃れてみよ。

私は獣のようにそなたに襲いかかる。剣のようにそなたに打ちかかる。

そなたが決して望んでいなかったものを与えてやろう。そなたが一度も見たことのないものを見せてやろう。つまりは真実を。

その真実とそなたの信ずる心と、どちらが正しいか決めるよりほかないようにしてやろう。なぜかというに、そなたを殺すためにやってきた敵に対面させるようにして、そなたに真実を突きつけるのだから。

では、私がそなたに与えるものを受け取るがよい。私がそなたに話すことに耳を傾けるがよい。

オクタヴィアは生きている。
私はそなたの娘を女にした。彼女は毎晩毎夜私の女として生きているのだ。
彼女は、私のような人間であり、私のように落ち着くところなく、私のように永遠であり、
神の面前で口にされた呪いなのだ。
一人の人間にしてそれ以上ではなく、炎にしてそれ以上ではなく、笑い声にしてそれ以上ではなく、
そなたの愛をやくたいもないもののように投げ捨て、そなたをとり囲んでいる私の動物たちのように
にそなたを嘲る存在なのだ。
騎士を演じたこの俳優のように、
そなたに瓦礫のあいだを果てしなく堂々巡りさせたこの貴族のように、
この満腹の歩兵、逃亡の道すがらそなたの兄弟だったこの血まみれで満腹の歩兵のように、
そなたが身を投げ、ひれ伏した私の黒人のように、
そなたに戴冠した私の娼婦のように。
私はしかし、なおそなたに残っているものを見えるようにしてやろう。
盲目の両目を、私がやってきたときの様子に、そして私が去った後の様子に向けてみよ。そなたが
一度として立ち去ることのなかった場所、そなたの夢の中でのみ変容し、今私が口にする言葉が炎
のように照らし出す場所に、盲目の両目を向けてみよ！
見よ、そなたをとり囲むものを。
破壊された柱の散乱、殺害の混乱、血の狂乱、漂う毒の瘴気、もはや死と変わらぬ生のありさまを
見るのだ！
血塗られて粉みじんになるものをこそ己のものとせよ。

そなたのうち砕かれた栄華の上を歩め。

血みどろの城壁に触れよ、倒された柱をだきしめよ。そなたの塔の瓦礫と戯れよ。

これこそが、そなたが私に譲渡し、私がそなたに再び戻してやる王国だったのだ。

そなたの死んだ国民のかわりに私が動員した者たち、暗闇の動物たちにとり囲まれるがよい。

見よ、やつらがこちらに昇ってきた。

やつらはそなたの盲目の顔に唾を吐きかける。そなたを嘲りたくてうずうずしているのだ！

やつらは血塗られたぼろ布で身を覆っている、手足は切り落とされている。

やつらの父たちは吊し首にされ、息子たちが死刑執行人だ。

やつらの母たちは外国の兵隊たちの子供を身ごもり、娘たちは古い一切れのパンのために体を売る。

こいつらがそなたのもとに集う国民なのだ。

今そなたを真ん中にして取り巻んでいる人間たち。憎しみの黒雲。言いようもなく悲惨そのものの群衆。

そなたの頭《こうべ》に戴っている茨の冠。果たされた呪い――

さあ、盲人よ、そなたの前に横たわっているものに手を伸ばすのだ。そなたの前に運ばれてきた屍体をつかみ、
その顔に手をさし入れてみよ！

くたばった男の顔に、死んだあとでもまだ焼酎の臭いのするこの蠟のような肉に、そなたの愚かしさの似姿に、オクタヴィアは生きているというこの証拠に、おまえの信ずる心に対するこの答えに手をさし入れてみよ。それを今そなたの前で披露してやろう！

（彼は屍体のマントを引っ張る。するとオクタヴィアが見える）

ネグロ・ダ・ポンテ　オクタヴィア！

俳優　ご主人様、私たちに演技は必要ありません。宮廷詩人は必要ないのです。オクタヴィア様が私の目の前で自ら命をお絶ちになってしまいましたので。

ネグロ・ダ・ポンテ　そなたの信じたとおりのことがそなたの身に起きた。オクタヴィアは死んだのだ。

大公（落ち着いて）　わしの娘を運び出すのじゃ。娘をこの瓦礫の中に葬り、わしの城で覆い、わしの国の土の中に、忘れられた墓の中に埋めるのじゃ。さすれば娘はわしの沈黙の中で休らい、かくしてわしの愛の中で生きていくじゃろう。

（ならず者たちはオクタヴィアを運び出し、ゆっくりと消える）

（舞台は冒頭と同じようになる）

（大公。ネグロ・ダ・ポンテ）

（ネグロ・ダ・ポンテは上手に出ていこうとする）

大公　わしの前を通り過ぎようというのじゃな？

ネグロ・ダ・ポンテ　この上私に何をお望みなのです？

大公　わしの前を通り過ぎようというのじゃな、そなたは。

ネグロ・ダ・ポンテ　先へまいらせていただきます。
大公　わしはここ、破壊されたわしの城のただ中にすわっておる。
ネグロ・ダ・ポンテ　そのとおりです。
大公　そなたのまわりにはわしの国、荒れ地が拡がっておる。
ネグロ・ダ・ポンテ　私は戦いに戻らなくてはならないのです。
大公　イタリアの貴族よ、わしはそなたを己の太守に据えたのじゃぞ。
ネグロ・ダ・ポンテ　大公様、私はあなた様に死というものを献上したかったのです。
大公　信ずる者は、死を克服するのだ。
ネグロ・ダ・ポンテ　大公様の信ずる心は大公様のご子息とお嬢様を殺してしまいました。
大公　生を持たぬ者は死ぬよりほかない。そして死の中を通り抜けない者が生を持つことはないじゃろう。
ネグロ・ダ・ポンテ　大公様は私にこれ以上何も与えることはおできにならないでしょうし、私も大公様からこれ以上何も奪うことはできません。
大公　われらが所有していたものは奪い取られてしもうた。われらの居場所は破壊され、空虚な平野の上をオオカミたちがさすらい歩いておる。
われらは没落してしまい、国の名前は忘れ去られてしもうた。
人間と神のあいだにあったものはうち砕かれてしもうた。
人間の偉大さが砕かれた破片のようにわれらのまわりに散らばっておる。
そうして、岩をこじ開けるようにして、われらの肉に、われらが歩まねばならぬ道が刻み込まれておる。

かくしてわれらは、自らの取り分を受け取るのじゃ。

かくしてわれらは、己が占めねばならぬ場所へと追い戻されたのじゃ。

かくしてわれらは、神の面前で打ちのめされ、そのようにして神の真実の中で生きていくのじゃ。

ネグロ・ダ・ポンテ　それでも先へまいらせていただきます。死の天使たる私は自分を待ち受けている門へと入っていきます。

私のものとなった国々、私が自分の指のあいだで砂のようにすりつぶした国々の中へと足を踏み入れるのです。

私は自分の動物たちを、もう一度世界のあらゆる場所にばらまくのです。

目の見えぬ者のようにおぼつかない足取りで、大公様のもとを後にさせていただきます。

大公様は私に抵抗なさいませんでした。そうして私に打ち勝たれたのです。

私は抵抗しなかった者のゆえに破滅してしまったです。

では、大公様のもとをおいとまいたします。サタンがヨブのもとを去るように。黒い影のように。

大公　では、神の名においてわしのもとを去るがよい。

（ネグロ・ダ・ポンテはゆっくりと退場する）

ロムルス大帝

四幕からなる史実に基づかない歴史的喜劇

（一九四八／四九年執筆、一九八〇年版）

Romulus der Große

真実からの微小なずれを真実そのものとみなすという、あの偉大な技巧——その上に微分学全体が組み立てられているのだが——は、同時にまた私たちの機知に富んだ思考の基礎でもあって、もし私たちがこのずれを哲学的な厳密さで理解するならば、しばしば全体が倒壊するようなことになってしまうだろう。

リヒテンベルク

登場人物

ロムルス・アウグストゥス	西ローマ皇帝
ユーリア㈠	その妻
レア	その娘
イサウリアのゼノ	東ローマ皇帝
エミリアン	ローマ貴族
マーレス	国防大臣
トゥリウス・ロトゥンドゥス	内務大臣
スプリウス・ティトゥス・マンマ	騎兵隊長
アキレス	近侍
ピュラムス	近侍
アポリヨン	美術商
カエサル・ルップ㈢	実業家
フュラックス	俳優
オドアケル	ゲルマンの大将
テオドリック	その甥
フォスフォリドス	侍従

スルフリデス　侍従
一人のコック、使用人たち、ゲルマン人たち

時　西暦四七六年三月一五日の朝から一六日の朝にかけて
場所　カンパーニアにあるロムルス皇帝の別荘

第一幕

（四七六年のこと、三月のある日の早朝、騎兵隊長スプリウス・ティトゥス・マンマが息も絶え絶えの馬に乗り、皇帝陛下が冬も使っているカンパーニアの夏の別荘にやって来る。彼は馬から跳び降りる。泥だらけで疲れており、左腕には血のついた包帯を巻いている。おぼつかない足取りで歩き、鳴きたてる無数の鶏の群れを追い払いながら、急いで別荘の中を歩き回るが、誰も見つからない。最後に皇帝の執務室に足を踏み入れる。初めのうちはこの部屋にも人気がなく、がらんとしているように思われる。半分壊れたぐらぐらする椅子がいくつか置いてあるだけだ。壁には、ローマ史を飾る政治家や思想家、詩人たちの威厳ある胸像が掛けてある。どの胸像もいくぶんまじめすぎる顔をしている……）

スプリウス・ティトゥス・マンマ　おーい、おーい。

（誰も答えない。しかし、騎兵隊長はようやく舞台奥中央にある扉の両脇に、非常に高齢の近侍が二人いるのに気づく。二人は白髪で、彫像のように身じろぎもしないで立っている。ピュラムスとアキレスである。彼らはもう長年、歴代皇帝に仕えている。騎兵隊長は怪訝な様子で彼らをじっと見つめ、その威厳ある姿に釘づけになっている）

スプリウス・ティトゥス・マンマ　おーい。

ピュラムス　静かに、お若いの。
アキレス　どちら様かな。
スプリウス・ティトゥス・マンマ　スプリウス・ティトゥス・マンマ、騎兵隊長だ。
ピュラムス　どういうご用件で。
スプリウス・ティトゥス・マンマ　皇帝に話がある。
アキレス　アポイントメントは？
スプリウス・ティトゥス・マンマ　そんな格式ばったことをしている暇などあるものか。私はパヴィアから悪い知らせを伝えに来たのだ。

（二人の召使はもの思わしげに顔を見合わせる）

ピュラムス　パヴィアからの悪い知らせじゃと。
アキレス（首を振る）　パヴィアのようなどうでもいい町から届く知らせが、いいも悪いもあるまい。
スプリウス・ティトゥス・マンマ　世界帝国ローマが崩壊するのだ！

（二人が落ち着いているので、彼は仰天する）

ピュラムス　まさか。

（アキレスはもう一度首を振る）

アキレス　ローマ帝国のように大きな企業は、完全に崩壊することなどあり得ぬわ。

スプリウス・ティトゥス・マンマ　ゲルマン人がやって来るのだ！

アキレス　ゲルマン人ならもう五〇〇年前から来ておるぞ、スプリウス・ティトゥス・マンマ殿。

（騎兵隊長は近侍のアキレスの胸ぐらをつかんでゆすると、彼は朽ちた柱のように揺れる）

スプリウス・ティトゥス・マンマ　皇帝にお目にかかるのが私の愛国者としての務めだ！　今すぐに！

アキレス　そんな礼儀知らずな愛国心は、ここでは願い下げですぞ。

スプリウス・ティトゥス・マンマ　なんと！

（彼は意気沮喪してアキレスを放し、今度はピュラムスになだめられる）

ピュラムス　助言してしんぜよう、お若いの。侍従長のところへ行って、参内者リストに名前を登録してから、内務大臣のところで、宮廷に大事な知らせを伝えてもよいという許可をもらうのじゃ。運がよければ二、三日のうちに皇帝にじきじきにお目にかかって知らせをお伝えすることができるかもしれませんぞ。

（騎兵隊長はもうどうすればいいのかわからなくなる）

スプリウス・ティトゥス・マンマ　侍従長のところへ行けだって！

ピュラムス　そこの角を右に曲がって、左手にある三つ目の扉じゃ。

スプリウス・ティトゥス・マンマ　それから内務大臣！

ピュラムス　それは右手にある七つ目の扉。

スプリウス・ティトゥス・マンマ（呆然としたまま）　そうすれば二、三日のうちに私が持ってきた悪い知らせが伝えられるだと。

アキレス　二、三週間のうちじゃ。

スプリウス・ティトゥス・マンマ　不幸なローマ！　二人の近侍のせいで滅びることになろうとは！

（彼は絶望して下手に走り去る。二人の近侍はまた石像のような姿勢に戻る）

アキレス　ショックじゃが、長年重んじられてきた礼節が時とともに失われていくことを認めねばなるまいの。

ピュラムス　わしらの価値観がわからんような者が、ローマの墓穴を掘るのじゃ。

（二人の近侍が立っている扉を通って、皇帝ロムルス・アウグストゥスが現れる。緋色のトーガをまとい、頭には黄金の月桂冠を戴いている。皇帝陛下は五〇歳過ぎの、物静かな、くつろいだ感じのする人物で、鬱屈したところがない）

ピュラムスとアキレス　おはようございます、陛下。
ロムルス　おはよう。今日は三月の一五日(三)だったかな。
アキレス　さようでございます、陛下。三月の一五日でございます。
（アキレスはおじぎをする）
ロムルス　歴史的な日付だな。わが国ではこの日に官僚や役人に給料を払うと法律で決まっている。皇帝の暗殺を避けようとする古い迷信だ。財務大臣を呼びなさい。
（アキレスが皇帝に耳打ちする）
ロムルス　逃げた？
ピュラムス　国の金庫を持って行きました、陛下。
ロムルス　それはまたどうしてだ、中には何にも入っていないのに。
アキレス　大臣はこのようなやり方で国の財政全体が破綻していることを隠そうとしたのでございましょう。
ロムルス　賢い男だ。大きなスキャンダルを隠蔽するには、小さなスキャンダルを演出するにかぎるというわけだ。大臣には「祖国の救済者」という称号を与えよう。彼は今どこにいるのか。
アキレス　シラクサのワイン輸出会社で支配人をすることになっております。
ロムルス　あの忠実なる公務員は、国務では損失を出したが、民営企業では利益を上げることができるよう、祈ってやることにしよう。ほら。

（ロムルスは頭から月桂冠を取り、葉を二枚折り取って、一枚ずつ二人の近侍に渡す）

ロムルス　二人ともその月桂樹の黄金の葉をセステルツィウス銀貨に換えなさい。ただし借金を差し引いた残金は私に返すように。そこからまだ料理人に支払わなければならないのでな。あれは私の帝国で最も重要な人物なのだから。

ピュラムスとアキレス　かしこまりました、陛下。

ロムルス　私が即位したときには、皇帝の力の象徴たるこの黄金の冠には葉が三六枚あったのに、今ではたったの五枚しか残っていない。

（ロムルスは憂わしげに月桂冠を眺めて、またそれを頭にかぶる）

ロムルス　朝ご飯[四]にしよう。

ピュラムス　朝食でございますね。

ロムルス　朝ご飯だ。わが宮廷で何が正統なラテン語かは私が決める。

（老人ピュラムスは朝ご飯が載った小さなテーブルを運んでくる。まずハムとパン、アスパラガス酒[五]、お椀に一杯のミルク、卵立てに入った卵が一個というメニューである。アキレスが椅子を一脚、こちらへ運んで来る。皇帝はすわって卵のてっぺんをスプーンでたたく）

ロムルス　アウグストゥスはまったく産まなかったのか。
ピュラムス　はい、陛下。
ロムルス　ティベリウスは？
ピュラムス　ユリウス家はぜんぜんだめでございます。
ロムルス　フラヴィウス家は？
ピュラムス　ドミティアヌスが産みました。けれども陛下はこの者の卵は断固として食べないとおっしゃいますので。
ロムルス　ドミティアヌスは悪い皇帝だった。あれは好きなだけ卵を産むがよい。私は食わぬぞ。
ピュラムス　かしこまりました、陛下。

（陛下は卵をスプーンですくって食べる）

ロムルス　この卵は誰が産んだのか。
ピュラムス　いつものように、マルクス・アウレリウスのものでございます。
ロムルス　よい雌鶏だ。他の皇帝とは比べ物にならない。誰か他に卵を産んだ者はいるか。
ピュラムス　オドアケルでございます。

（ピュラムスはいくらか困った様子を見せる）

ロムルス　おやまあ。
ピュラムス　二個産みました。
ロムルス　そりゃすごい。それで、ゲルマンの大将を倒すべきわが軍の将軍オレステスはどうか。
ピュラムス　ぜんぜん産みません。
ロムルス　ぜんぜん産まない。あの者からはいつも大した成果が得られないな。今晩栗を詰めた姿で食卓に上っているのを見たいものだ。
ピュラムス　かしこまりました、陛下。

（陛下はハムとパンを食べる）

ロムルス　私の名前をもった雌鶏については報告することはないのか。
ピュラムス　あの雌鶏は私どもが所有しております鳥のうちで最も気高く才能のあるものでございまして、ローマ養鶏術の産んだ最高傑作でございます。
ロムルス　その気高い鳥は産んだのか。

（ピュラムスは助けを求めてアキレスを見る）

アキレス　あと一息でございます、陛下。
ロムルス　あと一息だと？　それはどういう意味だ。鶏は産むか産まぬかのどちらかだぞ。
アキレス　まだでございます、陛下。

（陛下は手振りで決意を表す）

ロムルス　まったく産んでいない。役に立たない者はフライパンの中で役に立ってもらおう。料理人に、私とオレステスと、それからカラカラ（六）も料理するように言いつけなさい。

ピュラムス　カラカラはもう一昨日、フィリップス・アラブスとともにアスパラガスに添えてお召し上がりになりましたが、陛下。

ロムルス　それでは私の前任者のユリウス・ネポスを使えと伝えよ。彼も何の役にも立たなかったからな。それから今後は朝の食卓には雌鶏オドアケルの卵を載せるように。私はあれがとても気に入っておるのだ。あれは驚くべき才能をもっているに違いない。どうせゲルマン人が来るものなら、彼らのよいところを見習わなければいけない。

（下手から内務大臣トゥリウス・ロトゥンドゥスが真っ青になって駆け込んで来る）

トゥリウス・ロトゥンドゥス　陛下！

ロムルス　何事かな、トゥリウス・ロトゥンドゥスよ。

トゥリウス・ロトゥンドゥス　恐ろしいことでございます！　身の毛もよだつようなことでございます！

ロムルス　内務大臣よ、わかっておる。私はもう二年もおまえに給料を支払っていない。今日は払おうと思っていたのに、財務大臣が金庫を持ち逃げしてしまったのだ。

トゥリウス・ロトゥンドゥス　戦局はあまりにも深刻で、誰もお金のことを考える余裕などございません、陛下。

（陛下はミルクを飲む）

ロムルス　それはまた運がよかった。
トゥリウス・ロトゥンドゥス　騎兵隊長スプリウス・ティトゥス・マンマが二昼夜も馬を走らせ、陛下にパヴィアからの悪い知らせを持って参りました。
ロムルス　二昼夜だと？　それはすごい。スポーツマンとしての功績により、その者を騎士に昇格させよ。
トゥリウス・ロトゥンドゥス　騎士スプリウス・ティトゥス・マンマをすぐに陛下の御前に連れて参ります。
ロムルス　その者は疲れてはおらんのか、内務大臣。
トゥリウス・ロトゥンドゥス　肉体的にも精神的にも倒れる寸前でございます。
ロムルス　それでは彼をこの屋敷の一番静かな客間に連れて行きなさい、トゥリウス・ロトゥンドゥスよ。いくらスポーツマンでも寝なければ。

（内務大臣はびっくりする）

トゥリウス・ロトゥンドゥス　でもその悪い知らせはお聞きにならないのですか、陛下。

ロムルス　そのとおり。最悪の知らせも、よく休み、入浴して髭を剃ったばかりで、しっかり腹ごしらえもした人の口から聞けば、少しは快く響くというものだ。彼には明日来てもらおう。

（内務大臣はあっけにとられる）

トゥリウス・ロトゥンドゥス　陛下！　世界をひっくり返すような知らせですぞ！
ロムルス　知らせが世界をひっくり返すようなことはない。世界をひっくり返すのは事実そのものだが、知らせが届く頃にはもう起こってしまった後だから、もはやそれを私たちが変えることはできないのだ。知らせは世界を騒がせるが、だからこそそれを遠ざけておくべきなのだ。

（トゥリウス・ロトゥンドゥスは困惑した様子でお辞儀をして、下手から去る。ピュラムスはロムルスの前に大きなローストビーフを置く）

アキレス　美術商アポリヨンでございます。

（美術商アポリヨンが下手からやって来る。優雅で、ギリシア風の服装をしている。お辞儀をする）

アポリヨン　陛下。
ロムルス　三週間も待っておったぞ、美術商アポリヨンよ。
アポリヨン　申し訳ございません、陛下。アレクサンドリアのオークションに行っていたものですから。

ロムルス　ローマ帝国の破産よりもアレクサンドリアの競売の方が大事だと言うのか。
アポリヨン　ビジネスですから、陛下、ビジネスです。
ロムルス　だからどうしたと言うのだ。私がおまえに売った胸像では満足できなかったのか。特にキケロは貴重な作品だぞ。
アポリヨン　あれは特殊なケースです、陛下。石膏でコピーを五〇〇個作って、最近ゲルマンの原始林のいたる所に建てられているギムナジウムに送ることができました。
ロムルス　何だと、アポリヨン、ゲルマン人どもは文明に目覚めたのか。
アポリヨン　理性の光をさえぎることはできませんから。ゲルマン人が国を文明化すれば、もはやローマ帝国に侵入することはありますまい。

（陛下はローストビーフを切る）

ロムルス　ゲルマン人がイタリアかガリアに来れば、私たちが彼らを文明化させてやる。けれども彼らがゲルマニアにとどまるなら、彼らは自分で自分を文明化させることになり、恐ろしい結果になるだろう。ところで、残りの胸像を買ってくれる気はあるのか、ないのか。

（美術商はあたりを見回す）

アポリヨン　もう一度じっくり拝見しなければなりますまい。胸像の需要が落ち込んでおりまして。実は今、人気があるのは体格のいいボクサーや豊満な遊女だけでして。それに胸像のなかには様式がどうも怪しいものがあるようでして。

ロムルス　どの胸像にもそれにふさわしい様式があるのだ。アキレス、アポリヨンに梯子を貸してやりなさい。

（アキレスは美術商に小さな梯子を渡す。美術商は梯子に上る。これに続くシーンでは美術商は、胸像を調べるために梯子に上ったり下りたり、梯子を移動させたりする。上手から皇后ユーリア登場）

ユーリア　ロムルス！

ロムルス　何だね、妻よ。

ユーリア　こんなときに朝食をとっているなんて！

（陛下はナイフとフォークを下ろす）

ロムルス　そう言うのならやめるよ、ユーリア。

ユーリア　私、とても心配しているのよ、ロムルス。侍従長のエビウスが知らせてくれたのだけれど、おぞましい知らせが届いたそうね。もちろんエビウスのことはあまり信用していないわ。だって彼はゲルマン人で、もともとはエビ(七)という名前ですもの……

ロムルス　エビウスは五つの国際語、つまりラテン語とギリシア語、ヘブライ語、ゲルマン語、それに中国語を流暢に話せる唯一の人間だ。もっとも、ゲルマン語と中国語は私には同じ言葉のように思えるがな。それはともかく、エビはどんなローマ人もかなわないほど教養があるのだ。

ユーリア　あなたったら本当にゲルマン贔屓なんだから、ロムルス。
ロムルス　まさか。ゲルマン人よりも鶏の方がよっぽど大事だ。
ユーリア　まあ、ロムルス！
ロムルス　ピュラムス、わが妻にも食器とオドアケルの一つ目の卵を持ってきてやってくれ。
ユーリア　私、心臓が弱いのよ。
ロムルス　だからこそすわって食べなさい。

（皇后はため息をつきながらテーブルの下手側にすわる）

ユーリア　そろそろ悪い知らせを私に伝えてくださらない？
ロムルス　私も知らないんだよ。知らせを届けに来た急使が寝ているのでね。
ユーリア　じゃあ起こしなさいよ、ロムルス！
ロムルス　心臓を大事にしないと、妻よ。
ユーリア　私はこの国の母なのよ……
ロムルス　この国の父である私はおそらくローマの最後の皇帝だろう。この点だけでも私は世界史でかなり惨めな位置を占めることになる。いずれにせよ、ろくな退位の仕方はしないだろう。けれどもひとつの名誉だけは奪われたくないのだ。つまり私が他人の眠りを不必要に妨げたなどとは言わせたくないのだ。

（上手から皇女レア登場）

レア　ごきげんよう、お父さま。
ロムルス　ごきげんよう、わが娘よ。
レア　よくお休みになれまして？
ロムルス　皇帝に即位してから、いつもよく眠れているよ。

（レアはテーブルの上手側にすわる）

ロムルス　ピュラムス、姫に食器とオドアケルの二つ目の卵をもって来てくれ。
レア　あら、オドアケルは卵を二つも産んだんですの？
ロムルス　ああいうゲルマン人はいつも卵を産むものなのだよ。ハムを食べるかい？
レア　いいえ。
ロムルス　ローストビーフは？
レア　けっこうよ。
ロムルス　魚は？
レア　それもいりません。
ロムルス　アスパラガス酒は？（額にしわを寄せる）
レア　いりませんわ、お父さま。
ロムルス　俳優のフュラックスに演劇を習うようになってから、食欲がなくなったな。何の勉強をしているのかね？

レア　アンティゴネが死ぬ前に歌う嘆きの歌です。
ロムルス　そんな古い悲しい作品は勉強せずに、喜劇の練習をしなさい。その方が私たちにはよっぽど似合っている。

（皇后は怒る）

ユーリア　ロムルス、お婿さんがもう三年もゲルマン人の捕虜になっているんですよ。そんな娘に喜劇がふさわしくないということは、あなたにもよくおわかりのはずでしょう。
ロムルス　落ち着きなさい、妻よ。私たちのように万策つきてどうしようもなくなった者は、喜劇だけが理解できるのだ。
アキレス　国防大臣マーレスが面会を求めております。緊急の用だそうで。
ロムルス　私が文学について話をするといつも国防大臣が現れるというのは変だな。朝ご飯が済んだら来るように伝えてくれ。
ユーリア　アキレス、皇帝一家が今すぐ喜んでお会いすると国防大臣に伝えなさい。

（アキレスはお辞儀をして下手に去る。皇帝はナプキンで口もとをぬぐう）

ロムルス　おまえはまたひどく好戦的だな、愛する妻よ。

（国防大臣が下手から登場し、お辞儀する）

マーレス　陛下。
ロムルス　今日は宮廷付きの役人がみんな不思議と青い顔をしてやって来るな。内務大臣もそうだったが。マーレス、何の用事かね。
マーレス　ゲルマン人との戦争のなりゆきに責任を負う大臣として、私は陛下に騎兵隊長スプリウス・ティトゥス・マンマに即刻会ってくださるよう、お願いいたします。
ロムルス　あのスポーツマンはまだ寝ていないのか？
マーレス　皇帝が困難に直面しているのを知りながら眠ることは兵士にとっては不名誉なことですから。
ロムルス　将校たちの責任感がだんだんわずらわしく思えてきたよ。

（皇后が立ち上がる）

ユーリア　ロムルス！
ロムルス　何だね、最愛のユーリア。
ユーリア　すぐにそのスプリウス・ティトゥス・マンマに会いなさい。

（ピュラムスは皇帝に何か耳打ちする）

ロムルス　妻よ、それはまったく必要ないことだ。ピュラムスがたった今伝えてくれたところでは、オドアケルが三つ目の卵を産んだということだ。

ユーリア　ロムルス、帝国が存亡の危機にあり、兵士たちが犠牲になっているというのに、あなたがしゃべることといったら鶏のことばかり！

ロムルス　ガチョウがカピトリウムを救ってからというもの[八]、それはまったく正当なことなのだ。もはやスプリウス・ティトゥス・マンマには用はない。ゲルマンの大将オドアケルがパヴィアを占領したのだ。同じ名前の鶏が三つ卵を産んだのだから。これくらいの符合はまだ自然界には存在するのだよ、さもなければ世界には秩序などまるで存在しないことになる。

（一同驚愕する）

レア　お父さま！

ユーリア　まさかそんなこと！

マーレス　残念ながら本当でございます、陛下。パヴィアは陥落しました。ローマはその歴史の中で最も手痛い敗北を被ったのでございます。騎兵隊長は将軍オレステスの最後の言葉を伝えに参りました。将軍は彼の率いる全軍ともどもゲルマンの捕虜になってしまったのです。

ロムルス　将軍たちがゲルマン人の捕虜になる前に発する最後の言葉ならもうわかっている。われわれの体の中に血が流れているうちは決して降伏しない[九]、というやつだ。そんなことくらい誰でも言うからな。国防大臣、騎兵隊長にもういい加減に寝るように伝えなさい。

（マーレスは黙ってお辞儀をし、下手から去る）

ユーリア　あなた、何かしなければ、ロムルス、すぐに何かしなければ。さもないと私たちは負けてしまうわよ！

ロムルス　今日の午後にでも兵隊向けの公布を書くとしよう。

ユーリア　あなたの部隊は最後の一人に至るまでゲルマン人の側に寝返ってしまいました。

ロムルス　それならマーレスを帝国元帥（一〇）に任命しよう。

ユーリア　マーレスはまぬけだわ。

ロムルス　それはそうだ。だが今どき頭のある人間なら誰もローマ帝国の国防大臣になろうなどとは思わないよ。広報に私の健康状態が良いことを正式発表させよう。

ユーリア　そんなことしても何にもならないわ！

ロムルス　妻よ、私に国を治める以上のことを求めても無駄だよ。

（アポリヨンが梯子から下りてきて皇帝に近寄り、胸像を一つ見せる）

アポリヨン　このオヴィディウスに金貨三枚お支払いしましょう、陛下。

ロムルス　四枚だ。オヴィディウスは偉大な詩人だから。

ユーリア　これはいったいどういう人ですの、ロムルス。

ロムルス　シラクサの美術商アポリヨンだ。胸像をこの男に売ろうと思っているのだ。

ユーリア　ローマの偉大な過去を飾る詩人や思想家や政治家を投げ売りするなんて、とんでもない！

ロムルス　店じまい売りつくしセールなんだよ。

ユーリア　この胸像があなたのお父さまのヴァレンティアヌス帝が残してくださった唯一の遺産だということを、よく考えてごらんなさいな。
ロムルス　おまえがまだいてくれるじゃないか、愛する妻よ。
レア　こんなこと、私にはもう我慢できないわ！（立ち上がる）
ユーリア　レア！
レア　アンティゴネの勉強に行きます。（上手から退場する）
ユーリア　ほらごらんなさい、娘だってあなたのことがもう理解できなくなっているじゃありませんか！
ロムルス　演劇のレッスンのせいだよ。
アポリヨン　金貨三枚とセステルツィウス銀貨六枚。これ以上は譲れません、陛下。
ロムルス　あといくつか胸像を持って行け、値段は後でまとめて決めよう。

（アポリヨンはもう一度梯子に上る。下手から内務大臣が駆け込んで来る）

トゥリウス・ロトゥンドゥス　陛下！
ロムルス　また何だね、トゥリウス・ロトゥンドゥス。
トゥリウス・ロトゥンドゥス　東ローマ帝国皇帝イサウリアのゼノ殿が庇護を求めておいでです。
ロムルス　イサウリアのゼノが？　あれもコンスタンチノープルでは安全ではないというのか？
トゥリウス・ロトゥンドゥス　世界中の誰ももはや安全ではございません。
ロムルス　彼は今どこにいる？

トゥリウス・ロトゥンドゥス　控えの間です。

ロムルス　侍従のスルフリデスとフォスフォリドスも一緒か？

トゥリウス・ロトゥンドゥス　彼らだけがゼノ殿と一緒に逃亡できたのです。

ロムルス　スルフリデスとフォスフォリドスが外で待っているのなら、ゼノに入ってもらってよい。

ビザンティウムの侍従は堅苦しくてどうも苦手だ。

トゥリウス・ロトゥンドゥス　かしこまりました、陛下。


（下手からイサウリアのゼノ皇帝が駆け込んで来る。西ローマ皇帝ロムルスに比べてずっと立派で優雅な身なりをしている）

ゼノ　ごきげんよろしゅう、高貴なる皇室の兄弟よ！
ロムルス　ごきげんよう。
ゼノ　ごきげんよろしゅう、高貴なる皇室の姉妹よ！
ユーリア　ごきげんよろしゅう、高貴なる皇室の兄弟！

（抱擁しあう）

ゼノ（身を投げ出して、庇護を求める東ローマ皇帝の姿勢をとりながら）救いを我に――
ロムルス　詩句を引用するのはご免こうむるよ、きっと長たらしいに違いないからね、ゼノ。皇帝が庇護を求めるときにはそうしろとビザンティウムの典礼が定めているのだろうがね。

ゼノ　侍従を欺きたくないんだ。
ロムルス　奴らは中には入れないよ。
ゼノ　わかった。それじゃあ今日は例外だ。決められた文句を暗唱しないことにしておこう。くたくたなんだ。何しろ、コンスタンチノープルを出てからというもの、「救いを我に」の長たらしい詩句を毎日三度くらいは、いろいろな政治家の前で披露しなければならなかったんだから。もう声が出ないよ。
ロムルス　すわれよ。
ゼノ　ありがとう。

（彼はほっとしてテーブルにつくが、その瞬間彼の二人の侍従が駆け込んで来る。二人ともいかめしい黒い服装をしている）

二人　陛下！
ゼノ　なんてこった！　やっぱり侍従が来やがった！
スルフリデス　嘆願の詩を、陛下。
ゼノ　もう披露ずみだよ、スルフリデスにフォスフォリドス。
スルフリデス　そんなはずはございません、陛下。陛下の誇りはどこにいったのです。陛下は逃亡中の私人ではなく、亡命中の東ローマ皇帝なのですぞ。そのような立場にある方として、陛下は喜んでビザンティウムの宮廷儀礼に従う義務があります。まだどうもおわかりになっていないようですね。それではお願いしましょうか。

ゼノ　どうしてもと言うのなら。
フォスフォリドス　どうしてもです、陛下。ビザンティウムの宮廷儀礼は世界秩序のたとえであるのみならず、世界秩序そのものでもあるのです。そのことはもうご存知のはず。さあ、始めてください、陛下。侍従にこれ以上恥をかかせないでください。
ゼノ　やるよ。
スルフリデス　三歩下がって、陛下。
フォスフォリドス　悲しみの姿勢です、陛下。
ゼノ
救いを我に、おお宇宙の暗闇の夜に浮かぶ月よ、
救いを求めながら――
スルフリデス　恩寵を求めながら――
ゼノ
恩寵を求めながら我は汝に近づく、それが月であろうと――
フォスフォリドス　太陽であろうと――
ロムルス　マーレス！
（下手からマーレス登場）
マーレス　お呼びでしょうか、陛下。
ロムルス　このビザンティウムの侍従どもを追い出して、鶏小屋へ閉じ込めてしまえ！

マーレス　かしこまりました、陛下。
スルフリデス　異議あり！
フォスフォリドス　厳粛かつ激しく抗議いたします！

（結局彼らはマーレスに扉から押し出されてしまう）

ゼノ　やれありがたや、侍従どもは外に出て行った。
ロムルス　そのためにまだ残っている軍隊の半分を呼び集めたのだぞ。
ゼノ　やつらがそばにいると、決り文句や規則のごった煮の中に埋もれて、身動きがとれなくなってしまうんだ。私は流儀にかなったやり方で動いたり話したり、飲み食いしたりしなければならない。流儀流儀で我慢できない。でもやつらがいなくなると、私はまたイサウリアの父祖のかつての力が、昔ながらの岩のように堅い信仰が自分の中に湧いてくるのを感じる——君のところの鶏小屋には丈夫な鉄格子がはまっているかね？
ロムルス　大丈夫だよ。ピュラムス、ゼノに食器と卵を一個持って来なさい。
ピュラムス　ドミティアヌスの卵しか残っていませんが。
ロムルス　この際しょうがないだろう。
ゼノ　本当は私たちは七年前からお互いを敵として戦争しあってるんだよな。どちらにもゲルマンの危機が迫っているから、軍隊の大きな衝突が避けられているだけで。（少し決まり悪そうな様子を見せる）
ロムルス　戦争してるだって？　そんなことぜんぜん知らないぞ。

ゼノ　君のダルマチアを取っただろ。
ロムルス　ダルマチアは私のものだったのか？
ゼノ　このあいだの帝国分割で君のものになったじゃないか。
ロムルス　ここだけの話だが、私はもうずいぶん前から世界政治には疎くなっているんだよ。君はどうしてコンスタンチノープルを離れなければならなくなったのかね？
ゼノ　姑のヴェリーナがゲルマン人と手を結び、私を追い出したのだ。
ロムルス　妙な話だな。君こそゲルマン人とはとてもうまくやってたんじゃないか。
ゼノ　ロムルス！（彼は感情を害する）
ロムルス　ビザンティウムの皇位をめぐる情勢は複雑なので、私はそれくらいのことしか知らないのだが。君は自分の息子を皇帝の座から降ろすためにゲルマン人と手を結んだと聞いているがね。
ユーリア　まあ、ロムルスったら！
ゼノ　ゲルマン人は私たちの帝国に氾濫している。堤防は多かれ少なかれもう決壊している。私たちはもう個別に戦うことはできない。悠長にお互いの帝国のあいだでこせこせした嫌疑をかけあっている場合ではないぞ。私たちは今こそ私たちの文化を守らなければならないのだ。
ロムルス　そりゃまたなぜだい、文化は守ることができるようなものなのか？
ユーリア　まあ、ロムルスったら！
（このやりとりのあいだに、美術商は胸像をいくつか持って皇帝の方に近づいて来ている）
アポリヨン　このグラックス兄弟とポンペイウスとスキピオとカトーを合わせて、金貨二枚とセステルッィウス銀貨八枚お支払いしましょう。

ロムルス　金貨三枚だ。

アポリヨン　いいでしょう、ただしマリウスとスラも一緒にいただきます。（もう一度梯子に上る）

ユーリア　ロムルス、あの骨董品屋をすぐに追い出してちょうだい。

ロムルス　そんなことはできないよ、ユーリア。鶏の餌代をまだ支払っていないのだから。

ゼノ　驚いた。世界が炎に包まれているというのに、ここではまだ悪ふざけにかまけている。毎日何千人もの人が死んでいるのに、ここでは相変わらずだらだら暮らしている。鶏の餌が押し寄せるバルバロイ（二）と何の関係があるのだ？

ロムルス　私にだって悩みがあるんだよ。

ゼノ　ここではまだ誰一人として、ゲルマン主義が世界に与える脅威をきちんと認識していないと見える。（神経質そうに指でコツコツとテーブルを叩く）

ユーリア　私もいつもそう言ってるんですの。

ゼノ　ゲルマン人の成功は物質的な理由からでは説明できない。もっと深く考えないといけない。私たちの都市が降伏したり、兵士が寝返ったり、民が私たちのことをもう信じてくれなくなったのは、私たち自身が自分のことを疑っているからだ。私たちは奮起しなければいけないのだ、ロムルスよ、昔の偉人たちのことを思い出そう。カエサルやアウグストゥスやトラヤヌス、コンスタンティヌスのことを思い出してみよう。他に道はない。自分を信じ、世界政治における自分たちの意義を信じることなしには、私たちは敗北してしまうのだ。

ロムルス　よろしい。信じることにしよう。

（沈黙。みな信心深い様子ですわっている）

ゼノ　信じているかね？（少し不安な様子）

ロムルス　岩のように堅く。

ゼノ　昔の偉人のことを？

ロムルス　昔の偉人のことを。

ゼノ　われわれの歴史的使命を？

ロムルス　われわれの歴史的使命を。

ゼノ　で、ユーリア皇后陛下は？

ロムルス　私はいつも信じていましたわ。

（ゼノはほっとする）

ゼノ　すばらしい気分じゃないか。急にこの部屋に前向きな気持ちになるような風が吹いてきたのを感じる！　もういい加減そうならないといけない時でもあったのだが。

（三人とも信心深い様子ですわっている）

ロムルス　それで？

ゼノ　何が言いたい？

ロムルス　私たちは信じている。
ゼノ　それが肝心だ。
ロムルス　これからどうなる?
ゼノ　どうでもいいことだ。
ロムルス　でも、こういう精神状態のときに何かしなくちゃいけないいんじゃないのか。
ゼノ　事は自ずと起こる。私たちはただ、ゲルマン人の「自由と農奴制のために」というスローガンに対抗するアイデアを見つけなければいけない。「奴隷制と正義のために!」というのはどうだろうか。
ロムルス　さあ、どうかな。
ゼノ　「専制賛成、野蛮反対」とか。
ロムルス　それもだめだ。実際的で実現可能な標語がいいよ。たとえば「養鶏と農業のために」とかさ。
ユーリア　まあ、ロムルスったら!

(マーレスが下手から駆け込んで来る。取り乱している)

マーレス　ゲルマン人がローマに向かって進軍しております!

(ゼノとユーリアは驚いて飛び上がる)

ゼノ　アレクサンドリア行きの次の船はいつ出発する?

ロムルス　明日の朝の八時半だ。アレクサンドリアに何の用事だ？
ゼノ　アビシニアの皇帝に庇護を求めるのだ。アレクサンドリアからゲルマン主義に対する不屈の戦いを続けることにする。

（皇后は徐々に落ち着きを取り戻す）

ユーリア　ロムルス、ゲルマン人がローマに向かっているのに、あなたはまだ朝食なんか食べて！

（ロムルスはうやうやしく立ち上がる）

ロムルス　政治家の特権だ。マーレス、おまえを帝国元帥に任命する。
マーレス　おお陛下、私はローマを救ってみせます。（ひざまずいて、剣を振る）
ロムルス　ちょうどいてくれてよかったよ。（再び腰をおろす）
マーレス　われわれを救う手立てはただひとつ、国家総動員でございます。（きっぱりした態度で立ち上がる）
ロムルス　何だ、それはいったい。
マーレス　私がたった今作った言葉でございます。国家総動員というのは国民全員が軍事目的ですべての力を完全に結集するという意味です。
ロムルス　言い方そのものがそもそも気にくわん。
マーレス　国家総動員は敵にまだ占領されていない帝国すべての領地に適用されます。

ゼノ　この男の言うことは正しい。私たちは国家総動員によってのみ救われる。これこそ私たちが求めていたアイデアだ。「全員武装せよ」、これなら誰でもわかるだろう。
ロムルス　戦争は棍棒が発明された時からもうすでに犯罪行為になってしまっているというのに、今また国家総動員などというものを導入すれば、戦争は愚行以外の何ものでもなくなってしまう。帝国元帥、おまえには私の親衛隊のうち五〇人を使わせてやろう。
マーレス　陛下、その五〇人とやらはもうとっくに逃げてしまいました。
ロムルス　それならそれなしで何とかやれ、帝国元帥。
マーレス　陛下！　オドアケルはしっかり武装したゲルマン人を一〇万人も率いているのですぞ。それなのに私には副官一人しかおりません。
ロムルス　偉大な将軍ほど兵は少なくてすむものだ。
マーレス　ローマの将軍がこんなにもひどく侮辱されたことはございません。

（マーレスは敬礼して下手から去る）
（そのあいだにアポリヨンは、真ん中にある一つだけを残して胸像を全部下におろしている）

アポリヨン　このがらくた全部で金貨一〇枚にしましょう。
ロムルス　ローマの偉大な過去にもっと敬意を払った口のきき方をしてほしいものだが、アポリヨンよ。
アポリヨン　がらくたという言葉は、ここにある遺産の骨董品としての価値に対して使われたものでして、歴史に対する評価ではございません。
ロムルス　金貨一〇枚はすぐに払ってくれないと困る。

アポリヨン　いつものようにでございますね、陛下。胸像は一つだけ置いて行きます。ロムルス王の胸像ですが。（彼は金貨一〇枚を払う）

ロムルス　だが、私と同名のこの人は、何と言ってもローマを建国した王だぞ！

アポリヨン　素人の作品です。だからもう脆くなってきているでしょう。

（この間、東ローマ帝国の皇帝はじっとしていられなくなる）

ゼノ　ロムルス、こちらの紳士に私を紹介してくれてもいいんじゃないか。

ロムルス　こちらは東ローマ皇帝、イサウリアのゼノ殿だ、アポリヨンよ。

アポリヨン　これはこれは、陛下！（冷ややかにお辞儀する）

ゼノ　一度パトモス島においでくだされ、アポリヨン。あの島ならまだ私の支配下にある。パトモスに私は珍しいギリシアの骨董をたくさん持っているのだよ。

アポリヨン　仰せのとおりにいたしましょう、陛下。

ゼノ　それで私は明日アレクサンドリアに出発することになっているのだが、少しでいいからちょっと前払いをお願いできないかな――

アポリヨン　申し訳ございません。私は原則として皇室には前払いをしないことにしております。騒然とした時代で、政治体制は不安定、クライアントの興味は古典から離れてゲルマンの工芸品へと移っておりまして、原始人の芸術がもてはやされております。うんざりすることではありますが、趣味の問題ですからどうしようもございません。さて、そろそろおいとまさせていただきとうございますが。

ロムルス　すまないな、アポリヨン、わが帝国の崩壊のまっただなかに付きあわせてしまって。
アポリヨン　とんでもございません、陛下。骨董商は結局のところ、それで生計を立てているのですから。壁際に置いてある胸像は、あとで使用人に取りに来させます。

（アポリヨンはもう一度お辞儀をして、下手に去る。東ローマ帝国の皇帝はもの思わしげに頭を振る）

ゼノ　ロムルス、私にはどうもよくわからないのだが、もう何年も前から誰も私に信用貸しをしてくれないのだよ。私たちの職業はつくづく金に縁がないものだということがよくわかってきた。

（下手から内務大臣トゥリウス・ロトゥンドゥス登場）


トゥリウス・ロトゥンドゥス　陛下！

ロムルス　例のスポーツマンは寝てくれたかね、トゥリウス・ロトゥンドゥス？

トゥリウス・ロトゥンドゥス　スプリウス・ティトゥス・マンマのことではなく、カエサル・ルップのことで参りました。

ロムルス　そのような者は知らんな。

トゥリウス・ロトゥンドゥス　重要人物でございます。陛下に手紙を寄こしました。

ロムルス　皇帝に即位してからというもの、手紙は一通も読んだことがないのでな。いったい何者か？

トゥリウス・ロトゥンドゥス　ズボン工場の社長です。脚にまとう、例のゲルマン風の衣服の製造者です。今ではローマでも流行っていますが。

ロムルス　その男は金持ちかね、内務大臣。
トゥリウス・ロトゥンドゥス　それはもう。
ロムルス　ようやくまともな人間が現れたな。
ユーリア　ロムルス、すぐにお会いになってちょうだい。
ゼノ　その男が私たちを救ってくれるだろうということを、本能的に感じるな。
ロムルス　ズボン工場の社長を通しなさい。

（下手からカエサル・ルップ登場。太った大男で、金のかかった服装をしている。彼はゼノをロムルス皇帝と取り違えて、まっすぐゼノの方へ行く。ゼノは狼狽してロムルスを指差す。カエサル・ルップは手につばの広い古代風の旅行帽を持っている。軽くお辞儀をする）

カエサル・ルップ　ロムルス皇帝。
ロムルス　ようこそ。これはわが妻ユーリア皇后、こちらは東ローマ皇帝、イサウリアのゼノ殿だ。

（カエサル・ルップは軽く会釈する）

ロムルス　どのようなご用件かな、カエサル・ルップ。
カエサル・ルップ　わが一族はもともとはゲルマニアの出ですが、アウグストゥス帝の時代にはもうローマに移住して、紀元一世紀以来、繊維業界ではトップの地位を占めております。（帽子をロムルスに渡す）

ロムルス　それは喜ばしいことですな。（帽子をゼノに渡す。ゼノは啞然として受け取る）
カエサル・ルップ　私はズボン工場の社長として断固としてやっていくつもりです、陛下。
ロムルス　それはそうだろう。
カエサル・ルップ　ローマの保守層がズボンに反対していることは、私にもよくよくわかっておりますが、そのようなことは啓蒙の光がうっすらと射し始める時にはつきものでして。
ロムルス　ズボンが始まるところ、文化は果てる。
カエサル・ルップ　そのような警句は皇帝だからこそ口にできるというものです。曇りない目で現実を見据える男として、私はズボンにこそ未来があると言わせていただきましょう。脚にまとうこの衣服を持たない近代国家は、必ず没落します。ゲルマン人がズボンをはいているということと、ゲルマン人がこのようにも驚くべき進歩を成し遂げたということとのあいだには深いつながりがあるのです。この関連はよくものを考えてみない古臭い政治家にはまったく理解しがたいことでしょうが、ビジネスマンには明々白々。ローマはズボンをはいてこそ、ゲルマン一党の襲撃に対抗する力を得るでしょう。
ロムルス　カエサル・ルップよ、もしも私がそなたのような楽観的な考えをもっていたなら、自分でもこのすばらしい衣服を身につけると思うが。
カエサル・ルップ　私ははっきりと心に誓ったのです、脚にまとうこの衣服なしには人類はだめになってしまうということを、どんなに頭の悪い人間でも悟るようになれば、そのとき初めて自分でもズボンをはこうと。職業上の面子の問題です、陛下。この点は言い逃れするつもりはありません。ズボンが普及するか、さもなくばこのカエサル・ルップが引退するか。
ロムルス　私に提案があるとか。

カエサル・ルップ　陛下、ここに世界企業カエサル・ルップがあり、もう一方にローマ帝国がある。そのことはお認めになりますでしょう。
ロムルス　もちろん。
カエサル・ルップ　感傷に惑わされることなく、冷静に考えてみましょう。私の後ろには数十億という銀貨が控えており、陛下の背後には奈落が口を開けている。
ロムルス　私たちの相違をそれ以上的確に表現することはできまいな。
カエサル・ルップ　最初私は、ローマ帝国をいっそのこと買い取ろうかと考えました。

（皇帝は喜ばしい興奮を抑えきれない）

ロムルス　そのことはまじめに話しあおうではないか、カエサル・ルップ。念のためにそなたに騎士の位を授けよう。アキレス、剣を。
カエサル・ルップ　ありがとうございます、陛下。ですが、私はもうありとあらゆる勲章を買い取っておりますので。それで、冷たい言い方になりますが、私はもうその買収計画をやめにしたのです。ローマ帝国の経済状態はあまりにもひどく、世界企業にとってすら建て直しは高くつくものと思われましたし、そもそもそんなことをして何になるのかもわかりませんから。買い取っても巨大国家を手にしたというだけで、何の得にもなりません。世界企業を取るか、帝国を取るかということになれば、はっきり言って私は世界企業を取ります。儲けになりますから。ロムルス皇帝、私は買収には反対ですが、協力関係を持つことには反対ではないのです。
ロムルス　帝国とそなたの会社との関係とは、どのようなものを想定しているのか。

カエサル・ルップ　純粋に有機的なものです。そもそもビジネスマンとして私は有機的なものだけを信じておりまして。有機的に考えろ、さもなくば破産する、というのが私のモットーなんです。まず私たちはゲルマン人を帝国から締め出さないといけません。

ロムルス　それがかなり難しいことなのだ。

カエサル・ルップ　世界水準の商人には、必要な小金さえ自由にできるのであれば、難しいなどという言葉はありません。オドアケルは私の問い合わせに対してすでに書面で、一千万出せばイタリアから撤退すると回答しております。

ロムルス　オドアケルが?

カエサル・ルップ　あのゲルマンの将軍が、です。

ロムルス　変だな。彼こそ買収できない男だと思っておったが。

カエサル・ルップ　今や金で買えないものなどございません、陛下。

ロムルス　それでこの援助に対するお返しに何を望んでいるのかね、カエサル・ルップよ。

カエサル・ルップ　もし私がその一千万をオドアケルに支払い、さらにほんの数百万を帝国に投資して、帝国全体がぎりぎりのところで水没しないですむようにするならば——どんな健全な国家だってその程度のものですから——私はそれと引き換えに、ズボンの着用を義務として布告していただくことのほか、レアお嬢様を私の妻にしてくださることをお願いいたします。というのも、私たちの協力関係はこのようなやり方でのみ、有機的に支えられるというのは、明々白々なことですから。

ロムルス　私の娘は没落貴族と婚約しておる。もっともその婚約者は三年前からゲルマン人の捕虜になっているのだが。

カエサル・ルップ　陛下、ご覧のように私は冷静沈着な人間です。ローマ帝国は経験豊かな会社と固い絆で結ばれることによってのみ救われるということ、さもなければローマのすぐそばで様子をうかがっているゲルマン人が、足音高く大股で突入してくるだろうということは、陛下も眉ひとつ動かさず、冷静にお認めになるほかはありますまい。今日の午後にはご返事をください。もしお断りになるのであれば、私はオドアケルの娘と結婚します。ルップ社も後継ぎのことを考えなければなりませんので。私は今が男盛りですが、これまで厳しい仕事に追われる毎日でした。これに比べればあなた方の戦いは上品なものです。私は今までいとしい妻の腕の中に幸福を求める時間がありませんでした。どちらの女性を選ぶかは容易なことではありません。政治的に見れば、ためらいもなくゲルマンの娘を選ぶのが自然でしょうが、その一方で私を移民として受け入れてくれた国に対する感謝の念が私を突き動かして陛下にこのような提案をさせているのです。ルップ社が歴史の裁きを受けるようになったときに、不公平のそしりを受けたくはありませんから。

（彼は軽くお辞儀して、ゼノの手から帽子をひったくり、下手へ退場する。残された三人はあっけにとられて、食卓についたまま黙っている）

ユーリア　ロムルス、すぐにレアと話をしてちょうだい。

ロムルス　レアと何の話をするのかね、妻よ。

ユーリア　あのカエサル・ルップとすぐに結婚するようにと言ってちょうだい！

ロムルス　ローマ帝国ならすぐに一握りの銀貨と引き換えに売り飛ばすが、自分の娘を売り飛ばすようなことは思いもよらないね。

ユーリア　レアならすすんで帝国のために犠牲になるでしょう。

ロムルス　私たちはもう何世紀ものあいだ、国家のために多くのものを犠牲にしたのだから、今度は国家が私たちのために犠牲になってくれてもいい頃だ。
ユーリア　ロムルス！
ゼノ　もしお嬢さんが結婚しなければ、世界が破滅するぞ。
ロムルス　破滅するのは私たちだ。世界か私たちかは大きな違いだ。
ゼノ　私たちが世界だ。
ロムルス　私たちは田舎者だ。私たちには理解できない世界は、もう私たちの手には負えなくなっている。
ゼノ　君のような人間は、ローマの皇帝であってはならない！

（彼はこぶしでテーブルをたたき、上手へ退場する。下手から太鼓腹の使用人が五人登場する）

使用人１　胸像を取りに参りました。
ロムルス　どうぞ。胸像は壁際に並んでいるよ。
使用人１　全部皇帝だからな。落とすなよ。どれもとても壊れやすいからな。

（部屋は胸像を運び出す使用人でいっぱいになる）

ユーリア　ロムルス。私は国の母ユーリアと呼ばれています。そして私はこの称号を誇りに思っています。今、私は国の母としてあなたとお話しします。あなたは一日中朝食の席についていて、鶏のことにしか興味をお示しにならない。急使にはお会いにならないし、国家総動員には反対なさる。敵に向かって行こうとはなさらず、私たちを救うことのできる唯一の人物に娘を嫁がせようともしない。あなたはいったいどういうおつもりなのです？

ロムルス　私は世界の歴史の邪魔をしたくないのだよ、ユーリア。

ユーリア　あなたの妻であることを、恥ずかしく思いますわ！（上手へ退場する）

ロムルス　食器を片づけてくれ、ピュラムス。朝ご飯は終わりだ。

（彼はナプキンで口もとをぬぐう。ピュラムスはテーブルを片づける）

ロムルス　アキレス、水を。

（アキレスは水を運んでくる。ロムルスは両手を洗う。下手の扉からスプリウス・ティトゥス・マンマが駆け込んで来る）

スプリウス・ティトゥス・マンマ　皇帝陛下！（ひざまずく）

ロムルス　おまえは誰かね？

スプリウス・ティトゥス・マンマ　騎兵隊長スプリウス・ティトゥス・マンマでございます。

ロムルス　何の用かね？

スプリウス・ティトゥス・マンマ　二日二晩、私はパヴィアから馬を飛ばして参りました。七頭の馬を乗りつぶし、三本の矢に傷を負いながらようやく到着してみれば、陛下へのお目通りがかないません。陛下、これが陛下にとって最後の将軍となるオレステスが、ゲルマン人の手に落ちる前に書いた書状でございます。

（彼は羊皮紙の巻物をロムルスに向かって差し出す。皇帝は身動きしない）

ロムルス　おまえは怪我を負い、疲れきっておる。なぜわざわざこんなに苦労するのかね、スプリウス・ティトゥス・マンマよ。

スプリウス・ティトゥス・マンマ　これでローマが生き延びることができれば、と思えばこそ。

ロムルス　ローマはもうとっくの昔に死んでおる。おまえは死者のために身を捧げ、影のために戦い、荒れ果てた墓のために生きようとしているのだ。寝るがいい、騎馬隊長よ、今という時代がおまえの英雄行為を単なるポーズに変えてしまったのだ！

（彼は皇帝らしい堂々とした様子で立ち上がり、舞台奥中央の扉から退場する。スプリウス・ティトゥス・マンマはすっかり気が動転した様子で起き上がるが、突然オレステスの書状を床に投げつけてそれを足で踏みにじり、叫び声を上げる）

スプリウス・ティトゥス・マンマ　ローマは恥さらしな皇帝を持ったものだ！

第二幕

(四七六年の禍いに満ちた三月の日の午後。皇帝の別荘の前にある庭園。いたる所に苔、蔦、雑草が生い茂り、いたる所で鶏のコケコッコーという鳴き声がする。ときおり、特に誰かが来たときなどに、鶏が舞台の上を羽ばたく。背景には、鶏にひどく痛めつけられた、半分崩れかけた別荘の正面が見える。そこには扉がついていて、庭園へと通じる階段がある。壁にはチョークで、「農奴制万歳! 自由万歳!」と落書きされている。上手前面には、かつての良い時代をしのばせるような上品な様式のガーデンチェアがいくつか置いてあるとはいえ、やはり養鶏場にいるような印象はぬぐい難い。舞台は時々、低い建物から流れ込んでくる陰気な煙に包まれる。その建物は官房で下手にあり、おそらくは別荘と直角の位置にあると思われる。息苦しい絶望感、世界滅亡を前にした陶酔感、あとは野となれ山となれといった気分が重くのしかかっている)

(登場人物については以下のとおり。一つの椅子には内務大臣のトゥリウス・ロトゥンドゥスがすわり、別の椅子には国防大臣で、われわれも知ってのとおり今では帝国元帥となったマーレスがすっかり武装して、膝の上にイタリアの地図を広げ、兜と元帥杖をかたわらの地面に置いたまま、居眠りしながらすわっている。別荘の壁にたてかけられた楯にもゲルマンのスローガンが落書きしてある。スプリウス・ティトゥス・マンマは依然として汚れた姿で包帯を巻いたまま、官房の壁際をやっとの思いで歩いたり、壁に寄りかかったり、また体をひきずるように歩いたりしている)

スプリウス・ティトゥス・マンマ　疲れた、疲れた、死ぬほど疲れた。

（別荘の扉から、白いエプロンをつけ、高い帽子をかぶったコックが登場する。彼はナイフを後ろに隠し持ち、鶏をおびき寄せながら上手の庭園の方へ行く。鶏は絶望してわめきたてる）

コック　ユリウス・ネポス、オレステス、ロムルス、コーコッコッコ……

（下手からイサウリアのゼノが姿を現す。立ち止まって、サンダルを地面にこすりつける）

ゼノ　また卵を踏んづけた！　ここには鶏しかいないのか？
トゥリウス・ロトゥンドゥス　養鶏が陛下の唯一のご道楽でして。

（上手から急使が宮殿に駆け込む）

急使　ゲルマン人がローマに侵入！　ゲルマン人がローマに侵入！
トゥリウス・ロトゥンドゥス　新たな凶報か。一日中この調子が続くのだろうな。
ゼノ　皇帝がせめて今くらいは宮廷礼拝堂で国民のために祈っておられるといいのだが。
トゥリウス・ロトゥンドゥス　陛下は眠っておられます。
ゼノ　眠っておられるだと？　それでは祈っているのは私だけだというのか？
トゥリウス・ロトゥンドゥス　どうやらそのようでございます、陛下。
ゼノ　文明を救おうと人々が必死になっている時に——この煙のにおいは何だ？

トゥリウス・ロトゥンドゥス　公文書を燃やしているのでございます。

（ゼノは雷に打たれたようになる）

ゼノ　公文書を——燃やしている——だと？

トゥリウス・ロトゥンドゥス　ローマ帝国統治の粋を集めた貴重な文書は、何があっても決してゲルマン人の手に落ちるようなことがあってはなりません。しかし、よそに移すには資金が不足しておりますので。

ゼノ　それで公文書を燃やしているというのか、善が最終勝利（一二）を収めるという信念もなくしたかのように。おまえたち西ローマは本当に救いようがないな。骨の髄まで腐っている。熱意も勇気もない——また卵だ！（サンダルをこすりつける）

（上手から二人の侍従登場）

二人　陛下。

ゼノ　侍従よ。この養鶏場から出よう。（彼は心底ショックを受けている）

（二人は彼の手を取る）

スルフリデス　嘆願の詩を暗唱いたしましょう、陛下。今すぐ必要です。

フォスフォリドス　お願いします、イサウリアのゼノ殿。
ゼノ
救いを我に、おお太陽——
フォスフォリドス　おお月よ——
ゼノ
おお月よ、宇宙の暗闇の夜に浮かぶ月よ。恩寵を求めながら我は汝に近づく、それが月であろうと
——
フォスフォリドス　太陽で——
ゼノ　太陽で——また卵だ！

(彼はサンダルをこすりつけ、侍従に促されて下手へ退場する)

スプリウス・ティトゥス・マンマ　一〇〇時間眠っていない、一〇〇時間も。

(鶏の恐ろしい鳴き声。上手からコックが現れて、別荘の中に消える。両手にはそれぞれ一羽ずつ鶏を持ち、右腕の脇の下にもう一羽抱えている。エプロンには血がついている)

スプリウス・ティトゥス・マンマ　こういつも鶏がガアガア鳴いているのには、我慢ができん！　疲れた、もうくたくただ。パヴィアから馬を飛ばしてここまで来て、しかもひどく出血したのだ。
トゥリウス・ロトゥンドゥス　わかっておる。

スプリウス・ティトゥス・マンマ　馬を七頭も。

トゥリウス・ロトゥンドゥス　わかっておる。

スプリウス・ティトゥス・マンマ　矢を三本も。

トゥリウス・ロトゥンドゥス　いいから別荘の裏に行きなさい。そこなら鳴き声がましだろう。

スプリウス・ティトゥス・マンマ　もう行ってみた。そこでは姫君が演劇のレッスンを受けておられて、池のほとりでは東ローマ皇帝が嘆願の詩の稽古をしているんだ。

マーレス　うるさい！（また眠り込む）

トゥリウス・ロトゥンドゥス　そんなに大声でしゃべるな。帝国元帥が目を覚ましてしまう。

スプリウス・ティトゥス・マンマ　もう言いようもないほどくたくただ。それなのにこの煙だ、このにおい、鼻を刺すような煙！

トゥリウス・ロトゥンドゥス　まあ、せめてすわったらどうだ。

スプリウス・ティトゥス・マンマ　すわったら眠り込んでしまう。

トゥリウス・ロトゥンドゥス　そんなに疲れているのだから、当然のことだと思うが。

スプリウス・ティトゥス・マンマ　眠りたくないんだ、仇をとってやるんだ！


（帝国元帥がうんざりした様子で立ち上がる）

マーレス　ここでは静かに作戦を練ることもできないのか？　作戦は直感が勝負、外科医と同様、切り刻んで血を流す前には精神の集中が必要なのだ。戦いにとって司令部が大騒ぎしていることほど有害なものはない。

（彼は腹立たしげに地図を丸め、兜を取って家の方へ歩き、楯を手にして驚く）

マーレス　誰かが敵のスローガンをおれの楯に書きおった。家の壁にも落書きがしてある。

トゥリウス・ロトゥンドゥス　ヘルヴェツィア（一三）出身のメイドのしわざですよ。

マーレス　軍法会議を招集しよう。

トゥリウス・ロトゥンドゥス　そんなことをしている時間はありませんぞ、元帥殿。

マーレス　サボタージュだ！

トゥリウス・ロトゥンドゥス　人手が足りません。侍従長が荷造りをする手伝いを、やはり誰かがしなければなりませんのでな。

マーレス　あなたが手伝えばいい。内務大臣として他に何の仕事があると言うのかね。

トゥリウス・ロトゥンドゥス　皇帝の住まいをシチリアに移すための、法的な準備をしなければならないのだ。

マーレス　あんた方の敗北主義には惑わされないぞ。戦略的には刻々と好都合になってきているのだ（一四）。敗北を重ねるたびに状況は好転しておる。ゲルマン人がイタリア半島に深入りすればするほど、袋のねずみになっていくのだ。われわれはシチリアかコルシカを拠点として奴らを難なく倒すことができる。

スプリウス・ティトゥス・マンマ　まず皇帝を倒してください！

マーレス　われわれが負けるわけがない。ゲルマン人どもは艦隊を持っていない。だからわれわれが島にいれば、もう奴らには手が届かないのだ。

スプリウス・ティトゥス・マンマ　でも、われわれにも艦隊なんてないじゃないか！　島に行って何になるというのだ。ゲルマン人どもにイタリアを明け渡すことになってしまうのだぞ。

マーレス　それなら艦隊を編成することにしよう。

トゥリウス・ロトゥンドゥス　編成するだと？　国は破産しているのに！

マーレス　それは後から考えることにしよう。今いちばん重要な問題は、どうやってシチリアへ行くかということだ。

マーレス　三本マストの帆船を注文することにしよう。

トゥリウス・ロトゥンドゥス　三本マストの帆船だと？　それは無理だ、ものすごく値が張るから。

　二本マストにしておきなさい。

マーレス　俺もとうとう船舶仲買人に格下げか。（よろめきながら別荘の中に入って行く）

スプリウス・ティトゥス・マンマ　ゲルマン人が、俺の頭を一発なぐりやがった。

トゥリウス・ロトゥンドゥス　知っておる。

スプリウス・ティトゥス・マンマ　俺は七頭の馬を乗りつぶした。

トゥリウス・ロトゥンドゥス　その話ばっかりだな。

スプリウス・ティトゥス・マンマ　俺はものすごく疲れている。

トゥリウス・ロトゥンドゥス　シチリアであまり家賃の高くない屋敷が見つかるといいのだが。

（鶏のけたたましい鳴き声がする。下手からゆっくりと足をひきずって、ぼろを着たエミリアンが登場する。やせこけて、顔は青ざめており、黒い頭巾をかぶっている。あたりを見回す）

エミリアン　皇帝のカンパーニアの別荘とはここか？

（内務大臣は驚いてこの恐ろしい姿の人物を見る）

トゥリウス・ロトゥンドゥス　あなたは誰だ？
エミリアン　亡霊だ。
トゥリウス・ロトゥンドゥス　ご用件は。
エミリアン　皇帝はわれわれ皆の父、そうだったな？
トゥリウス・ロトゥンドゥス　国を愛する者にとっては。
エミリアン　私は愛国者だ。私は祖国を訪ねるためにやって来たのだ。（改めて周りを見る）きたない鶏小屋、汚れた別荘。官房。池の上には雨風にさらされたヴィーナス像、蔦、苔、雑草の中は卵だらけ——もういくつも踏み潰してしまった——どこかにいびきをかいている皇帝がいるはずだが。

（戸口に皇后が姿を現す）

ユーリア　エビウス！　エビウス！　誰か侍従長のエビを見かけませんでしたか。
エミリアン　皇后様。
トゥリウス・ロトゥンドゥス　エビなら荷造りのお手伝いをしているはずですが、皇后様。
ユーリア　今朝から姿が見えないのです。
トゥリウス・ロトゥンドゥス　それでは彼ももう逃げたのでしょう。

ユーリア　ゲルマン人らしいこと。

（皇后は再び姿を消す）

スプリウス・ティトゥス・マンマ　逃げているのはローマ人の方なんだがな！

（彼は一瞬怒りに燃えるが、またしゃがみ込む。それから眠るまいとして絶望的にあちこち走り回る）

（エミリアンは帝国元帥の肘掛椅子にすわる）

エミリアン　あなたは内務大臣のトゥリウス・ロトゥンドゥスですね？

トゥリウス・ロトゥンドゥス　私のことをご存知か？

エミリアン　私たちは一緒によく食事をしたものだ、トゥリウス・ロトゥンドゥスよ、よく夏の夜に。

トゥリウス・ロトゥンドゥス　さて、覚えがないが。

エミリアン　それもそのはず。あの後、世界帝国も滅びてしまった。

スプリウス・ティトゥス・マンマ　疲れた、とにかくへとへとだ。

（再び鶏の鳴き声）

（別荘からマーレスが戻って来る）

マーレス　元帥杖を置き忘れた。

エミリアン　ここにございます。

（彼は将軍に、傍らの地面の上にあった元帥杖を渡す）

（マーレスはよろよろしながら別荘へ戻る）

トゥリウス・ロトゥンドゥス　わかった。あなたは前線から帰還した勇士だな。あなたは祖国のために血を流したのだ。何かしてあげられることはあるかね？

エミリアン　ゲルマン人に対抗して何かできることはありますか？

トゥリウス・ロトゥンドゥス　今ではそれができる者はいない。われわれは長期計画で抵抗するのだ。神の碾《ひ》き臼はゆっくり回る、というからな。

エミリアン　では、してもらえることは何もありません。

（使用人たちがトランクを持って別荘から出て来る）

使用人　皇后様のトランクをどこへ運びましょうか。

トゥリウス・ロトゥンドゥス　ナポリへ持って行け。

（使用人たちはトランクを運び出し、名札をつける。これから先の場面で何度もこの作業を続ける使用人の姿が見える）

トゥリウス・ロトゥンドゥス　今は辛い時、悲劇的な時代だ。しかしながら、ローマ帝国のように完全に組織された法治国家はその内在的価値を基盤として最悪の危機的状況をも持ちこたえることができるのだ。われわれの高尚な文化がゲルマン人を打ち負かすだろう。

スプリウス・ティトゥス・マンマ　疲れてくたくただ。

エミリアン　あなたはホラティウスが好きか？　イタリア最高の文体でものが書けるか？

トゥリウス・ロトゥンドゥス　私は法律の専門家だ。

エミリアン　私はホラティウスが好きだった。イタリア最高の文体でものを書くことができた。

トゥリウス・ロトゥンドゥス　あなたは詩人か？

エミリアン　私は高尚な文化の申し子だった。

トゥリウス・ロトゥンドゥス　それではまたお書きなさい、また詩を作りなさい。精神は肉体を打ち負かすものだ。

エミリアン　私は肉体が精神を打ち負かすような場所から来たのだ。


（再び鳴き声がして、鶏が羽をばたばたさせる。上手から別荘に沿ってレアが、俳優のフュラックスとともに登場する）

レア
　見てください、祖国の人々よ
　私が最後の道を歩むのを
　太陽の最後の光を見るのを

もう二度とは見られないのか（二五）

スプリウス・ティトゥス・マンマ　古典なんか聞いていられない、聞いているとすぐに眠り込んでしまう！（よろめきながら下手へ退場）

フュラックス　お続けください、お姫様、重々しく、ドラマティックに！

レア

すべてを黙して語らぬ死の神が
私を生きたまま連れて行くのです、
地獄側の岸辺へと。婚礼の歌に迎えられもせず、
花嫁をほめたたえる歌を歌ってくれる者もなく
私はアケロン（二六）に嫁がされるのです！

フュラックス　私はアケロンに嫁がされるのです。

レア　私はアケロンに嫁がされるのです。

フュラックス　もっと悲劇的に、お姫様、もっとリズミカルに、もっと心の奥底から叫ぶように、もっと魂を込めて。さもないと誰もお金を払ってまであなたの台詞を聞こうとはしませんよ。あなたがアケロン、つまり死の神について明確なイメージをまだ持っていないということが、聞く人にはわかってしまう。あなたはまるで何か抽象的なことのようにアケロンの名を口にしている。あなたは死の神をまだ内面的に体験していない。つまり、それがあなたには文学にすぎず、現実とはなっていないのです。残念です、とても残念です。さあ、よくお聞きになってください。私はアケロンに嫁がされるのです。

レア　私はアケロンに嫁がされるのです。

（エミリアンは立ち上がり、朗読している姫君の前に立つ。プリンセスは驚いてその姿をじっと見る）

レア　あなたは誰？

エミリアン　私は私が出かけて行った所に行くなら、戻って来る時には誰もがそうなるしかないような者。そう言うあなたは誰だ。

レア　私はレア、皇帝の娘です。

エミリアン　レア、皇帝の娘。私にはあなたが誰か、わからなかった。あなたは美しい、けれども私はあなたの顔を忘れてしまった。

レア　私たちは知り合いでしたかしら？

エミリアン　そのような気がするが。

レア　あなたはラヴェンナからおいでになったのですか？　子供の頃に一緒に遊んだのでしょうか。

エミリアン　私がまだ人間だった頃、一緒に遊んだのだ。

レア　お名前を教えてはくださらないの？

エミリアン　私の名前は左手に書いてある。

レア　お見せください。

（彼は左手を出す）

レア　おお、なんて恐ろしい、あなたの手は！

エミリアン　引っ込めましょうか？
レア　とても見ていられません。
（彼女は顔をそむける）
エミリアン　それでは私が誰なのか、あなたにはわからない。
（彼は手を再び隠す）
レア　それでは私に手を見せてください。
（彼女は右手を差し出す。エミリアンは彼女の右手に自分の左手を重ねる）
レア　指輪だわ！　エミリアンの指輪よ！
エミリアン　あなたの花婿の指輪です。
レア　彼は死んだのね。
エミリアン　野垂れ死にしました。
レア　ところどころ、肉が盛り上がって指輪を覆っているわ。
（彼女は自分の手の中にある彼の手をじっと見る）

エミリアン　指輪は私の辱められた肉とひとつになったのだ。
レア　エミリアン！　あなたはエミリアンなのね！
エミリアン　昔はそうだった。
レア　あなただとわからなかったわ、エミリアン。

（彼女は彼を見つめる）

エミリアン　もう二度とはわかるまい。私はゲルマン人の捕虜になっていたのだ、皇帝の娘よ。

（彼らは立ったまま、見つめあう）

レア　三年もあなたの帰りを待っていたのよ。
エミリアン　ゲルマン人の捕虜になっていると、三年は永遠と同じことだ。そんなにも長いあいだ、人を待つものではない。
レア　でもあなたは帰って来た。さあ、一緒に父の家の中に入りましょう。
エミリアン　ゲルマン人がやって来る。
レア　知っています。
エミリアン　それなら行って、短刀を取って来い。
レア（驚いて彼を見る）どういうこと、エミリアン？

エミリアン　女でも短刀で戦えるということだ。
レア　私たちにはもう戦うことはできません。ローマ軍は敗れました。もう一人も兵士はいないのです。
エミリアン　兵士は人間だ、だから人間なら誰でも戦うことができるはず。ここにはまだたくさん人間がいる。女や奴隷や、年寄り、体の不自由な者、子ども、大臣。さあ、行って短刀を取って来い。
レア　そんなことをしても何にもならないわ、エミリアン。私たちはゲルマン人に降伏しなければならないのです。
エミリアン　私は三年前にゲルマン人に降伏しなければならなかったのだ。それでどうなったと思う、皇帝の娘よ？　いいから行って、短刀を取って来るのだ。
レア　私はあなたの帰りを三年も待っていました。毎日毎日、今か今かと。それなのに今はあなたのことが怖いわ。
エミリアン　私はアケロンに嫁がされるのです。この詩句をあなたはさっき口にしなかったか？　それは現実のものとなったのだ。さあ、行って短刀を取って来なさい。さあ、早く！

（レアは別荘に逃げ込む）

フュラックス　お姫様！　レッスンはまだ終わっておりませんぞ。ここからがいよいよクライマックス、アケロンに関するとても崇高な部分、古典文学の最も美しいくだりなのに。

（彼女は別荘の中に姿を消す。俳優はその後を追う）

トゥリウス・ロトゥンドゥス　マルクス・ユニウス・エミリアン、ゲルマン人の捕虜収容所からお帰りになったと伺って、感動いたしました。
エミリアン　それではあなたも前線へ急がれるがよい。さもなければあなたの感動も無駄になるというものです。
トゥリウス・ロトゥンドゥス　友よ、あなたはきっと辛い経験をなさったことでしょう。それは尊敬に値することです。しかしだからと言って、われわれがこの屋敷で何も苦しい目にあわなかったと思われては困ります。ここにすわって、次々と伝えられる不幸な知らせを受けながら、どうすることもできないでいるというのは、おそらく政治家の身にふりかかる最悪の事態なのです。

（下手から急使が別荘に駆け込んで来る）

急使　ゲルマン人がアッピア街道を南に進軍しております！　ゲルマン人がアッピア街道を南に進軍しております！
トゥリウス・ロトゥンドゥス　ほら言ったとおりでしょう。南に進軍か。これはまっすぐわれわれの所へやって来るな。不幸な知らせと口にしたとたんに、新たな凶報が舞い込みましたな。

（別荘の戸口にマーレスが姿を現す）

マーレス　このあたり一帯ではどこを探しても二本マスト帆船を調達できない。
トゥリウス・ロトゥンドゥス　ナポリの港に一隻あるはずだが。

マーレス　ゲルマン側に寝返ってしまった。

トゥリウス・ロトゥンドゥス　なんてことだ、帝国元帥殿、われわれにはどうしても船が必要なのですぞ！

マーレス　漁船で何とかならないか、やってみよう。

（彼は再び姿を消す。内務大臣は腹を立てている）

トゥリウス・ロトゥンドゥス　帝国をシチリアで再建すべく準備万端整えて、社会制度を改革して、港湾労働者に障害補償まで出そうとしているのに、船が一隻足りないおかげで、何もかもパアだ。

（下手から騎兵隊長がよろめきながら現れ、舞台の上を横切る）

スプリウス・ティトゥス・マンマ　この焦げ臭いにおい。いつまでも続くひどいにおい。

（鶏の鳴き声。下手からカエサル・ルップが登場する）

カエサル・ルップ　みなさん、ローマが陥落したら、帝国にはもはや何の値打ちもないということが、よくおわかりになりましたかな。経済的な失敗に加え、軍事的にも苦境に立たされている。ローマ帝国がこのような状態から自力で脱することはもはや不可能です。

エミリアン　誰ですか、あなたは？

カエサル・ルップ　私はカエサル・ルップ、世界的大企業ルップ社の社長です。
エミリアン　何の用です？
カエサル・ルップ　情報が半分しか耳に入っていない政治家でさえも、ローマ帝国が救われるには私が何百万か投資するしかないことは、はっきりとわかるはずです。誠心誠意を込めた私の申し出に、まじめに答えていただきたい。イエスかノーか。歓呼の祝宴か、世界滅亡か。私が花嫁を連れて家に帰るか、帝国が滅びるか。
エミリアン　いったい何のことだ、内務大臣。
トゥリウス・ロトゥンドゥス　オドアケルが一千万でイタリアから撤退することに同意したのです。この——えーと、ズボン工場の社長が——その金を出してもいいと申し出ていたわけでして。
エミリアン　条件は？
トゥリウス・ロトゥンドゥス　レア様と結婚したいとのこと。
エミリアン　姫君をお連れしろ。
トゥリウス・ロトゥンドゥス　とおっしゃると——
エミリアン　それから廷臣たちも集めるように。

（内務大臣は別荘に入る）

エミリアン　あなたの申し出に対する答えを聞くことになるだろう、ズボン工場の社長。

（上手から騎兵隊長がよろめきながら出てきて、舞台を横切る）

スプリウス・ティトゥス・マンマ　一〇〇時間も眠っていないんだ。一〇〇時間も。疲れた、とにかく倒れそうなほど疲れた。

（別荘の扉からレアとトゥリウス・ロトゥンドゥス、ゼノ、マーレス、それに侍従のスルフリデスとフォスフォリドスが姿を現す）

レア　お呼びですか、エミリアン。
エミリアン　ここに来なさい。

（レアはゆっくりとエミリアンに近づく）

エミリアン　あなたは三年も私のことを待っていてくれた、皇帝の娘よ。
レア　三年間、毎日夜も昼も、いつもあなたのことを待っていました。
エミリアン　私のことを愛しているのだね。
レア　愛しています。
エミリアン　心から？
レア　心から。
エミリアン　私が望むことは何でもしてくれるね？
レア　何でもします。

エミリアン　短刀を取ることも厭わないね？
レア　あなたがもしそうしてほしいのなら、短刀も取りましょう。
エミリアン　それほどまでに激しく愛してくれるのだね、皇帝の娘よ。
レア　あなたへの愛は無限です。私にはあなたがもう見分けられませんが、それでもあなたのことを愛しています。あなたのことが怖いのですが、それでもあなたを愛しています。
エミリアン　それならこの見事な太鼓腹と結婚して子どもを産むがよい。

（彼はカエサル・ルップを指差す）

ゼノ　ようやくまともな西ローマ人が現れた！
廷臣たち　結婚なさいませ、お姫様、結婚なさいませ！
トゥリウス・ロトゥンドゥス　かけがえのない祖国のため、犠牲を捧げてください、お嬢様！

（一同、期待のまなざしでレアを見つめる）

レア　あなたと別れろと言うのですか。
エミリアン　私と別れるのだ。
レア　別の男を愛せと？
エミリアン　祖国を救うことのできる男を愛するのだ。
レア　でも私が愛しているのはあなたです！

エミリアン　だから私はあなたを捨てるのだ。
レア　ご自分が辱めを受けたように、私のことも辱めようとなさるのですか。
エミリアン　私たちはしなければならないことをするのだ。われわれの恥はイタリアの糧となり、われわれの不名誉によってイタリアは再び力を得るのだ。
レア　もしも私のことを愛していてくださるのなら、そんなことを私にしろとはおっしゃらないはずです。
エミリアン　おまえが私を愛しているからこそ、そうしてくれと言っているのだ。

（レアはショックを受けて彼をじっと見る）

エミリアン　言うことをきいてくれるね、皇帝の娘よ。おまえの愛は無限なのだから。
レア　わかりました。
エミリアン　彼の妻になるね。
レア　彼の妻になります。
エミリアン　それではこの冷静なズボン工場の社長に手を差し出しなさい。

（レアは言われたとおりにする）

エミリアン　さあ、これであなたは皇帝の一人娘の手をとることができたのだ、カエサル・ルップ。黄金の仔牛（一七）の頭に皇室の乙女の冠がかぶせられた。人類に対してなされたとんでもない悪徳に比べれば、このような取り持ちも美徳になるような時代だからな、今という時代は。

（カエサル・ルップは感激する）

カエサル・ルップ　お姫様、私のことを信じてください。私のこの目に浮かぶ涙は純金のように混じりけのない正真正銘の本物です。世界企業ルップはこの縁組によって、この業界では前代未聞の頂点にまでのぼりつめました。

（煙がどっと押し寄せる）

マーレス　帝国は救われた！
ゼノ　ヨーロッパは生き延びた！
スルフリデス　救いの賛歌を、陛下。

（ゼノと二人の侍従は、賛歌を暗唱する姿勢をとる）

三人
　歓呼の声をあげよ、喜べ、おおビザンティウム！
　その誉れは高く、栄光は
　星空にまで輝き渡る。

われわれが信じ、願ったものは
奇蹟となって叶えられ、
救いの業が成し遂げられた。
トゥリウス・ロトゥンドゥス　公文書の焼却を即刻中止せよ！
アキレスの声　皇帝陛下のおなり！
（煙がしだいに消えて、戸口にロムルスの姿が見えてくる。彼の後ろにはアキレスと、浅い籠を持ったピュラムスがいる。静かになる）

レア　お父さま。
エミリアン　いらっしゃい、よく食べ、昼間の暑さにもぐっすり眠る皇帝よ。ようこそ、鶏のカエサル、卵の戦略家よ！　兵士たちがロムルス小帝と呼ぶ皇帝万歳。
ロムルス（鋭い目つきでエミリアンを見る）　おまえはエミリアン、私の娘の花婿だな。
エミリアン　私だとわかったのはあなたが初めてです、陛下。あなたの娘でさえ、私だとはわからなかったのですから。
ロムルス　娘の愛を疑わないでくれ。私は年の功で目が鋭くなっただけだから。よく帰って来たな、エミリアン。
エミリアン　世界の父よ、あなたの挨拶に普通ではない答え方をするかもしれない私をお許しください。私はあまりにも長いあいだ、ゲルマン人の捕虜になっていました。そのせいで、あなたの宮廷のしきたりをもうよく覚えていないのです。けれどもローマの歴史が私の背中を押してくれます。人々が、うまく勝ちましたか、陛下、と呼びかけるような皇帝もいれば、うまく殺しましたか、陛下、と呼びかけるような皇帝もいます。あなたに対しては、よく眠れましたか、ロムルス皇帝、と呼びかけるでしょう。

（皇帝は戸口の下の肘掛け椅子にすわり、時間をかけてエミリアンの様子を観察する）

ロムルス　おまえは飢えと渇きに苦しんだのだな。
エミリアン　あなたは食事をしていた。
ロムルス　おまえは拷問を受けた。
エミリアン　あなたの養鶏は繁盛している。
ロムルス　おまえは絶望している。
エミリアン　私はゲルマンの牢獄を脱出したのです、ローマ皇帝よ。私は見張りの兵士を殺し、追いかけて来る犬も殺しました。私は歩いてここまで来たのです、陛下。私はあなたの帝国の広大な土地を、端から端まで一マイル一マイル、一歩一歩、歩いて来たのです。私はあなたの国をこの目で見ました、世界の父よ。
ロムルス　私は皇帝になってからというもの、この別荘から離れたことがない。私の国がどんな様子だったか話してくれ、エミリアン。
エミリアン　私は破壊された町や、煙を上げている村を通りました。それから伐採された森や踏みにじられた畑を横切って歩きました。
ロムルス　それから。

エミリアン　私は男たちが虐殺されるのを、女たちが辱められ、子どもたちが飢えるのを見ました。
ロムルス　それから。
エミリアン　私は負傷者の叫び声や捕虜のうめき声、闇屋のどんちゃん騒ぎや戦争成金のばか笑いを聞きました。
ロムルス　おまえの話は私の知らないことではないな。
エミリアン　見たこともないことを、どうやって知ることができるのです、ローマ皇帝よ。
ロムルス　想像することができたのだよ、エミリアン。さあ、家の中に入りなさい。娘がおまえを待ちわびているぞ、この長い歳月をな。
エミリアン　私はもはや、お嬢さんにお会いするのにふさわしい人間ではなくなってしまいました、陛下。
ロムルス　おまえは娘にふさわしくないのではなくて、ただ不幸なだけだ。
エミリアン　私は辱めを受けました。ゲルマン人たちは私の頭の皮をはぎ、ささくれて血のこびりついたくびきに無理やりつないだのです。裸で、家畜のように。ご覧なさい！
（彼は頭巾を取り、頭皮をはがされた姿で立ちつくす。だが、観客には恐ろしい姿は見えないようにする）
エミリアン　ローマ皇帝、私はここに立っている、羽をばたばたさせているあなたの鶏に取り囲まれ、あなたの馬鹿げた廷臣たちに取り囲まれて。平和を愛し、精神を信じ、ローマと和解させるためにゲルマンに赴いた、私という人間はここに立っています。
ロムルス　皇帝は見るが、屈しない。

マーレス　復讐しよう！
レア　エミリアン！（婚約者に抱きつく）
エミリアン　私はローマの将校です。私は名誉を失いました。皇帝の娘よ、おまえを所有する男のところへ行きなさい。
（レアはゆっくりとカエサル・ルップの方へ戻る）
エミリアン　あなたの娘はこのズボン工場社長の妻になりました、陛下。そしてあなたの帝国は私が受けた恥辱によって救われたのです。
（皇帝は立ち上がる）
ロムルス　皇帝はこの結婚に許可を与えない。
（一同、凍りついたようになる）
カエサル・ルップ　パパ！
レア　私は彼と結婚します、お父さま。祖国を救う唯一の行ないを、お父さまも阻止できないはず。
ロムルス　私の娘は皇帝の意志に従うのだ。皇帝が自分の国を火中に投じ、壊れるものは壊れるがままにしておいて、もう死神の手に渡っているものを踏みにじるとき、彼には自分が何をしているのかちゃんとわかっているのだ。

（レアはうなだれて家の中に入る）

ロムルス　さあ、仕事を始めるぞ、ピュラムス。鶏の餌をこちらへくれ。アウグストゥス！　ティベリウス！　トラヤヌス！　ハドリアヌス！　マルクス・アウレリウス！　オドアケル！

（彼は餌をまきながら上手へ退場。その後を近侍たちがついて行く。その他の者たちは身じろぎもしないで立ちつくしている）

トゥリウス・ロトゥンドゥス　大至急、公文書の焼却を再開するように！

（再び黒い煙がすべてを覆う）

エミリアン　こんな皇帝はいらない！

第三幕

（四七六年三月一五日の夜、皇帝の寝室。下手には窓が並んでいる。舞台奥に扉がある。上手にはベッドともう一つの扉がある。部屋の真ん中には寝椅子が二つ、直角になるように配置されていて、観客から見るとその角が奥にあるように置いてある。寝椅子にはさまれるようにして、上品な形の、小さくて低いテーブルがある。舞台の前面には、左右に作り付けの箪笥がある。満月の夜。部屋は暗く、窓から差し込む光が床と壁に窓の形を描いている。舞台奥の扉が開く。三つに枝分かれした燭台を持ったピュラムスが入ってくる。この燭台の火で彼は、ベッドの脇にあるもう一つの燭台にも灯りをつける。それから彼は舞台の前面にやって来て、燭台をテーブルの上に置く。皇帝が上手側の扉に姿を現す。彼は少し古びた寝巻きを着ている。彼の後ろにはアキレスがいる）

ロムルス　すばらしい晩ご飯の後で入る風呂は、いつもの二倍も気持ちのいいものだった。今日は悲壮な一日だったが、私はそういうのが嫌いなのだ。こういう日には風呂に入るのが一番だ。私は悲劇的な人間ではないのでな、アキレス。
アキレス　陛下、皇帝のトーガとナイトガウンとどちらになさいますか。
ロムルス　ナイトガウンにする。今日はもう国を治める仕事は終わりだ。
アキレス　ローマ国民への触れ書きに署名するお仕事がまだ残っていますが。
ロムルス　明日にする。

（アキレスはロムルスがナイトガウンを着るのを手伝う。皇帝ははっとする）

ロムルス　帝国ナイトガウンを持ってきてくれ、アキレス。これはどうもみじめったらしいから。
アキレス　帝国ナイトガウンはもう皇后様が荷造りされてしまいました、陛下。ガウンは皇后様のお父上の持ち物でしたので。
ロムルス　そうか。それではこのぼろを着るのを手伝ってくれ。
（彼はナイトガウンを着て、月桂冠を頭からはずす）
ロムルス　まだ月桂冠をかぶっておったわい。風呂に入るときに取るのを忘れていた。これをベッドの上に掛けておいてくれ、ピュラムス。
（彼はピュラムスに月桂冠を渡す。ピュラムスはそれをベッドの上の壁に掛ける）
ロムルス　葉っぱはあと何枚ついているかな？
ピュラムス　二枚でございます。
（皇帝はため息をついて、窓際へ行く）
ロムルス　とすると、今日はとんでもない出費だったわけだ。ようやく新鮮な空気が入ってきた。風向きが変わって、煙も引いたようだな。今日の午後は本当にひどかった。でもこれで公文書の始末もついたわけだし。うちの内務大臣が出したものの中で、唯一まともな命令だった。
ピュラムス　年代記編纂者は苦労することになりましょう、陛下。
ロムルス　まさか。奴らはうちの公文書よりましな史料をでっち上げるだろうよ。

（彼は上手側の寝椅子にすわる）

ロムルス　カトゥルスの詩集をくれ、ピュラムス。それとも妻はそれももう荷造りしてしまったのかな、父親の蔵書だったからと言って？

ピュラムス　そのとおりでございます、陛下。

ロムルス　まあいい。それでは記憶を頼りにカトゥルスの詩を再構成するとしよう。立派な詩は決して消えたりしないものだからな。ワインを一杯くれ、アキレス。

アキレス　ファレルノのものとシラクサのものと、どちらになさいますか、陛下。

ロムルス　ファレルノがいい。こういう時代には、一番いい酒を飲まなくては。

（アキレスは皇帝の前のテーブルの上にグラスを置く。ピュラムスが注ぐ）

ピュラムス　七〇年産のファレルノはこれが最後でございます、陛下。

ロムルス　それではここに置いてくれ。

アキレス　皇后様が陛下にお話があるとのことでございます。

ロムルス　入ってくるように言いなさい。燭台は一つでよい。

（近侍たちはお辞儀をして出て行く。ピュラムスはベッドの脇の燭台を持って行く。舞台前面だけが明るくなる。舞台奥で月の光がどんどん明るくなっていく。奥の扉からユーリアが登場する）

ユーリア　侍従長がゲルマン側に寝返ってしまいました。あのエビには気をつけるよう、あなたには
いつも言っておいたはずですけれど。
ロムルス　だからどうだと言うのだ？　ゲルマン人の彼にわれわれローマ人のために死ねとでも言う
のか？

（沈黙）

ユーリア　あなたに最後のお話をするために来ましたの。
ロムルス　旅の服装をしているようだね、妻よ。
ユーリア　今夜のうちにシチリアへ参ります。
ロムルス　漁船の支度ができているのか？
ユーリア　いかだです。
ロムルス　いかだでは危なくはないのか？
ユーリア　ここに残っている方がもっと危険ですわ。

（沈黙）

ロムルス　それではいい旅を祈るよ。
ユーリア　しばらくはお会いすることもありますまい。

ロムルス　二度と会えないだろうよ。
ユーリア　どんな犠牲を払ってでも、シチリアで敵への抵抗を続ける決心をしたのです。
ロムルス　どんな犠牲を払ってでも抵抗するなんて、およそとりうる行動の中で、最も無意味なものだよ。
ユーリア　あなたは敗北主義者だわ。
ロムルス　私は慎重に考えているだけだよ。もし抵抗すれば、われわれの没落がますます血なまぐさいものになるだけのことだ。それは壮麗な見ものかもしれないが、いったい何のためにそんなことをする必要があるのだ？　もう失われてしまった世界に火をつけるようなことはしないものだよ。

（沈黙）

ユーリア　それではあなたはやはり、レアをあのカエサル・ルップと結婚させる気はないのね。
ロムルス　ない。
ユーリア　そしてシチリアに行くのも嫌だとおっしゃる。
ロムルス　皇帝というものは逃げたりはしないのだ。
ユーリア　首がかかっているというのに。
ロムルス　だからどうだと言うのだ。今からもう首から上のない馬鹿な人間のように振舞えとでも言うのか。

（沈黙）

ユーリア　私たちは結婚して二〇年になるわ、ロムルス。
ロムルス　何のためにそんな恐ろしい事実を口にするのかね？
ユーリア　一度は愛しあった仲なのに。
ロムルス　それが嘘だということは、おまえが一番よく知っているはずだ。

（沈黙）

ユーリア　それではあなたは、皇帝になるために私と結婚したのだわ！
ロムルス　そのとおり。
ユーリア　私に面と向かってそんなことをおっしゃるつもり？
ロムルス　もちろんだとも。私たちの結婚はひどいものだった。けれども私は、あの人はなぜ私と結婚したのかしら、という疑問をおまえに抱かせるようなことは一度もしなかったはずだ。私は皇帝になるためにおまえと結婚し、おまえは皇后になるために私と結婚した。おまえが私の妻となったのは、私がローマで最高の貴族の家柄に生まれ、おまえがヴァレンティヌス皇帝と奴隷とのあいだに生まれた娘だったからだ。私はおまえを正統な血筋の子として認めさせ、おまえが私を皇帝の座につけたのだ。

（沈黙）

ユーリア　つまりお互いに必要としあっていた。
ロムルス　そのとおり。
ユーリア　それならば、私と一緒にシチリアへ行くのがあなたの義務です。私たちは仲間なのですから。
ロムルス　私にはおまえに対してもはや何の義務もない。私はもう、おまえが私に望むものを与えてやったのだから。おまえは皇后になったではないか。
ユーリア　あなたに私を非難する資格はありませんわ。私たちは二人とも同じことをしたのですもの。
ロムルス　いや、私たちは同じことをしたのではない。おまえのしたことと私のしたことの間には雲泥の差があるのだよ。
ユーリア　何のことかわかりませんわ。
ロムルス　おまえは野心があって私と結婚した。おまえのすることはみんな、野心のためだ。今だっておまえが負け戦をあきらめようとしないのは、野心のためだけではないか。
ユーリア　私は祖国を愛するからこそ、シチリアへ行くのです。
ロムルス　おまえには祖国がどういうものかわかっていない。おまえが愛しているのは、抽象的な国家の理念にすぎない。その理念のおかげで、おまえは結婚によって皇后になることができたのだ。

（二人はまた黙り込む）

ユーリア　いいでしょう。本当のことを言うことにしましょう。お互い、正直になるようにしましょう。私には野心があります。私にとって一番大切なのは帝国です。私は最後の偉大な皇帝ユリアヌスの曾孫で、そのことを誇りに思っています。それで、あなたの方はどう？　破産した貴族の息子にすぎないではありませんか（一八）。あなたにだって野心はある。さもなければ世界帝国の皇帝になんてならなかったはずだし、昔のままの無名の人間で終わっていたはずです。

ロムルス　私は野心があってそうしたのではなく、必要だったからそうしたのだ。おまえには目的だったものが、私にとっては手段だった。私は純粋に政治的な考えから皇帝になったのだよ。

ユーリア　これまでにいつあなたが政治的な考えを持ったというの？　国を治めた二〇年間、あなたがやってきたことといえば、食べて飲んで、眠って、本を読んで、鶏を飼っただけ。別荘から一歩も離れず、首都には一歩も足を踏み入れず、帝国の貯えを見る見るうちに使い果たして、私たちは今ではまるで日雇いのような暮らしをしなければならないほどよ。あなたの唯一の才能は、あなたを皇帝の座から追い払おうする考えをことごとく、頓知をきかせてつぶしてしまうこと。でも、あなたのその態度の根底に政治的な考えがあるなんて、とんでもない大嘘だわ。ネロの誇大妄想もカラカラの狂暴なふるまいも、あなたの養鶏熱に比べたら、よっぽど政治的に成熟しているわ。あなたはただ怠慢なだけよ。

ロムルス　まさにそのとおり。何もしないことが私の政治的な考えなのだ。

ユーリア　それなら何も皇帝にならなくてもよかったのに。

ロムルス　もちろん皇帝になったからこそ、何もしないという私の態度が意味をもったのだよ。私人として怠けていても、何の効果もないからね。

ユーリア　でも皇帝が怠ければ、国が危うくなるわ。

ロムルス　ほらね。

ユーリア　どういうこと？

ロムルス　私が怠けていることの意味がわかってきたじゃないか。

ユーリア　国家の必要性を疑うなんて、とんでもないことだわ。
ロムルス　私は国家一般の必要性を疑っているのではなく、われわれのこの国の必要性を疑っているだけなのだ。この国は世界帝国になってしまい、それと同時に、他の民族を犠牲にして公然と殺人や略奪、抑圧、恐喝を行なう組織になってしまっていたのだ、私が登場するまではね。
ユーリア　ローマの世界帝国のことをそんなふうに考えているのなら、あなたがどうしてよりにもよって皇帝になったのか、私にはわからないわ。
ロムルス　ローマ世界帝国はもう何百年ものあいだ、皇帝が存在するから成り立っているだけなのだ。だから、この帝国を解消するためには、自らが皇帝となるより他に方法はなかったのだ。
ユーリア　あなたが狂っているか、世界が狂っているかのどちらかだわ。
ロムルス　私は世界が狂っていると考えた。
ユーリア　それではあなたは、ローマ帝国を破滅させるためにだけ、私と結婚したとおっしゃるの。
ロムルス　他に理由は何もないよ。
ユーリア　あなたは最初からローマの滅亡のことだけを考えていた。
ロムルス　そのことだけを考えていた。
ユーリア　あなたはわざと帝国を救わなかった。
ロムルス　わざとね。
ユーリア　あなたは私たちを裏切るためにだけ、ひねくれ者で大食漢の愚か者のふりをしていた。
ロムルス　そういう言い方もできるな。
ユーリア　私をだましたのね。
ロムルス　おまえが私を誤解したのだ。私がおまえと同じくらい権力欲にとりつかれていると、おまえが勝手に思い込んだだけだ。おまえは打算的だったが、その目論見ははずれてしまった。
ユーリア　そしてあなたの方の目論見は当たった。
ロムルス　ローマは滅びる。
ユーリア　あなたはローマを裏切ったのよ！
ロムルス　いや、私はローマを裁いたのだ。

（二人は黙る。それから皇后は絶望して叫ぶ）

ユーリア　ロムルス！
ロムルス　いいからシチリアへ行きなさい。もうこれ以上おまえに言うことはない。

（皇后はゆっくり立ち去る。奥からアキレスが登場する）

アキレス　陛下。
ロムルス　グラスが空だ。もう一杯注いでくれ。

（アキレスは彼のグラスに注ぐ）

ロムルス　震えているな。
アキレス　はい、陛下。

ロムルス　どうしたのだ？
アキレス　私が戦況について口にするのを、陛下はお好みではありませんから。
ロムルス　それははっきりと禁じているはずだぞ。私は床屋とだけ、戦況について話すことに決めているのだ。少しでもわかっているのは床屋だけだからな。
アキレス　しかし、カプアが陥落したのです。
ロムルス　そんなことはファレルノをこぼす言い訳にはならんぞ。
アキレス　申し訳ございません。（お辞儀をする）
ロムルス　もう寝なさい。
アキレス　レア様が陛下とお話ししたいとおっしゃっておられます。
ロムルス　通しなさい。

（アキレスは出て行く。奥からレアが登場する）

レア　お父さま。
ロムルス　おいで、わが子よ。私のそばにすわりなさい。

（レアはロムルスの隣にすわる）

ロムルス　何の用かね？
レア　ローマは危機に瀕しています、お父さま。

ロムルス　よりにもよって今夜、みんなが私と政治談義を交わしたいと思っているなんて、妙なことだな。そのために昼食会があるのに。
レア　それでは私は何の話をすればいいのでしょう？
ロムルス　夜、父親を相手に話すようなことを、おまえの一番気がかりなことを話しなさい、わが子よ。
レア　ローマが一番気がかりです。
ロムルス　それではおまえは、あんなに待っていたエミリアンのことはもう愛していないのかね？
レア　いえ、愛しています、お父さま。
ロムルス　でももう以前ほど熱烈ではない、かつてのようには愛してはいないと言うのか？
レア　私は自分の命よりも彼のことを愛しています。
ロムルス　それならエミリアンの話をしなさい。もしおまえが彼を愛しているのなら、こんな落ちぶれた帝国よりも彼の方が大事なはずだよ。

（沈黙）

レア　お父さま、私をカエサル・ルップと結婚させてください。
ロムルス　あのルップは金持ちだから私も気に入っているのだが、どうしても呑めない条件を付けているのだよ。
レア　彼はローマを救ってくれるでしょう。
ロムルス　まさにその点があの男の気味悪いところなのだよ。ローマ帝国を救うつもりでいるズボン工場社長なんて、気が狂っているに違いない。

レア　でも他に祖国を救う方法はありません。
ロムルス　それは私も認めるよ、他に方法はない。祖国は金の力で救われるか、このまま滅びるかのどちらかだ。私たちは破滅的な資本主義か、恐ろしい破滅かのどちらかを選ばなければならない。けれどもおまえはカエサル・ルップと結婚するわけにはいかないよ。おまえが愛しているのはエミリアンなのだからね。

（沈黙）

レア　私は祖国に尽くすために、彼と別れなければならないのです。
ロムルス　それは軽率な言葉だな。
レア　祖国はすべてに優先します。
ロムルス　ほらごらん、おまえは悲劇の勉強をしすぎたのだ。
レア　人は祖国を世界の何ものにも増して愛すべきなのじゃなくて？
ロムルス　いや、祖国を一人の人間よりも愛すべきではないのだよ。祖国に対しては特に疑い深くならなくてはいけない。祖国ほど簡単に人殺しになるものはないからね。
レア　お父さま！
ロムルス　何だね、娘よ。
レア　私は祖国を見殺しにすることなどできません。
ロムルス　見殺しにしなければならないよ。
レア　私は祖国なしには生きていけませんわ！

ロムルス　おまえは愛する人なしに生きていけるのかね？　一人の人間に対して忠誠を守ることは、一つの国に対して忠誠を守るよりずっと偉大で困難なことなのだよ。
レア　私が話しているのはこの祖国のことであって、一つの国のことなんかではありませんわ。
ロムルス　国は人殺しを目論んでいるときにはいつも、自らを祖国と称するものなのだよ。
レア　私たちの絶対的な愛国心がローマを偉大にしたのです。
ロムルス　しかし私たちの愛はローマをよいものにはしなかった。私たちは自分たちの徳で獣を肥え太らせたのだ。私たちは祖国の偉大さに、まるでワインに酔うように酔いしれたが、私たちが愛したものは今や苦い汁になってしまったのだ。
レア　お父さまは祖国に対して恩知らずなのね。
ロムルス　いや、私はただ、自分の子どもたちを喰らおうとする国家に、たくさん召し上がれと言うような、悲劇に登場する英雄的な父親とは違うだけだよ。さあ行って、エミリアンと結婚しなさい。

（沈黙）

レア　お父さま、エミリアンは私を追い払いました。
ロムルス　もしおまえの体の中に、本物の愛の炎の火花が一つでもあるならば、そんなことで恋人から離れることはできないはずだよ。たとえ彼がおまえを退けたとしても、おまえは彼のもとにとどまるのだし、たとえ彼が罪人だとしても、おまえは彼のもとで辛抱するのだ。でもおまえは祖国からは離れることができる。祖国が人殺しの巣窟や死刑執行人の溜まり場になってしまったのなら、そこからさっさと立ち去りなさい。なぜなら祖国に対するおまえの愛など、何の力ももたないのだから。

（沈黙。下手の窓から人影が部屋へ忍び込み、舞台奥のどこか暗いところに隠れる）

レア　もし私がエミリアンのもとに帰っても、彼は私を再び追い払うでしょう。彼は私を何度でも追い払うでしょう。

ロムルス　それなら何度でも彼のもとに戻ればいい。

レア　彼は私のことなどもう愛していないのです。彼はローマのことだけを愛しているのです。

ロムルス　ローマは滅びる。そうすれば彼にはおまえの愛しか残らないよ。

レア　怖いわ。

ロムルス　それなら、怖さに打ち勝つことを学びなさい。それが、今の時代にわれわれが身につけなければならない唯一の技《わざ》なのだからね。怖がらずに物事を見つめ、怖がらずに正しいことをする。私は一生をかけてその訓練をしたのだ。おまえも今から訓練しなさい。エミリアンのところに行きなさい。

レア　はい、お父さま。そうします。

ロムルス　それでいいのだ、わが子よ。おまえのことを愛しているよ。エミリアンのところに行きなさい。私に別れの言葉を言っておくれ。おまえは二度と私に会うことはないだろう。私は死ぬのだから。

レア　お父さま！

ロムルス　ゲルマン人は私を殺すだろう。私はこの死をいつも覚悟してきた。これが私の秘密だ。私は自分自身を犠牲にすることによって、ローマを犠牲にするのだ。

（しんとする）

レア　お父さま！
ロムルス　でもおまえは生きるのだ。わが子よ、さあ行きなさい、エミリアンのところへ。

（レアはゆっくりと出て行く。背景からピュラムス登場）

ピュラムス　陛下。
ロムルス　何だね。
ピュラムス　皇后様はご出発になりました。
ロムルス　それでいい。
ピュラムス　まだお休みにはなりませんか、陛下？
ロムルス　いや、まだ話をしなければならない者がいるのだ。グラスをもうひとつ持って来てくれ。
ピュラムス　かしこまりました、陛下。

（彼はグラスをもうひとつ持って来る）

ロムルス　私のグラスの右側において、酒を注いでくれ。

（ピュラムスは酒を注ぐ）
ロムルス　私のグラスにも注いでくれ。
（ピュラムスは言われたとおりにする）
ピュラムス　これで七〇年産の瓶《びん》が空になりました、陛下。
ロムルス　ではもう寝なさい。
（ピュラムスはお辞儀をして、出て行く。ロムルスは足音が聞こえなくなるまで、身じろぎもしないですわっている）
ロムルス　こちらに来なさい、エミリアン。二人きりになれたのだから。
（エミリアンはゆっくりと黙ったまま舞台奥から出て来る。黒いマントに身を包んでいる）
ロムルス　ついさっき窓から部屋に入って来ただろう。私のグラスにおまえの姿が映っていたのだよ。すわらないかね。
エミリアン　立ったままで結構です。

ロムルス　遅い時刻にやって来たな。もう真夜中だぞ。
エミリアン　真夜中にしかしない訪問もあります。
ロムルス　見てのとおり、私はおまえを迎え入れた。挨拶代わりにすばらしいファレルノをグラスに注いでおいた。乾杯しようではないか。
エミリアン　そうしましょう。
ロムルス　おまえの帰還のために乾杯しよう。
エミリアン　今夜かなえられることのために乾杯しましょう。
ロムルス　何のことかね。
エミリアン　正義のために乾杯しましょう、ロムルス皇帝。
ロムルス　正義は恐ろしいものだよ、エミリアン。
エミリアン　私の傷のように恐ろしい。
ロムルス　では、正義のために。

（ロムルスは手でろうそくの火を消す。月明かりだけが部屋を照らす）

エミリアン　私たちは二人きりです。ローマ皇帝がゲルマンの捕囚から逃れて帰郷した男と、血のように赤いファレルノの入った杯で正義のために乾杯する。その様子を見ている証人は、この夜の他には誰もいません。

（ロムルスは立ち上がり、二人は乾杯する。その瞬間、誰かが叫び声を上げる。そして皇帝の長椅子の下から

内務大臣トゥリウス・ロトゥンドゥスの頭が出てくる）
ロムルス　こりゃ驚いた、内務大臣、どうしたのかね。
トゥリウス・ロトゥンドゥス　陛下が私の手の指をお踏みになったのです。（うめく）
ロムルス　それはすまないことをした。けれども、まさかおまえが椅子の下にいるなんて、知るはずがないだろう。正義のために乾杯すると、どんな内務大臣でも悲鳴を上げるものなのだ。
トゥリウス・ロトゥンドゥス　私は陛下に、ローマ帝国に行き届いた養老保険を導入してはどうかと提案しようと思っただけでして。

（彼はきまり悪げに、椅子の下からはい出して来る。エミリアンと同じような黒いマントに身を包んでいる）

ロムルス　手から血が出ているぞ。
トゥリウス・ロトゥンドゥス　びっくりした拍子に、短剣で自分の手を突いてしまいました。
ロムルス　短剣を持っているときにはな、トゥリウス・ロトゥンドゥスよ、特に用心しなければならないのだぞ。（下手に移動する）
エミリアン　近侍を呼ぶおつもりですか、ロムルス皇帝？

（二人は向かいあって立つ。エミリアンは敵意を露わにして、決然とした様子である。ロムルスはほほえんでいる）

ロムルス　何のために呼ぶのかね、エミリアン。近侍たちが夜中に眠っていることは、おまえも知っているはずだがね。しかし、何はともあれ、けがをしている内務大臣に包帯をしてやろう。

（ロムルスは舞台前面下手側にある箪笥の方へ行き、それを開ける。箪笥の中にはいくらか身をかがめたイサウリアのゼノが立っている）

ロムルス　これは失礼、東ローマ皇帝殿。あなたがこの箪笥の中でお休みとは知らなかったもので。
ゼノ　いや、お構いなく。コンスタンチノープルから逃れて以来続いている放浪生活で、こんなことにも慣れておりますのでな。
ロムルス　そこまでのご苦労をなさっているとは、本当にお気の毒だ。

（ゼノは箪笥から出て来る。同じように黒いマントに身を包んでいる。不思議そうにあたりを見回す）

ゼノ　おや、まだ他に誰かいるのか？
ロムルス　気にしないでくれ。たまたまここにやって来た人たちだから。

（ロムルスは箪笥の一番上の棚から布を取り出す）

ロムルス　ここにも一人いるぞ。
ゼノ　私の侍従のスルフリデスだ。

（スルフリデスも出て来る。ひどく背の高い男で、同様に黒いマントに身を包んでいる。ロムルスの前で厳かにお辞儀をする。ロムルスはスルフリデスを見る）

ロムルス　こんばんは。ゼノ殿、この男には他の箪笥を使わせてやればよかったのに。もう一人の侍従のフォスフォリドスはどこに寝かせているのかね？

ゼノ　あなたのベッドの下に、ロムルス殿。

ロムルス　恥ずかしがることはない。出て来なさい。

（小男のフォスフォリドスは皇帝のベッドの下から出て来る。同様に黒いマントを着ている）

スルフリデス　陛下、私たちが参りましたのは……

フォスフォリドス　嘆願の詩を暗唱するためでございまして、

スルフリデス　陛下はそれをすっかりお聞きになるという楽しみをまだ味わっておられませんので。

ロムルス　頼むから、この静かな真夜中にだけは勘弁してくれ。

（ロムルスは再び腰掛けて、トゥリウス・ロトゥンドゥスに布を渡す）

ロムルス　この布で傷口をしばりなさい、内務大臣。血を見るのは嫌いなのだ。

（右側の箪笥の扉がひとりでに開き、スプリウス・ティトゥス・マンマが音を立てて転がり出て、縦方向に倒れ込む）

ロムルス　おや、このスポーツマンはまだ寝ていなかったのか。

スプリウス・ティトゥス・マンマ　疲れた、もう死にそうなほどくたくただ。（よろめきながら立ち上がる）

ロムルス　短剣を落としたぞ、スプリウス・ティトゥス・マンマ。

（スプリウス・ティトゥス・マンマは取り乱した様子で短剣を拾い、黒いマントの下にさっと隠す）

スプリウス・ティトゥス・マンマ　もう一一〇時間も眠っていないんだ。

ロムルス　まだ他にも誰かいるのなら、どうか出て来てくれ。

（左の長椅子の下からマーレスが出て来る。続いて兵士が一人出て来る。二人ともやはり黒いマントに身を包んでいる）

マーレス　お許しください、陛下。国家総動員についてご相談しようと思いまして。

ロムルス　それでその相談に誰を連れてきたのだね、帝国元帥。

マーレス　私の副官でございます。

（そのときゆっくりと皇帝の長椅子の下から、白くて高い帽子をかぶったコックが出て来る。やはり黒いマントを着ている。皇帝は初めて驚いた様子を見せる）

ロムルス　コックよ、おまえもか。

（コックはうなだれたまま、皇帝を半円形に取り囲んでいる人々の列に加わる）

ロムルス　おまえたちはみな黒い服装をしているな。みな私のベッドや長椅子の下や箪笥の中からはい出して来た。そんな場所で夜の半分もの時間を、きわめて不自然で窮屈な姿勢で過ごしていたわけだ。いったい何のために？

（しんと静まり返る）

トゥリウス・ロトゥンドゥス　私たちはお話がしたかったのです、ローマ皇帝陛下。

ロムルス　皇帝と話のしたい者はアクロバットの練習をしなければならないという決まりが宮廷にあるとは、皇帝たる私もまったく知らなかった。（立ち上がってベルを鳴らす）

ロムルス　ピュラムス！　アキレス！

（舞台奥からガウンをはおり、先のとがったナイトキャップをかぶったアキレスとピュラムスが、震えながら駆け込んで来る）

アキレス　ただいま、皇帝陛下！
ピュラムス　陛下、お呼びでしょうか！
ロムルス　アキレス、皇帝のトーガを持って来い、ピュラムスは月桂冠を！
（アキレスはロムルスの肩にトーガを掛け、ピュラムスは月桂冠をかぶせる）
ロムルス　アキレス、テーブルとワインを片づけなさい。厳粛な瞬間だからな。
（アキレスとピュラムスはテーブルを上手側に片づける）
ロムルス　後はもういいから、寝なさい。
（ピュラムスとアキレスはお辞儀をして、すっかり混乱してショックを受けた様子で舞台奥中央にある扉から出て行く）
ロムルス　さあ、おまえたちの話を聞こうじゃないか。皇帝に何の話があるのだ？
トゥリウス・ロトゥンドゥス　われわれは属州を返してもらうことを要求します。
マーレス　陛下の部隊を。
エミリアン　帝国を。

（しんと静まり返る）

ロムルス　皇帝はおまえたちに釈明する義務はない。

エミリアン　あなたはローマに対して釈明する義務があります。

ゼノ　歴史に対して責任がある。

マーレス　あなたはわれわれの力に頼っているではないか。

ロムルス　私はおまえたちの力になど頼ってはいない。私がもしおまえたちの助けを借りて世界を征服したのなら、おまえたちにもそんなことを言う権利があるだろう。しかし私が失った世界は、おまえたちが勝ち取ったものではない。私は悪貨を捨てるように、世界を自分の手から離したのだ。私は自由だ。おまえたちとは何のかかわりもない。おまえたちは私という灯りの周りを飛び回る蛾にすぎない。私が光を放たなくなれば滅びていく影にすぎないのだ。

（謀反人たちは後ずさりしながらロムルスから離れて、壁際へ行く）

ロムルス　おまえたちの中にただ一人だけ、私が釈明しなければならない者がいる。その者と私は話をしようと思う。エミリアン、こっちへ来なさい。

（エミリアンはゆっくりと上手からロムルスの方へ行く）

ロムルス　私はおまえに対して、名誉を失ってしまった将校に対してするような話し方はできない。私は文民だし、軍人の名誉というものを理解できたためしがないのだ。けれども私は、苦しい目にあい、拷問された一人の人間に話すように、おまえに話をしようと思う。私はおまえのことを息子のように愛しているのだよ、エミリアン。私は自分のことを抵抗しない人間、絶えず辱められている人間、権力というものによって何度となく汚された犠牲者だと思っているのだが、そういう私に対する究極の反証を、おまえの中に見たいのだ。おまえは何を皇帝に求めるのだ、エミリアンよ？

エミリアン　答えてください、ロムルス皇帝。

ロムルス　答えよう。

エミリアン　あなたの民がゲルマン人の手に落ちないために、あなたは何をしましたか。

ロムルス　何もしなかった。

エミリアン　ローマが私のように辱められないよう、あなたは何をしましたか。

ロムルス　何もしなかった。

エミリアン　それでどう弁明するつもりなのですか。あなたは自分の帝国を裏切ったと非難されているのに。

ロムルス　帝国を裏切ったのは私ではない、ローマが自らを裏切ったのだ。ローマは真実を知りながら、暴力を選んだ。人道を知りながら、暴政を選んだ。ローマは自分自身に対し、またローマに服従した諸民族に対し、自らを二重に卑しめたのだ。エミリアン、おまえの目の前には見えない玉座があるのだ。つまり、ローマ皇帝の玉座が。私はその最後の皇帝なのだ。私がおまえの目に触れて、この玉座を見えるようにしてやろうか？　この累々と積み重なる頭蓋骨の山を見えるようにしてやろうか？　壇上で湯気を立てている血の流れ、果てしなく続くローマ権力の奔流を見えるようにしてやろうか？　ローマの歴史という巨大な建造物の頂点にいる者から、おまえはどんな答えが聞けると思っているのだ？　自分の息子や他人の息子の屍の上に立ち、ローマの名誉のために戦争の犠牲となり、ローマの娯楽のために野獣の犠牲となって足もとに打ち寄せられた膨大な数の屍の上に君臨している皇帝が、おまえの傷に対して何を言えるというのか。ローマは弱くなり、よろよろ歩く老婆のようになってしまった。けれどもローマの罪は償われておらず、その過ちが贖われたわけでもない。一夜のうちにそのときがやって来た。ローマの犠牲となった者たちの呪いが聞き届けられたのだ。無用の木は切り倒されるもの。斧はもう幹に当てられている。ゲルマン人がやって来る。われわれは他人の血を流してきたが、今度は自分の血で贖わなければいけないのだ。顔をそむけるな、エミリアン。今おまえが仰ぎ見ている皇帝にたじろぐな。その皇帝が、われわれの歴史が残した太古からの罪にまみれ、おまえの体よりももっと恐ろしい姿をしているとしても。われわれは正義のために乾杯したが、その正義が問題なのだ。私の問いに答えなさい。われわれにはまだ、身を守る権利があるのか？　われわれにはまだ、犠牲者以上のものになる権利があるのか？

（エミリアンは黙っている）

ロムルス　何も言わないのか。

（エミリアンは、皇帝を遠巻きにしている人々のもとへ、ゆっくりと引き返す）

ロムルス　おまえはこんな真夜中に泥棒のように私のもとへ忍び込んで来た者たちのところへ帰って

いくのだな。お互い正直になろう。われわれのあいだではもう、ほんのちょっとした嘘も偽りもなしということにしよう。おまえたちがその黒いマントの下に何を隠しているか、おまえたちの手が今、何の柄を握りしめているのか、私にはわかっている。しかし、おまえたちは思い違いをしている。おまえたちは抵抗する力のない者のところに来たつもりでいたらしいが、私は真実の爪でおまえたちに飛びかかり、正義の牙で嚙みつくぞ。攻撃を受けるのではなく、私が攻撃するのだ。告発されるのではない、私がおまえたちを告発するのだ。身を守るがよい！　誰の前に立っているのか、おまえたちにはわかっているのか？　私はおまえたちが守ろうとしている祖国を、わざと破滅するようにし向けたのだ。私はおまえたちが踏んで歩くその氷を割り、おまえたちの足もとに火をつける。どうしておまえたちは黙ったまま私の部屋の壁にへばりついているのだ、冬の月のように真っ青な顔をして？　おまえたちには答えはひとつしかない。もし私が間違っていると思うなら、私を殺しなさい。もしわれわれにはもはや身を守る権利はないということが真実なら、ゲルマン人に降伏しなさい。答えよ。

(彼らは黙っている)

ロムルス　答えよ！

(その時、エミリアンが短剣を抜いて高く振りかざす)

エミリアン　ローマ万歳！

（みな短剣を抜いてロムルスに歩み寄る。ロムルスは身動きひとつしないで、落ち着いた様子ですわっている。振り上げられた短剣のきっ先が彼の頭上でぴたりとそろう。そのとき、背後から「ゲルマン人が来るぞ！」という恐怖に満ちた、途方もない大きな叫び声が響いてくる。みながパニックに陥って、窓や扉から一目散に逃げる。皇帝だけはじっとすわったままでいる。奥から恐怖で真っ青になったピュラムスとアキレスが出て来る）

ロムルス　どこにいるのかね、そのゲルマン人どもは？

ピュラムス　ノーラの町まで来ております、陛下。

ロムルス　そんな大声を出すな。彼らは明日にならなければここへは来ないではないか。私はこれから寝るぞ。（立ち上がる）

ピュラムス　かしこまりました、陛下。

（彼はロムルスの皇帝のトーガと月桂冠、ナイトガウンを脱がせる。ロムルスはベッドの方へ行き、驚く）

ロムルス　まだ誰か、私のベッドの前で横になっているぞ、アキレス。

（近侍は燭台に火をつける）

アキレス　これはスプリウス・ティトゥス・マンマでございます、陛下。いびきをかいております。

ロムルス　ありがたい、このスポーツマンもようやく寝てくれたか。そのまま寝かせてやれ。

（ロムルスはマンマをまたいでベッドに上る。ピュラムスは燭台のろうそくを吹き消して、暗闇の中をアキレスとともに出て行く）

ロムルス　ピュラムス！
ピュラムス　はい、陛下。
ロムルス　もしゲルマン人がやってきたら、中へ入れなさい。

第四幕

（四七六年三月一五日の翌朝。第一幕と同じ皇帝の書斎。奥にある扉の上の壁際には、都市国家ローマの建設者ロムルス王の胸像だけが残っている。数少ない家具もみすぼらしいものばかりで、ましな家具はすべて持ち去られている。扉の脇にアキレスとピュラムスが立っていて、皇帝が来るのを待っている）

アキレス　よく晴れたすがすがしい朝じゃな。
ピュラムス　すべてが破滅する今日という日にまだ太陽が昇るなんて、信じられん。
アキレス　もはや自然ですら信用がおけないものになってしまった。

（二人とも黙る）

ピュラムス　われわれは一一人の皇帝のもと、六〇年もローマ帝国に仕えてきた。われわれがまだ生きている時代にその帝国が存在しなくなるなんて、歴史的に見て不可解じゃ。
アキレス　私には何の責任もないぞ。私はいつだって完璧な召使だったのだからな。
ピュラムス　どこから見ても、われわれこそ帝国を支える本当にしっかりとした柱だったのじゃ。
アキレス　われわれが引退したら、「これで古代が終わった」ということになるのじゃろう。

（二人とも黙る）

ピュラムス　人々がラテン語もギリシア語も話さなくなって、あのゲルマン語などというとんでもない言葉をしゃべる時代がやって来るなんて、考えただけでもぞっとするわい。
アキレス　それに、われわれの千分の一ほどの教養もないゲルマンの首領や中国人や、田舎者のズールー人が世界政治の舵をとるようになるなんて、想像するだけでもぞっとするわい。アルマ・ヴィルムケ・カーノ[二九]、「私は武器と男たちについて歌う」。私はヴェルギリウスの全作品を暗唱できる。
ピュラムス　メーニン・アエイデ・テア[三〇]、「女神たちよ、怒りを歌え」。私はホメロスを暗唱できる。
アキレス　いずれにせよ、これから始まる時代はひどいものになるに違いない。
ピュラムス　まさしく暗黒の中世じゃ。ペシミストになるつもりはないが、今日の破滅から人類が立ち直る日はない、と言わせてもらおう。

（ロムルスが皇帝のトーガと月桂冠を身につけて登場する）

アキレスとピュラムス　おはようございます、陛下。
ロムルス　おはよう。寝坊してしまった。思いがけず謁見が重なって、疲れてしまったのだ。今朝は寝ぼけて、まだベッドの足もとで眠っているあのスポーツマンを踏んづけそうになった。夕べは一晩で、私の治世の二〇年間分を合わせたよりもっとたくさんの仕事をした。
アキレス　おっしゃるとおりでございます、陛下。
ロムルス　妙に静かだな。がらんとしている。空き家みたいだ。

（沈黙）

ロムルス　わが子レアはどこだ？

（沈黙）

アキレス　お姫様は――
ピュラムス　エミリアン様と――
アキレス　それに皇后様と――
ピュラムス　内務大臣、帝国元帥、コックやその他の使用人もみな――

（沈黙）

ロムルス　何だ？
アキレス　いかだに乗ってシチリア島に向かう途中、お亡くなりになりました。波にさらわれたのでございます。
ピュラムス　漁師が知らせて参りました。
アキレス　イサウリアのゼノ様だけが侍従たちとともに、チャーター船でアレクサンドリアにお逃げになりました。

（沈黙。皇帝は落ち着いている）

ロムルス　わが娘レアとわが息子エミリアンが。（二人の近侍をじっと見る）

ロムルス　おまえたちは涙を見せないな。
アキレス　年寄りでございますから。
ロムルス　私も死ななければならない。ゲルマン人どもは私を殺すだろう。今日のうちにでも。だから私はもうどんな痛みにも打ちのめされることはない。もうすぐ死ぬことになっている者は、死者のための涙を流したりはしないのだ。すべてが終わってしまった今ほど冷静で明るい気持ちになったことはない。朝ご飯にしよう。
ピュラムス　朝食でございますか。
アキレス　しかし陛下、ゲルマン人どもがいつやって来るともかぎりませんが――

ピュラムス　それに今日は帝国中が喪に服す日でございますから。
ロムルス　ばかなことを言うな。喪に服すべき帝国など、もう存在していないのだ。それに私自身も死ぬときには、いつもどおりにしていたいのだ。
ピュラムス　かしこまりました、陛下。
（ロムルスは舞台前面中央にある肘掛け椅子に腰をおろす。ピュラムスは小さなテーブルを運んでくる。テーブルの上には皇帝のいつもの朝食が置いてある。皇帝はもの思わしげに食器を眺める）
ロムルス　最後の朝ご飯なのに、どうしてこんなにみすぼらしいブリキの皿や欠けたカップを運んでくるのか？
ピュラムス　皇室の食器セットは皇后陛下が持って行かれました。お父上のものでしたので。
アキレス　それも今では海の底でございます。
ロムルス　それならよい。処刑前の最後の食事には、このような古い食器のほうがふさわしいというものだ。（ゆで卵のてっぺんをスプーンで叩く）
ロムルス　アウグストゥスは今日ももちろん産まなかったであろう。
（ピュラムスは助けを求めるようにアキレスを見る）
ピュラムス　産みませんでした、陛下。
ロムルス　ティベリウスは？

ピュラムス　ユリウス家も産みませんでした。
ロムルス　フラヴィウス家は？
ピュラムス　ドミティアヌスが産みました。けれども陛下はこの者の卵は断固として食べないとおっしゃいますので。
ロムルス　この卵は誰のものか。（スプーンで卵をすくう）
ピュラムス　いつものように、マルクス・アウレリウスのものでございます。
ロムルス　他に誰か卵を産んだ者はいるか。
ピュラムス　オドアケルでございます。（いくらか困った様子を見せる）
ロムルス　ほう。
ピュラムス　三個産みました。
ロムルス　見ておいで、その鶏は今日、新記録を作るぞ。（陛下はミルクを飲む）
ロムルス　おまえたちはいやにかしこまっているな。
アキレス　私どもは陛下に二〇年もお仕えして参りました。
ピュラムス　その前には陛下の前任であられた一〇名の方々に四〇年お仕えしました。
アキレス　私どもは六〇年ものあいだ、貧乏を覚悟で皇室にお仕えして参ったのでございます。
ピュラムス　どんな辻馬車の御者でも皇室の召使よりたくさんの給金をもらっております。陛下、せめて一度はこのことを申し上げておかなくては。
ロムルス　それは私も認める。けれども辻馬車の御者の方が皇帝よりも稼ぎがいいということも考えてくれないと困る。

（ピュラムスは助けを求めてアキレスの方を見る）

アキレス　工場経営者のカエサル・ルップ殿が私どもにローマの屋敷で召使として働かないかとおっしゃってくださっているのですが。

ピュラムス　年収四千セステルツィウスで、週に三度は午後に休みがとれるのです。

アキレス　回想録を書く時間がもてるような職場なのでございます。

ロムルス　それはすばらしい条件だな。おまえたちには暇をとらせよう。

（彼は頭から月桂冠を取り、二人に葉を一枚ずつ渡す）

ロムルス　これが私の黄金の冠についた最後の葉っぱだ。そしてこれが、わが政府が最後に執り行なう財務行為でもあるわけだ。

（戦闘の叫び声が聞こえる）

ロムルス　何の騒ぎだ？

アキレス　ゲルマン人どもです、陛下！　ゲルマン人どもがやって来たのでございます！

ロムルス　それでは、迎えてやらねばなるまい。

ピュラムス　帝国の剣をお持ちしましょうか？

ロムルス　まだ質に入れていなかったのか？

（ピュラムスは助けを求めるようにアキレスの方を見る）

アキレス　どこの質屋も買い取ってくれなかったのです。錆びておりましたし、はめこんであった宝石は陛下ご自身がみんな取ってしまわれたものですから。

ピュラムス　やはり持って参りましょうか？

ロムルス　ピュラムスよ、帝国の剣などというものは、片隅にしまっておくのが一番いいのだ。

ピュラムス　お食事の準備はこれでよろしいでしょうか？

ロムルス　アスパラガス酒を少しくれ。

（ピュラムスは震えながら酒を注ぐ）

ロムルス　おまえたちはもう下がってよい。皇帝はもうおまえたちを必要としない。おまえたちはいつも申し分のない近侍だった。

（二人は不安そうに出て行く。皇帝は小さなグラスでアスパラガス酒を一杯飲む。上手からゲルマン人が一人やって来る。のびのびとした遠慮のない様子である。悠然としており、ズボンをはいている他には野蛮な点はない。ゲルマン人はまるで博物館の中にでもいるかのように部屋を眺め、革製のバッグから取り出した日記帳にときどきメモを取っている。ズボンをはき、ゆったりした薄手の上着を着て、鍔広の旅行用の帽子をかぶっている。腰にベルトでつるした剣の他には、これといって軍人らしいところはない。彼の後ろから、軍服を着た若い男がついて来る。この軍服はオペラの衣装のようであってはならない。ゲルマン人はいろいろな物を見ているうちに偶然見つけたという様子で皇帝を見る。二人はお互いを不思議そうに見つめる)

ゲルマン人　ローマ人だ！

ロムルス　ようこそ。

(若いゲルマン人は剣を抜く)

若い男　死ね、ローマ人め！

ゲルマン人　剣を納めなさい。

若い男　はい、おじ上。

ゲルマン人　出て行ってくれないか。

若い男　はい、おじ上。(上手から退場)

ゲルマン人　失礼した、ローマ人殿。

ロムルス　大丈夫だ。君は本物のゲルマン人かね？(疑わしそうにゲルマン人を見る)

ゲルマン人　それも由緒正しい家柄の。

ロムルス　おかしいな。タキトゥスによると、ゲルマン人は反抗的な青い目をしていて、赤みがかった金髪で、野蛮人らしい大きな体をしているということになっているが、君の姿を見るかぎり、どちらかと言えば変装したビザンティウムの植物学者のように思われるが。

ゲルマン人　私の方こそ、ローマ人をもっと違った風に想像していたよ。ローマ人は勇敢だといつも聞いていたのだが、逃げ出さなかったのは君一人ではないか。

ロムルス　私たちは明らかに異民族に対して誤った考えをもっていたようだな。君が足にまとっているものが、あのズボンというものなのか？

ゲルマン人　そうだ。

ロムルス　本当に奇妙な衣服だ。どこで留めるのだ？

ゲルマン人　前で。

ロムルス　どうやって体から落ちないようにしているのか？

ゲルマン人　ズボン吊りを使っている。

ロムルス　その——ズボン吊りとやらを——ちょっと見せてくれないか。どんなものか、想像もつかない。

ゲルマン人　いいとも。

（ゲルマン人はロムルスに剣を渡し、上着のボタンをはずす）

ゲルマン人　ズボン吊りが発明されたおかげで、ズボンは技術的に何の問題もないものになったのだ。後ろも見てごらん。（後ろを向く）

ロムルス　実用的だな。（ロムルスはゲルマン人に剣を返す）

ロムルス　君の剣だ。

ゲルマン人　ありがとう。ところで何を飲んでいるのかね？

ロムルス　アスパラガス酒だ。
ゲルマン人　ちょっと味見させてくれないか？
ロムルス　自家製なんだ。

（皇帝はゲルマン人に注いでやる。ゲルマン人は一口飲んで、頭を振る）

ゲルマン人　まずい！　この飲み物はすぐにすたれるだろう。ビールの方がましだ。

（ゲルマン人は食卓に着き、ロムルスの隣にすわって、帽子を脱ぐ）

ゲルマン人　庭の池にあるヴィーナス像はすばらしい。君はいいものを持っているね。
ロムルス　あれは何か特別なものなのか？
ゲルマン人　本物のプラクシテレスだ。
ロムルス　それはまた運の悪い。私はあれを、何の値打ちもない複製だとばかり思っていたのだ。美術商はもう帰ってしまったし。
ゲルマン人　ちょっと失礼。（すくって食べた後の卵を調べる）悪くない。
ロムルス　君は養鶏マニアなのか？
ゲルマン人　それはもう。
ロムルス　それは不思議だ！　私も養鶏マニアなのだ！
ゲルマン人　君もだって？

ロムルス　そうなんだ。

（お互いにじっと顔を見る）

ゲルマン人　ようやく自分の好きなことを話せる相手ができた。
ロムルス　私の方こそ。
ゲルマン人　庭の鶏は君のか？
ロムルス　ガリアから輸入したものだ。
ゲルマン人　卵を産むかね？
ロムルス　疑うのか？
ゲルマン人　正直に言いたまえ。卵の様子からすると、まあまあといったところだろう。
ロムルス　よろしい、正直に言おう。実はだんだん産まなくなってきているのだ。それが心配でね。それが餌のせいなのかどうかはわからない。本当に調子のいいのは一羽きりだ。
ゲルマン人　黄色の斑点のある、灰色のやつか？
ロムルス　どうしてわかる？
ゲルマン人　あれは私がイタリアへ送り込んだものなのだ。南の気候が合うかどうか知りたかったのでね。
ロムルス　それは喜びたまえ。本当にいい鶏だよ。
ゲルマン人　私が品種改良したのだ。
ロムルス　君は才能のある養鶏家らしいな。

ゲルマン人　国の父としての仕事だからな。
ロムルス　国の父だって？　君はいったい誰だ？
ゲルマン人　私はオドアケル、ゲルマンの大将だ。
ロムルス　お目にかかれてうれしい。
ゲルマン人　それで、君は？
ロムルス　ローマ皇帝だ。
ゲルマン人　私の方こそ、お目にかかれてうれしく思うよ。実は、君が誰かは最初からわかっていたんだ。
ロムルス　わかっていた？
ゲルマン人　隠していてすまなかった。敵同士の二人がいきなり顔を合わせるのは、あまり愉快なものではないからな。それでまず養鶏の話をするのが、政治の話をするよりいいだろうと思ったのだ。
ロムルス　気にするな。

（二人とも黙る）

オドアケル　私が何年も待ち望んでいた瞬間がやって来た。

（皇帝はナプキンで口もとをぬぐい、立ち上がる）

ロムルス　覚悟はできている。

オドアケル　何の？
ロムルス　死ぬ覚悟だ。
オドアケル　君は死ぬつもりなのか？
ロムルス　ゲルマン人が捕虜にどんな扱いをするかは、世界中に知れ渡っている。
オドアケル　ロムルス皇帝、敵のことをそんなに表面的にしかとらえていないのか？　それじゃあ世間の評判の受け売りじゃないか。
ロムルス　私を殺す他にどうするつもりなのだ？
オドアケル　今にわかるよ。甥よ、来なさい！

（上手から先ほどの若い男が登場する）

甥　何でしょう、おじ上。
オドアケル　ローマ皇帝にお辞儀をしなさい。
甥　はい、おじ上。（お辞儀をする）
オドアケル　もっと深く。
甥　はい、おじ上。
オドアケル　ローマ皇帝にひざまずきなさい。
甥　はい、おじ上。（ひざまずく）
ロムルス　これはいったいどういうことだ？
オドアケル　立ちなさい。

甥　はい、おじ上。
オドアケル　出て行きなさい。
甥　はい、おじ上。（退場）
ロムルス　さっぱりわからん。
オドアケル　私は君を殺しに来たのではないのだ、ローマ皇帝よ。私は私の全国民とともに君の支配下に入るために来たのだ。

（オドアケルもひざまずく。ロムルスは死ぬほど驚く）

ロムルス　気でも狂ったのか！
オドアケル　ゲルマン人でも理性の声に従うことができるのだよ、ローマ皇帝。
ロムルス　私をからかう気か。
オドアケル（立ち上がる）　ロムルス、私たちはついさっき、心を開いて鶏の話をしたばかりではないか。同じように心を開いて、われわれの国民のことを話せないのかね？
ロムルス　いいだろう、話してくれ。
オドアケル　すわってもいいかね？
ロムルス　いちいちきくなよ、君の方が勝者なんだから。
オドアケル　ついさっき私が君の支配下に入ったということを忘れないでくれよ。

（二人とも黙る）

ロムルス　じゃあすわって。

（二人は腰掛ける。ロムルスは憂鬱そうである。オドアケルは注意深くロムルスを見守る）

オドアケル　君は私の甥を見たろう。テオドリックという名なんだ。

ロムルス　そうか。

オドアケル　礼儀正しい若者だ。はい、おじ上、わかりました、おじ上。一日中あの調子なんだ。彼の振る舞いは申し分ない。けれどもあの品行方正ぶりがわが国民に有害な影響を与えているのだ。彼はどんな娘にも手を出さない。水しか飲まないし、床の上に眠る。毎日武術の稽古に励んでいる。今だって、控えの間で待ちながら、体操しているに違いない。

ロムルス　まさに英雄というわけだ。

オドアケル　彼はゲルマン人の理想を体現しているのだ。彼は世界支配を夢見ており、国民も彼とともに夢見ている。だから私も今回、出兵せざるを得なくなったのだ。私は一人で甥や詩人たちや世論に立ち向かい、譲歩を余儀なくされた。私は人道的に戦おうとした。ローマ人はほとんど抵抗しなかった。けれども南へ行けば行くほど、わが軍の悪行はひどくなっていった。それはわが軍がよその国の軍に比べて残酷だからではない。戦争そのものが残忍なものだからだ。私はショックを受けた。遠征を中止しようとした。ズボン工場社長の金を受け取る覚悟もした。わが軍の上層部は今ならまだ買収できるし、私も今ならまだ自分の意志どおりに事を運ぶことができる。今ならまだ。そう言うのは、もうすぐそんなことはできなくなってしまうからだ。そうなったときにはわれわれは最終的に英雄の民族になってしまっているだろう。私を助けてくれ、ロムルス、君が私の最後の望みの綱なのだ。
ロムルス　何の望みの？
オドアケル　私が命拾いをする望みの。
ロムルス　命を狙われているのか？
オドアケル　今はまだ甥はおとなしくしているし、礼儀正しい。けれどもいつか、あと何年も経たないうちに、彼は私を殺すだろう。私はゲルマン的忠誠心というものを知っている。
ロムルス　だから私の支配下に入ろうというのか？
オドアケル　一生のあいだ、私は人間の本当の偉大さを捜し続けてきた。私の甥のような偽物の偉大さではなく、本物の偉大さを。いつの日か甥はテオドリック大王と呼ばれるようになるだろうがね。年代記編纂者がどんな連中か、私にはわかってるんだ。私は農民で、戦争は大嫌いだ。私はゲルマンの原始林には見つけられなかった人間性を捜してきた。そしてそれを君の中に見つけたんだよ、ロムルス皇帝。君の侍従長のエビは君という人物をちゃんと見抜いていた。
ロムルス　エビは君の言いつけでうちの宮廷にいたのか？
オドアケル　彼は私によい知らせをもたらした。一人の本物の人間について、正しい人間について、つまり君について知らせてきたのだよ、ロムルス。
ロムルス　彼が君に知らせてきたのは、一人の愚か者についてだったのだ、オドアケル。私はローマ帝国が滅びる日のために自分の人生を賭けてきた。私は死ぬ覚悟ができていたからこそ、自分にローマを裁く権利を与えた。私は自分の国に途方もない犠牲を求めたが、それは私も自分自身を犠牲として差し出したからなのだ。私は国民に防衛力を与えず、血を流させたが、それは私自身も血を流すつもりでいたからなのだ。それが今、私に生き延びよと言うのか。私が犠牲になる必要はないと言うのか。ただ一人助かれと言うのか。それだけではない。君がやって来る前に、愛する娘が婿とともに亡くなったという知らせが届いたのだ。妻や廷臣たちも一緒に。私はこの知らせに打ちのめされたりはしなかった。だが、それはひとえに、私自身も死ぬと信じていたからなのだ。今になってこの知らせは私を情け容赦なく打ちのめす。この知らせは情け容赦なく、私の考えが間違っていたことを明らかにするのだ。私がしたことはすべて無意味になってしまった。私を殺してくれ、オドアケル。

（沈黙）

オドアケル　君は苦悩のあまりそのようなことを言うのだ。悲しみに打ち勝ち、私の申し出を受け入れてくれ。

ロムルス　君は怖がっているのだ。恐れに負けず、私を殺せ。

（沈黙）

オドアケル　ロムルス、君は自分の国民のことを考えた。今は自分の敵のことを考えるときだ。私が君の支配下に入ることを君が受け入れないならば、われわれが二人で一緒に進まないならば、世界は私の甥のものになり、第二のローマが、つまりゲルマンの世界帝国が誕生することになってしまうだろう。それはローマ帝国と同じくらいはかなく、血なまぐさい帝国だろう。そんなことになってしまったら、ローマを倒すという君の仕事は無意味になってしまう。君は君の偉大さから逃れることはできないのだよ、ロムルス。君こそがこの世界を統治する術を知っている唯一の男なのだ。後生だから、私を君の支配下に入れてくれ。そしてわれわれの皇帝となって、われわれをあのテオドリックの血なまぐさい偉大さから守ってくれ。

(彼はひざまずく)

ロムルス　私にはもうできないのだ、ゲルマンの人よ。たとえ私がそうしたいと思っても。君が私の手から、行動する権利をたたき落としたのだ。
オドアケル　それが君の最終的な結論なのか？

(ロムルスも同じようにひざまずく。二人はお互いにそれぞれの前でひざまずきあっていることになる)

ロムルス　私を殺してくれ！　こうしてひざまずいて頼んでいるのだ。
オドアケル　私はわれわれを助けるよう、君に強制はできない。不幸なことになってしまったな。けれども、君を殺すこともできないよ、私は君のことが好きだから。
ロムルス　立とうか。
オドアケル　立とう。
ロムルス　君が私を殺してくれないのなら、まだひとつ解決法がある。まだ私の命を狙っている男が一人だけ残っていて、そいつが私のベッドの前で眠っているんだ。行って、彼を起こしてこよう。

（ロムルスは立ち上がる。オドアケルも立ち上がる）

オドアケル　それは解決にはならないよ、ロムルス。君はやけを起こしている。君の死には意味がない。なぜなら、君の死が意味を持つのは、世界が君の考えていたとおりのものである場合にかぎるのだが、世界はそのようにはなっていないのだから。君の敵も、君と同じように正しく行動したいと思っている一人の人間なのだ。君は自分の運命を受け入れなければならない。それ以外に道はない。

（沈黙）

ロムルス　すわろう。
オドアケル　われわれには他に方法がないのだ。
ロムルス　私をどうするつもりだ？
オドアケル　君には引退して年金生活者になってもらおう。
ロムルス　年金生活者だと？
オドアケル　それがわれわれに残されたただひとつの方策だ。

（沈黙）

ロムルス　年金生活者になることは、私の身の上に起こりうる最もおぞましいことだ。

オドアケル　私も最もおぞましいことに直面しているのを忘れないでくれ。君は私をイタリア王に任命しなければならないだろう。今行動を起こさなければ、これが私にとっての終わりの始まりというこ とになるだろう。だから、好むと好まざるとにかかわらず、私は自分の支配を殺人から始めなければならない。（彼は剣を抜き、下手の方へ行こうとする）
ロムルス　何をする気だ？
オドアケル　甥を殺すのだ。今ならまだ彼より私の方が強い。
ロムルス　今度は君がやけを起こしているぞ、オドアケルよ。君が甥を殺しても、千人もの新たなテオドリックが生まれるだけだ。君の国民は君とは別な考えをもっている。彼らは英雄的行為を求めているのだ。君にそれを変えることはできない。

（沈黙）

オドアケル　すわろう。

（二人は再び腰掛ける）

ロムルス　わが親愛なるオドアケルよ、私は運命を演じようとし、君は君の運命を避けようとした。そして今や、挫折した政治家となることが私たちの運命となったのだ。私たちは世界と手を切ることができると考えた。君はゲルマニアを、私はローマを放棄することができると考えた。しかし、今や私たちは瓦礫の山と取り組まなければならなくなってしまった。私たちに世界を見放すことはできないのだ。私はローマの過去を恐れるあまりローマを裁き、君は未来に怖気をふるってゲルマニアを裁いた。私たちは過去と未来という二つの幽霊に振り回されていたのだ。なぜなら、私たちはかつてあったことと、これから起こるであろうことに対しては、力をもたないのだから。私たちが力を発揮できるのは現在に対してだけなのに、私たちは現在のことを考えず、二人とも失敗したのだ。今や私は年金生活者として、現在を生きなければならない。私の愛した娘や、息子や妻や、その他の大勢の不幸な人々に対する責任を感じながら。

オドアケル　そして私は国を治めなければならない。

ロムルス　現実が私たちの理念を修正したのだ。

オドアケル　最も辛いやり方で。

ロムルス　辛いことを耐えようではないか。無意味なものに意味をもたせるよう、世界を誠実に治めるよう、君に残されたこの数年のあいだ、がんばってみるのだ。ゲルマン人とローマ人に平和を与えなさい。任務につきなさい、ゲルマンの首領よ！　今度は君が統治するのだ。これからの数年間は、世界史に忘れ去られてしまうだろう。というのも、それは英雄的でない数年間になるだろうから――しかしそれは、この混乱した世界が最も幸福に過ごした歳月の中に数えられるようになるだろう。

オドアケル　そしてそれから私は死ななければならないだろう。

ロムルス　元気を出しなさい。君の甥は私も殺すだろう。私の前でひざまずかされたことを、彼は決して許さないだろうから。

オドアケル　われわれの悲しい任務につくとしようか。

ロムルス　さっさと済ませてしまおう。もう一度、最後の喜劇を演じようではないか。この世ではあたかも計算どおりになるかのように、そして精神が人間という物質に打ち勝つことができるかのようにふるまおうではないか。
オドアケル　甥よ、来なさい！

（上手から甥が登場する）

甥　何でしょう、おじ上？
オドアケル　隊長たちを呼んできなさい。
甥　はい、おじ上。

（甥は剣で合図をする。長い行軍で疲れ果て、汚れきったゲルマン人たちで部屋がいっぱいになる。単色使いの亜麻布でできた服を着て、その上に胸甲をつけ、顔まで隠してしまうような簡単なヘルメットをかぶって、首切り斧を手にしている。全体として彼らは死刑執行人の威嚇的な集団のような印象を与える。オドアケルが立ち上がる）

オドアケル　ゲルマン人よ！　長い行軍のためにほこりにまみれ、疲れ果て、太陽に焼かれてきたが、おまえたちの遠征はこれで終わりだ。おまえたちは今や、ローマ皇帝の前に立っているのだ。皇帝に敬意を表しなさい。

（ゲルマン人たちは首切り斧で敬礼する）

オドアケル　ゲルマン人よ！　この人のことをおまえたちはあざ笑い、歩きながら、あるいは夜、焚き火を囲んで歌った歌の中であざけってきたのだ。けれども私は彼の心の温かさを知った。彼より偉大な人物に私はこれまで会ったことがないし、誰が私の後継者になるにせよ、これからおまえたちが彼より偉大な人物に会うこともないだろう。ローマ皇帝、それでは何かお言葉を。

ロムルス　皇帝は帝国を解消する。この色とりどりの太陽のような国をもう一度見てほしい。私の唇からもれる軽い息にのせられて、さえぎるもののない空間を漂う大帝国の夢を。イルカの踊る青い海を取り囲むこの広がる国土を。穀物の実りで黄金に輝く豊かな属州を、活気に満ちあふれにぎやかな都市を。人々を暖め、空高く上る時は世界を燃え立たせる太陽のような帝国を、もう一度見てほしい。この柔らかな天球は今、皇帝の手の中で無に帰するのだ。

（敬虔な沈黙。ゲルマン人たちは、立ち上がった皇帝を驚いて見つめる）

ロムルス　私はゲルマンの将オドアケルをイタリアの王に任命する！

ゲルマン人たち　イタリア王、万歳！

オドアケル　私の方からは、ローマ皇帝にカンパーニアにあるルクッルス（二二）の別荘を贈ることにする。さらに皇帝は年間金貨六千枚の年金を受け取るものとする。

ロムルス　皇帝が飢えに苦しんだ時代は終わった。君に月桂冠と皇帝のトーガを渡そう。帝国の剣は園芸用具と一緒に置いてあるし、元老院はローマのカタコンベでやっているから。さあ、壁に掛けてある私と同名のロムルス王の胸像を取ってくれ。彼はローマを建設し、私は今それを解消したのだ。

（ゲルマン人のうちの一人が胸像を持って来る）

ロムルス　ありがとう。

（彼は胸像を小脇に抱える）

ロムルス　私は君を置いて行くぞ、ゲルマンの大将よ。私は年金生活に入るのだ。

（ゲルマン人たちは気をつけの姿勢をとる）

（奥からスプリウス・ティトゥス・マンマが駆け込んで来る。両手で抜き身の剣を持っている）

スプリウス・ティトゥス・マンマ　皇帝を殺してやる！

（イタリア王が威厳をもって彼の方に進み出る）

オドアケル　剣を下ろしなさい、騎兵隊長。皇帝はもう存在しない。

スプリウス・ティトゥス・マンマ　帝国は？

オドアケル　解消した。

スプリウス・ティトゥス・マンマ　それでは帝国最後の将校ともあろうものが、祖国の滅亡の時を寝すごしたのか！

（スプリウス・ティトゥス・マンマはショックを受けてしゃがみ込む）

ロムルス　諸君、これでローマ帝国は存在することをやめたのだ。

（皇帝は頭をたれ、胸像を小脇に抱えて、ゆっくりと退場する。ゲルマン人たちは畏敬の念をこめて立ちつくしている）

『ロムルス大帝』のための十ヶ条

第一条　著者は共産主義者ではなく、ベルン人である。
第二条　著者は根っからの世界帝国嫌いである。
第三条　ロムルス、イサウリアのゼノ、オドアケルは歴史上の人物である。
第四条　姑のヴェリーナも史実に基づいている。
第五条　一方、ロムルスは皇帝に即位したとき一五歳であり、退位したときには一六歳だった。
第六条　将軍オレステスは実際にはロムルスの父だった。
第七条　ローマの兵士たちは実際には、ゲルマニアの人々より何世紀も早くズボンをはいていた。
第八条　ネロはもう片眼鏡をかけていたらしい。
第九条　ロムルスとユーリア。
第十条　アスパラガス酒はアスパラガスの根から作られた。

ミシシッピ氏の結婚

二部構成の喜劇

（一九五〇年執筆、一九八〇年版）

Die Ehe des Herrn Mississippi

登場人物

アナスタージア
フローレスタン・ミシシッピ
フレデリック・ルネ・サン゠クロード
ボード・フォン・ユーベローエ・ツァーベルンゼー伯爵
大臣ディエーゴ
女中
召使
三人の聖職者
レインコートを着た三人の男　右手をポケットに入れている
二人の看守
ユーバーフーバー教授
精神科医たち

第一部

（観客がホールに入るあいだ、ベートーヴェンの交響曲第九番の第四楽章の合唱が聞こえる）

（幕が上がる）

（ある部屋が目に入る。その後期ブルジョア的壮麗さを描写するのは容易ではないだろう。しかし、このストーリーはこの部屋で、まさしく、もっぱらこの部屋で展開されるのだから、これから起きる出来事はこの部屋の歴史を記述していると言ってもよいくらいなのだから、どうしても描写しておかなくてはならない。この空間はとんでもない代物である。背景には窓が二つある。景色はというと、見る者を混乱させる。上手にはりんごの木の枝があり、その背後にゴシック様式の大聖堂がある、どこか北方の町。下手に見えるのは、糸杉、古代寺院の遺跡、入江、港。それはともかく、この二つの窓のあいだの、それより高くはないところに、大型の置時計がある。その様式は、やはりゴシックである。その上方に、ばら色の顔をした、はじけんばかりに健康そうな砂糖工場社長の肖像画。上手側の壁へと移ることにしよう。そこには扉が二枚ある。後方のはベランダを経てもう一つの部屋へと通じている。この扉は重要ではない。第五幕で使うだけだから。上手前面の扉は、下手隅の玄関ホールへと通じている。この家はどんな風に建てられているのか、などとは考えないようにしよう。これはでたらめに改築された貴族の館なのだ、と考えようではないか。上手の二枚の扉のあいだに小さなサイドボード。これはルイ一五世様式ではどうだろうか。その上には愛の女神がいる。もちろん、石膏の。下手の壁には扉は一枚だけである。世紀末様式の二枚の鏡に挟まれている。この扉は居間へ、居間から寝室へと通じている。色々な人物がそこに出入りするが、われわれはそこに立ち入らぬことにする。下手前面には鏡がもう一枚、ルイ一六世様式の枠に入って空中に架かっているが、もちろん外枠だけなので、登場人物が中を覗き込むと、観客が見える。上手前面には小さな、楕円形の、何も入っていない額が架かっていてもいいだろう。中央には、ビーダーマイヤー様式(一)の小さな丸いコーヒーテーブル。この作品のそもそもの主役であり、このテーブルの周りで劇が進行するのであり、これを巡って一切が演出されるべきものである。その両側にはルイ一四世様式の肱掛椅子が二つ。どこかにアンピール様式(二)のものを配置してもよい。例えば、下手前面に小さなソファなど。それから下手奥にスペイン風の屛風。政治的にまさにそれが望まれる状況でないなら、ロシア風のものはなくてもよいだろう。コーヒーテーブルの上には赤いバラを飾った日本風の花瓶。バラは第二幕では白に、第三幕では黄色に変えてもよい。その後の幕では花はない方がよいと思う）

（それから、二人用のコーヒーセット。マイセン製の磁器だろう、たぶん。コーヒーテーブルにはサン＝クロードがいる。彼の人格にもっと詳しく立ち入るつもりはないが、なにかしら四角ばった存在として考えることにする。鋼鉄の塊のように強力で、見るからに体に合っていない燕尾服を着ている。靴下は、赤である。エナメル靴。彼は銀製の小さな呼び鈴を鳴らす。上手から三人の男がやって来る。温厚なビール醸造人のように見えなくもない。レインコートを着て、赤い腕章を付け、右手をポケットに突っ込んでいる）

レインコートを着た三人のうち男1　両手を頭の後ろに回せ。

（サン＝クロード、言われたとおりにする）

男2　窓のあいだへ行け。

（サン＝クロード、言われたとおりにする）

男３　時計の方を向け。

（サン＝クロード、観客に背を向ける）

（銃声）

男１　この殺し方が一番簡単だ。

（サン＝クロードは立ったまま。レインコートを着た三人の男は――右手を再びポケットに入れて――上手から退場する。サン＝クロードは観客の方を向いて、時には場末の劇場の舞台監督のように、また時にはメフィストのように、次のことを語る）

サン＝クロード　みなさん、お気づきでしょうが、私はたった今、射殺されました。その直前に不滅の交響曲第九番が終わりました。私が思うには、私の体の中の肩胛骨のあいだのどこかに弾が当たったのです――正確にどこかを言うのは簡単ではありませんが――（後ろに手を伸ばす）――内臓を通りながら私の心臓を粉々にし、その後、胸のここから外に出て、燕尾服を通り抜け、プロイセン勲功章の勲章をでこぼこにして――これは困ったことですな。燕尾服も勲章も私のものではないのですから――その上、銃弾は時計に傷をつけてしまった、とだいたいこんなところではないでしょうか。私の今の状態は快適です。こんなことがあった後もまだ自分が存在しているということには、もちろんたしかにひどく呆れてしまいますが、それを除けば気分は上々ですとも。とりわけ、こう言ってよければ、肝臓の具合が突然悪くなることも、もうないんですからね。私の肝臓には陰険な苦しみが吹き荒れていて、生きているあいだは、死神の目からそれを隠そうとビクビクしていたものです。しかし、それというのも、今こそ告白しなくちゃなりませんが――私は自分を純粋に道徳的な人間だと思っていますので――私のいくぶん過激な世界観のかなりの部分はこの苦しみのせいだったのです。ついさっきごらんになった私の死は、この、非常に陳腐な、しかし神も仏もあることか――今になってこんな言い回しをするなんて妙なことだ――（首を振る）――この、つまり神も仏もあることか、それほど異常すぎもしない死は、たやすくご想像いただけましょうが、元来はこの作品の結末で起こるものなのです。なぜといって、腕章を付けた男たちがいったん登場したら、もう一巻の終わりで、負けは決まっているのですから。それでも、われわれは、私の殺害を――このように言い表したいのですが――お客様にあまりショックを与えないようにという理由から、最初にもってきました――最悪の場面の一つが早速先にすまされることになるからです。それでなくても――このことも黙っているわけにはいきませんが――私の痛ましい死の時点で、ここに他にもいくつか死体が転がることになるのです。こんな事情は当然今のみなさんを混乱させることになるでしょうが、決して大げさに言っているわけではないのです。この喜劇では何にもまして、私の友人ミシシッピの結婚がテーマになっているということにお気づきになればですが。何にもまして、と言いますのも、三人の男の、問題がなくもない運命がテーマなのですから。――（情熱家風の肖像画が三枚、上方から降りて来て、背景の中空にとどまる。下手側から順に、サン＝クロード、ユーベローエ、ミシシッピを表しており、両端の二つには黒い紗が掛かっている。）――彼らは、色々な動機からではありますが、世界を変革することや、あるいは救済すること以外にはまったく何も考えていなかったので、ある一人の女と出会うという、言うまでもなく残酷な災難に見舞われることになったのです。――（アナスタージアの肖像画が、同じく黒い紗に覆われて降りて来て、ユーベローエとミシシッピのあいだに漂う）――この女は変革することも、救済することもできませんでした。というのも、彼女は瞬間だけを愛していたからです――それでも後になって考えてみればはるかに満足のゆく生き方ではありますが――ですからこの喜劇は、ボード・フォン・ユーベローエ＝ツァーベルンゼー伯爵の恋とか、サン＝クロード氏のアバンチュールとか、あるいはいっそ、簡潔に、アナスタージア夫人とその恋人たちとかいう題であってもかまわないわけです。（こう言いながら、そのつど名指された人物の肖像画を指差す）もちろん、事態が紛糾して最後には一切が破滅してしまうでしょうし、そう、そもそも事件が大体においてかなり過激に進行することは、残念ではありますが、真実に忠実であろうとすれば――とりわけ今日では、――このことは変更不可能です。（絵は再び消える）そして、今、生き残ったわずかな者の一人が――どうぞ、ごらんください――外の二つの窓のそばをよろよろと歩くのをごらんいただいておりますが――（外でユーベローエ伯爵が青い旗を手にして、よろよろと通り過ぎる）――信心深い人たちの旗を持って、どこかのお笑い種の救世軍の行列を追い駆けています。お許しください。本当はこんなことは全然ありえません。みなさんのところから木の梢が見えておりますからもうおわかりでしょうが、ここは屋敷の二階なのですから。木は糸杉が一本、りんごの木が一本です。それはともかく、どこか適当なところから物語を始めることにしましょう。例えば私がルーマニアで、ミハイ王(三)の転落を引き起こした、まさにあの革命を企んだ次第とか、あるいは、ボルネオの内陸にあるうらぶれた田舎町タンパンで、ユーベローエ伯爵が酔っ払って酔っ払いのマライ人から盲腸を切除しようとしたこととか――（言及されている二人を描いた肖像画が上からふわふわと降りて来る）――しかし、今では馴染んできたこの部屋に留まることにしようではありませんか。

もとに戻ることにしましょう。――（肖像画は再びふわふわと上がる）――それは難しいことではありません。この場所を立ち去る必要はないのですから。――そもそもこの屋敷がどこにあるのかということもはっきりとはしていないのですが――作者はいったん、南方に決めました。だから糸杉と、寺院と、海があるのです。それから今度は、北方に決めました。だからりんごの木と大聖堂があるのです。――それでは、よろしければ、幕が開いてすぐにみなさんが目撃されたあの不幸が起きる前に、つまり五年前に戻ることにしましょう。一九四七年か四八年、現時点の常に五年前に戻ることにしましょう。そもそもそんなことが可能ならばですが。さて、時は五月で、窓は少し開いています――（窓が少し開く）――テーブルの上には赤いバラが一本、時計の上には、アナスタージアと結婚するという幸運に恵まれた最初の夫の肖像画があります。名前をフランソワという砂糖工場社長の肖像画です。そこへ女中が私の旧友ミシシッピを案内して来ます。――（女中とミシシッピが上手から登場）――彼は例によってきちんとした格好で、これまた例によって黒いフロックコートを着て、今、ステッキと、コートとシルクハットを可愛い女中に手渡しているところです。一方、私は、――残念ながら、死ぬ前の人生で、窓から出入りすることがあまりにもしばしばだったので――昔からの習慣に従って立ち去ることにします――これは死者にとって普通のことではないでしょうが、あっさりと無の中へ消えていくという死者のやり方を、ほとんど消え去ってもいない私が、果たしてそんなに簡単に、何の手引きもなく会得できるでしょうか。つまり、そこがどんな場所かは全然想像もできないのですが――（いくぶん疑うように地球の中心部の方向を眺める）――ある場所へとまいりますが――（下手の窓をくぐり抜ける）――この部屋で、五年前にミシシッピ氏はある重要な決断を下すのです。（サン＝クロード消える）

女中　奥様はすぐにおみえになります。お客様。

（女中は上手から退場。ミシシッピは砂糖工場社長の肖像を眺める。下手からアナスタージア登場。ミシシッピはお辞儀をする）

アナスタージア　お待たせしました。
ミシシッピ　ミシシッピと申します。フローレスタン・ミシシッピです。
アナスタージア　お手紙を拝見しましたが、私に緊急のご用件とか？
ミシシッピ　ええ、緊急なのです。残念ながら、仕事の関係で、昼食の後でないと時間が取れませんもので。
アナスタージア　主人のお友達でいらしたのですか？

（彼女はちらりと背景にある肖像画の方を見る。ミシシッピもそちらを見る）

ミシシッピ　突然のご不幸、お痛ましい限りです。（お辞儀する）
アナスタージア（いくぶん狼狽して）　心臓発作でした。
ミシシッピ（改めてお辞儀する）　心からお悔やみ申し上げます。
アナスタージア　コーヒーでもいかがでしょうか？
ミシシッピ　ありがとうございます。

（二人は腰かける。アナスタージアは下手、ミシシッピは上手に。アナスタージア、コーヒーを注ぐ。これに続くコーヒーテーブルでの場面は、非常に細かく計算して演出しなくてはならない。コーヒーを飲む動作は正確に行うこと。両者は、ほとんど同時にカップを口にし、あるいは、同時にスプーンでかき混ぜたりする、等）

アナスタージア　どうしてもあなたのお話を伺うように、とのお手紙でしたわね。亡くなった主人の名においてそうなさるとのことでした。（肖像画の方を見る）そうでなければ、フランソワが亡くなって間もないのに、お会いすることはなかったでしょう。わかっていただけますでしょうね。

ミシシッピ　もちろんですとも。私にも死者への畏敬の念はあります。（彼も肖像の方を見る）もし私の用件がこんなにも緊急でなかったら、あなたをお訪ねして煩わせるようなことは決してしなかったでしょう。私の方にも不幸があったのですからなおさらです。私の年若い妻が数日前に亡くなったのです。（少し間を置いた後で、意味ありげに）マドレーヌと申しました。

（ミシシッピは試すようにアナスタージアを見つめる。アナスタージア、ほんのわずか、ぎくりとする）

アナスタージア　それはお気の毒なことです。

ミシシッピ　わが家は数年来、お宅と同じホームドクターに診てもらっていました。ご老人のお医者様、ボンゼルス先生です。私は先生から、ご主人が亡くなられたという痛ましい事実を聞いたのです。ボンゼルス先生は、家内の場合も同じように心臓発作が死因だと診断されました。

（ミシシッピ、もう一度、探るようにアナスタージアを見つめる。アナスタージア、改めてぎくりとする）

アナスタージア　私の方からも、心からお悔やみ申し上げます。
ミシシッピ　私の用件をご理解いただくためには、私という人間についてはっきり知っていただくことがなにより必要です、奥様。私は検事なのです。

（アナスタージア、ひどくうろたえて、コーヒーカップを落とす）

アナスタージア　失礼しました。ご無礼をお許しください。
ミシシッピ（お辞儀する）　いいえ、相手を恐がらせたり、震えさせたりするのには慣れておりますから。

（アナスタージアは銀製の小さな鈴を鳴らす。上手から女中が登場し、コーヒーを拭き、アナスタージアに新しいコーヒーセットを渡して、再び退場する）

アナスタージア　まだお砂糖を入れておられませんのね。どうぞ、お取りになってくださいな。
ミシシッピ　ありがとうございます。
アナスタージア（微笑みながら）　検事様、どうしてここにおいでになったのですか？
ミシシッピ　ここにお邪魔した理由は、あなたのご主人に関係あることです。
アナスタージア　フランソワがお金でも借りておりましたの？
ミシシッピ　ご主人の罪は、お金に関するものではありません。私たちは互いに一面識もありはしません。奥様。ご主人の不利になることを言わなくてはならないのはまことに遺憾でありますが、ご主人はあなたを裏切っておいででした。

（アナスタージアはぎくりとし、気まずい間があく）

アナスタージア（冷淡に）　誰がそんなことを言いましたの？
ミシシッピ（落ち着いて）　何事にも惑わされることのない、私の観察力がです。私はそれがどこで起きたものであれ、悪を嗅ぎつける能力をもっていて、この才能のせいで途方もなく苦しんでいるのです。
アナスタージア　本当にわかりませんわ。主人が亡くなったばかりだというのに、あの人が、言ってみればまだ息をしているこの部屋で、主人の生き方について馬鹿げたことをおっしゃるのはどうしてですの。そんな告発をなさるなんて、とんでもないことですわ。
ミシシッピ　あなたのような性質の女性をご主人が騙しおおせたという事実こそ、もっととんでもないことなのです。お気づきになりませんか？　私は好んでここにやって来たわけではありません。宿命が私たちを結びつけているからこそ、参らざるをえなかったのです。どうかお願いですから、気をしっかり持って、落ち着いて私の話を聞いてください。お互いに苦しめあうなんてぞっとすることですから、私たちは最大限に注意しなくてはなりません。
アナスタージア（少し間を置いて、あっさりと）　どうも失礼しました。神経が苛立っているものですから。フランソワが思いがけず亡くなって、消耗しておりますの。コーヒーをもう一杯いかがですか？
ミシシッピ　喜んで。私の職業は鉄の神経を必要としますから。

（アナスタージア、コーヒーを注ぐ）

アナスタージア　お砂糖をお入れしていいですか？

ミシシッピ　ありがとうございます。砂糖は気持ちを落ち着かせますからね。残念ながら、われわれの重要な協議に三〇分以上の時間を充てる余裕がありません。今日の午後に陪審裁判所でもう一件、死刑の宣告を勝ち取らなくてはならないのです。今日の陪審員は偏屈なんですよ。（コーヒーを飲む）それでは、ご主人はあなたを裏切ったりしなかったと、今でも信じておられますか？

アナスタージア　主人は潔白ですとも。

ミシシッピ（しばらく間をおいて）　よろしいでしょう。どうしても潔白だったとおっしゃるわけだ。ご主人と一緒にあなたを裏切った女の名前を挙げても、同じことをおっしゃるでしょうかね？

アナスタージア（飛び上がる）　その女って誰ですの？

ミシシッピ（しばらく間をおいて）　その名前は前にも申しました。マドレーヌです。

アナスタージア（ショックを受け、一瞬にして事情を理解して）　あなたの奥さまですの？

ミシシッピ　私の妻です。

アナスタージア（恐怖に襲われて）　でも奥さまは亡くなったんでしょう？

ミシシッピ（落ち着き払って）　もちろん。マドレーヌは心臓発作で亡くなりました。（堂々とした態度で）われわれは今はなきあなたのご主人、フランソワと、今は亡き私の妻、マドレーヌに裏切られていたのですよ、奥様。

アナスタージア　恐ろしいことだわ！

ミシシッピ　結婚の実態はしばしば恐ろしいものですよ。（ハンカチで汗を拭う）もう一杯、コーヒーをいただいてよろしいでしょうか？

アナスタージア（うちのめされて）　失礼しました。すっかりうろたえてしまいまして。

（コーヒーを注ぐ）

ミシシッピ（気分が軽くなる）　われわれが辿るべき恐ろしい道のりの最初の行程は終りました！　ご主人の不実をご存知だったと告白なさったわけです。これでかなりの部分がすみました。とっくに証拠を握っておいでだったんですか？

アナスタージア（抑揚なく）　二、三週間前です。マドレーヌと署名のある手紙を見つけました。情熱的な愛の喜びについて書いてありましたわ。あの手紙を見つけた時には頭を殴られたようなショックでした。主人がなぜあんなことをしたのか、どうしてもわかりません。

ミシシッピ　妻のことをご存知ないからですよ。この上なく愛らしい女でした。若くて、美しさに輝くばかりで。財産はありませんでしたが。妻の裏切りは私を地獄の底に突き落としました。私も手紙を見つけたのです。それには、不注意なことにご主人の会社の住所が載っていました。こんな当たり前の用心さえもうできないほど、二人の愛は激しく燃え上がっていたのです。

アナスタージア　主人が亡くなった後、あの人の裏切りのことは忘れようとしました。昔私を情熱的に愛してくれた人として、私が愛することを決してやめはしない人として、フランソワをもう一度思い出の中にしまっておくために。お許しください、だからこそ最初は、あなたのご質問をはぐらかそうとしたんです。起きてしまったことを思い出すように強いられたものですから。

ミシシッピ　ご主人と一緒にあなたを騙した女の夫として、残念ながら、そうしないわけにはいかなかったのです。
アナスタージア　私にもそれはわかりますわ。あなたは男ですから何事もはっきりさせなくてはね。（立ち上がる）検事様、私のような弱い女にもこの件をはっきりと教えてくださって、感謝いたしますわ。これで私もフランソワのことをすべて知っているわけです。すべてを知るのは恐ろしいことです。（憔悴して）もう失礼いたします。すっかり参ってしまいました。あなたの奥様も主人も死んでしまいました。もう二人に釈明を求めることもできません。あの人たちの愛を求めることもできません。永遠に失われてしまった人たちなんですもの。

（ミシシッピも立ち上がる）

ミシシッピ（真剣に）　われわれに真実の最初の光が射す、このかつてない瞬間に、今こそ一切の真実を告白しあいましょうとあなたに呼びかけることは、二五年間検事として暮らしてきた私の責務なのです。たとえ真実によって私たちが破滅しても。

（決然としてアナスタージアを見つめるので、彼女はもう一度腰かける）

アナスタージア　おっしゃることがわかりませんわ。
ミシシッピ　ご主人の死に関することです。
アナスタージア　何をおっしゃりたいのか、本当にわかりません。
ミシシッピ　私が参ってすぐ、何も伺ってはいないのにご主人の死因を教えてくださったこと、私が自分の職業を申し上げた時にひどくうろたえられた事実だけで十分です。

アナスタージア　はっきりおっしゃってください。

ミシシッピ　お望みなら、この上なくはっきりと申し上げましょう。私はご主人の死因に疑問を抱いております。

アナスタージア　（早口に）五〇歳にもなれば、心臓発作で死ぬ人は山ほどおりますわ。

ミシシッピ　ご主人のような、健康の盛りにある男が心臓発作で死ぬわけなどないということは、この肖像画が証明しております。それになにより、私が興味を引かれる人間は一度も心臓発作で死んだことなどないのです。

アナスタージア　何をおっしゃりたいのですか？

ミシシッピ　あなたがご主人を毒殺したのだと、あなたに面と向かって言わなくてすむようにしてもらえないものですかな？

アナスタージア　（あっけに取られてミシシッピを見つめながら）　そう思ってらっしゃるのですか？

ミシシッピ　（はっきりと）　そう思っております。

アナスタージア　（相変わらず打ちのめされた様子で）　いいえ！　いいえ！

（アナスタージアは蒼白になる。ミシシッピは疲れ果てて日本製の花瓶からバラを取り、鼻に当ててみる）

ミシシッピ　落ち着いてください。正義の手に捕えられるのは、あなたにとってもほっとすることに違いないと思いますが。

アナスタージア　（突然激情に駆られて）　いいえ！

(ミシシッピはバラを花瓶に戻す。アナスタージアは威厳を持って立ち上がる。ミシシッピも同じようにする)

アナスタージア　お医者様のボンゼルス先生が、主人の死因は心臓発作だと断定なさいました。検事様といえども科学の判定には従うものと思っておりますが。

ミシシッピ　奥様、私たちは、疑わしい場合には科学がいつも心臓発作と判定してくれる、そんな階級の人間なのですよ。

アナスタージア　私ども皆にとって思いがけなかった主人の死について、付け加えることは申し上げましたから、どうぞ、お引取り願います。

ミシシッピ（苦しげに）　この恐ろしい事件に関しては、どこか別の部屋で、別の形で話を続けるのが私の義務と言えましょう。

アナスタージア　あなたが義務とやらを果たされるのを邪魔立てすることはできませんわ。

ミシシッピ　できますとも。なんのこだわりもなくご自身の立場をじっくりと考えてみられればですが。ご自分の部屋の中で検事と向かいあうという、滅多にない機会に恵まれておられるのですから。法廷で、悪意ある傍聴人の面前でそうなさりたいとお思いですか？　そんなことはないと思いますが。私の行いは無条件に人道的なものですのに、どうしてあなたがそれをこうも宿命的なものと誤解なさるのか、それでなくてもまったく理解しかねます。殺人を告白するのは、陪審裁判所でよりも、ここでコーヒーを飲みながらのほうがずっと簡単なことでしょうに。

（二人はもう一度腰かける）

アナスタージア（小声で）　お望みどおりにいたします。
ミシシッピ（ほっとして）　それが一番ですとも。
アナスタージア　でも、世界のどんな権力といえども、あなたが私になすり付けるような犯罪を自白するよう、強いることなどできません。あなたは恐ろしい勘違いをなさっておいでのようです。
ミシシッピ　間違いをするのは被告だけで、決して検事ではありません。
アナスタージア　私は自分の無実を証明するため、獣のように戦います。
ミシシッピ（真剣に）　神に祈りなさい。奥様。そんな戦いをせずにすむように。私に対抗して戦うなんて、狂気の沙汰です。それでも人々は懲りずにそうしますが。数分のあいだ、数時間、何日間かね。そうしてその後、挫折するのです。自分の犠牲者たちを見ているうちに、私の髪はすっかり白くなってしまいました。あなたも虫けらのように私の足もとに身を屈めたいのですか？　ご理解ください。私の後ろには道義的な世界秩序が立っていて、私に抵抗する者はみな、滅びるのです。告白するのは難しいかもしれませんが、告白に追い込まれることは想像を絶するほど恐ろしいことなのです。
アナスタージア　一体あなたは道徳の説教家ですの？　それとも死刑執行人ですの？
ミシシッピ　ぞっとするような職業のせいで、私はその両方なのです。
アナスタージア　それでも、何の根拠もなしに私に対してそんな失礼極まりない告発をなさることはできませんわ。
ミシシッピ　それでは残念ながら、ボード・フォン・ユーベローエ＝ツァーベルンゼー伯爵のお名前を挙げないわけにはいきませんな。

（アナスタージアはこの上なく驚き、それから再び落ち着く）

アナスタージア（ゆっくりと）　そんなお名前は存じません。

ミシシッピ　あなたはローザンヌで、ユーベローエ伯爵と青春を過ごされました。そこであなたのお父様はある女子寄宿学校の先生をしておられ、ユーベローエは伯爵家の城で成長したのです。二人は別れ、数年前にこの町で再会しました。あなたは今は亡きご主人の妻であり、彼の方は聖ゲオルク救貧病院の創設者兼院長となっていました。

アナスタージア（ゆっくりと）　ほんのつかの間、会っただけですわ。

ミシシッピ　あなたは一六日、角砂糖にしか見えない白い毒薬を彼に所望されましたね。お二人で『ゲッツ・フォン・ベルリヒンゲン[四]』を観に行かれたとき、ヴァイスリンゲンが死ぬ場面で、彼がその毒薬のことをあなたに話したのです。あなた方はお二人とも、芸術愛好家でいらっしゃる。

アナスタージア（頑なに）　そんな毒薬、もらってはおりません。

ミシシッピ　ボード・フォン・ユーベローエ＝ツァーベルンゼーはすべてを自白いたしました。

アナスタージア（激しく）　嘘です！

ミシシッピ　医師免許を取り上げると脅したら、懲役刑を逃れるためでしょうな、大慌てでこの町を出て熱帯へと去って行きましたよ。

アナスタージア（飛び上がる）　ボードが出て行ったですって？

ミシシッピ　伯爵は逃げたのです。

（アナスタージアは再び肘掛椅子にくずおれる。ミシシッピは汗を拭う）

アナスタージア（長い間をおいて、沈んだ声で） なぜそんな残酷な仕打ちをするなんて言ってあの人を脅したのですか？ 聖ゲオルク救貧病院はあの人の生涯を賭けた仕事ですのに。

ミシシッピ 私はただ、法律に則って行動しただけです。医者といえども法には従わなくてはなりません。（しばらく間をおいて）ユーベローエが絶望の淵で供述したのですが、あなたはその毒薬で犬を殺すおつもりだったとか。そんなことを供述しても、毒薬を提供したことの言い訳には全然なりませんな。

アナスタージア（早口で） うちの犬を殺さないわけにはいかなかったのです。病気でしたから。

ミシシッピ（丁重に） では、ほんの少し、お宅の事情に立ち入ることをお許し願わなくてはなりません。


（立ち上がり、お辞儀してアナスタージアの銀製の小さな鈴を鳴らす。上手から女中登場）

ミシシッピ 名前は？
女中 ルクレーツィアです。
ミシシッピ 奥様は犬を飼っておいでかね、ルクレーツィア？
女中 死にました。
ミシシッピ いつ死んだのかね、ルクレーツィア？
女中 一月前になります。
ミシシッピ もう仕事に戻っていいよ、ルクレーツィア。

（女中は上手に退場。ミシシッピ、立ち上がる）

ミシシッピ　一月前に犬はいなくなり、あなたは五日前に青春時代の友人、ユーベローエ＝ツァーベルンゼーから毒薬を手に入れられた。たちまち死をもたらす、角砂糖の形をしたやつを二つ。その日にご主人が亡くなられた。どちらの側にとっても不名誉なこの喜劇を、まだどれくらい続けなくてはならないのでしょうか、奥様？　私に、検事として気の進まない手段を取らせておいでなのです。女中まで尋問しなくてはならなかったのですから。

（アナスタージアも立ち上がる。ここで、熱を帯びた戦いのあいだ、コーヒーテーブルのまわりで、ちょっとしたダンスをさせても構わないだろう）

アナスタージア（低い声で）　主人を毒殺などしてはおりません。

ミシシッピ　では、見るも明らかな事実を認めないとおっしゃるのですね？

アナスタージア　私は無実です。

ミシシッピ　この世のどんな論理も、あなたの犯した殺人を認めさせることはできないのですね？

アナスタージア　主人を殺してなどおりません。

ミシシッピ（ゆっくりと）　マドレーヌは、恋人が死んだと聞いたとき、侮辱された彼の妻のしわざだと言いましたが、では、彼女の言いがたいまでの絶望も、何の根拠もない妄想なのですね？

アナスタージア（目を輝かせて）　奥様は絶望なさっておいででしたの？

ミシシッピ　あなたがご主人を殺したのではないかと考えて、マドレーヌは狂気に陥りかけました。

アナスタージア（勝利の念を抑えられずに）　奥様は亡くなる前に苦しまれましたの？
ミシシッピ　それはひどく。
アナスタージア（勝ち誇って）　私は望みを果たしたのですわ！　奥様は楽しんだ時間の一秒一秒の借りを、千倍の絶望で私に返したのです！　私は二人を殺したのですね！　主人は私のせいで破滅し、そしてあの女は主人のせいで破滅した！　二人は二匹の獣のように死んだのね。けだもののようにくたばったというわけよ！

（ミシシッピ、再び腰かける。アナスタージアも同様にすわる）

ミシシッピ　それでは、奥様、あなたはご主人を毒殺なさったというわけですね。
アナスタージア　ええ、毒殺いたしました。私たちは愛しあっていました。主人が私を裏切ったから、私は主人を殺したのです。
ミシシッピ　あなたは五月一六日に、ボード・フォン・ユーベローエ＝ツァーベルンゼーのところへ行き、彼はあなたの青春時代の知人として、またご主人の友人として、毒薬を手渡しました。お宅の犬を殺すためだと信じてね。そしてあなたは昼食のとき、ご主人に、砂糖と偽ってそれを差し出された。
アナスタージア　主人はそれを一つ入れて死にました。
ミシシッピ　すべてあなたがなさったことですか？
アナスタージア（恐ろしいほど崇高さに溢れて）　ええ、すべて。
ミシシッピ　それで、その恐ろしい行いを後悔なさってはおられないのですか？

アナスタージア　何度でも同じことをするでしょう。

ミシシッピ（蒼白になって）　情熱の深淵を覗き込む心持ちがしますな。

アナスタージア（無関心そうに）　さあ、私を連行なさってください。

ミシシッピ（ゆっくり、厳かに立ちあがる）　私はあなたを逮捕しに来たわけではありません。私の妻になってくださいとお願いしに参ったのです。


（厳かにお辞儀する。恐ろしい間）


アナスタージア（よろめきながら）　なんですって？

ミシシッピ（あっさりと）　求婚しているのです。

アナスタージア　求婚ですって？

ミシシッピ　私には財産があるし、高給を得ております。静かな暮らしをしております。宗教心は篤いし、仕事のほかに古い銅板画の収集もやっております。そのほとんどは、牧歌的な風景を描いたものでして、自然本来の無垢な状態を最も良く映し出しているように私には思えるものです。それにわれわれの生活水準を保つに十分な年金も期待できます。

アナスタージア（死人のように青ざめて）　でもそんなとんでもないこと！

ミシシッピ（もう一度お辞儀する）　人生はとんでもないものですよ、奥様。


（ミシシッピは腰かける。アナスタージア、催眠術にかかったように同じく腰かける）

ミシシッピ　もう一杯、コーヒーを所望してよろしいでしょうか？（時計を見上げる）あと一二分ある。

アナスタージア（機械的にコーヒーを注ぎながら）　あなたのなさることは、どうしても納得がいきません。女というものはどんなことをしでかすかわからないという、そんな曰く言いがたい恐怖をどんな男にも与えずにはいられないような、そんな犯罪を犯したことを、まずは打ち明けさせる。そして次には落ち着き払って、妻になってくださいなどとおっしゃる。

ミシシッピ（砂糖を取りながら、静かに）　私からの恐ろしい告白をお聞きください。私も同じく、角砂糖に似た毒薬で妻を殺したのです。あなたがご主人になさったのと同様に。

アナスタージア（長い間をおいて、愕然として）　あなたも？

ミシシッピ（断固として）　私も。


（アナスタージアは打ちのめされ、ミシシッピはスプーンでコーヒーをかき混ぜる）

ミシシッピ　ユーベローエ伯爵から毒薬の残りを没収した後、――この時も二つでしたが――家に戻り、そのうちの一つを、昼食後にマドレーヌのブラック・コーヒーに入れたのです。三〇分後、妻は穏やかに息を引き取りました。

（コーヒーを飲む。カップを下ろす）


ミシシッピ（沈んだ声で）　人生で最悪の三〇分でした。

アナスタージア（動揺して）　では、それが私たちを結びつけている運命なのですね。

ミシシッピ（憔悴して）　われわれは互いに犯行を告白しあったわけです。

アナスタージア　あなたも殺人を犯し、私も殺人を犯した。二人とも、人殺しですね。

ミシシッピ（決然と）　いいえ、奥様。私は人殺しではありません。あなたのなさったことと私のしたことのあいだには無限の違いがあります。あなたが恐ろしい衝動にかられてなさったことを、私は道徳的な認識によって行ったのです。あなたはご主人を惨殺したのですが、私は妻を処刑したのです。

アナスタージア（死ぬほど驚いて）　処刑ですって？

ミシシッピ（誇らしげに）　処刑です。

アナスタージア　あなたの恐ろしい言葉をどう理解していいのか、わかりませんわ。

ミシシッピ　言葉どおりに理解してください。姦通という死に値する罪を妻が犯したので、私は妻を毒殺したのです。

アナスタージア　この世のどんな法律書にも、姦通が死刑に値するなんて書いてありません。

ミシシッピ　モーセの掟に書いてあります。

アナスタージア　何千年も前の話ですわ。

ミシシッピ　ですから私は、それをもう一度、復活させることを断固として決意したのです。

アナスタージア　狂ってるわ。

ミシシッピ　私は単に、完全に道義的な人間であるだけです、奥様。われわれの掟は、数千年という年月が経つうちに、見るも哀れにおちぶれてしまいました。すでに効力を失った紙幣なのです。それはある社会の中で公序良俗のために流通してはいますが、そこでは快楽だけが唯一の宗教で、その社会は略奪に特権を与え、女と石油を交換貿易しているのです。司法が支払う小切手が裏書されていると信じられるのは、世間知らずの理想主義者だけです。姦通を犯した両者に死刑を定めていた旧約聖書の掟に比べれば、われわれの民法など、物笑いの種もいいところです。私が妻を殺したのは、この神聖な理由から、絶対に必要なことだったのです。掟を失い、どんな時にも道徳的責任など負わない自由を得た世界史の流れを元に戻すことが必要だったのです。

アナスタージア　それなら、どうしてあなたが私に求婚なさるのか、いよいよ訳がわかりませんわ。

ミシシッピ　あなたはお美しい。それにもかかわらず、罪を負っている。この上なく私を感動させます。

アナスタージア（疑わしそうに）私を愛していらっしゃるのですか？

ミシシッピ　奥様、あなたは殺人者であり、私は検事です。それでも罪を眺めているより罪を負っているほうがましだ。罪は後悔することができますが、罪を目の当たりにするのは死ぬほど辛いことです。私は二五年間、この仕事をしてきて罪と目を見交わしてきました。罪の眼差しは私を打ちのめしました。少なくともまだ一人でも人間を愛することができる力を求めて、夜中に祈りを捧げましたが、無駄でした。失われたものを愛することはもはやできません。私ができるのは殺すことだけです。私は人類の喉首めがけて飛びかかる野獣になったのです。

アナスタージア（震えながら）それでも私と結婚したいとおっしゃるの？

ミシシッピ　まさしく絶対的な正義によって、私はそうせざるを得ないのです。私は公にではなく、個人的にマドレーヌを処刑しました。そうすることで意識的に今日の掟に逆らったのです。この行動のために私は罰を受けなくてはなりません。たとえ私の動機が湧水のごとく清らかだとしても。ところが私は、この不名誉な時代にあって、自分が自分の裁判官であらねばなりません。私は判決を下しました。あなたと結婚するようにという判決を、です。

アナスタージア（立ち上がる）お客様。

ミシシッピ（同じように身を起こす）奥様。

アナスタージア　私はあなたの途方もないお話を辛抱して聞いてまいりました。でも、今おっしゃったことは礼儀の許す範囲を越えてますわ。あなたは明らかに、私と結婚することを、奥様を殺したことの罰とみなしておられる。
ミシシッピ　あなたの方でも、私と結婚することをご主人を殺したことの罰とみなしてくだされば、と思います。
アナスタージア（冷たく）　では、私のことを卑しい人殺しだとお考えなのね？
ミシシッピ　あなたがご主人を毒殺したのは正義のためではない。ご主人を愛しておられたからだ。
アナスタージア　私のように、愛するがゆえに夫を殺した女が他にいたら、それが誰であれ、法廷に引き渡しますか？
ミシシッピ　一生涯の名誉心を賭けてそうするでしょうね。死刑を勝ち取れないことは滅多にありませんでしたが、そんな時はいつも、墓の淵まで行くほど健康を損ねたものです。
アナスタージア（長い間の後で、心を決めて）　警察を呼んでください！
ミシシッピ　そんなことは不可能です。われわれは、自分たちのしたことで別れがたく結びつけられてしまったのです。
アナスタージア　罪を軽くしてもらうつもりはありません。
ミシシッピ　そんなことは問題外です。私はこの結婚によってあなたの罪を軽くしようというのではありません。この上なく重い罰を与えようとしているのですよ。
アナスタージア（気を失いそうになって）　私を果てしなく苦しめることができるように、求婚なさっているのね！
ミシシッピ　いいいい、われわれを果てしなく苦しめることができるように、ですよ。この結婚はどちらの側にとっても地獄を意味することでしょう！

アナスタージア　でもそんなこと、無意味ですわ！

ミシシッピ　道徳的に向上しようと思うなら、過激な方法を取るしかないのですよ、奥様。あなたは今は、人殺しです。私はあなたをこの結婚によって天使に変身させてあげましょう。

アナスタージア　私に無理強いなさることはできません。

ミシシッピ　絶対的な道義の名において、あなたに、私の妻になるように求めます！

アナスタージア（よろよろとスペイン風屏風の後ろに行く）　警察を呼んでください！

ミシシッピ　私は二五年にわたる検事生活のあいだに、二〇〇件以上もの死刑判決を勝ち取ってきました。普通、市民社会では滅多に達成できない数字です。この超人的な偉業が、か弱き女のせいで駄目になってもいいというのでしょうか？　われわれ二人は今日の最上流階級の一員です、奥様。私は検事で、あなたのご主人は砂糖工場を持っておられた。最高の責任を果たすことも引き受けましょう。私と結婚してください！　私といっしょに、結婚という受難を引き受けようではありませんか！

アナスタージア（絶望の極みで、金切り声を上げる）　警察を呼んでください！

ミシシッピ（冷徹に）　人殺し、姦通、略奪、淫行、嘘、放火、搾取、冒瀆が必ずしも死という罰を受けない時代にあって、われわれの結婚は正義の勝利なのです！

アナスタージア（死人のように蒼白になって）　何てことでしょう！

ミシシッピ（不気味に）　私と結婚するのです！

アナスタージア（絶望して背景にある肖像画の方を眺めながら）　フランソワ！

ミシシッピ　では私と結婚することを承諾しますね？

アナスタージア　あなたとの結婚を承諾します。
ミシシッピ（結婚指輪を指から抜く）　それでは、今は亡きあなたのご主人の指輪をお渡しくださるよう、お願いします。
（アナスタージア、結婚指輪を抜き、それをミシシッピの指にはめる）
ミシシッピ　では、マドレーヌの指輪をお受け取りください。
（ミシシッピ、指輪をアナスタージアの指にはめる。お辞儀する）
ミシシッピ　これであなたは私の妻だ。
アナスタージア（抑揚なく）　あなたの妻です。
ミシシッピ　法律上の手続きをする前に半年間、スイスにおいでください。グリンデルヴァルト、ヴェンゲン、それからアーデルボーデンがいいかもしれない。神経が参っておられるから。山の空気は気分を爽快にしてくれるでしょう。今言った場所のパンフレットは観光協会から送らせることにします。
（銀製の小さな鈴を鳴らす。上手から女中登場）
ミシシッピ　シルクハット、ステッキ、コート！

（女中消える）

ミシシッピ　結婚式はカルヴァン派の教会で挙げる。法的な手続きは法務大臣が、宗教上の手続きは地区監督のイェンゼンが執り行う。二人とも、私の若い頃の友人でね。一緒にオックスフォードで学んだ仲だ。新居はここにする。陪審裁判所に通う時間が今より一〇分、節約できる。もし古い銅版画コレクションを置く場所がなければ、建て増ししましょう。われわれの暮らしは辛いものとなるでしょう。忠実な妻として、あなたは、苦しい時も楽しい時も私の職業を手助けしていただきたい。私が勝ち取った処刑に、共に立ち会うことにしましょう。処刑はいつも金曜日に行われます。何より私はあなたが、死刑の判決を下された人々の心を慰めてくれることを希望します。とりわけ、資産のない階級出身の人々を。そうした人たちに、花や、チョコレートや、煙草を吸う人には煙草を持って行くのです。私の古い銅版画について知識を深めるには、大学での講義にいくつか参加すれば十分でしょう。（お辞儀をして、それから突然、叫ぶ）さあ、今日の午後は死んでも死刑の判決を勝ち取らなくては！

（ミシシッピ、じっと立ちつくす。静まりかえる）

アナスタージア（両手で額を抱え、絶望して突然に叫ぶ）ボード！　ボード！

（アナスタージア、下手へと駆け抜け退場）

ミシシッピ　みなさん、告白いたしますが、これが、五年前のこと、ある結婚生活の劇的な始まりでありました。この結婚は、たしかに地獄ではありましたが――それに何という地獄だったことでしょう――しかし、これがおそらく一番大事な点でしょうが、われわれ二人を、つまり妻と私を清めてくれたことは明らかです。私は大慌てで陪審裁判所に駆け込み、アナスタージアは石のように硬くなりました。私は勝利を収めました。正義が勝ったのです。そして妻は死人のように青ざめました。残念ながら私には、妻が絶望して、両手で額を抱えてボード、ボードと叫んだ声は、――みなさんがたった今、はっきりお聞きになった声は――もう耳に届きませんでした。その時には階段にいたか、あるいはもう通りに出ていましたから。これは非常に残念なことです。それは私が妻を疑っているという意味ではありません――私は今も、妻は潔白だし、姦通などという恐ろしい罪を犯すことは――ただ頭で考えるだけだとしても――全然できないと思っております――それにしても、あんなにも変人で、あんなにも途方もない夢想家である伯爵と――（外の窓のそばをユーベローエ伯爵がよろよろと通り過ぎる）――大事にしておきたいと願う子供時代の思い出の中の人としてでしょうが、妻が、伯爵と純粋な友情で結びついていたという事実を、もっと計算に入れるべきでした。もしそうしていたら、多くの事態が避けられたでしょうに。多くの事態が。この世をモーセの掟に基づいて根本から改革しようという、私のまことに途方もない努力が水泡に帰したことはともかく、われわれ二人の、辛い終わりは避けられたことでしょう。それでも、心理的な苦行という面が少なくはなかった私の二度目の結婚生活は、仕事の面でも、私にとって最高に幸せな日々でした。と言いますのも、ご存知のように、私の勝ち取った死刑判決の件数が二〇〇から三五〇へと昇ったからです。その中で、執行することができなかったのは――総理大臣による恩赦というスキャンダラスな事情によって妨害されたせいでしたが――たった一一件だけです。われわれの結婚生活は、あらかじめ敷かれていた路線に基づいて、完全に予定どおり進行しました。妻は――前もって予測されたように――その人柄にかなり深みを増し、宗教的感情に対してもより肯定的になりましたし、私の傍らに立ち、静かに落ち着いて処刑を見守りましたが、それに慣れっこになって処刑者への健全な同情心を失うこともありませんでした。（前景に一枚の絵がゆらゆらと降りて来る。アナスタージアとミシシッピが処刑に立ち会っている場面が描かれている）まもなく、毎日刑務所を訪問するのは妻の心にとっても必要な日課となりましたが、そうするといつも妻には、人助けしたいという気持ちが新たに芽生え、それで妻は世間から監獄の天使と呼ばれるようになりました。要するに、あの頃は実り多い時代でして、形而上的なものに根ざし、厳格に遵守される掟のみが、人間をより良い、そう、より高い存在にすることができるのだ、という私のテーゼを見事に証明していたのです。（絵は再びふわふわと上がる）こうして数年が過ぎました。私の結婚生活の最初の部分をお見せしたのですから、今度は最後をお見せしましょう。部屋の様子はほとんど変わっていません。銅版画を二点、レンブラントのとセーヘルス（五）のを、女中が今掛けているところです――（女中が上手から登場し、銅版画を掛ける)——われわれの生活の印象をお伝えするには十分でしょう。他の作品は、——みなさんから見て――右奥の扉から入る仕事部屋に一部、左の扉から入るアナスタージアの部屋と寝室に一部あり、右前面の扉から入る玄関ホールにも置いてあります。あんなにも不幸な状況で亡くなった砂糖工場社長の、黒い紗の掛かった肖像画の隣にはまた、同じようにして死んだ私の最初の妻、マドレーヌの肖像画も掛かっています。ごらんのように、金髪で、少々センチメンタルそうな若い女性の肖像です――（後ろでその肖像画が、第一幕から掛かっている砂糖工場社長の肖像画の隣へと降りて行く）――これにも同じく黒い紗が掛かっています。（その間に女中は上手へ退場）部屋にはその他に私の友人、ディエーゴもおります。彼は、今しがたごらんになったように、時計を通り抜けて部屋に足を踏み入れたのではありません。そんなことはまったくありえないでしょうから。私は右側の扉を開けて彼を部屋へ入れたのです。（ディエーゴは置時計を通り抜けて部屋へ入っている。今、観客の方が見える鏡の前に立って、ネクタイを結んでいるところである）ディエーゴの職業は、その国がどこかは正確には規定していませんし、正確には規定できないのですが、この部屋がある国の法務大臣でして、ディエーゴは——このことにも言及しておきたいのですが——妻が行う博愛主義的な骨折りに心から深く賛同しております。彼は、妻が会長を務める囚人援助団体の名誉会員なのです。みなさん、これで事情がおわかりになったことでしょう。話を始めます。大臣は葉巻に火をつけました。私に話があるという合図です。

大臣　さて……

ミシシッピ　ちょっと待った——（同じく葉巻に火をつける）

大臣　さて、君の結婚生活だが……

ミシシッピ（再び観客のほうを向く）　今は夜です。このことも忘れないようにしましょう。陰鬱な、一一月の夜です。照明をすぐ変えましょう。灯りのついたシャンデリアがすぐ降りて来て、すべては茶色がかった金色の雲に覆われます。

大臣　さて、監獄の天使と君との結婚生活も五年になるな。

ミシシッピ　妻が道徳の面でこの上なく支えてくれるので、私は生き生きとした満足で満たされているよ。

大臣　夫が処刑する人間を慰める妻なんて、本当に滅多にないね。仕事にかける君の熱意には驚くしかないよ。今、君は三五〇件目の死刑判決を勝ち取ったばかりだ。

ミシシッピ　私のキャリアにまた一つ勝利が加わったわけだ。あの叔母殺しを処刑台に引っ張って行くのは簡単だったが、こんなに確信に満ちた判決も初めてだったよ。私にお祝いを言いに来てくれたんだろうね。
大臣　確かに私は法律家として君に感嘆するが、法務大臣としては君と距離を保つ必要がある。
ミシシッピ　それは初耳だね。
大臣　世界の状況は少々変わってしまったんだよ。私は政治家なんだ。君のように評判が悪くなるのには耐えられない。
ミシシッピ　私は世間の評判に惑わされたりはしない。
大臣　君は天才だ。裁判官たちも君のいいなりだ。政府は君に何度も、情状酌量を勧めてきたのだが。
ミシシッピ　政府は私を必要としている。
大臣　必要としたのだ。ほんのちょっとした違いだがね。厳格に刑を執行することは非常に有益だった。政治的殺人を罰して平穏を取り戻すのが重要だったからだ。しかし今では、もう一度控えめになって、少々穏やかな裁き方に戻ることで、反対勢力の外堀を埋めるのがおそらく一番なんだ。時には神の名において首を刎ねることも必要だし、時には悪魔に色目を使って寛大になるのも必要だ。どんな国家もそれは避けられない。君の職務態度はかつてわれわれを助けてくれたが、今ではわれわれにとって脅威となっている。君の仕事のせいでわれわれは西側諸国で途方もない笑いものになり、必要もないのに極左を焚きつけてしまった。われわれは必要な処置を取らなくてはならない。三五〇件もの死刑判決を勝ち取り、モーセの掟を復活させるべきだなどと、公然と口にする検事は、もはや我慢ならない。今日、われわれはみな少々反動的ではある。それは確かに見てわかると私も認めるが、君のように過激に振舞うなんて、まったくとんでもない、そんな必要などありはしない。

ミシシッピ　政府はどう決定したのだね。
大臣　総理大臣は君の退職を望んでいる。
ミシシッピ　それを私に伝えるよう、君に頼んだのか？
大臣　私が来た理由は、もちろんそれだ。
ミシシッピ　公務員は、公務員法に従い、詐欺、外国勢力、あるいは国家転覆を企む党との関係など、ふさわしからぬ違反行為があった場合のみ解任される。
大臣　退職を拒否するのかい？
ミシシッピ　拒否する。
大臣　では内閣が強制するしかないだろうね。
ミシシッピ　政府は、世界一の法律家と戦っていることをよく自覚する必要があるね。
大臣　君の戦いに希望はないよ。君は世界で最も嫌われている男だ。
ミシシッピ　君たちの戦いにも同じくらい希望はない。私によって君たちは、世界で最も嫌われる政府になるのだから。
大臣（間を置いて）　一緒にオックスフォードで学んだ仲じゃないか。
ミシシッピ　もちろんだ。
大臣　君のような精神を持ち、卑しからぬ育ちの男が、どうしてよりにもよって首を刎ねることにそんなにもご執心になれるのか、私にはわからないよ。われわれはこの国で最上流の家柄の人間じゃないか。それだけでも、節度ある態度を取る義務があるってことにならないかね。
ミシシッピ　だからこそだ。
大臣　というと？

ミシシッピ　私の母はイタリアの王女で父はアメリカの大砲王だろう？　君のお祖父さんは数多くの戦いに敗れた名高い将軍で、父上は、黒人の暴動を何度も制圧した植民地の総督だ。われわれの一族は無計画に人の首を転がしてきた。私は罪あるものの死を要求する。彼らは英雄と呼ばれ、私は首切り人と呼ばれる。もし私の職業上の成功のせいで、この国の最上流の家庭が誤解を受けるなら、私はその誤解を解くだけだ。

大臣　われわれを裏切るんだな。

ミシシッピ　君は何と言っても正義を裏切っているんだぞ。

大臣　私は法務大臣として、政治的に我慢できるか否かで正義を評価しなくてはならないんだ！

ミシシッピ　正義に変更を加えることなどできない！

大臣　フローレスタン、この世のすべては変更できるんだよ。できないのは人間だけさ。支配する人間はそれを見定めておかなくてはならない。支配するっていうのは、操るってことで、処刑することじゃない。理想っていうのは結構なものさ。でも私はできることをするしかなかったし、理想なしにやっていくしかなかった。演説するわけじゃないけど。世界は悪いものだが、希望がないわけじゃない。世界に絶対的な尺度を当てようとするときにだけ、希望がなくなるんだ。正義とは挽き肉製造機ではない。申し合わせなんだ。

ミシシッピ　君にとって正義とはなによりも儲けのたねのようだね。

大臣　私は君の結婚の証人になった。でも明日には閣議で君に不利な票を投じなくてはならないようだ。

（葉巻を灰皿に置く）

ミシシッピ　政府に伝えてもらいたいことなど、もはや何もないよ。

大臣　私は総理から頼まれた任務を果たし、君と話をした。もう、帰らせてくれ。

（彼らは上手の扉から消える。部屋には誰もいない。下手からサン＝クロード登場。最初はきれいに髭を剃っていたのに、今はこげ茶色の顎ひげを生やしている。粗野な服装。茶色の皮ジャンパーを着ている。観客には、サン＝クロードがたった今、登場の場面で、アナスタージアの手に接吻して彼女のところから出て来たように思えるが、それは思い違いだろうか？　白いナイトウェアの女性は別人かもしれない。ほんのちらっとしか見えないのだから。この疑問はとりあえずそのままにしておこう。サン＝クロードはテーブルへ向かい、大臣の置いた葉巻を取り、においを嗅いで残りを吸う。それから上手後方に行って窓を開ける。愛の女神像を見て感心する。それからコーヒーテーブルの下手に腰かける。上手からミシシッピが戻ってくる）

サン＝クロード（目を上げずに）　こんばんは、パウレ。

（ミシシッピ、動かずに扉のところに立ちつくす）

ミシシッピ（段々と気分を落ち着けながら）　君か！

サン＝クロード　そう、俺だ。あんたはやり遂げたね、パウレ。検事総長になり、フローレスタン・ミシシッピと名乗って自分の業績についての記事で新聞を埋めつくし、色々な時代のアンティーク家具がある家と、それにきっと美人の奥さんも手に入れているんだろ。（葉巻の煙をプッと輪にして吐き出す）

ミシシッピ　それで君は今なんて名前なんだ？

サン＝クロード　あんたのよりもっとかっこいいよ。フレデリック・ルネ・サン＝クロードっていうのさ。
ミシシッピ　君も悪い生活はしてないようだね。
サン＝クロード　俺のほうも何とかやり遂げたよ。ソ連国民になったんだ。赤軍の大佐、ルーマニアの名誉市民、ポーランド議会の議員にしてコミンフォルムの政治局員だ。
ミシシッピ　どうやってここに入って来た？
サン＝クロード　窓からさ。
ミシシッピ　では、閉めるとしよう。

（ミシシッピは上手後方へ行き、窓を閉める）

ミシシッピ　私に何の用だ。
サン＝クロード　長いこと外国で暮らしてると、帰国したらまず、旧友を訪ねるものさ。
ミシシッピ　もちろん、法に反して国境を越えたんだろうね。
サン＝クロード　もちろん。この地で新たに共産党を組織するようにという任務を負ってるんだから。
ミシシッピ　どういう名称で？
サン＝クロード　民衆・信仰・故郷の党っていうのさ。
ミシシッピ　それが私と何の関係があるんだ？
サン＝クロード　あんたもそろそろ新しい職を捜さなきゃならんと思うがね、パウレよ。
ミシシッピ（ゆっくりとテーブルに近づく）　何が言いたいんだ？
サン＝クロード　総理大臣の求めに応じるしかないと思うんだが。

ミシシッピ（テーブルの上手側、サン＝クロードの正面にゆっくりと腰かける）　法務大臣との話を盗み聞きしたな。
サン＝クロード（驚いて）　なんだって？　俺はただ、安全保障省大臣を買収しただけさ。
ミシシッピ　ソ連国民が私の個人的事情に関心を寄せるとは薄気味悪い。
サン＝クロード　あんたは国際的に悪評ふんぷんたる人物になってしまったので、俺たちのような人間まであんたに関心を寄せるようになったってわけさ。提案があって来たんだ。
ミシシッピ　まだ君と何かできるとはとても思えないがね。
サン＝クロード　この国の共産党にはなんといっても頭が必要だ。そのために俺たちはあんたを選び出した。
ミシシッピ　それは実に妙な提案だ。
サン＝クロード　三五〇件もの死刑判決を勝ち取った人間以上にこの職にぴったりの人間はいないよ。
（ミシシッピは立ち上がり、上手の窓辺へ行き、観客に背を向けて立つ）
ミシシッピ　それで、もしいやだと言ったら？
サン＝クロード　そしたら、あんたの弱みを攻撃するしかないね。
ミシシッピ　私には弱みなどない。私の意図が道義的な真面目さだということを疑う者はいない。
サン＝クロード　馬鹿馬鹿しい。どんな人間にも致命的な弱みがある。あんたの場合は、社会を攻撃していることではなくて、あんた自身の内部にある。あんたは世界に絶対的道義という尺度を当てるが、そんなことは世界があんたを道義的と認める場合にだけ可能だ。徳ある人間という評判を台なしにしてしまえば、あんたのすることなんか、たちまち効力を失うしかない。

ミシシッピ　そんな攻撃は無理だ。

サン＝クロード　本当にそう思うのかい？

ミシシッピ　私は正義の道を歩んできた。

（サン＝クロード、立ち上がる）

サン＝クロード（落ち着いて）　俺が戻って来たんだってことを、忘れているらしいな。

（ミシシッピ、振り向く。沈黙）

ミシシッピ（死人のように青ざめて）　そのとおりだ。生きてもう一度君に会うとは思わなかった。

サン＝クロード　俺たちが会うのは残念ながら避けられなかった。おまえが社会で高い地位を築き上げたのは、死刑判決だけが理由じゃない。おまえは、フローレスタン・ミシシッピと名乗り、イタリア王女の家系の出だと言い、オックスフォードで学んだ。まるで太陽かなにかのようにおまえは世に出、世界はおまえの炎に目を眩まされて、生まれを調べたりしなかった。

ミシシッピ（喘ぎながら）　ルイ！

サン＝クロード　その調子だ、パウレ！　おまえが生まれた闇に向かって叫ぶのだ！

ミシシッピ　あの闇のことはもう知りたくない！

サン＝クロード　でもあっちの方はいっそうおまえのことを知りたがってるぜ。

ミシシッピ　ハイエナめ！
サン＝クロード　俺たちにぴったりの言葉をまたもや思い出してくれて、嬉しいよ。自分の気高い生まれを忘れないようにしようじゃないか。俺たちを作るのには五リラもかからなかった。俺たちが生まれたとき、どぶは赤く染まった。人生がどんなものか、ネズミが教えてくれた。汚水で湿った毛皮をしたのが。そして体へ這い上がってくる虫たちから、時の流れは元に戻らないことを教わったんだ。
ミシシッピ　黙れ。
サン＝クロード　これは失礼。もう一度、ルイ一四世様式の椅子に腰かけようじゃないか。

（サン＝クロード腰かける。ミシシッピはテーブルのところへやって来る）

ミシシッピ　三〇年以上も前、別れるときに、もう二度と会わないと約束したじゃないか。
サン＝クロード（葉巻を吸いながら）　そのとおり。
ミシシッピ　じゃあ、出て行ってくれ。
サン＝クロード　行かない。
ミシシッピ　約束を破るつもりか？
サン＝クロード　もちろんさ。誓いを守るなんて、俺たちのような生まれの者には許されない贅沢だ。いったい、俺たちは何様だっていうんだ、パウレ？　最初は体に被せるぼろぎれまで盗んだり、カビだらけのパンを腹に収めるために汚れた銅貨を盗んだりした。それから仕方なく体を売った。太ったブルジョアの手に落ちた無垢の犠牲者ってわけだ。奴らは俺たちの上で喜びのあまり猫みたいに叫んで昇天したもんだ。それからやっと、辛い思いで稼いだ金で、尻をさんざん弄ばれて、それでも青年実業家として誇らしく、俺は主人で、おまえがドアマンになって、女郎屋を一軒、買い取った[六]。

（長い間。ミシシッピ腰かける）

ミシシッピ（喘ぎながら）　生き延びなければならなかったんだ！

サン＝クロード　なぜだい？　もしあのころ俺たちが、偶然目についた街灯で首をくくったって、誰もなんとも思わなかっただろうよ。

ミシシッピ　私はいったい何のためにあの恐ろしい惨めさに耐えたのだろうか？　もし、ある湿った地下室の片隅で、腐りかけた聖書を見つけなかったとしたら。体の芯まで凍えながら、夜中、ガス灯の灯りでそれを読み習ったのだ。われわれのいた闇に射し込んで来た掟というヴィジョンが、まるで炎の海のように私を飲み込まなかったら、どうなっていただろうか？　人類がもう一度前進するには三千年前に戻らなくてはならないという認識に突き動かされ、その瞬間から私のすることすべてが、あの最低の屈辱と最悪の犯罪が、検事となってモーセの掟を復活させるためにオックスフォードで学ぶという目標だけに捧げられるようにならなかったとしたら、私はたった一日でも生き延びていただろうか？

サン＝クロード（荒々しく）　飢えと安酒と犯罪でプンプン臭うこの世界を、どうしたらより良くできるのか、俺の方でもヴィジョンを持っていなかったと言うのか？　金持ちの歌と搾取される者の泣き叫ぶ声が響くこの地獄を？　殺されたヒモのポケットの中にマルクスの『資本論』を見つけなかったと言うのか？　この恐ろしい、俺たちに押しつけられた人生を生き延びてきたのは、ひとえにいつの日か世界革命を呼びかけるためじゃなかったか？　俺たち二人はこの時代最後の偉大な道徳家なのだ。そして両方とも姿をくらました。おまえは処刑人の仮面の下で、俺はソ連のスパイの仮面の下で。

ミシシッピ　肩から手を離せ。

サン＝クロード　これは失礼。

ミシシッピ　私をゆすりに来たのか？

サン＝クロード　おまえがどうしても分別を取り戻したくないというならね。

ミシシッピ　一〇年間、私は君の女郎屋であさましい仕事をし、君はその代わりに学費を出してくれた。もう互いに借りはないはずだ。

サン＝クロード　金で払えないものもある。人生ってやつさ。おまえはそれを選び、俺はおまえにそれをやった。けだものから人間に通じる恐るべき抜け道を教えてやり、おまえはその道を進んだ。今度は俺が要求する番だ。なにもただでどぶから拾ってやったわけじゃない。共産主義の理念の存亡がかかっているんだからな。おまえは有望な天才なんだから、有効に利用しないわけにはいかんのだ。

ミシシッピ　私は西側に対しても東側に対しても、同じ情熱で闘っている。

サン＝クロード　それについては何も文句はないね。まずは片方に致命傷を与えておいて、それからもう片方にかかり、両方まとめて攻撃しないっていう点は。でないと一切は途方もなく馬鹿げたことになるからな。俺たちにとって好感が持てるかどうかは大事な点じゃない。現実が大事なんだ。よりにもよってロシア人が共産主義を取り入れたのは、何と言っても世界史上の不運だ。連中は全然それには向いてないんだから。この厄災を乗り越えなくちゃならん。

ミシシッピ　そんな教義を公然と主張はできないだろう！

サン＝クロード　俺は何と言ってもモロトフ（七）の家に出入りしてるんだ。俺には自殺する必要などない。世界革命を成し遂げなくてはならないのだ。共産主義とは、どうしたら人間が人間を抑圧することなく地上を支配できるか、という教義だ。青春時代のあの神聖な夜に、そう理解した。しかし、この教義を権力なしで実現することはできない。だから俺たちは権力に頼らざるをえない。権力は俺たちが要求を遂げるためのチェスの駒だ。俺たちは現実を知っていなくてはならんし、自分たちが何を望んでいるのか知っていなくてはならん。それに、何をするべきか知っていなくてはならんのだ。これは三つの難題だ。世界全体が道義を失ってしまった。一方は商売に、もう一方は権力にかかりきりだ。革命は両方と戦わなくてはならない。西側は自由を、東側は正義を弄んでいる。西側ではキリスト教が茶番劇になってしまったが、東側では共産主義がそうなった。両側とも自分自身を裏切っているんだ。真の革命家にとって世界情勢は理想的だ。しかし、理性的に考えれば俺たちは、東側に立つしかない。西側が沈むためにはロシアが勝利しなくてはならん。そうして、ロシアが勝利する瞬間に、共産主義の名において、ソ連国家に対する皆の反乱が始まるのだ。

ミシシッピ　君は夢を見ている。

サン＝クロード　計算しているんだ。

ミシシッピ　掟だけが世界を変革できる。

サン＝クロード　見ろ、俺たちはまたもやあの青年時代に辿りついたってわけだ。あの湿った地下室の天井の下に。掟だって！　掟の話になったが最後、夜中、俺たちは血が出るほど殴りあい、くんずほぐれずで死ぬほど疲れて夜が明けるまでごみの山を転がったもんだ。俺たちは両方とも、正義を求めていた。ただ、おまえは天国の正義を、俺は地上の正義を求めていたんだ！　おまえは想像上の魂を救おうとしているが、俺は現実の肉体を救うのだ！

ミシシッピ　神なしに正義はありえない！

サン＝クロード　神なしの正義だけがある。人間を救うことができるのは人間だけだ。それなのにおまえは別のカードに賭けた。神というカードに。だから今やおまえは地上を見捨てなくてはならない。なぜなら、おまえが神の存在を信じると言うなら、人間はどうしたって悪なのだ。神にのみ、善があるのだから。何をまだためらっているんだ？　人間は神の掟を満足させることなどできない。人間は自分で掟を作らなくてはならないんだ。俺たちは両方とも、血を流してきた。おまえは三五〇人もの犯罪者を殺し、俺はというと犠牲者の数など数えたこともない。俺たちがしていることは、人殺しだ。だから、それを意味あるものにしなくちゃならん。おまえは神の名においてやってきたし、俺は共産主義の名においてやってきた。俺のやったことのほうがおまえのよりましだ。なぜなら俺は地上の時間に何かを求めているが、おまえは永遠の中に求めているからだ。世界は罪の救済なんか求めてやしない。世界は飢えと抑圧から救済されなくちゃならんのだ。世界は天国に望みをかけたりしない。すべてをこの地上で待ち望んでるんだ。共産主義は掟の現代版なのだ。俺はとっくに手術にかかってるのに、なぜおまえは未だに人間を生贄《いけにえ》に捧げてるんだ？　俺はとっくに科学者になったのに、何でおまえはまだ神学者なんだ？　火にくべてしまえ、おまえの神様なんか。そうしたら人間性を、あの青年時代の酔っ払った夢を取り戻せるさ。

ミシシッピ　顔に煙を吹きかけるな。

サン＝クロード　良い銘柄だ。（葉巻を揉み消す）加わらないんだな？

ミシシッピ　断る。

サン＝クロード　さっきも言ったが、おまえの頭が必要なんだ。

ミシシッピ　その言葉には二つ、意味があるな。

サン＝クロード　今じゃ、一つさ。おまえの頭を道具として欲しかったんだが、今では戦利品としてだ。おまえをイタリア王家の親戚だと証明した書類は、俺が偽造したものだ。おまえの学費は、俺の女郎屋から出た。

ミシシッピ　何をするつもりだ？

サン＝クロード　俺たちの望みどおりにしてくれないなら、ありのままのおまえを利用させてもらうよ。死刑執行人をね。大衆を惹きつける闘争はただ一つ、三五〇件もの死刑判決を下した男に対する闘争だ。その中に二一人の共産主義者がいたんだからな。

ミシシッピ　あれは卑劣な人殺しどもだった！

サン＝クロード　労働組合は政府におまえの罷免を求めている。もし拒否されればゼネストを宣言する。

ミシシッピ（ゆっくりと）　私にはとめられない。

サン＝クロード　とめられはしないし、俺がおまえを変えることもできん！（窓を開ける）あばよ、また消えるとするよ。俺たちは、夜に互いを求めあった兄弟だったが、その夜はあまりに暗すぎた。互いを求めて叫んだが、相手を見つけることはできなかった！　チャンスは一回きりで、時期が悪かった。俺たちには何でもあった。おまえには知性が、俺には力が。おまえは恐怖を与え、俺は人気取りをする。両方とも理想的な生まれだ。世界史上に残るペアになれたのに！（窓枠に登る）

（外で「インターナショナル」が聞こえる）

ミシシッピ　ルイ！
サン＝クロード　あの歌声が、酔っ払ったわめき声が聞こえるか？　青春時代の友よ、震えるジャッカルよ、ともに人生の始まりの地下道を通って行ったなあ、人間たちの無関心に絶望して、同志愛を求めたものだ。この歌が聞こえるか？　この歌詞を今でも感激して歌えるのはここだけだ。ここでだけ、まだ歌の文句が信じられるんだ。ここでだけ、俺たちは共産主義を、身の毛のよだつフィクションとしてではなく、現実としてやり遂げることができるんだ。ここだけ、ただここでだけ。なのに、突然邪魔に入ったのは何だ？　ゴミの山から引っ張り出された神だ。なんという喜劇だろう。精神病院にでも入れ、パウレ！

（サン＝クロード、消える。静かになる。下手から白いナイトウェアを着たアナスタージア登場）

アナスタージア　まだ起きてらしたの？
ミシシッピ　もう夜中ですよ。おやすみなさい、マダム。明日は聖ヨハンゼン女子刑務所で仕事があるでしょう。
アナスタージア　（不安そうに）　誰かここにいましたの？
ミシシッピ　私一人でしたよ。
アナスタージア　話し声が聞こえたわ。

（ミシシッピは上手の窓のところへ行き、閉める。それからまた部屋へ入る）

ミシシッピ　思い出と話していたんだ。

（下手の窓から石が飛んでくる。外で、人殺し、大量殺人者！　という叫び声）

アナスタージア　道路の敷石だわ！
ミシシッピ　落ち着いてください。じきにもっと多くのものが瓦礫と化すでしょう。
アナスタージア　フローレスタン！
ミシシッピ　私にはもうあなたしかいません。マダム。あなたは監獄の天使、全人類の前に私が差し出す楯なのです。

（幕。観客席に照明。ユーベローエが幕の前に出てくる）

ユーベローエ　みなさん、明かりはついておりますが、まだ休憩に立たないで、私の登場をごらんいただきたい。こうお願いしますのも、ただ、これがこの入り組んだストーリーの中で取るに足りないことではないからであります。そう、サン＝クロードの登場が検事の前半生を暴きましたように、私の登場はアナスタージアのそれを説明するのです。みなさんは私をご存知でいらっしゃる。私が糸杉とりんごの木のそばを空中に漂うのを、すでに二回ごらんになった。私はボード・フォン・ユーベローエ＝ツァーベルンゼー伯爵と申します。私は落ちぶれてしまいました。そのとおりです。ごらんのとおり、酔っ払っております。この作品全体を損なっております。それも認めなくてはならんでしょう。それでも私の登場は避けられないし、私の存在を無害にすることもできません。私が出てくるなんてお笑い種です。お笑い種なんてものではない。私自身や、私のグロテスクな人生同様に、時代錯誤なのです。それでも私がまだ姿を現すとは実に心苦しいのですが、もちろん、私にはもはやどうしようもないのです。それはこれからおわかりになることでしょう。それでもここで、観客のみなさんと舞台上のわれわれとが、陰険な作者の策略で巻き込まれてしまったストーリーのこの重大な局面において――問いを立てて、作者は果たしてこうした一切のことにどのように関与しているのだろうか、なんのプランもなしにアイデアを紡いでいるだけなのか、それともある秘密のプランを辿っているのだろうかと聞いてみるべきなのです。そうですとも、私は信じたいのですが、作者は考えなしに、何かの気まぐれで私を作り出したのではありません。作者の目的は、ある理念が人間と衝突し、人間がこの理念を本当に真面目に信じ、大胆なエネルギーと、気違いじみた熱狂と、それを完成させるという汲めども尽きぬ欲望でその理念を実現させようと願うとき、何が起きるかを探ることなのです。私はそう信じたい。そしてまた――どんな形式のものであれ――精神が世界を、ただ存在するだけで何の理念も持ってはいないある世界を、変革できるかどうか、素材としての世界は改良不可能か否か、という疑問が、好奇心溢れるこの作者の頭に浮かんだのだということ、作者は、かつてある絶望した夜に湧き上がった疑問を追っているのだということも。このことも信じてあげたい。それでも、われわれを創り出した作者がその後はもうわれわれの運命に関知しないことは、これは、みなさん、どうにも嘆かわしいことです。このようにして作者は私、ボード・フォン・ユーベローエ＝ツァーベルンゼー伯爵も創り出しました。私は、作者が情熱のありったけをかけて愛した人物なのであります。この作品の中でただ一人、私だけが、愛という冒険を、これに耐えるもあるいは屈服するも人間の最高の尊厳となるこの崇高なる企てを、わが身に引き受けているのですから。しかしまさにそれゆえに、作者は私に呪いをかけて実に馬鹿げた人生を送らせ、また、ベアトリーチエ[八]だとか、プルエーズ[九]とか——カトリック教徒が勇敢な英雄たちに差し出すような——そんな女性ではなくて、アナスタージアのような、天国でも地獄でもなく、ひたすらこの世をかたどった女を与えたのでしょう。こうして、私を創り出した作者、残酷なおとぎ話と、何の役にも立たない喜劇を愛する、このしつこく書き続けるプロテスタントにして地に落ちた夢想家は、私をめちゃめちゃに破滅させ、骨の髄まで味わいつくすのです。——ああ、なんと恐るべき好奇心でしょう——こうして作者は、私の尊厳を奪い、私を聖人めいた人物ではなくて——聖人なんて作者には用はないのです——作者自身に似たものとし、私を勝利者としてではなく——人間が常に陥るただ一つの立場である——敗北者として、自分の喜劇という鍋に放り込んだのです。それというのもすべてはただ、被造物の生きる、限りあるこの世で、われわれの唯一の希望、神の恩寵は果たして本当に限りないのか、ということを確かめるためなのです。ともかくもう一度幕を上げるとしましょう。（幕が上がる。色鮮やかな絵が描かれたパネルが舞台の中央を占めている。下にはアナスタージアと大臣の足が見えるが、二人が抱き合っているのは明らかである。ユーベローエは香具師《やし》のような口調で続ける）今、下に降りてきた、舞台中央を占めておりますこのパネルに、これに続く昼と夜に起きたことが描いてあるのであります。この場面は飛ばすことにしますので。検事の状況は、予想どおり、深刻なものとなりました。——みなさんからごらんになって——左手上方で、売り子が号外を配っておりますが、その見出しは、「検事は女郎屋のドアマンだった」というものです。右手上方では首相が青ざめております。中央に見えますのはサン＝クロードで、組合で演説しているところです。左手の下のほうでは怒り狂った群集がプラカードを持っております。三五〇人を殺した大量虐殺者に死を、という字が読めます。右手に見えますのが、夜の場面でして、検事の家を守っている警察の連中、この邸宅めがけて投げられる石でいっぱいの空です。赤い絨毯の上に咲く花という印象であります。これで状況がおわかりのことでしょう。スクリーンが上がりますと、お馴染みの部屋が、それ相応の状態で現れます。世紀末様式の鏡は割れてしまいました。愛の女神像には首がありません。どこかの剥き出しになった壁がもう目に入ります。窓ガラスは粉々です。窓の鎧戸は閉められ、その隙間から明るい一一月の午前の光が斜めに差し込んでおります。一〇時です。私は右手にある次の間へ行って、中に通してくれるよう、女中にねじ込むところです。この機会に青いサングラスをかけるとしましょう。（ユーベローエはサングラスをかけようとしてそれを下に落とす。それを拾おうと身を屈め、アナスタージアと大臣の足を見てしまう。死んだように青ざめて身を起こす）一方、アナスタージアはというと、私にとっては辛い、また、みなさんをびっくりさせるような状況にあります。これは私が愛する女性です。それが、三三時間前に私たちが去ったばかりの場所で、決して愛してはならない男に抱かれております。

（ユーベローエは上手から退場し、パネルは上がる。その後ろでアナスタージアと、彼女にキスしている大臣がほとんど頭まで見える。下手からミシシッピがやって来てパネルをもう一度下へ降ろす）

ミシシッピ　この汚らしいスクリーンがもう一度、これを最後に上げられて、でっち上げの嘘をみなさんにごらんいただくことになりますが——というのも、これが真実に基づいていれば、私の慧眼はとっくに一切を突き止めていたことでしょうから——この場面全体は、実に下品な誇張がなされている箇所なのです——ですから、その前に、次に来る場面を説明しておきたいと思います。（パネルの後ろで大臣は後ずさりして上手へ向かい退場。彼の足の動きしか見えない。それからやっとパネルが上がる。アナスタージアは新聞を手にして、テーブルのそばにじっと立っている）今朝早くのことでした。私は徹夜で仕事をした後でした。今回は、あるヒモに死刑判決を求めることになっていたのです――たやすい仕事ではありません――外には怒り狂った群集、居間では妻が恐怖で震えておりました。私は部屋に入り、監獄の天使を見つけます。天使は号外を手にしております。新聞に載っていることは本当だよ、と私は妻に言います。あなたは私をアメリカの大砲王とイタリアの王女の私生児だと思っておられた。マダム、そんな考えは頭から追い払ってください。私はそんなものじゃない。売春婦の息子で、母の名も父の名も知りはしないのです。

アナスタージア　私はしばらく考えて、それからミシシッピに近づき、厳かにその前にひざまずいたのでした。

（アナスタージア、ひざまずく）

ミシシッピ　私は心を動かされて言いました。マダム、私を軽蔑なさらないのですか？

アナスタージア　それから私は彼の手に接吻いたしました。

（アナスタージア、彼の手に接吻する）

ミシシッピ　そこで私は小さな声で言いました。マダム、われわれが結婚した目的は果たされました。われわれは罪の償いをしたのです。おそらく、モーセの掟を復活させるという私の努力は、今夜にも水泡に帰すでしょう。昨夜の騒動をお聞きになりましたね。この部屋にある下劣な石、砕けた鏡、壊れた愛の女神像が多くのことを語っています。地に落ちた幻想について、多くのことを。あなたは愛情ゆえに、そして私は道義的な洞察ゆえに犯した毒殺のことを公に告白し、ともに殉教者として破滅するのを、今やためらうことがあるでしょうか？　私は覚悟ができております、マダム！

アナスタージア　私は厳かに身を起こし、彼の額に接吻いたしました。

（アナスタージア、そうする。パネルは再び降りて来る。上手から改めてアナスタージアの方にやって来る大臣の足が再び見える）

ミシシッピ　これがその場面です。この場面は私の心を揺るがし、みなさんの心も揺るがしたことと思います。まさに今、陪審裁判所で、怒り狂った群集が私を包囲しておりますが、私はこの場面を物語るのです。人々はまもなく私を建物じゅう追い立て、階段を上がり、バルコニーを抜け、また階段を降りて、ロビーにある正義の女神像の前で、動けなくなるまで私を血だらけにぶちのめそうとはしておりますが——数時間もしないうちに、こうしたことの一切が起きることでしょう。その後私は、この尋常ならぬ女性の唇以外、何も感じることができなくなることでしょう。彼女は枯れることなき月桂樹の葉、私の卑しめられた額に咲くのであります。

（ミシシッピは下手へ退場。おおっぴらに抱きあったアナスタージアと大臣が見える。これはすでにご存知のことである。部屋はユーベローエが説明したとおりの状態である。外では「インターナショナル」の歌声）

アナスタージア　夜どおし、あの人たちは家に石を投げ、歌を歌っていましたね。

大臣　私をお呼びになったのは、無鉄砲としか言えません。

アナスタージア　恐ろしくって、何も考えられなかったの。
大臣　世界が崩れ落ちるときにキスするのはすばらしい。
アナスタージア　この人たちから私を解放してくれるわね。何度でもキスしてあげるわ。
大臣　何度でもキスしてもらうよ。女郎屋のドアマンなんか、誰も助けはしない。
アナスタージア　ゼネストになったら、あなたにとっても打撃ですわ。

（シルクハットと外套を身につけた大臣はここで服を脱ぎ始める。シルクハットは愛の女神像の頭に被せ、外套は椅子に投げる。等々続く）

大臣　私の権力は打撃など受けない。権力とは人々の情熱に基づくのではない。人々の倦怠感に基づいているのだから。変革への憧れは強いが、秩序への憧れの方が常に大きい。それが私を権力に就かせるのだ。このメカニズムを見抜くのは簡単だ。総理は退陣を余儀なくされるし、外相がワシントンから到着するのは一時間後のことだろう。もうその時では遅すぎる。政府の代表といえば私一人であるこのわずかな時間を、利用しさえすればよいのだ。そうすれば、議会はこの私を新しい総理大臣に任命してくれることだろう。
アナスタージア　私の夫を群集に引き渡すつもり？
大臣　死んでもらいたいだろう？
アナスタージア　死んでほしいわ。
大臣　君はけだものだが、私はけだものを愛する。君には何も計画などない。ただ瞬間を愛しているにすぎない。君は夫を裏切ったように、私を、そして他の人間も裏切ることだろう。君にとっては現在が過去より強く、そして未来が今日を打ち負かす。誰も君を捕えることなどできはしない。君を当てにする者は破滅し、僕が君を愛するように、君を愛する者だけが、常に君を所有する。いいや、愛する人よ、君の夫を民衆に引き渡したりはしない。君の憎しみが与えるよりもっと徹底的な打撃を彼に与えよう。馬鹿なやつらが運び込まれる場所に、彼を運び込むつもりだ。(一〇)

アナスタージア（自分の希望が容れられなかったので）どうぞ、お帰りになって。もう議会の時間でしょう。

大臣　刑務所でしか君に会えないとは耐えられない。あそこは囚人と看守だらけで私たちを見張ってるんだから。ここでは、少なくとも、ともかく二人きりでいられる！

（上手からユーベローエが駆け込んでくる）

ユーベローエ（われ鐘のような声で）愛するあなたの顔を拝ませてください、奥様！

（アナスタージアは雷に打たれたようになる。奥には慌てた女中の姿）

大臣（ぎょっとしてアナスタージアを放しながら）どうしてもここで姿を見られるわけにはいかん！

（下手の部屋へ急ぐ）

ユーベローエ（アナスタージアのところへ行き、その手にキスする）大胆に、また無作法にもあなたのプライベートな空間に侵入したことを、どうぞお許しください。それにこの、ぼろぼろの服も。今は完全に打ちのめされた、しかしかつては貴族であった人間の、ただ一つの希望がかかっているのです。哀れな人間にあなたがお示しになれる最後の恩寵が。私の名前は――

アナスタージア（叫ぶ）ボード！

ユーベローエ（しばらくのあいだ、身じろぎもせず立っているが、その後、骨の髄まで震えあがり、同様に叫ぶ）アナスタージア！（よろよろとして白墨のように白い顔になり、上手の椅子に沈み込む）ブラック・コーヒーを、お願いだ。

アナスタージア（女中に）すぐにコーヒーを。

女中（上手に退場しながら）これはまあ、伯爵様だわ！

ユーベローエ（死んだように青ざめて）すまない、アナスタージア、すぐに君だと気づかなくて。熱帯でひどい近眼になってしまったんだ。

アナスタージア　それはお気の毒に。

ユーベローエ　いやいや。（立ち上がる）君は自由の身なのかい？

アナスタージア　自由の身よ。

ユーベローエ　恩赦されたのかい？

アナスタージア　監獄には入れられなかったの。

ユーベローエ　僕は五年前、甘いものが大好きな君のペキニーズのために角砂糖の形をした毒薬をあげたね。それで君はご主人を毒殺したんだろ。

アナスタージア　私、逮捕されなかったの。

ユーベローエ（唖然としてアナスタージアの顔を凝視しながら）僕は君のせいでヨーロッパを離れ、ボルネオの最果てにあるジャングルに原始林病院を建てたっていうのに！

アナスタージア　あなたの逃亡は何にもならなかったの。

ユーベローエ　僕の医師免許は取り消しにならなかったのかい？

アナスタージア　あなたに不利な措置は何も取られなかったのよ。

ユーベローエ　（抑揚なく）　すぐにコーヒーが来ないと正気を失ってしまう。

アナスタージア　（疑うように）　検事のところへ行きたかったの？

ユーベローエ　僕は古ぼけた石炭輸送船に乗って、熱帯の熱病から逃げ出してこの町にやって来た。君が終身刑を宣告されたものと信じ込んでね。もう一度生きて君に会えるなら、という条件で自首しようと思ったんだ。この家に来たのは、刑務所にいる君に会う許可をもらうためだったんだよ。

（ユーベローエはアナスタージアを見つめるが、もっと近づいて見ると、それが壊れた愛の女神像だということがわかる。幸いにもアナスタージアは大臣のシルクハットを前もって取り外している）

アナスタージア　（不安そうに）　ボード！

ユーベローエ　ミシシッピの住所からして、覚えがあるような気がして不気味だった。この庭、家、入口、玄関ホールにあるピカソの絵。しかし、ひどい近視と、バタヴィアで罹った黄熱病以来続いている幻覚のせいで、しばしば勘違いをするのでね。そう、今では自分の感覚を信じることなどできないんだ。僕はありとあらゆる熱帯の病気に耐えなきゃならなかった。記憶力はコレラで、方向感覚はマラリアで鈍ってしまったもんで。そしたら女中がやって来た。ルクレーツィアだった。間違いなかった。でも、五年経てばもちろん色々と変化もあるしね。新しい職場を見つけたのに違いないと思った。ルクレーツィアの方も僕とわからなかった。南ボルネオで目の炎症に罹ってからかけている、この青いサングラスのせいだろう。二回、追い払われたよ。それで行動に移った。この部屋に入り、挨拶して、お辞儀し、近づいて、手にキスした――そしたら君の前にいたというわけだ。

アナスタージア　そう、私の前にいるのよ。

（ユーベローエ、途方に暮れてアナスタージアを見つめる）

ユーベローエ　アナスタージア、僕は熱帯でひどく痛めつけられた。僕の健康状態は、もはやお世辞にも良いとは言えない。勘違いを、それもひどい勘違いをしているのかもしれないのはわかっている。だから、遠慮なく正直に言っておくれ、すべては病める脳髄が創り出した恐ろしい錯覚なんだろうか？　それとも君は、検事フローレスタン・ミシシッピ氏の妻なのだろうか？

アナスタージア（落ち着いて）　ええ、彼の妻なの。

ユーベローエ（叫ぶ）　やっぱり！（よろめく）

アナスタージア（驚いて）　ボード！

（アナスタージアはユーベローエを抱えるが、彼は気を失って床へ滑り落ちる。アナスタージアは狂ったように銀製の小さな鈴を鳴らす。上手から女中が駆け込んでくる）

アナスタージア　さっさとコーヒーを持ってきて！　お客様がすぐに気を失ってしまうの。

女中　あらまあ！

（女中は再び急いで退場。下手から大臣登場）

大臣　これ以上ぐずぐずしてはいられない。どうしても政府省庁へ行かないと！

アナスタージア　お客様がいつ気を取り戻すかわからないわ！

大臣　大変なことになるぞ！　そうとも、大変なことだ。もし私の前に外務大臣が演説したら、あいつが総理大臣になってしまう。

ユーベローエ（ゆっくりと目を開ける）すまない、アナスタージア、こんなに立て続けにびっくりさせられると、体がもうついていかないよ。

（大臣は再び下手から急いで退場。アナスタージアは後ろから大臣に外套とマフラーを投げてやる）

ユーベローエ　ここで起きていることのほんの一部でも理解できたら、すぐに気分が良くなるんだろうが。君がミシシッピと結婚するなんて、どうしても理解できない。

（ユーベローエは難儀そうに身を起こし、椅子に腰かけ、汗を拭う）

女中　コーヒーでございます！

（女中はテーブルにコーヒーを置き、再び退場。ユーベローエは苦労して立ち上がる。下手では大臣が扉から

顔を出すが、ユーベローエの姿を認めると、また急いで引っ込める。アナスタージアはコーヒーを注ぐ）

ユーベローエ（カップを手にし、かき混ぜ、立ったままで）　夫を毒殺したことがわかっている女と検事が結婚するなんて、そんなことありえない。

アナスタージア　あの人も奥さんを毒殺したから、私と結婚したのよ。

ユーベローエ（コーヒーカップを持ったまま立ちすくむ）　あの男もだって？

アナスタージア　あの人も。あなたから没収した毒薬で。

ユーベローエ　君がブラック・コーヒーに入れたように？

アナスタージア　私がブラック・コーヒーに入れたように。モーセの掟を復活させるために。

ユーベローエ　モーセの掟を復活させるために。

アナスタージア　この結婚は私たちが犯した犯罪を償うことになるんですって。

ユーベローエ　君たちが犯した犯罪を償う、か。

（ユーベローエの体がぐらぐらと揺れる）

アナスタージア（激しく）　お願いだからもう気を失わないで！

ユーベローエ　いいや。気を失ったりしないさ。真実は一撃で僕を石に変えてしまった。

（ユーベローエはゆっくりとカップをテーブルに置く）

ナスタージア（不安そうに）　ボード、気分が悪いの？

ユーベローエ　コニャックをくれないか。
アアナスタージア　コーヒーのほうがずっと良いと思うけど。

ユーベローエ　よりによってこの家でコーヒーを飲めなんて、僕に言えた筋合いはないと思うがね。

（ユーベローエは再び腰かける。アナスタージアは黙って戸棚へ向かい、コニャックの瓶とグラスを一つ手にして戻って来る。コニャックを注ぐ。下手の椅子に腰かける）

ユーベローエ　僕は君が犬を殺すものと信じ込んで、毒薬をあげたんだよ。そして絶望の果てに熱帯へ逃げ、人類愛を実践しながら首狩り族とマライ人の国で君の罪を贖おうとした。ずっと君を愛していたのに、その君を諦めて、二人の関係を犠牲的行為によって新たに神聖なものにしようとした。そしたら君は、ある男と結婚していて、そいつの犯罪ときたら僕のよりずっとひどいときている。それなのに君はそいつと、気候の良い温帯で、最高の社会的地位にあって、法のお咎めもなしに、ぬくぬくと生きている！

（下手から大臣が舞台を駆け抜け、上手に消える）

大臣　ど、どうしても国会へ行かなくては！　でないと総理大臣になれない。
ユーベローエ（驚いて）　いったい誰だい？

アナスタージア　ただの法務大臣よ。
ユーベローエ（絶望して）　法務大臣が君の家で、何をしてるんだい？
アナスタージア　私の生活も地獄なのよ。
ユーベローエ　君の全人生が一人の女のために台なしになったとでも言うのかい？　良い職場を捨て、ボルネオの惨めな奥地に逃げたのも無駄だったのかい？　また戻って来たのも無駄だったとでも言うのかい？　コレラや、日射病、マラリア、発疹チフス、赤痢、黄熱病、眠り病、それに慢性肝臓障害に苦しんだとでも言うのかい？
アナスタージア　あなたは、毎週金曜日に処刑に立ち会わされたことがある？　毎日、刑務所で自分の夫が判決を言い渡した人たちの所を訪れて、途方もない呪いの言葉を浴びせられなくちゃならなかった？　あなたに死刑判決を下し、殺しもしないでいる、愛してもいない夫と、いつも一緒にいなくちゃならなかった？　モーセの掟に書いてあるからっていうそれだけのために、恐ろしく込み入った規則やら、とんでもなく馬鹿馬鹿しい決まりを守らなくちゃならなかった？　わからないって言うの？　私たちは二人とも、恐ろしいことに耐えなくてはならなかったのよ。あなたは肉体的に、そして私は心理的に。あなたは逃げることができたけど、私はここで道徳的に持ちこたえなきゃならなかったのよ。

（上手から威厳のある三人の聖職者が現れる。プロテスタント、カトリック、ユダヤ教の聖職者である。三人はお辞儀する。アナスタージアは厳かに立ち上がる。ユーベローエ、ひどく驚いて、同様に立ち上がる）

聖職者１　この教区の、教会会議評議会を

聖職者２　そしてまたわが町の信徒全体を
聖職者３　代表して
聖職者１　あなた様に、尊敬する
聖職者２　親愛なる
聖職者３　情深い
聖職者１　奥様に、この試練の時に、感謝を申し上げに参りました。
聖職者２・３　感謝を申し上げに！
聖職者１　あなた様が、尊敬する
聖職者１・２・３　尊敬する
聖職者１　親愛なる
聖職者２　情け深い
聖職者３　奥様が
聖職者１　いつも刑務所で囚人たちにお示しになる、類稀《たぐいまれ》なるご支援に感謝を申し上げに。あなた様はこの困難な行いを常に立派に成し遂げられました。われわれが感謝を申し上げるだけでなく
聖職者２・３　あなた様が
聖職者１　尊敬する
聖職者２　親愛なる
聖職者３　情深い
聖職者１　奥様が、この町の囚人援助活動を、変わることなく続けてくださるよう希望しますことが、この危機的な時に当たりましても、あなた様にとって

聖職者2・3　慰めとなり
聖職者1　心の支えとなり
聖職者1・2・3　癒しともなりますように！
聖職者1　あなた様に感謝し、あなた様のために希望を持ち
聖職者2・3　希望を持ち
聖職者1　あなた様を信じることが
聖職者2・3　信じることが
聖職者1　今やわれわれの変わることなき勤めとなりますように。

（三人はお辞儀する。アナスタージアは少し頭を下げる。ユーベローエは途方に暮れてお辞儀し、混乱している）

聖職者1・2・3
われらは断固、拒むであろう
あなたの夫がなしたことを。
正しき人を損なう者は
この世で罰を受けるであろう。
されど、気高く心を配り、救いを与えるその女人には
兄弟よ、汝には、
慰めの言葉をかけよう

いつまでも、変わることなく。

(三人は再び上手へ退場。アナスタージアは腰かける)

ユーベローエ (頭を抱えて) あれは地区監督のイェンゼンだ！

アナスタージア 私は監獄の天使って呼ばれているの。

ユーベローエ (絶望して、椅子にくずれおちながら) あいつらが僕を教区評議会から追い出したんだぞ！

アナスタージア (熱心に) あなた、自分がまだ私を助けられる唯一人の人間だってこと、わかってないの？

ユーベローエ (驚いて) 困ってるって言うのかい？

アナスタージア 主人は検事の職を解かれたら、私と一緒に警察に自首して、毒殺のことを自白するつもりなのよ。

ユーベローエ (うろたえる) アナスタージア！

アナスタージア 今夜のうちにもそうするかもしれないわ。

ユーベローエ (青ざめて) 君はどうするつもりだ？

アナスタージア (きっぱりと) 牢獄みたいな暗い世界に入れられるのはいや。絶対に！ 私たちの愛を救う方法がたった一つだけあるわ、ボード。私と一緒にチリに逃げて！ 人殺しを引き渡さない国はそこだけなの。あなたが何百万もお金を持ってるのは何のため？ 飛行機に乗るのよ。今夜の一〇時に出発するわ。座席を予約しておいたの。五年間もあなたを待ってたわ、やっと会えたわね。私たち、チリで幸せになりましょう。

ユーベローエ（再びゆっくりと身を起こす）　逃げられはしないよ、アナスタージア。僕は全財産を失ってしまったんだ。
アナスタージア（同じく死人のように蒼白になって身を起こす）　ボード！
ユーベローエ　熱帯で僕は財政面でも完全に破綻してしまったんだ。
アナスタージア（震えながら）　ユーベローエ＝ツァーベルンゼーのお城は？
ユーベローエ　薬品工場の手に渡ったよ。
アナスタージア　ブンツェンドルフのマリーエンツォルンの館は？
ユーベローエ　競売に出されたよ。
アナスタージア　レマン湖のほとりのモンパルナス城は？
ユーベローエ　差し押さえられたよ。
アナスタージア　ボルネオの原始林病院は？
ユーベローエ　朽ち果てたよ。地元の医者にはかなわないとわかったんだ。僕は自分の社会的慈善事業で人々を救おうと思っていたのに、乞食になってしまった。今着ているぼろぼろの服、このとんでもない上着、バタヴィアで伝道してる尼さんが編んでくれたこのセーター、ほつれたズボン、履き古した靴が僕の全財産だ。
アナスタージア　でも、まだ聖ゲオルク救貧病院があるじゃない！　私たち、そんなにたくさんのお金は要らないのよ。あなたはお医者様だし、私はピアノを教えるわ。
ユーベローエ　ここを去る前に病院はアルコール中毒患者救済協会に寄付してしまったんだ。
アナスタージア（打ちのめされてもう一度椅子に沈み込む）　私の全財産は、夫に無理やり売春婦更生協会に寄付させられたの。

ユーベローエ（震えながら）　僕たちは二人とも、完全に破滅してしまったんだ！

（ユーベローエも同じく再び椅子に沈み込む）

アナスタージア　私たち、もうおしまいね。
ユーベローエ（おずおずと）　おしまいじゃないよ、アナスタージア。今こそ、本当のことを言うときだ。
アナスタージア（不審そうに）　何のことなの？
ユーベローエ　君のご主人には打ち明けたのかい？
アナスタージア（疑うように）　打ち明けた？
ユーベローエ　君が僕の恋人だということだよ。
アナスタージア（ゆっくりと）　あの人に言うつもりなの？
ユーベローエ（きっぱりと）　言わなくてはね。僕はいつも正直さということを特別厳しく考えてきた。
アナスタージア（断固として）　そんなこと、考えられないわ。
ユーベローエ（容赦なく）　君はフランソワが死ぬ前の夜、僕のものになった。
アナスタージア　五年後の今になって、実にご立派にも私の夫の前に立って、私に誘惑されましたと宣言するっていうの？
ユーベローエ　他に方法はない。
アナスタージア　まったくお笑い種だわ。
ユーベローエ　僕がすることは何でも、お笑い種なんだ。若い頃、偉大なキリスト教徒についての本を読んだ。あの人たちのようになりたいと思った。僕は貧困と闘い、異教徒の地へ赴き、あの聖人たちの一〇倍も病気になった。でも、何をしても、どんなに恐ろしい目に遭っても、いつも、事態はお笑い種に変わってしまうんだ。君に対する愛も、お笑い種になってしまった。僕に残っていた、ただ一つのものだったのに。でも、これが僕たちの愛なんだ。お笑い種に耐えなくてはならんのだよ。

アナスタージア　私たちをとんでもない不幸に陥れるのはいつだって、あなたのご立派さなのよ。ローザンヌでもそうだったわ。まず試験を受けなくてはと言って、私と結婚しなかったでしょう。それでどこかの連隊長が私を自分の一味に引き込むことができたのよ。私はあなたを誘惑したけど、それでもあなたは行動に移ろうとはしなかった。フランソワを殺して、やっとあなたの妻になろうと思ったのに、あなたはタンパンに逃げてしまった。それが今、よりにもよって、姦通を罰するために最初の妻を毒殺した男に私たちの愛を打ち明けようとするなんて。万一、本当のことが知られたら殺されるだろうとはっきり知っていながら、私は五年間というもの、そ知らぬ顔をしてきたわ。監獄の天使に変身したのよ。どんな牧師さんからも敬意を払われる女になったの。そしたら今になってあなたがやって来て、私の夫の目を覚まさせるなんて言うのよ。しかも、もう十分すぎるくらい危険な時に。あの人に真実を打ち明けるなんて、狂気の沙汰だわ。

ユーベローエ　真実はいつだって狂気の沙汰なんだ。真実は叫ぶしかないんだよ、アナスタージア。僕はそれをこの部屋で叫ぼう。この、僕たちの罪で崩れ落ちる世界に向かって。いったい君は、嘘をつくっていうのか？　何度でも嘘をつくのか？　僕たちの罪は奇蹟によってしか救われない。この奇蹟を信じたいなら、真実を打ち明けるしかない。

アナスタージア（驚いて）　奇蹟を信じてるの？

ユーベローエ　僕はこの愛を奇蹟に結びつける。

アナスタージア　そんなこと無意味だわ！

ユーベローエ　まだ僕たちに残されているただ一つの意味なのだ。（煙草に火をつける）ご主人に真実を打ち明けるつもりだ。真実が僕たちの惨めさを燃やして灰にしてくれる。そうしたら僕たちの愛は甦るのだ。白い煙となって。（煙草を足で踏み潰す）ご主人はいつ戻る？
アナスタージア　知らないわ。
ユーベローエ　待つことにするよ。この家具と肖像画のあいだで待つ。帰って来るまで、待つ。

（アナスタージア、黙っている）

ユーベローエ（死人のように青ざめて）アナスタージア！
アナスタージア　何なの？
ユーベローエ　僕を愛してるかい？
アナスタージア　愛しているわ。
ユーベローエ　じゃあ、ここに来て、キスしておくれ。

（アナスタージア、ゆっくりとユーベローエのところへ行く。キスする）

ユーベローエ　君が僕をいつも愛してくれていることが、今わかったよ。この愛を信じる。僕たちを救ってくれる奇蹟を信じるようにね。
アナスタージア（激しく）逃げましょう！　分別は捨てて！　何も考えないのよ！　そして二度と戻ってこないの！

ユーベローエ　だめだ。僕は待つ。奇蹟を待つんだ！

第二部

（同じ部屋。コニャックの瓶が林立するコーヒーテーブルに、ユーベローエ。背後の下手側の窓のそばにはアナスタージア）

アナスタージア　また霧が立ってきたわ。
ユーベローエ　それにいきり立った連中も。
アナスタージア　この一一月は毎晩、川から霧が立ち昇って来る。
ユーベローエ　ビーダーマイヤー様式のテーブル、ルイ一四世様式の椅子が二つ、ルイ一五世様式のサイドボード。箪笥はルイ一六世様式、アンピール様式のソファ。こんな家具は大嫌いだ。ローザンヌにいた頃からずっと大嫌いだった。そもそも家具というものが大嫌いなんだ。
アナスタージア（何も聞こえないかのように）　大聖堂の鐘が八時を打っているわ。
ユーベローエ　一〇時間。一〇時間、僕は待った。
アナスタージア　銃声だわ。また銃声が聞こえる。
ユーベローエ　それに、この歌も。世界が破滅するときの歌だ。
アナスタージア　今ごろ、チリは真夏だわ。夜になると、南十字星が空に見えるのよ。
ユーベローエ　真実とは、十字架だ。僕は君のご主人に真実を告げよう。彼に向かって真実を叫ぶのだ。

アナスタージア　女郎屋のドアマンにね。
ユーベローエ　タンパンで一番まっとうな人間もやっぱり女郎屋のドアマンだった。あいつはいつも、僕の原始林病院のためにいくらか寄付してくれたもんだ。いつもね。（再び椅子に腰かける）ビーダーマイヤー様式のテーブル、ルイ一四世様式の椅子が二つ、ルイ一五世様式のサイドボード。箪笥はルイ一六世様式、アンピール様式のソファ。こんな家具は大嫌いだ。ローザンヌにいた頃からずっと大嫌いだった。そもそも家具というものが大嫌いなんだ。
アナスタージア　こんな霧でも、飛行機は飛ぶと思う？
ユーベローエ　今じゃどんな天気だろうと飛ぶさ。それでとんでもないことになってもね。真実だ。彼に真実を告げよう。
アナスタージア　あなたコニャックを五本以上も飲んだのよ。
ユーベローエ（急に荒々しく）いったい、飲まずに一一時間も地獄に耐えられるものだろうか？　レンブラント・ハールメンス・ファン・レイン、一六〇六年から一六六九年。塔のある風景。エッチング。

（二人は立ちつくす。下手の窓のところに大臣現れる）

大臣　この男女二人が部屋で待っているあいだに、私は総理大臣となりました。状況は破滅的でして、外国は固唾を飲み、株価は下落し、悪い噂はあっという間に広がりました。しかし状況は、権力を掌握するには理想的である、というのが真実です。

（目に見えない群集が拍手する音）

大臣　私の新しい執務室のソファに寝転がって――老いぼれの前総理大臣はとっくにサナトリウムに入っておりますー――私は不法入国したスパイの写真を引き裂き、それを火にくべるところであります。（一枚の写真を引き裂き、それを火にくべる）こいつはただの愚か者でしかありません。一人一人に対する革命が恐るべきものである、などと言うのですから。一人一人の人間など犠牲にされてしまい、社会という名のならず者が生き延びる。それが証明ずみの決まりなのです。野獣を殺すことはできない。野獣の上に腰かけるのだ、そうすれば、永遠に上にすわっていられる。（拍手）下層の連中は、何かが始まるときの血のざわめき、途方もない希望、軽はずみな冒険を愛するものだ。しかし、騒乱のただなかの、ある瞬間に、群集の人気は風向きを変える。もっと欲しいという欲望が彼らを駆り立てていたのに、今や、一切を失ってしまうのではないかという恐れが彼らの気持ちを冷やすのだ。この瞬間を正確に見計らって、秩序の回復者として姿を現すのだ。なんというチャンスだろう。（拍手）そうして利益を得るのだ。軍の用意は整った。よろしい。警察は回転式大砲を準備した。ますますよろしい。望むところだ。――ヨハン、ウイスキーを一杯くれ。（召使がグラスを持って来る）もう少し、引っ込んでいるとしよう。もう少し、愚か者に愚か者の後を追いまくらせるとしよう。拳を振り上げた群集に、もう少し、われらの不幸な検事殿の後を追い駆けさせることにしよう。検事はといえば、まさしく今、血を流し、汚れて、壁を越えて自分の家の庭に降り、一本の木の下で――りんごの木だと思いますが――横たわっております。こんなところを見られたらどうするのだ。走れ、ウサギよ、走れ。今、彼は身を起こし、テラスへと足を引きずって行きます。天才だというのに、何という目に遭っていることでしょう。

(大臣はグラスの酒を飲み干し、それを後方に投げて消える。すぐ近くで銃声)

ユーベローエ　ヘルークレス・セーヘルス、一五八九年から一六四五年。古い水車。エッチング。(ぐらぐら揺れながら) 真実を告げるのだ。——君は僕を愛しているか?——奇蹟が起きるだろう。真実を告げるのだ。そして僕たちは自由の身になるんだ。

(上手の扉が開く)

アナスタージア (落ち着いて)　あなた。

(扉のむこうには、服はずたずたで血だらけのミシシッピ)

ミシシッピ　ふるさとへようこそお帰りなさい。伯爵殿。

アナスタージア　フローレスタン!

(アナスタージアはミシシッピの方へ駆け寄ろうとするが、ミシシッピは彼女に落ち着くよう合図する)

ミシシッピ　お客様のことを忘れないようにしよう、アナスタージア。常に移ろい行くこの世にあって、何事にも影響されない態度こそ、守ることができるただ一つのものなのだから。(お辞儀する) ユーベローエ伯爵、自首なさりに来られたのかな？　妻と私もあなたと同じことをしようと決心したのですから、邪魔はありませんよ。

(ユーベローエは気持ちを落ち着ける)

ユーベローエ　検事殿！　あなたは、私が毒薬をあげた女性と結婚なさいました。まあ、仕方ない。それは私にとってショックでした。恐ろしいまでのショックでした。確かに。しかし、あなたはモーセの掟を復活しようとなさったのです。正義を実現するためにそこまでとんでもない情熱を傾けられるとは、頭が下がります。畏敬の念に打たれ、頭が下がります。恐ろしく乱れたあなたの服装や、青あざのできた、引っかき傷だらけのお顔から判断するに、少々ぞっとはいたしますが、検事殿、あなたも破滅なさったらしい。この二〇世紀にあっては、破滅することが、検事殿、われわれ両者の運命なのです。骨の髄まで破滅することがね。われわれにはもう何の決定権もありません。歴史はわれわれを否定したのです。たゆまぬ努力によって、鉄のエネルギーで大都会の泥沼から身を起こしたあなたを、そして、祖先は十字軍を戦った伯爵であり、由緒ある貴族である私を。路上の連中は今、あなたの宿命を歌にしています。私の運命にも高笑いで答えることでしょう。この没落する世界にあって——世界が没落していることを疑う者がいるでしょうか——われわれがすべきことは一つです。ただ一つ、それを、絶対に、狂信的に、大胆に行うのです。(ますます激しくよろよろする) われわれは真実へと至るのです、検事殿、身の毛もよだつ、たぶんお笑い種でもある真実へ。勇気と力のすべてをもって、真実の側に立つ必要があるのです。(下手の椅子へ倒れ、両手で頭を抱える)

（ミシシッピは落ち着いてテーブルのそばへ行き、鈴を鳴らす。上手から女中登場）

ミシシッピ　洗面器に冷たい水を入れてきておくれ、ルクレーツィア。

（女中退場）

アナスタージア（冷淡に）　酔っ払っていらっしゃるわ。
ミシシッピ　酔いが醒めたら最後まで演説をぶつだろう。
アナスタージア　今朝からコニャックを五本も飲みましたの。

（女中が洗面器を持って来る）

ミシシッピ　伯爵に洗面器をお渡ししてくれ、ルクレーツィア。
女中　伯爵様、洗面器ですよ。
ミシシッピ　お顔をそこへ入れてください、ユーベローエ伯爵。

（ユーベローエ、言われたとおりにする）

ミシシッピ（女中に）　行っていいよ、ルクレーツィア。

（女中は上手に消える）

ユーベローエ（ゆっくりと）　どうも失礼。待ちくたびれたあげくに、私はとことん落ちぶれてしまったようです。

ミシシッピ　お続けください、私に何をおっしゃりたいのですか？

ユーベローエ（立ち上がる）　検事殿！　あなたに真実を申し上げなくてはなりません。私の名とあなたの奥様の名において。真実とは、あなたの奥様と私は——これが真実なのですが、私たちはお互いに——私はあなたの奥様を愛しているのです。

（一斉射撃のすさまじい音が部屋の中に響く。機関銃の砲火が割れた鎧戸を通して外から内部に押し寄せる）

ミシシッピ　壁の方へ！

ユーベローエ　共産主義者だ。

（再び一斉射撃。三人とも、壁に身を押しつける。ミシシッピは上手側に、アナスタージアとユーベローエは下手側に。再び一斉射撃。下手の窓のそばにサン＝クロードの姿）

大臣（上手の窓のそばで）　もう壁にへばりついてるぞ。趣味の悪い壁紙にくっついて。

サン＝クロード（下手の窓のそばで）　粉々にしてやる、このルイ一六世、一五世、一四世様式の家具を、アンピール様式の燭台を。
大臣　このロココ様式の鏡を。
サン＝クロード　エッチングを。
大臣　花瓶を。
サン＝クロード　化粧漆喰を。
大臣　石膏のヴィーナスの残骸を。
サン＝クロード　その下のサイドボードもろともに。このがらくたを一切合財抹殺してやる。俺はお笑い種のこの世を燃やして炭に変える炭焼き人なのだ。（姿を消す）
大臣　来るべき私の帝国を暖めるために。

（大臣消える。再び一斉射撃）

ミシシッピ（鋭く）　マダム、自分の部屋へお行きなさい。そこなら安全だ。

（アナスタージアは下手の扉を通って消える）

ミシシッピ（一斉射撃の音にかき消されないよう叫びながら）　部屋の真中でお話しようではありませんか。しかし、遺憾ではありますが、銃撃を避けるため、這って行ってくださいますよう、伯爵殿にお願いせねばなりません。
ユーベローエ　もう這っております、検事殿。

（二人は中央に向かって這う）
（一斉射撃。二人は身を屈める）
（ミシシッピはテーブルの下でユーベローエにしがみつく）

ミシシッピ　伯爵殿、今やわれわれは二人とも、呪われた部屋の床にへばり付いて、石膏で汚れ、血まみれとなっております。さあ、伯爵殿、私の腕の中で、千年もの昔から現れた幽霊さん、やっと酔いも醒めて、この期に及んでまだ何をお望みなのです！　どうしてあなたは静かな生活を、涼しい先祖の城を捨てたのです？　蜘蛛の巣がひらひらする、色褪せた旗が掲げられた城で、ツァーベルンゼーの湖の上に輝く夜の月に照らされて、何百万もの金に囲まれて大人しくしていなかったのですか？　どうしてなんとも知れない冒険を求めて、見知らぬ世界へと出発されたのですか？
ユーベローエ　私には人間が哀れに思えたのです。

（一斉射撃）

ミシシッピ　すべての人間を愛しておられるのですか？
ユーベローエ　すべてを。
ミシシッピ　汚れ、欲にまみれた人間を？
ユーベローエ　そのあらゆる罪をも。
ミシシッピ　何をとぼけておられるのです？　伯爵閣下。

ユーベローエ　私のことを見破っておられるのですか？

ミシシッピ　見破っているとも。

（一斉射撃）

ミシシッピ　さあ、ユダ（二）の接吻を受けろ！　世界を裁く私が、世界を愛するおまえを引き渡したのだ。キリスト教は死んでいる。神がシナイ山から切り出した二つの石板が、おまえを押し潰して葬り去るだろう。天使が降りて来ておまえを打ち倒した時を呪え。精霊が稲妻のようにおまえを粉々にした時を呪え。精霊がおまえを、アブサンと安酒の海を泳ぐ、立っていることさえできない惨めさそのものへと、虱《しらみ》だらけの博愛主義者へと変えてしまったのだ。伯爵殿、あなたがなさったことは、無駄だったのです。あなたの仕事は水泡に帰し、あなたの原始林病院はつる草に巻きつかれ、緑のジャングルに沈みこんでしまった。まだ何が残っているというのです？

ユーベローエ　私の愛以外には何も。

（一斉射撃）

ミシシッピ　アナスタージアを愛しておられるのですね？

ユーベローエ　彼女だけを。いつも彼女だけを。

ミシシッピ　では、もう人類を愛してはおられないのですね？

ユーベローエ　私が城の上で先祖の旗に囲まれて夢見た人類、熱い涙を流しながら愛した人類は、消え去り、無に帰してしまった。ただ一人残ったのはアナスタージアだった。彼女一人を通して、私は新たに人間を愛するのです。

ミシシッピ　それで、あなたのものではない女をそうやって愛して、あなたは何を手にしているのですか？

ユーベローエ　私が彼女を愛するかぎり、愛する人の魂は決して失われないという希望だけです。この信仰だけです！

ミシシッピ　あなたの愛の力など弱いものです。伯爵殿。アナスタージアが持っているのがあなたの愛だけだったとしたら、彼女はどうなっていたことでしょうな。あの暗闇のような存在、いつも次の犠牲者を求めるあの暗闇のような存在、抱き締められることを求めて震え、決して癒えることのない夫殺しの傷をわき腹にかかえるあの肉体は！

ユーベローエ　では、アナスタージアはあなたが与えたモーセの掟によって、何になったというのですか？

ミシシッピ　私が死刑を宣告した者からも愛される、監獄の天使に。

ユーベローエ（ミシシッピにつかみかかる）　ご自分の結婚に疑問を持ってはいないのですか？

ミシシッピ　これは二〇世紀における最も模範的な結婚なのです。

（一斉射撃。二人は身を屈める）

ユーベローエ　ご自分の妻を信じておられるのですか？

ミシシッピ　揺らぐことなく。

ユーベローエ　彼女がより良い存在になったと？
ミシシッピ　より良くなりました。
ユーベローエ　あんたたちのあいだには真実があり、不安など、あの名づけようのない不安などないと？
ミシシッピ　私は掟を信じるように妻を信じております。
ユーベローエ　この愚か者め。今こそその骨をばらばらにへし折ってやる。木偶《でく》の坊の巨人め。今こそはっきり本当のことを言ってやる。その行いゆえに女を愛するというのか？　人間のすることは嘘なのだと知らないのか？　おまえの愛のなんと疑い深いことか。おまえの掟のなんと盲目なことか。なぜなら、見ろ、私はこの女を正しいものとして愛するのではない。不幸なものとして愛するのだ。恩寵を受けたものとしてではなく、見放されたものとして。
ミシシッピ（たじろいで）　何をおっしゃりたいのですか？
ユーベローエ　検事殿。
ミシシッピ　ご説明願えますかな？　ユーベローエ＝ツァーベルンゼー伯爵。
ユーベローエ　検事殿。アナスタージアは私の恋人であったと、あなたにお告げするのが私の義務です。彼女がまだ最初の夫、フランソワと結婚していたころです。

（死んだような静けさ。それから外で命令を下す声が聞こえる。馬の駆ける音。笛が鋭く鳴り、群集は後ろに下がる）

ミシシッピ　反乱は鎮圧されました。政府が勝ったのです。お立ちください、伯爵殿。

ユーベローエ　どうも。

（ミシシッピ立ち上がる。ユーベローエも同様に立ち上がる）

ミシシッピ（静かに）　では、妻があなたへの愛情ゆえに砂糖工場社長を毒殺したとでも？
ユーベローエ　それが彼の死の理由だったのです。
ミシシッピ　妻の寝室の扉を開けてください、ユーベローエ＝ツァーベルンゼー伯爵！

（ユーベローエ、下手の扉を開ける）

ユーベローエ（おどおどと）　アナスタージアにお聞きになるのですか？
ミシシッピ　それが一番自然なやりかただと思います。あなたは妻に姦通の罪をお着せになった。私はあなたの訴えを厳しく調査いたします。それでも、次のことははっきりさせておきましょう。妻の答えはわれわれのどちらかを打ちのめすことでしょう。私があなたの前で途方もない愚か者となるか、それともあなたが、譫妄状態で願望を夢に見て、それを真実と信じ込んでいる、頭の呆けきったアルコール中毒患者となるか。
ユーベローエ　あなたの現実的なやり方には感心するしかありません。
ミシシッピ　アナスタージア。

（下手の扉のところにアナスタージアが現れ、ゆっくりと部屋の中央へ向かう。そこでコーヒーテーブルの傍

らにじっと立ちつくす）

アナスタージア　何のご用かしら。

ミシシッピ　ユーベローエ伯爵があなたにひとつ質問をなさいます、マダム。真実を言うと誓われますか？

アナスタージア　誓います。

ミシシッピ　神かけて？

アナスタージア　神かけて誓います。

ミシシッピ　さあ、妻に質問なさい。ボード・フォン・ユーベローエ＝ツァーベルンゼー伯爵。

ユーベローエ　アナスタージア、たったひとつ、質問させてもらう。

アナスタージア　どうぞ！

ユーベローエ　僕を愛しているか？

アナスタージア　いいえ！

（ユーベローエ、身を固くする）

ユーベローエ（よろよろしながら、やっとのことで）　そんなこと、言えるはずないのに、アナスタージア！

アナスタージア　あなたを愛してはおりません。

ユーベローエ　それは本当じゃない。

アナスタージア　私は本当のことを言うと神かけて誓いました。
ユーベローエ　でも君は僕の恋人だっただろう！
アナスタージア　あなたの恋人だったことなどありません。
ユーベローエ　君はフランソワが亡くなる前の夜、僕のものになった！
アナスタージア　あなたが私に触れたことなどありません！
ユーベローエ（助けを求めるように叫びながら）　君は僕を夫にしたかったからこそ、フランソワを殺したんじゃないか！
アナスタージア　私はあの人を愛していたから、殺したのです。
ユーベローエ（アナスタージアが立っているテーブルのほうへひざまずきながら）　どうか、哀れに思ってくれ！　本当のことを言ってくれ！　どうか哀れみを！（テーブルにしがみ付く）
アナスタージア　本当のことを申しました。

（ユーベローエ、くずおれる）

ユーベローエ（絶望して）　けだものめ！　おまえたちはけだものだ！

（外で救急車のサイレン）

ミシシッピ（鋭く）　あなたは真実をお聞きになった。アナスタージアはあなたを愛してなどいません。
ユーベローエ　けだもの！　けだもの！

（上手の扉を激しく叩く音）

ミシシッピ（厳かに）　ボード・フォン・ユーベローエ＝ツァーベルンゼー伯爵、原始林の懐で育まれたひどくナンセンスなあなたの主張は、遺憾ながらアルコールの飲みすぎでさらに刺激されたのでしょうが、根拠がないものと判明しました。アナスタージアがあなたの恋人だったことなどありません！　この状況は、あなたが肉体的にだけでなく、道徳的観点からもますます恐ろしい意味で、限りなく落ちぶれてしまったことを証明しているのです。

（ここで上手の扉がばたんと開き、二人の看護士を連れた医者が登場する。三人とも白衣を着ている）

医者　市立精神病院のユーバーフーバー教授だ。

ミシシッピ（それには動じず）　嘘をついたと、認めなさい。

ユーベローエ　おまえたちはけだものだ！

（上手、下手の扉と、サン＝クロードと大臣が姿を消した窓のそばのいたるところに、また、置時計の中からも、白衣とぶ厚い角縁眼鏡の医者たちが舞台の上に押し寄せる）

ユーバーフーバー教授　私は、精神鑑定のためにあなたを病院に引き渡すよう、保健局から全権を与えられている。新しい総理大臣じきじきの指示によるものだ。前の総理もすでにわれわれの保護のもとにある。あなたは大変に興味をそそる症例なのですよ、検事殿、それですぐに、精神医学学会の全員をここへ招いたわけです。

（医者たちは静かに拍手する）

ミシシッピ　伯爵殿、あなたはまさに厳かに宣言された。まっすぐに真実を見つめなくてはならないことを、狂信的に、無条件に、狂人の勇気をもって。あなたは約束を守らなかった。私はこの上なく幻滅いたしました。今度は私が真実を宣言する番です。教授殿……

ユーバーフーバー教授　何でしょうか？

ミシシッピ　私はある告白をせねばなりません。

ユーバーフーバー教授　どうぞどうぞ、検事殿。

ミシシッピ　私を連行すべき場所は、精神病院ではなくて、監獄なのです。

ユーバーフーバー教授　もちろんです。

医者たち　典型的な分裂病だ。

ミシシッピ　私は最初の妻を毒殺いたしました。

ユーバーフーバー教授　そうですとも。

医者たち　固定観念だ。

ミシシッピ　そして二番目の妻は最初の夫を。

ユーバーフーバー教授　そうですとも。

医者たち　典型的な幻覚だ。

ミシシッピ　私は真実を語っているのに。真実だけを。真実のすべてを。
ユーバーフーバー教授　まったくです。
医者たち　これからが危ないぞ。
ミシシッピ　妻と私を監獄に入れてくれ。
ユーバーフーバー教授　そうしましょう。
医者たち　危ないぞ。
ミシシッピ　私は真実を語っているのに。真実だけを。真実のすべてを。
ユーバーフーバー教授　精神病院に連れて行け。

（医者たちはミシシッピを連れ出す）

ミシシッピ　私は誓うぞ。
ユーバーフーバー教授（お辞儀する）　あの人の言うことに頭を悩ませないでください、奥様。あの種の患者というものは、自分のことを殺人者で、自分の愛する者を犯罪者だと思いがちなのです。われわれにはわかっています。じきに良くなるでしょう。病気がひどければひどいほど、医学の勝利も大きいのです。

（医者たちは静かに拍手する。ユーバーフーバー教授はもう一度アナスタージアにお辞儀し、それから上手へ去る。医者たちも、扉や置時計や窓から退場。アナスタージアとユーベローエの二人きり。ユーベローエ、ゆっくりと立ち上がる）

アナスタージア　あなたは本当のことを言い、私はあなたを裏切った。
ユーベローエ　恐怖の方が君の愛より大きかったんだね。
アナスタージア　いつだって、恐怖の方が大きいのよ。
ユーベローエ　奇蹟が起きた。
アナスタージア　私たち、自由なんだわ。
ユーベローエ　でも別々だ。
アナスタージア　永遠に。
ユーベローエ　信仰は失われた。
アナスタージア　砂の中に水が染み込むように。
ユーベローエ　希望は消え失せた。
アナスタージア　何にもならない小さな雲だったのね。
ユーベローエ　僕の愛だけが残った。
アナスタージア　お笑い種の人間の愛が。

（ユーベローエ、ゆっくりと上手から退場。アナスタージアはじっと立っている。飛行機の爆音が聞こえる）

アナスタージア　チリ行きの飛行機が離陸したのね。

（雲の中を飛ぶ飛行機の絵を描いたパネルが舞台を覆う。幕の前にサン＝クロード登場。第一幕と同じ燕尾服

を着ている。首には髭剃り用ケープ）

サン＝クロード　誉れ高き共和国、チリへとあの飛行機を飛ばしてやりましょう。あの伯爵も、解放してやりましょう。もう十分、あいつは邪魔をしたんですから。大都会の人ごみの中へ、あいつは沈んで行くことでしょう。刃傷沙汰を起こして安酒の泥沼の中へ沈むのかもしれませんし、もし、浮かび上がって来ても、かつて自分が作った救貧病院の中へかもしれません。もうあいつには構わないことにしましょう。次の朝に移ることにします。その場面は十分物悲しいものです。飛行機がもう――これを最後に――空へと消え去ってしまった以上、そのことはもうはっきりとわかってお られることでしょう。この部屋は恐ろしい状態にありますし、決定的に落ちぶれてしまったようです。家具は形容のしようもありません。石膏とモルタルで真っ白です。ごらんのとおりです。ただ、真中に、ありそうもないことですが、明らかにそもそも破壊されざるものが、コーヒーテーブルがあります。相変わらずビーダーマイヤー様式で、始まりのときと同じく、二人分の食器がありま す。しかし、アナスタージアとミシシッピ氏のためではなくて、アナスタージアと私のためなのです。そのことも黙っているわけにはいきません。私がここで髭を取りますことが、十分多くのことを物語ってくれるでしょう。（自分の髭を取る）私がまたもや破滅しておりますこと、最初から始めなくてはならないことを、みなさんは想像なさることでしょう。反乱の終わりは哀れなもので、新しい総理大臣の勝利は完璧でした。私のキャリアの結末は痛ましいものとなりました。すでに赤軍からは職を解かれ、ポーランド議会からは議席を剥奪され、つまり、私の名誉回復はまたもや却下されたのです。私はまたもや完全に思い違いをしていました。みなさんがたにとっても、その方が良いのでしょう。私に残っているのはただ一つ、三人の人間が一つの勝負で追い詰められた様子をご報告することだけです。

（飛行機の描かれたパネルが上がる）

サン＝クロード　今耳にしておられるのは、古代寺院の方から聞こえて来るお祝いの大砲の音です。町は新しい総理大臣の結婚を祝う準備をしております。（外の窓のそばを、花嫁の裾を持った二人の子供等々を連れたディエーゴと花嫁が通り過ぎる）おふたかたは、窓のところを通り過ぎ、しずしずと大聖堂へ向かうところであります。花婿については、もう十分知っておりますし、花嫁は、この国の新しい母は、当地で圧倒的な発行部数を誇る『イヴニング・ポスト』紙の発行人でして、頬を赤く染め、ディオールデザインの花嫁衣裳を纏っております。権力は安泰でありましょう。秩序は回復され、かつての壮麗さは改めて建て直されるのです。今、この厳粛な出来事を前にして、喜びに沸き立つ民衆の「万歳」の声が繰返し響くのを前にして、女子高等学校連盟による元気のよい出し物や、市立男声合唱団、ベートーヴェンの第九を鳴り響かせる交響楽団を前にして、また遂には大聖堂の鐘が威厳をもって低く鳴り響くのを前にして、つまりはこうしたおめでたい背景のもとで、次の場面の痛ましさはいや増すのです。

（第九の最初の小節が鳴り響く。最終の場面のあいだじゅう、第九はバックグラウンドミュージックとして聞こえるのではない。それぞれのモチーフは意味を持って響いてくるのである）

（上手の窓からミシシッピが部屋に入って来る。彼は精神病院の、袖が長すぎる病衣を着て、上手の自分の部屋へと消える）

サン＝クロード　あれは検事です。精神病院からうまく抜け出しました。彼が窓から登って来たとき、運の悪いことに私はまだ部屋の中にいませんでした。そうでなければ私の友人、パウレは、この鏡の最後のかけらを前にして髭を剃っている私を目にして、やっと事態を理解したことでしょうが。ですからあいつは私がここにいることなんて知りませんでしたし、私もあいつがいることを知りませんでした。だから、私が後であいつの目を開いてやることができたかもしれないにしても、こうしたことは意味のないことです。こんなにも素早く、宿命はあいつを片づけてしまったのです。あいつが自分で招いた宿命ではありますが。アナスタージアは——彼女こそまさしく私の死を招いた馬鹿馬鹿しい原因なのですが——彼女がいなかったら私はとっくに安全な場所にいたはずです——彼女はしばらくして入って来ました。町に出かけていたのです。聖ヨハンゼン女子刑務所に行ってたことになってますが、本当は、新しい総理大臣と話をしようとして、無駄足を踏んだのでした。総理は——見つかりませんでした。理由はわかってますね——『イヴニング・ポスト』紙です。アナスタージアは諦めるしかありませんでした。それで銀行へ行って、今、慈善事業家の貴婦人みたいな格好をして、コートを羽織り、鰐皮のハンドバッグを手にして、家へ戻って来るところです。

（上手からアナスタージア、息せききって登場）

アナスタージア　ミシシッピが逃げたわ！

（第九のスケルツォが鳴り響く）

サン＝クロード　（どうでもよさそうに）　そんな馬鹿な。
アナスタージア　精神病院の看護士と警官が公園であの人を取り囲んでるの。
サン＝クロード　ウサギ狩りだな。（振り返る）どこに行ってたんだ？
アナスタージア　聖ヨハンゼン女子刑務所よ。
サン＝クロード　馬鹿言うな。銀行だろ。（アナスタージアからハンドバッグを取り上げ、それを開ける。封筒を取り出し、自分のポケットに入れる）いくらある？
アナスタージア　五〇〇。
サン＝クロード　よし。
アナスタージア　髭を剃ったのね。
サン＝クロード　感じが変わったか？
アナスタージア　ええ。
サン＝クロード　じゃあ、イヴニングドレスを着ろ。アメリカ公使が別荘でパーティーを開くんだ。
アナスタージア　アメリカ公使があなたに何の関係があるの？
サン＝クロード　こっそり町を抜け出すチャンスだ。俺がこんなルートを取るとは、誰も考えつかないだろう。俺がどうしてあんたの旦那のフロックコートを着てると思う？（アナスタージアの袖をつかみ、試すように彼女を眺める）さっき、すごいアイデアを思いついたんだ。一緒に逃げようぜ。
アナスタージア　（不安そうに）警察は私を追ってるの？
サン＝クロード　いいや。党が俺を追ってるんだ。俺を除名したんだ。
アナスタージア　どういうことなの？

サン＝クロード　今となっては、俺を抹殺するためなら何でもするだろうさ。党にはよくわかっているんだ。恐るべきなのは、奴らが実現するとか称していた理想を本気になって信じている人間なのだということが。ポルトガルへ行くんだ。
アナスタージア　それで私たち、ポルトガルで何をするっていうの？
サン＝クロード　今までのところ、世界革命はいたるところで失敗に終わっている。俺はその地で新たに革命を呼びかけるのだ。この惑星の別の片隅から。簡単だとは思わないが。俺たちは下水道から生活を始め、無料宿泊所に移り、悪者どもの集う酒場を渡り歩き、最後にはおまえのためにちゃんとした女郎屋を建ててやるよ。

（サン＝クロードは銀製の小さな鈴を取り、鳴らす。上手から女中登場。この女中も、少々煤けてはいるものの、まだ持ちこたえている）

サン＝クロード　コーヒーを！

（女中消える。第九のアンダンテが始まる。アナスタージアはサン＝クロードに近づき、注意深く彼を見つめる）

アナスタージア　あなたは無一文で私のところに辿りついたわね。一人ぼっちで友達もなく、同志からも憎まれて。秘密警察に追い立てられて私のところへ来たから、かくまってあげたわ。病気だったから、看病してあげたわね。お腹をすかせて。それであなたと寝てあげたわ。私の天蓋付きベッドからあなたは自分の名高い党をもう一度組織できたのよ。あなたは自分の同志まで、私の部屋に集めたわね。泥靴をはいたごろつきたちが私のペルシャ絨毯を踏んだわ——いつもレインコートを着た連中が。私のそばであなたは革命のプランを立てて、一切がまたも失敗した今になって、ご親切にもお礼に売春婦の職を世話してくれるというのね。

サン＝クロード　あんたにふさわしい仕事を用意してやるだけの話さ。あんたは、われわれの側からも身を守るために俺の愛人になった。そして俺は、あんたの能力から身を守るため、あんたを愛人にした。あんたは、俺が必要としていることにとって、最高の素質を持っているんだ。

アナスタージア　私がそんなに身を落とすとでも思ってるの？

サン＝クロード　検事の妻にとっては、身を起こすってことになるさ。あんたは何様だっていうんだ？恐ろしくたくさんの男を使い捨てにする女じゃないか。新しい職に就いたらあんたは、有産階級から金を巻き上げて奴らを倒すための資金にするのにぴったりの手だてになるだろうさ。あんたを世界の搾取じゃなくて、世界の繁栄に役立たせる、ただひとつのチャンスだ。

アナスタージア　ごろつき。

サン＝クロード　淫売。

女中　コーヒーです。

（サン＝クロード、観客に背を向けて、下手の窓のそばへ行く）

サン＝クロード（振り返ることなく）　注いでくれ。

（女中、言われたとおりにして、上手から退場）

アナスタージア（死人のように青ざめて、首に掛けているロケットを握る）　それで、私がもし、一緒に行かないと言ったら？

サン＝クロード　どこへ行くっていうんだ？

アナスタージア　私は総理大臣と親しいのよ。

サン＝クロード　あの職にあっては、毒殺者との関わりはあまり好都合じゃないだろうな。

アナスタージア　あの人は知らないのよ。

サン＝クロード　俺が教えてやるさ。

アナスタージア　ご親切だこと。

（アナスタージアはロケットを開いて角砂糖のように見えるものを取り出す）

サン＝クロード　もし俺と一緒に行かないなら、警察がここへ来るぞ。

アナスタージア　それは手回しがいいわね。

（アナスタージアはテーブルの上に手を延ばし、落ち着いた、エレガントな動作で角砂糖に似たものを上手側のカップに入れる）

サン＝クロード　おまえを囲うという贅沢ができる政治家は、俺ただ一人だ。

アナスタージア　そうかしら。
サン＝クロード　コーヒーはできたか？
アナスタージア　注いであるわ。
サン＝クロード（テーブルに向かう）　砂糖は入ってるか？
アナスタージア　まだよ。

（サン＝クロードは砂糖壺から角砂糖を一つ取り出し、上手のカップに入れ、スプーンで混ぜる。カップを口に運び、それを飲まずに下ろし、アナスタージアを凝視し、またカップをテーブルに置く）

アナスタージア（不審そうに）　飲まないの？
サン＝クロード　砂糖はもう入ってた。（汗を拭う）コーヒーは町で飲んだほうがよさそうだ。よかったな。そんなことしたって無駄だ。あんたが一緒に逃げようとしてた銀行員は今夜、逮捕されるだろうさ。奴が手にしている大金は残念ながら奴のものじゃないんでね。わかったか、俺だってちゃんと用心して対策を立ててたんだ。さあ、イヴニングドレスを着ろ。出発の時間だ。俺は車で戻ってくる。そしたらあんたが荷物をまとめたのも無駄にならなくてすむ。
アナスタージア　わかったわ。ポルトガルに行きましょう。（下手に退場）
サン＝クロード　こうして彼女は自分の部屋へ入りました。私は彼女を目で追い、笑って、恐怖に震えながら自分のカップを眺め、テーブルの上に手を伸ばして彼女の分のカップを取り、それを飲み干しました。（こうしたことをやってみせる）そう、私は彼女がどんな人間か、知っているんですから、毒入りのコーヒーは手つかずで残っています。そして私は港町の打ち捨てられた駐車場で――管理人たちは総理大臣の公開結婚式典に行ってましたので――盗まれたばかりの、新しく塗り直した車を盗んで来たんです。まだどこかの地で、ようやく革命を成し遂げるのだという途方もない希望のあまり、誰にも見られていないと思い込んでいたのですが、庭を通って戻ったときに、りんごの木の後ろや糸杉の木の後ろに身を隠したつもりの三人の男を見逃していなかったら――この役に立つ生き物と一緒に、このバビロンの淫売と一緒に、全世界を支配したことでしょうに！

(上手の窓を抜けて立ち去る。部屋は一瞬、無人になる。第九の第四楽章が始まる。上手奥の扉からミシシッピが登場。検事が着るいかめしい黒の長服を身につけている。コーヒーテーブルに近寄り、アナスタージアのカップが空《から》なのを見て、コーヒーを注ぐ。それから長服の下に手を伸ばし、金色の小箱を取り出す。それを開ける。これから起きることは、ご想像のとおりである。ミシシッピはその小箱から角砂糖に似たものを取り出し、テーブルの上に手を伸ばして下手にあるアナスタージアのカップに入れる。一切は実にそっけなく行われ、エレガントと言えないこともない。下手から、炎のように赤いイヴニングドレスを纏い、トランクを手にしたアナスタージアが登場する。彼女はミシシッピを見て、身じろぎもせず立ちつくす)

ミシシッピ　(お辞儀する)　奥様。
アナスタージア　(やっとのことで)　フローレスタン！
ミシシッピ　どうぞ、パウレとお呼びください。世界中が私の名を知っております。
アナスタージア　ここに来るなんて、狂気の沙汰だわ。
ミシシッピ　永久に消え去る前にもう一度妻に会いに来るのを、狂気の沙汰とは申せませんよ、マダム。精神病院から二度、逃げ出すことはできませんからね。

アナスタージア　パウレ、あなたと一緒に監獄へ行って、私たちの犯した犯罪を告白するのを待ち望んでいます。
ミシシッピ　そんな夢はお捨てなさい、奥様。美しすぎる夢でした。私は後任の検事の仕事部屋に山のように手紙を出しました。でも信じてもらえません。私が狂っていると思ってるんです。
アナスタージア　私もあなたの後任の検事に手紙を書きましたの。私も信じてもらえません。私を監獄の天使だと思っているんです。
ミシシッピ　おすわりになっては？
アナスタージア　ええ、もちろん！（肱掛椅子を指す）どうぞ。
ミシシッピ　五年前、お知り合いになったとき、コーヒーを飲みましたね。そして今、お別れのときも同じようにしましょう。場所は同じですが、残念ながら、残念なことに、ひどく変わってしまいました。壁紙は剝がれ、愛の女神はそれとわかりません。ルイ一四世、一五世、一六世様式の家具はめちゃめちゃで、このビーダーマイヤー様式のコーヒーテーブルだけが、幸いにも無事に残っています。

（アナスタージア、下手に腰かける。それからミシシッピが同じように上手に腰かける）

ミシシッピ　砂糖を取っていただけますでしょうか？（アナスタージアは手を伸ばしてミシシッピに砂糖を渡す）ありがとう。元気づけの飲み物がどうしても必要だ。逃げ回っているときの苦労は並大抵ではありませんでした。テーブルには二人分、食器がありますな、マダム。誰か朝食に招待してあるのですか？

アナスタージア　あなたをお待ちしておりましたの。
ミシシッピ　私がやって来ると、ご存知だったと？
アナスタージア　そんな気がしたんです。
ミシシッピ　このトランクは何です？　旅行にでも行くんですか？
アナスタージア　私の健康状態はずたずたですの。もう一度アーデルボーデンで静養しないと。

（第九の第四楽章のアンダンテのモチーフが聞こえる）

ミシシッピ　そんなにたいそうな、大胆な衣装で？
アナスタージア　あなたのために着ているんですのよ。
ミシシッピ　そんな服は見たことがありませんが。
アナスタージア　私はフランソワが死んだ日、これを着ていました。（肖像画のほうを見る）
ミシシッピ　ごらんのとおり、私のほうもお別れに際してふさわしい装いをして参りました。（窺うように）コーヒーをお飲みにならないんですか、マダム？
アナスタージア　いいえ、いただきますとも。気分が良くなるでしょうし。（コーヒーを飲む）
ミシシッピ（深く息をつく）　これでわれわれは五年のあいだ、結婚生活を送ったわけです。奥様、五年の幸せな歳月を。（コーヒーを飲む）どうしたことだ、砂糖が入りすぎだ。
アナスタージア　五年間。私はあなたから求められたことはすべてやりました。囚人たちのところへ行き、慰め、あの人たちが死ぬのを見ておりました。どうしてそんなことをしなくてはならないのか、決して忘れたことはありませんでした。あなたに約束したとおり、毎日、フランソワのことを考え

ました。（肖像画の方を見る）

ミシシッピ　そして私はマドレーヌのことを。

（ミシシッピも同じく肖像画の方を見る。アナスタージアはミシシッピがコーヒーを飲み干すのを窺うように眺める）

ミシシッピ　あなたは私に忠実でした。

アナスタージア　私はあなたに忠実でした。フランソワに忠実でしたように。（ほっとして自分のコーヒーを飲み干す）もう一杯、コーヒーをお注ぎしましょうか？

ミシシッピ　お願いします。

（アナスタージア、コーヒーを注ごうとする）

ミシシッピ　では、あなたの誓いは嘘ではなかったのですね、奥様？

（アナスタージア、コーヒーのポットを再び下に下ろす）

（第九から次の箇所が聞こえる。「おお、友よ、この調べではない、もっと心地よい、喜ばしい調べを」）

アナスタージア　どうしてそんなことを、、、、お聞きになるんでしょう？　そんなことをお尋ねになるために戻って来られたの？　そのためにそんな恐ろしいマントを着てここで私の前にすわっていらっしゃるの？
ミシシッピ　私があなたの夫だということは忘れてください。私と分かち合った時間のことは忘れてください。囚人福祉協会での懐かしい仕事のことも忘れてください。この瞬間には、私の中に検事の姿だけをごらんください。検事とは自分の愛するものに対してさえも、自分の恐ろしい義務を果たさなくてはならないのです。ああ！（うめき声を上げ、体の右側を押さえて椅子の上で後ろ向きに倒れる）
アナスタージア（窺うように）　ご気分が悪いの？
ミシシッピ　脇腹がひどく痛んだのです。たぶんリューマチのせいでしょう。昨日、りんごの木の下に寝ていたとき、冷えたんですな。（立ち上がる）もうだいぶよくなりました。尋問を続けましょう、奥様。
アナスタージア　あなたのなさることは納得いきませんわ。
ミシシッピ　昔、取らなくてはならなかった措置を、また取らせるのですね。
（ミシシッピが銀製の小さな鈴を鳴らすと、上手から女中が登場）
（第九から次の箇所が聞こえる。「あなたの魔力は、時が厳しく分けたものを再び結びつける」）
女中　旦那様、ご用は？
ミシシッピ　ボード・フォン・ユーベローエ＝ツァーベルンゼー伯爵を覚えているかね、ルクレーツィア？
女中　伯爵様でしたら、前の旦那様が生きておられた時分からここに出入りしておられました。

ミシシッピ　砂糖工場社長がお留守の時に、奥様と伯爵殿が接吻なさったことはあるかね、ルクレーツィア？
女中　そりゃもちろん。
ミシシッピ　奥様は伯爵殿を寝室に迎えられたことはあるかね？
女中　そりゃもちろん。
ミシシッピ　いつのことかね、ルクレーツィア？
女中　前の旦那様がお亡くなりになる前の晩です。
ミシシッピ　どうして砂糖工場社長はいらっしゃらなかったんだね、ルクレーツィア？
女中　その夜はどこかよそで過ごされたんです。
ミシシッピ　ありがとう、ルクレーツィア、もう仕事に戻っていいよ。

（女中は上手に消える）

ミシシッピ　奥様、あなたがユーベローエ＝ツァーベルンゼー伯爵を寝室に迎えられた夜、あなたの夫フランソワは私の妻マドレーヌと、私の寝室で姦通の罪を犯していた。覚えておりますが、私も家にいなかったのです。検事が集まる国際会議の議長の職を務めなくてはなりませんでしたので。奥様、世間の夫の一人として私にも、あなたの潔白を信じることはほとんど不可能なのですが、釈明なさるおつもりですか？
アナスタージア　信じてくださらないのなら、私にはどうしようもありませんわ。
ミシシッピ　信仰なしにやって行ける人間がいるなどと考えることは不可能です。しかし、私にとって、事はもっと重大だ。私には、あなたが嘘の誓いを立てたのではないという確証が必要なのです。掟そのものの意義が問われているのだから。掟の名においてわれわれの結婚が取り結ばれたのです。あなたを、たった一人の人間を変えることに失敗したのなら、掟に意味はなくなってしまう。あなたが、この五年間というもの、ずっと本性を隠してきただけなら、マダム、あなたの罪が私の知っているものより大きいのなら、何事も、あなたの心の奥底を動かさなかったとしたら。私はあなたの正体を知る必要がある！　天使なのか悪魔なのかを！

アナスタージア（立ち上がる）　そんなこと、知ることはできません。ただ、信じることができるだけですわ。

ミシシッピ（同じように身を起こす）　あなたの口から出るとその言葉は神聖なものか、あるいは冒瀆かですな、奥様。

アナスタージア　もう一度、神の御前で誓います。私は真実を申しました。

ミシシッピ（長い間を置いて、静かに）　最後のものの前にあなたを立たせても、そう誓いますか？

アナスタージア（疑うように）　何のことですの？

ミシシッピ　死の前に立たせても？

（静かになる）

アナスタージア（窺うように）　私を殺すおつもりですの？

（アナスタージアは突然、手を右の脇腹に押しつけてゆっくりと椅子に腰かける）

（第九の合唱から次の箇所が聞こえる。「そして天使ケルビムは神の御前に立つ」）

ミシシッピ　この典型的な症状がわからないのですか？　たいてい、すぐにおさまり、しばらくすると、痛みもなく死が訪れるのです。

アナスタージア（飛び上がる）　毒を入れたの？

ミシシッピ　あなたが飲まれたコーヒーには、あなたがご主人のフランソワを、私が妻のマドレーヌを毒殺したあの毒が入っていたのです。

（第九の最後の楽章から、合唱と重なって速いテンポで楽器が演奏されるのが聞こえる）

アナスタージア　コーヒーに？

ミシシッピ　コーヒーに。しっかりなさい、マダム！　われわれはこの結婚の身震いするような結末に辿りついたのです。あなたは死の前に立っておられます。

（アナスタージアは逃げ出そうとする）

アナスタージア　ボンゼルス先生のところへ行くわ！

ミシシッピ（アナスタージアにしがみつく）　ご存知のはずです。この世のどんな医者もあなたを救えません。

アナスタージア　生きていたい！　生きていたい！

ミシシッピ（がっちりとアナスタージアを抱え込んで）　あなたは死ななくてはならない！
アナスタージア（めそめそ泣きながら）　どうしてこんなことをしたの？
ミシシッピ　真実を知るためだ！
アナスタージア　本当のことを言ったのに！

（アナスタージアの肩をつかんだミシシッピは、舞台の上手から下手へ彼女を押しやる。第九から次の箇所が聞こえる。「抱きあえ、幾千万の人々よ、この接吻を全世界に」）

ミシシッピ　フランソワだけを愛していたのか？
アナスタージア　あの人だけを。
ミシシッピ　他の男があなたを所有したことはなかったか？　一度も姦通を犯したことはないのか？
アナスタージア　一度も！
ミシシッピ　それで、今着ているこの衣装は？　誰のためにこの衣装を着ているのだ？　誰を待っているのだ？
アナスタージア　あなたを。あなただけを。
ミシシッピ　あなたは囚人のところへ降りて行った。囚人たちの頭がギロチンの懐に置かれる様を見てきた。もう、神には誓うな。死者たちに、今やあなたもその一人になろうとしている死者たちに賭けて誓うのだ。
アナスタージア　誓います！

（遠くから第九の最後の合唱が聞こえる。「喜びよ、美しい神の火花よ……」）

ミシシッピ　では、掟にも誓え。その名において私は殺してきたのだ。三〇年ものあいだ。

アナスタージア（あえぎながら）　掟にも誓います。

ミシシッピ　命があなたの元を去って行くのを感じる。あなたの体が私の腕の中でだんだん重くなるのを。こうして抱いていると、もう冷たくなっている。この期に及んで嘘をつくことにまだ意味があるのか？　神の御前に立って？

アナスタージア　本当のことを言ったわ。

（アナスタージア、床にくずおれる。ミシシッピ、アナスタージアの上に被さる）

ミシシッピ　では、掟は無意味ではなかったのだな？　私が殺したことは無意味ではなかったのだな？　死神が吹くたった一回の、ものすごいトランペットの音へと積み重なる、数々の戦争も、革命も、無意味ではないのだな？　では、人間は、罰を受ければ変わるのだな？　では、最後の審判は意味があるのだな？

アナスタージア　誓うわ！　誓うわ！

（アナスタージア、死ぬ）

（第九から、「兄弟よ、星々の天幕の上に、愛する父は住みたまう」が聞こえる）

（窓からサン＝クロードが登って来る）

サン＝クロード　おや、パウレか？
ミシシッピ（ゆっくりと）ルイ！
サン＝クロード　もう精神病院にいなくていいのか？
ミシシッピ（ゆっくりと）　もう一度戻って来たんだ。

（サン＝クロード、コーヒーテーブルのところへ行き、ミシシッピの空《から》のカップとアナスタージアの空のカップを眺める）

サン＝クロード　奥さんかい？
ミシシッピ　私が殺した。

（ミシシッピ、身を起こす）

サン＝クロード　なぜだ？
ミシシッピ　真実を知るためだ。
サン＝クロード　それで、真実がわかったのかい？
ミシシッピ（ゆっくりとテーブルへ向かい、再び手を右の脇腹に押しつけながら）　妻は嘘をついてはいなかった。姦通など犯してはいなかったのだ。

(ミシシッピはゆっくりと下手の椅子に腰かける。サン＝クロードはアナスタージアを眺める)

サン＝クロード　そんなことを知るために、女を一人殺さなきゃならんものかね？

ミシシッピ　妻は私にとって世界そのものだった。私の結婚は恐ろしい実験だったのだ。私は世界を巡って戦い、そして勝利した。あんな死に方をした人間が、嘘をつけたはずはない。

サン＝クロード　もしもそうだとしたら、彼女には脱帽するしかないだろうね。そしたら一種の聖女ってとこかな。

ミシシッピ　妻は私の味方になってくれたただ一人の人間だった。そして今になって、ルイ、私が妻を愛していたこともわかった。

サン＝クロード　それは大したもんだ。

ミシシッピ　しかし今はもう疲れてしまった。寒気がする。私たちが若かった頃のあの寒さをまたも感じるよ。ガス灯の下で私が聖書を読み、君が『資本論』を読んだ頃の。

サン＝クロード　あの頃はまだ良かったな、パウレ！

ミシシッピ　あの頃はわれわれの最高の時代だったさ、ルイ！　憧れと、果てしない夢に溢れて、より良い世界を創るんだという希望で熱かった。(立ち上がる) 体が重い。私の部屋に連れて行ってくれ。

(サン＝クロード、ミシシッピの体を支える)

ミシシッピ (突然、疑うように)　どうしてここへ来たんだ？

サン＝クロード　あんたにさよならを言いに。

ミシシッピ　私がここにいるって、知ってたのか？
サン＝クロード　精神病院にいなかったんでね。
ミシシッピ（笑う）　逃げるのか？
サン＝クロード　ポルトガルへね。また最初から始めなきゃならん。
ミシシッピ　われわれはいつだって、最初から始めなきゃならんのだ。本当の革命家なのだ。君と一緒に逃げるよ。兄弟。
サン＝クロード　われわれは仲間だ。
ミシシッピ　女郎屋を開くんだ。私がドアマン、君は中で働く。そうして、天国と地獄がまっ二つに裂けるそのときに、揺れ動く世界という建物の真中に、正義の赤旗を立てるのだ。

（ミシシッピは突然、くずおれる。サン＝クロードはミシシッピを上手の肘掛け椅子に引っ張って行く）

ミシシッピ　疲れて眩暈《めまい》がする。君の姿ももう、だんだん暗くなっていく影のようだ。（テーブルの上に倒れながら）諦めるものか。決して。モーセの掟を復活させるのだ。

（静かになる）
（第九の最後の響きがしだいに鳴りやむ）
（サン＝クロードはミシシッピを揺さぶり、カップを取りのけ、それを床に投げる。それからアナスタージアのカップも。鈴を鳴らす。上手から、レインコートを着て、右手をポケットに突っ込んだ三人の男が登場）

男1　おまえは死刑を宣告された。サン＝クロード。両手を頭の後ろに回せ。
（サン＝クロード、言われたとおりにする）
男2　窓のあいだへ行け。
（サン＝クロード、言われたとおりにする）
男3　時計の方を向け。
（サン＝クロード、観客に背を向ける）
（銃声）
男1　この殺し方が一番簡単だ。
（サン＝クロードは立ったまま）
（レインコートを着た三人の男は上手から退場）
（サン＝クロード、振り向く）
サン＝クロード　こうやって奴らは私の体に弾丸を撃ち込んだ。この話は知ってるね。

（サン＝クロード、上手のコーヒーテーブルに腰かける）

ミシシッピ（再びまっすぐに立つ）　こうやって、処刑人にして同時に犠牲者である私たちは、自分のしたことによって死んだのです。

大臣（上手の窓のところに姿を現す）　そのとき私は権力を、ただそれだけを求めて世界を抱き締める

——

（身を起こしていたアナスタージアが大臣のそばへ行き、大臣は彼女を抱きかかえる）

アナスタージア　何度死んでも変わらない娼婦。

サン＝クロード　たとえこの廃墟の中に横たわろうとも、俺たちは

ミシシッピ　白く塗られた壁に追いやられて死のうとも

サン＝クロード　変わることなく俺たちは、また舞い戻って来る。いつも戻って来たように

ミシシッピ　いつも別の姿を取って。ますます遠ざかる楽園に憧れて

サン＝クロード　何度でもおまえたちから追い出され

ミシシッピ　おまえたちの無関心を糧として

サン＝クロード　おまえたちの兄弟愛に飢えながら

ミシシッピ　おまえたちの町の上を駆け抜けて

サン＝クロード　喘ぎつつ、巨大な腕を振り回し

ミシシッピ　おまえたちを碾き潰す風車を回す。

（下手の窓のところにユーベローエ現れる。彼の姿だけが見える。潰れたブリキのヘルメットを被り、ひん曲がった槍を右手に持ち、回る風車の影が映る中に繰り返し浮かび上がる）

ユーベローエ　なぜお前は身を起こす、モンティエル平原に広がる朝霧の中から、

巨人よ、なぜ現れる
腕を振り回し、夜を押しやり、私の前でカタロニアの山々から昇る太陽の方へと
誇らしげにその頭を向けるお前

私を見るのだ、風車よ、
血の滴るその腕で民衆どもを碾き潰し
腹に詰め込む大食らいの巨人よ

ラ・マンチャのドン・キホーテを見ろ
酔っ払いの酒場の亭主が騎士に仕立てた
トボーソの豚飼い娘に恋する男を

何度もコテンパンにされ、何度も嘲り笑われて

それでもお前に逆らう男を

いざ、行かん!

たとえお前が手を振り上げて
われら、哀れな人馬をもろともに持ち上げ
銀色に漂うガラスの空へと
投げつけようと

私は痩馬にまたがって
偉大なお前を通り越し
炎と燃える無限の奈落へと飛び込もう

永遠の喜劇

神の栄光は輝き出ずる
われらの無力を糧として。

天使がバビロンにやって来た

三幕の断片的喜劇

（一九五三年執筆、一九八〇年版）

Ein Engel kommt nach Babylon

「汝らユーフラテス川の都たちよ！（一）」

ヘルダーリン

登場人物

天使
少女クルビ
アッキ
ネブカドネザル　バビロンの王
ニムロート　バビロンの前王
皇太子　二人の王たちの息子
総理大臣
首席神学者（＝大司教）ウトナピシュティム
大将軍
兵士１
兵士２
兵士３
警官
銀行家エンギビ
ワイン商人アリ
遊女タプトゥム

労働者1
労働者2　階級意識をもつ男
労働者1の女房
労働者2の女房
礼服の男
ろばミルク商人ギミル
大勢の詩人、民衆、その他

第一幕

（まず、もっとも大事な場所の説明をしよう。それは舞台そのものではなくて、この喜劇の背景をなすにすぎないのだが、測り知れぬほど巨大な天空がすべてのものの上をおおっている。その中央にアンドロメダ大星雲が、例えばウィルソン山あるいはパロマー山の反射望遠鏡に映っているような姿で空に漂い、しかも威圧を感じるほど近くにあって、舞台背景の半分近くを占めている。さて、その昔、ただ一度きりのことだが、この天空から、天使が降り立ったことがある。ぼろぼろの衣服をまとった乞食に扮して、長くて赤い髭をつけ、布にくるんだ少女を伴っていた。今まさに、その旅行者たちがバビロン（一）の都に着き、ユーフラテス川の桟橋に到着するところである。小さな広場の中央には古代バビロン式ガス灯が、頭上の天に比べればもちろん弱々しく、光を発している。その奥の家々の壁や広告塔には、一部分は破れているが、「乞食は故郷に害をなす」とか「乞食は反社会的行為なり」「乞食よ、国家公務につけ」といったポスターが貼られている。さらに奥には巨大な都会、宮殿と高層建築と粗末な小屋が入り乱れた大都会の街路の深い谷間がうかがい知れる。それは砂漠の黄色い砂に溶け込み、華やかでもあり汚らしくもあって、数百万人が住む大都会である）

天使　いいかい、ほんのちょっと前に、実に驚くべき早業《はやわざ》で私の主人の手で創造されたばかりのおまえだから、よく聞いておくれ。乞食に扮しておまえのそばを歩いている私は、天使だ。今、私たちが歩いている固くて、ごつごつした物体が地球だ――私がひどく方角を間違えていなければの話だがね――そして、この白い塊が、バビロンという都会の家々だ。

少女　はい、天使さま。
天使　（地図を引っ張り出して調べる）　私たちの前を流れる広い塊は、ユーフラテス川だ。（堤防を降りて、指を川波にひたして、その指を口に当てる）　これは大量に露を集めてできたものらしい。
少女　はい、天使さま。
天使　私たちの頭の上、背を丸めて明るく光るのが——ちょっと頭を上げてごらん——月だよ。そして、私たちの頭の上に果てしなく広がる雲、ミルク色の立派な雲が、おまえも知ってのとおり、というのも、私たちはそこから来たのだからね、あの雲がアンドロメダ大星雲だ。（地図を指で叩く）　同じだ。全部、この地図に載っているのと同じだ。
少女　はい、天使さま。
天使　ところで、私のそばを歩いているおまえ、クルビという名前にしよう。すでに言ったとおり、私のご主人がほんの数分前にご自分でお創りになったのだ。神さまが——教えてあげるけどね——私の目の前で、右の手を無の中に突っ込み、中指と親指を軽くこすりあわせると、すぐにおまえが神さまの手のひらでかわいらしく二、三歩歩いていたというわけだ。
クルビ　覚えています、天使さま。
天使　すばらしい。いつもそのことを思い出しなさい。なぜなら、おまえはこの瞬間から、おまえを無から創造して、手のひらの上で踊らせた方から遠く離れているのだから。
クルビ　私、今からどこへ行けばいいの？
天使　人間たちのいる場所だ。
クルビ　何、人間って？
天使　（うろたえて）　クルビ、正直に打ち明けるが、私は天地創造のこの分野についてはあまり知らんのじゃ。たった一度だけ、もう何千年も前に、このテーマについての講演を聞いたことがある。それによると人間たちは、今の私たちと同じ姿かたちをしている。よく理解できない内臓器官がいろいろついているので、私は実用的でないと思っているが。私は、すぐに天使の姿に戻れるので安心だ。

クルビ　それなら、私は人間なの？

天使　おまえは人間の形をしたものだ。（咳払いして）私の聞いた講演によると、人間たちは交わりあって子孫を作るが、おまえは神さまの手で無から創られた。だから私はおまえを「無の人間」と呼びたい。おまえは無のように移ろいがたく、人間のように移ろいやすい。

クルビ　私は何を人間たちのところに持っていくの？

天使　クルビ、おまえは生まれてからまだ一五分と経っていないので、いろいろ質問するのも無理はない。しかし、本当に信心深い娘は質問しないものだということを知っていてほしい。おまえは人間たちに何かを持っていくのではない。何よりもおまえ自身が人間たちへの贈りものなのだ。

クルビ　（少し考えてから）それがどういうことか、私にはわからない。

天使　おまえを創ったお方の手から生まれるものは、私たちには理解できないのだよ。

クルビ　ごめんなさい。

天使　私は、いちばん取るに足りない人間におまえを渡すという任務を受けた。

クルビ　あなたのおっしゃるとおりにします。

天使　（ふたたび地図を調べながら）いちばん取るに足りない人間たちというのは、乞食だ。したがって、おまえはアッキという名の乞食のものになる。この地図のとおりなら、地球に残存しているただ一人の乞食だそうだ。たぶん、その男は天然記念物的な生き物だろう。（誇らかに）たいしたものだなあ、この地図は。なんでも書いてある。

クルビ　アッキという乞食がいちばん取るに足りない人間なら、その人は不幸なのね。
天使　若いのになんという言い方をするのだね。神さまが創造したものは良いもので、良いものは幸せだ。私は宇宙を広く旅して回ったが、不幸のかけらも見たことがない。
クルビ　はい、天使さま。

（両者は上手に歩み、天使はオーケストラボックスの上に身をかがめる）

天使　ここが、ユーフラテスがカーブしている場所だ。ここで、私たちが乞食アッキを待つことになっている。ここにすわって眠ろう。旅で疲れたよ。それに木星の角を曲るときに、衛星の一つが両足のあいだに挟まってしまったからなあ。

（両者は上手前面端に腰をおろす）

天使　こっちにお寄り。両腕で私を抱いておくれ。このすてきな地図を掛け布団がわりにしよう。私はね、受け持っている恒星の、ここととはちがう温度に慣れてしまった。寒気がする。地図によるとここは地球上でいちばん暖かい地方の一つのはずなのだが。どうやら、ここは寒い星のようだ。

（両者は地図で身体をおおい、身を寄せ合って寝入る）
（上手からネブカドネザル登場。まだ年若い男、なかなか好感が持てる、いくらか単純そうな男で、従者たちを引き連れている。その中に、総理大臣、大将軍、首席神学者ウトナピシュティム、赤い布で覆面した死刑執

行人がいる）
ネブカドネザル　わが軍勢は、北はレバノンの山脈、南は海、西は砂漠、そして東は限りなく高くそびえる山地に達した。したがって、私は全世界を征服したことになるわけだ。
総理大臣　内閣の名において――
ウトナピシュティム　教会の名において――
大将軍　軍隊の名において――
死刑執行人　法の名において――
一同　私たち一同、ネブカドネザル国王陛下の世界新秩序をお祝い申し上げます。（一同、お辞儀をする）
ネブカドネザル　九〇〇年ものあいだ、私はニムロート王の足台となって、不快な、身体を丸めた姿勢を強いられてきた。
総理大臣（お辞儀する）　国王陛下、ニムロートは逮捕されました。
大将軍　ニムロートがラマシュに進軍したとき、軍隊が反乱を起こしたのです。
ウトナピシュティム　事態の激変が始まったのです。
総理大臣　今後九〇〇年間。
（彼らはお辞儀する）
ネブカドネザル　私は急いで損害の補償をしなくてはならない。人生は短い。ニムロートの足台となっていたあいだに私の頭に浮かんだ考えを実現させねばならない。
総理大臣　国王陛下は、真の社会福祉国家を導入したいと望んでおられる。
ネブカドネザル　驚いたなあ、総理大臣、私の考えをおまえが知っているとは。
総理大臣　国王がたは、屈辱の状態にあるときは、いつも社会福祉の考えをお持ちになるものです。
ネブカドネザル　ニムロートが王の位にあるときはいつものことだが、私企業があまりにも得をしすぎて、国家はあまりにも損をしすぎていた。
総理大臣　金融業者と乞食の数の増大が憂慮されます。
ネブカドネザル　金融業者を規制することは、現時点では不可能だ。わが国の財政の現状を考えてみるだけでもわかるだろう。しかしながら乞食は禁止した。私の命令は実行されたかね？
総理大臣　乞食たちは国家公務員になりました、陛下。今では税金の取り立てをしております。ただ一人、アッキという名の乞食だけは、哀れな職業に留まろうとしております。
ネブカドネザル　こらしめてやったか？
総理大臣　効き目がありません。
ネブカドネザル　鞭で打ったか？
総理大臣　情け容赦なしに。
ネブカドネザル　拷問したか？
死刑執行人　全身余すところなく、真っ赤に焼けた火ばしを押しつけてやりましたし、骨という骨に、おそろしいほどの重しをのせて痛めつけてやりました。
ネブカドネザル　それでもまだ拒んでいるのか？
総理大臣　どんな目に合っても悠然としています。

ネブカドネザル　このアッキという男こそ、夜遅い時刻に私がユーフラテス川の岸辺にいる理由なのだ。その男を縛り首にさせるくらいは造作《ぞうさ》もないことだ。だが、ヒューマニズム精神でその男を改心させようとするのも、偉大な支配者にふさわしいのではないか。そこで私は決心したのだ、わが人生の一時間を、わが臣下たちのうちでもっとも身分の卑しい者と分かちあうことを。だから、古い乞食の外套を私に着せてくれ。宮廷劇場の衣装部屋から持って来させた外套を。

総理大臣　承知いたしました。

ネブカドネザル　その赤い髭を顔に貼りつけてくれ。この衣装によく合う。

（ネブカドネザル、乞食の扮装をして立つ）

ネブカドネザル　見るがよい、今私がしようとしていることを。非の打ちどころなき王国、下は死刑執行人から上は大臣に至るまで、すべての国民を包みこむ、一点の曇りなき政体、すべての国民がこの上なく快適に仕事にいそしめる体制を創り出すのだ。私たちが追い求めるのは権力ではない。私たちが目指すのは完全さだ。完全さというものには余計なものがない。しかるに乞食が一人余計だ。この乞食アッキの前に私みずから乞食の姿で現れ、おのれの貧苦を彼の目に見せつけて、国家公務に就くよう説得したい。それでも彼が不幸せに留まり続けたがったら、このガス灯に吊るしてやってくれ。

（死刑執行人がお辞儀する）

総理大臣　陛下のお知恵に感服いたします。
ネブカドネザル　理解できないくせに感服してはならん。
総理大臣　ごもっともです、陛下。
ネブカドネザル　離れていてくれ。だが、離れすぎるな。私が呼んだら加勢に来られるぐらいのところにいてくれ。それまでは誰も姿を見せるな。

（一同お辞儀して舞台奥に行き、身をひそませる）

（ネブカドネザルは下手端、ユーフラテスの川岸に腰をおろす。この瞬間、天使とクルビが目を覚ます）


天使（うれしげに）　ほら、今そこにいるのが人間だよ。

クルビ　同じ服を着て、同じ赤い髭をつけている。

天使　探し求める人に出くわしたのだ。（ネブカドネザルに向って）バビロンの乞食アッキにお目にかかれてうれしいです。

ネブカドネザル（乞食に扮した天使を見て、あわてる）　私は乞食アッキではない。ニネベ[三]から来た乞食だ。（厳しい口調で）私とアッキよりほかに乞食はいないと思っていたのだが。

天使（クルビに）　どう考えてよいか、わからないよ、クルビ。この地図が間違っているのかな。ニネべにも乞食がいるなんて。地球に乞食が二人いるということになる。

ネブカドネザル（傍白）　情報大臣を縛り首にしてやる。わが王国に乞食が二人もいたとは。（天使に）どこから来た？

天使（うろたえて）　レバノンの向こう側から。

ネブカドネザル　偉大なネブカドネザル王が確認しているところによると、世界はレバノン山脈で終わるはずだ。地理学者も天文学者もすべて同じ考えだが。
天使（地図を調べて）向こう側にも村がいくつかある。アテネ、スパルタ、カルタゴ、モスクワ、ペキン。ほら、ごらんなさい。（王にそれらの場所を示す）
ネブカドネザル（傍白）宮廷地理学者を縛り首にしてやる。（天使に）偉大な王ネブカドネザルが、その村々も征服することになるだろう。
天使（小声でクルビに）別の乞食に出くわしたので、状況が変わってしまった。これから調べてみなくては。どちらがより貧しいのか、乞食アッキか、あるいは、このニネベの乞食か。細やかさと慎重さなしには調べられない。

（下手から、ぼろぼろの衣装をまとい、赤い髭をたくわえた野卑な人物が来る。かくして、赤い髭をもつ三人の乞食が舞台に並ぶことになる）

天使　二人目の人間がやって来るぞ。
クルビ　この人も、あなたと同じ服を着ている、天使さま。それに同じ赤髭だわ。
天使　今度の人間も乞食アッキでないとしたら、私の頭は混乱してしまう。
ネブカドネザル（傍白）今来た者がまたしても乞食アッキでないとしたら、国務大臣も縛り首だ。

（その人物は舞台中央でユーフラテスの岸にすわりこむ。背をガス灯にもたせかける）

ネブカドネザル（咳ばらいをして）　君は、私の思い違いでなければ、バビロンの乞食アッキだろう？
天使　名声が宇宙にもなりひびく、かの有名な乞食アッキでは？
アッキ（焼酎の瓶を取り出して飲む）　自分の名前を気にかけたことなどないね。
ネブカドネザル　誰にだって名前がある。
アッキ　あんた、誰だい？
ネブカドネザル　私も乞食だ。
アッキ　だったら、あんたはできの悪い乞食だな。というのも、乞食術の観点から言えば、あんたの原理は間違っているよ。乞食というのは、何も持たない、金《かね》も名前も持たないものだ。乞食はそのとき、そのときで名前を変える。パン切れのように名前を拾ってつけるのさ。俺なんか、世紀ごとに違う名前を恵んでもらっているんだぜ。
ネブカドネザル（威厳をもって）　各人が自分の名前を持ち、自分自身であることこそ、人類のもっとも切実な関心事の一つである。
アッキ　俺は、自分がなりたいものになる。俺はあらゆるものになった。そして今は乞食アッキになっている。でも、あんたがお望みなら、俺はネブカドネザル王になったっていいんだぜ。
ネブカドネザル（立腹してさっと立つ）　それは不可能だ。
アッキ　王様になるくらい楽なことはないね。いちばん単純な技術で、乞食修業のいちばん初めに習わないといけないんだ。俺はもう七回も王様になったことがある。
ネブカドネザル（気をとりなおして）　ネブカドネザルより偉大な王はいない！
（舞台奥に廷臣たちすべてが姿を見せ、お辞儀して、すぐにまた姿を隠す）

アッキ　それはチビネビのことだな。
ネブカドネザル　チビネビ？
アッキ　俺は、俺の友だち、バビロンの王ネブカドネザルのことをそう呼んでいるよ。
ネブカドネザル（間をおいてから、威厳たっぷりに）　君が数ある王の中でも偉大な王を知っているとは、ちょっと信じかねることだな。
アッキ　偉大だって？　身体も精神もチビじゃないか。
ネブカドネザル　レリーフではいつも威厳にみちて立派な身体つきで彫られている。
アッキ　まあな、レリーフではね。それを作るのは誰だい？　バビロンの彫刻家どもさ。あの連中には、どの王も似たように見えるのさ。俺はネビをよく知っているよ。それで、俺にはごまかしが利かないのさ。残念ながらあいつは俺の忠告を聞き入れようとしない。
ネブカドネザル（驚いて）　君の忠告？
アッキ　あいつは、なすすべがなくなったら、俺を城に呼び寄せる。
ネブカドネザル（うろたえて）　城に？
アッキ　あいつは、俺がこれまで出会った王たちの中で、いちばん馬鹿な王だな。あいつには政治なんて荷が重すぎるんだよ。
ネブカドネザル　世界統治は崇高かつ困難な役目なのだ。
アッキ　それはネビも、しょっちゅう言っている。俺が知るかぎり、王というのは誰でもそう言う。それが彼らの弁解だ。というのも、誰でも乞食でないなら、なぜ自分が乞食でないか、弁解が必要だからな。いやな時代が来ようとしている。（酒を飲む。天使に）あんたはいったい誰なんだい？

天使　私も乞食だ。
アッキ　あんたの名前は？
天使　私は、まだ名前というもののない村から来た。
アッキ　気に入った。その村はどこにある？
天使　レバノンの向こう側。
アッキ　まともな所だな。俺に何の用がある？
天使　私どもの村では乞食稼業の景気が悪い。乞食では暮らしが立てられないのだ。それに娘を一人養っていかなくてはならない。ごらんのとおり、私のそばに立っている、このベールをかぶった娘だ。
アッキ　生活困難に陥る乞食というのは、素人だ。
天使　私の村の議会が、乞食術をもっと修得するために、偉大で有名な乞食アッキのもとへ行く旅費を出してくれたのだ。お願いだ。私を立派なちゃんとした乞食にしてほしい。
アッキ　その議会の行動は賢明だ。この世にはまだ議会などというものがあるのだな。
クルビ（びっくりして、天使に）　それ、嘘です、天使さま。
天使　天にいる者はけっして嘘をつかない。ただ、人間にわからせるのは、ときには難しいものなのだ。
アッキ（ネブカドネザルに）　あんたはどうしてここに来たんだ？
ネブカドネザル　私はかの有名で偉大なアナシャマシュタクラク、卓越した第一級のニネベの乞食だ。
アッキ（疑わしげに）　あんたがニネベの第一級乞食だと？
ネブカドネザル　ニネベの第一級乞食、アナシャマシュタクラクだ。
アッキ　望みは何だね？
ネブカドネザル　レバノンの向こう側の村から来たこの乞食と反対だと言っていいだろう。私が来たのは、私たちがもう乞食を続けるわけにいかないということを、君に納得してもらうためだ。たしかに私たち乞食は外国人観光客には魅力的な見せ物ではあるが、それは古いロマンチックなオリエントのなごりにすぎない。今や新しい時代が始まったのだ。偉大なネブカドネザル王の乞食階級禁止の命令に従わなくてはいけない。

アッキ　そうかい！

ネブカドネザル　社会福祉の世の中には乞食がおってはいかんのだ。乞食商売を生み出すような貧困に堪え続けるのは、そういう社会にふさわしくないのだ。

アッキ　ふん！

ネブカドネザル　ほかのすべての乞食たちは、ニネベでもバビロンでも、ウル(四)でもウルク(五)でも、アレッポ(六)やスサ(七)でさえ、乞食の杖を投げ捨てた。それというのも王の中の王、ネブカドネザルが皆に仕事とパンを与えてくださるからだ。今では彼らの暮らしは、以前と比べると、ずっとよくなっている。

アッキ　それはそれは！

ネブカドネザル　上品な乞食術を実践する私たちは他の仲間たちほど貧苦を感じないでこられた。私たちの貧苦は、身なりから見てとれるとおり、本当は小さくないが。しかし最高の名人技をもってしても、経済的繁栄の今の社会では、例えば――いちばん稼ぎの少ない労働者は詩人だが――その詩人の稼ぎにも及ばないありさまだ。

アッキ　何をぬかすか！

ネブカドネザル　気高い人よ、こういうわけで、私はネブカドネザル国王陛下にお仕えするために乞食をやめることを決心した。お願いだ、私と同じように、八時に大蔵省へ出向いてくれ。王の命令に従う最後のチャンスだ。ネブカドネザル王は良心的だ。さもないと、君を今凭《もた》れているガス灯に吊り下げさせることもおできになるのだぞ。

（舞台奥で死刑執行人がお辞儀する）

アッキ　あんたはニネベの乞食アナシャマシュタクラクといったな？
ネブカドネザル　知名度抜群の第一級のニネベの乞食だ。
アッキ　それで詩人より稼ぎが少ないのか？
ネブカドネザル　少ない。
アッキ　それはあんたの乞食術が下手なせいにきまっている。俺一人だけでバビロンの詩人を五〇人も養っているんだぜ。
ネブカドネザル（慎重に）　もちろん、ニネベの詩人がバビロンの詩人より稼ぎがいいということは、まんざらありえなくもない。
アッキ　あんたがニネベ一の乞食、俺がバビロン一の乞食。よその町の第一級乞食と勝負するのは、かねてから、俺の望みだ。一つ技比べといこうじゃないか。あんたが勝ったら、俺たちは今日の八時から国家奉仕を始める。俺の勝ちなら、あんたはニネベに戻り、俺はバビロンで乞食を続ける。我らの立派な使命を遂行する際に生じるもろもろの危険をものともせずに。夜が明ける。一番の早起きたちが目を覚ます頃だ。乞食には不都合な時刻だが、それだけいっそう俺たちの技が大きく物を言うことになる。
天使　私の愛するクルビ、歴史的瞬間が訪れた。おまえは、おまえの夫となるべき、もっとも貧しくてもっとも身分の卑しい乞食と顔合わせをすることになるのだよ。

クルビ　どうしたらわかるの、天使さま？
天使　いとも簡単だよ。乞食の技比べに負けた方が、もっとも取るに足りない人間というわけだ。（天使は誇らしげに指で自分の額を叩く）
アッキ　労働者が二人、あっちの町からこっちの町へと、バビロンを横切ってのろのろと歩いてくる。すきっ腹を抱えて、三時間歩き通しで、マシェラシュ煉瓦工場の早番につく連中だ。ニネベの乞食、あんたから始めろよ。

（二人の労働者、下手より来る）

ネブカドネザル（哀れっぽく）　ご喜捨《きしゃ》を、尊敬すべき労働者のお二人、ネボ鉱山で不具になった労働者仲間にお恵みを。
労働者1　尊敬すべき労働者だと！　馬鹿げたことを言うな。
労働者2　ネボ工場の労働者は俺たちよりも週に一〇枚も多く銅貨をもらっている。あいつらが自分ところの労働災害者の面倒を見ればいいのさ。
労働者1　今は政府の建物に煉瓦のかわりに御影石が使われている時代なんだぜ。
労働者2　その方が永久に長持ちしてよいのだとさ。
アッキ　おまえたち、銅貨を一つずつよこせ。一週間に銀貨一枚使って腹一杯食おうとする連中がいるが、俺は労働者階級の名誉を尊重し、そういう搾取に関わりをもたず乞食をしているので、腹が減っているんだ！　煉瓦工場の工場主を放り出せ。それができないなら、銅貨一枚ずつよこせ。
労働者2　俺一人では革命なんかできないよ！

労働者1　家族を抱える俺にもできないよ！

アッキ　この俺に家族がないとでも言うのかい？　どの路地でも俺の家族が走り回っているよ。銅貨をくれ、さもなきゃ、おまえたちはノアの洪水以前のように奴隷状態に沈むことになる。これが、バビロンの高級労働者である俺を飢え死にさせるやり方なのか！

（二人の労働者は慌てて銅貨を与える。二人は上手から退場）

アッキ（二枚の銅貨を投げ上げて）一回戦は俺の勝ちだ！

ネブカドネザル　妙だな。ニネベの労働者は違う反応をするのだが。

アッキ　ギミルが片足をひきずって来るぞ、ろばミルク売りだ。

（ギミル、下手より登場。家々の戸口にミルク瓶を置く）

ネブカドネザル　銅貨を一〇枚よこせ、不潔なミルク売りめ、乳しぼりの女たちを死ぬほどこき使う悪党め。さもないと賃金監察役人マルドゥクに言いつけてやる。

ギミル　市営酪農場から賄賂をもらっている賃金監察役人マルドゥクに俺のことを言いつけるって？　牛のミルクが流行し始めて、俺を破滅させようとしている、こんなご時世にか？　おまえのような汚らしい乞食にはびた一文やるもんか！

アッキ（手に入れた銅貨二枚をギミルの足もとに投げて）おい、ギミル、俺の財産ありったけで、最上等のろばミルクを一瓶もらうぜ。俺は乞食、おまえはろばミルク売り、二人とも自営業だ。ろばミルク万歳！　自営業万歳！　バビロンは、ろばのミルクで大きくなった。バビロンを愛する者はろばミルクを飲む！

ギミル（上機嫌で）　瓶二つと銀貨を一枚やるよ。このようなバビロン人とともに全世界の牛ミルク国営産業を相手に俺は闘うぞ。バビロンを愛する者はろばミルクを飲む、か！　すばらしい。「牛ミルクを飲んで進歩しよう！」なんていうスローガンよりよっぽどいい。（下手に退場）

ネブカドネザル　変だな。まだ調子が出ない。

アッキ　今度は単純なケース、乞食術の見本だ。遊女タプトゥムが侍女を連れて、新鮮な野菜を買いにアーヌー広場へ出かける。技術的に簡単で、上品にやれるぞ。

（舞台奥から遊女タプトゥムと侍女が登場。侍女は頭に籠を一つ載せている）

ネブカドネザル（物悲しげに）　お恵みを、高貴なお方、美徳の女王さま。貧しくとも正直者の乞食、三日前から飲まず食わずの乞食にお恵みを。

タプトゥム　銀貨を一つあげよう。そのかわり、イシュタル大女神(八)の神殿で、私の愛の成就を祈っておくれ。（ネブカドネザルに銀貨一枚与える）

アッキ　ハハハ！

タプトゥム　なぜ笑うの、おまえ？

アッキ　なぜって、気品ある若いご婦人、あなたがニネベから来たこの哀れな男に、たったの銀貨一枚しか与えないからです。あれは経験不足の乞食でしてね、とても美しいお方。お祈りに効き目を持たせたいのなら、銀貨二枚はやらないといけません。

タプトゥム　もう一枚？
アッキ　もう一枚。

（遊女、ネブカドネザルに銀貨をもう一枚与える）

タプトゥム（アッキに）　おまえは誰？
アッキ　正真正銘の、修練と研究を重ねた乞食です。
タプトゥム　おまえも私のために愛の女神に祈ってくれる？
アッキ　めったに神に祈らない私ですが、この上なく美しいあなたのためなら、特別にお祈りいたしましょう。
タプトゥム　おまえのお祈りはよく効くの？
アッキ　それはもう、あなた。私がイシュタルに祈り始めれば、言葉の嵐によって、女神が安らう天のベッドが震えます。あなたは、バビロンとニネベを二つ合わせた以上に多くのお金持ちを手に入れることでしょう。
タプトゥム　おまえにも銀貨を二枚あげるわ。
アッキ　あなたの赤いお口からこぼれる笑みをくださるだけで幸せです。それで十分です。
タプトゥム（不思議そうに）　お金がほしくないの？
アッキ　きらびやかなお方、悪くお取りにならないでください。私は高級乞食でして、王や財産家、上流社会のご婦人たちにお恵みを願って、金貨一枚以上をいただくことにしております。こよなく美しいお方、あなたのお口からこぼれる笑みをいただければ幸福です。

タプトゥム（好奇心にかられて）　上流社会のご婦人たちはいくらくださるの？
アッキ　金貨二枚。
タプトゥム　私なら金貨三枚あげられてよ。
アッキ　それならあなたは一級の上流社会の仲間入りです、美しい貴婦人。

（彼女は金貨三枚を彼に与える）

アッキ　総理大臣の奥方であるシャムラピ夫人でも、これ以上はくれません。

（舞台奥に聞き耳を立てる総理大臣の姿が見える）

タプトゥム　シャムラピ？　五番街で囲われていた女でしょう？　次のときは、おまえに金貨を四枚あげるわね。

（侍女とともに上手に進んで退場。総理大臣は怒りながら姿を消す）

アッキ　どうだい？
ネブカドネザル（髪をかきむしって）　ここまでは君の勝ちと認めるよ。
天使（クルビに）　アッキは、天才的乞食だね。地球は、スリリングな星のようだ。とにかく、たくさんの太陽系をめぐって来た私でも興奮してしまう。

ネブカドネザル　私も乗ってきた。
アッキ　ますます結構だな、アナシャマシュタクラク。あれを見ろ、エンギビが旅立つところだ。エンギビ銀行の会長で、ネブカドネザル大王より十倍も金持ちだ。
ネブカドネザル（溜息をついて）　何とも恥知らずの資本家どもがおるものだ。

（二人の奴隷がエンギビの乗った駕籠《かご》をかついで上手より登場。彼らの向こう側を、太った、去勢男がのろのろ歩く）

ネブカドネザル　金貨三〇枚、大銀行家どの、金貨三〇枚！
エンギビ　どこから来た乞食だ？
ネブカドネザル　ニネベからでございます。上流社会だけが私のお客でして。金貨三〇枚以下はいただいたことがありません。
エンギビ　ニネベの商人たちは、金《かね》の使い道をわきまえていない。小さなことに大盤振る舞いして、大きなことにけちけちしている。わしは——おまえがよそ者だから——金貨一枚やろう。

（彼が頭で合図をすると、去勢男がネブカドネザルに金貨を一枚与える）

エンギビ（アッキに）　おまえもニネベの乞食か？
アッキ　バビロンの地元の乞食です。
エンギビ　同国人なら、おまえの取り分は銀貨一枚だ。

アッキ　私は銅貨一枚以上、いただかないことにしております。金《かね》ってものを軽蔑するからこそ、乞食になりましたんで。
エンギビ　金《かね》を軽蔑するだと？
アッキ　このくだらない金属くらい軽蔑すべきものは他にありません。
エンギビ　ニネべの乞食なみに金貨を一枚くれてやる。
アッキ　銅貨一枚で結構です、銀行家の殿方。
エンギビ　金貨一〇枚。
アッキ　めっそうもない。
エンギビ　金貨二〇枚。
アッキ　失《う》せやがれ、金儲けの天才め。
エンギビ　金貨三〇枚。

（アッキ、つばを吐く）

エンギビ　バビロン最大の銀行の頭取から金貨三〇枚を受け取ることを拒む気か？
アッキ　バビロン最大の乞食は、エンギビ銀行から銅貨一枚しか求めません。
エンギビ　おまえの名は？
アッキ　アッキです。
エンギビ　このようなあまのじゃくには、たっぷり金《かね》をやるにかぎる。おい、こいつに金貨を三〇〇枚やれ。

（去勢男、アッキに金の入った袋を与える。一行は下手に歩み去る）

アッキ　どうだい？

ネブカドネザル　わけがわからん。今日はついていない。（傍白）こいつを大蔵大臣にしてやりたいものだ。

天使　おまえはニネベの乞食のものになるんだ、クルビ。

クルビ　うれしいわ。あの人を愛します。途方にくれていますもの。

（下手から髪も髭もおそろしくもじゃもじゃの若い男が登場。アッキに粘土板を一枚渡して金貨を一枚受取り、下手に退場）

ネブカドネザル（いぶかしげに）何者だ？

アッキ　バビロンの詩人の一人。原稿料をもらいに来たのさ。

（アッキ、粘土板をオーケストラボックスに投げこむ）

（上手から三人の兵士、捕われたニムロートを引きずってくる。彼はネブカドネザルの登場したときとまったく同じ国王の衣装を身につけている）

ネブカドネザル（はっと思いついて）　私は日常的な乞食術を忘れたようだ。ニネベで私は芸術的な乞食術に熱中しているからなあ。あそこに兵隊たちが国家犯罪人を引っぱって来たぞ。その悪業が世界を奈落の淵に立たせたのだ。歴史家たちが異口同音に述べているとおりだ。こいつから金《かね》をせしめた方が、技比べに勝ったということにしようじゃないか。

アッキ（もみ手をして）　よしきた。スケールは小さいが、きちんとした芸術的乞食術だ。

兵士1　私たちが捕り押え、縛って引っぱってきたのはニムロート、以前この世界の王であった男だ。

ニムロート　乞食ども、見るがよい、わが兵士たちに捕えられた私の姿を。打たれに打たれた背中から血の吹き出る姿を！　私は、ラマシュ公爵の反乱を抑えるために玉座を離れてしまった。すると、誰が玉座にすわるか。私の足台だ。

ネブカドネザル　その男が、まさしく沈着冷静だったからだ。

ニムロート　今では私が下になったが、また上になってやるとも。今ではネブカドネザルが上にいるが、また下に落ちるだろう。

ネブカドネザル　けっしてそんなことは起こらない。

ニムロート　いつもこんなことの繰り返しだった、何千年もの昔から。喉が渇いたな。

（クルビがユーフラテス川から両手に水をすくいとって、ニムロートに飲ませる）

ニムロート　ユーフラテス川の汚い水も、あんたの手から飲まされると、バビロン王家のワインよりおいしいよ。

クルビ（はにかんで）　もっとほしい？

ニムロート　唇が湿ったから、もう結構。お礼として、一言、言ってあげよう、乞食の子供よ。兵隊たちがあんたを襲おうとしたら、足と足のあいだを蹴とばしておやり。
クルビ（びっくりして）なぜ、そんなこと言うの？
ニムロート　少女よ、どんな王でもこれよりましな忠告はできない。この世界であんたの知りうる最上の教えは、犬どもの扱い方くらいのものだ。
兵士1　前王の口をふさげ。
クルビ（泣いて、天使に）あの人が言ったこと、聞きました？
天使　あんな言葉に驚くのじゃないよ。未知の天体から発せられた最初の光線が今まさにユーフラテスの水面に触れるのを見れば、この世が完全であることがわかるだろう。

（一瞬、太陽の光が、しだいに濃くなってくる朝の霧を破って射し込む）

兵士1　前王を引っ張って行け。
ネブカドネザル　おーい！
兵士1　こいつめ、何の用だ？
ネブカドネザル　こっちに来い。
兵士たち　なんだ？
ネブカドネザル　ちょっと耳を貸せ。言うことがある。
兵士たち（身をかがめる）で？
ネブカドネザル（小声で）私が誰か、わかるか？

兵士たち　いいや。
ネブカドネザル（小声で）　おまえたちの最高司令官ネブカドネザルだ。
兵士たち　へーえ。
ネブカドネザル　私の命令に従えば、少尉に昇進させてやろう。
兵士1（下心ありげに）　ご命令とは？
ネブカドネザル　前王を私に引き渡せ。
兵士1　承知いたしました。

（兵士たち、ネブカドネザルを刀の柄で叩きのめす。舞台奥で大将軍が刀を抜いて飛び出すが、総理大臣に引き戻される）

兵士1　馬鹿野郎！
クルビ　まあ！
天使　落ち着きなさい。ほんの偶発事故だ。万物の秩序に何ら影響を及ぼさない。
アッキ　このおとなしいニネベの乞食をなぜ叩くんだ、兵隊たち？
兵士1　こいつめ、ネブカドネザル王だとぬかしたからさ。
アッキ　あんたの母親はご健在かね？
兵士1（きょとんとして）　ウルクにいるよ。
アッキ　父親は？
兵士1　死んだ。

アッキ　女房はいるかね？
兵士１　いいや。
アッキ　婚約者はいるかい？
兵士１　べつの男と駆け落ちしやがった。
アッキ　それなら、あんたが死んで悲しむのは母親だけだな。
兵士１（わけがわからず）　はあっ？
アッキ　名前は？
兵士１　ムマビツ、ネブカドネザル王の軍隊の兵士。
アッキ　近々、あんたの首が砂の上に転がり落ちるぞ、ムマビツ。近々、あんたたちの肉がハゲタカの餌食になり、あんたたちの骨が犬にしゃぶられるぞ、国王の兵士たちよ。
兵士たち　どうしてだ？
アッキ　かがんで、私の方に頭を近づけてくれ。あんたたちは、こんなことも、もうすぐできなくなるのだよ。
兵士たち（アッキの方に身をかがめる）　なんだって？
アッキ　あんたたちが叩きのめした男が何者か、知っているのかね？
兵士１　嘘つき乞食さ。俺たちに、自分はネブカドネザル王だと思い込ませようとしたんだ。
アッキ　その男は本当のことを言った。あんたたちはネブカドネザル王を叩きのめしたのだ。
兵士１　おまえもそんな嘘を俺たちに吹きこむ気か？
アッキ　王様たちが乞食に変装してユーフラテスの川岸にすわって、民の生活を観察する習慣を持っているなんてことは、聞いたことがないだろうな？

兵士たち　ないよ。
アッキ　バビロンじゅうの人たちが知っていることだ。
兵士1　俺はウルクの出身だからなあ。
兵士2　ウルの生まれだ。
兵士3　ラマシュの生まれだ。
アッキ　それなのにあんたたちは、バビロンで生命を落とさなくてはならんのだ。
兵士1　（不安げにネブカドネザルの方を見やりながら）　何てこった。
兵士2　いまいましい。
兵士3　あいつ、喉をぜいぜい鳴らしているぜ。
アッキ　ネビはな、残酷でユニークな死刑の仕方で有名だ。アッカドの総督ルガルツァギジを、ネビは聖なる大蛇の前に投げ与えた。
兵士1　ネビって？
アッキ　ネブカドネザルは私の無二の親友なのさ。私は、総理大臣シャムラピで、王様同様、乞食に変装して民衆の暮らしを調べているのだ。

（舞台奥で総理大臣が走り出ようとするが、大将軍に引き戻される）

兵士たち（直立不動の姿勢をとって）　総理大臣どの！
アッキ（上品に）　まだ何を望むのじゃ？
兵士1（驚いて）　息をしたぞ！

兵士２　うめいている！
兵士３　動いている！
アッキ　王様のお目覚めだ。
兵士たち（絶望して、ひざまずく）　お助けを、総理大臣どの、お助けを！
アッキ　王様はそなたたちに何を命じられたのかね？
兵士１　前王を引き渡せとご命令で。
アッキ　それなら渡してやるがよい。そなたたちが耳を切り落とされるだけですむように、私が取り計らってやろう。
兵士たち（恐がって）　耳を？
アッキ　そなたたちは、なんと言っても、国王陛下を叩きのめしたのだからな。
兵士１（恭しく）　ここに前王がおります、総理大臣どの。縛りあげて猿ぐつわをかましてあるので、ごたごた言って厄介をかけることはありません。（ニムロートをアッキのそばの地面に投げ倒す）
アッキ　生命が惜しいなら、走り去れ。王様がお起きになるぞ！

（兵士たちは走り去り、ネブカドネザルが何とか起きあがる）


アッキ（堂々として）　この勇敢な前王を見たまえ、こいつは俺のものになった。

天使（うれしそうに）　バビロンのアッキ、あなたが技比べの勝利者だ。

クルビ　地球ってすてきだわ、天使さま。私は、愛する乞食のものになれますわ。

ネブカドネザル（さえない口調で）　あの兵隊たちはひどい奴らだったなあ。君はどんな手を使ったのかね？
アッキ　ごく簡単さ。あんたがバビロンの王だと言ってやったのさ。
ネブカドネザル　私だってそうした。
アッキ　ほらね、それが間違いだった。あんたは決して自分が王だと言うべきじゃない。そんな言い方をすると疑われる。そうではなくて、いつも他人のことを言うのが得策だ。
ネブカドネザル（悄然として）　君の勝ちだ。
アッキ　ニネベの男よ、あんたは下手な乞食だ。骨折り損のくたびれ儲けをしたな。
ネブカドネザル（疲れはてて）　このみすぼらしい職業の真髄は、骨を折ること、あくせく働くことじゃないか。
アッキ　乞食たちのことを本当にわかっていないんだなあ。俺たちは密かな教師、諸民族の教育者なのさ。人の慈悲を買うためにぼろを着ているが、法律に耳を貸さず、自由を謳歌している。狼のようにがつがつ食い、美食家のように酒を飲む。おそろしい空腹や、貧しさゆえの焼けつくような渇きを他人に見せつける。そして、俺たちが寝る橋の下に消滅した諸王国の家財道具をいっぱい置いているのも、時が沈み行けば万物が乞食のところに流れつくってことを、はっきりさせるためだ。さあ、ニネベに帰って、もっとうまく、もっと賢く乞食をしたまえ。よその国の乞食よ、今見たとおりにしてみたまえ、そうすればレバノンの向こう側の村はあんたのものになる。
（上手から遊女と侍女が市場から帰ってくる）
タプトゥム（アッキに）　金貨を四枚あげるわ。（彼に金貨四枚を与える）

アッキ　すごい、あなたの慈善心はたいそう向上なさいましたよ、お若いご婦人。このことをシャムラピ夫人に話して聞かせましょう。
タプトゥム（羨ましそうに）　あなた、シャムラピのところに行くの？
アッキ　朝食に招待されているのです。

（舞台奥で総理大臣、姿を現して怒りを示す）

タプトゥム　どんなものが出るの？
アッキ　お大臣たちのお宅で食べるものです。紅海産の塩漬魚、エーダム・チーズと玉ねぎ。
タプトゥム　私の家ではチグリスのかますよ。
アッキ（跳びあがって）　チグリスのかます？
タプトゥム　バターソースに、新鮮なラディッシュ添え。
アッキ　バターソース。
タプトゥム　シュメール風チキン。
アッキ　チキン。
タプトゥム　つけ合せにライスと飲み物はレバノンワイン。
アッキ　乞食向けの大ごちそう！
タプトゥム　ご招待するわ。
アッキ　おつきあいしますとも。お手をどうぞ、絶世の美女。シャムラピ夫人は、ありきたりの家庭料理を用意しているでしょうが、待たせておけばいいのです。

（彼はタプトゥムと侍女とともに下手に退場。ニムロートを引きずっていく。総理大臣は両手をこぶしにして消える）

天使　（立ちあがる）　あの不思議な人間がいなくなった今こそ、私の本性を明らかにするときだ。

（天使は乞食の衣と髭を投げ捨て、この世ならぬ、色あざやかな天使の姿で立つ。ネブカドネザルはひざまずいて顔をおおう）

ネブカドネザル　あなたの顔が私の目をくらませ、その衣の火が私の身を焼き焦がす。その翼の強い力が私をひざまずかせる。

天使　私は神の使いだ。

ネブカドネザル　私に何の御用でしょう、気高いお方。

天使　天から遣わされて汝のもとにやって来た。

ネブカドネザル　なぜ私のところへ、天使さま？　ニネベの乞食に何の御用でしょう？　神の使者よ、ネブカドネザルのもとへ、王のもとへおいでください。彼だけが、あんたを迎えるにふさわしい人物だから。

天使　乞食アナシャマシュタクラク、天は王たちに興味を持たないのだ。貧しければ貧しいほど、人間はそれだけいっそう天の御心に適《かな》うのだ。

ネブカドネザル　（驚いて）　どうして？

天使（思案する）　わからない。（さらに思案する）よく考えてみると、妙な話だな。（弁解するように）私は人類学者ではないのだよ。物理学者なのだ。私の専門分野は、太陽のような恒星だ。主として赤色巨星だ。人間たちのうちでいちばん取るに足りない者のところに行くという任務を仰せつかったものの、天が考えている理由はわからない。（急に悟った様子で）ひょっとしたら、人間が貧しければ貧しいほど、より力強く自然に宿る完全性が迸《ほとばし》り出るということではないだろうか。

（奥からウトナピシュティム登場。発言したがっている生徒のように人差し指を挙げている）

ネブカドネザル　私が、いちばん取るに足りない人間だと思うのか？
天使　掛値なしに思う。
ネブカドネザル　いちばん貧しいと？
天使　もっとも貧しい人間だ。
ネブカドネザル　で、私のために何か持ってきてくれたのか？
天使　かつてないもの、他に例のないもの。すなわち天の恵みを。
ネブカドネザル　その天の恵みを見せてくれ。
天使　クルビ。
クルビ　なあに、天使さま？
天使　こっちにおいで、クルビ！　おいで、神の手によって創られた娘！　いちばん貧しい人間、ネベの乞食アナシャマシュタクラクの前においで。

（彼女がネブカドネザルの前に立つ。天使は彼女の外衣を剝ぎ取る。ネブカドネザルは叫び声をあげて顔をおおう。ウトナピシュティムは驚いて姿を消す）

天使（嬉々として）どうだね？　天の掛け値なしの恵み、きらびやかな恵み、ニネベの乞食、そう思わないかね？

ネブカドネザル　神の使者よ、この娘の美しさはあんたの威厳に数段まさっている。この娘の輝きの前で、あんたはただの影にすぎず、私はただの闇にすぎない。

天使　美しい娘だ！　よい娘だ！　つい昨晩、無から創られたばかりだ。

ネブカドネザル（絶望的に）その娘は、ニネベの乞食である私のために創られたのではない！　この卑しい身体にその娘はふさわしくない。その娘は私への贈り物ではない、天使よ、ネブカドネザル王のもとにおいでください。さあ！

天使　とんでもない。

ネブカドネザル（懇願して）王だけが、純粋で気高いこの娘を迎えるのにふさわしい。王は娘を絹の衣に包み、その足もとに高価な絨毯を敷き、頭には黄金の冠を載せるだろう！

天使　王に娘は渡せない。

ネブカドネザル（苦々しげに）では、この聖なる娘を乞食のはしくれに委ねるおつもりか？

天使　天には天のふるまいかたがある。娘を受け取ってくれ。よい娘だ、信心深い娘だ。

ネブカドネザル（絶望的に）乞食が娘をもらってどうしろと言うのだ？

天使　私は人間ではないので、おまえたちの習慣など知るわけがないだろう。（思案する）クルビ！

クルビ　なあに？

天使　乞食の達人アッキのしたことを見たろう？
クルビ　何もかも。
天使　彼のしたとおりにしなさい。おまえはこのニネベの乞食のものになり、アッキのような立派な乞食になれるよう手助けしてやりなさい。(ネブカドネザルに)この娘が乞食の手伝いをしてくれるよ、アナシャマシュタクラク。
ネブカドネザル（びっくりして）この宝物のような天の恵みに乞食をさせるのか？
天使　天が娘を乞食に与えるからには、天がそう望んでいるとしか考えられまい。
ネブカドネザル　ネブカドネザルのそばにいれば世界を治められるだろうに、私のそばで乞食とは！
天使　おまえは悟ってくれないといかん。世界支配は天の仕事で、乞食こそ人間にふさわしいのだ。だから、これからも乞食に精を出しなさい。だが、何事につけ品位をわきまえることが肝心だ。多すぎても少なすぎてもいけない。乞食であるおまえたちが健全な中産階級になれたなら、それで十分だ。ごきげんよう。
クルビ（驚いて）私を置いていってしまうの、天使さま？
天使　お別れだ。おまえを人間の世界に連れてくる役目はすんだのだから、私は飛び去るとしよう。
クルビ　人間のことが、まだわかっていないのに。
天使　私だってわかっていないよ。人間から別れるのが私の役目、人間たちの世界に留まるのがおまえの役目。おたがい命令に従わなくてはいけない。さようなら、クルビ、さようなら。
クルビ　待って、天使さま。
天使（翼を広げる）だめだ。私には、もう一つ別の役目があるのだよ。地球を調査しなくてはいけないのだ。急いで測定、探索して、標本を集め、崇高な宇宙の万象の中に新しい奇蹟を見つけようと思う。なぜなら、私はこれまで物質を気体の状態でしか知らなかったのだよ。

クルビ（絶望的に）待って、天使さま、行かないで！

天使　私は飛んで行く！　銀色の朝の光を受けて飛んで行く。ゆっくりと舞い上がり、バビロンの上空でしだいに大きな輪を描きながら、小さな白い雲となって、天の光を受けるのだ。（乞食の衣装と赤い髭を大事そうに抱えて飛び去る）

クルビ　行かないで、天使さま。

天使（遠くから）さようなら、クルビ、さようなら！（姿を消しながら）さようなら。

クルビ（小声で）行かないで！　行かないで！


（ネブカドネザルとクルビが朝の銀色の光をうけて向かいあう）

クルビ（小声で）見えなくなってしまった。
ネブカドネザル　栄光の中に消えてしまった。
クルビ　今、私はあなたのそばにいる。
ネブカドネザル　今、おまえは私のそばにいる。
クルビ　この朝の霧の中で身体が凍えてしまいそう。
ネブカドネザル　涙を拭きなさい。
クルビ　天の御使いが去っても、人間たちは泣かないの？
ネブカドネザル　そうだね。
クルビ（彼の顔をしげしげ見つめて）あなたの目には涙がぜんぜんないわ。

ネブカドネザル　私たちは泣くことを忘れて、呪うことを学んだのだよ。

（クルビ、後ずさりする）

ネブカドネザル　怖がっているのか？
クルビ　身体中が震えているの。
ネブカドネザル　人間にびっくりするより、神にびっくりするんだな。神は自分の似姿として人間を創ったのだからね。みんな神のしたことだ。
クルビ　神さまのなさることは良いことよ。私は神さまの手の中で守られていたの。神さまのお顔が私のそばにあった。
ネブカドネザル　そして神は、彼の宇宙の中で見出せたいちばん取るに足らない、いちばんみすぼらしい被造物、ニネベの乞食アナシャマシュタクラクに自分のおもちゃを投げてよこした。星たちの世界から来たおまえが私の前に立っている。その目、その顔、その身体が、天の美しさを表している。だが、この不完全な地球上でいちばん貧しい人間にとって、天の完全さなど何の役に立つだろう？人間めいめいに欲しいものを与えることを天が学ぶのは、いつのことだろうか？　貧しい者、無力な者たちは羊のようにひしめきあって腹を空かせている。権力者は満腹だが、孤独だ。乞食は飢えてパンを求めているのだから、天は乞食にパンを与えるべきだ。ネブカドネザルは人間に飢えているのだから、天は彼にこそおまえを与えるべきだ。どうして天は、ネブカドネザルの孤独を理解しないのか？　どうして天は、おまえを使って、乞食である私と、王であるネブカドネザルを共にからかうのか？

クルビ（考えこんで） 私って、面倒な役目を負わされたのね。
ネブカドネザル どんな役目を？
クルビ あなたを助けて、あなたのために物乞いすること。
ネブカドネザル おまえは、私を愛しているのか？
クルビ あなたは永久に私を愛するために人間の女から生まれ、私はあなたを永久に愛するために無から創られたのよ。
ネブカドネザル この外套の下にある私の身体は悪い病気でできたかさぶたで真白だ。
クルビ それでもあなたを愛するわ。
ネブカドネザル 人間たちが、おまえの愛を求めて、狼の歯でおまえに跳びかかるだろう。
クルビ それでもあなたを愛するわ。
ネブカドネザル おまえは砂漠に追いやられるだろう。焼けつく日射しの下の赤い砂の上で野垂れ死にするだろう。
クルビ それでもあなたを愛するわ。
ネブカドネザル 愛しているなら、私にキスしなさい。
クルビ キスするわ。
ネブカドネザル（キスを受けたあとで、彼女を地面に打ち倒し、足で蹴りつける） どの人間よりも私が愛するものを、こうして地面に叩きつけ、私に幸運を授ける神の恵みを足蹴にする。ほら！ ほら！ これが私のキスだ、おまえの愛に対する答えだ。天よ、乞食が贈り物をどう扱うか、ネブカドネザル王なら愛とバビロンの黄金をふんだんに与えてくれたはずのものに、いちばん取るに足りない人間がどういう仕打ちをするか、見るがいい！

（下手から縛られたニムロートを引きずって、アッキ登場）

アッキ（不思議そうに） なぜこの娘を蹴りつけるのだ、ニネベの乞食？

ネブカドネザル（嘲るように） 天のお恵みを足で蹴っているのさ。できたてのお恵み、君なら納得できるだろう、つい昨夜創られたばかりで、いちばん哀れな人間への贈り物として、天使が直接私のところに運んできてくれたというわけだ。ほしいか？

アッキ 昨晩創られたばかりって？

ネブカドネザル 無から創られた。

アッキ それじゃ、実用的じゃないお恵みだろうな。

ネブカドネザル そのかわり安くしとくよ。あんたの捕虜と交換してやろう。

アッキ こいつは何といっても前の王だぞ。

ネブカドネザル 乞食して稼いだ金貨をつけてやる。

アッキ こいつの歴史的価値に対していくらくれるかね？

ネブカドネザル 銀貨二枚。

アッキ 割に合わないな。

ネブカドネザル どうだい、この取引に同意するかい？

アッキ うん、あんたが特に救いようのない乞食だという理由だけでね。それ。（彼の足もとに前王を投げつける） さて、娘さん、あんたは俺のものになったぞ。起きなさい。

（クルビはうなだれたまま、ゆっくり起きあがる）

アッキ　天使があんたを連れてきたんだそうだな。俺はメルヘンが好きで、信じがたいことを信じて、ふれ回ってみたいものだ。俺の商売にとって最高の宣伝だ。無から創られた娘さん、俺はあんたに寄りかからせてもらうよ。例のレバノンワインのせいで、俺はちょっとふらふら、よろよろするようになった。あんたは地球を知らないが、安心しな。俺がよく知っている。あんたも一度叩きのめされたが、俺は何千回もやられてきた。さあ、おいで。アーヌー広場に行こう。商売に都合がいい時間だ。今日は市場が立つ日だ。大儲けしそうだ。あんたはその美しさで、俺はこの赤髭で、あんたは蹴り傷だらけ、俺は王に追われる身、どれだけ稼げるか、試そうじゃないか。

クルビ（小声で）　ニネベの乞食、それでもあなたを愛しているわ。

（アッキ、クルビに支えられて、上手に退場）

（ネブカドネザルは、縛られ、猿ぐつわをされたニムロートを足もとにおいて立ちつくす）

（彼は乞食の衣と赤い髭をかなぐり捨て、地団太を踏み、それから思いに沈み、身動きせず、陰鬱な表情。舞台奥から震えながら従者たちがしのび寄る）

総理大臣（うろたえながら）　国王陛下！

ネブカドネザル　乞食アッキに一〇日間の猶予を与えよ。最高の国家公務の職が彼に用意されている。彼は役人になるか、さもなければ私が彼に死刑執行人を送るかだ。それから、大将軍よ、レバノンの山の向こう側に軍を送れ。ちっぽけな村々を征服しろ。スパルタテネ、モスキン、カルタガウ、パカとか言うが、名前は何でもいい。私は、捕われの前王ともども宮殿に戻り、疲れて悲しみに満ち、天に侮辱されながらも、人類を教育し続けることにする。

第二幕

（第二幕はユーフラテス川にかかる橋の一つの下で演じられることにしよう。バビロンの都心。高層建築や宮殿が、見えない天に向って競うようにひしめきあっている。オーケストラボックスはこの幕でも川を表している。舞台奥から舞台面へと橋がアーチを描き、その切断面が客席から見上げられる。頭上から巨大都市の交通騒音が聞こえる。古代バビロン式市街電車のがたがたいう音、駕籠《かご》かきたちの歌うような掛け声。橋の左右にユーフラテスの川岸に通じる狭い階段。アッキの住居にはあらゆる時代の様々な物が入り乱れている。石棺、黒人の偶像神、古びた玉座、バビロン式自転車と自動車のタイヤ、その他。これらが、すさまじい汚れようで、朽ちはてて塵芥の下に沈んでいる。このがらくたの山の上方、伸び上がる橋のアーチの中央に、ギルガメシュ(九)の頭のレリーフがある。その傍らに、なかば剝がれた乞食ポスター、その上には「今日が最終期限」と書かれた白い紙が何枚も貼られている。上手端、もはや橋の下ではない場所に、やかんを置いたかまどがある。地面は赤い砂地で、空き缶や詩人たちの原稿が散乱している。至る所に、びっしり書きこまれた羊皮紙や粘土板が掛かっている。要するに、登場人物たちは巨大なごみの山の上で動いているように見える。上手前面では、覆面した者たちがうめき声を上げながらユーフラテス川で水浴している。下手では、汚れたバビロンの犯罪者、すりのオマールと強盗のユスーフの二人が、石棺の一つを寝台がわりにして眠っている。下手からアッキとクルビ登場。二人ともぼろぼろの衣服。アッキは袋を一つ背負っている）

アッキ　そこの連中、消え失せろ。俺の棺の上で寝て悪事の数々を忘れようなんて、とんでもない。

（オマールとユスーフ、そそくさと去る）

アッキ　白かさぶたのカラス野郎ども、もっと下流の汚れ水の波に浸かってくれ。おまえたちのうめき声はなんの役にも立たん。

（覆面した者たち、退場）

クルビ　あの人たちは誰？
アッキ　重い病に罹った連中で、ユーフラテスの水に浸かれば病気が治ると思い込んでいるのだ。
クルビ　地球って、天使が思う地球と違うのね。私が一歩進むたびに不正と病気と絶望が私の周りに生まれる。人間たちは不幸なのね。
アッキ　大事なことは、彼らが良い客であるってことだ。ほら、今日もおそろしくたくさん稼いだじゃないか。昼休みにしよう。そのあとで、空中庭園で仕事を再開するとしよう。（袋を地面に置く）
クルビ　はい、アッキ。
アッキ　おまえも上達したものだ。上出来だ。ただ一つだけ注意しておきたい。誰かが金貨を投げてくれるたびに、にこっと笑う。あれは間違いだ。悲しげな目つきの方が本当らしくて、人の心を揺さぶりやすい。

クルビ　これから気をつけるわ。
アッキ　明日までに練習しておきなさい。絶望してみせるときの稼ぎがいちばん多い。（物乞いで得たものを袋から取り出す）真珠、宝石、金貨、銀貨、銅貨——ユーフラテスに、おさらばだ。（すべてをオーケストラボックスに投げ入れる）乞食がコンディションを最良に保つための唯一の方法がこれだ。浪費こそすべてだ。俺は数百万稼いで、数百万水に沈めた。こうしないと世界は富の重圧から解放されない。（さらに袋を探る）オリーブ。これらの物は役に立つ。バナナ、オイルサーディン、焼酎、シュメール人の愛の女神、これは象牙製だな。（女神像を見つめる）おまえは見ちゃいけない。若い娘向けに作られたものじゃない。（女神像を橋のアーチの奥に投げ入れる）
クルビ　はい、アッキ。
アッキ　はい、アッキ、はい、アッキ。一日中、この調子だ。おまえは悲しそうだ。
クルビ　私、ニネベの乞食を愛しているの。
アッキ　名前も忘れているくせに。
クルビ　すごく難しい名前なんだもの。でも、私の愛する乞食を探すのをやめないわ。見つけるわ、いつか、どこかで。昼間、バビロンの広場や宮殿の石段であの人のことを思い続けているの。夜、通りの石畳にすわっていても、高くて遠い星を見て、その光の海の中にあの人の顔が思い浮かぶ。するとあの人が近くに、私のそばにいるように思えるの。あの人だって、この地球のどこかで横になって、私が天使さまと旅立った大星雲を見て、大きく白い私の顔を思い浮かべているわ。
アッキ　おまえの愛には見込みがない。バビロンの都全体と同じだ。結論を言おう。もうこんな都に住んでいられないからこそ、俺はこの都を食いものにして生きる決心をして乞食になったのだ。かくして、おまえも手に入れた。奇妙なやり方ではあったがな。おまえは俺のものだ、娘よ。ニネベの乞食のことは忘れな。ここは、俺が探し出したバビロンで最上等の橋の下だ。一時間かけて金貨一枚と銀貨二枚しか稼げなかった男を思っているようじゃ、俺の住まいの恥だ。（はっとして）そこらじゅうにぶら下がっているのは何だ？　なるほど。詩だよ。詩人たちがここに来ていたのだ。

クルビ　（うれしそうに）　詩を読んでいいかしら？

アッキ　バビロン文学は今、どん底だ。読むのはやめた方がいい。（一枚手に取り、少し目を通してからユーフラテス川に投げ入れる）恋愛詩だ。先代の王とおまえを交換してから恋歌ばっかりだ。スープをこしらえておくれ、その方がましだ。ほら、せしめたばかりの牛肉だ。

クルビ　はい、アッキ。

アッキ　俺は愛用の棺にもぐりこむとするよ。

（舞台中央の石棺の蓋を開けるが、そこから詩人が一人起きあがるので、驚いて後ずさりする）

アッキ　（きびしい口調で）　この棺の中で何をしているのだ？

詩人　詩を作っています。

アッキ　ここで詩を作るのはやめてくれ。これはな、昔俺の愛人だった可愛いリリトの棺で、この中にいて俺はノアの洪水を生きのびた。鳥のように軽々と、この棺が俺を、雨が降る海の上を運んでくれた。

詩人　許してください。俺たちの国民的叙事詩、ギルガメシュの詩を作っていたんです。この棺の中は特によく瞑想できるので、ここに閉じこもっていたんです。ちょうど強大な天空動物フンババの場面を書いていたところです。

アッキ　その天空動物がどうしたというのだ。
詩人　撲滅されます。
アッキ　決して後世に残らないと俺が確信している叙事詩があるとすれば、それがギルガメシュの詩だ。天空の動物を撲滅か。生産的な活動だよ。本当は俺たちの国民的英雄がその動物を飼い慣らして、人間が働かずにすんで、そいつが全部の物ごとを片づけてくれるようにしておけばよかったんだ。出て行け。ほかの場所で詩を作ってくれ！　おっと、まだ、玉ねぎがあったよ。

（アッキはクルビに数個の玉ねぎを投げて、石棺に横たわる。詩人は退場。クルビは料理する。下手の階段を警官ネーボが降りてくる。額の汗を拭く）

警官　暑い日だな、乞食アッキ、きびしい日和だ。
アッキ　これはこれは、ネーボ巡査。あんたのために起きあがりたいんだが。俺は警察をすごく尊敬しているのでね。でも、まだ、ちょっと背中をいたわる必要がある。このまえ交番に行ったとき、あんたは真赤に焼けた火鋏を当て、骨の上にたいした重しをのせて痛めつけてくれたからな。
警官　厳密に規定に従って行動したまでだ。命令に逆らう乞食たちを教育してまともな国家公務員にするための規定だよ。おまえさんに良かれと思ってのことだ。
アッキ　それはご親切さま。職務熱心すぎて早死にした警官の石棺にすわってみないかね？
警官　この石にすわる方がいいな。（すわる）棺を見ていると悲しくなる。
アッキ　それは旧石器時代の最後の族長の玉座だよ。その未亡人からもらったのだ。カルデア産の赤ワインを一杯やらないか。

（外套から瓶を取り出して警官に渡す。警官は飲む）

警官　ありがたい。疲れてふらふらだ。俺の職業のたいへんさは日に日に増すばかりだ。ついさっきも学校教科書を押収し、地理学者と天文学者を逮捕しないといけなかった。

アッキ　その連中が何をしでかしたんだ？

警官　連中が計算していたよりも世界が広いってことがわかったのさ。レバノンの向こう側にも村がいくつかある。わが国では学問も完全無欠でなければならん。

アッキ　こりゃ終わりの始まりだ。

警官　その村々を征服するために軍隊が動き始めるぞ。

アッキ　ギルガメシュ橋の上を北に向かう車が、一晩中ごろごろ音を立てていたよ。何もかもが一気に崩れ落ちそうな気がする。

警官　俺は、役人として指図に従っていればいいので、あれこれ考える必要はないよ。

アッキ　一つの国家が完全であればあるほど、いっそう間抜けな役人を必要とするものだ。

警官　今のうちはそう言っているがいい。だが、あんたがいったん役人になったなら、われらが国家を賞賛するようになるぞ。その偉大さが急にわかるようになるとも。

アッキ　ああ、そうかい。それでここへ来たのか。俺を国家公務員にする教育を続けようというつもりか。

警官　手を抜くのがきらいな性分でね。

アッキ　それは交番で感じ取ったよ。

警官　職務遂行のためにここに来た。
アッキ　俺もそういう気がしていた。
警官（手帳を取り出す）　今日が最終期限だ。
アッキ　本当か？
警官　あんたはアーヌー広場で物乞いしたな。
アッキ　うっかりしていた。
警官　新しい知らせがある。
アッキ　新しい拷問道具か？
警官　新しい規定だ。あんたの才能が認められて、督促・破産局長に指名された。大蔵省もあんたに関心を持っている。官庁筋では相当の出世をするだろうと噂している。
アッキ　出世か、ネーボ巡査、俺には関心ないね。
警官　高い役職につくことを拒むのか？
アッキ　フリーの芸術家を続ける方がいい。
警官　乞食を続けるつもりだな？
アッキ　俺の天職だ。
警官（警官手帳をしまいこむ）　まずい、こいつはまずい。
アッキ（起きあがろうとする）　待てよ、ネーボ巡査。俺をまた交番へ連行してもいいんだぜ。
警官　その必要はない。死刑執行人が来るだろう。
（沈黙。アッキは思わず首に手をやる。それから警官に探りを入れはじめる）

アッキ　背の低い太った男か？
警官　とんでもない。背が高くてやせた男がここの地方の担当で、この道の達人だ。その男を見ているのは本当に楽しい。その技にうっとりしてしまう。
アッキ　あの有名な菜食主義者か？
警官（頭を横に振りながら）悪く思わないでほしいが、死刑については、あんたはど素人だ。ニネベの死刑執行人と取り違えている。この国の死刑執行人は良い本を愛読している。
アッキ（ほっとして）まともな男だ。
警官　その男があんたのところへ来る途中だ。
アッキ　お近づきになるのが楽しみだよ。
警官　まじめに考えろ、乞食アッキ、忠告を聞いてくれ！　死刑執行人は、あんたが国家公務に就く気がなければ、刑を執行するのだよ。
アッキ　そいつの望むとおりになってやる。
クルビ（仰天して）ねえ、殺されてしまうの？
アッキ　興奮しなくていい、娘よ。俺は、これまでの人生で何度も嵐に脅かされてきたから、たいしたことじゃない。
（石棺の蓋がいっせいに開き、詩人たちがさっと立ちあがって、あれやこれやのがらくたをくぐって這い出てくる）

詩人1　新しいテーマ！
詩人2　強烈なテーマ！
詩人3　何という題材！
詩人4　何という可能性！
詩人たち　話してくれ、乞食よ、話してくれ！
アッキ　では、俺の人生をうたった散文詩を聞いてくれ。若い頃、何千年か昔、未熟だった。俺は商売人の息子だった。父は金の衣、母は銀の装身具を身にまとい、家全体には絨毯、ビロード、絹が満ち溢れていた。銀は黒ずみ、金はこぼれ落ち、そして、失せた。バビロンで、エンギビ商会が、何もかも食いつくしたのだ。実際、俺の父が、俺の母が、火あぶりになった。生き残ったものはいなかった。
詩人たち　生き残ったものはいなかった。
アッキ　預言者が一人、エラムの山地からやって来て、俺を引き取って、わが子のように養った。昼も夜も祭壇の前に伏し、神々に生贄《いけにえ》を捧げた。ぼろ布に身を包み、髪は灰だらけだった。宗教は黒ずみ、恵みはこぼれ落ち、そして、失せた。バビロンで、司祭が交代したのだ。実際、預言者が、神々が火あぶりになった。生き残ったものはいなかった。
詩人たち　生き残ったものはいなかった。
アッキ　次に俺を育てたのは将軍で、鉄の鎧に身を固め、鋼の武器で身を守り、王の命令に忠実に行動した。かつて、人の子として、彼ほど栄誉に満ちた者はいなかった。馬上の敵を刺し落とし、一城の主《あるじ》となり、音立てて行進するお供の列は果てしなく長かった。栄誉は黒ずみ、地位はこぼれ落ち、そして、失せた。バビロンで、国王が交代したのだ。実際、将軍が、騎士の卵たちが、火あぶりになった。生き残ったものはいなかった。
詩人たち　生き残ったものはいなかった。
アッキ　富ある者が滅び、信心篤い者が死に、力強い者もまた死んだとき、人の子として俺は、こう考えた。人間は砂のようなもの。砂だけがこの国の人殺したち、死刑執行人たちに踏まれても持ちこたえる。時代は黒ずみ、権力はこぼれ落ち、そして、失せた。バビロンで、一人の乞食だけが、ケシの花輪に飾られて生き残る。実際、彼の髭が、彼の外套が火あぶりになったが、彼は生きのびる。
詩人の一人　王女テーティスとの愛の夜の詩を。
別の詩人　乞食で宝物をもらった様子を。
また別の詩人　巨人ゴグとマゴグ。
アッキ　もうおしまいだ。来客がある。クルビ、料理を続けろ。
警官（詩人たちがさっと姿を消すのに驚いて）驚いたな、あんたの住居は詩人たちで満員らしい。
アッキ　そのとおりだ。俺もびっくりしている。また橋の下を大掃除したほうがよさそうだ。

（警官は立ちあがり、厳粛な態度になる）

警官　世に聞えたアッキ。縛り首になる決心がついたのだな？
アッキ　そのとおり。
警官　よくよくの決意だな。尊重するしかあるまい。
アッキ（訝って）どうしたのだ、ネーボ巡査。そんなにかしこまって、お辞儀ばかりしているじゃないか。

警官　気高い人よ、あんたがいなくなったらクルビがどうなるか。その問題はあんたの心を動かすだろう。それどころか悲しくさせるだろう。俺も心配だ。バビロンの人々はあんたを羨んでいる。連中は、クルビが貧しい暮らしをしているのに腹を立てている。娘をあんたから引き離そうとしている。あんたは、あんたを襲った五人の人間を打ち負かした。

アッキ　六人だ。大将軍を勘定に入れるのを忘れているよ。あいつをイシュタル橋から突き落としてやった。やつは彗星のように夜の闇の中に消えて行った。

警官（あらためてお辞儀をする）　気高い人よ、あの娘《こ》は保護者を必要としている。これほど美しい子を見たことがない。バビロニアじゅうが娘の噂で持ちきりだ。ウルから、ウルク、カルデア、ウーツ、全国から、娘を称えに人々がやって来る。都じゅうが愛の喜びに酔いしれている。誰もがクルビを思い、クルビを夢に見て、愛している。最高位の貴族の息子たちが三人、クルビ恋しさに身投げした。家々も、路地も、広場も、空中庭園も、ユーフラテス川のゴンドラも、溜め息と歌で満ちている。銀行家たちまでが詩を作り、役人たちまでが作曲を始めている。

（上手階段の上に銀行家エンギビが、古代バビロン風のギターを持って現れる）

エンギビ
一人の娘が降りてきた。
星が輝く夜の中を。
われらが古都バビロンに
天使が娘を連れてきた。

警官　ほら、見てみろ！
エンギビ
　娘は王のものじゃない
　無から生まれた被造物、
　娘は富者《ふしゃ》のものじゃない、
　黄金の光の束に包まれて。
アッキ（不思議そうに）　あの銀行家が。
（階段の上にアリ、同じくギターを持って現れる）
アリ
　市民や商人には
　その娘《こ》はもったいなさすぎた。
　天の広さは果てしなく、
　天の恵みは目に見えない。
警官　また一人来た。
アッキ　ワイン商人のアリだ！
エンギビ　驚いたな、ワイン商人アリ。私の歌のリズムを真似している。
アリ（胸を張って）　私のリズムです、銀行家エンギビどの、お言葉ですが、私のリズムです。

（詩人たち、現れ出る）

詩人たち　私のリズムだ！　私のリズムだ！

（詩人たち、姿を隠す）

アッキ　いつも同じことの繰り返し。一人が詩を作り始めると、すぐに盗作だと文句をつけられる。

（警官、意を決して、制服から詩を取り出す）

警官

　われらの心を燃えさせる
その娘《こ》は乞食の髭の中。
まさしく雪のひとひらのように。
デマヴェント山(八)の雪のひとひらのように。

アッキ　ネーボ巡査！　何を考えているんだ！　あんたは詩作を一掃する立場で、拡大するのが仕事ではないはずだ。

（警官はうろたえて詩の紙片を丸める。さらに、次の言葉を語るあいだ、銀行家とワイン商人のギターをかきならす音に邪魔される）

警官　失敬。突然の心の昂りだ。ふだんは芸術など縁遠いのだが、昨夜、月がユーフラテス川の上に、黄色く大きく、昇ったとき、クルビのことを思うと——急に、周りで詩を作っている連中のように、詩を朗読したくてたまらなくなったのだ。

（下手から労働者二人、やって来る）

労働者1　あれが乞食のアッキだ。あいつは、天使に連れてこられた娘を買い入れたと主張している。
労働者2　全部、嘘っぱちだよ。俺は天使の何たるかを知っている。坊主たちによってでっち上げられたものだ。
アリ　あんなきれいな娘がこれまでにいたかい？　天からじゃないとしたら、どこから来たと言うんだ？
労働者2　だったら、いちど警察が調査すればいい。
警官　警察には、天使の存在を疑う理由がない。逆だ。無神論者こそ、警察にとって昔から怪しい存在だった。
労働者2　この乞食にまだ銅貨をやるやつは資本家だ。やつは娘を食い物にしているんだから。
労働者1　毎晩、やつは財産をスコップですくってユーフラテス川に投げ込んでいる。金も銀も。
労働者2　だのに、やつは詩人たち以外誰も養ってはいない。俺たちには詩を作ることもできないとでも言いたいようだ。
アッキ（びっくりして、棺から跳び出して）　お願いだ、やめてくれ。

（このとき、遊女タプトゥムが階段を降りてくる）

タプトゥム　ひどいわ、よくも私に恥をかかせてくれたわね！

アッキ　お若いご婦人、ようこそ。

（遊女は、馬に触るように、クルビの身体に触る）

タプトゥム　これが例の娘ね。どこの誰よりも立派な歯を持っているって言うの？　誰よりもしっかりした太股を持っているって？　誰よりも美しい体形をしているって？　この程度の娘は何千人といて、値は安くてよ。

クルビ　触られる理由はないわ。私、あなたに何もしちゃいない。

タプトゥム　何もしちゃいないって？　おぼこ娘の言い草を聞くがいい！　仔羊ちゃんに触ってもいけないんだって！　触らせてもらうよ。大丈夫さ。バビロンじゅうの男に私を見捨てるように仕向けて、それでもお上品ぶる気かい！

クルビ　私、誰にもあなたを見捨てるように仕向けたりしていないわ。私が愛しているのはニネベの乞食、あの人だけだわ。

タプトゥム　ニネベの乞食を愛しているって？　あんたはバビロンの銀行家たちに目をつけたじゃないか、あの人たちにばっかり！（クルビの髪に手をかけようとするので、クルビはアッキの方に逃げる）

労働者1　その娘《こ》に手を出すな、売女《ばいた》め！

アリ　そんな言葉をその子に聞かせるとは。
エンギビ　この娘《こ》は、おまえとは環境が違うのだ。
タプトゥム　環境が違う？　こんな娘が！　私の環境は銀行家やワイン商人にとっていつも十分良かったわよ。
アッキ　何を、そう怒っているのだい、すばらしい美人が？
タプトゥム　私のところくらい礼をわきまえた商いをしている店がほかにあって？　私のおっぱいは、バビロンじゅうでいちばんきれいじゃなくって？
アッキ　身体のその部分がクルビとどういう関係にあるのか、理解しかねるな。
タプトゥム　若さと美しさを保つように努力して、ダイエットをして、お風呂に入って、マッサージしてもらっているのに、この結果？　この娘が現れたとたん、私のお得意さんたちが詩を作りにいくようになったのよ。
エンギビ（上手上方から）　クルビが私たちを向上させてくれるのだ！
アリ（下手上方から）　私たちに情熱を感じさせてくれるのだ。
労働者1　やっとわかったぞ、俺たちが何のために汗水流して働いているかってことが。
労働者2　週に銀貨一枚のためにさ。
警官　私たちは精神を重んじるようになったのだ。
アリ、エンギビ、労働者たち、警官　（声をそろえ、あらたまって、荘重に）
すなわち胸の奥深く
火が燃え立ちて、おさまらず。
アッキ　俺の住居でこれ以上詩を作るのは我慢ならん！

他の者たち（詩人たちも加わって）
　ああ、人はいつもの人ならず、
　　愛の虜になったなら。
　美を認め、義を感じ、
　　無益な悪を遠ざけよ！
タプトゥム　あんたがたが精神を重んじるようになったですって？　私にそう思えと言うのかい？　そんな言い草では、私はこんな娘に負けないわよ。私の仕事は体を張っているのよ。

（上手から二人の労働者の女房たちが来る。詩人たちはびっくりして姿を消す）

労働者1の女房　うちのおいぼれ亭主がギルガメシュ橋の下をうろつきまわっているんだって？　いちばん評判の悪いところさ。
労働者1　何だって、かあちゃん。ほんの偶然に通りかかっただけだよ。
労働者2の女房　うちの人もいっしょだよ！
労働者2　おまえに何の関係がある？　おまえが組合書記と何をしているか、しゃべろうか？
労働者1の女房　この煉瓦職人は五人の子持ちなのに、たぶらかされて地獄に落ちそうなのよ。悪魔の娘と寝たら、死んでしまうってことは誰でも知っている。これは学問だよ。ソドムのある教授が証明したんだ。
タプトゥム　その娘は悪魔の子よ、悪魔の子よ。
労働者2の女房　ライオンの顔をしたラバルトの子だわ。その怪物が自分の翼の羽を駱駝《らくだ》の糞尿の中に落として、皆を恋の虜にしてしまう娘が生まれたのよ。
労働者２　怪物ラバルトも悪魔も天も、坊主たちによってでっち上げられたものだ。

（ろばミルク商人ギミルが階段を降りてくる）

ギミル　天はバビロンを罰している。それは明らかだ。そして天は恵みを乞食に与えた。なぜか。その乞食がろばミルクを飲んで、あんたたちは牛のミルクを飲んでいるからだ。乞食アッキ万歳！娘万歳！
タプトゥム　私はお風呂用にろばミルクを買ってあげなかったかしら？　だのに、今、あんたはその娘の肩を持つのね。
労働者２　ろばミルクだって？　あの乞食が？　こいつは、ありとあらゆる焼酎やワインの臭いでぷんぷんしているぜ。
労働者１　カラスやハゲタカが酔っぱらって天から落ちてきて、あいつの肉を食らうさ。
アリ　やつは俺のワイン酒蔵を飲み干してしまいやがった。
エンギビ　やつは私から金貨三〇〇枚を掠め取った。
タプトゥム　私も金貨七枚あげたわ。
労働者の女房たち二人　あいつは乞食をして都を空っぽにする気だわ。
労働者１　寄生虫め！
労働者２　反社会的な存在だ！
警官（お辞儀をする）　まったく――

エンギビ　それに、あいつはあの娘《こ》をどう扱っている？
アリ　あの娘《こ》はあいつのために料理をしないといけない。
労働者１　あいつと詩人たちのために！
アリ　それにあの娘《こ》が動き回っている様子ときたら。
労働者２　裸足で！
エンギビ　ぼろぼろの服を着て！
労働者１、労働者２　あいつはあの娘《こ》に乞食を教えているんだ、乞食を教えているんだ！
エンギビ　もういいかげんに、あいつを縛り首にしていい頃だ。
労働者１　王の死刑執行人が来るだろう。
一同　死刑執行人！

（警官が決然としてクルビの方を向く。彼女はアッキのもとに逃げて、彼がすわっている棺のそばでうずくまっている）

警官　娘さん。私はネーボという名前だ。レバノン通りに小さい家を持っている。年明け早々に警部に昇格する。ネーボ家は代々立派な夫を生み出してきた。言わせてもらうが、私たちはこの点、この辺りではある種の評判を得ている。あんたがうちにくれば幸せになるだろう。これが私の心からの願いだ、あんたを十二分に――
労働者１（いきおいよく走り寄る）　娘さん。俺はハッサンという名前だ。俺の心からの願いは、あんたを十二分に幸福にしてあげることだ。田舎に近い所に住んでいて、小さな菜園を持っている。かあちゃんがあんたに良い部屋をあてがってくれる。あんたは、健康で、質素で、満足な暮らしをするんだよ。
労働者1の女房　うちの人は頭がおかしくなってしまったわ。
労働者2（人波をかきわけて近寄る）　娘さん。俺はシンドバッドという名前だ。あんたは健全なプロレタリアの環境にふさわしい人だ。うちのばあさんもあんたに良い部屋を用意してくれる。俺があんたにいろいろ教えてあげよう。資本家たちの策略について説明してあげよう。昼も夜も、労働者階級の神聖な闘争にそなえてあんたを教育しよう！
労働者2の女房　うちの老いぼれ亭主も、階級闘争のやりすぎで、おかしくなっちゃったわよ！
ギミル（クルビの前にひざまずいて）　娘さん。私はギミルという名前だ。ユーフラテス区にアパートを一軒持っている。七階に住んでいる。エレベーターも空中庭園の眺めも思いのままだ。うちに来れば、庶民的な空気だが幸せな気持ちで吸うことになるよ！
女たち　娘を都から追い出せ、追い出せ！

（このあいだにアリとエンギビもクルビに近寄っている）

アリ　娘さん。私はアリという名前だ。「アリ・ワイン販売」のオーナーで、町なかに家を一軒、チグリス川ぞいに別荘を一軒持っている。あんたにとって何より必要なのは岩だ、娘さん、すがりつくことのできる岩だ。私がその岩だ。私にすがりついてくれたらいい。これが私の確信だ――
詩人たち（登場して）　クルビは私たちのものだ、私たちのものだ！
エンギビ　娘さん！　私はエンギビというものだ。世界中に名高いエンギビ財閥の銀行頭取だ。だが、これは二の次のことだ。私の所有している邸宅、株券、不動産、これらは皆移ろいやすいものだ。大事なのは、あんたには心が、それも同情することのできる、生き生きした人間らしい心が必要だということだ。私の中にこそ、そういう心が脈打っているのだ！
女たち　娘を都から追い出せ、追い出せ！
詩人たち（異口同音に）　クルビは私たちのものだ、私たちのものだ！
（混乱がつのって大騒ぎとなる。とつぜん天使がギルガメシュの頭の上に現れる。モミの実やケシを髪につけ、腕にはヒマワリの花やモミの小枝などを抱えている）
天使　クルビ、私のかわいいクルビ！
一同（最大限の驚きを示して）　天使だ！
（クルビ以外の者たちは皆、さっと地面に伏して、身を隠そうとする）
クルビ　天使さま、私の天使さま！
天使　まったく偶然なのだ、娘よ、空を飛んでいると、おまえがこの楽しげに群れている人々の中にいるのが見えたのじゃ。
クルビ　助けてください、天使さま！
天使　クルビよ、地球とは、なんと愛らしい掘り出し物だろう。私はうっとりして、幸福に酔いしれている。驚嘆のあまり身体中が震え、奇蹟に次ぐ奇蹟が私の胸を燃え上がらせ、神さまの力を身にしみて実感している。調べたり研究したりせずにはいられない。興奮して私はあちらへこちらへと飛び回り、称賛し、収集し、記録をとっている。昼も夜もなく、たえまなく、飽きることなく、探究する。とはいえ、あの海という周りの水の中にはまだ一度も潜っていない。まだ中心地域と北極だけしか見ていない。見てごらん、私が見つけたものを、凍った露だ。（つららを見せる）発光恒星研究者である私だが、これほど貴重なものは、似たものすら見たことがない。

クルビ　ニネベの乞食が私を見捨てたの、天使さま。私が愛しているのに、あの人は行ってしまった。

天使　行き違いだ、ただの行き違いにすぎない。辛抱しなさい。帰って来るとも。地球の美しさは並はずれているから、多少の行き違いも起こるだろう。当然だ。これらの物の上に拡がるこの柔らかな青、赤みを帯びた砂、銀色の小川、誰だって我慢できない。誰でも神に祈り、誰でも身震いするだろう。まず植物と動物！　白い百合、黄色いライオン、茶色のカモシカ。人間たちさえ、色とりどりだ。この奇蹟を見てごらん。（ヒマワリの花を指さす）こんなものがアルデバラーン星、カノープス星、アタ―イル星にあるだろうか？

クルビ　人間たちが私を追いかけるの、天使さま。私はバビロンの都に不幸を持ってきたのよ。ユーフラテス川が涙を海に運んでいく。私が見つけたものは何でも、愛であれ憎しみであれ、私を殺すのよ。

天使　今に解決する、娘よ、解決がつくとも。この上なく見事に、この上なくすばらしく。（翼を広げる）

クルビ　見捨てないで、天使さま！　私を助けて！　あなたの神々しい力で私を助けて。愛する人のところへ連れていって！

天使　私は地上で時間を有効に使わないといけない。無用なことをする余裕はない。まもなくアンド

ロメダ大星雲に戻って、赤色巨大星群のあいだを這い回るだろう。隅々まで調べないといかん、娘よ、
調査だよ。新しい認識がはっきりしてきた。
青い海、森をいくつも越え、
大陸、丘をいくつも越え、
銀色に輝きつつ雲の野を通り抜け、
私は舞う。私は滑る。目が眩んだかのように。
やわらかに翼を広げて、
目を地球に向けたまま。

アッキ（うんざりして）天使まで詩を作り始めた。

天使
地上で花や獣の形に創られているのは
天上では形を持たず宿るもの。
幻影の火に酔いながら、
沈み、登り、私は舞う、光の中を。

クルビ　待って、天使さま、待って！

天使　さよなら、クルビ、さようなら。（消え去りながら）さようなら。

（クルビはがっくりと膝をついて顔をおおう。ようやく人々が、青ざめ、よろめきながら起きあがる）

詩人たち（用心深く石棺から頭を出して）あれはやっぱり天使だった。

ギミル（口ごもりながら）　真っ昼間に。
警官（顔の汗を拭きながら）　しかも国家的英雄の頭にすわって。
労働者1（まだ夢見心地で）　きらびやかな神の使者だ。
労働者1の女房（同様に）　立派な体格。色鮮やかな羽をつけて。
労働者2　巨大なコウモリのように俺の頭の上を飛び回った。
エンギビ　記念の鐘を寄進しよう。エンギビ鐘と名づけるのだ。
アリ　神学者たちに無料でご馳走、アリ財団だ。
女たち　懺悔しに行こう。
労働者たちとギミル　今すぐ国教会に入ろう。
警官　幸い、私はこれまでも教会に通っていた！
エンギビ　バビロンの衆たち！　天使が舞い降りた。瞑想の時が来たのだ。銀行家として、冷静に考える男として、言わずにはいられない。現代は憂慮すべき時代だ。
労働者1　給料が悪くなる一方だ！
ギミル　牛のミルクがのさばっている！
アリ　ワインの消費が落ちている。
エンギビ　おまけに凶作。
労働者1の女房　地震！
労働者2　イナゴの大群。
エンギビ　不安定な為替相場、去年は天然痘の流行、一昨年はペスト。なぜか？　われわれが天を信じなかったからだ。われわれはみな、多かれ少なかれ無神論者だった。今大事なのは、アンドロメダ大星雲から地球に天使が連れてきた娘をわれわれがどう扱うかということだ。
ギミル　これ以上乞食をさせてはいけない。
労働者1　アッキのところから出してやるべきだ。
労働者2　詩人たちの巣から。
労働者1の女房　インクのしみだらけだ。
タプトゥム　蜘蛛の巣と黄ばんだ羊皮紙でいっぱいだわ。
エンギビ　できるかぎりの敬意を娘に示そう。そうすれば天も機嫌を直してくれる。
アリ　あの娘を我らが王妃にしようじゃないか。
エンギビ　そうしないと最悪の事態になりかねない。天の怒りに私たちは抵抗しようがない。私たちは大洪水を切り抜けるのに、たしかに、苦心惨憺した。しかし、経済危機は洪水よりもひどい災難になりかねないのだ。
労働者1の女房　天の娘をつれて王様のところへ行こう！
詩人たち　ここにいてくれ、クルビ、ここにいてくれ！
クルビ　私はあなたのところにいたい、乞食のアッキ、この橋の下、ユーフラテスの波の近くに、あなたのそばにいたい。
（群衆は威嚇的な身振りをする）
数名の者たち　乞食を川に投げ込んでしまえ！

（彼らはアッキに襲いかかろうとするが、警官がはげしく手を振って押しとどめる）

警官　アッキ、おまえには私の気持ちがわかっているだろう。知ってのとおり、私はレバノン通りに小さな家を持っていて、ネーボ家の一男性としてクルビを幸せにしてあげることもできただろう。もちろん、ごくつつましやかな幸福だがね。しかし、今となってはこの娘を王に引き渡すのが私の責務であり、娘を手放すのがあんたの義務だ。（顔の汗を拭く）

群衆　警察万歳！

クルビ　助けて、アッキ。

アッキ　助けられない。俺たちは別れないといけないんだ。一〇日間俺たち二人はバビロンの都の路地を抜け、広場を横切り、ぼろぼろの衣服で渡り歩いた。夜、おまえは軽い寝息をたてながら、いちばん暖かい石棺の中で、詩人たちの咽《むせ》び泣く声に囲まれて眠った。この一〇日間ほど天才的に乞食をしたことはなかった。でも、別れないといけない。俺はおまえを引きとめる権利がないのだ。偶然、取引でおまえを手に入れた。天の切れ端が俺にくっついていたというわけさ。ほんの糸一本の天の恵み、軽やかで明るい恵みだった。そして今、突風がおまえを運んでいってしまうのだ。

クルビ　私は、あなたの言うことを聞かないといけないの、アッキ。あなたは私を引きとってくれた。おなかがすけば食べ物を、のどが渇けば飲み物をくれた。怖がっているときは力強い歌を歌ってくれたし、寒がっているときは外套にくるんでくれた。それに、疲れたときは、そのたくましい腕で抱いて運んでくれたわ。

（クルビ、うなだれる）

アッキ　ネブカドネザル王のところにお行き、クルビ。
詩人１　行かないでくれ、クルビ、詩人たちのところにいておくれ！
群衆　ネブカドネザルのところへ！　王のもとへ！

（彼らは娘をつれて上手に退場）

詩人たち
　探し求めたお恵みもはかなく消える。
　コウモリたち、
古き死者の空《から》の家が
　蔑まれたわれらのもとに残る。
クルビ　アッキ、さようなら。ごきげんよう、詩人たち。
詩人たち
　ああ、われらは何と天の恵みを
待ち焦がれていたことか。路地のごみを
人なみの食事代わりに食べたのも、
老賢者の天使がわれらに
娘を委ねると願えばこそ。
今や呪われたわれらから娘は去っていった。

群衆（遠くから）　クルビ！　われらが王妃クルビ！

（アッキは暗然とかまどのそばに腰を下ろし、スープをかきまぜる）

アッキ　おまえたちの嘆き節に文句をつける気はないが、どうも誇張がすぎるな、詩人たち。路地のごみを人なみの食事代わりに食べた、とおまえたちは詩に歌っているが、うまそうに俺のスープを食べているではないか。おまえたちの絶望は、ピントはずれだ。十分に訓練した料理術は、人間の能力のうちで立派としか言いようのない唯一のものだ。これを詩作で悪用するのは許せない。

（下手から中年の男が階段を降りてくる。やせて背の高い男、よれよれの黒い礼服を着て、小さなトランクを手にさげている）

礼服の男　こんにちは、乞食アッキ、こんにちは。

アッキ　何の用だね？

礼服の男　息を呑むような眺めだな、あの娘が花のように咲き誇る姿は、目眩《めまい》がするほどだ。橋のところから見たよ、連れていかれるのを。

アッキ（腹立たしげに）　俺ならあの娘を世界一の女乞食に仕上げてやれたものを。それがあっさり王妃になってしまう。

礼服の男　荒々しくて不気味な結婚生活になるだろうな。

アッキ（怒り狂って）　王がクルビを両手に抱き上げるのだろうな。

礼服の男　すさまじいことになるだろう。俺はその場に居合わせたくないものだ。王が娘を足で踏みつけた様子を思い出すと、これからの夜の有りさまが察せられて背筋が凍る。
アッキ　足で踏みつけただと？
礼服の男　ユーフラテスの川べりで。
アッキ　ユーフラテスの川べり？
礼服の男　あの朝の話だよ。
アッキ（跳びあがる）　ニネベの乞食が王だったのか？
礼服の男　俺もそこにいて目撃した。王は変装していた。
アッキ　なぜ？
礼服の男　あんたを国家公務に就くよう説得するためさ。そしたら天使が王に娘を譲った。崇高で、荘重なひとときだったな。
アッキ（不安の汗を額からぬぐう）　厄介な事態になりかねないひとときだった。すると、俺はまたしても運がついていたわけだな。（訝しげに）で、あんたは誰だ？
礼服の男　死刑執行人。

（詩人たち、姿をくらます）

アッキ　ようこそ。（男と握手する）
礼服の男　こんにちは。
アッキ　あんたは私服だな。

礼服の男　制服を着て乞食を死刑にするわけにはいかない。厳しい規則があるのだ。
アッキ　牛肉入りのスープを食べるかい？
礼服の男　それは罠か？　食べない方がよさそうだな。
アッキ（無邪気に）罠？
礼服の男　あんたはラマシュの、それからアッカド、またキシュの死刑執行人の手から身をかわしてきたなあ。
アッキ　あいつらは公爵づきの役人で、王直属の死刑執行人じゃなかった。俺は王直属の死刑執行人にだけ首を吊らせてやるつもりだ。最上のものだけしか相手にしたくない。俺にも自尊心があるからな。あんたに敬意を表したくて牛肉入りのスープを勧めるのさ。
礼服の男　光栄だな。自分の給料では粗末な食べ物にしかありつけない。牛肉入りスープなんて噂で聞くだけだった。
アッキ　すわってくれ、この玉座に。とうの昔に腐れはてた世界支配者の玉座に。
礼服の男（用心深くすわりながら）これも罠ではないだろうな？
アッキ　まさか。
礼服の男　俺は妥協しないぞ。金《かね》だろうと女だろうと、賄賂なんて効かないぞ。最近もミュシアでまるまる一種族を殺すことになったが、向こうはろばや羊一〇〇頭の生贄《いけにえ》ではどうだと言ってきたが、断わった。ミュシア人が何千人も夕日の中できれいに並んで首吊りだ。
アッキ　信じるよ。
礼服の男　俺を試してみろよ。
アッキ　意味がないよ。

礼服の男　なあ、頼むよ。俺が何より好きなのは、毅然とした姿勢を証明することなのだ。
アッキ　いいとも。あんた向きのいい女がいるんだ。若くてぴちぴちしたのが。
礼服の男（誇らしく）　いらん。
アッキ　バラ色の肌をした、しなやかな男の子はどうだ。
礼服の男（喜色を顔に表しながら）　我慢、我慢。
アッキ　ユーフラテス川に俺の財宝を沈めてある。その場所をこっそり教えよう。
礼服の男　何を言っても無駄だよ。あんたは首吊りだ。（勝ち誇って）わかったか？　俺は買収きかずのシディって呼ばれている。
アッキ　それじゃいちばんうまそうな牛肉をあんたにやろう。スープだぞ！

（彼はスプーンで鍋を叩く。大きな音がする。詩人たちが現れる）

詩人たち　合図の音だ！　すてきな音だ！

（めいめい小皿を持って、鍋に近寄る）

アッキ　この連中は詩人たちだ、客人！
礼服の男　喜び、純粋で曇りのない喜びだ！

（詩人たちと礼服の男はたがいにお辞儀する。上手からオマールとユスーフ、同じく小さな器を持っておずお

ずと近づく）
アッキ　すりのオマールと強盗のユスーフ。俺の隣人で、もう一つ下流の橋に住んでいる。
礼服の男　知っているよ。来週あの二人の首を吊ることになっている。

（黒衣の者たちが上手に現れる）

黒衣の者たち（きいきい声で）　腹が減った、減った。
アッキ　ほれ、カラス野郎ども、分け前だ！

（彼らに大きな肉片を投げる。彼らは再び姿を消す。スープが配られ、全員が食べ始める。礼服の男は赤いハンカチを膝の上に広げている）

礼服の男　うまいな、このスープは。骨の髄にしみるご馳走だ。
アッキ　うれしそうだな。
礼服の男　そうとも。この牛肉はすばらしい味だ。宴会だ、羽目をはずした宴会だ、この食事は。それでも、あんたは首吊りになるのだぞ。
アッキ（男の容器に二杯目のスープをなみなみと入れて）　もう一杯やるよ。
礼服の男　食うとも、食うとも。
アッキ　特上級のエジプトワインを飲みたくないかね？（皆にワインを注ぐ）

礼服の男　ぜひとも飲みたい、のどがひどく渇いている。これはまた大宴会になったな、天にも轟く大宴会。節目のお祝いをしようじゃないか。乞食禁止が、これで一〇〇回目、あんたを縛り首にしようとするのが一〇回目。勘定したんだ。俺は郷土史の資料にかけては細かすぎるほど正確なんだ。日記をつけている。世界大国が滅び、世界大国が興る。みんな記録している。人間たちはどうか？変わる、変化する。職業を、流行を、宗教を、身分を、風習を変える。日記をよりどころにしないと、混乱してしまうだろう。変わらないのは、あんただけだ。何が起ころうと、誰に追われようと、あんたは乞食であり続ける。尊敬する、非常に尊敬するよ。（一同、酒を飲む）あんたはよく頑張っているよ。王のもとで何千もの部署をかかえて頑張っている総理大臣と同じだ。あの男にも尊敬する。非常に尊敬するよ。（一同、酒を飲む）総理大臣は高いところで持ちこたえている。あんたと同じだ。総理大臣は、官僚たちを使って、ひそかに王様たちを支配し、世界を支配しているのだ。そして、三番目に控えしが、この俺だ。最後に俺にも尊敬、非常に尊敬ってのを、お願いする。（一同、酒を飲む）俺も変わらない、変えもしない、変化しないで、死刑執行人でありつづける。誇らかに天に向ってそう叫んでも許されるはずだ。官僚、乞食、死刑執行人！　この三者が、世界を陰で支える骨組みを形成していて、その中で物事が作られたり壊されたりしているんじゃないか。

（一同、盃を打ち合わせる）

アッキ　残った酒を飲み干そう。
礼服の男　残り酒、悲しい残り酒。俺が仕事のためにここにいると思うとぞっとする。俺があんたのところにまで仕事しにくるようでは、世界はめちゃめちゃになる。それでも、気を取り直して、悲しい仕事にとりかかろうか。スープは食べつくされ、牛肉はなくなり、酒瓶は空になった。あそこの上、街灯のところに向ってくれ。それとも市の森林公園で吊るされたいか？

アッキ　王宮広場の街灯に吊るしてもらえれば、いちばん心地いいだろうな。

礼服の男　高尚な考えだが、実現困難だ。宮殿前の街灯は、内閣の大臣たちのために予約ずみだ。あんたの場合は、橋の欄干に吊るすのがいちばん手っ取り早い。助手が上で待っている。ハレフ！

上方からの声　はい、親方。ただいま。

（上から綱が一本降りてくる。詩人たちは叫びながら退場。オマールとユスーフも同様）

礼服の男　よろしいかな？

（アッキは舞台中央の玉座に登る）

礼服の男　言い残しておくことはないかな？

（綱の輪になった部分を、石鹸で柔らかくしてから、アッキの首に掛ける）

アッキ　残ったものは、詩人たちにやる。しかし、大洪水通りにある俺の古本屋をどうしたらよいか、決心がつかない。

礼服の男　ふ、ふる、古本屋を、持っているのか？

（詩人たち、また現れる）

詩人たち　古本屋だと？

アッキ　先週せしめたばかりだ。あの日の俺は最高の乞食的霊感に打たれて、格別の技の冴えを発揮した。

礼服の男　古本屋は、俺の数ある望みの最終地点だ。

アッキ　あんたがそんなものに関わりあっているなんて、思いもよらなかった。

礼服の男　古本屋の主人になって古彫刻に囲まれて古典を読むのが、地上で最高のことじゃないか。

アッキ（頭を横に振りながら）　妙だな。ラマシュとキッシュとアッカドの死刑執行人たちも、やたらと教養を欲しがっていた。

礼服の男　俺は辛い、楽しみのない生活をしている。涙なしには喋れるものではない。人の首を吊って、出世など望めない。大臣から何かをもらうくらいがせいぜいだ。それにひきかえ、あんたの職業ときたら、毎日詩人たちとつきあい、この牛肉入りスープのにぎやかなお祭り騒ぎ。

アッキ　偉大な死刑執行人を太らせ、下っ端の死刑執行人を飢えさせるのが世の習いだ。俺は身をもって知りたい。古本屋と交換にあんたの職業を俺にくれないか。

礼服の男（よろめいて）　死刑執行人になるつもりなのか？

アッキ　俺がまだ恵んでもらったことのない唯一の職業だ。

礼服の男（玉座にぐっと沈みこんで）　困った！

アッキ（不安げに）　どうしたんだ、買収ぎらいのシディ、世界を陰で支えるつっかえ棒よ？

礼服の男　水をくれ。じゃなきゃ、心臓が変になる。
アッキ　焼酎を飲め。その方が効く。（首に綱をつけたまま用心深く玉座から下りて、男に酒瓶を差し出す）
礼服の男　頭の中がぐるぐる回る、頭が。あの名誉、典型的バビロン人の自尊心はどこに行ったんだ？
アッキ（不思議そうに）　そんなものが、このギルガメシュ橋のアーチの下で何の役に立つというんだい？
礼服の男　俺が首を吊ることになった人間の誰にでも、この職業を譲ってよい。契約書にそう書いてある。若気の至りで、美術の勉強の費用を稼ぎたくて結んだ契約だ。これで金を稼ぐ気だった。ところが、どんなにつまらん労働者も、どんなにさもしい大臣も、どんなにしらみだらけの浮浪者も、この不毛な数千年間に俺が首を吊ったどの人間も、俺のかわりに死刑執行人になって生きのびてみろという説得には乗らなかった。諺にもなったバビロンの名誉心が、生への執着より強かったというわけだ。
アッキ　ほらな、俺はいつも思っていた、バビロンはまさに名誉とやらのために滅びる、と。
礼服の男　あんたの提案のおかげで辛い生活から解放されるのはうれしいが、俺はびっくりしている。この上なく軽蔑すべき、卑しむべき職業と、古本屋を交換する気だとは！
アッキ　あんたは自分の仕事に対してとんだ考え違いをしている、死刑執行人。卑しい、蔑まれた、毛嫌いされる職業をこそ、その卑しさから解放されて何らかの意味を持つように高めてやらないといけない。でないと、救いようがない。例えば、俺は以前、億万長者だった。
礼服の男（驚いて）　億万長者？
詩人たち　話してくれ、乞食よ、話してくれ！
アッキ　では聞いてくれ、俺が乞食をして得た数々の職業の散文詩を。（頭を綱の輪から抜き、その綱を摑んで身体を支えながら）ある五月の夜、花咲き乱れる五月の真夜中、手練手管を尽くした結果、億万長者の娘からパパの億万の金をせびりとった。根気よく、のるかそるか葛藤の末、富というものが醸し出す傲慢な毒気に打ち克とうと決心した。聞くがいい、賢い男が何をしたか。朝から夜中まで、俺は借金を作り、酒を飲んで金《かね》を使い、森も城も、牛も馬も放り出し、美術品も、黄金の鏡も、壁掛け、絨毯も賭けですり、戸棚も宝石も使い果し、カード遊びだけで二千頭の豚を失い、かくして、とめどない早さで、一年たったら無一文、財布にびた一文、酒瓶に酒一滴もなくなった。そこで、前と同じ色仕掛けでさらに五人の億万長者を、株主や銀行もろとも、引きずり込んだ。これで国はぐらつき始めた。死刑執行人、これを俺は思想家として、悪い職業を救済するために、やったのだ。

詩人の一人　その億万長者の娘は？

アッキ　差し押さえ役人と結婚したさ。（綱の輪を投げ上げる。綱は消える）さて、俺は石棺に寝て、なぜ人間はもがき苦しみ、戦いでは下劣が勝利するのか、夜も昼も考えた。そこで、頭と熱意、情熱をもって新しい冒険を探し求めた。機嫌を取ったり引きつけたり、虐待したり訓練したり、おべっかと肩の脱臼、直立不動と愛国思想、貴族の花嫁と官僚口調、尻尾を振ったり這いずり回ったり、あの手この手総動員で、俺は身体の弱った将軍から肩書きをせしめた。今や俺は、戦争して、勝利を勝ち取る手段を得たのだ。これが、俺の軍人生活の意味だ。地獄行きの戦争も、まんざら無駄ではなかった。俺は大胆不敵な戦術によって、戦争から苦労と恐怖を抜き去ることに成功した。俺のひきいる軍隊、書類上三〇万人がアッカドに出征したとき、誰一人として死なせず、傷さえ負わせず、人馬の損害なしに、敗北することに成功した。息子を失って泣く母親もなく、三〇万人が助かったのだ。どうだ、死刑執行人、これが俺という思想家の名言だ。「これほど安く済んだ負けいくさは、かつてなかった！」

礼服の男　何という業績だ。どういう方法で？　負ければ、当然、損害も大きいじゃないか。
アッキ　俺は兵隊たちに出征命令を出さなかったのさ。
礼服の男　見上げたものだ。すごい。
アッキ　わかっただろう、みじめたらしい職業を勤めるにはこうやるにかぎる。どんな職業にも何かしら取り柄が見つかるものだ。
礼服の男（慎重に）　では、古本屋になれば牛肉入りスープにありつけるというのだな？　月に一度まともな食事にありつけるだけで俺は満足するよ。
アッキ　一週間に三度、牛肉入りスープ、日曜にはガチョウの丸焼きだ。
礼服の男　何という変化だ！　狂気乱舞の変りようだ！
アッキ　制服をくれ、死刑執行人。
礼服の男　この鞄の中だ。これを着て、あんたの次には地理学者と天文学者の首を吊ることになっていたのだが。
アッキ　死刑とは、逃がしてやるということなのだ。
礼服の男　詩人たちと別れると、あんたは淋しがるだろうな。きっと悲しむことになるぜ。
アッキ　その逆だ。俺は王宮の地下牢の静けさを楽しみにしているよ。（死刑執行人のマントを着る）
詩人の一人（驚いて）　こんな服を着ないでくれ。
二人目の詩人　堕落してはいけない。
三人目の詩人　死刑執行人なんかになってくれるな。
四人目の詩人　詩の題材になる人間でいてくれ。
アッキ　バビロンの詩人諸君、危機の到来を認識しないのが、君たちの永遠の不幸ではないのか？

災いが近づくのに気づかないのか？　クルビは乞食を探して、王を見つけるだろう。昼も夜も人が逮捕され、軍隊が北進し、国家は絶対化する。狙いをつけたが最後、国家はわれわれの誰一人として自由に振る舞えないようにするだろう。俺の最後の、とびきりきびしい散文詩を聞かせてやろうか？　弱者の武器についての詩だが？

ある詩人　最後の、もっとも辛辣な散文詩を！

詩人たち　あんたが行ってしまう前に、いなくなってしまう前に！

別の詩人　われわれが御用詩人にさせられる前に！

アッキ　世界に耐えるには、弱者は世界をよく知らねばならぬ、消えてしまう道を盲目的に歩んで、死に至る危険に走りこまないように。強者は強い。この真理を無視して、彼らを倒す武器も持たず打ち負かそうとするような愚を冒すのは下劣だ。英雄的行為は無意味だ。そんな行為は弱者の無力さを露呈するだけのこと。弱者の絶望は、権力者を喜ばせるだけのこと。今こそ、痛めつけられ、ぼろをまとった、権力者の手先に狩り立てられる乞食の言葉を聞け。この世界の強者は、好きなものに手を出す。おまえの女房だったり、おまえの家だったり。だが、権力者は、軽蔑するものに手を触れようとしない。賢い者はここから教訓を学ぶがよい。賢者は倒される。賢者は権力を欲しがるものに丸め込まれる。賢者をさえ権力は殺すのだ。無一物で無価値な者だけが無傷でいられる。さあ、何をすべきか考えて、結論を出すがいい。馬鹿を装うのだ。そうすれば長生きできる。内側から攻めるのだ。裁きの日には砦の中にいるがいい。へりくだった顔をして、飲んべえか奴隷か詩人、借金を抱えた者として自らを貶めるのだ。そうすればどんな壁でも破ることができる。恥辱に耐え、どんな小道でも渡るのだ。時代の要求であるなら、激しい望みも、熱い愛も、悩みも恵みも人間性も、死刑執行人の赤い服の下にしまっておくのだ。（顔に仮面をつけ、赤い衣装に身を包んだ死刑執行人の姿

となって立つ）

第三幕

（第三幕の舞台となる玉座の間《ま》については多くを言う必要はない。贅沢と洗練、世間から隔絶したさまは自明のことである。一方、野獣的残忍性も存在する。最高水準の文化のまっ只中の野蛮人の残忍さ、例えば、王が派遣した侵略軍の血塗られた隊旗などが見える。舞台は巨大な鉄格子で手前と奥とに二分されていて、奥の方は測り知れないほど彼方に広がっている。どこかに石でできた、生気の失せた、巨大な像のようなものが、ぼんやり見える。鉄格子手前下手側にある玉座が、階段の上にそびえ立っている。ここにすわるネブカドネザル王は、両足のあいだにニムロートの頭を挟み、足の裏はニムロートの両肩に置かれている。下手、鉄格子の中に舞台奥に通じる扉がある。同様に左右両側の壁にもいくつかの扉。オーケストラボックスぞいの上手前面に床几式の足台が二つ）

ニムロート　どうした、ネブカドネザル王？　幾日も前、幾夜も前から、宮殿の中を見つめつづけ、俺の肩を踏み通しじゃないか。
ネブカドネザル　クルビが恋しい。
ニムロート　さては、足台の俺と交換にやってしまった娘を愛しているのだな。
ネブカドネザル　おまえを鞭で打たせるぞ。
ニムロート　いいとも！　俺がおまえを苦しめるお返しに、俺を苦しめてみるがいい。

ネブカドネザル　黙れ、足台になれ。
ニムロート　はいはい。

（沈黙）

ネブカドネザル　喋ってくれ！　喋ってくれ！
ニムロート　ほれ見たことか、俺の沈黙にさえ、辛抱できんくせに。
ネブカドネザル　クルビの話をしろ。あの娘《こ》を見ただろ。ユーフラテスの汚れ水をおまえに飲ませただろう。
ニムロート　うらやましいか？
ネブカドネザル　うらやましい。
ニムロート　ベールをかぶっていた。だが、ベールを透かして、娘の美しさを見たぞ、おまえより先に。
ネブカドネザル　あの娘《こ》の美しさがバビロンの都を天の光で満たし、娘に恋した者たちの歌声がこの宮殿の中にまで押し寄せる。

（外で声高に詩を読み上げる声）

小姓
　王への贈り物ではなかった、
無から創られた娘は。

ニムロート　聞いたか？　おまえの小姓さえ詩を作る。
小姓
　貧民街に降り立った。
　黄金の光の束に包まれて
ネブカドネザル（小声で）　死刑執行人。

（下手から死刑執行人に扮したアッキ登場）

アッキ　陛下。
ネブカドネザル　歌よみの小姓を殺せ。
小姓
　われらの心を燃え上がらせる
　その娘《こ》は乞食の髭の中。
アッキ　ごもっともで、陛下。全力を挙げて対処いたします。（上手奥に退場）
小姓
　まさしく雪のひとひらのように。
　デマヴェント山の……（とつぜん声が止む）
ネブカドネザル（小声で）　クルビに恋する者は皆殺しだ。
ニムロート　それじゃ、人類を全滅しないといけないぞ。
ネブカドネザル　その目を焼きつぶしてやる。

ニムロート　俺の目を焼きつぶし、耳に鉛を詰め、口をふさげ。それでも、記憶だけは俺の体から奪うわけにいかん。
ネブカドネザル　総理大臣！
総理大臣　何用でございます？
ネブカドネザル　前の王を地下牢の奥へ入れてしまえ。
総理大臣　法律制定はわたくしの役目。王とは、その足を前の王の肩に置く者なり、と定義したのはこの私です。この定義がなくなれば、王の地位もなくなります。
ネブカドネザル　定義を変えてしまえ。
総理大臣　不可能です。なにしろバビロンの法律の五〇万もの条項は、王の定義をもとにして論理的に作られておりまして、これを変えれば、全体が崩れてしまいます。そうなれば、わが王国は混乱の極みに陥ってしまうのです。（退場）
ニムロート（笑う）　俺にもいつもああ言っていたな。
ネブカドネザル　そして言うたびに条項の数が増える。際限がない。
ニムロート　役所の数も増え続ける。
ネブカドネザル　俺に残るのは足台しかないのか。
ニムロート　おまえの息子もいるぞ。皇太子だ。

（下手奥から伊達男姿の白痴が、にやにや笑い、縄跳びしながら登場し、舞台を走りぬけて上手奥に消える。ネブカドネザルは顔を両手でおおう）

ネブカドネザル　おまえの息子だ。
ニムロート　俺たちの息子、俺たちの権力の相続人だ。誰があれの父親か、誰も知らない。俺たちは二人とも酔っぱらって、あいつの母親のところに忍んで行ったからな。
ネブカドネザル　俺とおまえは、鎖で一つにつながれてきた。
ニムロート　いつも、いつも変わらずに。
ネブカドネザル　何千年も前からずっと。
二人　俺が上、おまえが下、俺が下、おまえが上、いつも、いつも変わらずに。

（沈黙）

ネブカドネザル　死刑執行人。
アッキ（下手から登場）　お呼びでしょうか？
ネブカドネザル　近う寄れ。
アッキ　はい、陛下。
ネブカドネザル　近う、私の元に寄れ。仮面を取ってもいいぞ。
アッキ　ご勘弁ください。
ネブカドネザル　おまえが私の近くにいないと、不安なのだ。
アッキ　身分の違いをお忘れなさいませんように、陛下。
ネブカドネザル　おまえは私の宮廷でいちばん給料が低い役人だが、いちばん大きな仕事をしている。さあ、金貨千枚の小切手を受け取ってくれ。

（彼は小切手の綴りを取り出す。アッキが彼に鉛筆を渡し、ネブカドネザルが署名する）

アッキ　これが正しい者の手に渡りさえすれば、いいのですが。

ネブカドネザル　おまえはわが国で、ただ一人、身を偽らない、あるがままの人間だ。

アッキ　それは少々買い被りではないでしょうか、陛下。

ネブカドネザル　地理学者や天文学者たちの処刑はすんだのか？

アッキ　牢獄から一掃されました。

ネブカドネザル　乞食の追放は済んだのか？

アッキ　完全に。

ネブカドネザル　乞食アッキは？

アッキ　変身いたしました。もし、彼が御前《ごぜん》にいたとしても、陛下ですら、おわかりにならないことでしょう。

ネブカドネザル　縛り首にしたのか？

アッキ　高く引き上げられました。

ネブカドネザル　夕べの風があの男をゆらゆら揺らしておるのか？

アッキ　あの男はいちばん高い場所で動いています。

ネブカドネザル　ノアの大洪水以来、初めて進歩が感じられる。人類はしだいに形を整えて、人間性に向って前進し始める。社会的次元で最悪のものが片づいたので、今や理性を導入して、詩人か神学者か、どちらかに対して断固たる処置をとる必要がある。

アッキ（びくっとして）　どうか詩人たちはお手やわらかに。下の牢獄は、いつもとても静かでしたし、今では小姓までも詩を作っています。
ネブカドネザル　小姓を殺さなかったのか？
アッキ　小姓の首吊りは、宮殿の式典規則によれば、真夜中の時刻と定められています。陛下、神学者たちに対する措置をお取りください。彼らの方が気楽に処罰できます。
ネブカドネザル　首席神学者と話しあって決めるとしよう。おまえの仕事に専念して、国立絞首台の準備をしておけ。

（アッキ退場）

ネブカドネザル　ウトナピシュティム！

（上手より首席神学者ウトナピシュティム登場。気品のある老人である）

ウトナピシュティム　何の御用でしょうか、ネブカドネザル王？
ネブカドネザル　足のあいだの顔につばをひっかけろ。
ウトナピシュティム　あなたも承認された法律によって、私はこの儀式を免除されております。
ネブカドネザル　それなら、この足台野郎を未来永劫呪ってくれ。
ウトナピシュティム　人間の幸福のために祈るのが私の義務でございます。

（ニムロートが笑う。ネブカドネザルは感情を抑える）

ネブカドネザル　すわってよろしい。

ウトナピシュティム　ありがとうございます。

ネブカドネザル　助言してほしいことがある。

ウトナピシュティム　伺いましょう。

ネブカドネザル（少しためらってから）　思い出すのもいやな、あの朝、天使がユーフラテスの岸辺に現れたとき、あんたも居合わせただろう。

ウトナピシュティム　神学者の頭を混乱させる出来事でした。私は天使の実在を信じまいとしてきて、これに反対する文書をいろいろと書きました。それどころか、天使実在の主張を曲げなかった神学教授を二名、火あぶりにせざるをえなかったほどです。神が道具を必要とするようには思えませんでした。神は全能です。ところが今や、天使に関する私の考えを修正するよう迫られています。それは、素人が思うよりたいへんなことです。もちろん神の全能に抵触してはならないからです。

ネブカドネザル　私には、よくわからない。

ウトナピシュティム　かまいません、陛下。私たち神学者自身も、ほとんどお互いを理解していないのです。

ネブカドネザル（戸惑いながら）　私が娘を足蹴にするのを、あんたは見ただろう。

ウトナピシュティム　背筋の凍る光景でした。

ネブカドネザル（つらそうに）　私は、あの娘《こ》を愛している、ウトナピシュティム。

ウトナピシュティム　われわれ皆が、あの娘《こ》を愛しているのです。

ネブカドネザル　バビロンじゅうが詩を作って称えている。
ウトナピシュティム　知っています。私だって、あの娘《こ》を詩にする技に挑戦したのだから。
ネブカドネザル　あんたまでも。最長老のあんたまでもが。

(沈黙)

ネブカドネザル　私は天に侮辱された。
ウトナピシュティム　あなたは、ただ自分自身に嫉妬しているのです、ネブカドネザル王。

(上手奥から、白痴が縄跳びしながら弧を描いて舞台を横切り、下手奥に消える。ウトナピシュティム、会釈する)

ネブカドネザル（戸惑いながら）　話を続けてくれ。
ウトナピシュティム　この世界がしばしば不可解な変化をすることは、私も認めます。これを理解しようとすれば、ああ、王よ、私たちは、まず天が常に正しいという考えを前提にしなくてはなりません。
ネブカドネザル（陰鬱に）　天と私との争いで、あんたは天の味方をする。残念だが、あんたを死刑にしなくてはなるまいな。死刑執行人！

(下手からアッキ登場)

アッキ（嬉々として）　それでは、やはり、神学者たちを罰することになったのですね、陛下。（ウトナピシュティムに）よろしいでしょうか。

ウトナピシュティム（威厳をもって立ちあがる）　好きなようにするがいい。

ネブカドネザル（びっくりして）　ま、すわってくれ、ウトナピシュティム。そんなに急ぐことではない。死刑執行人ももう少し待てるだろう。話を続けてくれ。

アッキ　譲歩してはいけません、陛下。神学者たちには厳しく当らなくてはいけません。（退場）

ウトナピシュティム（冷静に）　あなたは、天があなたに騙されて、あの夜のあなたを乞食と思い込んだとお考えのようですね。滑稽千万です。天使は騙されたが、天使を送った天は、誰に娘を与えたか、よく知っていた。ネブカドネザル王、あなたにです。他の可能性はありません。なぜなら、神は全能であるばかりでなく、全知なのですから。私が証明したとおりです。

ネブカドネザル（不機嫌に）　天はいちばん貧しい人間にクルビを与えた。

ウトナピシュティム　天の言葉を個人的にではなく、普遍的に解釈しないといけません。天がこの地上の物ごとを見るとき、たいへんな距離があることを勘定に入れれば、どの人間もほとんど同様にちっぽけな存在にすぎません。あなたに恵みを与えようとする天の意志を、あなたは自分の愚かさで踏みにじってしまったのです。

ネブカドネザル（少し沈黙した後、親しげに）　死刑などと言ったのは、もちろん、一時の気の迷いだ。

ウトナピシュティム　かたじけなく存じます。

ネブカドネザル　そもそも、わが国で神学の研究が推進されなくてはいけない。それ以外の学問はすべて禁止させよう。

ウトナピシュティム　その熱意は賞讃に値しますが、行き過ぎになる必要はありません。
ネブカドネザル　かわりに詩人どもの首を吊らせよう。
ウトナピシュティム　気の毒なことです。
ネブカドネザル　完璧な国家たるものは、虚偽が広まることを許してはならない。詩人どもは、ありもしない感情やでっちあげた物語、無意味な文章を発表している。神学も、こうしたことを禁止することに無関心ではないと思うがね。
ウトナピシュティム　事と次第によりけりです。
ネブカドネザル　死刑執行人。
アッキ（下手からアッキ登場）　はい。急いでおります。国立死刑執行台は首席神学者のお出ましを待っております。
ネブカドネザル　詩人たちを逮捕させろ。
アッキ（仰天して）　詩人たちを？
ネブカドネザル　皆殺しにするのだ。
アッキ　せめて叙事詩人だけに願います。どちらかというといちばん静かに死んでくれる連中です。
ネブカドネザル　抒情詩人も劇作家もだ。

（アッキ、諦めて去る）

ネブカドネザル　これで、ようやく国家と教会の対立は片づいた。
ウトナピシュティム　いつものように。

ネブカドネザル　それで、あんたも私があの娘《こ》と結婚すべきだと思っているのか？
ウトナピシュティム　とっくにそうしていないのが不思議に思えます。
総理大臣（上手から登場）　陛下！　天使が市の公園で民衆の面前に降り立って、椰子から椰子へ飛び移りながら、ハチドリとココナツを集めています。

（首席神学者の秘書が同じく上手から現れ、ウトナピシュティムに何ごとか囁く）

ウトナピシュティム（喜んで）　私の秘書の報告によれば、国教会の信者が一挙に増えて、もっとも高めの予想さえ上回ったとのことです。

（秘書は入信者の署名を集めた巨大な巻き物を広げて見せる）

総理大臣　政治的には、この世離れした事件の影響は好ましいとは言えません。民衆は熱狂しています。宮殿の中庭に押し寄せて、陛下がクルビと結婚するよう迫っています。銀行家エンギビの駕籠《かご》に娘を乗せて、花で飾り立てています。
ウトナピシュティム　暴動か？
総理大臣　自然発生的な暴動です。今のところは、確かにバビロン的保守性の様相を保っていますが、しかしながら、問題がないわけではありません。
ネブカドネザルとニムロート（同時に）　民衆を叩きのめせ。
総理大臣　一定の目標に誘導できるような暴動は弾圧する必要がありません。かえって好都合です。

（ネブカドネザルは「考える人」のポーズをとる。ニムロートも同様）

ネブカドネザルとニムロート（同時に）　好都合とは？

ネブカドネザル　足台め、なぜ急に俺の口真似をするんだ？

ニムロート　おまえだけではなく、俺たちの玉座が危ないからさ。

（ネブカドネザルとニムロートは改めて「考える人」のポーズをとる）

ネブカドネザルとニムロート（同時に）　私たちの玉座が危ない。おまえの提案を聞こう、総理大臣。

総理大臣　陛下たち！　バビロンの玉座、大昔に生まれた崇高な位、われらが国家的英雄ギルガメシュによって樹立されたこの玉座、地球の真の中心、諸民族が押し寄せる中心——

ネブカドネザルとニムロート（同時に）　何という名文句、気のきいた言い回し！

総理大臣　——これが、数千年という時の流れの中で世の不評を買うに至り、古今を通じてもっとも下劣な機関と、広く見なされるようになりました。

ネブカドネザルとニムロート（同時に）　何ということをぬかすのだ？　死刑執——

（下手からアッキが姿を見せるが、総理大臣が手を振って制するので退場する）

総理大臣　陛下たち、あの男の出番ではありません。申し上げたのは、ただ政治的確認であって、個人的見解ではありません。
ネブカドネザルとニムロート（同時に）　続けろ。
総理大臣　バビロン人のあいだでは、共和主義者であることが良俗とされています。興奮した民衆が宮中に集まっているのはこの前兆にほかなりません。断固たる処置を取らねばなりません。さもなければ、私たちの世界帝国は消滅いたします。
ネブカドネザルとニムロート（同時に）　春が来ると、北の雪が消えてなくなるように。
ウトナピシュティム　どうしたらよいのか？　総理大臣？
総理大臣　クルビの美しさは私ごとき老人の胸をさえ燃え立たせます。彼女を即刻、王妃に取り立てるのです。
ウトナピシュティム　宗教と国是が、この上なく見事に調和いたします。
総理大臣　紛糾した事件がこのように好都合なものに変わったことはありません。政治家として私は感激しています。政治的にあまりにも弱い基盤にあったものを形而上的に根拠づけるチャンスです。今では誰もがクルビを信じ、天を信じています。あの娘《こ》を私たちの王妃にしましょう。そうすれば共和主義的思想は今後、数千年間、跡形もなくなることでしょう。ただ民衆の意志に従いさえすればいいのです。そうすれば万事、こよなく見事にいきます。また、まもなく新しい王位継承者の誕生も期待していいでしょう。私の管轄する諸々の役所の才覚をもってすれば、才能不十分な支配者でも大きな損害をもたらすことはないと思いますが、政治的には、もちろん、好ましいこととは言えません。
ネブカドネザルとニムロート（同時に）　娘を連れてこい。

（総理大臣と首席神学者が合図を送る。格子の扉から大将軍がクルビを連れてくる。彼女は裸足で、服はぼろぼろ。下手からアッキ登場）

総理大臣（喜色満面で）　娘だ！

（ネブカドネザルとニムロートは黄金の仮面で顔を隠す）

ウトナピシュティム　おいで、娘さん。

総理大臣　お入り、娘さん。

（ウトナピシュティムと総理大臣は上手に下がって控える）

ネブカドネザルとニムロート（同時に）　よく来てくれた。

クルビ（びっくりして立ち止まる）　二人で一人だわ。

ネブカドネザルとニムロート（同時に）　おまえの前にいるのがバビロンの王だ。

クルビ（死刑執行人の服を着ているアッキを見て）　この赤い服を着た人は誰？

ネブカドネザルとニムロート（同時に）　死刑執行人。

（下手から白痴が跳んで出て舞台を横切る）

クルビ（不安に満ちて）　あれは誰？
ネブカドネザルとニムロート（同時に）　悪さはしない、ときどき公園を跳ね回っているだけだ。
クルビ（こわごわ近寄る）　あなたがいちばん力の強い人間？
ネブカドネザルとニムロート（同時に）　いちばん力の強い人間だ。
クルビ　私にどうしろと言うの？
ネブカドネザルとニムロート（同時に）　バビロンの国民は、おまえが私の妻になることを望んでいる。
クルビ　あなたの妻にはなれません。
ネブカドネザル　誰かを愛しているのだな？
クルビ　愛しています。
ネブカドネザル　詩人たちの一人を？
クルビ　世間の人たちが詩人を愛しているように、私も彼らを愛しています。
ネブカドネザル　おまえが年寄りのペテン師でメルヘン語りの男と、路地や夜の橋の下にいるのを見た者がいる。

（アッキは怒って地団太を踏む）

クルビ　乞食のアッキを愛しているわ、子が父親を愛するように。
ネブカドネザル（ほっとして）　では、誰を愛しているのだ、娘が恋人として愛するという意味では？
クルビ　私が愛しているのは、ややこしい名前のニネベの乞食です、偉大な王様。

（ネブカドネザルが合図する、アッキ退場）

ネブカドネザル　ニネベの乞食か？
クルビ（喜んで）　ご存知なのね？
ネブカドネザル　忘れてしまいなさい。あいつは悲しみにくれて、絶望し、孤独だ。
クルビ　忘れられないの。
ネブカドネザル　あいつは消え失せた。国の役所にあいつの名前は記録されていない。
クルビ　探すわ。
ネブカドネザル　ユーフラテスの霧の中に現れたのは幻にすぎない。
クルビ　この目で見たわ。
ネブカドネザル　夢に思っていると、見える気がするものだ。
クルビ　その人にキスをしたわ。
ネブカドネザル　存在しない男を探しているのだ、おまえは。
クルビ　私が愛しているのだから、絶対にいるわ。
ネブカドネザル　では、行くがよい。
クルビ（お辞儀する）　ありがとう、偉大な王様。

（ネブカドネザルは顔から仮面を取る。ニムロートも同様）

クルビ（目を上げて、まずニムロートに気づく）　私が水をあげた囚われの人だわ。

ニムロート　そのとおり。

（ついで、彼女はネブカドネザルに気づいて大声を上げる）

クルビ　私が愛しているニネベの乞食！

（クルビは落ち着きを失い、蒼ざめて見つめる。ネブカドネザルは玉座から降りてクルビに近づく）

ネブカドネザル　おまえが探している乞食は存在しない。溶けて無となる夜の幻だったのだ。おまえはあの乞食を失って、この私を見出した。おまえは乞食を愛したが、今おまえを愛しているのは王なのだ。あの男が足蹴にしたお返しとして、私はおまえに地球全部をあげよう。私の国の大物たちがおまえにお辞儀をし、測り知れない生贄《いけにえ》を、私は天に捧げるつもりだ。（彼女を玉座に誘おうとする）

クルビ（目が覚めたように）　あなたは王様なんかじゃない。乞食だからこそ、天使は私をあなたに与えたのよ。

ネブカドネザル　私は一度も乞食であったことはない。いつも王だった。あのときは変装していただけのことだ。

クルビ　今こそあなたは変装しているのよ。ユーフラテスの岸辺で、あなたは私の愛する人間だった。今は私の怖がる幻よ。私といっしょに逃げて！

ネブカドネザル　いとしいクルビ、私は世界を治めないといけない。

ニムロート（嘲笑的に）　治めないといけないのは、この俺だ！

（彼が玉座にすわろうとするので、ネブカドネザルが跳びかかる）

ネブカドネザル　しゃがんでいろ！

（ニムロートを足台の姿勢に戻す。クルビはもつれあう二人の君主に近寄って、ネブカドネザルを抱く）

クルビ　こんな怖い夢は止めて。あなたは王様じゃない。前のように乞食に戻って。こんな石の建物から、こんな石の都から逃げましょう。私、あなたのために乞食をするわ、面倒も見てあげる。地べたに寝ましょう、抱きあって、満天の星空の下で。

ネブカドネザル　首席神学者！

（ウトナピシュティム、上手の扉より登場）

ウトナピシュティム　何の御用でしょう？

ネブカドネザル　もう少しのところで前王に玉座を乗っ取られそうになった。それに、娘が私に乞食になれと言っている。あの娘《こ》は私が乞食ではなかったということがわからない。人間のことに疎いのだ。天使と、それに何よりも多くの詩人どもとつきあったために、頭の中がおかしな考えでいっぱいになっている。話してやってくれ。

（彼は不機嫌そうに玉座にすわる。首席神学者は娘を上手に連れていき、そこで二人は腰を下ろす）

ウトナピシュティム（優しく） 私はバビロンで神さまに仕える者だ。

クルビ（喜んで） まあ、それじゃ神さまのことを考えているのね？

ウトナピシュティム（微笑して） いつも神さまのことを考えている。

クルビ 神さまと親しいの？

ウトナピシュティム（いくらか憂鬱そうに） 娘よ、あんたに比べたらずっと少ししか神さまを知らない。なにしろあんたは神さまの御顔《みかお》のそばにいた。私は人間で、神さまは人間に姿を見せたことがない。私たちは神さまを見ることができない、神さまを探すことしかできないのだよ。王を愛しているのかね、娘さん？

クルビ 天使が会わせてくれた乞食を愛しているの。

ウトナピシュティム 王と乞食は同一人物だ。つまり、あんたは王のことも愛しているのじゃ。

クルビ（うなだれて） 私、乞食しか愛せない。

ウトナピシュティム（微笑して） だから王が乞食になってほしいのじゃな？

クルビ とにかく天使さまのお言いつけに従いたいの。

ウトナピシュティム 王である乞食のところにあんたを連れていった天使のことだな。あんたは頭が混乱している。わからんでもない。あんたが王妃になるべきか、それとも王が乞食になるべきか、どっちかわからないでいる。そうじゃないかね、娘さん？

クルビ（覚束ない様子で） そうです、大司教さま。

ウトナピシュティム ほら、落ち着いて話をすれば、何もかもわかりやすくなるじゃないか。今、私たちは、天がどういう思し召しだったのかを知ろうとする必要がある、そうじゃろう？

クルビ　そうです、大司教さま。

ウトナピシュティム　私がまだ若い頃、大洪水が起ったとき、私の確信は、神学の専門用語で表現すれば、天は私たち人間に絶対を求めている、ということだった。ところが、年を取るにつれ、これは必ずしも正しい考え方ではないことがはっきりしてきた。天が人間に望むものは、何よりもまず人間にできることだ。天は、私たち人間を一挙に完全な生き物にすることなどできないということがわかっているし、その気になれば私たちを、あっさり破滅させればよいと思っている。かくして、天は私たちを、不完全であるがままに愛している。天は私たちに辛抱して、常に優しく、正しい道を示すことで満足する。父親が小さな息子に対するようにじゃ。こうして数千年かけて徐々に人間を教育しようとしてきた。

クルビ　はい、大司教さま。

ウトナピシュティム　だから、私たち人間が、天が混乱の種を蒔き、災難を惹き起こすほど度の過ぎた要求を私たちに課する厳しいものだと思うのは間違いだ。わかるかな、娘さん？

クルビ　お優しいのね、大司教さま。

（格子の扉に総理大臣が姿を現す）

総理大臣　お祝いを申し上げてよろしいですかな？

ネブカドネザル　目下、説得中だ。

（総理大臣、消える。ウトナピシュティムがネブカドネザルに合図を送る。王は玉座から立って、立ちあがった二人の方に歩む）

ウトナピシュティム　さて、あんたと王も同様だ。天の思し召しを絶対的なものと見て、乞食としてあんたを貰った王に今また乞食になれと言い張れば、人間世界の秩序は乱れてしまう。人々が恵みを受けてほしいと願っているのは王であって、乞食ではない。人々が望んでいるのは、王妃としてのあんたであって、ぼろを着た貧しい女としてのあんたではない。王妃の身で人間たちを助けることもできるではないか。なにしろ、人間たちはあんたの助けを必要としているのだから。王を正しい道に導いておあげ。あんたの助けによって王は善をなす。王と結婚しなさい。平和と正義を求める祈りが聞き届けられるように。

（二人の手を重ね合わせようとするが、その瞬間、総理大臣が駆け込んでくる）

総理大臣　行動に移るときです！　すげかえ自在の首のついた陛下の巨像に、石が投げつけられています！

ウトナピシュティム　私の像は？

総理大臣　バラに飾られて無傷のままです。

ウトナピシュティム　有難い、それでは国教会の新規加入はまだ続くな。

（そのあいだにニムロートが玉座にすわっている）

ニムロート　ただちに軍隊を出動させろ。
総理大臣　でも、どうやって？　軍隊はレバノンの向こう側の村々に出征してしまったではありませんか。宮中護衛の兵が五〇名残っているだけです。
ウトナピシュティム　バビロンは、とめどない世界侵略のために滅亡する！

（ネブカドネザルがニムロートの下になっている）

ネブカドネザル（憂鬱に）　王であったと思う間もなく、またしても足台になるとは。これほど早い有為転変は前例がない。私たちは人類滅亡めがけて転げ落ちていく。
総理大臣　いささか誇張が過ぎます、陛下。私たちのような人間は、繰り返し、何とかして支配者になりますとも。
ニムロートとネブカドネザル（同時に）　どうしたらよいのだ、総理大臣？
総理大臣　陛下たち、何より先に反乱の理由が何か問わねばなりません。
ニムロートとネブカドネザル（同時に）　理由は何か、総理大臣。
総理大臣　バビロンの民衆を狂乱に駆り立てているのは、クルビを王妃にしたいとの願いだけでしょうか？　一般民衆の声がそれを裏づけているように思われましても、老練な政治家である私はこれを否定いたします。理由は別のところにあります。天使の出現こそが国家の権威を貶めているのです。
ウトナピシュティム　異議あり。私が収集した天使の発言の数々を神学に利用するのは慎重な解釈によってのみ可能であって、国家に関しては、天使の発言は無害であり、革命的な内容を含んでおりません。

総理大臣　閣下は誤解しておられます。私が批判するのは天使そのものでなく、天使の出現です。あれは害毒以外の何ものでもありません。今も、例えば、天使は空中庭園の上を舞い、頭を南の海に突っ込んでいます。わたくしは問います、これがまっとうな振舞いでしょうか。国家や健全なる権威というものは、地球が地球で、天が天であり続け、地球が政治家によって形成される現実を表すものです。一方、天が、他の誰にも理解できない神学者たちの高尚な理屈を表していることによってのみ可能であるのです。しかるに、天使が出現して、天が現実となるならば、人間の秩序は崩壊します。なぜなら、天が目に見えるとなれば、国家は必然的に茶番と化さざるをえないのです。この宇宙的なずさんさの結果が、私たちに反抗する民衆なのです。なぜでしょうか？　ひとえに結婚がすみやかに執り行われないからです。天使が辺りを飛び回るだけで、私たちに対する尊敬は消え失せたのです。

ニムロートとネブカドネザル（同時に）　呑み込めた。

総理大臣　ゆえに、天使の存在を公に否定するのが最上の策であります。

（一同、驚愕する）

ウトナピシュティム　できない相談だ。天使は皆に見られてしまった。

総理大臣　あれは宮廷劇場の俳優ウルシャナビであったと発表しましょう。

ネブカドネザル　何という矛盾だ。おまえは、つい先ほど天使の出現を歓迎したではないか。

ニムロート　おまえは、それによって俺たちの権力を形而上的に根拠づけて、共和主義思想を根絶しようと言ったではないか。

総理大臣（お辞儀して）　政治家とは、矛盾を重ねるにつれて偉大になるものです。
ウトナピシュティム　天使は、私にとっても神学的に好ましくない。しかし、国教会は天使のおかげで刷新できるのだ。
総理大臣　教会から脱会することは、死刑をもって禁じましょう。
ウトナピシュティム　無神論に対して何らかの犠牲を払わせることに反対はしないが、むしろ、国家収入の半額を貰うほうが有難いな。
総理大臣　無理です、閣下。
ウトナピシュティム　それなら私は天使を否定することを拒否する。
総理大臣　暴動は私たち皆に迫っているのですよ。
ウトナピシュティム　私は例外だよ、総理大臣。民衆は王制に対して暴動を起したのであって、教会に対してではない。私は今のところ、バビロンでいちばん人気のある政治家だ。国家収入の半分をくれたまえ、さもないと教会国家を造ることにするよ。
総理大臣　三分の一。
ウトナピシュティム　二分の一だ。
総理大臣　そのかわり精力的に天使を否定してくれますね。
ウトナピシュティム　すべての説教壇で、そう訴えさせよう。
ネブカドネザル（まだためらいながら）　せっかく俺が天と和解する気になったのに。
ウトナピシュティム　心配ご無用、陛下。個人的に和解することもできます。とにかく結婚しなさい。幸福な結婚こそ、天にとってもっとも大事なことです。
総理大臣　今も私は、こうした和解に反対しません、本当に個人的に行われるかぎりにおいて。ただし、今後、天使の出現は、きちんと準備されないといけません。

ニムロートとネブカドネザル（同時に）　残る問題は、クルビの素性について口裏を合わせておくことだ。

総理大臣　ラマシュ公爵に捨てられた子どもということにしましょう。

ニムロートとネブカドネザル（同時に）　ただちに必要な書類を用意してくれ。

総理大臣（羊皮紙を一枚、取り出して）　私の官房ですでに整えました。

ニムロートとネブカドネザル（同時に）　ただちに必要な手続きを取ってくれ。

（格子の扉から大将軍が現れる。衣服はすっかりずたずたに引き裂かれている）

大将軍　わが軍は敗れました。近衛兵は民衆の側に寝返りました。連中は丸太を持って門に向っています。

（丸太で門を突き始める音が聞こえる）

ニムロート　おしまいだ。

（さっさと玉座を離れるが、総理大臣と首席神学者に捕まえられる）

総理大臣と首席神学者（同時に）　落ち着きなさい、陛下、毅然としなさい。法的手続きを取る力のあるかぎり、まだ敗北ではありません。

（両者はニムロートを、幼い子供でも扱うように、玉座に連れ戻す。そのあいだにネブカドネザルが再び上にいる）

ネブカドネザル（嬉々として）　これでまた、俺が上だ。

総理大臣（クルビに対して荘重に）　娘よ、おまえを敬い、愛情を表すために、王は、おまえをラマシュ公爵の私生児、すなわち、少々不幸せではあったが誉れ高い政治家、昨年この世から去った者の娘ということにする。彼は——おまえの今の貧しい身なりが示すように——ユーフラテスの川べりで籠に入れておまえを捨てた。その事情については歴史家たちに検討させよう。この書類は公式のものだ。おまえの素性については、もう疑われることがない。これらすべてが正しいと、民衆の前で認めておくれ。

クルビ（びっくりして）　人間たちの前で？

総理大臣　この手続きが必要だ。一〇人のラッパ吹きといっしょに、すぐにバルコニーに出よう。

クルビ　神さまが私を創ったのは嘘だと言わなくてはいけないの？

ウトナピシュティム　もちろん、そんな必要はない、娘さん。

クルビ　天使に連れられて地球に来たことは？

クルビ　そんなことは言わなくてよい、娘さん。私たちは、あんたの本当の素性を知っているし、この奇蹟を体験させてもらえたことを感謝している。あんたがその胸の中でその事実を押し殺すことを、私たちのうちの誰も望んではいない。逆なのだ。胸の奥に秘密として、真理の神聖な証しとして、しっかりしまっておいておくれ。私もそうしよう。私たちがあんたに望むのは、この奇蹟を世間に別の言葉で言い換えることだけだ。世間は特別な出来事をやたらと騒ぎ立てるものだからね。

クルビ　大司教さま、あなたは、いつも神さまのことを考えているとおっしゃいました。あなたは、そんなことを許さないでしょう。

ウトナピシュティム（心苦しげに）　その方がよいのじゃ、娘さん。

クルビ　それじゃ、あなたは総理大臣の考えに同意したのね？

ウトナピシュティム　そうではない、娘さん。しかし、自分自身を傷つけても天を守るのが私の義務なのだ。バビロンの人たちの頭は、腕がたくさんある怪物や翼をつけた神々のような迷信でいっぱいだ。唯一の神を説いて、私の神学が優位に立つのは並大抵のことではない。天使が一人でも現れたら混乱が生じて、未熟な想像の余地を与えることになるだろう。天の使者が、私たち神の子である人間のところへ降り立ったのは、時機が早すぎたのじゃ。

クルビ（ネブカドネザルに）　私の愛する人、お二人が要求することを聞いたかしら？

ネブカドネザルとニムロート（同時に）　われわれはどうしても、そのことをおまえに要求しないといけないのだ。

クルビ　天の星の世界から来た私に、天の名においてあなたと愛しあっているのに、天を裏切れと言うの？

ネブカドネザルとニムロート（同時に）　人間界の理《ことわり》というものがあるのだ。

クルビ　私といっしょに逃げる気はないの？

ネブカドネザルとニムロート（同時に）　われわれは理性的でなければならない。

（沈黙。外では門を丸太で突く音がしだいに強くなる）

クルビ　では、私をここから出て行かせてください、バビロンの王様。

（一同、驚く）

ネブカドネザル　いったい、どうして？
ウトナピシュティム　あんたの気が知れないな、娘さん。
総理大臣　すべてうまくいっているじゃないか、娘よ。
クルビ　行きます、私の愛する乞食を探しに。
ネブカドネザル　俺が、その乞食だったのだ。
クルビ　嘘です。
ウトナピシュティムと総理大臣と大将軍（同時に）　私たちが証人だ、証人だ！
クルビ　あなたがたは決して真実を言わない。天使さまさえ否定しようとする。私を行かせてください。失くしてしまった愛する人を探したいの。

（ネブカドネザルは絶望して玉座を離れる）

ネブカドネザル　俺が、その愛する人なのだよ。
クルビ　あなたなんか、知りません。
ネブカドネザル　俺こそ王のネブカドネザルだ。

ニムロート　おまえは、前王のネブカドネザルだ。

（玉座にすわろうとするが、ネブカドネザルがその上に身を躍らせて、ニムロートを組み敷く）

クルビ　あなたが誰か、知りません。私が愛する人の姿をとったことはあるけれど、その人ではないわ。王様になったり、足台になったり。あなたはまやかしよ。私の探している乞食は本物だわ。あの人にキスしてあげたけど、あなたにはしてあげられない。あの人は私を叩きのめしたけれど、あなたにはできない。あなたは玉座を失うのが怖くて離れる勇気がないもの。あなたの権力は無力、富は貧困、私への愛はあなた自身への愛。あなたは生きてもいないし死んでもいない。一つの存在でありながら存在しないもの。バビロンの王様、出て行かせて、あなたから、あなたの都から。

（ネブカドネザルがまた玉座にすわっている）

ネブカドネザル　俺の権力の基盤を見ただろう、つまり俺の息子を。あれは、この広間を跳んで行った。白痴が俺の国を相続することになる。おまえの愛がなければ、俺はおしまいだ。ほかの女に手を触れることはできない。

クルビ　私は乞食を愛しているの。あなたと別れなければ、あの人を裏切ることになるわ。

総理大臣　混乱してきた、混乱してきた！　あっさり無から娘を創ったりするから、こんなことになる。

ネブカドネザル（落ち着いて）　国民を中に入れよう。

総理大臣　陛下――

ネブカドネザル　皆を入れろ。

（大将軍、舞台奥へ行く）

ウトナピシュティム　王朝の最期。

総理大臣　幸いなことに、私は共和国憲法の用意をしている。

（両者は下手の壁まで下がる。格子の背後にしだいに人々が見えてくる。労働者二人、ギミル、今や革命家になった警官、銀行家、ワイン商人アリ、労働者の女房たち、遊女、その他の民衆、兵士たち、いずれも石や丸太や棒を持っている。ゆっくりと前に出て、娘と身じろぎせずすわっているネブカドネザルをじっと見つめる）

ネブカドネザル　おまえたちはわしの宮殿に押し入った。丸太でわしの宮殿の門を襲った。何のためだ？

（気まずい沈黙）

労働者1　俺たちが来たのは——

労働者2　あの娘《こ》を——

（銀行家エンギビ、歩み出る）

エンギビ　陛下、かくも不思議な出来事が続きましたので、御前《ごぜん》にまかり出ました。まず玉座を取り囲む諸官庁に許可を求めるのが筋かもしれませんが。

（群衆の中から笑い声）

誰かの声　ブラボー、銀行屋。
エンギビ　天使がバビロンにやって来ました。一人の娘を連れてきましたが、彼女との結婚を陛下は決心できないご様子とお見受けいたします。
誰かの声　上出来だ。娘をやつにくれちまえ。
エンギビ　私どもが武装してこの広間に立ち、宮殿警護の部隊が私どもの側につき、民衆が実権を奪い取りましたことは、今や陛下にこの結婚を強要することを意味するものではありません。しかし、ご注意申し上げたく存じます。私どもはその娘《こ》を王妃に戴きたく願っておりますが、だからと言って無条件に陛下を王と崇めたいと思ってはおりません。

（笑い声。盛大な拍手）

ネブカドネザル（落ち着いて）　私は娘と結婚する気だった。だが、娘が私を拒んだのだ。

（人々は歓声を挙げ、口笛を吹く。大きな笑い声）

労働者1　王を倒せ！
労働者2　街灯に吊るせ！
ニムロート（勝ち誇って）　私をあれの後任に据えるがよい！　私は掛け値なしに社会福祉国家の制度を採り入れよう。
労働者1　おまえたちの言う掛け値なしの社会福祉国家とやらの正体はお見通しさ！
ギミル　王と官僚の腹を肥やす役にしか立たないのだ！
ニムロート　私は地球を新たに征服するぞ！　バビロンの国民感情に対して、こう呼びかける。レバノンの向こう側に村々があるのなら、海の向こう側にも村々があるはずだ。
労働者2　血に飢えた野郎だよ、あいつもこいつも！
労働者1の女房　私たちの子供を取って食ってしまったんだ。
労働者1　もう世界征服など、欲しくはない！
一同　もう王など、欲しくはない！

（沈黙。一同、緊張してネブカドネザルをじっと見る。王は身動きせず玉座にすわっている）

ネブカドネザル　娘を返してやろう。その娘《こ》がいちばん愛する男のものになるがよい。
男たち（互いに叫び交わす）　俺だ！　私だ！　俺は愛している！　私がいちばんだぞ！
エンギビ　娘は私のものだ。私だけがその素性にふさわしく娘を大事にする経済力を持っている。
ネブカドネザル　それは考え違いだな、銀行家。娘が愛しているのは、ユーフラテス桟橋で姿を消した、名も覚えていない乞食なのだ。娘は私に、その乞食になってほしいという。同じことをあんたにも要求するだろう。

（銀行家、がっかりして引っ込む）

ネブカドネザル　その子を欲しいのではないのか？　数百万の金《かね》を与えるつもりではないのか？　もっとも貧しい人間になる勇気はないのか？　おまえたちの中で、娘が探し求める乞食はいないのか？　何もかも投げ捨て、もうこの世にいない恋人に変身するものはいないのか？　ワイン商人は？　ミルク売りは？　警官は？　兵士は？　労働者は？　名乗り出るがよい。

（沈黙）

ネブカドネザル　黙っているのか？　天の恵みを突き返すのか？

（沈黙）

ネブカドネザル　ひょっとしたら、そこの美しい婦人は娘を必要としているのではないか？
タプトゥム　うちの売春宿で？　その娘《こ》を？　私はちゃんとした商売をしていますわよ、陛下。
ネブカドネザル　誰も天からきた娘を欲しくないのだな？

（沈黙）

労働者1　乞食アッキにやっちまえ！

ネブカドネザル　乞食アッキは死んだ。

（クルビは驚いて目を上げる）

労働者2　詩人たちがぴったりだ。

人々　詩人たち！　詩人たち！

ネブカドネザル　詩人たち、姿を現すがいい。

（詩人たちが下手から駆け出してくる）

詩人1　陛下、私どもは協力して国家を維持する讃歌を作りました。

詩人たち　私どもは今回の叛乱とは無縁です。

ネブカドネザル　おまえたちの中であの娘《こ》を欲しいものはいないのか？

詩人1　あの娘《こ》は国家を意識している詩人にとっては、あまりにもアナーキーな存在です。

詩人たち　あの娘《こ》は民衆を煽動している。

労働者1の女房　死刑執行人にやってしまいな！

群集　死刑執行人に！

ネブカドネザル　死刑執行人だ！

（彼は合図する。下手からアッキ登場）

ネブカドネザル　この娘《こ》はおまえのものだ。

クルビ（群集に対して）　助けて！

（群集は背を向ける。クルビはウトナピシュティムに助けを求める）

クルビ　大司教さま、私を引き取ってください。

（首席神学者はそっぽを向く）

クルビ　あなたたち詩人、あなたたちは私を愛してくれたわ。

（詩人たちはそっぽを向く）

クルビ（絶望的に、人々に対して）　助けて！　救って！

（突然、天使がネブカドネザルの玉座の上に出現する。第二幕よりもさらに幻想的な姿。というのも、ヒマワリ、つららなどに加えて、珊瑚、ヒトデ、イカ、貝やカタツムリの殻で身を飾っているからである。背景にはアンドロメダ大星雲が巨大な光を放って輝き、その後、天使とともに消える)

天使　クルビ！　かわいいクルビ！

一同　天使だ！

クルビ　天使さま！　私の天使さま！

天使　怖がるのじゃないよ。少し変な恰好に見えるだろう。海からまっすぐ帰ってきたところで、海草がまつわりつき、水がまだぽたぽた垂れている。

クルビ　助けてください、天使さま！

天使
　おまえと会うのも、これが最後、
　地球の美を顔に映すのも、これが最後、
　というのも、ほら、地球を隈《くま》なく見つくしたから。

クルビ　いい時に来てくださいました、天使さま、いい時に！　私を連れてって！

天使
　この星で見たものすべて、天の恵みそのもの。
　雅《みやび》な星の砂漠の中の、まこととは思えぬ奇蹟。
　青いシリウス、白いベガ、宇宙の闇を音立てて進むケフェウス星座――
　星々の身体と力がいかに大きかろうと、
　その鼻の穴から宇宙へ光の束を噴き出す力が強かろうと、

いくつもの世界にまたがる巨大なふいごに似たこの星々も、
この小さな穀粒ほどの物体にかなわない、
太陽を巡り、小さな月に巡られ、大気に浮かぶこの小さな球体、
大陸の緑、海の銀に照り映えて息づいている。

クルビ　あなたの天へ私を連れ戻してください、天使さま、神さまの大きなお顔の前に連れていって、
その翼を広げて！　私、この地球で死にたくない！　私、怖いの。私、皆に見放されてしまったの。

天使
かくして私は飛び去ろう、かくして私は消え去ろう、
色とりどりの石を土産に、さまざまの奇蹟を飾りに。
ヒトデと苔とイカを持ち、
ハチドリの群れを従えて、
両手には
ヒマワリ、ゼニアオイ、穀物の穂。
つららの音を響かせて、
髪には珊瑚、バラ、カタツムリの殻、
足には赤砂、衣の縁には露。
この恵み、この重さによろめきながら、
酔いどれさながら、重い翼を何とかはためかせる。
かくして私は飛び去ろう、かくして私は消え去ろう、
幸せなおまえを地球に残して。

かくして私は自分の星々のもとへ、
ぼんやり見える遠く遥かなアンドロメダ大星雲の
乳白の中へ戻り行く。
かくして私はアンタレスの暗い火の中へ帰り行く。
クルビ（必死に）　この地球から連れ出して、天使さま、連れていってください！
天使　さようなら、クルビ、永久にさようなら！（消え去りながら）永久にさようなら！
ネブカドネザル　天使は消える。どうでもよい星々の海に潜り込む。おまえは一人ぼっち。天はおまえを見放し、人間たちはおまえを追放した。
クルビ（くずおれて、小声で）　天使さま、私を連れていって、天使さま。

（沈黙）

ネブカドネザル　娘を連れて砂漠に行け、死刑執行人よ。娘を殺せ。砂に埋めろ。

（アッキは沈黙する人々のあいだを抜けて、娘をかついで退場）

ネブカドネザル（悲しげに）　俺は完全無欠を目指した。俺は物事の新秩序を作り出した。貧困をなくそうと試みた。理性の導入を望んだ。だが、天は俺の事業を軽蔑した。

（背景に大将軍の姿が見える。兵士たちに取り巻かれている）

大将軍　軍隊が帰還しましたぞ、ネブカドネザル王。宮殿は包囲され、民衆は王の勢力下にあります

——

（人々はひざまずく）

一同　お情けを、偉大な王よ！　お情けを！　お情けを！

ネブカドネザル　俺は権力ゆえに娘を裏切った。大臣は国家運営ゆえに、神学者は神学ゆえに、おまえたちは財産ゆえに娘を裏切った。かくなる上は、俺の権力に、おまえたちの神学、政治、財産を支配させることにするぞ。民衆を牢獄に入れろ。神学者と大臣を縛り上げろ。そいつらの身体で、俺が受けた恥ずかしめの復讐を遂げるための武器を作ろう。ようし、見ていろよ。天は、俺の復讐が届かないほど高いとでも言うのか？　天は、俺が憎めないほど遠いとでも言うのか？　俺の意志よりも強いのか？　俺の精神よりも崇高なのか？　俺の勇気に勝《まさ》っているのか？　俺は人類を柵の中に追い込んで、その中央に雲をも貫く塔を建てよう。無限の高さに伸びて、俺の敵の心臓を刺し貫くのだ。無から生まれたものに対して、俺は人間の精神から生まれたものを刃向かわせて、どちらが優れているか見てやろう。俺の正義か、それとも神の不正か。

（上手から礼服の男が駆け込んでくる）

礼服の男　俺の古本屋！　俺の古本屋が見つからない！

（白痴男、にやつきながら、縄跳びしながら舞台を横切る。ネブカドネザルは無力な怒りと無力な悲しみに襲われて顔をおおう）

ネブカドネザル　だめだ。だめだ。

（暗転。舞台装置が引き上げられる。ぼんやりと限りなく広がる砂漠が見て取れる。広大な空間、アッキとクルビが逃げて行く）

アッキ　進むのだ、娘、もっと先へ！　ますます大きくうなりをあげて俺の死刑執行人の外套を引きちぎる砂嵐に逆らって。

クルビ　私は、もうどこにもいない乞食を愛している。

アッキ　俺は、まだなくなってはいない地球を愛している。乞食たちの地球、ときに幸せで、ときに危険で、多彩で気ままで、すばらしい可能性を持った地球、俺が日々新たに征服する地球、俺は、その美しさに狂い、その姿に惚れる。俺は、その力に威圧されながら、打ちのめされることはない。さあ、進め、娘、前進するのだ。死に神に引き渡されたが、まだ生きている娘、再び俺のものになった娘、こうして俺についてくるお恵みよ。バビロン、分別も生気もなくしたバビロンは、石と鉄でできた塔もろとも崩れていく。没落に逆らって果てしなく高く伸びていくバベルの塔もろともに。こうして嵐の中を、馬上の兵隊たちに追われ、矢を射たれ、砂の上であがきながら、斜面にしがみつき、顔は日に焼け、俺たちは進む。その嵐の向こう、俺たちの前途には、はるか遠くに新しい土地がある。夜明けの中に浮び上がり、銀色の光に漂いながら、新しい迫害、新しい約束、そして新しい歌に満ちた土地が！

（二人は退場。場合によっては二人の後から、さらに数人の反体制詩人たちが砂嵐の中をひょこひょこついていくこともある）

訳注

『聖書に曰く』

一　ナチスによる蛮行のこと。
二　マルコによる福音書、第一章第九節、ほか。
三　ドイツ北西部の町。ハンザ都市のひとつ。ミュンスターという名前の町が複数あるので、区別してしばしばこう呼ばれる。
四　いずれも一六世紀初頭のドイツ語圏の魔術師。
五　一四世紀から一九世紀にドイツおよび近隣諸国で用いられた貨幣。
六　オランダの町。
七　ティツィアーノ・ヴェチェッリオ（一四九〇頃―一五七六）。ルネサンス期のイタリアの画家で、ヴェネツィア派の代表者。
八　マタイによる福音書、第一九章第二一節。
九　ルカによる福音書、第一八章第二五節。
一〇　ルカによる福音書、第六章第二四節。
一一　イエスの友人のユダヤ人。病死するが、四日後にイエスによって蘇生させられる（ヨハネによる福音書、第一一章）。本作では、哀れな姿をした人物の代名詞として、まずはボッケルソンが、後にはクニッパードリンクが、ラザロになぞらえられている。

一二　大きく重い処刑用の車輪を転がして罪人の手足の骨を何度か砕いた後、その車輪に縛りつけ、支柱に載せて死ぬまで放置するもので、苦しみが長く続くため、最も苛酷な刑罰とされた。骨を砕くのは、死後の復活を許さないため、車輪に縛ってさらすのは、常に回転する車輪のように罪人への罰が未来永劫にわたって続くことを示すためとされる。
一三　マルコによる福音書、第四章第九節、ほか。
一四　マタイによる福音書、第五章第四四節。
一五　マタイによる福音書、第一九章第二一節。
一六　エズラ記（ラテン語）、第一〇章第一五節。
一七　現エジプト領の半島、またそこにある山の名前。爵位とともに用いられる後出のカルメル、ベトサイダ、カペルナウム、ナイン、シケム、ガリラヤ、ギルガル、イエリコ、ヨッペ、ギルボアなどとともに、聖書に登場するパレスチナの地名である。
一八　スイスの隠修士（一四一七―八七）。
一九　イタリアの町。一五二五年、カール五世はイングランドと協力して、フランソワ一世率いるフランス軍を破った（パヴィアの戦い）。
二〇　一三世紀にヴェネツィアで造られ、一四世紀から一九世紀にかけてヨーロッパ各地で用いられた貨幣。
二一　イタリアの町。
二二　チュニジアの首都（当時はハフス朝の首都）。
二三　ドイツの町。
二四　ドイツの町。
二五　ダビデが支配したいわゆる「ダビデの町」（サムエル記下、第五章第七節）。聖地エルサレム全体を指すこともある。

二六　士師記、第一五章第一六節。
二七　マタイによる福音書、第一四章第二九節。
二八　マタイによる福音書、第九章第二三節。
二九　マタイによる福音書、第一七章第二〇節、ほか。
三〇　フィリップ・メランヒトン（一四九七―一五六〇）。ルターの協力者。
三一　ルカによる福音書、第一七章第一八節。
三二　当時、カール五世は、フランスのフランソワ一世とはイタリア戦争を戦い、東方からのオスマン帝国のスレイマン一世の脅威にもさらされていた。
三三　一五二七年、ローマ教皇クレメンス七世がフランスと密かに手を結んだことへの報復として、カール五世はローマを攻撃した（ローマ略奪）。痛手を受けた教皇は、一五三〇年、和解のしるしとしてカール五世に神聖ローマ皇帝の戴冠を行ない、これにより、イタリアにおけるハプスブルク家の優位が確定することになった。
三四　ボッケルソンは、ここで皇帝が述べているとおりのやり方で死刑にされた。ミュンスターの聖ランベルティ教会の塔には、現在でもなお、処刑の檻が吊るされている。
三五　矛・槍兼用の中世の武器。
三六　ヘブライ語で「地獄」の意味。
三七　マタイによる福音書、第二〇章第一六節。
三八　スイスの州。
三九　食用きのこの一種。日本名アミガサタケ。
四〇　食用きのこの一種。日本名セイヨウタマゴタケ。
四一　スイスの町。

四二　ワイン製造の際に生ずるぶどう果の搾り残しの部分を再醱酵させたうえ、ブランデーにしたもの。
四三　マタイによる福音書、第二六章第五二節。
四四　レビ記、第一九章第三二節。
四五　ユディト記。
四六　ルカによる福音書、第一八章第九―一四節。
四七　死刑執行人のこと。
四八　ナチスが用いた「ハイル、ヒトラー!」という挨拶に似せられている。
四九　出エジプト記、第一六章。
五〇　シラーのこと。『ヴィルヘルム・テル』第四幕第三場、慈悲院の僧たちの台詞。
五一　シラーのこと。『メッシーナの花嫁』最終場、合唱隊による最後の台詞。

『盲人』

一　古代ギリシア人は、パラメデスを死すべき存在の中で最も賢い者であり、アルファベット、サイコロ、物差し、秤などの発明者であると考えていた。
二　ボッカッチョの『デカメロン』第四日目第六話にメッサー・ネグロ・ダ・ポンテ・カラーロという人物が出てくるが、本作との関係は不明。
三　原語は Gnadenbrot Suppe。直訳すると「恩寵のパンとスープ」。
四　ヨブ記では、ヨブには、妻と息子七人と娘三人に加えて財産もあり、信仰の篤い義の人として知られており、町の門に座すのを常としていた。ヨブの神への忠誠に対して疑いを抱いた悪魔サタンは、様々な試練と誘惑を通して、彼にすべての財産と家族を失わせる。しかしヨブの神への忠誠が揺らぐことはなく、サタンのあらゆる残酷な試みは水泡に帰した。
五　神聖ローマ皇帝オットー一世（九一二―九七三）を指すものと思われる。
六　アルブレヒト・フォン・ヴァレンシュタイン（一五八三―一六三四）は、三十年戦争期に勢力を振るったボヘミアの傭兵隊長。神聖ローマ皇帝フェルディナント二世に味方し、軍資金不足の皇帝に私兵を提供して皇帝軍総司令官に任命された。
七　ネストールはギリシア神話の人物。ピュロスの王で、トロイア戦争にギリシア軍の武将の一人として二人の息子とともに参戦した。
八　アスクレピアデス詩節は紀元前三世紀の古代ギリシア詩人アスクレピアデスに由来する一二音節の詩行二つと続く七音節と八音節の詩行一つずつから成る。アレクサンダー詩格は、アレクサンドロス大王伝説詩に由来する一二または一三音節の六脚短長格詩である。
九　アルマン・ジャン・デュ・プレシ・ド・リシュリュー（一五八五―一六四二）はカトリック教会の聖職者にしてフランス王国の政治家。一六二四年から死去するまでルイ一三世の宰相を務めた。三十年戦争に際してプロテスタント側（反ハプスブルク家）で参戦した。
一〇　酒の神バッカスの冠は木蔦 Efeu から出来ている。
一一　ヨハン・ルートヴィヒ・ヘクトール・イゾラーニ伯爵。三十年戦争における皇帝側の将軍。四人の皇帝に仕え、この戦争の主要な戦いで活躍したが、その軍隊は一般人に対する犯罪行為によって悪名高かった。
一二　三十年戦争中の一六三二年一一月一六日にドイツのライプツィヒ南西、リュッツェン近郊で行われた戦闘。スウェーデン軍およびドイツ・プロテスタント諸侯の連合軍と、アルブレヒト・フォン・ヴァレンシュタイン率いる神聖ローマ帝国皇帝軍が交戦し、スウェーデン軍が勝利した。
一三　牡山羊 Bock と本来の語である Ziegenbock には「好色漢」という意味がある。
一四　原語は Schwanz。「尾」という意味であるが、「ほうき星の尾」、さらには「陰茎」という転義を持っている。

一五　カクテルの一種。赤ワインとカシスリキュールをステアして作る。ワインはボジョレーを使用するのが正式とされる。

一六　地獄にちなんだ人物。ルキアヌスは奇想天外な発想で読者を天上、地下界、冥界、地獄や海底に導き、人間の愚行や思い上がりを暴いて人生の裸の真実を思い知らしめる。シュヴェーフェル Schwefel は普通名詞では「硫黄」を意味する。旧約聖書には、「しかし、おくびょうな者、不信仰な者、忌まわしい者、人を殺す者、みだらな行いをする者、魔術を使う者、偶像を拝む者、すべてうそを言う者、このような者たちに対する報いは、火と硫黄の燃える池である。それが、第二の死である」（黙示録、第二一章第八節）とある。このように「火と硫黄」はキリスト教世界では地獄の風景に欠かせない舞台装置である。

一七　原語は Naturkind。「自然児、純真素朴な若者」という意味であるが、ein natürliches Kind には「私生児」という意味があった。

一八　原語は Freudenberg。ドイツ西部、現在のノルトライン－ウェストファーレン州の町の名称だが、直訳すると「悦びの丘」という意味になる。Schamberg「恥丘」を連想させる語。

一九　ヴァレンシュタインは一六二三年に北ボヘミアのフリートラント侯に任じられた。

二〇　原語は den Weg alles Fleisches gehen。「死ぬ」の意。「神は地を御覧になった。見よ、それは堕落し、すべて肉なる者はこの地で堕落の道を歩んでいた。神はノアに言われた。すべて肉なるものを終わらせる時がわたしの前に来ている。彼らのゆえに不法が地に満ちている。見よ、わたしは地もろとも彼らを滅ぼす」（創世記、第六章第一二―一三節）。

二一　一六一八年五月二三日、プラハ城を襲ったプロテスタント派民衆によってカトリック派の王の使者である国王顧問官二名と書記一名が窓から投げ落とされた事件。三十年戦争の発端となった。

二二　原語は böhmisch。本来は「ボヘミア〔人〕の」という意味だが、「奇妙な、不可解な」という転義で使用される。

『ロムルス大帝』

一　歴史上のロムルスは、退位したときにはまだ一六歳であり、結婚はしていなかった。デュレンマットがロムルスの妻の名をユーリアにしたのは、『ロミオとジュリエット』のパロディであるらしい（ユーリアはジュリエットのドイツ語名）。

二　ローマ風の名前とドイツ語の名前の滑稽なコンビネーションである。ルップ（Rupf）のもとになっている動詞 rupfen には「むしり取る、金銭を巻き上げる」という意味があり、成金らしいネーミングになっている。

三　ユリウス・カエサルが暗殺された日。

四　原語は Morgenessen。スイスでは朝食を標準ドイツ語の Frühstück は使わずにこのように表現する。スイス出身のデュレンマットらしい洒落である。

五　原語は Spargelwein。デュレンマットは『「ロムルス大帝」のための十ヶ条』で「アスパラガスの根から作る酒」と説明しているが、おそらくフィクションだろう。現在 Spargelwein と呼ばれているのは、アスパラガス料理に合う白ワインのこと。

六　ローマ帝国の皇帝で、本名はルキウス・セプティミウス・バッシアヌス。本名よりもカラカラというあだ名で呼ばれることの方が多く、大浴場（カラカラ浴場）の建設で知られる。

七　スイス人に多い名前。

八　ガチョウは女神ユノに捧げられた鳥で、カピトリウムの丘にあるユノを祀った寺院で飼われていた。紀元前三九〇年にガリアの攻撃からガチョウがカピトリウムを守ったという伝説がある。

九　一四七六年のムルテンの戦いにおけるアードリアン・フォン・ブーベンベルク（一四三一頃―七九）の言葉。スイスはムルテンの戦いの勝利によって、ブルゴーニュ公シャルルのスイスへの侵入を防ぐことができた。

一〇　第二次世界大戦中にヒトラーがヘルマン・ゲーリング（一八九三―一九四六）に与えた称号。
一一　古代ギリシア人は自分たちのことをヘレネス、それ以外の者のことをバルバロイと呼んだ。「意味のわからない言葉をしゃべる者」という意味で、「野蛮人」の語源にもなっている。
一二　「最終勝利」は、国民に犠牲を強いるナチス・ドイツで好んで用いられたスローガン。
一三　スイスのラテン語名。
一四　敗色が濃厚になってきた戦況を美化するために、ナチス・ドイツがよく用いた言い回し。
一五　ソポクレスの悲劇『アンティゴネ』からの引用で、アンティゴネの嘆きの歌。
一六　ギリシア神話で、冥界を流れるとされる川。死者はこれを渡し守カローンの舟で渡らなければならなかった。
一七　拝金主義のシンボル。出典は旧約聖書（出エジプト記、第三二章）。
一八　デュレンマットによる作り話。歴史上のロムルスは将軍オレステスの息子である。
一九　ヴェルギリウスの叙事詩『アエネイス』の一節。
二〇　ホメロスの叙事詩『イーリアス』の冒頭の言葉。
二一　ルキウス・リキニウス・ルクッルス（紀元前一一七―五七）。ローマの軍人。美食家として有名だった。

『ミシシッピ氏の結婚』

一　一八一五―四八年頃の非政治的時代に流行した様式。簡素で実用を旨とする。ビーダーマイヤーとは、小市民の俗物を象徴する名前である。
二　ナポレオン帝政下に流行した、新古典主義的様式。
三　ルーマニア王ミハイ一世（一九二一―）。一九四七年、ソビエト連邦の占領下で共産党政権が成立したことにより、亡命を余儀なくされた。チャウシェスク政権の崩壊後、ルーマニアに帰国。

四　ゲーテの劇。一七七四年初演。正確には『鉄の手のゲッツ・フォン・ベルリヒンゲン』。

五　ヘルークレス・セーヘルス（一五八九か九〇―一六三八頃）。オランダの画家。レンブラントに影響を与えた。

六　スターリンは売春宿を経営していたという説もある。

七　ヴャチェスラフ・モロトフ（一八九〇―一九八六）。スターリンの片腕として活躍した政治家。一九五六年以降、党の重職からはずされ、一九六一年には党籍を剝奪された。

八　ダンテの『神曲』に登場し、主人公を導く恋人。

九　フランスの文学者ポール・クローデルの劇『繻子の靴』（一九二九）に登場し、その愛と犠牲によって主人公の魂を救済する恋人。

一〇　スターリン独裁下のソ連では、政府にとって都合の悪い人間を精神病院に収容することがあったことを示唆しているのであろう。

一一　ここでミシシッピはユーベローエをキリストに、自分をキリストを裏切ったユダになぞらえている。

『天使がバビロンにやって来た』

一　ドイツの詩人ヘルダーリン（一七七〇―一八四三）の詩『年齢』（一八〇五）の一行目。

二　イラクの首都バグダッドの南方、ユーフラテス川のほとりに位置した古代都市。聖書ではバベルと呼ばれた。

三　アッシリア最古の都市。チグリス川東岸に位置する。

四　古代メソポタミアにあったシュメール人の都市及び都市国家。元来はチグリス川とユーフラテス川のペルシア湾への河口近くに位置していた。

五　ユーフラテス川左岸下流にあり、シュメール人最古の都市国家。旧約聖書のエレク。ギルガメシュ叙事詩の主舞台と言われている。現代名ウルカ。

六　シリアの首都ダマスカスの北約三〇〇キロメートル、トルコ国境近くに位置するシリア第二の都市。ユーフラテス川と地中海方面を繋ぐ古くからの交通の要衝の地であり、古くから商業都市として栄えた。

七　現在のイラン南西部に位置し、紀元前七世紀にアッシリアに滅ぼされたが、その後、アケメネス朝ペルシア時代には、首都として栄えた。現代名シューシュ。

八　愛と豊かさ、また戦いと金星を司るバビロニアの女神。アフロディーテやヴィーナスに相当する。

九　紀元前二六〇〇年頃、シュメールの都市国家ウルクに実在したとされる王であるが、後に伝説化して、古代バビロニアで広く流布した英雄叙事詩の主人公になったと考えられている。

一〇　現在のイラン北部にあり、山頂は氷と雪に覆われている。標高五六七一メートル。ダマーバンド山とも。

訳者解題

『聖書に曰く』

デュレンマットの文学活動は、チューリヒ大学とベルン大学で哲学などを専攻する大学生であった一九四三年前後に始まる。短編小説と並んで、彼が最初期から手掛けたのが戯曲であり、一九四三年には『ボタン』あるいは後には『喜劇』と呼ばれる作品が、一九四五年には『トガルマ』という作品が、それぞれ構想されていた。（前者は『没落と新しい生』という題名で一九五一年に書き直されたその全編が、後者は再現された断片が、いずれもディオゲネス社から一九八〇年に出版が開始された単行本全集（Werkausgabe）の第一巻『聖書に曰く／盲人』の「付録」に収録されている。『トガルマ』の断片は市場での死刑執行の場面であり、『聖書に曰く』に吸収されたことがわかる。）こうした習作を経て、劇作家デュレンマットのデビューを飾ることになった作品が『聖書に曰く』である。当時のデュレンマットは、学位論文には身が入らず、心のなかでは画家になるか作家になるかで迷っていた。本作は、その舵を大きく作家の方に切るきっかけとなった作品でもある。

『聖書に曰く』の執筆期間は一九四五年七月から翌四六年三月までとされている。草稿が、当時ライス脚本出版社の編集人をしていたペーター・ローターの目に留まり、一九四七年四月一九日にチューリヒ劇場（Schauspielhaus Zürich）で初演された。初演の夜は大荒れとなった。キリスト教をめぐる挑発的な内容に対して観客の非難の口笛が鳴りやまず、警察が動員されてなんとか終演にまで漕ぎつけたという。ほかのいくつかの劇場でも不首尾な結果に終わった後、デュレンマットは一九四八年にこの戯曲を舞台から引っこめた。この経験はしかし、デュレンマットを意気消沈させることはなかったようである。一九六九年に彼は次のように述べている。「私は学位も取れないまま大学を去り、最初の戯曲はスキャンダルを引き起こした。この幸運なスタートはいまなお私の糧になっている。観客は、あくびをするのではなく、口笛を鳴らしたのだから。」初演の演出をしたクルト・ホルヴィッツは、この後もデュレンマットのよき理解者となった。（俳優でもある彼は、『盲人』初演ではネグロ・ダ・ポンテを、『ロムルス大帝』初演ではロムルスを演じることになる。）また、初演前にこの戯曲の草稿を読んで感銘を受けたマックス・フリッシュとは、書簡のやりとりが始まった。『聖書に曰く』は、作家自身の手になる六枚の挿絵とともに一九四七年にバーゼルのシュヴァーベ書店から刊行され、同年にヴェルティ財団戯曲賞を受賞した。

『聖書に曰く』は、ドイツ北西部の都市ミュンスターにおける再洗礼派王国の興亡を題材にしている。再洗礼派とは、宗教改革に伴って出現した急進派のうち、幼児洗礼を否定し、聖書の教義への自発的信仰にもとづいた成人洗礼を行なう教派の総称である。説教師ロートマン（ロットマン）の指導によってミュンスターで再洗礼派の勢力が増すと、オランダなどで迫害されていた再洗礼派がミュンスターに流入してくる。一五三四年二月二七日、地元の有力者クニッパードリンクが市長となり、再洗礼派が合法的にミュンスターの市政を掌握する。ヤン・マティス（マティソン）がカリスマ的な預言者として指導的な地位にのぼるが、同年四月五日に彼が戦死すると、同じくオランダ出身の預言者ヤン（ヨーハン）・ボッケルソン・フォン・ライデンが権力を握り、ダビデ王国の樹立を宣言して自らを王に任命した。そこでは財産共有性と一夫多妻制がテロの恐怖とともに導入され、聖書以外のいっさいの書物が焼かれた。閉じられた都市空間における神への飛翔の試みは、赤裸々な我欲が噴出する地獄図に転じる。ボッケルソンが自ら十数人の妻を娶り、豪奢な衣装と宝石に身を包んで飽食のかぎりをつくす一方で、司教フランツ・フォン・ヴァルデックが指揮する帝国諸侯軍がミュンスターを兵糧攻めにし、ミュンスターの人々は次々と飢餓に倒れていく。一五三五年六月二五日、この「神の国」はついに陥落し、捕虜になった再洗礼派の大半が処刑された。この歴史的惨事については、ノーマン・コーン（江河徹訳）『千年王国の追求』紀伊國屋書店（一九七八）、マイスター・ハインリヒ・グレシュベック（C・A・コルネリウス編、倉塚平訳）『千年王国の惨劇 ミュンスター再洗礼派王国目撃録』平凡社（二〇〇二）などで詳細を知ることができる。また、いくらかドラマチックな脚色がなされてはいるが、ZDF（第二ドイツテレビ）製作のテレビ映画『キング・フォー・バーニング』*König der letzten Tage*（監督トム・トエレ、一九九三）もミュンスター再洗礼派を描いた作品であり、日本でもDVDが発売されている。

一見奔放な創作に見える『聖書に曰く』であるが、実際には歴史的事実にかなり忠実である。それは主要登場人物の役割や物語の大枠にとどまらない。わずかばかりの軍勢で（戯曲では一人で）出陣して首をはねられるマティソンの最期や、司教を殺害しようと敵の野営に出向く若い娘（戯曲ではクニッパードリンクの娘）のモチーフも、史実をふまえたものである。それどころか、満月の光を浴びながら屋根の上でボッケルソンとクニッパードリンクがダンスをする、いかにもデュレンマットらしいと思われるクライマックスですら、上述したグレシュベックの目撃録に出典と見られる記述があり、そこではクニッパードリンクがボッケルソンに「道化」と呼びかけて、この王の前でダンスを始めるのである。しかし、歴史的事実をなぞることがデュレンマットの本意でないことは言うまでもない。同様にこの戯曲は、その成立年から連想されるような、千年王国とボッケルソンを第三帝国とヒトラーに重ねあわせた安易な寓話でもない。隣国ドイツでの蛮行がスイス人デュレンマットの想像力を刺激し、彼をこの題材に向かわせるひとつの要因となったことは間違いないだろうが、「ハイル、ボッケルソン王、ハイル！」という台詞を除けば、とくにナチスをほのめかすようなところは見られない。独裁者の下での集団の狂気を描いている点で第三帝国との共通性は認められるにしても、作品の冒頭で述べられているように（この「序言」は一九五九年のアルヒェ社版刊行時につけ加えられたものである）、「偶然による類似性」を慎重に読みとる方が生産的であろう。

この戯曲の作劇上の軸をなしているのは、ボッケルソンの上昇とクニッパードリンクの下降である。ぼろをまとっただけの貧しい身なりでミュンスターに現れたボッケルソンに、町一番の金持ちだったクニッパードリンクは、「持ちものを売り払い、貧しい人々に施しなさい。そうすれば、天に宝を持つようになるだろう」という聖書の言葉にしたがって、全財産ばかりか妻も娘も与えてしまう。こうして富を得たボッケルソンは、さらにマティソンが神の加護を信じて一人で敵に立ち向かって戦死した後には政治的権力を握り、ミュンスターの王にのぼりつめる。一方、ボッケルソンにすべてを投げ与えたクニッパードリンクは乞食に身を落とし、野宿をしながら、軒先をまわっては聖書の教えを説いている。預言者ボッケルソンは実際には神も聖書も信じていないニヒリストで、彼にとって再洗礼派であることは現世で成りあがるための手段にすぎない。これに対して、クニッパードリンクは登場人物中の誰よりも聖書の言葉を真剣に受けとめ、それを実行しようとしている。このようにきわめて対照的な二人であるが、最後の屋根の上でのダンスの場面になると、「王と乞食が腕を組み、金持ちとラザロが腕を組み、道化と道化が腕を組んで」とボッケルソンが言うように、彼らの違いは一気に相対化され、一対の道化になってしまう。この踊りの後、市門を破って攻めこんできた司教軍に二人とも捕えられ、処刑の車輪に並んで縛られることになる。（戯曲はクニッパードリンクが神に語りかける台詞で終わるが、彼が神の恩寵を得ることができたかどうかは、観客／読者の解釈に委ねられている。）

こうした相対化は随所でなされている。ミュンスター攻撃に兵を出すヘッセン方伯は、二人の妻と結婚している（これまた史実どおりである）という点では、ボッケルソンの一夫多妻制を非難できない。包囲軍を率いる司教（彼にも妾がいる）ですら、前半部の会話でクニッパードリンクに「同じことを言っているのであれば、再洗礼派とキリスト教徒はひとつではないですか」と問われるように、対立の根である宗教的問題だけをつき詰めていけば、再洗礼派との差異は曖昧である。この戯曲では、人々は信仰を「シャツ」のように扱い、誰もが聖書の言葉を引用しながら、自分の置かれた立場やそのつどの利害や流行によって敵になったり味方になったりしている。デュレンマットは史実を押さええつつ登場人物たちを自在に布置し、彼らがふりかざす信仰がイデオロギーへと化すさまを描くことで、戦争や恐怖政治のからくりを暴くとともに、人間の性《さが》を浮き彫りにしていくのである。

デュレンマットは自作をしばしば改稿する作家であるが、本作に関しては改稿にとどまらず、初演から二〇年後の一九六七年に、同じ題材にもとづく『再洗礼派』という作品として生まれ変わった。(同年三月一六日にやはりチューリヒ劇場で初演されたが、すでに有名な作家になっていたデュレンマットの作品にしては、大きな当たりはとれなかった。）二作の最大の相違点は、『再洗礼派』においてはボッケルソンの行動がすべて俳優としての意識的な演技であり、ミュンスターを包囲している諸侯たちはその見物客となっていることである。『聖書に曰く』は「戯曲」、『再洗礼派』は「喜劇」と名づけられているように、後者にはこの間のデュレンマットの喜劇論の展開が反映されており、その点では進化しているのだが、処女戯曲のバロック的世界が持っていた混沌とした粗削りな力強さは失われてしまったように思われる。『聖書に曰く』初演時のパンフレットにデュレンマットはこう書いていた。

「私が描写したいと思ったのは没落していく世界であり、絶望的な世界であるが、その世界はまた、没落していくものに必ずまとわりついている輝きを帯びているのだ。」この「輝き」はこの戯曲のなかにたしかに表現されており、原石を思わせるその独自のきらめきによって、『聖書に曰く』はデュレンマットの全著作のなかでも重要な位置を占める作品となっていると言えるだろう。

（山本佳樹）

『盲人』

『盲人』は、劇場スキャンダルを引き起こした『聖書に曰く』に続くデュレンマットの戯曲第二作である。一九四七年から四八年にかけて執筆され、同年の一月一〇日にバーゼル市立劇場で初演された（演出エルンスト・ギンスベルク、主演ハインツ・フェルスター）。前作がミュンスターにおける再洗礼派王国の興亡を扱っていたのと同様に、この作品も三十年戦争時代のドイツの荒廃という歴史的出来事を題材としている。信仰ないし「信」の問題にラディカルな問いを投げかけるという点でも、両戯曲は共通点を持っている。しかし、『盲人』上演に際しては、前作のような騒動は発生しなかった。とはいえ、これは、『盲人』が興行的に成功したということを意味しているわけではない。チケットの売り上げは低迷し、はやくも同年の内に、『聖書に曰く』と『盲人』の上演取り止めの決断が作者自身によって下されている。デュレンマットが戦後ドイツ語圏における気鋭の劇作家として認められるようになったのは、翌一九四九年に上演された『ロムルス大帝』以降であり、『盲人』が書籍として出版されたのはようやく一九五九年のことであった。
しかし、興行的には失敗した『盲人』の中に、デュレンマットの劇作家としての資質を見出していた演劇関係者は少なくなかった。その一人が、一足早く一九四四年から劇作家として活動していたマックス・フリッシュである。二人が親交を結ぶようになった経緯については、『聖書に曰く』の「解題」に記されているが、その後も約一〇年の間、二人は戦後スイスを代表する劇作家として盟友関係にあった。『日記 一九四六―一九四九』の中で、フリッシュは『盲人』について次のように書いている。

フリードリヒ・デュレンマット（この名前は、いずれドイツでも知れ渡るようになるだろう）の二番目の芝居に次のような場面がある。自分の大公領の破壊を目にする機会を逸した一人の盲人がいて、自分が今なお堅固な城の中で暮らしていると信じている。その信ずる心の中では、すなわち想像の中では、彼はなにごともなく戦禍を免れた国を支配している。かくして、彼は廃墟のただ中に腰を下ろしているにもかかわらず、盲人であるがゆえにそれを目にすることはできないのである。彼の周囲を固めているのは、多種様々な戦争ヤクザ、傭兵、娼婦、強盗、ポン引きたちであり、盲目の大公をかついで、その信ずる心を愚弄しようとしている。彼らは、大公が自分たちを貴族や将軍として、娼婦を迫害された女子修道院長として、城に迎え入れるように仕向ける。盲人は娼婦に向かって、彼女を女子修道院長にふさわしい存在として思い描いていると口にするのだが、私たち観客が目にしているのは、小生意気な若い女であり、女子修道院長たるこの女から祝福を授かりたいと敬虔に乞い願い、ひざまずきさえする盲人の姿である。これは演劇的な状況の模範例だと言える。というのも発話が知覚や想像と完全に相反する関係に置かれているからである。つまり、ここでは演劇が自らの本質を演じているのである。

この一節と関連づける形で、フリッシュは自身のドラマトゥルギーをめぐる理論的考察を展開している。すなわち、演劇は「目に映る形象」と「言語的な形象」から成り立っており、後者は知覚によってではなく、言語によって呼び起こされたイメージによって媒介的に獲得される。「それらの交互作用、それらの相互関係、両者の間に生じる緊張の場」、それこそが、「演劇的なもの」なのだ、と。

フリッシュが述べるように、『盲人』には、知覚とイマジネーションの間の緊張関係が基本構造として組み込まれている。大公がイマジネーションの中で幻視している世界と他の登場人物が目にしている世界との間の乖離がそれである。王子パラメデスは盲目の父に国の没落を悟らせまいとして、「なにごともなく戦禍を免れた」大公国という物語を演出する。その結果、知覚とイマジネーションの「間に生じる緊張の場」が前景化し、この「緊張」こそが筋を動かしていく。この点において既に、『盲人』におけるメタ演劇的構造を認めることができる。

しかし、この戯曲のメタ演劇的性格は、盲目の大公が抱く幻想とそれを支えようとするパラメデスの演出が生み出す構造のみに由来するのではない。いっそう大がかりなメタ演劇的構造は、たまたま城の前を通りかかったヴァレンシュタイン麾下の将軍、ネグロ・ダ・ポンテが演出するもうひとつの芝居によってもたらされる。「多種様々の戦争ヤクザ、傭兵、娼婦、強盗、ポン引きたち」を束ねるネグロ・ダ・ポンテは、配下の戦争ヤクザの一人である「俳優」に「おまえの想像力によって、ここにある瓦礫からドイツの輝かしい宮廷を創り出す」こと、すなわち大公の城を舞台とした芝居を演じることを命じる。ネグロ・ダ・ポンテの言葉にあるように、この劇中劇の冒頭場面は、大公が幻視している虚構世界と同一である。しかし、続いてヴァレンシュタイン軍の来襲という新たなストーリーが導入されることによって、劇中劇は没落した大公一族の逃亡の物語へと転換していく。ただしこれはあくまでも劇中劇の中での出来事であり、「目に映る」事実としては大公は荒廃した城内を果てしなく引きずり回されているに過ぎない。それゆえ、「俳優」たちが口にする「言語的な形象」によって作り出された大公の想像世界の中では、出来事の舞台は国境の山中へと移行していくが、「目に映る」舞台は一貫して大公の城である。この戯曲が一幕ものである理由はここにある。

このように、ネグロ・ダ・ポンテが演出する劇中劇は、大公のイマジネーションが作り出す「恩寵」の物語を嗤いものにしたあげくに、それを根底から否定するための物語であり、まさにそれゆえに、「輝かしい宮廷」の没落の物語でもある。つまり、ネグロ・ダ・ポンテは、大公のイマジネーションが生み出した虚構世界の虚構性を直接暴くのではなく、パラメデスの芝居と同じく虚構を通して、「盲人の真実」が意味を成さない世界を、とはつまり徹底的に地上的な世界を大公に経験させようとするのである。ネグロ・ダ・ポンテの芝居が組み込まれることによって、知覚とイマジネーションの間の緊張関係が二重化し、この戯曲のメタ演劇的性格がいっそう際立たせられている。

『盲人』全体のストーリーは、旧約聖書のヨブ記を下敷きにしている。ゲーテをして『ファウスト』執筆に駆り立て、ドストエフスキーに『カラマーゾフの兄弟』の構想をもたらしたヨブと悪魔の物語を、デュレンマットは、三十年戦争によって荒れ果てたドイツを舞台にした戯曲を第二次世界大戦直後のヨーロッパで上演する際の参照項としたのである。キリスト教信仰の問題を生涯にわたって描き続けたデュレンマットであるが、その戯曲の中で聖書との対応が最も明確に現れているのは『盲人』である。

ヨブ記は四二章から成る。その中の第一章と第二章、および最終章の一部が散文で書かれており、他の章はすべてが韻文である。散文テクストは、枠物語の「枠」とよく似た機能を果たしている。『盲人』では、大公とネグロ・ダ・ポンテが城の門前で出会う場面が、冒頭と末尾で反復される。つまり、ヨブ記の散文テクストに対応する位置に、大公とネグロ・ダ・ポンテの出会いの場面が置かれ、それに挟み込まれる形で、劇中劇を主構造とする物語が演じられるのである。

大公をヨブに喩えるなら、ネグロ・ダ・ポンテはヨブを誘惑する悪魔ということになる。ただし、大公の「信ずる心」は、「神の真実」を信じる心であるだけではなく、人間の言葉を信じる心でもある。それはすべてを無条件に信じるまさしく盲目的な「信」として生きられている。この盲目的な「信ずる心」があってはじめて「盲人の真実」が意味を成すのである。悪魔ないし「死の天使」たるネグロ・ダ・ポンテは、「輝かしい宮廷」の没落を描いた劇中劇を通してこの「信ずる心」に試練を与えていく。劇中劇は、共演者のふりをしてネグロ・ダ・ポンテの「裏をかこう」とするパラメデスや、大公の尊厳を守るために「見える者の真実」を告げようとする宮廷詩人、さらにはネグロ・ダ・ポンテのもとに走る王女オクタヴィアをも巻き込む形で展開し、その過程で大公は、公国の支配権をネグロ・ダ・ポンテに与え、息子パラメデスと娘オクタヴィアを、そして最後の廷臣ズッペを失い、あげくの果てに瓦礫の巷と化した城のただ中に一人取り残されているという事実を突きつけられる。ここにおいて劇中劇と枠とのあいだの境界は取り払われる。しかし、こうした試練にもかかわらず、大公の「信ずる心」は揺らぎを見せない。ネグロ・ダ・ポンテは「大公様からこれ以上何も奪うことはできません」と言い残して、城を退去し、戦場へと戻っていく。

このように、ヨブ記との共通点に着目するなら、物語の末尾に至っても「信ずる心」を保ち続ける大公は、「死の天使」ネグロ・ダ・ポンテの誘惑に打ち勝ったと言える。しかし、冒頭の場面と同じく、「落日の輝きを浴びて」城の門前に座っている大公には、「輝かしい宮廷」の永続を盲目の眼で幻視することはできない。恩寵の光に満ちた幻想の世界はもはや失われており、周囲には「わしの国、荒れ地が拡がっておる」ことを、大公は知っている。その想像の世界に拡がっているのは、「死の天使」に誘惑を断念させるほどにあからさまな喪失と荒廃が支配する「神の真実」の光景なのである。
（葉柳和則）

『ロムルス大帝』

一九四八年から四九年にかけての冬に執筆され、一九四九年四月二五日にバーゼル市立劇場で初演されたこの作品は（演出エルンスト・ギンスベルク、主演クルト・ホルヴィッツ）、「喜劇」と銘打たれた初めての作品であり、この戯曲とともに喜劇作家としてのデュレンマットの立ち位置が確定した。初演当時、時代錯誤だとして批評家たちの評判はもうひとつだったが、デュレンマットの名声が確立した後は再評価され、一九六五年にはテレビ映画化もされている（監督ヘルムート・コイトナー）。これよりも先に成立した二つの戯曲が、それぞれ再洗礼派王国の建設と三十年戦争を題材にしていたのと同様、『ロムルス大帝』も西ローマ帝国の滅亡という歴史的事件を扱っている。西ローマ最後の皇帝ロムルスがオドアケル率いるゲルマン人に退位させられるというアウトラインだけを史実どおりに残し、その他の点では大胆に脚色して西ローマ帝国滅亡のなりゆきが語られているため、この作品には「四幕からなる史実に基づかない歴史的喜劇」というサブタイトルがついている。まず、デュレンマットが歴史的な素材からどのような物語を作り出したのかを見てみよう。

三月一五日の朝、イタリアのカンパーニア地方にあるロムルスの別荘に、パヴィア陥落の知らせを運んできた使者が到着する。早く皇帝に知らせないと帝国が滅亡すると使者は苛立つが、なかなかロムルスに会うことができない。養鶏にかまけて政治を放り出しているロムルスがのんびり朝食をとっているところに、ズボン工場主で大資本家のカエサル・ルップがやって来て、王女レアを嫁にくれれば金の力で帝国を救おう、と申し出る。ちょうどその日、レアの婚約者エミリアンが戦場から戻ってくる。彼はゲルマン人のもとで三年間も捕虜生活を送り、辛酸をなめつくしている。ルップの申し出を知ったエミリアンは、レアにルップと結婚するよう命じるが、ロムルスはその結婚を許さない。その夜、ロムルスの妻ユーリアはシチリア島に逃げる決心をする。シチリア島でローマを再建するよう訴えるユーリアに向かってロムルスは、非人間的な国になってしまったローマを滅ぼすことこそが自分の目的であり、そのためにわざと二〇年間も怠惰に暮してきたのだということを明かす。続いてレアが登場し、改めてルップとの結婚の許可を求めるが、ローマ帝国を救う気のないロムルスは、レアにエミリアンを愛し続けるよう言い聞かせる。ロムルスの寝室にこっそり忍び込んで来たエミリアンは、数人の家臣たちと共謀してロムルスを殺そうとするが、短剣を振りかざしたちょうどそのとき、ゲルマン人襲来を知らせる声が聞こえて、暗殺者たちは散り散りになって逃げる。

翌一六日の朝、シチリア島に逃亡を企てたユーリアとレアが溺死したという知らせが届く。自分も間もなくゲルマン人に殺されると覚悟を決めているロムルスは、家族の死の知らせにも動揺することなく、いつものように朝食をとり始める。そこへゲルマン人の首領オドアケルが登場する。驚いたことに、オドアケルはロムルスを殺さないばかりか、ゲルマンの支配権をロムルスに譲ろうとさえする。ロムルスの人間性を高く評価しているオドアケルは、甥のテオドリックがゲルマンの独裁者となって残虐な帝国を築くことを恐れて、それを阻止するためにロムルスをゲルマンの支配者にしようと考えたのである。ロムルスは自分も死ぬつもりでいたからこそ、民衆や家族の死に耐えることができたのに、ここにいたって自分の計算が誤っていたことに気づく。ロムルスの心情を知ったオドアケルはテオドリック殺害を決意するが、ロムルスは仮にテオドリックが死んでも、すぐにまたそれに似た人物が現れて第二のローマを築くだけだと諭す。結局ロムルスはオドアケルをイタリア王に任命し、自らは引退して年金生活者となったところで幕が下りる。

歴史上のロムルスは一五歳のときに西ローマ帝国の皇帝に即位し、そのわずか一年後に退位するのだが、デュレンマットはロムルスを中年男として描き出し、その治世期間を二〇年に引きのばしている。実在した若い皇帝が結婚していたという史料は残っていないので、妻ユーリアと娘レアは架空の人物ということになる。一五歳のロムルスが養鶏家だったという事実ももちろん存在しない。また、実際にロムルスが退位したのは八月二八日であるが、デュレンマットはそれをユリウス・カエサルが暗殺された三月一五日にしている。重用していた料理人がエミリアンと共謀していたことを知るや、ロムルスは「料理人よ、お前もか」と驚くのであるが、これはもちろんシェイクスピアのパロディである。

このパロディの他にも、ギャグや滑稽な場面が多いため、この作品が「喜劇」であることに違和感を抱く読者は少ないだろう。しかし、ただ単に笑えるからという理由でこの戯曲が「喜劇」と名づけられているのではないことに注意しておく必要がある。詳しくはまた別のところで説明することにして、ここではデュレンマットの「喜劇」が独自の演劇論に基づいていることを示唆しておきたい。

『ロムルス大帝』の初演から五年後の一九五四年に執筆された演劇論『演劇の諸問題』は、デュレンマットの喜劇作家宣言とでも呼べるものであるが、ここでは一貫して、現代に適した演劇の形式とは何かというテーマが扱われている。デュレンマットは、アウシュヴィッツとヒロシマの悲劇を経験した後の世界にはもはや、正義は必ず勝つといった勧善懲悪の図式は成り立たず、世界を因果関係で説明することもできないということを明らかにし、このような世界においては、昔ながらの価値体系の上に成立する文学形式はもはや受け入れられないと主張する。デュレンマットにとってそのような文学形式の筆頭は、伝統的な悲劇（アリストテレス的な悲劇）である。「われわれを扱い得るのは喜劇だけである」という有名なテーゼはここから生まれる。

『ロムルス大帝』においても、帝国滅亡の危機に瀕したローマ人の状況——それはとりもなおさず、米ソ冷戦のただ中にあった当時の、滅亡の危機に瀕した人類の状況ということなのだが——には、悲劇と喜劇のどちらがふさわしいかという問題が取り上げられて、ロムルスによって論じられている。すなわち、娘のレアが演劇の授業で練習している『アンティゴネ』のせりふに影響され、すっかり沈み込んで食欲をなくしていると、ロムルスは娘に向かって、「そんな古くて悲しい作品は勉強せずに、喜劇の練習をしなさい。その方が私たちにはよっぽど似合っている」と言い、それを聞いた妻ユーリアが、婚約者が三年も囚われの身になっている娘に喜劇がふさわしいわけがないと反論すると、ロムルスは、「落ち着きなさい、妻よ。私たちのように万策尽きてどうしようもなくなった者は、喜劇だけが理解できるのだ」と答えるのである。

デュレンマットによれば、普遍的な価値体系が崩れ、意味を失ってしまった現代の世界においては、伝統的な悲劇は時代遅れの形式にすぎず、したがって悲劇的英雄も存在し得ない。養鶏にかまけるロムルスのだらしない姿は、このような認識を反映するものだが、ロムルス自身の口からも英雄の存在を否定する言葉が聞かれる。二昼夜も不眠不休でパヴィア陥落の知らせを運んできた使者に向かって言うロムルスの、「今という時代がおまえの英雄行為を単なるポーズに変えてしまったのだ！」という台詞がそれである。しかしながら、ロムルスがやはりある種の英雄的存在になっていることは誰の目にも明らかだろう。ロムルスのような、時代遅れになってしまった悲劇的英雄にとってかわる新しいポジティヴな人間像をデュレンマットは「勇気ある人間」と呼び、『演劇の諸問題』の中でロムルスの他に、『盲人』に登場する盲目の大公、『ミシシッピ氏の結婚』のユーベローエ、『天使がバビロンにやって来た』のアッキの名前を挙げている。

「勇気ある人間」とは、意味を失ってしまった世界にあって、それでもなお絶望しないで生きていこうとする人間であり、世界が自分たちの力ではどうにもならないものであると認識しながらもなお、世界への働きかけをやめない人間である。『ロムルス大帝』の中で「勇気ある人間」の生き方をもっとも端的に示しているのは、自分を捨てたエミリアンを愛し続けることができるかどうか、不安を感じている娘レアに対して言うロムルスの次のようなせりふだろう。「それなら、怖さに打ち勝つことを学びなさい。それが、今の時代にわれわれが身につけなければならない唯一の技《わざ》なのだからね。怖がらずに物事を見つめ、怖がらずに正しいことをする。私は一生をかけてその訓練をしたのだ。おまえも今から訓練しなさい。エミリアンのところに行きなさい。」

「勇気ある人間」は四〇年代後半から六〇年代にかけて書かれた作品を特徴づける魅力ある登場人物となっている一方で、ドラマトゥルギーの弱みともなっている。たとえば、デュレンマットは現代が英雄不在の時代であると主張するが、「勇気ある人間」が従来のスーパーマン的英雄とは異なるにせよ、やはり一種の英雄であることには変わりがない。また、「勇気ある人間」の生き方は現代人にとって望ましい生き方として示されており、観客を啓蒙する機能を果たしているが、これは、ドラマは問題を提示するだけのものであり、解決方法は観客自身が見つけ出さなければならないとするデュレンマットの創作態度に矛盾している。デュレンマットが創作活動を続けていく中で「勇気ある人間」を描き出すことをやめたのは、このような矛盾と無関係ではないだろう。

（増本浩子）

『ミシシッピ氏の結婚』

デュレンマットの戯曲としては四作目にあたる本作品は一九五〇年に執筆され、一九五二年三月二六日にミュンヘン室内劇場にて初演された（演出ハンス・シュヴァイカート）。観客からはまずまずの評価を受けたようである。本書に収録したのは、一九八〇年版である。一九六一年には本人の脚本に従って映画化もされている（監督クルト・ホフマン）。

ストーリーは入り組んでいるものの、この作品のテーマは明白であり、比較的分かりやすい作品と言えるだろう。この作品の目的とは、作中で登場人物の一人、ユーベローエ伯爵が語るように、「ある理念が人間と衝突し、人間がこの理念を本当に真面目に信じ、大胆なエネルギーと、気違いじみた熱狂と、それを完成させるという汲めども尽きぬ欲望でその理念を実現させようと願うとき、何が起きるかを探ること」である。ここに登場する三人の男、ミシシッピ、サン＝クロード、ユーベローエは、人間の形をとったステレオタイプな「理念」なのである。主役のミシシッピは「正義」を、サン＝クロードは「共産主義」を、ユーベローエは「キリスト教的博愛主義」を体現している。彼らはみな、アナスタージアという女性と関わりをもつのだが、彼女の方は何の理念も持ち合わせてはいない。美しくはあるものの、道徳心に欠け、ただ瞬間だけに生きているこの女性は「世界」の寓意である。デュレンマットはこの作品で、「精神が世界を、ただ存在するだけで何の理念も持ってはいないある世界を、変革できるかどうか、素材としての世界は改良不可能か否か」という問いに対する自分の考えを呈示していると言えよう。

ストーリーの舞台となるのはアナスタージアの屋敷である。上手の窓からは北ヨーロッパを連想させるりんごの木やゴシック様式の大聖堂が見えるが、下手の窓から見えるのは糸杉、古代寺院の遺跡、入り江、港という南ヨーロッパ風の風景である。内部の調度品も同様で、ルイ一五世様式のサイドボード、世紀末様式の鏡、ルイ一六世様式の鏡、ビーダーマイヤー様式のコーヒーテーブル、ルイ一四世様式の肘掛椅子、アンピール様式の家具、スペイン風の屏風、日本風の花瓶、あるいはロシア風のもの、といった具合に、ヨーロッパで過去に流行した様々なスタイルが雑多に並んでいる。このちぐはぐな調度品で飾られた奇妙な屋敷は、様々な理念の戦いの場、ヨーロッパそのものを体現している。

「正義」の化身である検事ミシシッピは夫殺しの罪を負うアナスタージアと結婚し、彼女を「監獄の天使」に変身させたと信じているが、実は彼女が第一の夫を殺した理由はミシシッピが信じているように夫を愛していたからではないし、ミシシッピとの結婚生活のあいだも、サン＝クロード、大臣ディエーゴその他と情事を続けており、彼女の本質はまったく変化していない。しかしミシシッピは最後までその事実を知らず、あるいは信じようとしない。革命家サン＝クロードはロシアでの革命の失敗を認識し、もう一度ポルトガルで革命を始めることを目論むが、その前にアナスタージアの屋敷を訪問して彼女を連れて行こうとしたばかりに仲間に銃殺されてしまう。実はミシシッピもサン＝クロードも娼婦の息子であり、社会の最底辺から苦労して這い上がってきた人物であることが明かされる。ミシシッピは聖書に、そしてサン＝クロードは『資本論』に出会い、それが彼らの運命を分けることになったのだが、それはほんの偶然であって、ある理念を盲信しているという点では二人は兄弟のように似ている。この二人の描き方を見ると、理念への熱狂は困窮に満ちた人生と世界への憎悪から生まれるとデュレンマットは考えていたのではないかと思われる。そのうえサン＝クロードは肝臓病にも苦しんでおり、彼自身認めているように、その過激な思想は病苦の結果でもある。

一方、アナスタージアの青春時代からの恋人ユーベロー工は、先の二人とは対照的に裕福な貴族の末裔である。聖母マリア信仰の色である青のサングラスをかけ、青い旗を掲げるユーベローエは、青春時代にキリスト教の聖人たちの話を読み、「人間への愛」という理念に生きることを決めた。救貧病院を設立し、その後、シュヴァイツァーを思わせるような「密林の聖者」となり、結局は無一文になってヨーロッパに帰って来た彼は、アナスタージアからは手ひどく裏切られ、お笑い種の人生を送ることになる。

こうした「理念」を体現する三人の男とちがって、大臣ディエーゴは現実だけに生きている。混乱に乗じて総理大臣に就任し、最後は大金持ちの女性と結婚する彼は、その意味では、アナスタージアにぴったりの相手であろう。なお、一九六一年の映画ではこの二人は最後に結婚することになっている。何の理念も信じることなく、ひたすら権力だけを求めて走り回るディエーゴは滑稽な役回りを演じる人物にすぎないが、「世界は悪いものだが、希望がないわけじゃない。世界に絶対的な尺度を当てようとするときにだけ、希望がなくなる」ということを見抜く見識も持っている。もし彼がこれほどまでに権力欲に取りつかれておらず、これほどまでに自己中心的でなかったら、中庸を重んじる現実主義の政治家になれたかもしれない。

「正義」の人ミシシッピも革命家サン＝クロードも死んでしまうのに、現実だけに生きるディエーゴと「愛」に生きるユーベローエは生き残る。ユーベローエは最後の場面で痩馬にまたがり、負けると分かっている戦いに挑むドン・キホーテとして自嘲の歌を歌う。何度失敗しても裏切られても「愛」を信じたばかりに、お笑い種の人生を辿る彼は、正義のために三五〇人を処刑するミシシッピや革命のために武力闘争を行うサン＝クロードとは違う。デュレンマットは『演劇の諸問題』の中で、変革不可能な世界にあっても絶望しないで自分のなすべきことをなす人物像を「勇気ある人間」と呼び、このユーベローエを「勇気ある人間」の一人であると述べている。ユーベローエ自身が語るように、おそらく彼は作者デュレンマットが「情熱のありったけをかけて愛した人物」であり「作者自身に似たもの」として創造した人物であろう。確かにユーベローエは人間を殺さない。しかし彼もまた、自分の理念のために人間の幸福をないがしろにしているという点では先の二人と変わらない。「私たちをとんでもない不幸に陥れるのはいつだって、あなたのご立派さなのよ」とユーベローエを非難するアナスタージアの台詞は妙に説得力がある。無一文になったユーベローエに「逃げましょう！　分別は捨てて！」と迫るアナスタージアの提案を彼は、正直さというものに一番の価値を置く自分の信念に従ってきっぱりと拒絶する。その後ミシシッピを前にしてアナスタージアは、ユーベローエを愛したことなどないと断言して彼を手ひどく裏切るが、それは彼女の自己保身であるとともに、ユーベローエの硬直した信念に対する罰とも解釈できる。

最後に、死んだはずのアナスタージア、サン＝クロード、ミシシッピが蘇り、「変わることなく俺たちは、また舞い戻って来る」と語る。ここで物語は冒頭の、サン＝クロードが銃殺される場面に巻き戻されるのである。デュレンマットは、理念のために多くの血が流されたヨーロッパの、ひいては世界の歴史を語り、それが今後も繰り返されることを予言している。「ただ存在するだけで何の理念も持ってはいないある世界を、変革できるかどうか、素材としての世界は改良不可能か否か」という問いに対するデュレンマットの答えは明らかである。しかし、世界は理念のために存在しているのではないし、理念のために世界をないがしろにするとき、理念は手ひどいしっぺ返しを受けるのだ、というデュレンマットのメッセージをこの作品から汲み取ることもまた可能なのではないだろうか。

（香月恵里）

『天使がバビロンにやって来た』

劇は、乞食の格好をした天使が、少女クルビを伴って地上にやって来るところから始まる。天使は、「もっとも取るに足りない人間」に「天の恵み」クルビを授けるようにという神の命を受けて、アンドロメダ大星雲から古代バビロンの都に降り立ったのである。広場には「乞食は反社会的行為なり」「乞食よ、国家公務につけ」といったポスターが貼られている。天使はただ一人残存している乞食アッキに彼女を譲り渡せばいいと思っていたのだが、最初に出会ったのは、「ニネベの乞食アナシャマシュタクラク」に扮した王ネブカドネザルだった。さらに、アッキの登場によって三人の「乞食」が舞台上に並び立つことになる。アッキとネブカドネザルは乞食の「技比べ」を行い、アッキが勝利する。それを受けて、天使はネブカドネザルにクルビを授ける。

五〇万もの条項からなるバビロンの法律を基礎に「真の社会福祉国家」を建設しようとする理想主義者ネブカドネザルにとって障害となるのは、最後の乞食アッキとともにクルビの存在である。王は彼女を愛しく思うものの、天に「もっとも取るに足りない人間」と判断されたことに怒りを覚え、彼女を足蹴にする。

この世で最も強大な王であると信じている彼は、自分に「天の恵み」を授けた神を呪い、ついには、神への挑戦として「雲をも貫く塔」を建設することを決意するのである。

「バベルの塔建設」は長年、デュレンマットの夢や思考から離れず、すでに青少年期から取り組んできたモチーフだった。父の蔵書にはニネベやバビロンについての論文があった。

そして、彼は一九四八年夏に『バベルの塔建設』という戯曲を書くことになる。『天使がバビロンにやって来た』の第一幕は、すでにその時、執筆され、もともと『バベルの塔建設』の第一幕として考えられていたものだった。それに続く第二、第三幕も完成したが、「バビロン的大混乱」に陥ったと記している。

一九五三年になって、彼は『バベルの塔建設』に再び取りかかり、三部作に仕上げる予定だったようである。処分していた古い原稿を修復し、その後のストーリーを変え、なぜ塔が建設されたのかを描いた。同年一二月二二日、ミュンヘン室内劇場で初演(演出ハンス・シュヴァイカート、舞台装置カスパー・ネーアー)、翌年アルヒェ社から出版(=第一稿)され、ベルン市文学賞を受賞した。

その後、五七年に改稿(=第二稿)され、六四年には、その前年の野外劇上演を収録したテレビ放映が行われている。演出は、『旅愁』『ノートルダムのせむし男』などの映画で有名なウィリアム・ディターレ監督だった。さらに、七七年にはオペラ『天使がバビロンにやって来た』(チューリヒ歌劇場、作曲ルドルフ・ケーターボルン)が上演された。ここに訳出したのはディオゲネス社の全集のために書かれた一九八〇年の「改訂稿」である。相変わらず「三幕の断片的喜劇」という副題が付されているが、結局、これが「決定稿」になり、当初予定していたストーリーを続けるという計画は実現しなかった。

この作品には、『ギルガメシュ叙事詩』あるいは「シュメール神話」一般に関連した人名、地名などが数多く登場する。例えば、「ギルガメシュの頭のレリーフ」「ギルガメシュ橋」といった具合に。また、「俺たちの国民的叙事詩であるギルガメシュの詩を作っていたんです〔……〕ちょうど強大な天空動物フンババの場面を書いていたところです」あるいは「われらが国家的英雄ギルガメシュによって樹立

された この玉座」といった台詞も見られる。

それらはまた、バビロン（＝バベル）、ウル、ウルク、アッカド、ニネベといった地名も含めて、旧約聖書にも重なる。ネブカドネザル王（二世）はユダ王国を滅ぼし、エルサレムを破壊し、ユダヤ人をバビロンに移した「バビロンの捕囚」で知られる歴史上の人物でもある。彼と玉座と足台の身分を交代する相手ニムロート（ニムロデ）は創世記によれば、ノアの子孫であるハムの子孫クシュの子であり、「地上で最初の権力者（勇士）」とされている。「二人で一人」のネブカドネザルとニムロート、そして乞食アッキも何千年も生きている。それは神話的雰囲気――パロディー化されたものであるが――を高めるとともに、「バベルの塔建設」というモチーフ、敷衍すれば、世界史における繰り返される誤謬とも言うべきものに対するデュレンマットのこだわりを感じさせる。彼は八〇年の全集版の「注」で、次のように書いている。「私の喜劇は、なぜバビロンに塔が建設されることになったのか、つまり、伝説によれば人類の事業の中でもっとも無意味であるとしても、もっとも壮大なものの一つである事業が、なぜ実行に移されることになったのか、という理由を述べようとするものである。今日、私たちが、それと似た事業に巻き込まれている現実を前にしているがゆえに、いっそう重要である。」

さらに、ウトナピシュティムは、『ギルガメシュ叙事詩』では神々が「大洪水」を起こすことを知って、家族たちとともに船で逃れ、「不死を得た人」と呼ばれている。『バベルの塔建設』では「塔建設の名人」という設定だった。この作品でのウトナピシュティムの肩書は「首席神学者」となっているが、同時に「国教会」の長でもあり、総理大臣、大将軍と並ぶ存在と見なされる。実際、クルビは彼のことを「大司教様」と呼んでいるので、訳では「首席神学者（＝大司教）」とした。

ネブカドネザルは、終幕近くで、宣言する。「俺は人類を柵の中に追い込んで、その中央に雲をも貫く塔を建てよう。無限の高さに伸びて、俺の敵の心臓を刺し貫くのだ。無から生まれたものに対して、俺は人間の精神から生まれたものを刃向かわせて、どちらが優れているか見てやろう。俺の正義か、それとも神の不正か。」しかし、デュレンマットは大事業によって自らの権勢を示威しようとする王を「勝者」にすることはなかった。

王よりもずっと存在感を持っているのは彼に対峙する乞食のアッキである。彼は正か不正か、生か死か、といった二律背反の思考とは無縁で、自らの体験を通して「強者は強い」「英雄的行為は無意味だ」「賢者をさえ権力は殺すのだ」という認識に達し、「生き延びる」術を会得している真の「賢者」である。彼は詩人たちに言う。「賢者をさえ権力は殺すのだ。無一物で無価値なものだけが無傷でいられる。さあ、何をなすべきか考えて、結論を出すがよい。馬鹿を装うのだ。そうすれば長生きできる。」

彼は乞食の名人だが、稼ぎはすべてユーフラテス川に投げ捨て、「財産」からも自分を解放する「フリーの芸術家」として生きている。「馬鹿を装う」とは、まさに修辞としての「アイロニー」の謂《いい》であり、権力者に反抗しながら生き延びるアッキの処世術を端的に表している。デュレンマットが彼を、自作中の「勇気ある人間」四人のうちの一人に挙げているのも、首肯できるのではないだろうか。

劇は、アッキがクルビを伴い、広大な砂漠を進んでいく場面で終わる。苛酷な状況にもかかわらず、彼の言葉は、デュレンマット劇には珍しいくらい前向きである。「俺は、まだなくなってはいない地球を愛している。〔……〕さあ、進め、娘、前進するのだ。〔……〕バビロン、分別も生気もなくしたバビロンは、石と鉄でできた塔もろとも崩れていく。没落に逆らって果てしなく高く伸びていくバベルの塔もろともに。〔……〕その嵐の向こう、俺たちの前途には、はるか遠くに新しい土地がある。夜明けの中に浮び上がり、銀色の光に漂いながら、新しい迫害、新しい約束、そして新しい歌に満ちた土地が！」

（木村英二）

訳者あとがき

本書に訳出した戯曲の作者フリードリヒ・デュレンマット（一九二一―九〇）は、戦後スイスの文学を代表する劇作家である。スイスは日本の九州ほどの面積しかない小国でありながら、ドイツ語、フランス語、イタリア語、レトロマン語の四言語が公用語と定められている。デュレンマットはドイツ語圏の出身で、創作に使用した言語はドイツ語だった。そのため、彼の作品は広い意味でのドイツ文学（正確にはドイツ語文学）に含まれる。

ドイツ語で書かれたスイスの文学は、いわゆるドイツ文学史において長らく周縁に位置し続けていたが、第二次世界大戦後、特に劇作の分野において、一躍国際的な評価を受けるようになる。その背景には、中立国スイスが戦時中に多くの亡命者を迎えて、戦火のみならず文化的荒廃をも免れたという事情が考えられるだろう。このような土壌の上に才能豊かなスイス人作家が育ち、世界の舞台で活躍したのである。小説家としても名高いマックス・フリッシュ（一九一一―九一）と並んで、スイス演劇躍進の立役者のひとりとなったのがデュレンマットである。まだ三〇代の若さで、ドイツの著名な批評家であり、学者でもあるヴァルター・イェンスから、「あの無比の存在だったブレヒトの死後、ドイツ語圏で最も優れた劇作家」という称賛を得たデュレンマットは、特に五〇年代から六〇年代にかけて発表した作品によって一世を風靡し、その名声を確立した。その主要な戯曲は、さまざまな言語に翻訳されて世界各地で上演され、スイスをはじめとするドイツ語圏の国々では今なお定番の演目となっている。

デュレンマットは一九二一年一月五日、ベルン州エメンタール地方の小さな田舎町コノルフィンゲンに、プロテスタント牧師の息子として生まれた。父方の祖父は国民議会議員で、新聞社の編集者として文筆にも関わっていた。一四歳のときに父親の転勤で首都ベルンに引っ越し、一九四一年にギムナジウムを卒業した後は、ベルン大学とチューリヒ大学で哲学、ドイツ文学、芸術史を専攻した。キルケゴールに関する博士論文の執筆を企てる一方で、文学作品の創作も始めたデュレンマットは、絵を描くのも得意で、早くから画家になる夢をもっていたため、将来どんな職業につくかでずいぶん悩んだようである。一九四五年に短編小説のひとつが初めて活字になり、翌四六年には作家になることを決意して学業を放棄した。（彼は作家になってからも絵は描き続けて、数多くの作品を残している。それらの一部は画集として出版されたり、美術館に飾られたり、自作の装丁に用いられるなどして、人々の目に触れる機会も多かった。）作家になりたての頃は主に短編小説を書いていたが、それは標準ドイツ語で長い文章を書くのに苦労したという事情があったらしい。

スイスのドイツ語は標準ドイツ語とは特に音韻と語彙の面で大きく異なり、スイスに近い南ドイツの出身でもない限り、ドイツ人でも理解が難しい。それがさらに、場合によってはスイス人同士ですら意思の疎通が困難になるほど多様な方言に細分化して、それぞれの地域に根ざしたスイス人のアイデンティティの一部となっている。ドイツ語圏のスイスでは標準ドイツ語は「書き言葉」、方言は「話し言葉」と呼ばれて、この二つが併用されているが、日常生活で用いられるのは主に方言であり、子どもたちは学校教育の場で初めて「書き言葉」に触れることになる。晩年になってデュレンマットは、小学生だった自分にとって、学校で習う標準ドイツ語は外国語以外の何ものでもなかったと回想している。彼自身は生涯ベルン方言を話し、結婚後に故郷ベルンを離れて、フランス語圏のヌシャテルに住まいを移しても、それが変ることはなかった。ちなみに、デュレンマットが結婚したのは、作家になる決心をしたのと同じ四六年で、妻となった女優のロッティ・ガイスラーとのあいだには一男二女をもうけ、平穏な家庭生活を送った。八三年にロッティが亡くなった後、デュレンマットは女優でジャーナリストのシャルロッテ・ケルと再婚している。

四〇年代に書かれた短編小説はそれらが成立した暗い時代にふさわしく、陰鬱なトーンを帯びたものである。こうした作品を書くことによっていわば作家としての肩慣らしをした後、デュレンマットは軸足を演劇に移して、四五年には最初の戯曲『聖書に曰く』(一九四五/四六。以下、原則として執筆年を記す)の執筆を始める。一六世紀にドイツのミュンスターに出現した再洗礼派王国のグロテスクななりゆきを描いたこの作品が一九四七年にチューリヒで初演されて以来、デュレンマットは毎年のように新作を発表し、しだいに劇作家としてその名を知られるようになっていった。

デュレンマットはその生涯に、シェイクスピア、ストリンドベリ等の脚色の仕事を除くと、『聖書に曰く』に始まって『アハターロー』(一九八三―八八)にいたる一七編のオリジナル戯曲を舞台に載せ、そのほとんどすべてを喜劇と名づけている。デュレンマット研究においては、これらの戯曲は通常三つのグループに分けられる。すなわち、まだ「戯曲」というサブタイトルがついているだけの二作品(初期)、デュレンマットの名声を世界的なものにした『老貴婦人の訪問』(一九五五)と『物理学者たち』(一九六一)という代表作を含む、一九四〇年代末から六〇年代にかけての喜劇群(中期)、そして、上演が大失敗に終わり、創作活動の転換点となった『加担者』(一九七二/七三)以降の作品群(後期)である。中期はデュレンマット独特の喜劇のスタイルが確立した時期であると同時に、数多くの演劇論、小説、ラジオドラマが生み出された、最も多産な時期でもある。中期の戯曲は数多くの賞に輝き、映画化されたものも少なくない。だが、『加担者』のスキャンダラスな失敗以降、デュレンマットは創作の重点を戯曲から小説や自伝的散文に移して、リライトしたものを除くと、約二〇年間にわずか二つの戯曲しか発表していない。八八年には演劇と別離して散文の創作に専念する旨を発表し、劇作家としての活動に終止符を打った。そしてその二年後の一九九〇年一二月一四日、デュレンマットは心筋梗塞のためヌシャテルの自宅で亡くなった。

戯曲についてはそれぞれの「解題」で成立当時の状況や初演の評判なども含めて解説するので、ここでは戯曲以外の主な作品について簡単に紹介しておきたい。

一九四二年末に書かれたデュレンマットの処女作は『クリスマス』というタイトルで、わずか一四行から成る短編である。当時はまだ標準ドイツ語で長い文章が書けなかったから、とデュレンマットが自嘲気味に回想するほど短く、寸断された文の連なりはしかし、無機的な印象を与える効果を上げている。太陽も星も死に絶えた真っ暗な世界で、「ぼく」は雪の上に幼子イエスが横たわっているのを見つける。空腹だった「ぼく」がその子の頭をかじると、古ぼけたマルチパン（すりつぶしたアーモンドに砂糖を練り合わせた菓子で、クリスマスによく食べられる）の味しかしない。それで「ぼく」は幼子をそのまま打ち捨てて、さらに先へと歩いて行く、という話である。『クリスマス』というタイトルとは裏腹に、この作品はキリストの誕生を祝うどころか、その死を宣言しているのである。

デュレンマットは牧師の息子でありながら、残酷な戦争が繰り広げられているこの世界に神が存在するとはとうてい信じることができなかった。あるいは、もしも神が存在しているのなら、この大戦を許容している神はサディストに違いない、と考えた。短編『拷問吏』（一九四三）では世界が拷問部屋に見立てられ、神はその拷問部屋で人間を拷問する拷問吏ということになっている。また『老人』

（一九四五）では、神を思わせる「老人」の存在が人々に愛と恩寵ではなく、憎悪と災厄をもたらす。

短編小説として最もよく知られたもののひとつである『トンネル』（一九五二）は、列車がトンネルに入ったまま抜け出せなくなり、地球の真ん中へと落下していく話である。眼鏡をかけた二四歳の太った男が、ベルンからチューリヒに向かう列車に乗る。いつものようにブルクドルフを過ぎ、そのすぐ後でトンネルに入ってから列車はなぜか通常のルートをはずれて、どんどん地球の内部へと墜落していく。ごくありふれた日常生活が、突然シュールなものに変貌する小説である。七八年に最終場面が書き換えられ、スピードを上げながら地球の中心に向かって突進する列車の中で、車掌がどうすればいいのかと問うのに対して、二四歳の男が「何もしなくていいんです」と答えるところで物語が終わる形になったが、もともとの五二年版ではそれに続けて、「神が私たちを落下させたのだから、私たちは神のもとへと突進していくだけです」と答えていた。つまり、もとの版では初期の短編に典型的に見られた神の問題が顔をのぞかせていたのである。地球の中心に向かって落下していく列車が「神のもとへと」向かっているという理解は、神は天ではなく地中（地獄？）にいるのだという、デュレンマットらしい逆転の発想である。

『トンネル』に登場する眼鏡をかけた二四歳の太った男というのは、明らかに若き日のデュレンマット自身である。（デュレンマットは肥満体質で、若い時から糖尿病で悩んでいた。）ギムナジウムを卒業した後、いったん地元のベルン大学に入学したものの、すぐにチューリヒ大学に籍を移したデュレンマットは、週末ごとにベルンの実家に帰っていた。病気になってすぐにまたベルン大学に戻ることになるのだが、チューリヒ大学に在籍していた一年間、デュレンマットは毎週日曜日の夕方になると、この小説にあるとおり、ベルンを出てブルクドルフ、ランゲンタール、オルテンを経由し、チューリヒへと向かう列車に乗っていた。当時、彼は第二次世界大戦末期にスイスで暮らす自分の状況を、まるで迷宮に閉じ込められたミノタウロスのようだと感じていた。ヨーロッパのただなかにありながら戦争の惨禍を免れていることに対して、まるで自分がスイスという国の中に閉じ込められ、そのために外の世界で何が起きているのかを正しく把握することが不可能であるように感じていたのである。

哲学を専攻する学生としてプラトンを読み、いわゆる洞窟の比喩（洞窟の中の囚人がその壁に映る影を実体だと感じているように、人間はイデアの影を実体だと思い込んでいる、というたとえ話）に強い印象を受けたデュレンマットは、その後一貫して、人間は自らの主観性を脱することはできないのだから、世界を客観的かつ完全に認識することは不可能である、という立場をとり続けることになる。デュレンマットにとって、世界は常に人間理性では見通すことのできない、不可解なものとして存在していたのだが、作品中でその世界観を表現するときは、迷宮とミノタウロスのメタファーを好んで用いている。

ミノス王妃と牡牛のあいだに生まれた半人半獣の怪物ミノタウロスは、生まれた時から迷宮の中にいるので、外界の存在など想像もつかない。迷宮は実際には名工ダイダロスによって造られた建築物にすぎないのだが、ミノタウロスにとっては世界そのものである。迷宮とそこに閉じ込められ、迷宮を世界とみなしているミノタウロスのメタファーは、世界は人間には見通すことも理解することもできないものであることを意味すると同時に、人間が（牛の頭をしているために普通の人間よりも知性が劣るとされるミノタウロスと同様に）「洞窟の視点」、つまり限られた認識力しかもつことができないということを意味している。このテーマについて晩年のデュレンマットは、病気になってチューリヒから両親の住むベルンに戻った、その当時のいきさつを説明しながら、次のように述べている。

私はその町から逃げ出したのに、一年足らずでまた逃げ帰ったのだった。そこから逃げ出したことは、今回帰って来たのと同じくらい無意味な企てだった。どちらも、実験室に人工的に作られた迷路の中でネズミが迷う動きに似ていた。ネズミは自分が迷路にいるということも、その迷路が実験室にあるということも知らない。ネズミは間違った道から間違った道へと迷って走り回り、走り回ることによって反抗的になるが、誰に対して反抗しているのかはネズミにはわかっていない。もしかしたらネズミは、自分をこの迷路の中に入れたネズミの神を想定していて、今やそのネズミの神を非難しているのかもしれない。なぜならネズミには、ネズミにとっての現実を埋め込んでいるもうひとつの現実、つまりネズミではなく人間をとりまく現実に遭遇することは不可能だからである。その人間は、ネズミにも人間にも同じようにあてはまる何らかの法則を見つけ出そうとして、この孤立した、迷路の中を走り回っているネズミを観察している。この人間にとっての現実も同様に迷宮的なので、入れ子になったふたつの迷宮があることになる。もしもネズミを観察している人間が同じように、もっと上の存在によって観察されており、その存在がさらに上をいく存在に観察されている等々となっているのであれば、三重、四重、あるいはもっと多くの入れ子になった迷宮があることになる。

おもしろいのは、このたとえ話においては実験室の迷路だけでなく、神までも人間が作り出したものだと主張されている点である。神が人間を創造したのではなく、人間が神を創造して、迷宮としての世界における自らの存在の意味を説明しようとしたというのだ。つまり、デュレンマットの中ではサディスティックな神は、しだいに単に人間が頭で考え出したにすぎないフィクションへと姿を変えていくのである。そう考えれば、『トンネル』が改稿されるにあたって「神」という言葉が削除された理由も理解できる。

また、初期の短編では迷宮が洞窟として描かれていることにも注目するべきだろう。『街』（一九四七）、『ある看守の手記から』（一九五二）、『チベットの冬戦争』（一九四四年に着手するが、完成できなかった作品として、一九八一年の自伝風散文の中で再構築されている）の三つの作品はいずれも、プラトンの洞窟の比喩に影響を受けたものであるという作者自身の指摘どおり、主な舞台はすべて地下にある迷宮のような洞窟となっている。二四歳の太った男が落ち込んでいくトンネルももちろん、洞窟の延長線上にあると考えることができるだろう。

また、『トンネル』ではのどかなスイスらしい風景の中で繰り広げられるドラマが、ローカルな枠組みを超えて、人間一般に普遍的なテーマを扱っていることにも注意する必要がある。デュレンマットをはじめとするスイスの現代作家たちには、スイスの牧歌的イメージを破壊しようとする傾向がある。そもそもスイスの文学と聞いて日本人が真っ先に思い浮かべるのはヨハンナ・シュピーリの『アルプスの少女ハイジ』（一八八〇）ではないだろうか。多くの人々にとっては、この物語はテレビアニメの映像と結びついているだろう。『ハイジ』は日本のみならず世界中の国々で愛されているが、『ハイジ』が描く美しいアルプスの風景と、そこで暮らす善良な人々の素朴でのどかな生活は、『ハイジ』が誕生してから一三〇年以上たった今日でも、世界中の人々がスイスに対して抱いている牧歌的イメージと確実に結びついている。そして、スイス観光局が作ったパンフレットやポスターを見ればわかるように、スイス政府も意識的にこの牧歌的イメージを観光客集めに利用している。

『ハイジ』はいわゆる郷土文学のジャンルに入る作品である。スイスの郷土文学は、山岳地帯に住む農民の昔ながらの生き方や農村の暮らしを理想化する傾向をもっている。（アルプスでは幸福だったハイジが、ドイツの大都会フランクフルトで夢遊病になるほど苦しんだことを思い出してほしい。また、足の悪いクララが健康を取り戻す場所も、都会ではなくアルプスの山中である。）スイスを観光する者の目には、万年雪を頂く山々やその姿を映し出す湖、青々と広がる牧草地や、ベランダからあふれんばかりの花に飾られた家のある農村の風景は、『ハイジ』の世界そのものに見えるだろう。しかし、この美しい自然をもつ国も今日では当然のことながら高度に工業化され、どこを探しても昔ながらの素朴な生活をする農民などはいない。スイスの現代作家たちは、このような観光客相手のハイジ的スイス・イメージを壊そうと努力し続けている。「アルプスに暮らす素朴な農民」に代表されるようなスイスの牧歌的イメージは、スイスを美化・理想化し、数々の問題を抱えた現実をその美しい風景で覆い隠してしまうからである。

デュレンマットは作品の中でしばしば激しくスイスを批判した。そのため、ドイツ語圏のスイス人はデュレンマットを必ずしも快く思っておらず、バッシングを受けることもしばしばだった。批判の矛先が向けられたのは、スイスの閉鎖性、拝金主義、官僚主義、「克服されていない過去」（すなわち、ナチス・ドイツに協力していながら、戦後それに無反省な態度をとり続けていたこと）などだった。たとえば喜劇『ヘラクレスとアウゲイアスの牛舎』（一九六二）はギリシア神話を題材にしていて、舞台は古代ギリシアのはずなのだが、デュレンマットはそこにスイス風の名前をもつ人物を登場させている。もともとの神話は、エーリスの王アウゲイアスが三千頭の牛を所有しており、その牛舎は三〇年間も掃除されたことがなかったのを、英雄ヘラクレスが近くに流れる川を利用して、その汚れを一日で洗い落とした、というものである。デュレンマットは、エーリスの国全体が牛の糞に埋もれているという設定にして、ヘラクレスが大掃除を依頼されるものの、官僚主義に阻まれて失敗する、という話に書き換えた。そして、エーリスの住民として、ギリシア風の名にスイス風の姓を組み合わせた人物を登場させたのである。そのため、この喜劇が発表されたとき、スイスの観客はエーリスをやはり酪農の国であるスイスと同一視し、エーリスが英雄ヘラクレスの力をもってしてもどうにもならないくらい大量の糞にまみれているという話を、祖国に対する侮辱と感じたのだった。

デュレンマットに対するバッシングを考える際に興味深いのは、デュレンマットが一九五二年にフランス語圏の町ヌシャテルに引っ越して、亡くなるまでそこで暮らし続けたことである。先にも述べたように、デュレンマットは普段はベルン方言のドイツ語を話し、フランス語は不得意であったにもかかわらず、ヌシャテルに約四〇年間も住んでいたのだ。国に四つの公用語があるということは、国民がこれら四つの言語を自在に操ることができるということを必ずしも意味しない。スイスのドイツ語圏とフランス語圏とのあいだに存在する溝は私たち外国人が想像するよりもずっと広くて深く、たとえば文学に関して言えば、ドイツ語で書かれたスイス文学は、フランス語圏のスイス人にはほとんど読まれることがない。つまり、国民的作家と呼ばれるデュレンマットの作品も、実はフランス語圏ではほとんど読まれていないのである。そのような状況の中で、デュレンマットはあえてフランス語圏の町に居を構え、戯曲の執筆は標準ドイツ語で行い、そのほとんどすべてをドイツ語圏の町チューリヒで初演した。つまり、デュレンマットは自分の創作活動にあまり関心を持っていない人々のあいだで暮らせば、誰にも邪魔されずに自由に執筆できると考えてヌシャテルに引っ越したのではないかと推測できるのである。そして実際に、ヌシャテルの人々はデュレンマットの作家活動についてはほとんど何も知らなかった。

短編『トンネル』が書かれたのと同じ五〇年代に、デュレンマットは三編の推理小説を発表している。推理小説はデュレンマットが得意としたジャンルで、五〇年代に書かれた三編の他、作家の死後、遺稿をもとに未完の小説として発表された『退職者』（一九九五出版）も推理小説と銘打たれているし、研究者によってはさらに『故障』（一九五五）や『依頼』（一九八四—八六）などの作品も推理小説に数えている。

推理小説第一作の『裁判官と死刑執行人』（一九五〇）は、もともとはまだ駆け出しの作家だったデュレンマットがお金を稼ぐために雑誌の連載小説として書いた作品だったが、単行本として出版されるや大ヒットして、今日にいたるまで最もよく読まれているデュレンマット作品となっている。第二作はスイス人医師のナチス時代の罪を暴く『嫌疑』（一九五一）、そして第三作が「推理小説へのレクイエム」というサブタイトルをもった『約束』（一九五七）である。『約束』が書かれたきっかけは、映画の脚本を依頼されたことだった。五〇年代のスイスでは、子どもに対する性犯罪が社会問題になっていて、子どもと、子どもをもつ大人を啓蒙するための映画を作ることになり、デュレンマットがそのシナリオを担当したのである。ラディスラオ・ヴァホダ監督、名優ハインツ・リューマン主演のこの映画（『事件は真昼に起きた』*Es geschah am hellichten Tag* 一九五八）では、少女連続暴行殺害事件の真犯人を警部がみごとな推理で逮捕する。この映画の制作過程で、プロデューサーがいかにも推理小説らしい論理的なストーリー展開に固執したのに対し、デュレンマットは逆に、計算通りにはいかない、見通しのきかない世界を描くというアイデアに夢中になる。そこで彼は、この映画のプロットから教育的な意図を取り去り、偶然の要素を盛り込んだ推理小説『約束』を書いたのだった。この小説においては、シャーロック・ホームズのような明晰な頭脳の持ち主である警部は、真犯人の交通事故死という偶然の出来事によって、事件を解決できなくなってしまう。ここで問題になっているのは、従来の推理小説に内在する、人間は理性によって現実を正しく認識することができるという虚偽であり、人間は因果関係に基づいた整合性ある世界に生きているという虚偽である。つまり、推理小説で問題になっているのは、「迷宮としての世界」というデュレンマットの現実認識なのである。

このような認識は彼の演劇論の基礎でもあった。喜劇作家宣言とも言える演劇論『演劇の諸問題』（一九五四）では彼は、アウシュヴィッツとヒロシマ・ナガサキを経験した後の世界にはもはや、正義は必ず勝つといった勧善懲悪の図式は成り立たず、世界を因果関係で説明することもできないということを明らかにし、このような世界においては、昔ながらの価値体系の上に成立する文学形式はもはや受け入れられないと主張する。デュレンマットにとってそのような文学形式の筆頭は、伝統的な悲劇である。彼によれば悲劇は、伝統的な推理小説と同様、すでに失われてしまった世界秩序を前提としている。前提となるべき世界秩序が失われてしまったのであれば、現代において悲劇はもはや成立不可能であり、悲劇ではないもの、すなわち喜劇のみが現代に適した演劇形式となるのである。このような演劇論に基づいて、デュレンマットは『老貴婦人の訪問』と『物理学者たち』という代表作を世に送り出した。これらの作品は喜劇仕立てながら、金銭欲に目がくらんだ人間の心理や、現代社会における科学者のモラルといった深刻なテーマを扱っており、いずれもチューリヒでの初演の後、ごく短期間のうちに各国語に翻訳されて、欧米を中心とする世界各地で上演され、大当たりをとった。

『加担者』の初演（一九七三年三月八日、チューリヒ劇場）の大失敗により、それまで飛ぶ鳥を落とす勢いだったデュレンマットの人気に陰りが見え始め、その後デュレンマットは長期にわたって劇作家として危機的状況に陥る。『加担者』初演の演出はもともと、映画監督として有名なポーランドのアンジェイ・ワイダが担当していたのだが、その演出がデュレンマットの気に入らず、いろいろと口出しをしたためにワイダが怒って演出を降りてしまった。それが初演の三日前のことで、急遽デュレンマット自身が演出することになったのだが、ワイダに肩入れしていた俳優たちは猛反発したらしい。そうして迎えた初日は成功するはずもなかった。

それまでデュレンマットは、戯曲の上演直後にその作品を本として出版するという販売戦略をとっていたのだが、『加担者』の場合は初演の失敗について考察したあとがきをつけて出版することになり、そのあとがきがなかなか完成しなかったために、本の出版は初演から三年後の七六年になってしまった。

印刷されたあとがきは実に二〇〇ページ以上にもおよぶ長大なもので、演出上の諸注意や、「加担」というテーマへの注釈、登場人物についてのコメントなどのほか、「あとがきへのあとがき」までもが存在し、そこにはふたつの独立した短編小説が含まれている。このあとがきの中でデュレンマットは戯曲と登場人物のみならず、作者である自分自身についても考察を重ね、そのうちに『加担者』の失敗そのものよりも、書いているこの私は書くための素材になることができるかどうか、つまり、書いている主体は書かれる客体になることができるかどうか、という問題の方が重要になってくる。つまり、人間は世界どころか自分自身のことさえ正しく認識できないのではないか、あるいは、人間の経験というものは常に主観的なものであって、客観的な事実として描くことは不可能ではないか、という問いである。この問いは「真実の人生」を描くものとしての自伝を書くことが可能であるかどうか、という問題につながっていく。デュレンマットが『加担者』のあとがきで考えたことは、晩年の代表作である自伝的散文『素材』(一九八一、一九九〇出版)の執筆に大きな影響を与えた。それぞれ「迷宮」、「塔の建設」というサブタイトルをもつ二巻本の『素材』は、作家のあれこれの経験を語るのではなく、書かれたり書かれなかったりした文学的素材の歴史という形をとった特異な自伝となっている。

長編小説『混迷の谷』(一九八六—八九)では、再び神の問題が取り上げられていている。この小説の草稿段階でのタイトルは『クリスマスⅡ』だった。つまり、デュレンマットはこの小説を書くときに、自分の処女作『クリスマス』を強く意識していたのである。結果的にはこの作品が生前に発表された最後の小説となり、彼の全作品がクリスマスに始まりクリスマスで終わる、円環をなす構造をもつことになった。

『混迷の谷』では神はギャングのボスという設定になっており、そのような犯罪者としての神に翻弄される人間の混乱ぶりが描かれる。旧約聖書の神のように見える「偉大な老人」、秘書ガブリエル、弁護士ラファエル、整形外科医ミカエル、神学者モーゼス・メルカー（モーゼスは古代イスラエルの指導者モーセのことで、メルカーには「乳搾りをする男」という意味があり、モーセがスイスの農民に格下げされている）などが登場するこの小説は、聖書のパロディであると同時に、さまざまなデュレンマット作品に登場する人物やモチーフや場面のコラージュともなっている。物語の終盤で、村のクアハウスがギャングのたまり場になっていることを知った混迷の谷の住民たちは、クリスマスのミサの最中にクアハウスを襲撃し、火をつける。火事はギャングと村人を焼き尽くし、森にまで広がっていく。小説は次のような文章で締めくくられている。「村長の家の前には犬が寝そべっており、犬の横にはエルジが立っていた。彼女は燃えている森を、峡谷の向こう側で燃えさかっている炎の壁を見ていた。その炎は村人たちを飲み込んでしまい、さらに飲み込みつつあった。彼女はほほえんだ。クリスマス、と彼女はつぶやいた。子どもは彼女の胎内で喜びに踊った。」

村長の娘エルジはギャングのひとりと関係をもち、妊娠している。きらきら輝く飾りのついたツリーを見るように森の火事を見ているエルジの「クリスマス」というつぶやきを聞いて、おなかの子が踊るという最終行は、新約聖書に基づいている（ルカによる福音書、第一章第四四節）。聖書ではイエスを受胎したマリヤのあいさつを聞いて、エリサベツの胎内で子（バプテスマのヨハネ）が喜びに踊るのである。エルジはエリーザベト（エリサベツ）のスイス風愛称であるから、ここで暗示されているのは新たな神の誕生（デュレンマットの文脈では、新たな神を考え出す人間の誕生）に他ならない。

再生の予感に満ちた明るいこの最終場面は、処女作『クリスマス』に描かれているモノクロの死の世界とは対照的である。『クリスマス』で神を過去のものとして片づけたデュレンマットは、『混迷の谷』では神をいったん殺した後、そのよみがえりを暗示している。（正確には、神を想定する人間の死による神の死と、次世代の人間によって神が新たに考え出されることを暗示している。）このような形で『混迷の谷』は『クリスマス』をもう一歩進めた『クリスマスII』としての機能を果たしているのである。

デュレンマット作品の最大の特徴は何と言っても、そのテーマの普遍性にある。ある作品が一見ある特定の時代や状況に密着した枠組みをもっているように見えても、そこで扱われているテーマには常にその枠組みを超えた普遍性があるため、彼の作品はアクチュアルな問題に立ち向かう際の一種の思考モデルとして機能するのである。スイスから遠く離れた日本で、何十年も前に書かれた彼の作品を読むことの意味もそこにあると言える。

たとえば本書に収録した最初の戯曲『聖書に曰く』は、具体的には一六世紀のミュンスターに現実に建設された再洗礼派王国のことを扱っているわけだが、ここで問題になっているのは、ひとりの人間が町全体、国全体を滅ぼしてしまう現象を提示すること、あるいは集団の狂気を描き出すことであって、それがミュンスターの出来事、あるいは一六世紀の出来事である必要はない。

『聖書に曰く』が初演された、戦後間もない一九四七年当時、観客たちは実際にこの戯曲をはるか昔のミュンスターの出来事としては見なかった。観客はこの常軌を逸した再洗礼派王国のありさまと凄惨な戦いのなりゆきを見て、終焉を迎えたばかりのヒトラーの第三帝国を連想したのだ。一六世紀のセンセーショナルな事件は四〇〇年あまりの歳月を超えて、観客に相当なアクチュアリティを感じさせたのである。とはいえ、第三帝国を描き出すことが作者の意図というわけでもなかった。デュレンマットはこの戯曲につけた序言で次のように述べている。「私の心を動かしたのは旋律であって、新しい楽器がときに古い民謡の節を受けついで伝えていくように、私はそれを採用したのである。今日の事象がそこにどれほど反映されているかはさておくとしよう。だが、著者の意図によりふさわしいのは、むしろ偶然による類似性を注意深く引きだしていただくことであろう。」つまり、彼のねらいはあくまでも一般的な歴史モデルを描くことにあったと考えられる。そして、この作品は実際に一般的な歴史モデルとして機能している。だからこそ、現代の日本に生きる私たちはこの作品に、たとえば地下鉄サリン事件をはじめとするオウム真理教関連の一連の出来事をそっくりそのままあてはめて考えることができるのである。

短編小説『故障』で、デュレンマットは現代の世界を「故障の世界」と呼び、次のように説明している。「われわれを脅かしているのはもはや神でも正義でもなく、交響曲第五番のような運命でもなくて、交通事故や設計ミスによるダムの決壊、注意散漫な実験助手が引き起こした原爆工場の爆発、調整を誤った人工孵化器なのだ。」デュレンマットがこう書いたのは今から六〇年も前のことであるが、現代の世界が確かに「故障の世界」であることを誰よりも痛感しているのは、他ならぬ私たち自身、東日本大震災以後を生きる日本人ではないだろうか。ここでデュレンマットが主張しているのは、かつては世界が滅びるとすれば、それは神の怒りや運命のようなスケールの大きな要因を想定しなければならなかったのだが、現代においては、世界が破滅するかどうかの選択権は人間の手の中にあって、「注意散漫な実験助手が引き起こした原爆工場の爆発」のようなちょっとした「故障」が人類の滅亡を招くということである。「故障の世界」とは、他愛もない原因が重大な結果を招くアンバランスな世界であり、そこには神も運命も関係しない。核開発競争が激しく繰り広げられていた一九五〇年代当時、デュレンマットにとってアクチュアルな意味をもっていたのは「原爆工場」だったわけだが、それから六〇年たった今を生きる私たちは、これを「原子力発電所」に読み替えればいいだろう。「想定外」の規模の津波だけがあの福島原発事故の原因であるとは、もはや誰も信じてはいまい。

『デュレンマット戯曲集』の第一巻として刊行される本書は、デュレンマットの最初の戯曲五編を訳出したものである。先の分類にしたがえば、『聖書に曰く』と『盲人』（一九四七／四八）が初期の二作品、そして、『ロムルス大帝』（一九四八／四九）、『ミシシッピ氏の結婚』（一九五〇）、『天使がバビロンにやって来た』（一九五三）が中期の始まりを告げる作品ということになる。このうち、『聖書に曰く』と『盲人』は本邦初訳である。『ロムルス大帝』には飯吉光夫・渡辺浩子両氏（「テアトロ」三二二号、一九七〇所収）、『ミシシッピ氏の結婚』には加藤衛氏（『現代世界戯曲選集一二　諸国編』白水社、一九五四所収）および小島康男氏（『物理学者たち』早稲田大学出版部、一九八四所収）、『天使がバビロンにやって来た』には宮下啓三氏（同上）によるそれぞれ優れた翻訳があり、適宜参考にさせていただいた。なお、デュレンマットは自作をたびたび改稿する作家であり、同じ作品にも複数のヴァージョンが存在することが多い。今回の翻訳では、ディオゲネス社から一九八〇年以降刊行が始まった単行本全集（Friedrich Dürrenmatt: *Werkausgabe in 37 Bänden.* Zürich: Diogenes 1980-1998）、および、それにもとづく同社の七巻本全集（Friedrich Dürrenmatt: *Gesammelte Werke in 7 Bänden.* Hg. v. Franz Josef Görtz. Zürich: Diogenes 1988, 1996）を底本とした。

デュレンマットが欧米で大活躍した五〇年代から六〇年代にかけて、彼の作品は日本でもほぼリアルタイムで紹介された。初期の短編小説や『嫌疑』、『約束』といった推理小説と並んで、主だった戯曲もすでに翻訳されている。にもかかわらず、現在デュレンマットの知名度は日本では非常に低く、デュレンマットの名前を知っているのはほぼドイツ文学研究者にかぎられている。このことは、紹介のされ方が単発的だったことにも原因があるかもしれない。本書に続く『デュレンマット戯曲集』第二巻、第三巻では、デュレンマット自身の作品の改作である三作品、すなわち『再洗礼派』（一九六六／六七、『聖書に曰く』の改作）、『故障』（一九七九、同名の短編小説およびラジオドラマの改作）、『詩人の黄昏』（一九八〇、ラジオドラマ『晩秋の夕暮れ』の改作）を除く、九作品の翻訳を収録する予定であり、三巻出揃えば、デュレンマットのオリジナル戯曲一七編のうち一四編が一気に読めるようになる。このようにまとまったかたちでの紹介によって、日本の読者にデュレンマットのおもしろさを伝えることができれば、訳者にとってこれにまさる喜びはない。

今回の翻訳計画の経緯についても触れておきたい。その母体となったのは、一九九三年以降、一、二ヶ月に一度のペースで開催しているデュレンマット研究会で、『戯曲集』全三巻の翻訳を担当する市川明、香月恵里、木村英二、葉柳和則、増本浩子、山本佳樹は全員デュレンマット研究会のメンバーである。この研究会では少しずつデュレンマットの作品を読み進めていたが、文学的著作を読み終えた二〇〇一年ごろから主要戯曲を翻訳する計画を立て、担当を決めて各自が下訳を作成した。それからおよそ一〇年、その下訳を共同でチェックすることが研究会の活動となっている。この作業は、元来、誤りをできるだけ減らすためのものであったが、しだいにスローペースになり、その位置づけも変化してきた。すなわち、そのまま上演して意味が通じるかどうか、笑いをとるべき場面で観客にそれが伝わるかどうか、といった観点から、訳文を逐一吟味するようになったのである。こうした細部へのこだわりによって、それまで見えていなかった作品の意味に気づかされたことも少なくない。いずれにせよ、上演に耐えられる台本を目指したことが、本翻訳の特色となっている。また、最終的な責任はもちろん各訳者にあるにしても、研究会の場でのメンバーのさまざまな意見やアイデアがどの翻訳にも生かされている。この意味で、本翻訳は共同作業の成果であり、研究会メンバーである石川實先生のお名前をここに挙げさせていただく。また、翻訳の完成にあたっては各訳者がそれぞれ多くの方にご教示いただいた。この場を借りて厚くお礼申しあげたい。

末筆になったが、出版に対して財政的な支援をしてくださったスイス・プロ・ヘルヴェティア文化財団の関係諸氏と、出版事情がきわめて悪いなか、今回の翻訳計画の出版を快く引き受けてくださった鳥影社の樋口至宏さんに心より感謝申しあげる。樋口さんに具体的な相談に乗っていただいたのが二〇一〇年五月二九日。その日のうちに話がまとまった。正直なところ、研究会で翻訳チェックを進めながらも、複数巻にわたるデュレンマットの翻訳出版の話がこれほどスムーズに実現するとは誰も予想していなかった。いただいた信頼に恥じない仕事ができたことを祈るばかりである。

増本浩子／山本佳樹

二〇一二年八月

本書に訳出した作品には、今日から見れば、身体的・精神的資質、職業、階層などに関して不適切と受け取られる可能性のある表現があります。しかし、作品の時代背景と価値を考慮し、できるだけテクストのままとしました。

訳者紹介

山本佳樹（やまもと・よしき）
1960年愛媛県生まれ。大阪大学大学院言語文化研究科准教授。著書に『映画のなかの社会／社会のなかの映画』（共著、ミネルヴァ書房、2011年）、訳書にザビーネ・ハーケ『ドイツ映画』（鳥影社、2010年）など。

葉柳和則（はやなぎ・かずのり）
1963年徳島県生まれ。長崎大学大学院水産・環境科学総合研究科教授。著書に『経験はいかにして表現へともたらされるのか——M・フリッシュの「順列の美学」』（鳥影社、2008年）、訳書にジークリット・ルヒテンベルク（編著）『移民・教育・社会変動——ヨーロッパとオーストラリアの移民問題と教育政策』（共訳、明石書店、2010年）など。

増本浩子（ますもと・ひろこ）
1960年広島県生まれ。神戸大学大学院人文学研究科教授。著書に『フリードリヒ・デュレンマットの喜劇』（三修社、2003年）、訳書にダニイル・ハルムス『ハルムスの世界』（共訳、ヴィレッジブックス、2010年）など。

香月恵里（かつき・えり）
1961年福岡県生まれ。岡山商科大学経営学部准教授。訳書にハンス・エーリヒ・ノサック『ブレックヴァルトが死んだ——ノサック短篇集』（未知谷、2003年）、イェルク・フリードリヒ『ドイツを焼いた戦略爆撃1940-1945』（みすず書房、2011年）など。

木村英二（きむら・えいじ）
1951年兵庫県生まれ。大阪産業大学人間環境学部および同大学院人間環境学研究科教授。著書に『文化環境学のスペクトル』（共編著、三修社、2004年）、『世紀を超えるブレヒト』（共編著、郁文堂、2005年）など。

著者紹介

フリードリヒ・デュレンマット（Friedrich Dürrenmatt, 1921-1990）

スイスの作家。ベルン州コノルフィンゲンに牧師の息子として生まれる。ベルン大学とチューリヒ大学で哲学などを専攻。在学中に作家としてデビュー。50年代から60年代にかけて発表した戯曲によって世界的な名声を博す。晩年は演劇から離れ、自伝など散文の執筆に専念した。代表作に喜劇『老貴婦人の訪問』、『物理学者たち』など。

デュレンマット戯曲集 第一巻（全三巻）

二〇一二年一〇月一〇日初版第一刷印刷
二〇一二年一〇月二五日初版第一刷発行
定価（本体三六〇〇円＋税）

著者 フリードリヒ・デュレンマット
訳者 山本佳樹／葉柳和則／増本浩子
香月恵里／木村英二
発行者 樋口至宏
発行所 鳥影社・ロゴス企画
長野県諏訪市四賀二二九―一（編集室）
電話 〇二六六―五三―二九〇三
東京都新宿区西新宿三―五―一二―7F
電話 〇三―五九四八―六四七〇
印刷 モリモト印刷
製本 高地製本

ISBN 978-4-86265-354-3 C0098

好評既刊

（表示価格は税込みです）

タンナー兄弟姉妹
（ローベルト・ヴァルザー作品集1）
R・ヴァルザー著
新本史斉 他訳

自分の生を「ただひたすらに生きる」ことで世界に触れ、感じる男の独自な世界を見事に表現する。 2730円

助手
（ローベルト・ヴァルザー作品集2）
R・ヴァルザー著
若林恵訳

没落していく一家と雇われた助手、彼らのごくありふれた日常がふいに熱をおび、輝きはじめる。 2730円

ヨーロッパは書く
U・ケラー 他編
新本史斉 他訳

拡大するEU、グローバル化、ヨーロッパ文学は今、いかなる状況にあるのかを33カ国別に論ず。 3045円

氷河の滴
スイス文学研究会
編訳

現代スイス女性作家作品集 一九七〇年以降の一四人、一五作品が、様々なスイス女性の状況を描く。 2100円

現代スイス短篇集
スイス文学研究会
編訳

E・ブルカルト、W・フォークト、P・ベクセル、P・ニゾンなど、刺激的な七作家、九作品を収録。 1680円